Egri csillagok
Gárdonyi Géza

Egri csillagok
Copyright © JiaHu Books 2017
Published in Great Britain in 2017 by JiaHu Books – part of Richardson-
Prachai Solutions Ltd, 434 Whaddon Way, Bletchley, MK3 7LB
ISBN: 978-1-78435-217-2
A CIP catalogue record for this book is available from the British Library
Visit us at: jiahubooks.co.uk

TARTALOM

ELSŐ RÉSZ
HOL TEREM A MAGYAR VITÉZ?

1

A patakban két gyermek fürdik: egy fiú meg egy leány. Nem illik tán, hogy együtt fürödnek, de ők ezt nem tudják: a fiú alig hétesztendős, a leány két évvel fiatalabb.

Az erdőben jártak, patakra találtak. A nap tüzesen sütött. A víz tetszett nekik.

Először csak a lábukat mártogatták bele, azután beleereszkedtek térdig. Gergelynek megvizesedett a gatyácskája, hát ledobta. Aztán az ingét is ledobta. Egyszer csak ott lubickol meztelenen mind a kettő.

Fürödhetnek: nem látja ott őket senki. A pécsi út jó messze van oda, s az erdő végtelen. Ha valaki meglátná őket, lenne is nemulass! Mert a fiúcska csak hagyján - az nem úrfi; de a leányka az a tekintetes Cecey Péter úr leánykája - kisasszony -, és úgy illant el hazulról, hogy senki se látta.

Még így csupaszon is látszik rajta, hogy úrileány: kövér, mint a galamb, és fehér, mint a tej. Ahogy ugrándozik a vízben, a két kis szöszke hajfonat ide-oda röppen a hátán.

- Derdő - mondja a fiúnak -, uttyunk.

A Gergőnek nevezett, soványka, barna fiú háttal fordul. A leányka belekapaszkodik a nyakába. Gergő megindul a part felé, a leányka meg a víz színén lebeg és rugódozik.

Azonban hogy a parthoz érnek, Gergő belefogódzik a kákabokor zöld üstökébe, és aggodalmasan néz körül.

- Jaj, a szürke!

Kilép a vízből, és ide-oda futkos, vizsgálódik a fák között.

- Várjon, Vicuska - kiáltja a leánynak -, várjon, mindjárt jövök!

S azon meztelenen elnyargal.

Néhány perc múlva egy vén, szürke lovon tér vissza. A ló fején hitvány madzag kötőfék. Össze volt az kötve a lábával, de eloldozódott.

A gyerek szótlanul csapkodja a lovat egy somfagallyal. Az arca sápadt. Hogy visszaérkezik a fürdőhelyre, a lónak a nyakába kapaszkodik, s lecsúszik, leugrik róla.

- Bújjunk el! - mondja dideregve. - Bújjunk el! Törököt láttam.

A lovat egy-két rántással fához köti. Felkapkodja a földről a ruháját. S fut a két meztelen kisgyerek egy galagonyabokornak. Megbújnak, meglapulnak a bokor mögött az avarban.

Abban az időben nem volt ritkaság a török az utakon. S te, kedves olvasóm, aki azt gondolod, hogy az a két gyerek most, ezen a nyáron fürdött a patakban, bizony csalódol. Hol van már az a két gyerek, hol? És hol vannak mindazok az emberek, akik ebben a könyvben eléd jönnek, mozognak, cselekszenek és beszélnek? Por az mind!

Hát csak tedd félre az idei kalendáriumot, tisztelt olvasóm, és vedd elő gondolatban az 1533-it. Annak az évnek a májusában élsz te mostan, s vagy János király az urad, vagy a török, vagy I. Ferdinánd.

Az a kis falu, ahova a két gyermek való, a Mecsek egy völgyében rejtőzködik. Valami harminc vályogház meg egy nagy kőház mindössze. Az ablakok olajos vászonból vannak minden házon. Az úri házon is. De máskülönben olyan házak, mint a mostaniak. A kis falut sűrű fák lombozzák körül, s a lakók azt gondolják, hogy a török sohase talál oda. Hogy is találna? Az út meredek, szekérnyom nincs. Torony sincs. Az emberek élnek, halnak a kis rejtekfaluban, mint az erdei bogarak.

A Gergő gyerek apja valamikor kovács volt Pécsett, de már meghalt. Az asszony Keresztesfalvára húzódott az apjával, egy ősz, öreg paraszttal, aki harcolt még a Dózsa György lázadásában. Azért is kapott menedéket a falu uránál, Ceceynél.

Az öreg néha átment az erdőn Pécsre, hogy kolduljon. Abból éltek télen is, amit az öreg koldult. Az uraság házából is csöppent olykor az asztalukra.

Hát azon a napon is a városból jött meg az öreg.

- Legeltesd meg a szürkét - mondotta az unokájának -, nem evett szegény reggel óta semmit.

Így indult ki Gergő a lóval az erdőbe. Útközben, ahogy elment az uraság háza mellett, a kis Éva kibújt a kertajtón, és könyörgött neki:

- Derdő, Derdő, hadd menjek veled!

Gergő nem merte azt mondani a kisasszonynak, hogy maradjon odahaza. Leszállt a lóról, és vezette Évát, amerre az kívánt menni. Éva arra kívánt menni, amerre a pillangók. A pillangók befelé röpültek az erdőnek, hát ők is arra futottak. Végre, hogy a patakot meglátták, Gergő fűre bocsátotta a lovat. Így kerültek ők az erdei patakba és a patakból a galagonyabokor mögé.

Lapulnak. Reszketnek a töröktől.

És a félelmük nem árnyéktól való. Egynéhány perc múlva ropogás hallatszik a harasztban, és mindjárt rá egy strucctollas, fehér török süveg meg egy barna lófej jelenik meg a fák alatt.

A török ide-oda forgatja a fejét. Ránéz a szürkére. A maga sötét pej kis lovát kantáron vezeti.

Most már látni, hogy a török csontos arcú, barna ember. A vállán diószínbarna köpönyeg. A fején tornyos, fehér süveg. A fél szeme be van kötve fehér kendővel. A másik szeme immáron a fa mellé kötött szürkét vizsgálja. Nem tetszik neki, az látszik az arca fintorgásán. De azért eloldja.

Jobban tetszene neki a gyerek, akit a lovon látott. A gyerek jobban kél, mint a ló. A konstantinápolyi rabvásáron háromszor annyit is adnak érte. De a gyerek nincsen sehol.

A török megnézi egynéhány fának a hátát, és felvizsgálódik a lombokra is. Azután magyar szóval kiált:

- Hol vagy, fiúcska? Gyere elő, kis pajtás! Függét adok! Gyere csak elő!

6

A gyerek nem jelentkezik.

- Gyere elő, te! Ne félj, nem bántalak! Nem jössz? Ha nem jössz, elviszem a lovadat!

És csakugyan összefogja egy kézbe a két ló vezetékét, és viszi magával el a fák között.

A két gyerek némán és sápadtan hallgatta eddig a törököt. A fügekínálás nem oldotta fel őket a rémület dermedtségéből. Sokkal többször hallották otthon a *vigyen el a török* szidást meg a hajmeresztő török meséket, hogysem akármiféle édesgetésre előbátorodtak volna. Hanem mikor azt mondta a török, hogy elviszi a szürkét, a Gergő gyerek megmozdult. Ránézett Évicára, mintha tőle várna tanácsot, s olyan arccal nézett rá, mint akinek tüske szúrja a talpát.

A szürkét viszik! Mit szólnak otthon, ha ő a szürke nélkül tér vissza?

A kis Éva mindezekre a gondolatokra nem felelt. Holtszínnel kucorgott mellette. Nagy, kék szeme megnedvesült a rémülettől.

Azonban a szürke ment. Gergő hallotta a lépéseit. Nagy, lomha lépései vannak a szürkének. A száraz haraszt egyenletesen csörög a lába alatt. Hát viszi a török, csakugyan viszi!

- A szürke... - hebegi Gergő síróra torzult szájjal.

És fölemeli a fejét.

Megy a szürke, megy. Csörög az erdei haraszt a lába alatt.

De most már elfeledkezik Gergő az egész világról: fölugrik, és utánairamodik azon csupaszon a szürkének.

- Bácsi - kiáltja reszketve -, török bácsi!

A török megáll, és elvigyorodik.

Jaj de csúnya ember! Úgy vigyorog, mintha harapni akarna!

- Bácsi, a szürke - rebegi sírva Gergő -, a szürke a miénk...

És megáll vagy húszlépésnyire.

- Gyere hát, ha a tietek - feleli a török -, nesze.

Azzal elveti a kezéből a szürke kantárszárát.

A gyerek most már csak a szürkét látja. Ahogy a szürke nagy lomhán megindul, odaszökik, és megfogja a kantárt.

Ebben a pillanatban ő is fogva van. A török nagy, erős ujjai átkapcsolják gyönge kis meztelen karját, s ő felrepül a másik lóra, a pejre, annak a nyergébe.

Gergő sivalkodik.

- Csitt! - mondja a török, előkapva a dákosát.

Gergő azonban tovább kiabál:

- Vicuska! Vicuska!

A török arra fordítja a fejét, amerre a fiú. Keze a tőrön.

Persze amint a másik kis meztelen gyerek fölemelkedik a fűből, visszadugja a dákost, és elmosolyodik.

- Gyere, gyere - mondja -, nem bántalak.

S megindul a két lóval a leányka felé.

Gergő le akar ereszkedni a lóról. Gergő hátán nagyot csattan a török tenyere. Gergő tehát bőg, és ültön marad, a török meg ott hagyja a két lovat, és fut a kislány után.

A szegény kis Vica menekülne mostan, de aprók a lábak, és magas a fű. Elbukik. Csakhamar ott rugódozik és sivalkodik a török ölében.

- Csitt! - szól a török, rácsapva a gömbölyűjére -, csitt, mert mindjárt megeszlek, ha el nem hallgatsz! Ham-ham!

A kislány elhallgat. Csak a szívecskéje ver, mint a marokba fogott verébé.

Azonban hogy a lovakhoz érnek, újra kiszakad belőle a sikoltás:

- Apuska! Apa!

Mert a kétségbeesés azt gondolja, hogy elhallatszik a kiáltása minden messzeségre.

A Gergő gyerek is bőg. Az öklét a szemén forgatva sírja:

- Hazamegyek, haza akarok menni!

- Hallgass, rongyos fattyú - rivall rá a török -, mindjárt kétfelé hasítlak! És fenyegetően rázza az öklét Gergőre.

A két gyerek elhallgat. A leányka szinte ájult rémületében. Gergő csöndesen picsogva ül a pej hátán.

És mennek.

Kiérnek az erdőből. A Gergő gyerek látja, hogy a Mecsek útján fölfelé szekerező török nép tarkállik. Lovas akindzsik, gyalog aszabok, tarka öltözetű szabadkatonák. Virgonc kis lovakon ülve szállingóznak hazafelé.

Az a csoport, amelyik előttük megy, valami tíz megrakott kocsit és szekeret kísér. A szekereken fehér ágynemű, szekrények, ágyfák, hordók, vadbőrök, gabonás zsákok rendetlen összevisszaságban. A szekerek mellett megláncolt lábú, hátrakötött kezű, bús rabok ballagnak.

A mi janicsárunknak három szekere és hét rabja van. Öten vannak még kék nadrágos, piros csizmás, fehér süveges janicsárok, három pedig prémes sapkájú, nagy dárdájú aszab. A félszeműnek porral lepett, fehér strucctoll leng a süvege elejétől hátrahajoltan, csaknem a háta közepéig.

Míg bent időzött az erdőben, a három szekér félreállott oldalt az út szélén, és helyet engedett a többi hazavonulónak.

A janicsárok nevetve fogadják a két gyereket meg a szürkét.

Mit locsognak törökül, azt Gergő nem érti. Róluk beszélnek meg a lóról, az látszik rajtuk. Mikor őrá néznek meg Vicuskára, nevetnek. Mikor a lóra néznek, úgy integetnek, mint mikor valaki legyet kerget.

A török feldobja a két gyereket a kocsira, az ágynemű tetejére. Egy pufók hajadon ül ott, megláncolt lábú rableány, arra bízza őket. Azután egy szennyes zsákot old meg az egyik sapkás török, és mindenféle ruhát húzkod ki belőle. De az mind gyermekruha. Van köze kis szoknya, kis szűr, pitykés mellény, sapka, kalap, kis csizmák. A török előválaszt két kis inget meg egy kis szűrt, és feldobja a szekérre.

- Öltöztesd fel őket - mondja a félszemű a leánynak.

A leány körülbelül tizenhét éves. Parasztleány. Ahogy öltözteti a gyerekeket, megöleli és megcsókolja őket.

- Hogy hívnak, angyalkám?
- Vicuska.
- Hát téged, lelkecském?
- Gergő.
- Ne sírjatok, kedves. Velem lesztek.
- De én haza akarok menni - sírja Gergely.
- Én is - sírja a leányka.

A rableány magához öleli őket mind a két kezével.

- Majd hazavezet a jó Isten, csak ne sírjatok.

2

A falubeli kutyák mérges csaholással ugrálnak körül egy fehér szakállú és nagy hajú zarándokot. Le is húznák róla a csuhát bizonyára, ha nagy, keresztes végű botjával vitézül nem hadonászna maga körül.

Eleinte az út közepén ment, de hogy a nagy, bozontos kutyák mindegyre szaporodtak, óvatosan nekihátrált egy L alakban megszögellő sövénynek, és a hátát abban megvetve várta, hogy valaki előjön, és megszabadítja az ostromtól.

Azonban akik elő is jöttek a nagy ugatásra, azoknak a szeme a faluba vágtató öt magyar vitézre fordul. Egy piros köpenyeges, szőke dalia lovagol elöl. Darutoll a süvegén. Előtte a nyergen keresztbe fektetett puska. Könnyű, meggyszín zekéje alól páncéling csillog. Mögötte négy másik vitéz. Hogy beérkeznek a faluba, jobbra-balra forgatják a fejüket, mintha valami csoda volna annak a falunak minden háza.

A Cecey kapuja előtt egy dárdás parasztember ült. Kövön ült, és szunyókált. A robogásra fölhorkant az álmából. Sietve kitárta a kapu másik szárnyát is, és a lovagok beugrattak a hídon át az udvarra.

Cecey ott gubbaszkodott a szérű árnyékán, mint valami vén sas. Néhány jobbágya nyírt ott birkát. A kezükben olló, az oldalukon kard. Ilyen világ volt akkor Magyarországon!

Cecey meglátta a vitézeket. Fölkelt, és eléjük baktatott. Furcsa járása volt az öregúrnak: az egyik lába nem hajlott térdben, a másik nem hajlott bokában. De hogy is hajlott volna, mikor fából volt mind a kettő. És a jobb keze is hiányzott: a vászonzeke ujja csak lötyögött a csuklóján.

A darutollas vitéz leugrott a lóról, és a lova kantárát az egyik közvitéznek dobta. Ceceyhez sietett.

- Dobó István vagyok - mondotta a süvegét levéve, bokáját összeütve.

Hosszú, csontos legény, de csupa erő minden mozdulata. S a szeme hegyesen néző, erős szürke szem.

Cecey hátradugta a kezét.

- Kinek a hadában szolgálsz?
- Most a Török Bálintéban.
- Eszerint Ferdinánd híve vagy. Isten hozott, ecsém.

S kezet nyújtott neki. Egy pillantással végignézte a paripáját, másik pillantással a kardját.

- Hát mi szél hordoz erre?
- Mink bizony, bátyám, Palotáról jövünk.
- A Móré várából?
- Nem a Móré vára az már.
- Hát?
- Most éppen senkié. Meg várnak se vár az már, hanem kőhalom.

Az öreg falábú elbámult.

- Lerontottátok?
- Földig.
- Hála Istennek. No, gyere be a hűvösre, öcsém, ide a tornác alá. Nézd csak, anyjuk, vendégünk érkezett.
- Lerontottátok! - kiáltott újból elbámulva.

A kis, kövér úriasszony ott forgott már a tornácon: asztalt igazított az árnyékra egy cseléddel. A másik cseléd meg nyitotta már a pinceajtót.

- Hogy is hívnak, öcsém, Bodó vagy Dobó?
- Dobó István.
- Dobó Pista - szólt Cecey, bemutatva az ifjút a feleségének.

Aztán intézkedett, hogy a katonák is bort és ennivalót kapjanak, s egyben a papért is futtatott.

- Mielőtt leülnénk, bátyám - mondotta Dobó -, meg kell kérdeznem, hogy nincs-e itt Móré. Mert én őt keresem.
- Nem láttam a gézengúz haramiáját. De ne is lássam, csak az akasztófán.

Dobó a fejét csóválta.

- Akkor rossz nyomon járunk.

Aztán vizet kért.

- Hát várj, mindjárt hozzák a bort - mondotta Cecey.
- Vizet iszok, ha szomjazok - felelte Dobó.

S fölfogta a nagy csöcsös korsót, és a szájához emelte.

- Megengedi, bátyám, hogy estig itt pihenjek? - kérdezte a víz után szakadó, jóízű sóhajtással.
- De el sem eresztelek egynéhány napig! Hova gondolsz!
- Köszönöm. Nincs most farsang. Este továbbmegyünk. Hanem a vasingemet szeretném letenni. Kutya meleg ez ilyen időben, ha csupa lyukból varrták is.

Míg Dobó a szobában vetkeződött, beérkezett a kapun a zarándok is.

- Te a baráttól jössz! - szólalt rá Cecey, a fejét fölemelve.
- Attól - felelte bámulva a zarándok. - Honnan tetszik tudni?
- Nem boszorkányságból, elhiheted. A szakállad borzzsírtól fehér, azt az első szempillantással megösmertem.
- Igaz - felelte az ember.
- Ebből látom, hogy messziről jössz hozzám.
- Az is igaz.

- Nekem pedig messze földről nemigen izenget más, csak a sajóládi gvárdián,[1] aki atyámfia.

- Dejszen nem gvárdián az már régen, hanem a király barátja.

- Azt is tudom, üsse meg a mennykő a gazdájával együtt. Hogy hívnak?

- Varsányi Imrének.

- Hány esztendős vagy?

- Harminc.

- No, hát lássuk: mi hírt hoztál?

A zarándok leült a földre, és a csuhája bélését bontogatta.

- Istentelen melegség van erre - dünnyögött jókedvűen. - Oszt annyi a török, mint a légy.

- A barátnak köszönhetjük, meg a királyodnak. No, hova a pokolba varrtad úgy azt a levelet?

Varsányi elővonta végre a kis, vörös pecsétes levelet, és átadta.

- Adjatok enni-innivalót ennek az embernek, meg szállást is - szólt Cecey a feleségének.

És feltörte a pecsétet. Kibontotta a levelet.

- Az - szólt a levélbe belehunyorítva -, a barát írása. Tiszta, mint a nyomtatás, de igen apró. Én ugyan el nem olvasom.

A zarándok beljebb ült a diófának az árnyékában.

- Bizonyosan jót írt pedig - mondotta. - Mert nem noszított, hogy siessek. Mikor nagy pöcsétes levelet küld, mindig sietnem kell. Ez csak olyan kis pöcsétes; nem ország dolga.

S hogy ily bölcsen megkülönböztette a leveleket, elégedett arccal húzott egyet az eléje tett boros fazékból.

Az asszony is a kezébe vette a levelet. Nézte alul, felül, s nézte a széttöredezett pecsétet. A zarándokhoz fordult:

- Egészséges a Gyuri bácsi?

A zarándok sajtot evett. Nagyot nyelt.

- Nem beteg az soha.

Egy bikafejű, vállas és erős, vén pap fordult be a kapun. A jövevény felállott, és kezet akart neki csókolni.

- Pápista vagy, vagy újhitű? - kérdezte a pap.

És mellközépig érő fehér szakállát simogatta, hogy a zarándok kezet ne csókolhasson.

- Pápista vagyok - felelte a zarándok.

A pap akkor elfogadta a kézcsókot.

Bementek a szobába. Ott a pap az ablakhoz állott, és magyarul olvasta a deák levelet:

- *Kedves sógorom...*

Különös, tompa hangja volt a papnak. A mássalhangzókat csak sejteni lehetett a beszédében. De azért akik megszokták, értették a beszédét. Folytatta:

---

1 Nagyobb ferences vagy kapucinus rendház főnöke. (latin)

- és kedves Juliska! Istentől jó egészséget és zavartalan életet kívánok mindnyájatoknak. Továbbá arról értesültem, hogy ott a ti vidékteken napról napra dúl hol Móré, hol a török, és hogy már csak a földhöz tapadt jobbágyság marad meg a helyén: aki teheti, fut, ki a Felvidékre, ki pediglen által a némethez. Hát ti, ha még életben vagytok, szerelmesim, és ha még ott vagytok Keresztesen, ti is mentsétek magatokat. Beszéltem őfelségével, hogy térítse meg a károtokat.

- Ne olvasd tovább - pattant fel Cecey -, ebnek kell eb kegyelme!

- Csöndesen, kedvesem - csillapította az asszony. - György okos, György tudja, hogy mi Zápolyától nem fogadunk el semmit: hallgassa végig kegyelmed a levelet.

A pap összeráncolta bozontos szemöldökét, és tovább olvasott:

- *A király ugyan nem adhatja vissza Sásodot, de van egy falu Nagyvárad közelében...*

- Hagyd abba, hagyd abba, Bálint! - szólt Cecey a haragtól kitüzesedve.

- Már más következik - felelt a pap.

És olvasott tovább:

- *De ha már úgy beléd csontosodott volna az iránta való gyűlölség...*

- Belém, belém - kiáltotta az asztalra csapva Cecey -, sem ezen, sem a másvilágon! Vagy ha ottan, hát ott is csak fegyverrel!

A pap tovább olvasott:

- *Itt Budán az én kis házam üresen áll, és mi nemsokára Nagyváradra költözünk. Csak egy íjgyártó lakik benne az alsóházban. A felházi három szoba üres.*

- Nem kell! - kiáltott Cecey fölkelve. - A Zápolya pénzén vetted, barát! Dűljön össze, ha belemegyek!

- Tudod is te, hogy azon vette! - szólt a pap bosszúsan. - Hátha örökség?

De Cecey már nem hallgatott rájuk. Dühösen kiektett-baktatott a szobából, és végigkopogott a tornácon.

A zarándok ott falatozott a tornác végén, a diófa alatt. Megállott előtte haragos peckesen.

- Mondd meg a barátnak, hogy tisztelem: amit írt, annyi, mintha nem írt volna semmit se.

- Hát nem viszek levelet?

- Nem.

Azzal tovább-baktatott, ki a szérűre. Föl és alá topogott a napon. Olykor jobbra-balra csapkodott a botjával a levegőben, és haragosan mormogta:

- A fejem még nem fa!

A parasztok buzgóbban nyírták a birkát.

A kutyák is távolabb húzódtak. Még a ház is mintha lejjebb csúszott volna a parton.

Az asszony a pappal a tornácon állott. A pap a vállát vonogatta.

- És ha nem örökség is - mondotta -, munkájából való szerzeménye a barátnak. Annak adja, akinek akarja. Hát Péternek adja. Akkor aztán Ceceyház, és nem parancsol benne a király se.

Dobó kilépett a szobából. Az asszony bemutatta őt a papnak. Cecey is visszatért, és ráhörkent a papra:

- Te pap, te megfordultál! Te még utóbb beszegődsz Jánoshoz zászlótartónak.

- Te meg vénségedre leteszed a magyar nevet! - mordult vissza a pap.

- Te beállsz hóhérnak! - rikácsolt Cecey

- Te meg németnek! - bőszült fel a pap.

- Hóhér!

- Német!

- Sintér!

- Hazaáruló!

A két ősz ember szinte kék volt már a dühtől, ahogy egymásra ordítozott. Dobó csak azt várta már, hogy mikor kell őket széjjelválasztania.

- Ne veszekedjenek, az Isten áldja meg kegyelmeteket - mondotta nyugtalanul -, vagy inkább vesszenek össze a törökkel.

- Nem érted te ezt, öcsém - felelt Cecey a székre zöttyenve -, ennek a papnak a nyelvét vágatta le Szapolyai, nekem meg a jobb kezemet. Hát nem bolond ez, hogy a maradék nyelvével Szapolyait védi?

- Ha csak az én ellenségem volna - felelt a pap is megcsöndesült hangon -, régen megbocsátottam volna neki. De azért még így is azt mondom, hogy inkább ő legyen az ura a magyarnak, hogysem a német.

- De biz inkább a német, mintsem hogy a török! - kiáltott ismét Cecey.

Dobó közbeszólt, hogy a két ember megint össze ne horgoljon:

- Jónak egyik se jó, az igaz. Várnunk kell valameddig, hogy állít-e a német erőt a török ellen. Meg hogy csakugyan el akarja-e János adni az országot a töröknek.

- Eladta az már, öcsém, régen!

- Nem hiszem - felelte Dobó -, neki sohase kellett a török, neki csak a korona kellett.

Az asszony egy tál rántott csirkét tett az asztalra. Az illatos, piros sült csirke láttára eltűnt a méreg vörössége a két öreg arcáról.

- Hej, mikor olyan fiatal voltam, mint te, öcsém... - mondotta Cecey jókedvvel. - Hány esztendős vagy?

- Harmincegy - felelte Dobó -, bizony maholnap engemet se mond senki fiatalnak.

- Míg az ember meg nem házasodik, mindig fiatal. De hogy a manóba is nem házasodtál meg?

- Nem értem rá - felelte Dobó. - Én, bátyám, gyerekkorom óta mindig hadban vagyok.

- Hát így jó. Így él a magyar világ eleje óta. Azt hiszed tán, hogy én táncolásban sántultam meg mind a két lábamra? Én bizony, öcsém, Kinizsivel kezdtem. Mátyás király engem a nevemről szólított. Aztán végeztem Dózsával, aki, elhidd nekem, a hősök hőse volt.

Fölvette a színig töltött ónpoharat, és szólt jókedvűen:

- Isten szeresse a magyart, és téged, öcsém, kiválóképpen. Adjon győzelmet a kardodnak. Szép lány feleséget jó magadnak. Tudsz-e sakkozni?

- Nem tudok - felelte Dobó, elmosolyodva ezen a gondolatszökemlésen. És kiürítette a poharát. Jó erős veresbor volt. Gondolta magában: most már értem, mitől olyan mérges ez a két öregúr.

- No, nem is leszel akkor jó hadvezér - mondotta Cecey.

- Nem, ha keletiesen harcolnánk: sereg sereg ellen. Mink csak magyarosan harcolunk: ember ember ellen. Erre pedig a sakktábla nem tanít.

- Eszerint mégis tudsz.

- Nem, csak éppen ismerem a játékot.

- Nohát, ha majd tudsz, másképpen ítélsz róla. Egyórai sakkban, öcsém, átéli az ember egy igazi csatának minden forgását, minden tüzét.

- Kegyelmetek talán mindig sakkoznak itthon?

- Mink? Soha. Két tüzes embernek nem szabad összeülnie sakkra. Ha sakkoznánk, összevesznénk rajta. Márpedig, öcsém, mink együtt tollasodtunk fel az öreggel, együtt éltünk, együtt harcoltunk.

- Együtt is fogunk meghalni - fejezte be a pap bólogatva.

S a két öreg barátságosan nézett egymásra, és összekoccintotta a poharát.

- De nini - szólt Cecey a bajuszát megtörülve -, mégis derék ember az a Ferdinánd, hogy azt a róka Mórét kiugratta a várából.

- Nemcsak Ferdinánd. A két király közösen. Kettejük hada volt. Sokallták már a gazságait, mert utóbb már a sírokat is felforgatta.

- De mégiscsak Ferdinánd küzdött jobban ellene.

- Nem: inkább János. Ferdinánd csak Török Bálintnak izent, hogy segítsen Jánosnak, meg ötven bányászt küldött.

- Faldöntésre?

- Arra. Török had is volt velünk valamelyes.

- Persze, a János zászlaja alatt.

- Az alatt, hogy vinné el az ördög az ilyen segítséget! Mindig rabolva mennek hazafelé.

- Azok a disznó akindzsik!

- Azok.

- Könnyen elbántatok avval a várral?

- Nem mondhatnám. Kemény falakból épült az. Faldöntő ágyút nem hozott egyik fél se. A sugárágyú meg mit ér?

- Jártam ottan - szólalt meg a pap -, sziklavár az, nem palánk. Hát nem adták meg a várat?

- Nem. Neki kellett állítanunk az ötven bányászt a sziklának. Nagy és nehéz munkájuk volt, mondhatom. A csákányok szikrát hánytak a kövön, és a vasrudak egy-egy lökésre alig egyujjnyit vertek a sziklaoldalba. De végre is sok kéznek még a kő is enged.

- Felrobbantottátok?

- Először is beizentünk Mórénak, hogy az akna tele van már porral. Akkor azt izente vissza, hogy várjunk reggelig. Vártunk. Mit tett azalatt a gonosz róka? Összehítta a vár népét, és biztatta őket, hogy csak tartsák a várat keményen, ő kioson, és elfut segítségért. - Jó - felelték azok -, de mi a biztosíték, hogy vissza is térsz? - Itt marad mind a két gyermekem - felelte a lator - és minden arany-, ezüstmarhám, mit kívántok többet? - És leereszkedett a kötélen a vár faláról. Elillant. Mink persze a nagy sötétségben nem láttuk. Mikor aztán a nap fölkelt, és se fehér zászló, se követ, se kapunyitás, felrobbantottuk az aknákat. Nem hallatszott ide? Hegyeket rázó dördülés volt. A falak ott leomlottak. Mink meg be a várba! A vitézeink olyan dühösek voltak, hogy Mórénak minden emberét leöldösték.

- A gyerekeit is?

- Azokat nem. Egy nagy boltozatban találtuk meg őket. Szép két kis barna fiú. Azóta ott vannak János királynál.

- Hát ti most Mórét keresitek?

- Csak egyet kanyarodtunk erre Móréért ezzel a négy emberemmel. Mert útközben egy csősszel beszéltünk, akinek a pincéjében hált. Azt mondta, hogy erre, Pécs felé tartott.

- Te Magda - szólt hátrafordulva az asszony az udvaron súroló cselédnek -, merre van Vicuska?

- Nem láttam - feleli a leány. - Ebéd után a kertben játszott.

- Szaladj csak, keresd meg!

- Az én kisleányom - magyarázta Cecey Dobónak. - Vénségemre ajándékozott meg az Isten vele. Majd meglátod, milyen kis Tündér Ilona.

- Fia nincsen, bátyám?

- Nincsen - felelte szomorúan Cecey. - Hiszen ha fiam volna, öcsém, még a kezem is kinőne, mint a ráké.

Azonban a gyerek nincsen. A nagy beszélgetésben, levélolvasásban mindenki megfeledkezett a kis Vicáról. A leánycselédeknek dehogyis volt rá gondjuk. Mind ott talált dolgot az udvaron. A vitézek a bajuszukat pödörgették. A lányok a szoknyájukat hedergették. Úgy mulattak, mintha valamennyi vitéz mind leánynézőbe jött volna Ceceyhez.

Csakhamar tűvé tesznek mindent a ház körül. Megkutatnak minden bokrot, minden játszóhelyet a faluban. Hol van Kató néne? Ő vigyázott rája. Meglehet, hogy elaludt, s azalatt kiment a faluból a gyerek. Ki látta? Senki se látta. Egy fiúcska a kert mögött beszélt vele délután. Ki ment el a kert mögött délután? Senki, csak a Gergő gyerek. Az öregapja lovát vitte fűre. De hát hol a Gergő? Az sincs sehol. Bizonyosan kiment a lóval az erdőbe. Ó, gyermeki meggondolatlanság! Hányszor megmondták neki, hogy a szedresen túl ne menjen a lóval!

Összekutatták a falu körül az erdőt. Már Dobóék is segítenek. Megnéznek minden fát, minden cserjét, árkot, völgyet és bozótot. A Gergely anyja is jajgatva keresett. Az öreg Katóra ráakadtak az erdőben. Az is keresett már régen, s rekedtté kiabálta a torkát azóta.

Végre estefelé az egyik cseléd megáll, és nagyot kiált:

- Megvannak!

- No, hál' istennek! Hol vannak?

- A ruhájuk itt van!

A ruhájuk, bizony csak a ruhájuk: a patyolatingecske, piros karmazsincipőcske, sárga tafotaszoknyácska, meg a Gergő gyerek inge, gatyája, kalapja. Látszik, hogy fürödtek. A patak partján csakugyan ott a nyomuk a puha fövényben. A nagyobbik láb, amelyiknek széjjel vannak nyílva az ujjai, az a Gergő gyereké. A kisebbik lábnyom a Vicuskáé. Bizonyosan belefulladtak valahol a vízbe.

3

- Az én nevem Margit. Szólítsatok csak Margit néninek - mondta a kocsin ülő rab leány. - Mesélek nektek. Sok mesét tudok. Hova valók vagytok, édeseim?

- A faluba - felelte könnyes szemmel Gergő.

- A paluba - felelte a kisleány is.

- Melyik faluba?

- Itt az erdőbe van.

- De mi a neve annak a falunak?

- A neve? A nevét nem tudom.

Kövér képű leány volt a magát Margitnak nevező, és mindig csókra álló szájú. Az arca itt-ott szeplős, és a nyakán kék üvegből való gyöngyöt viselt. A törökök egy Somogy megyei pusztáról ragadták magukkal.

A gyerekek feleletére elgondolkodott, aztán rongyokból bábut kötött Vicuskának.

- Ez lesz a Vicuska babája. Sárga a kendője, piros a szoknyája. Öltöztetjük, ringatgatjuk, táncoltatjuk, altatgatjuk.

Halad a rabkocsi csendesen.

A kocsi mellett egy széles mellű parasztlegény ballag, meg egy ragyás cigány. A cigányon sokszorosan foltozott kék nadrág és ugyanolyan dolmány van. A dolmánya belső zsebéből egy fasíp tölcsére áll ki. A kocsi másik oldalán egy fekete tógás pap vánszorog, meg egy nagy arcú parasztember, aki lehet már negyvenesztendős. A pap fiatalabb. Széles arcú, magas ember. Se szakálla, se bajusza, de még szemöldöke sincsen. És vörös, mint a cékla. Csak a két szeme bogara fekete. Őt bizony ezelőtt egynéhány nappal forró vízzel öntözgették a törökök, hogy adja elő a temploma kincseit.

Voltak is az ő templomának kincsei!

Hát mondom: mindezek rabok, szegények. A lábukon lánc. A kezük - kinek elöl, kinek hátul - szintén vasban. A legény a cigánnyal, a pap a paraszttal össze is van láncolva. A legény mezítláb. A bilincsét a lábán rongyokkal bélelte körül.

A rongyok már véresek.

- Álljunk meg - könyörgött hátrafordulva olykor -, hadd igazítsam meg a bilincsemet.

A janicsárok azonban rá se hederítettek. Törökül fecsegtek egymással, és legfeljebb csak egy bosszús tekintet volt a feleletük.

Gergelynek rátapadt a szeme a legényre. Milyen nagy a keze! És milyen veres lajbi van rajta! Nem fél. Ha a két keze nem volna hátraláncolva, tán mind elfutna tőle a török.

A legény csakugyan nem félt. Fölemelte a fejét, és ráordított a mellette lovagló, görbe hátú törökre:

- A tűz emésszen meg benneteket, pogány farkasok!

- Gáspár, Gáspár - szólott le Margit a kocsi tetejéről -, viselje békén a sorsát, amint csak lehet. A nap, látja, már nyugvóra hajlik, meg kell állaniuk.

Ahogy erre megtörülgette a szemét, a két gyerek is sírva fakadt.

- Haza akarok menni! - bömbölte Gergely.

- Apához! - sírta a kis Éva.

A törökök csakugyan megállottak. Leszálltak a lóról, és korsót vettek elő. Mosogatták a kezüket, lábukat, arcukat. Aztán letérdeltek egyenes sorban napkelet felé. Megcsókolták a földet, és imádkoztak.

Ezalatt csend volt.

A leány lemászott a kocsiról, és az inge széléből rongyot hasított. Körültekerte vele a legény lábát, s úgy tolta vissza jóságos vigyázattal a bilincseket.

- Áldjon meg az Isten, Margit - mondotta sóhajtva a legény.

- Az éjjelre, ha lehet, teszünk rá útilaput, Gáspár.

És sírásra fancsalodott az arca. Minden órában sírt egynéhány percet, de mindjárt dalolt is utána a gyerekeknek. Mert mikor ő sírt, azok is sírtak.

- Hej, de ihes vágyok - fakadt szóra a cigány, ahogy ott ült mellettük a porban. - Három kenyeret megennék egymágám, meg két oldal salonnát.

A kocsis - szintén láncolt lábú rab legény - elmosolyodott a cigány sóhajtására.

- Magam is éhes vagyok - felelte a törökökre megvetően pillantva -, de főzök is estére olyan paprikás húst, hogy mind nekünk marad.

- Hát te vágy á sákács?

A te szóra megrándult a kocsisnak a szemöldöke. De aztán mégis felelt:

- Csak este. Nappal rabolnak ezek maguknak ebédet is.

- Hát mióta solgáls á kontyos uráknál?

- Három napja.

- Nem lehetne elfistelegni váláhogy?

- Nem, ezektől soha. Nézd, milyen csizma van a lábamon.

Felvonta a lábát az ülésből. Nehéz, vastag láncok csördültek föl vele.

- De hátha ma nem főzsöl? - tűnődött aggódva a cigány.

- Bizonyosan főzök. Tegnap olyat főztem nekik, hogy úgy nyalták utána a szájukat, mint a kutyák.

- Bárcsak én is nyalhatnám már a sájamat. De már nem is tudnám, hogy van sájam, ha néha nem besélnék.
- Bort is raboltak délben. Itt van a saroglyában.
- Nem isik a terek, te!
- Dejszen nem török ez egy se, mikor bort lát.
- Na, akkor nekem innepem ván - ujjongott a cigány -, olyan nótát pikulázsok nekik, hogy még táncra is kerekednek tűle.

A félszemű janicsár az imádság végeztével nem indította meg a kocsikat. A hegytetőről már látszott a völgyben az esti szürkületbe befátyolozott város. Az magyar fészek. Darazsak laknak benne.

A törökök tanakodtak. Aztán a félszemű janicsár odaszólt a kocsisnak:
- Utánam! Be az erdőbe!

És bevitték a kocsikat, szekereket, jól be, valami öt percig tartó menéssel az erdőbe.

A nap eközben elsüllyedt a fák között. Az erdőre homály borult. A tiszta égen előtündökölt az első csillag.

A törökök egy alkalmas tisztáson kipányvázták a lovakat. A pap kezét feloldotta a janicsár, és rákiáltott:
- Tüzet raksz!
- Én azst jabban értem! - rikkant fel a cigány. - Nagyságos méltóságos terek úr, csókolom kezsit-lábát, hadd rakjak én tüzset, nekem azs a mesterségem!
- Hallgass! - böffent rája a török.

Három asszonyt is elszabadítottak, hogy segítsenek a tűz készítésében. Az asszonyok aztán a pappal harasztot és száraz ágat szedtek a közeli fák alatt. Acéllal, taplóval csakhamar tüzet gerjesztettek.

A kocsist is felszabadították az ülésről.
- Olyat, mint tegnap - mondta neki a félszemű török.
- Meglesz - felelte a kocsis.

Vizet tett fel egy nagy vaskondérban a tűzre, s hogy a pap a cigánnyal hamarosan megnyúzta az ürüt, értő kézzel aprózta bele a kondérba. Hullott a húsra vereshagyma is, meg paprika bőven, s bizonyára aprított volna burgonyát is a lébe, de ezt főképpen azért nem cselekedte, mert nem volt burgonyája. Tudták is abban az időben, mi a burgonya! Az urak ugyan már nagy ritkaságképpen kóstolgatták, de neve még nem volt. Csak ebéd után tették asztalra nagyuraknál csemegének.

A tűz körül valami húsz különféle török heveredett le. A kocsikat, szekereket kerítéskörbe állították. A lovakat kipányvázták kívül a szekereken.

A rabokat összehajtották egy csoportba. Tizennégyen voltak összesen: kilenc férfi meg öt nő, a két kisgyereket is beleszámítva. Csak eldűltek szegények a gyepen. Némelyikük mindjárt el is aludt.

A kis Vica is aludt már az ágynemű tetején. Fejét a Margit ölébe nyugasztva álmodott, és jobbjával a mellecskéjén tartotta hitvány kis bábuját. Gergő mellettük hasalt. A tenyerébe hajtotta az arcát, és álmosan nézett a törökökre. A félszemű janicsár rájuk pillantott néha. Ott hagyta őket a leánnyal a kocsi tetején.

A tűz magas lánggal égett. A törökök ölték a bárányt, a tyúkot, a libát. A rabok buzgón dolgoztak az étel elkészítésén, s alig negyedóra múlva már javában rotyogott az üstökben és kondérokban a hús, és pirultak a combok a nyárson. A török egy tarhonyás zsákocskát oldott meg.

Az erdei levegőbe étvágyindító ételszag vegyült.

4

Egy óra nem telt belé, s az András kocsis olyan pofont kapott, hogy két ölet repült a kalapja.

- Hogy a hetedik pokol emésszen el - ordított rá a félszemű janicsár -, mennyi paprikát tettél ebbe az ételbe?!

A paprikás a raboknak került, a cigánynak nem csekély örömére. Maguk a törökök a nyárson sült cobákokat osztották meg maguk között.

A hordók eközben csapot kaptak. Bögrékben és tülkökben itták a törökök a magyar bort. A cigány fölkelt. Megtörülte a száját a kezébe, a kezét meg a nadrágjába, aztán így csicsergett:

- Nagyságos, méltóságos Gyamarzsák úr, csókolom kezsit-lábát, hadd pikulázzsak egyet a tistelt vendégség eremére!

A Gyomorzsáknak nevezett félszemű - valójában Jumurdzsák - megfordult, és gúnyosan sunyorított:

- Idekukorikolnád a magyart, ugye?

A cigány kedvetlenül kutyorodott vissza az evők közé, és a fakanalat elgondolkodva forgatta.

A törökök is ettek, ittak. Közben csereberéltek, osztozkodtak is. Egy lelógó bajuszú, komor akindzsi kis vasszekrényt vett le a kocsiról. Fölfeszítették. Aranypénz, gyűrűk, fülbevalók dőltek ki belőle.

Osztozkodtak a tűz mellett.

Gergő álmos volt, de nem tudta levenni a szemét az ő törökjéről. Félelmetes, különös arc volt neki az a csupa bőr fej. Mert ahogy a süvegét letette, egybeolvadt a feje csupaszsága az arcának a csupaszságával. És furcsán nevetett. A foga ínye is kilátszott, mikor nevetett.

Vastag szarvasbőr övet húzott elő a dolmánya alól, hogy a pénzt megosztották. Az öv már duzzadt volt a pénztől. A török fölkelt, és a szekerek mögé ment, ahol a lovak legeltek.

Gergőnek rajta állt a tekintete. Látta, hogy a török hogyan húz ki hátul egy fapecket, és hogyan rakosgatja bele egy kis nyíláson át a pénzét a nyeregkápába.

- Hát te mért nem eszel? - szólt a pap Gáspárnak.

A legény a csoport szélén ült, és komoran nézett maga elé.

- Nem kell - felelte.

Kis idő múlva odaszólt a papnak:

- Ha tisztelendő uram elvégezte, egy kis beszédem volna, ha meghallgat.

A pap letette a fakanalat, és odacsörömbékelt Gáspár mellé.

- Hát mi kell, fiam?

- Tisztelendő uram - szólott a legény sötéten -, gyóntasson meg engem.

- Minek?

- Annak - felelte a legény -, hogy tisztán menjek a másvilágra.

- Messze vagy még te attól, Gáspár.

- Nem olyan messze, mint gondolja.

Pillantást vetett a törökök felé, s folytatta:

- Mikor elvégezik a vacsorát a rabok, idejön az a török, aki engemet megfogott. Idejön, hogy a kezünkre zárja a békót. Hát én azt megölöm.

- Ne tedd azt, fiam.

- Márpedig én megteszem, tisztelendő uram. Mikor idejön, elkapom az egyik kését, és beleszúrom! Bele a hasába a kutyának! Hát csak gyóntasson meg engem.

- Fiam - mondotta nyugodtan a pap -, én nem gyóntathatlak meg, mert én lutheránus vagyok.

- Újhitű?

- A neve új hit, fiam, de valójában ez az igazi régi hit, amit a názáreti Jézus ránk hagyott. Mink nem gyóntatunk, csak gyónunk. Mink azt tartjuk, hogy az Isten látja a lelkünket. De minek veszejtenéd el magadat? Látod, itt még magyar földön vagyunk, és Pécs itt van alattunk. Már sokszor megtörtént, hogy a magyar rabokat megszabadították.

- És ha nem szabadítanak meg?

- Isten jósága elkísérhet az utunkon. Van olyan ember nem egy, akit ott a török földön ér el az Isten szerencséje. Rabláncon megy oda, és úrrá válik ottan. Aztán csak hazakerül. Gyere, fiam, egyél. Az evés megcsillapít.

A legény komoran nézett maga elé.

A pap újból megszólalt:

- Minek hívtál, ha nem hallgatsz reám?

A legény erre fölkelt, és odavánszorgott a többi közé.

A rabok többnyire fiatal és erős emberek. A nők között van egy kis sovány, rongyos cigányasszony is. Annak a keze-lába cigány szokás szerint börzsönnyel[1] van bepirosítva, de még a haja is.

Időnkint hátraveti a fejét, mert a haja a szemébe lóg. És gyakorta szól cigány nyelven Sárközivel, a ragyás cigánnyal.

- Talán a feleséged? - kérdezik a rabok.

- Nem - feleli a cigány -, eddig még egyszer se volt a.

- Hát mit beszélgettek cigányul?

- Ast mondja ezs azs asszony, hogy ha a tűzs mellé erestenék, megmandaná a jevendőnket.

- A jövendő Isten kezében van - szólt rájuk a pap. - Ne cselekedjetek az ő

---

1 Brazíliában tenyésző fa, amelynek vérvörös színezetű gesztjét (törzsének belső színfa anyagát) festésre, illetve tintakészítésre használták.

nevében semmi komédiát!

A férfiak között két idős ember is ült. Az egyik egy sebhelyes arcú, szótalan, úrforma ember, akiről nem lehetett tudni, hogy úr-e vagy cigány, mert semmi kérdésre sem válaszolt. Az az ember égettpuskapor-szagot hordozott magával. A másik a terebélyes arcú paraszt, aki a pappal volt egybeláncolva. Mindig mereven néz, mintha csudálkozna, és úgy lógatja a fejét, mintha a feje sokkal nehezebb volna, mint más ember fiáé. Az igaz, hogy nagy is a feje.

A rabok, ahogy ott ették a paprikás ürühúst, csöndesen beszélgettek.

A szabaduláson kezdték persze, hogy hogyan lehetne a törököktől megszabadulni.

- Sehogyan - szólt röviden a nagy fejű paraszt.

Lenyelte a kanál húst, és folytatta:

- Én tudom. Én már kiszolgáltam egy rabságot.

- Konstantinápolyban? - kérdezték egyszerre hárman is.

- Ott - felelte a paraszt, mélyen belemártva a kanalát a vaskondérba -, tíz esztendeig söpörtem én a török földet.

- És hogyan szabadult meg?

- Hogyan? Hát ingyen. A Jézus palástja alatt. Egyszer felhoztak Belgrádba. Onnan szöktem meg: átúsztam a Dunát.

- És milyen az a rabság? - kérdezte egy tizenhat éves, savószemű legény.

- Bizony, öcsém - felelte búsan a paraszt -, nem sok tyúk múlt ki miattam a világból.

- Gazdagnál szolgált-e? - kérdezte egy hang a kocsi alól.

- Magánál a császárnál!

- A császárnál? Mi volt kend a császárnál?

- Főtisztogató.

- Micsoda főtisztogató? Hát mit tisztogatott kend?

- Az istállóját.

- Hát az asszonyokkal hogy bánnak? - kérdezte egy fekete hajú menyecske.

Az ember vállat vont:

- Amelyitek fiatal, ott is csak asszony, csakhogy török asszony. De jobbára csak cseléd.

- Verik az asszonyt is?

- Kit hogyan.

A pap fölkelt.

- Eszerint kend ösmeri az utat?

- Bár ne ösmerném - felelte az ember.

A pap föltette az egyik lábát a kerékagyra, és a tűz odasugárzó világosságánál a szemét hegyezve nézte a lába szárára lakatolt széles, sima vasat.

Apró karcolások látszottak azon. Valami rab följegyzései voltak: egy hosszú út szenvedései húsz szóban.

A pap olvasta a szavakat:

- Nándorfejérvártól *Hizarlik[1]* egy nap. Aztán *Baratina*.

- Nem - felelte az ember -, öt állomás is van addig.

- Eszerint ez az öt kereszt öt állomást jelent. Tehát öt állomás. Aztán következik *Alopnica*.

Az ember bólintott.

- Aztán *Nis*.

- Az már Rácország - sóhajtott az ember, s a térdét átfonta. - Ott kezdik vetni a rézkását.[2]

- Rézkását? - csudálkozott az egyik asszony.

Az ember nem felelt.

A pap tovább olvasta a bilincs karcolásait:

- Azután következik *Kuri-Kezme*.

- Ott sok a korpió-férög.[3]

- *Sárkövi*.

- Ott három malom őröl. Apadjon el a vize!

- *Czaribród*.

- Ott engem igen megvertek.

- Miért? - kérdezték egyszerre hatan is.

- Mert eltörtem a lábam vasát.

- *Dragomán* - olvasta a pap tovább.

- Az már Bologárország - szólt az ember -, onnan érkezünk Zsófiába. Ott sok a torony. Nagy város. Égjen porrá!

A pap folytatta:

- *Iktimán*.

Az ember bólintott.

- *Kapiderven*.

- Ott havas vagyon. Nyáron is hó födi a hegyeket.

- *Pozarki* vagy micsoda.

- Az, az, Pozárki, hogy a főd nyelje el! Sok a szúnyog benne.

- *Filippe*.

- Az is város. Dűljön össze!

- *Kaladán*.

- Ott egy cimborámat eladták. Döghalál emésse el őket!

- *Uzonkova*.

- Sok gyümölcsöskert. Jó hely.

- *Harmanli*.

- Ott egy török úr megvette Dávidka Antalt.

- *Musztafa-basa-Köpri*.

- Kőhíd van ott jókora. Szakadjon össze!

- *Drinápoly*.

---

1 Korabeli (részben napjainkban is használt) városnevek a volt Jugoszlávia, illtve Bulgária és Törökország területén.

2 Riszt

3 Skorpió

- Nagy büdös város. Ott láttam egy élőfánkot.[1]

- Mi az? - kérdezték a rabok valamennyien.

- Az - felelte a paraszt - akkora nagy, eleven barom, mint ez a rakott szekér, de még ennél is nagyobb; oszt csupasz, mint a bihal.[2] Az orra meg akkora, hogy úgy bánik vele, mint más állat a farkával: mikor a legyek kénozzák, végiglődörgeti a derekán.

- *Corli.*

- Onnan kezdve möglátjuk a tengört.

A rabok sóhajtottak. Némelyek a tenyerükbe hajtották az arcukat; mások könnyes szemmel bámultak maguk elé.

5

A sebhelyes arcú, puskaporszagú ember megszólalt. - Atyámfiai - mondta halk, érdes hangon -, ha meg tudnátok engem szabadítani, én valamennyiőtöket kiváltanálak.

A rabok ránéztek.

Az ember visszapillantott a törökökre, s folytatta még halkabban:

- Én úr vagyok. Van váram kettő; van pénzem, van katonaságom.

A rabságot élt paraszt vállat vont.

- Akkor úgyis megszabadulhat, mert kiváltják.

- Mi a neve, bátyám? - kérdezte a pap.

- Rab a nevem - felelt a sebhelyes arcú kedvetlenül.

S fölkelt. Sántikálva ment néhány lépést a török felé. Aztán leült, és figyelemmel vizsgálta a tűztől megvilágított arcokat.

- Nem is úr ez - szólt az egyik rab -, hanem valami cigány, talán éppen hóhér.

Gergő összeborzadt a hóhér szóra. Tekintete arra tapadt. Gyerekésszel úgy értette, hogy valósággal cigány-hóhér.

- Hiszen csak vasfű volna! - szólalt meg a feltört lábú Gáspár a kerék mellett.

A rabok csöndes és szomorú elmélázással ültek. Gáspár folytatta:

- A vasfű az olyan fű, hogy lehull tőle a bilincs.

A janicsárok között nagy örömordítás támadt. Az egyik hordóban aszúbort találtak. Azon ujjongtak. A hordót odagurították a tűz közelébe, és szürcsölgetve, csemcsegetve itták.

- Éljen Magyarország! - kiáltott Jumurdzsák, a rabok felé emelve kupáját. - Éljen Magyarország, hogy ihasson a török, ameddig meg nem hal!

- Honnan tudsz te magyarul? - kérdezte a sebhelyes arcú úr, aki előbb Rabnak nevezte magát.

- Mi közöd benne? - felelte félvállról Jumurdzsák.

Már akkor csillagos, holdas volt az ég. Cserebogarak brummogtak a harmatos falombok körül.

---

1 Elefántot.

2 Bivaly.

A rabok már jobbra-balra elfeküdtek a fűben, és álomban keresték tovább a szabadulást. A pap is aludt. A karja a feje alatt. Bizonyosan vánkoson szokott aludni. A cigány hanyatt fekve aludt, a kezét a mellén összekulcsoltan, s a két lábát Y-ként szétvetetten. Valamennyien mélyen aludtak. Csak Gáspár sóhajtott fel még egyszer álmos-panaszosan:

- Nem látom én többet szép Eger városát!

Gergő is szundikált már. Elszundikált azonképp, ahogy naptól égett, finom kis orcáját a tenyerében tartotta; csak éppen hogy a feje lejjebb süllyedt, a dunyha kihajló csücskére.

S már el is aludt volna teljesen, ha a Cecey névre ki nem nyílik magától a füle kis ajtója.

A cigány-hóhér rekedt hangja mondta ezt a nevet, és az ő törökje ismételte.

Ott beszélgettek a kocsi mellett.

- Nála van a Dózsa kincse, bizonyosan tudom - bizonygatta a magyar.

- És miféle kincsek azok?

- Aranykelyhek, aranykupák, gyémántos-gyöngyös karperecek, nyakláncok, násfák.[1] Minden, ami urak kincse szokott lenni. Ha ugyan be nem olvasztották rudakba. De akkor meg a rudakat találjuk nála.

- Itt az erdő alján?

- Itt. Azért is vonult félre a világtól.

- Fegyvere is van?

- Gyönyörű ezüstmívű kardok és páncélok. Lehet, hogy az egész padlása tele van. A szobájában tudom, hogy van valami hat nagy vasasláda. Azokban lehet a legértékesebb holmi.

- Cecey... Sohasem hallottam ezt a nevet.

- Mert nem hadakozik már. Ő volt Dózsának a kincstartója.

A török a fejét rázta.

- Kevesen vagyunk - mondotta elgondolkozva. - Itt kell maradnunk holnap estig. Össze kell várnunk egy jó csapatot.

- Minek oda annyi ember? Ha sokan vagytok, sokfelé kell osztozkodnotok. Öregember az már. És fából van keze-lába.

- Mikor jártál ott legutoljára?

- Esztendeje lehet.

- Esztendő sok idő. Jobb, ha többen megyünk. Ha igaz, amit beszélsz, elbocsátalak, sőt meg is jutalmazlak. Ha nem igaz, fölakasztatlak a Cecey kapujára.

A török visszatért a tűzhöz, és bizonyosan a rab beszédét mondta el ottan, mert a katonák figyelemmel hallgatták.

Gergőnek elnehezült a feje. Elaludt. De csupa irtózatot álmodott. Azt álmodta végül, hogy a törökök kivont karddal futkosnak a falujukban, megfogják az anyját, és kést szúrnak a mellébe.

---

1 Nyakláncon viselt, gazdag díszítésű, zománcos, drágakővel kirakott női arany ékszerek.

Megrezzent és fölébredt.

Éji homály és fülemiledal mindenfelé. Száz fülemile! Ezer fülemile! Mintha a világnak minden fülemiléje abba az erdőbe szállott volna, hogy gyönyörűséget daloljon a rabok álmába!

Gergő fölnéz az égre. Szakadozott felhők. Itt-ott átragyog egy-egy csillag. Egy helyen a hold fehér sarlója átlóg a felhőn.

A tüzet a fa alatt már elborította a hamu. Csak középen vöröslik még egy ökölnyi parázs. A janicsárok ott hevernek szanaszéjjel a fűben, a tűz körül.

Jumurdzsák is ott hever. A feje alatt valami tarisznya; mellette valami kupa vagy bögre, nem lehet jól látni a homályban.

Haza kéne menni. Ez volt Gergőnek az első gondolata.

Nem szabad. Ez volt a másik.

Körülnézett. Csupa alvók. Ha ő átszökhetne köztük! De át kell szöknie, másképpen nem kerülhetnek vissza a faluba.

A kis Éva mellette aludt. Megrázta gyöngéden, és a fülébe súgta:

- Vicuska! Vicuska!

Évica fölébredt.

- Gyerünk haza - susogta Gergő.

Vicuskának egy pillanatra elgörbült a szája, de mindjárt vissza is igazította, és felült. Bámulva nézett Gergőre, mint a kismacska, mikor idegent lát. Majd az ölében heverő bábura fordult a tekintete, fölvette, és azt nézte kismacskás nézéssel.

- Gyerünk - mondotta Gergő.

Lemászott a kocsi külső oldalán, és leemelte a kislányt is.

Egy aszab ott ült éppen a kocsi mellett. Dárdája az ölében. Feje a kerékagyon. A csutora mellette.

Aludt az úgy, hogy akár az egész tábor elmehetett volna annak az egy keréknek a híján, amelyhez támaszkodott.

Gergő kézen fogta a kis Vicát, és vonta maga után.

Azonban ahogy a lovakat megpillantotta, megállott.

- A szürke... - rebegte. - A szürkét is haza kell vinnünk.

Azonban a szürke össze volt kötve a kis török lóval. A békót csak ki tudta nyitni Gergő valahogyan, de már a két kötőfék eloldozása lehetetlen volt az ő tudományának.

- A fene látott ilyet! - morogta a csomóra.

Bosszúságában sírva vakarta a fejét.

Próbálta újra meg újra, a fogával is. De csak nem bírta a csomót eloldani. Végre is megfogta a szürkét, és vezette.

Őr a lovak mellett is volt. De az is aludt. Ülve aludt, háttal egy görbe fára ráereszkedve. Tátott szájjal hortyogott. Gergő majdnem rávezette a két lovat.

A fűben elveszett a lovak lépésének a hangja. Mentek, mint az árnyék. Sem a szekereken belül, sem a szekereken kívül nem ébredt rájuk senki.

Egy alkalmas fatörzsöknél megállította Gergő a szürkét, és felmászott a hátára.

- Üljön fel maga is - szólt a kisleánynak.

Azonban a kis Éva nem tudott a törzsökre felmászni. Gergőnek újra le kellett szállania. Föl kellett segítenie a kis Évát először a törzsökre, aztán meg a ló hátára.

Ültek egymás mellett a szürkén. Elöl Gergely, mögötte a kis Éva. A kisleány még mindig tartogatta a piros szoknyás bábut. Az eszükbe se jutott, hogy a leányka a másik lovon üljön a nyeregbe. Az nem az övék. Évica belekapaszkodott a fiú vállába. A fiú megrántotta a kantárt, s a szürke megindult, ki az erdőből: vonta, vitte magával a török lovat is.

Csakhamar rajta voltak az úton. A szürke ott már ismerte a járást. Ballagott lomhán és álmosan.

Az út elhagyott volt. A hold csak homályosan világította meg. A fák fekete óriásokként álltak az út mellett. Gergő nem félt tőlük. Magyar fák azok mind.

6

A faluban azon éjjel nem aludt senki. Sötétedésig keresték a gyermekeket. Másnap virradóra hagyták, hogy átkutatják végig a patakot. Csak a vitézek tértek nyugalomra.

Bálint pap ott maradt Ceceynél, és vigasztalgatta a vigasztalhatatlan házaspárt.

Az asszony olyan volt, mint az őrült. Jajveszékelt, ájuldozott.

A falábú ember csak a fejét rázta a pap vigasztalására, s keserűen kiáltotta:

- Nincs Isten!
- Van! - kiáltotta vissza a pap.
- Nincs! - ismételte Cecey.
- Van!
- Nincs!

A pap egyet nyelt, aztán enyhére változott hangon folytatta:

- Amit az Isten ad, el is veheti; és amit elvesz, vissza is adhatja.

A vén nyomorék ember gyermekként zokogott.

A pap csak hajnal felé búcsúzott el tőlük.

Ahogy kilépett az ajtón, a zarándok fölemelkedik a tornácra vetett gyékényágyról.

- Tisztelendő uram - mondja halkan.
- Mit akarsz, atyámfia?
- Nem vízbe vesztek azok.
- Hát? Mit tudsz róluk?
- Azt, hogy a törökök vitték el őket.

A pap majdnem a falnak esett.

- Honnan tudod?
- Ahogy én is ott jártam a keresőkkel a patak partján, hát egy vakondtúráson láttam a töröknek a lába nyomát.

- Török lába nyomát?

- Sarkatlan csizmanyom volt. A magyarnak nincsen olyan.

- Hátha bocskornyom volt?

- Azon nincs sarkantyú. Jó az én szemem: török nyom volt. Meg a török lónak is ott a lába nyoma. Azt már csak tetszik tudni, hogy a török patkó milyen?

- Hát mért nem szóltál?

- Meggondoltam, hogy nem szólok. Ki tudja, hogy a török merre vitte őket? Szétszaladt volna az egész falu. Aztán mi haszna lett volna? A török sok, és mind fegyveres.

A pap meredező szemmel járt föl és alá. Egyszer az ajtónak lépett, de megállapodott, mielőtt a kilincsre tette volna a kezét. S megint visszatért.

- Igazat beszélsz - mondotta, a tenyerét a homlokára szorítva. - De hát mit cselekedjünk?

- Tegye azt, amit én - felelt vállat vonva Varsányi -, hallgasson.

- Borzasztó! Borzasztó!

- Az utakat járja a török most mindenfelé. Merre mentek volna? Keletnek? Nyugatnak? Csak verekedés meg halál lett volna belőle.

- Inkább haltak volna meg ők is! - szólt a pap fájdalmasan.

- Isten tudja, hol jártak már akkor azok, mikor mi utánuk kereskedtünk.

A pap búsan állott a tornácon. Keleten az ég halvány rózsaszínre vált. Hajnalodott.

A faluban ekkor nagy kiáltás hangzik:

- Emberek! Emberek! Megjöttek!

A pap figyel. Mi az?

A távolban mozgolódás. Összekeveredett kiáltozások. Néhány perc múlva dörömbölés a nagykapun:

- Eresszenek be! Nyissák ki! Megjöttek a gyermekek!

A pap berohant a házba:

- Van Isten, Péter! Kelj fel, mert van Isten.

A két gyermek ott várt a kapu előtt. Ültek a szürkén, álmosan és haloványan.

7

Az udvarra becsődült az egész falu: valami ötven ember és ugyanannyi asszony. Némelyik asszony csak éppen hogy szoknyát vetett magára; a férfiak is süveg nélkül, ahogy a kiáltozásra kifutottak.

Kapkodták a Gergő gyereket kézről kézre, meg Vicuskát; ahol érhették, ott csókolták.

- Gergő mától fogva az én fiam - mondotta Cecey, a kezét a fiú fejére téve.

A fiú anyja mezítláb, egy alsószoknyában, odaborult a Cecey lábához.

Dobó csodálkozó szemmel nézte a kis parasztfiút, aki lovat hozott a töröktől.

- Bátyám - szólt előlépve -, adja ide nekem ezt a gyereket. Hadd vigyem magammal a Felföldre. Vitézt nevelek belőle.

S fölemelte Gergőt.

- Szeretnél-e vitéz lenni, fiam?

- Szeretnék - felelte ragyogó szemmel a gyerek.

- Lovad már van - mondotta Dobó -, kardot is szerzünk a töröktől.

- Hát az enyim az a ló?

A kis török lovat ott futtatták, dicsérgették a Dobó vitézei az udvar tisztásán.

- Persze hogy a tiéd - felelte Dobó. - Hadban szerezted.

- Akkor a pénz is a miénk - szólt büszkén a gyerek.

- Micsoda pénz, te?

- Aki a nyeregbe van.

Leoldják a szép bársonynyerget. Rázzák. Zörög. Megtalálják a csaptatót a kápán, hát csak úgy dől az aranyeső a fájából.

- Tyű, kuttyázom adtát - kiált bámulva Cecey -, most már nem én fogadlak fiamnak, hanem te fogadj apádnak. Szedd össze, asszony! - kiáltott a gyereknek az anyjára.

A fiú anyja káprázó szemmel nézte a földre pergő aranyakat.

- Az enyim? - dadogta hol Ceceyre, hol Dobóra, hol a papra nézve.

- A tiéd - mondotta a pap. - Az Isten adta a fiadnak.

Az asszony a kötényét fogná. Nincs rajta. Egy ember odaadja neki a süvegét. Szedi az asszony az aranyat reszkető kézzel.

A fia nézi. Egyszerre csak megszólal:

- Jól eltegye, édesanyám, mert holnap idejönnek.

- Kik jönnek ide? - hörkent rá Cecey.

- A törökök.

- A törökök?

A fiú rábiccent:

- Hallottam, mikor a török mondta a hóhérnak.

- A hóhérnak?

- Cigány-hóhérnak. Egy csúnya ember.

- Hogy ide jönnek?

- Hogy ide jönnek, és az úr kincsét elveszik.

Ezt mondva rámutatott Ceceyre.

- Az én kincseimet? - szólt Cecey bámulva. - Megőrültél? Hát van énnekem kincsem?

A gyerek vállat vont.

- A vasasládákat is mondták, hogy hat van.

- Ez komoly sor - szólalt meg Dobó. - Gyerünk be a szobába.

Kézen fogta a gyermeket, és bevezette.

Kivallatják, kiszednek belőle mindent, amit a gyermek elméje megjegyzett.

- Sebhelyes arcú, barna ember. Milyen az a sebhely?

- A szájától a füléig egy vörös barázda.

Dobó felpattan a székéről.

- Móré!

- Hát ki is volna más! Meg akar szökni a zsivány, azért vezeti rám a törököt.

- De hát ismeri az itt a járást?

- Járt itt valami hat éve. Összeforgattak nálam mindent. Ötvennégy forintomat elvitték, meg a feleségem kis aranykeresztjét, meg hét tehenemet.

Dobó haragosan topogott fel és alá a szobában.

- Hány embere van, bátyám, fegyverforgató?

- Talán negyven mindössze. Azok is többnyire vének.

- Kevés - feleli Dobó. - Mi van ide legközelebb? Pécs, ugye? De ott Szerecsen János az úr, János-párti; minekünk ellenségünk.

- Futnunk kell, futnunk! - kiáltja elkeseredetten Cecey. - De hová fussunk?

- Az egész falu csak nem futhat el tán! Hogy hagynák itt a falut? Ej, mindegy. Mikor arról van szó, hogy a török ellen védekezzünk, csak magyar a magyar, akármilyen párti!

S kiment.

- Lóra, fiúk! - hangzott a kiáltása az udvarról.

- Megyek, Cecey uram, Szerecsenhez. Addig is dolgozzanak. Minden háztetőt locsoljanak meg csurgásig. A falu népe szedje össze, ami marhája van, és gyűljenek ide az udvarra. A kerítés mellé köveket rakjunk meg hordókat. Kasza, csákány vasvilla legyen az asszonyok kezében is! Két óra múlva visszatérek.

Felült a lovára, és elrobogott a vitézeivel.

8

A Cecey háza kőfallal kerített, nagy, négyszögletű telken épült. De a kőfal alig embernyi magasságú, és bizony már romladozott.

Az udvarra már délelőtt behurcolkodott az egész falu. Az ágynemű- és bútorhalmok között tehenek, kecskék és disznók futkostak, ludak gágogtak, kacsák bukdácsoltak, és tyúkok szaladgáltak. Egy ember kardokat, késeket és kaszákat köszörült a fészer mellett. A pap rengeteg szélességű, rozsdás kardot kötött fel, és az udvar közepén vagy hatot vágott a levegőbe. Próbálta az öreg, hogy érti-e még.

Egynéhány asszony meg üstökben ételt főzött az udvar sarkán.

Ceceynek valami hat egérrágta nyílszerszáma volt a padláson. Szétosztotta azoknak az öregeknek, akik vele a Dózsa-háborúban harcoltak.

Déltájban visszaérkezett Dobó. Mindössze harminc zsoldost hozott magával, de a falubeliek így is örömkiáltásokkal fogadták.

Dobó körüljárta az udvart. Itt-ott felhágókat, állványokat rakatott, köveket szedetett. Aztán magához szólította a falu fegyvereseit, szám szerint ötvenegy embert, és csoportokban a kerítésre osztotta őket.

Ő maga tíz jó puskással a kapu mellett helyezkedett el az állványon.

A falu két bejárójához két kürtöst küldött. Azoknak kell jelenteniük az ellenség megérkezését.

Nem kellett estig várakozniuk.

Délután három óra tájban megharsant a kürt a falu keleti bejáróján, és néhány perc múlva vágtatást tért vissza mind a két katona.

- Mind itt vagyunk? - kérdezte Cecey.

Csak a Gergely anyja hiányzott. A szegény asszony meg volt zavarodva az aranytól. Egyre azt ásta, dugdosta. Ceceynél nem merte hagyni, mert attól tartott, hogy a török elveszi.

- Mármost mindegy - szólt Cecey a sisakját föltéve. - Be a kaput! Zsákot, követ mögé! Csak annyi rést hagyjatok, amennyin egy lovas beférhet.

A katonák ezalatt odaérkeztek.

- Jönnek! - kiáltotta az egyik messziről.

- Sokan? - kérdezte Dobó.

- A fáktól nem lehetett látni, csak az elejét.

- Hát eredj vissza - dobbant rá Dobó haragosan -, aztán nézd meg, hogy hányan jönnek! Szaladni akkor is ráérsz, ha kergetnek.

A pécsi zsoldos elvörösödve fordult meg a lovával, és visszavágtatott az ellenség felé.

- Hát ilyen katonák vagytok ti? - kérdezte Dobó az egyik közelében álló pécsi zsoldost.

- Dehogyis - felelte az röstelkedve. - Ez csak a minap állott közibénk. Szabólegény volt. Nem próbált ez még harcot.

Néhány perc múlva megint robogott vissza a szabó, s a nyomában valami tizenöt piros sapkás akindzsi.

Most már csakugyan kergették.

- Nyissátok ki a kaput - mondotta Dobó.

És a puskásainak is szólott:

- Lőjetek!

A tíz puskás célzott. A lövések ropogva dördültek el. A törökök közül egy janicsár lefordult a lováról, és beleesett az árokba. A többi visszahőkölt.

Megfordultak, és visszaügettek.

A szabó benyargalt a nyitott kapun.

- Hát hányan vannak? - kérdezte Dobó mosolyogva.

- Ezren - felelte a szabó verejtékesen és lihegve -, talán többen is.

- Az semmi - felelte Dobó -, ha csak százan vannak, akkor ma még táncolunk is.

- Ezret mondtam, uram.

- Jól értettem - felelte Dobó. - Ha te ezret láttál, akkor csak százan vannak, vagy annyian se.

A falu végén füst gomolygott föl.

Az akindzsik már gyújtogattak.

- Jól meglocsolták a tetőket? - kérdezte Dobó.

- Széna, szalma az, ami ég - felelte Cecey.

És hozzápöngette a kardját a kapu tetejéhez.

Akkor előbukkant az úton a félszemű janicsár. A derekán páncél. Az övében tőrök és pisztolyok. Mellette szintén lovon az a magyar, akit Gergő cigány-hóhérnak nevezett. Mögöttük egy csapat akindzsi, s oldalt egynéhány gyalog futó aszab.

Égő csóva a kezükben.

- Móré László! - harsant fel Dobó, a lábával is dobbantva. - Te ország szégyene, te pokolravaló!

A janicsár meghökkenve nézett a mellette lovagló emberre.

- Ne higgy neki! - szólt az elsápadva. - Én nem vagyok Móré. Téged akar bolondítani.

A janicsár megállította a lovát, hogy a hátul jövőkkel csoportosuljon.

- Ismerlek téged is, Jumurdzsák! - kiáltotta Dobó. - Hát ez a török becsület, hogy azokat rablod, akikkel tegnap még harcoltál? Rabló vagy, zsivány vagy, mint a cinkosod!

A janicsár fölpillantott rá, de nem felelt.

- Gyere csak, gyere, te bolond! - kiáltotta Dobó. - Itt ugyan arany nincsen, hanem vasat, azt kaphatsz jófélét.

S rácélzott: eldurrantotta a puskáját.

Jumurdzsák meghanyatlott a lován. Lefordult, lehuppant a porba. Szinte egyszerre dördült a többi puska is s a török pisztolyok.

Móré hozzákapott a lehanyatló janicsárhoz, de csak a tőrt kapta el az övéből. A másik pillanatban a paripája vékonyába csapott a tőr lapjával. A paripa nagyot szökkenve indult futásnak. Móré, ahogyan csak bírta, csépelte.

- Ott fut az arany! - kiáltotta Dobó a törököknek.

Azok egy percre elhőköltek, de aztán dühös ordítással és ropogással rohantak Móré után.

És ahogy elrobogtak a ház előtt, Dobó olvasta őket:

- Tíz... húsz... negyven... ötven.

Várt még egy percet, aztán leugrott az emelvényről.

- Lóra, fiúk! Nincsenek ezek hatvanan se!

Lóra kaptak. Dobó a kapuból visszakiáltott Ceceynek:

- Azt a páncélos törököt, ha még él, zárjuk be! A falubeliek verjék agyon a gyújtogatókat!

És kiszáguldottak a kapun.

A falubelieknek nem kellett sok biztatás. A faluban már valami öt helyen kígyódzott a füst az ég felé. Kaszákat és fejszéket forgatva rohantak ki a kapun valamennyien.

Cecey a pappal meg két jobbágyával az útra sietett. Jumurdzsák már ült. Csak ájult volt. A Dobó golyója éppen a szíve fölött horpasztotta be a páncélját.

- Kötözzétek meg - mondotta Cecey -, és vezessétek az udvarra.

A török szótlanul engedte át magát a kötözésnek.

- Tudsz-e sakkozni? - harsant rá Cecey.

A janicsár igent intett a fejével, és azt mondta:

- Nem.

Ahogy ott kötözik a kezét, a másik török is fölemeli vértől elborított arcát az árokból.

- Kötözd csak - mondja az egyik paraszt -, míg amazt agyonütöm.

- Megállj - mondja Cecey.

Odabaktat a vérbe borult janicsárhoz, és a kardját a mellének szegezve kérdezi:

- Tudsz-e sakkozni?

- Kaplaman - feleli a török bágyadozva.

- Sakk?

- Sakk, sekk, matt? - kérdezi nyögve a török.

- Az, az, Mahomed rúgjon meg. Vigyétek ezt is az udvarra, ez az én rabom!

9

Dobóék csak este tértek vissza. Sok köpönyeget, páncélinget és mindenféle fegyvert hoztak magukkal. Meg egy rabot is: Móré Lászlót lovon, kötözötten.

- Ennek a farkasnak valami jó vermet! - mondotta Dobó a lováról leugorva. Cecey szinte ugrált örömében.

- Hogy fogtátok el?

- Az akindzsik fogták el minekünk. Volt annyi eszük, hogy fiatal lovat nem adtak alája. Könnyen utolérték. Mikor aztán javában kötözték, mink meg ővelük bántunk el.

- Mind levágtátok?!

- Amennyit lehetett.

- Hamar a legszebbik tinómat! - kiáltotta Cecey vígan a szolgáinak. - Nyársra! De előbb bort ide! Azt a leghátulsót gurítsátok fel a pincéből!

- Még ne! - mondta Dobó, hogy utánatekintett a kamrába kísért Mórénak. - Hol az a Gergő gyerek?

- Mit akarsz vele? Amott játszik a tornácon a kislányommal.

És halkabban folytatta:

- Ne szólj róla, hogy az anyját megölték.

- Hát megölték?

- Meg ám. Valamelyik gazember ráakadt a gyújtogatás közben, és leszúrta.

- És az aranyak?

- Az asszony a szoba sarkában fekszik, arccal a földön. Bizonyosan oda ásta el az aranyait.

Dobó bosszúsan hümmentett. A gyerekhez fordult:

- Gergő! Bornemissza Gergő! Gyere csak, kis vitézem. Ülj hamar a jó kis paripádra, lelkem.

- Hova mentek még?

- A rabokért, bátyám, akikről ez a fiú beszélt.

- Hát egy kortyot igyatok legalább. Bort hamar! - kiáltott a cselédekre. - Él ám a törököd! Bent van a kamarában.

- Jumurdzsák?

- A manó tudja, hogy hívják: akit lelőttél.

- Az, az. Hát nem halt meg?

- Nem. Csak elájult. A másikat is behoztuk az árokból. Attól tartok, hogy az nem marad életben.

- Attól tart? Fára a cudart!

- Hohó - mondotta Cecey -, az az én rabom.

- Hát tegyen vele, amit akar. Hanem azt a Jumurdzsákot vezettesse elő, és adjon lovat alá.

A vitézek nagyokat húztak a kupákból. Jumurdzsákot elővezették.

- No, Jumurdzsák - mondotta Dobó -, hát kellett ez neked?

- Ma nekem, holnap neked - felelte mogorván a török.

S hogy meglátta a lovát meg a rajta ülő Gergő gyereket, a szája is elnyílott bámulatában.

Dobó maga mellé intette a gyereket, és kivágtatott a kapun. A törököt mögöttük a vitézek fogták közre.

- Tudod-e, hova megyünk, Gergő? - kérdezte Dobó.

- Nem tudom - felelte a gyerek.

- Most megyünk a kardért.

- A törökökhöz?

- Oda.

- Nekem?

- Neked. Félsz-e?

- Nem.

- Az az első, fiam, hogy ne féljen a legény. A többi aztán megjön magától is. Nem beszéltek többet.

A lovak lába fehér felhőket kavart a Mecsek kocsiútján, s a lovasok robogása megkeményült a köves hegyoldalon.

Gergő fülében elhangzott harangszó búgásaként ismétlődött:

- Az a fő, hogy ne féljen a legény!

10

A rabokat ott találták az erdőben. Mindössze hat aszab őrizte őket.

Amint a magyar vitézek megjelentek a fák között, a rabok felugráltak, és örömrikoltozással tördelték, vonogatták a bilincseiket.

A hat aszab persze hatfelé szaladt.

A magyarok nem kergették őket. A rabokon volt az eszük. Azokat szabadították fel a láncokból.

Dobó legelőször is a papnak nyújtott kezet.

- Dobó István vagyok - mondotta.

- Somogyi Gábor a nevem - felelte a pap. - Áldja meg az Isten kegyelmedet.

A rabok is örömükben és hálaérzésükben könnyes szemmel borultak Dobó köré. Csókolták kezét-lábát a szabadítójuknak.

- Ne nekem hálálkodjatok - mondotta Dobó. - Ez a kisfiú mentett meg benneteket.

És Gergőre mutatott.

A Gergő gyerek persze egész életében nem kapott annyi csókot meg annyi áldást, mint ezen az egy napon. No de majd nem kap ezután; nem kap sok ideig.

Tizenöt rakott szekér meg sok mindenféle fegyver lett a zsákmány.

Dobó, mielőtt osztakoztak volna, megkérdezte a raboktól, hogy ki a legrégibb fogoly.

A fiatal jobbágylegény eléje lépett, s levette a süvegét:

- Én volnék.

- Mi a neved?

- Kocsis Gáspár, szolgálatjára.

- Hová való vagy?

- Egerbe, uram.

- Hol estél rabul?

- Fejérvár alatt, uram.

- Tudod-e, hogy ezeken a szekereken kiknek a holmija van?

- Egynéhány hordóról, ágybeliről tudom. Szedték ezt, uram, mindenütt ezek a rablók.

Dobó a törökhöz fordult:

- Jumurdzsák, beszélj!

- Szedtük, ahol Allah engedte szednünk. Ami a hitetleneké, az a miénk. Ahol találjuk, ott kapjuk.

- Akkor csak rakjatok szét mindent. El fogom osztani közöttetek.

Az egyik kocsiban egy halom mindenféle fegyver volt. Az is szedett-vedett zsákmány, java része a Móré várából való. De volt közötte egy könnyű kis meggyszín bársonyhüvelyű kard is. Dobó fölvette azt.

- Bornemissza Gergely, jer ide. Fogd ezt a kardot. A tiéd. Légy hű vitéze a hazának, jámbor szolgája az Istennek. Áldás és szerencse legyen a fegyvereden!

Felkötötte a kardot a gyerek derekára, és homlokon csókolta a kis vitézt.

A kisfiú komolyan fogadta a kitüntetést. Szinte belehalványult. Talán a jövendő idők fuvalma szállt át egy pillanatra a lelkén: megérezte, hogy nemcsak a kardot kötötték őhozzá, hanem őt is a kardhoz.

Dobó azután, ami a katonáknak nem kellett, a raboknak hagyta. Minden rabnak jutott kocsi is, ló is, fegyver is. Mert a vitézeknek a kocsiba fogott sovány parasztlovak nem kellettek.

Ki volt boldogabb a cigánynál! Nagyokat rikkantott. Körülugrálta a neki osztott lovat, szekeret.

Majd visszarohant a fegyverrakáshoz. Ami rozsdás, rossz fegyvert otthagytak a katonák, kincsek gyanánt kapdosta magára. Törökösen kendőt kötött a derekára, és úgy körültűzködte magát mindenféle késekkel, tőrökkel, hogy olyan volt, mint a sündisznó.

Egy tengerinádból font ócska, törött pajzs is hevert ottan. A karjára öltötte.

Meztelen lábaira két nagy rozsdás sarkantyút kötött, a fejére meg sisakot tett. Volt annyi esze, hogy alatta hagyta a kalapját is. Azután egy hosszú dárdát kapott fel a földről, és mintha tojáson járna, olyan ünnepi lépésekkel odalejtett a törökhöz.

- Na, Gyamarzsák - mondta az orra alá piszkálva a dárdával -, hogy vagy, te bibas terek?

Hogy erre valamennyien nevetésre fakadtak, Dobó rászólt a cigányra:

- Ne hetvenkedjél, te! Hová való vagy?

A cigánynak egyszerre alázatossá lettyent a dereka.

- Mindenüvé, csókolom kezsit-lábát, ahol muzsikáltatnak.

- Puskát javítani tudsz-e?

- Hogyne, naccságos vitézs uram. A legrossabb puskát is úgy megreparálom én, hogy...

- Hát nézz el majd ezekben a napokban Szigetvárra, a Török Bálint úr udvarába. Ott most akad munkád bőven.

A sovány kis cigányasszony könyörgött Dobónak, hogy hadd mondjon jövendőt.

- A feleséged? - kérdezte Dobó a cigánytól.

- Azs - felelte a cigány -, ma reggel házsasodtunk össze.

A cigányasszony odaült a tűzhöz, összekotorta a parazsat, és fekete, apró magvakat szórt reá.

- Datura stramonium[1]- szólt a pap, a magvakra tekintve.

A parázsról kék füstoszlop szállt fel. A cigányasszony kőre ült, és beletartotta a füstbe az orcáját.

A vitézek meg a volt rabok kíváncsian állották körül.

- A kezét... - mondotta néhány perc múlva a cigányasszony Dobónak.

Dobó odanyújtotta.

A cigányasszony fölemelte az arcát az égnek. A szeme fehérével nézett fölfelé. És remegő ajkakkal beszélt:

- Vörös és fekete madarakat látok... Szállanak egymás után... Tíz... tizenöt... tizenhét... tizennyolc...

- Ezek az éveim - mondotta Dobó.

- A tizennyolcadik madárral egy angyal repül. Leszáll hozzád, és veled marad. Kendőt rak a homlokodra. A neve Sára.

- Eszerint Sára lesz a feleségem. No, szép vénlegény leszek, mikorra megtalálom Sárát!

- A tizenkilencedik madár vörös. Sötét, villámos felhőt hoz magával. A földön három nagy oszlop eldőlt.

- Buda? Temesvár? Fehérvár? - kérdezi Dobó tűnődve.

- A negyedik is lángol már, te fenntartod azt, noha kezedre, fejedre záporként hull a tűz.

- Szolnok? Eger?

- A huszadik madár aranyszínű. A nap sugaraiba van öltözködve. A fején

---

1 Maszalg, amelynek a magja is erősen mérgező.

korona. A korona egy gyémántja az öledbe hull.

- Ez jót jelent.

- Aztán megint vörös és fekete madarak szállanak egymás után. De sötétség következik... Nem látok többé semmit... Lánccsörgést hallok... A te sóhajtásodat...

Összerázkódott, és elbocsátotta Dobónak a kezét.

- Eszerint börtönben halok meg - szólt Dobó összeborzongva.

- Nincs ennek semmi értelme - szólt kedvetlenül a pap. - Mire való az ilyen ostobaság?

A cigányasszony már akkor a Gergely kezét fogta. Az arcát a füstbe mártotta, hallgatott egy percig. Azután ismét az égre nézett.

- Galamb kísér az egész életen... Fehér galamb, csak a szárnya rózsás. De tűz és tűz környékez. Kezedből is tüzes kerekek indulnak... A galamb aztán maga marad, és búsan keres egész életén át...

Egy percre elhallgatott. Arcát a megirtózás kígyóvonalai vonaglották át. Elbocsátotta a fiú kezét, és tenyereit is az ég felé tartva rebegte:

- Két csillag száll fel az égre. Egyik a börtönből. Másik a tengerparton... Ragyognak örökké...

S elirtózva takarta tenyerét a szemére.

- Bolondság - szólt ekkor bosszúsan Dobó. - Öntsetek erre az asszonyra vizet!

S elrántotta a Gergő gyereket. Vitte magával a paripák felé.

- Hát evvel a rablógyilkos haramiával mit csináljunk? - kiáltotta Dobó után a cigány. S a törökre mutatott.

- Akaszd fel! - válaszolta Dobó anélkül, hogy hátratekintene.

És a lovára fordult.

- No, kutya török - harsant fel Kocsis Gáspár -, meghalsz!

- Meghalsz! - kiáltották a volt rabok is.

És az öklüket rázták.

- Megdegles! - szólt dühben forgó szemmel a cigány is.

És az egyik hámfáról leoldotta a kötelet.

- A lábamat töretted a vassal! - kiáltotta Gáspár.

- Megölted apámat! - rikoltott rá egy asszony.

- Elhajtottad a tehenünket, feldúltad a házunkat!

S a törököt haragos arcok és öklök viharozták körül.

Néhányan mindjárt le is akarták szúrni, de a rabságot szolgált nagy fejű paraszt elébe állott a maga kardjával:

- Hogyisne! Hogy mindjárt vége legyen! Tüzet rakunk előbb a talpa alá!

- Tüzet alája. - kiáltották valamennyien. - Égessük meg az átkozottat!

A bosszúállás gondolata mindenkit hóhérrá változtatott. Az asszonyok tördelték a rőzsét, és tüzet gerjesztettek a fa alatt.

- Emberek - szólalt meg ekkor a pap -, ha ti most itten akasztással mulatoztok, megint jöhet egy kóbor török csapat, és megint rabul eshetünk valamennyien.

Az emberek ránéztek.

A pap egy csontmarkolatú török lándzsát tartott a kezében. Folytatta:

- Tudjátok, hogy ez a gonosz mit tett velem. A testem tetőtől talpig olyan, mint a főtt ráké. Melyikeknek van több joga arra, hogy markába fogja ennek az embernek az életét?

Erre a kérdésre nem felelt senki. Egynéhányan szemtanúi voltak, mikor a papot lekötözték egy padra, és forró vízzel vallatták.

A pap folytatta:

- Hát csak menjetek a vitézekkel, ameddig lehet, az ő oltalmuk alatt, aztán meg lehetőleg szanaszéjjel a járatlan, rossz utakon. Isten áldjon meg és vezessen haza benneteket.

És áldásra terjesztette ki a kezét.

A tűzrakás abbamaradt. A szájukban még ott volt a rabkenyér keserű íze. Valamennyinek a hazamenetelre fordult az esze. Egyik a másik után ugrott fel a neki osztott lovas szekérre.

- Gyí, Uram-Isten!

A cigány is felszökött a kocsijára, és hátraszólt az asszonyának:

- Utánam, Beske!

Gáspár összekötötte a maga kocsiját a Margitéval. Egymás mellé ültek. Ők talán az egész életükön át így mennek már: egy kocsin.

- Jól meggyötörje! - kiáltotta vissza a papnak.

- Ne sajnálja a tüzet tőle! - rikoltott vissza egy asszony is.

És sorra elhajtottak.

A kocsis maradt utolsónak, az a kocsis, akit szakácsságra fogtak a törökök.

- Addig nem megyek el, míg vissza nem adom a pofont! - szólott.

És aszerint cselekedett.

A pap maga maradt a törökkel.

11

Gergely azt hitte, álmodik. Ahogy ott poroszkált Dobó mellett a kis fürge török lovon, azon tűnődött, hogy hogyan került ő bele ebbe a nagy dicsőségbe.

Hol a lovat nézte, hol a szép kardot. A lovat meg-megsimogatta, a kardot ki-kihúzta. Ha véletlenül törökre bukkannak, és Dobó azt mondja neki: *vágjad, Gergő!* - hát az is bizonyos, hogy Gergő nekivág most akár egy hadseregnek!

Immáron alkonyodott. Az eget pikkelyes felhők borították, s ahogy a nap aranyozni kezdte az eget, olyanná vált az, mintha pikkelyes aranyból volna az egész égboltozat.

Ahogy lefelé ügetnek a kanyargós úton, a Dobó lova egyszer csak megáll. A fejét fölemeli. Fúj, és nyugtalanul kapálja a földet.

Dobó visszatekint.

- A lovam törököt érez - mondja a fejét rázva -, álljunk meg.

Induláskor két katonát bocsátott előre. Azokat várták. Néhány perc múlva mind a kettő vágtatást tért vissza.

- Lenn a völgyben egy török csapat jön az országúton - jelentette az egyik Dobónak.
- Katonai rendben jönnek - mondotta a másik.
- Messze? - kérdezte Dobó.
- Jó messze. Mikorra ideérnek, beletelik két óra is.
- Mennyien lehetnek?
- Vannak azok kétszázan is.
- Az országúton jönnek?
- Az országúton.
- Rabokkal azok is?
- Rabokkal és sok szekérrel.
- Az a Kászon utócsapata - felelte Dobó. - Mindegy: megtámadjuk őket.

Az országút szélesen kígyódzik fel a Mecsekre. Dobó kinézett a csapatának egy olyan helyet, ahol az út kanyarulatát kiálló szirt szegi meg. Ott jól elrejtőzködhetnek, s meglephetik a törököt.

- Nem vagyunk kevesen? - kérdezte egy szeplős, szőke, fiatal katona, akiről az első szempillantásra lehetett látni, hogy bársonyban nevelkedett.
- Dehogyis, Gyurka - felelte Dobó elmosolyodva. - Mikor ilyen hirtelen rájuk esik az áldás, nincs idejük olvasni, hogy hányan vagyunk. Be is sötétedik akkorra. Aztán, ha mind le nem vághatjuk is őket, hát elég lesz az, hogy széjjelfutnak. A falvakban aztán egyenkint majd elbánnak velük.

A volt rabok akkor tűntek elő egy kanyarodásnál hosszú kocsisorban.

Dobó hozzájuk futtatott egy katonát, és azt izente nekik, hogy forduljanak vissza Pécs felé; onnan tartsanak keletnek, nyugatnak, csak északnak meg délnek ne.

Látni lehetett, hogyan ér hozzájuk a katona, hogyan áll meg a kocsisor, és hogyan fordulnak meg egyenként, és hogyan fordul az egész sor visszafelé.

Dobó Gergelyre nézett.

- Az ördögbe is - mormogta kedvetlenül -, hova tegyem ezt a gyereket?

12

A pap magára maradt a törökkel.

A török állt a cserfánál, és a fűre bámult. A pap a lándzsára támaszkodva állt előtte tízlépésnyire.

A kocsizörgés darabig még hallatszott, aztán az erdei csendesség vette őket körül.

A török akkor fölemelte az arcát.

- Mielőtt megölnél - mondotta sápadtan -, hallgasd meg egy szavamat. A derekamon az öv tele van arannyal. Az ilyen nagy zsákmányért megteheted azt, hogy el is temess.

A pap nem felelt. Csak nézte a törököt egykedvűen.

- Ha felakasztottál - folytatta Jumurdzsák -, áss nekem sírt itt a fa alatt, és

tégy belé ülőleg. Fordíts arcommal Mekka felé. A pénzemért megteheted.
 Aztán nem beszélt többet. Várta a papot meg a kötelet.
 - Jumurdzsák - szólalt meg végre a pap -, hallottam tegnap, mikor azt mondtad, hogy az anyád magyar nő volt.
 - Az - felelte a török megelevenült nézéssel.
 - Eszerint te félig-meddig magyar vagy?
 - Az - felelte a török.
 S a földre fordította a tekintetét.
 - A törökök téged elraboltak gyermekkorodban?
 - Eltaláltad, uram.
 - Honnan?
 - Már elfelejtettem.
 - Hány éves voltál?
 - Igen kicsi.
 - Apádra nem emlékszel?
 - Nem.
 - Arra se, hogy mi volt a neved?
 - Arra se.
 - Semmiféle név nem jut eszedbe a gyermekkorodból?
 - Nem.
 - Különös, hogy a beszédet nem feledted el.
 - A janicsárodában sok magyar fiú volt.
 - Nem ismertél egy laki gyereket, Imre nevűt, Somogyi Imrét?
 - Úgy rémlik, mintha ismertem volna ezt a nevet.
 - Kerek fejű, fekete szemű, kis, testes fiú volt, mikor elrabolták, s mindössze ötesztendős. A bal mellén egy lóhere alakú anyajegy, mint nekem.
 A pap széjjelvonta a mellén az inget: lóhere alakra csoportosult három lencsét mutatott a válla és a mellbimbó között.
 - Ismerem azt a fiút - mondotta a török. - Gyakorta láttam ezt a jegyet, mikor mosdottunk. Csakhogy most más a neve: Ahmed vagy Kubát, valami ilyenféle török név.
 - Hát nem jártok együtt?
 - Néha együtt, néha nem. Ő most Perzsiában hadakozik.
 A pap föl és alá járt a török előtt. Egyszer csak rákiáltott:
 - Hazudsz!
 És élesen a szemébe nézett.
 A török lesütötte a szemét.
 - Mindegy - szólt a pap ismét nyugodt hangon. - Én nem öllek meg.
 - Ó, uram! - kiáltott a török térdre borulva. - Lehetséges ez?
 - Lehetségesnek lehetséges, de hogy okosságnak nem ostobaság-e, az más kérdés.
 - Irgalmazz, kegyelmezz meg nekem! Vedd el mindenemet, és tégy raboddá! Az eb nem olyan hű, mint én leszek hozzád!

- Csak az a kérdés - szólt a pap -, hogy ember vagy-e te vagy fenevad. Ha én téged elszabadítalak, ki kezeskedik arról, hogy megint nem ölöd és fosztogatod az én szegény nemzetemet?

- Allah verjen meg engem minden ostorával, ha valaha kardot fogok!

A pap a fejét rázta.

A török folytatta:

- Megesküszöm neked a legrettenetesebb esküvel, amit csak török mondhat.

A pap összefonta a karját, és a szemébe nézett a rabjának.

- Jumurdzsák, te itt a halál küszöbén térdelve diskurálsz velem, és engemet bolondnak gondolsz. Avagy azt véled, nem tudom én, mit mond a *Korán* a gyaurnak tett esküről?

A török homlokát kiverte a verejték.

- Hát mondj, uram, te valamit. Mondj akármit, az meg van téve.

A pap az állát a kezén nyugasztva gondolkozott. Aztán így szólt:

- Minden töröknél van valami amulett, ami védelmezi őt a harcokban, és segíti a jó szerencsében.

A töröknek lecsüggedt a feje.

- A pénzed nem kell - mondotta a pap. - Azt az amulettet kívánom tőled.

- Nyúlj a mellesem alá - rebegte a török -, a nyakamon lóg.

Fölemelte a fejét. A pap csakugyan ott találta a kis kék selyemzacskóba varrt amulettet. Leszakította az aranyláncról, és zsebre tette.

Azután a török háta mögé lépett, és elvágta a lábán, kezén és karján általcsomózott kötelet.

A török lerázta a két kezéről a köteleket, és hirtelen megfordult. Szeme a tigris sárgán égő tekintetével villant rá Gábor papra.

Azonban a pap már akkor nekitartotta heggyel a lándzsát, és mosolygott.

- Nono, Jumurdzsák! Vigyázz, bele ne szúrd az orrodat!

Jumurdzsák dühében szinte lángot fújva hátrált a pap előtt. Mikor már vagy húszlépésnyire volt tőle, gúnyosan rikoltott:

- Tudd meg, ki volt a markodban, ostoba gyaur! Én ama híres jaja pasi Oglu Mohamed fia vagyok. Kaphattál volna értem zsákkal az aranyból!

A pap nem felelt. Megvető pillantást vetett rája, s a lándzsáját a kocsijára dobta.

13

A nap éppen elsüllyedt az éghatáron, mikor Gábor pap a kocsijára ült, és rátért az országútra.

A rabtársak kocsisorának a végét még látta, amint lefelé mentek Pécsnek, de azt gondolta, hogy az csak az egyik rész; a többi északnak ment.

Az utat ismerte hazafelé. Nincs is más országút arra, csak az az egy: Pécstől Kaposváron át Székesfehérvárra, onnan meg Budára. De ő csak Lakig megyen rajta, a Bakics Pál kastélyáig. Ott egy kis keskeny kocsiúton nyugatnak fordul majd a Balaton felé. Ott az ő faluja egy nyírfaliget alatt.

Mennyire örülnek és csodálkoznak majd a hívei, ha meglátják, hogy megmenekült!

Leszállt, és kereket kötött. Jókedvűen megveregette mind a két lónak a pofáját, aztán újra felült, s nekiereszkedett a kocsival a lejtőnek.

Hanem az országutat a Dobó csapata állta el.

- Minek fordultál vissza? - kérdezte az egyik katona, mikor megismerte, hogy a rabok közül való.

A pap nem értette a kérdést.

- Jön a török - magyarázta a katona -, arra lesünk itt. Hát csak fordulj meg, és siess Pécsnek, mint a többi.

- Megállj, édes papom! - szólt Dobó.

S odalovagolt.

- Melyik a te falud?

- Kishida - felelte a pap.

- A Balaton mellett?

- Ott.

- Arra kérnélek, vidd el magaddal ezt a kisfiút, és mihelyest lehet, küldd át nekem Török Bálinthoz Sziget várába.

- Szívesen - felelte a pap.

- Attól tartok, hogy valami baja történik - magyarázta Dobó. - Mink itt szétriasztunk egy jókora török csapatot, aztán, látod, valamelyik megsebezheti.

A pap megfordította a kocsiját.

- Felülsz - kérdezte Gergőtől - vagy a lovadon maradsz?

- Majd a kocsi mellett megyek - felelte búsan a gyerek.

Mert ha várta is a véres küzdelmet, Dobó mellett biztonságban érezte magát. Hogy öldöklés lesz? A török nem ember, csak országpusztító fenevad. Gyermekszívvel is gyűlölte már őket.

Dobó lehajolt a lován, és megcsókolta Gergőt.

- Isten áldjon meg, kis katonám - szólott -, tudom, hogy szeretnél velünk lenni a harcban, de még csizmád sincsen. Hát csak eredj a tisztelendő úrral, aztán egynéhány nap múlva találkozunk.

A pap eloldotta a kerékkötőt, s közibe vágott a lovaknak.

Gergő búsan poroszkált a kocsi után.

14

Már jól beesteledett, mikor a kocsi elhaladt a pécsi vár mellett.

Nem szállottak meg. A pap azt akarta, hogy másnap délelőtt otthon legyenek.

Az egész Mecseket meg kellett kerülniük.

Éjfél felé kisütött a hold, és világított nekik a keskeny, agyagos kocsiúton.

Gergő akkor már mindenütt elöl lovagolt, és mikor rossz hidat értek, megkiáltotta a papnak.

Éjféltájon egy csárdaféle épület fehérlett előttük.

- Nézz be, fiam - mondotta a pap -, csárda-e vagy másféle ház! A lovakat itt megetetjük.

Gergő belovagolt az udvarra, s néhány perc múlva visszatért.

- Üres ház - mondotta -, az ajtaja sincs becsukva.
- Mindegy - felelte a pap -, itt megetetünk.

S befordult a kocsival az udvarra.

Egy fehér, kis, lompos kutya csahított eléjük. Kívüle senki sem jelentkezett. A pap leugrott a kocsiról, s bejárta a házat.

- Adj' isten! Ki van itthon? - kiáltozta be ajtón, ablakon.

A ház sötét volt. Senki se felelt. Az ajtók tártan-nyitottan. A küszöbön egy széttört szekrény. Itt bizony török járt.

- Hát biz itt magunk vagyunk - szólt a pap, hogy visszatért. - Legelsőbben is a kutat nézzük meg, mert nekem még ég a bőröm.

Lebocsátotta a vödröt, és vizet húzott fel. Azután keresgélésbe fogott a kocsiján.

Volt ott mindenféle: ágynemű, gabona, láda, faragott szék, egy hordó bor meg telt zsákok. Az egyik zsák puha volt. Azt kibontotta. Az volt benne, amit keresett: fehérnemű.

Egy kendőt meglocsolt a vödörből, és derékig levetkezett. Körülborogatta magát.

Gergő is leszállt. Odavezette lovát a vályúhoz. Megitatta.

A pap azután enni adott a lovaknak, s hogy az egyik zsákban kenyeret tapintott, azt maguknak bontotta fel. - Éhes vagy-e, fiam?

- Éhes vagyok - felelte a gyermek.

A pap kihúzta a kardját, de mielőtt megszegte volna a kenyeret, fölemelte az arcát az égre.

- Áldott a te neved, Uram! - kiáltotta meleg és hálás hangon. - Kiszabadítottál a láncokból, és megadtad a mi mai kenyerünket.

Az ég tiszta volt és csillagos. A hold fénnyel telt, fehér lámpagolyóként függött az égboltozat közepén, és világított a vacsorához.

A kút kávájára ültek, s ott falatoztak. A pap olykor a kutyának is vetett. Gergő meg a maga lovának törte és adta a kenyere felét.

A távolból ekkor halk dobogás hallatszott. A két evő felfigyelt. Szájuk megállott a mozgásban.

- Lovas jön - vélekedett a pap.
- Egy - felelte rá Gergely.

S tovább ettek.

A dobogás lassanként robogássá erősödött a száraz kocsiúton. Egynéhány perc múlva odaérkezett maga a lovas is.

Meglassította a lovát a csárda előtt, és belépett az udvarra.

- Mubarek olszun! - kiáltotta a papnak rekedt hollóhangon.

Töröknek nézte, hogy a fején ott fehérlett a vizes kendő.

- Magyar vagyok - felelte a pap fölemelkedve.

Megismerte Mórét.

Gergő is megismerte. Összeborzongott.

- Ki van itt? - kérdezte Móré, miközben lefordult a gőzölgő paripáról. - Hol a gazda?

- Nincs itt más, csak én meg ez a kisfiú - felelte a pap. - A ház gazdátlan.

- Nekem ló kell - szólt nyersen Móré. - Pihent ló.

A pap vállat vont.

- Itt bizony alig akad.

- Nekem sietős az utam. Pénzem nincs. Keresztények vagyunk. Ide a lovadat!

Egy pillantással végigmustrálta a két lovat. A harmadik, a Gergelyé, az árnyékban legelt. Kicsi ló volt: hitványnak látszott. Móré feleletet se várt, csak eloldotta a rudast a kocsitól.

- Hohó - szólalt meg a pap -, legalább azt mondd meg, miért futsz!

Móré nem felelt. Rávetette magát a parasztlóra, és tovaszáguldott.

- No - mormogta a pap -, ez ugyan rövidesen csinál lóvásárt.

Ahogy megmozdult, megérezte, hogy valami kicsúszott a zsebéből. Fölvette és megbámulta. Aztán, hogy rátapintott, eszébe jutott, hogy a török talizmánja az.

A kis selyemzacskóban valami keménykedett. Fölhasította a kardjával, hát egy gyűrű fordult ki belőle.

A gyűrű köve szokatlanul nagy, négyszögletes fekete kő, vagy sötét gránát vagy obszidián, nem lehetett megismerni a holdvilágnál. De azt tisztán lehetett látni, hogy valami halványsárga kőből hold van rajta meg körülötte öt apró gyémántcsillag.

A zacskó belsejében is tündöklött valami: ezüstfonalakból varrt török írás.

A pap értett törökül, de a török írásjegyeket nem ismerte.

Ránézett Gergőre. A fiúcska a fehér ruhás zsákon aludt már édesen.

15

Milyen vidáman, pompásan sugárzik le a nap az égről! Pedig a Balaton körül nem láthat egyebet, csak szenes háztetőket, szanaszét heverő holtakat, letiport vetéseket.

Ó, ha a nap az Isten arca volna, sugarak helyett könny hullana a földre!

A pap előre tudta, hogy az ő faluja is fel van dúlva. Mégis, ahogy fölértek a dombra, s a kerti fák lombjain túl előmeredt a kormos, tetőtlen torony, elvizesedett a szeme.

El volt pusztulva az egész falu. Sehol egy ép tető, sehol egy ép kapu. Az udvarokon bútortöredékek, hordódongák, liszthulladék, holt emberek és holt állatok.

És sehol egy élő ember. Csak néhány gyáva kutya, amely elinalt a veszedelemben, s visszatért a veszedelem után, és egynéhány baromfi, amely el tudott szárnyalni a rablók keze elől.

A pap leszállt a kocsijáról, és levette a süvegét.

- Vedd le te is a süvegedet, fiam - mondotta Gergelynek. - Halottak faluja ez, nem eleveneké.

Leszállt a kocsiról. A lovakat vezetve haladtak beljebb.

Egy nagy hajú, ősz paraszt égbe néző arccal, keresztben hevert az úton. Holt kezében még mindig tartotta a vasvillát.

- A bíró - mondotta a pap. - Szegény András bácsi!

Megfogta a halott karját, és elvonszolta az útból, hogy a lovak elmehessenek mellette.

Egy másik fiatal paraszt derékban megtörve lógatta holt fejét a kerítésen le az utcára. Mintha nézné a saját vérét, amely a fejéből a földre csurgott, s megfeketedett ottan.

A disznója ott legelt mögötte az ágytollal ellepett udvaron. A disznót nem bántja a török.

És egy meztelen csecsemőgyerek is ott hevert a közelében a kapu mellett. A mellecskéjén tátongó seb.

A pap fogta a lova kantárát, és vezette. Nem nézett már se jobbra, se balra, csak az utat nézte, amelynek a pora sárgállott a napfényben.

Végre a paplakhoz értek.

Annak sincs teteje. A megszenesedett, fekete ollófák nagy A betűket formálva merednek a tető araszos hamuján, s az utcai ablak fölött fekete a fal a láng nyomaitól.

Akkor gyújtották fel azt a házat, mikor őt forró vízzel öntözték, hogy adja elő a templom kincseit.

A pad még ott áll az udvar közepén. Körülötte a nagy diófa láda töredékei, könyvek, gabonahulladék, elgázolt szobai virágok, széklábak, edénycserepek. S a lábatörött asztal mellett egy fekete ruhás öregasszony, aki hanyatt fekszik, a két karját szétnyújtva. S fekete vértócsa van körülötte.

Az a papnak az édesanyja.

- Itthon vagyunk - mondotta a pap, Gergelyre fordítva könnyekben ázó orcáját.

16

Temettek két napon át szünet nélkül. A pap levette a kocsija oldalát, és három-négy halottat vitt egy-egy fordulóval ki a temetőbe.

Gergő mindig a kocsi előtt járt. Az oldalán a kard, amit Dobótól kapott, kezében a temetői kereszt. A pap hol énekelve, hol imádkozva vezette a lovakat. Neki is ott volt a kard az oldalán.

Odakünn betakarta a halottakat gyékénnyel, hogy a hollók vagy varjak ne férhessenek hozzájuk, s meg-meg visszatért.

A harmadik nap délelőttjén egy parasztasszony meg egy gyermek jelent meg, a faluban. Azok a Balaton nádasában bujdostak. Este meg két férfi tért haza.

Azok ásták aztán meg a sírokat, és velük ásott a pap is.

Csak mikor a halottakat eltakarították, akkor kezdett a pap ahhoz, hogy a hajlékát, ahogyan lehet, rendezze.

A házban három szoba volt, de mind beszakadt az égésben.

Az utcai szobát tetőzte be először a pap deszkával, hogy az eső ellen védve legyenek. Aztán egy szekrényt igazított össze, és Gergellyel hordatta bele az udvaron heverő könyveket.

Gergelynek a sok szomorú munka után tetszett a könyvhordás. Egyik-másik könyvet meg is forgatta, hogy képesek-e. Valami öt képes volt köztük. Az egyikben mindenféle bogár volt, a másik meg tele volt virágrajzzal.

Mindössze tán harminc pergamenkötésű könyv volt a papnak a könyvtára.

Az asszony ezalatt a konyhát is összerendezte, és főzött. Cukorborsót főzött hús nélkül, meg tojásos rántott levest.

Két tál étel egy egész falunak!

Ebéd után a pap kissé fölépült a bágyadt szomorúságból.

Kivezette Gergelyt a kertbe, ahol egy kis kápolnaforma méhes állott. Annak az ajtaját is felszakították a törökök, de mert nem láttak benne egyebet, csak lócát, egy kis tűzhelyet meg egy bakasztalt s holmi hosszúkás üvegeket, nem is romboltak benne semmit.

Az üvegek kémiai kísérletekhez valók voltak. A pap szinte csodálkozva nézett, hogy nincs bennük kártétel.

Akkor egy asszony lépett be a kertajtón. A kötényében hozott egy holt gyermeket - olyan egyévesformát. Az arca vörös volt a sírástól.

- A Jánoskám - mondotta sírásnak eredve.

- Eltemetjük - felelte a pap.

És föltette a süvegét.

Gergely is fölvette a keresztet, és megindult előttük.

- Elrejtettem őt - beszélte sírva az asszony -, elrejtettem ijedtemben a gabonaverembe. Aztán én is elfutottam. Éjjel vissza akartam jönni, de akkor egy másik pogány csapattal találkoztunk. Az egész nádast fölverték. Isten tudja, kiket vittek el, kiket öltek meg. Mikorra visszajöhettem, az én Jánoskámat így találtam. Ó, Isten, Isten! Mért vetted el tőlem?

- Ne kérdezd az Istent - felelte a pap a földet ásva. - Az Isten tudja, mit csinál, te pedig nem tudod.

- De hát mért született, ha így kellett meghalnia!

- Nem tudjuk, mért születünk; és nem tudjuk, mért halunk meg - szólt a pap tovább ásva. - Ne szólj többet az Istenről.

Az anya leoldotta a kötényét, és azzal együtt tette a gyermeket a földbe.

- Még ne! - szólt fuldokolva a papnak.

Füvet és virágot szaggatott. Azt szórta a gyermekére. Közben sírt, jajgatott:

- Ó, hogy a földnek kell tégedet adnom! Nem ölelsz meg többet kicsi kis kezeddel! Nem mondod többet ezt a szót: anyákám! Ó, hogy azok a piros rózsák elhervadtak gyönge kis arcodon! Ó, hogy azt a szép szöszke hajadat meg nem simogathatom többé!

És a paphoz fordulva siránkozott tovább:

- Milyen szép szeme volt! Ugye, milyen szép barna szeme volt! Hogy tudott vele nézni, milyen kedvesen! Ó, drága lelkem, nem nézel reám többé sohasem!

A pap eközben behányta a földet a sírba, és meghalmozta, körülveregette az ásóval. Aztán erős ágat tört a temető szélén egy bodzafáról, kereszt alakú ágat. Letűzte fejtől a halmocskára.

- Ó, hogy az Isten elvett téged tőlem! - sírta az asszony.

És átölelte a halmocskát.

- Az Isten elvette, az Isten vissza fogja adni - vigasztalta a pap.

Az ásót és kapát a vállára vetette. Bólogatva beszélt tovább:

- Némelyek előremennek, és várják azokat, akiknek dolguk van még a földön. Néha a gyermek megy előre, néha a szülő. De a Teremtő úgy osztotta be, hogy aki csillagok fölé kerül, legyen, aki várja őt ottan. Hazaindultak.

Az asszony csöndesen sírdogálva követte a papot, s hogy a pap elhallgatott, újra zokogott:

- Milyen szép szeme volt! Ugye, tisztelendő uram, milyen szép barna szeme volt!

17

Másnap lóra ültek, és megindultak le délnek, Sziget várába.

Felhőtlen, meleg nap volt az. A feldúlt falvakban mindenütt temettek, és házakat zsúpoltak. Némelyik faluban csak egy-két ember lézengett, mint az övékben. Az olyan falvak népét elhajtották a törökök.

Mikor elérték a szigetvári nádast, a pap fölnézett.

- Az úr itthon van.

- Itthon? - kérdezte csodálkozva a gyerek. - Honnan tudja?

- Nem látod a zászlót?

- Ott a tornyon?

- Ott.

- Vörös és kék.

- Az úr színei. Azt jelentik, hogy az úr itthon van.

A náderdőbe értek, és egymás mellett lovagoltak tovább.

A pap ismét megszólalt:

- Te fiú, nem gondolod-e, hogy Dobó meghalt?

- A harcban?

- Ott.

Gergely nem gondolta. Dobó őszerinte legyőzhetetlen volt. Ha egymaga vág is neki a török hadnak, Gergely nem csodálkozik rajta.

- Ha meghalt volna - szólt a pap -, én szívesen fogadlak fiamnak.

Ráugratott az első fahídra, amely a vízen át magas cölöpökre épült, s a külső várba vitt. Átmentek az újvároson, aztán megint egy rövid fahidat értek. A fahíd az óvárosba nyúlott. Csak imitt-amott lézengett benne egy ember. A kettős tornyú templom előtt három gyümölcsöskofa üldögélt, s mind a három cseresznyét árult. A templom ajtaját vasalták.

Ott megint egy híd következett, de már az hosszú és széles híd volt, s a víz alatta mély.

- Most érünk a várba - mondotta a pap. - De ideje is.

És gondosan körültörölte az arcát a zsebkendőjével.

A várkapu tártan állt. A tágas udvaron egy porfelhőben veszettül robogó páncélos embert pillantottak meg, azután egy másodikat, amint szembe nyargalt.

A két páncél egyforma alkotású, a két ló szügyén is egyforma vért. Csak a két sisak különbözött: az egyik sima volt és gömbölyű, a másik tetején ezüstös medvefej csillogott.

- Az az úr - mondotta a pap -, az a medvefejes.

A két lovas karddal rohant egymásnak, s hogy összeroppantak, a két ló egymásnak ágaskodott.

A két páncélos meg úgy rácsattogott egymásra, hogy a kardok szikrát hánytak.

- Buzogányt! - kiáltotta a medvefejes, amint a lovak eltágultak egymástól.

Az arcát nem lehetett látni sem az egyiknek, sem a másiknak. Mert olyan sisak volt rajtuk, amely az arcot is takarta.

Az ajtóból a kiáltásra egy kék-veres ruhás apród futott elő, és két egyforma rézfejű buzogányt és két vaspajzsot nyújtott fel a hadakozóknak.

Azok újra egyet kanyarodtak a lovukkal, és az udvar közepén rontottak egymásnak.

S sima sisakos sújtott először.

A medvefejes a feje fölé kapta a pajzsot. Akkorát zördült az, mint a repedt harang.

Ugyanebben a pillanatban úgy sújtotta fejbe a medvefejes az ellenfelét, hogy a sisakja behorpadt.

Erre a sima sisakos visszarántotta a lovát, és eldobta a fegyvereit.

A medvefejes leemelte a sisakját. Nevetett.

Telt arcú, barna férfi volt. Hosszú, tömött, fekete bajusza mind a két arcához hozzá volt lapulva a sisak nyomásától, s a bajusza egyik szárnya felért a szemöldökéig, a másik lelógott a nyakáig.

- Bálint úr - mondotta a pap a fiúnak tisztelettel. - Ha ide néz, vedd le a süvegedet.

Azonban Török Bálint nem nézett feléjük.

Az ellenfelét nézte, akinek a fejéről a szolgák levonszolták a sisakot.

A lovas, amint nagy nehezen lerángálták a fejéről a sisakot, legelőször is három fogát pökte ki az udvar kavicsos porondjára, aztán törökül káromkodott.

A kapu alól valami nyolc török rab bújt elő. Segítettek neki a páncélból való kibontakozásban.

Hát ez is csak olyan török rab volt, mint a többi.

- No, melyiteknek van még kedve a mérkőzésre? - kurjantott a lovát

ugratva Török Bálint. - Aki legyőz, szabadság a jutalma.
- Én - szólt egy izmos, ritka szakállú török. - Ma talán szerencsésebb leszek.
Magára öltötte a nehéz vasruhát. A társai összeszíjazták rajta hátul a vasakat. Sisakot nyomtak a fejére, és másik lábvértet a lábára. Mert a lába nagy volt a töröknek.
Azután emelőrudakkal segítették fel a lóra. A kezébe pallost adtak.
- Bolond vagy te, Ahmed! - kiáltotta vígan Török Bálint. - A pallos nem páncélhoz való szerszám.
- Már én csak így szoktam - felelte a rab. - Ha így *nem mersz*, uram, másképp meg se próbálom.
Törökül beszéltek.
Bálint úr visszacsatolta a sisakot a fejére. Ő csak a könnyű karddal malmozott nyargaltában az udvar körül.
- Rajta! - kiáltotta aztán, a középnek rohanva.
A török előrehajolt a nyeregben. A pallost két kézre fogva rohant Bálint úrnak. Mikor összeértek, fölemelkedett, és iszonyú sújtásra huzakodott.
Azonban Bálint úr is értette ezt a mesterséget. A pajzsával fogta fel a török iszonyú vágását, s abban a pillanatban megkapta a török karját: lerántotta a lováról.
A török féloldalt zuhant a porondra, s porfelhő gomolygott körülötte.
- Elég volt - szólt Török Bálint, a sisakrostélyt felcsapva. - Holnap, ha itthon leszek, megint mérkőzhettek velem.
- Nem igazság! - kiáltotta a török, amint kimarjult kézzel föltápászkodott.
- Mért ne volna igazság? - kérdezte Bálint úr.
- Nem illő lovagtól, hogy kézzel rántsa le az ellenfelét!
- Hiszen te nem vagy lovag, ebadta pogánya. Majd bizony tőletek tanulok én lovagságot! Ordináré rablók!
A török duzzogva hallgatott.
- Csak nem nézitek tán lovagi mérkőzésnek, hogy én veletek kiállok - folytatta kiabálva Török Bálint. - Nézze meg az ember a sok rongyosát!
- Uram! - kiáltott egy sovány, szürke szakállú rab. - Ma megint mérkőznék veled!
Az udvaron állók nevetésre fakadtak.
- Persze, most azt hiszed, elfáradtam. No de legyen meg az örömöd!
S újra a fejébe nyomta a sisakot, amelyet az imént már az ölébe eresztett.
- Hányadszor verekszel velem, Papagáj?
- Tizenhetedszer - felelte siralmasan a papagájorrú török rab.
Török Bálint fogta a sisakját, és eldobta.
- No - azt mondja -, ennyit a javadra az erőmből. - Lássuk!
Szembetűnő volt köztük az erőkülönbség: Bálint úr jól megtermett, javakorú ember; csupa izom és mozgékonyság. A török körülbelül ötvenéves, izomtalan, görbe hátú ember.
Kopjával csaptak össze. Bálint úr mindjárt az első összecsapásnál úgy

kivetette a nyeregből, hogy a török bukfencet vetett a levegőben, s puff le a porba!

A szolgák, apródok és rabok egyaránt kacagtak.

Bálint úr lehajigálta magáról a pajzsot és vaskesztyűt, s leugrott a lováról, hogy az apródok a többi vastól is megszabadítsák.

Papagáj ezalatt feltápászkodott.

- Uram - sírta, Török Bálint felé fordítva véres orcáját -, bocsáss engem haza! Özvegyem, árvám két éve vár otthon!

- Miért nem maradtál otthon magad is, pogány! - felelte bosszúsan Török Bálint.

Mindig megbőszült, ha a rabok kegyelemért könyörögtek.

- Uram - kiáltotta a rab a kezét tördelve -, essék meg rajtam a szíved! Szép kis fekete szemű fiam van! Nem láttam két esztendeje.

És térden csúszott Bálint úr elé.

Leborult a lábánál a porba.

Bálint úr kendővel törülgette az orcáját.

- Bár minden gaz török itt volna láncon, a császártokkal együtt, rablógyilkos zsiványok!

S odább lépett.

A török port markolt föl a földről, és a port Bálint úr felé szórva üvöltötte:

- Hát verjen meg Allah, te rothadt szívű gyaur! Bilincsben őszülj meg! Özvegyed, árvád legyen, mielőtt meghalnál! Tanítson meg Allah háromszor úgy sírni, mint ahogy én sírok, mielőtt a pokolra löknék a lelkedet!

S hogy így átkozódott, a könny ömlött a szeméből, és vérré válva csurgott le zúzódott orcáján.

A szolgák elhurcolták a dühtől tajtékzó pogányt, és a kúthoz vitték, ahol irgalmatlanul megmosták.

Török Bálint hozzá volt már szokva az ilyen jelenetekhez. Bosszantotta. De sem a szép szó, sem az átkozódás nem oldott az ő várában láncot.

Elvégre is minden rab minden időben és minden helyen szabadságért sír, csakhogy az egyik hangosabban, mint a másik. Gyermekkora óta élt ilyen rabkönyörgések közt Török Bálint, és hát abban az időben a rabokat a belső gazdaság értékei közé számították. Kit pénzen váltottak ki, kit cserébe magyar foglyokért. Hát hogyan is lehessen azt gondolni, hogy egy ellenséges rabot csak úgy Isten nevében eleresszenek.

Tartotta a hátát, karját, hogy az apródok lekeféljék. Aztán a bajszát bosszús pirossággal sodorgatva lépegetett a paphoz.

- Kedves papom, az Isten hozott! - mondotta a kezét nyújtva. - Hallottam, micsoda forrázáson estél keresztül. Sebaj, páterkám, legalább új bőröd nyől, mint a hernyónak.

- Nagyságos uram - felelte a pap, a kezében tartva a süvegét -, az én bőröm az a legkisebb baj. Nagyobb baj az, hogy elvitték, leöldösték az eklézsiámat. Szegény anyámat is megölték.

- Hogy a kutya egye meg! - duhogta Török Bálint visszafordulva. - Az egyik

átkoz, hogy nem eresztem el, a másik meg oktat, hogy mi a lovagiasság.
A pap hallgatott.

- Kiállok vele pallossal - folytatta a paphoz fordulva -, nekem ront, mint valami hóhér. Ez neki lovagi játék. Hanem mikor én lerántom, akkor még neki áll feljebb.

Bosszúsan húzott egyet a nadrágja szíján, s vörös volt, mint az a medve, amely címerként ágaskodott a kapuján.

Aztán a fiúra nézett.

- Hát ez az? - kérdezte csodálkozva.

- Szállj le hamar - szólt Gergőre a pap. - Vedd le a süvegedet.

A kis mezítlábas, kardos gyerek hasra feküdt a nyergen, és lecsúszott a lóról. Megállott Török Bálint előtt.

- Ezt a lovat szerezted te? - kérdezte Török Bálint.

- Ezt - felelte büszkén a gyerek.

Török Bálint kézen fogta, és olyan sebesen vitte a feleségéhez, hogy Gábor pap alig bírta őket követni.

Az asszony - patyolatarcú, szép, szőke teremtés - a belső vár kertjében ült egy malomkő asztal mellett. Befőtteket kötözött ott szilkékbe, csuprokba. Egy fehér kezű, reverendás pap is dolgozott velük, a várnak a plébánosa. Közelükben meg egy ötéves és egy hároméves fiúcska játszadozott.

- Kata lelkem, nézzed csak - kiáltott Török Bálint nevetve -, a Dobó apródja!

Gergő kezet csókolt. A kék szemű, kis sváb asszony mosolygó csodálkozással nézett rá. Aztán lehajolt, és megcsókolta az orcáját.

- Ez? - kérdezte a plébános is elbámulva. - Hiszen ez még szopik.

- Szopik ám, török vért - felelt a vár ura.

- Éhes vagy-e, kis katonám? - kérdezte az asszony.

- Éhes vagyok - felelte Gergő. - De előbb Dobó úrhoz szeretnék menni.

- Tyűh, fiam, az nem lehet - szólt Bálint elkomolyodva. - Az urad sebesülten fekszik...

S Gábor paphoz fordult:

- Még nem tudod? Nekirontott ötvenedmagával kétszáz töröknek. Egy török úgy belevágta a dárdáját a combjába, hogy a nyereg fájában állott meg a vasa.

- A dárda vasa.

- Az. Bele is törött.

- Én húztam ki! - dicsekedett a plébános.

- Te hát - szólt Török Bálint -, hanem úgy húztad, mint a répát szokás.

- Úgy húztam, úgy húztam... Hát hogy húztam volna másképp?

- És nem esett le? - kérdezte Gábor pap.

- Fenét esett - folytatta Bálint úr. - Levágta a törököt, és hazaügetett nyereghez szegezetten.

Gergő sápadtan hallgatta ezt. Bánta, hogy ő nem volt Dobó mellett. Ő levágta volna azt a törököt.

- Eredj - mondotta a plébános -, játsszál az úrfiakkal.

A két kis fekete hajú gyerek már akkor ott bámulta Gergőt a Kata asszony szoknyája mellől.

- No, mit féltek? - mondotta az anyjuk. - Magyar gyerek ez. Szeret benneteket.

Aztán Gergelyhez szólott:

- Ez a nagyobbik a Jancsi, a kisebbik meg Feri.

- Győjjenek - szólt Gergő -, megmutatom a kardomat.

A három fiú hamarosan összebarátkozott.

- Hát te, papom - szólt Török Bálint a padra ülve -, mi az istennyilát csinálsz most már eklézsia nélkül?

- Hát - felelte Gábor pap búsan - azért csak megélek ottan, ha egyébképpen nem, ahogy a remeték szoktak.

Török Bálint gondolkozva pödörgette a bajuszát.

- Értesz te törökül?

- Értek.

- Németül is?

- Két évet diákoskodtam német földön.

- Hát mondok valamit, papom: szedd össze a sátorfádat, és gyere ide Szigetre. Azaz ne Szigetre, hanem Somogyvárra, mert egynéhány nap múlva odaköltözünk. Hát ott légy. A feleségemnek van pápista papja, mért ne legyen nekem újhitű papom? Aztán hát egy-két év múlva megnőnek a gyerekek, rád bízom, hogy tanítsad őket.

- Nagyságos uram - szólt a plébános a befőtteket hirtelen otthagyva -, hát én?

- Hát te is tanítod: te tanítod őket latinul, ez meg tanítja őket törökül. Elhidd, jó pásztorom, hogy a török nyelv éppoly szükséges az üdvösségre, mint a latin.

A fiaira nézett, akik Gergellyel az almafa körül kergetőztek. Pirosak voltak mind a hárman, és nevettek.

- Elveszem ezt a gyereket Dobótól - szólt Török Bálint. - Meglehet, hogy ez beválik harmadik nevelőnek.

MÁSODIK RÉSZ
ODA BUDA!

1

János király meghalt. A fia csecsemő. A nemzetnek nincsen vezére. Az ország hasonlít most azokhoz a címerekhez, amelyekben egymásra mérgesen ágaskodó griffek nyúlnak a köztük lebegő koronáért.

A nemzet gondolkozása meg van zavarodva. Senki se tudja, hogy a pogány török uralmától féljen-e jobban vagy pedig a keresztény német uralmától.

A német Ferdinánd ráküldte Budára az ő vén totya generálisát: Roggendorfot. A török császár maga indult el, hogy feltűzze a félholdas zászlót a magyar királyi palotára.

Vala pedig akkor az idő az 1541. esztendőben.

A Mecsek országútján egy augusztusi holdfényes éjjelen két lovas üget fel a hegynek. Az egyik egy beretvált arcú, fekete köpenyeges, sovány ember, bizonyosan pap. A másik egy alig tizenhat éves, hosszú hajú úrifiú.

Mögöttük egy lovas szolga kocog az úton. A szolga nyereg helyett két tömött zsákon ül. A hátán is egy nagy bőrturba, vagy amint ma mondjuk: tarisznya. A turbából három nyélféle valami áll ki. Az egyik, hogy megvillanik olykor, láthatóképpen puska.

Egy vén, vastag vadkörtefa sötétlik az út mellett. Ott ugratnak be az útról a lovukkal.

- Hát ez az? - kérdezte a pap a fát végignézve.

- Ez - felelte a fiatalember. - Gyermekkoromban bagoly fészkelt benne, azóta az odúnak is meg kellett tágulnia: ha több nem, egy ember elfér benne.

A ló hátáról mindjárt felcsimpeszkedett a vadkörtefára, és egy ugrással ott termett a vastag, vén törzsökön.

Belekurkált a kardjával a pudvás faderékba. Nem röpült ki belőle semmi. Beleereszkedett.

- Ketten is beleférünk! - kiáltotta vígan.

Újra kimászott, és leugrott a gyepre.

- Hát akkor dolgozzunk - szólt a pap.

És ledobta magáról a köpönyeget.

Gábor pap volt. A diák meg Bornemissza Gergely.

Azóta, hogy nem láttuk őket, nyolc esztendő telt el. A pap nem sokat változott. Mindössze a szemöldöke nőtt ki. Szakállát, bajuszát bizonyosan a forró víz nyomai miatt beretválta. És hát kissé megsoványodott.

Annál inkább változott a fiú. A nyolc év csaknem férfivá érlelte. De csak termetben. Az arca az a határozatlan se szép, se csúnya valami, amilyen a tizenöt esztendős fiúké szokott lenni. Csak az arca színe maradt meg, az a pirosasbarna, gyönge szín. A vállig érő, hullámos haj az akkori idők férfidivatja volt.

A szolga két ásót vett elő a tarisznyából. Az egyik ásót a pap vette a kezébe, a másikat a fiatalember.

Az országútra mentek, és az út közepén, a fa irányában gödörásásba fogtak.

A szolga letette a gödör mellé a két zsákot, s visszatért a lovakhoz. Levette róluk a kantárt. Békót vetett a lábukra. Hadd legeljenek a jó harmatos erdei fűben.

Aztán ő is munkába fogott. Az öblös bőrtarisznyából kirakott mindent: kenyeret, kulacsot, fegyvereket. A tarisznyába azt a köves földet kotorta bele, amit a két ásó kifordított. Széjjelszórta az árkokba. Visszatértében meg erős nagy köveket hordott a gödör mellé.

Nem telt belé egy óra, derékig állt már a két ember a gödörben.

- Elég - szólt akkor a pap. - János, most már a zsákot ide!

A szolga odacipelte a két zsákot.

- A puskát ne tedd a harmatba! - szólt rá a pap.

Aztán tovább parancsolgatott:

- Fogd ezt az ásót. Áss árkot a gödörtől addig a vadkörtefáig. Az árok itt az úton egy rőf mély legyen. A gyepen fele mély is elég. A gyepet úgy szedd fel, hogy visszarakhassuk. Semminek se szabad a munkánkból meglátszania.

Míg a szolga az árkot ásta, a két úriember beleeresztette a két zsákot a gödörbe.

A zsákokban puskapor volt.

A zsákokat megtiporták, és nagy köveket hordtak rájuk. A kövek közét betömködték apró kővel, földdel.

A szolga ezalatt megásta az árkot a fáig, s megfalazta kővel. A gyújtózsineg abban az árokban húzódott tovább. Lapos kövekkel födték be mindvégig, hogyha eső esik is, át ne vizesedjen.

- No - mondja vígan a szolga -, most már tudom, hogy mi készül itten.

- Hát micsoda, János?

- Valaki itt az égbe röpül.

- És mit gondolsz, kicsoda?

- Kicsoda? Hát biz azt könnyű kitalálni. Holnap jön erre a török császár.

- Ma - felelte a pap a pirkadó egekre tekintve.

Mikor a kelő nap megvilágította az országutat, nem volt már semmi nyoma sem a gödörnek, sem az ároknak.

A pap megtörülte a homlokát.

- Most már, János fiam, ülj lóra, és eredj föl a Mecsek tetejére. Menj mindaddig, míg csak oda nem érsz, ahol az utat végig lehet látni Pécsig.

- Értem, uram.

- Mink a diákkal itt lefekszünk a fa mögött húsz-harminc lépésnyire. Te pedig vigyázol, mikor jön a török. Mihelyt az első lovast meglátod, nyargalj vissza, és költs fel bennünket.

A pap ezzel befordult az erdőbe. Jó füves helyet kerestek a diákkal. Leterítették a köpönyegüket, és legott el is aludtak mind a ketten.

2

Délfelé sebes vágtatással tért vissza a szolga a hegytetőről.

- Jönnek! - kiáltotta. - Rémítő nagy had özönlik! Mint a tenger!

Aztán mikor odaért, folytatta:

- De mind szekéren ül az ebadta, mintha beteg volna.

A pap a diákhoz fordult.

- No, akkor elmehetünk ebédre ahhoz a te másik apádhoz.

- Cecey uramhoz?

- Oda.

A diák kérdőn nézett a papra. A szolga is.

A pap mosolygott.

- Egy nappal korábban jöttünk. Hát nem érted? Ezek a táborverők. Ezek elöl járnak, és leverik a sátorkarókat, felvonják a sátrakat, hogy mikorra a sereg Mohácsra érkezik, készen találja a fekvőhelyeket meg a vacsorát.

- Hát akkor gyerünk Cecey uramhoz! - mondta vígan a diák.

A pataknál leszállottak, és megmosakodtak derekasan. A diák egy csokor vadvirágot szedett.

- Kinek lesz az, Gergő?

- A feleségemnek - felelte Gergő mosolyogva.

- Feleségednek?

- Már mink csak úgy mondjuk. A kis Cecey Éva, az lesz az én feleségem. Együtt gyermekeskedtünk; aztán, hogy az apja fiának fogadott, valahányszor meglátogattam őket, mindig meg kellett csókolnom.

- Remélem, szívesen tetted.

- Meghiszem azt. Olyan az orcája, mint a fehér szegfű.

- De még ebből nem következik, hogy feleségednek tekintsd.

- Az öreg pap megmondta, hogy nekem szánták a lányt. Ceceynek a testamentoma szerint enyim lesz a lánnyal a falu is.

- Eszerint az öreg pap titkot árult el.

- Nem. Csak figyelmeztetett, hogy méltó igyekezzek lenni erre a szerencsére.

- De hát boldog leszel te avval a leánnyal?

A fiú elmosolyodott.

- Nézze meg őt, mester. Ha meglátja, nem kérdezi többet, hogy boldog leszek-e vele.

A ló megszökemlett a diák alatt, s néhány lépést előrefutott.

A diák megállította a lovát, és gyönyörűséges szemmel mondotta:

- Olyan ez a lány, mint valami kis fehér macska!

A pap mosolygott, és a fejét csóválta.

Sűrűbe értek. Le kellett szállniuk a lóról. Gergely ment elöl. Ő tudta, hogy az a sűrűség takarja a falut.

Mikor alárobogtak a völgybe, a házakból kifutottak az asszonyok.

- Gergő! Az a: Gergő! - kiáltozták örvendezve.

Gergely a süvegét lengette jobbra-balra.

- Jó napot, Juci néni! Jó napot, Panni asszony!

- Az úrék nincsenek ám itthon! - kiáltotta az egyik asszony.

Gergely meghökkent. Megállította a lovát.

- Mit mond, nénémasszony?

- Elmentek. Elköltöztek.

- Hova?

- Budára.

Gergely elámult.

- Mind?

Balga gyermekremény! Azt gondolta, így felelnek vissza:

- Nem, a kisasszony itthon maradt.
Pedig hát előrelátható volt, hogy egyenesen így felelnek:
- Mind bizony. Még a papunk is velük ment.
- Mikor?
- Szent György-nap után.
- De valaki csak van a háznál?
- A török.
Gergely kedvetlenül fordult a paphoz.
- Budára mentek. György barát már régen adott nekik ott egy házat. De nem értem, hogy nekem nem beszéltek erről, hiszen a farsangon itt jártam.
- Hát akkor nem kapunk ebédet.
- Dehogynem, hiszen itt a török.
- Micsoda török?
- A Cecey törökje: Tulipán. Az itt a mindenes. Hanem itt vagyunk a temetőnél. Engedje meg, hogy egy percre betérjek. Az anyám itt lakik.
Orgonabokrokkal kerített temető látszott a ház mögött, nem nagyobb egy házhelynél. Csupa fakereszt, az is mind csak kérges fából. Név egyiken se.
Átadta a lovát a szolgának, s ő maga besietett. Megállott egy immáron besüllyedt barna fakeresztnél. Rátette a sírra a vadvirágot. És letérdelt.
A pap is leszállott. Odatérdelt a fiú mellé, és arcát az ég felé emelve hangosan imádkozott:
- Élőknek és holtaknak ura, mennyben lakó Isten, adj csendes álmot az itt porladozó jó édesanyának, adj boldog életet az itt térdelő árva fiúnak. Ámen.
S magához ölelte a fiút, és megcsókolta.
Az úri ház csaknem szemben áll a temetővel. A kapu már akkor fel volt tárva, s egy tömzsi, piros asszony barátságos mosolygással nézett a jövevényekre.
- Jó napot, Tulipánné - szólt a diák -, hát hol az ura?
Mert Tulipánnak a dolga, hogy nyissa a kaput.
- Részeg - felelte bosszúsan az asszony.
- Részeg-e?
- Az. Mindennap ellopja a pincekulcsot a cudar, pedig mindennap máshova dugom. Ma már a mángorló alá tettem. Ott is ráakadt.
- Hát ne dugdossa. Ha rendesen ihatik, nem iszik annyit.
- Jaj, dehogynem. Úgy iszik ez, mint a gödény! Csak iszik meg danol. Nem akar dolgozni az átkozott!
A szederfa hűvösén csakugyan ott ült egy barna parasztember. Alatta gyékény, előtte zöld mázos kancsó. Még nem volt annyira részeg, hogy a kulcsot el lehetett volna tőle venni. A fiával ivott, egy hatéves kis mezítlábas gyerekkel, akinek a szeme szintén olyan fekete volt, mint az apjáé.
Az a török kapott kegyelmet azért Ceceytől, mert azt mondta, hogy tud sakkozni. Később kiviláglott, hogy sakkozni nem érdemes vele, hanem a

ház körül minden munkára használható. Különösen főzni tudott jól. Szakács volt az apja valamelyik basánál. Az asszonyok megkedvelték, hogy megmutatta, hogy szokás piláfot, böreket, malebit meg szörbeteket főzni, és sokat bolondoztak vele. Cecey meg azért szerette meg, mert a török fakezet faragott neki, olyan fakezet, hogy ujjai is voltak. Ha kesztyűt húzott rá, senki se mondta volna, hogy fából van a keze. Az öreg legelőször is nyilazni próbált. Lehozatott a padlásról egy akkora íjat, mint ő maga. A fakézzel ki tudta feszíteni. S akkor az öreg megtette a törököt mindenesnek.

Az egyik magyar menyecskének elesett abban az időben az ura, hát a török összemelegedett vele, aztán elvette feleségül. Persze előbb megkeresztelkedett. Olyan jó magyarrá vált, mintha itt született volna.

Mikor megpillantotta a diákot meg a papot, fölkelt, és törökösen keresztbe tette a mellén a kezét. Meg is akart hajolni. De mert a meghajlás orra bukással végződött volna, mindössze egy előretántorodással fejezte ki a tiszteletét.

- No, Tulipán - szólt a fejét csóválva Gergely -, hát mindig iszunk?
- Kell inni - felelte Tulipán komolyan. - Huszonöt évig török lenni, nem inni, ezt helyre kell inni.
- De ha maga részeg, akkor hogy főz minekünk ebédet?
- Főz a feleségem - felelte Tulipán, a hüvelykujjával az asszony felé bökve. - Főz túrós csuszát is. Az ám a jó!
- De mink piláfot szeretnénk.
- Főz azt is. Tud.
- Hát az úr hol van?
- Budán. Jött levél. Ment uraság. Kapta ház. Szép kisasszony ül házban, mint rózsa kiskertben.

A diák aggódó arccal fordult a paphoz.
- Mi lesz velük, ha a török el találja foglalni a várat?
- Hohó! - felelte a pap. - Előbb elvész az egész ország, hogysem Buda vára.

S hogy Gergely még mindig aggodalommal nézett reá, folytatta:
- Az országot a nemzet őrzi, Buda várát maga az Isten.

Tulipán kinyitotta az ajtókat. A szobákból dohos levendulaillat dőlt kifelé. Kitárta az ablakokat is.

A pap belépett. Tekintete a falon függő arcképeken állt meg.
- Tán ez itt Cecey? - mondta a sisakos arcképre mutatva.
- Ez - felelte Gergely. - Csakhogy most már nem ilyen barna. Fehér.
- Hát ez a kancsal kisasszony?
- Ez a felesége. Nem tudom, kancsal volt-e akkor, mikor festették, most nem kancsal.
- Keserű asszony lehet.
- Nem. Inkább édes. Én úgy hívom őt, hogy: anyám.

A fiú, hogy otthon érezte magát, széket tett a pap elé, és boldog arccal mutogatta az ócska bútorokat.

- Nézze, mester: itt szokott ülni Vicuska, mikor varr. A lábát erre a zsámolyra teszi. Itt szokta nézni ebben az ablakban a napnyugovást, és olyankor a feje árnyékot vet a falra. Ezt a képet ő rajzolta. Szomorúfűzfa meg egy sír. A pillangókat én festettem bele. Aztán lássa, ahogy itt ül a széken, így szokott ülni. Így felkönyököl, a fejét féloldalt fordítja, és olyan pajkosan mosolyog, de olyan pajkosan, hogy olyat ember még nem látott!

- Jó, jó - felelte a pap fáradtan -, de sürgesd, fiam, az ebédet.

3

Este későn feküdtek le.

A pap azt mondta, hogy egynéhány levelet kell megírnia, hát nem hált egy szobában a diákkal.

A diák is levélírásnak ült. Megírta az ő kismacskájának, hogy mennyire meglepte az üres ház; kérdezi, hogy hogyan nem kapott levelet az elköltözésről. Ha értesítették, akkor bizony a levél eltévedt.

Mert abban az időben nem volt a magyar földön posta. Csak nagyurak levelezhettek egymással. Aki Budáról levelet akart küldeni Öreglakra, hát annak arról is kellett gondoskodnia, aki elvigye.

A diákot aztán elnehezítette az álom. Végigdőlt a farkasbőrös lócán, és elaludt.

És talán aludt volna napos reggelig, ha virradatkor egy tehén el nem bődül az ablaka alatt.

Immáron szokatlan volt neki. Se Somogyvárott, se Szigetvárott, se a Török Bálint egyéb kastélyaiban nem bőgött tehén az ablaka alatt. Inasok keltették fel mindig a Bálint úr gyermekeivel együtt, s a pap már a kertben várta őket a könyvvel.

A diák felült, és megdörzsölte a szemét. Eszébe jutott, hogy ma más lesz a lecke: a török császárt kell felröpíteni a paradicsomba.

Fölkelt, és kopogott a szomszéd szobának az ajtaján.

- Mester! - kiáltotta. - Hajnalodik! Indulhatunk!

Semmi felelet. A szoba sötét.

A diák kinyitja az egyik ablakdeszkát meg a máriaüvegből készült ablakot.

A pap ágya üres.

Az asztalon egynéhány levél fehérlik.

Gergely elbámul.

- Mi az ördög? - mormogja. - Az ágy érintetlen, ahogy megbontották.

Kisiet a szobából. Az udvaron Tulipánné egy alsószoknyában, mezítláb hajtja kifelé a disznaját.

- Tulipánné! - Hol az én mesterem?

- Elment még éjfélkor, holdvilágnál.

- János is vele ment?

- Nem. Az is itt van. A pap gyalog ment el, egymaga.

A diák zavarodott fejjel tért vissza a szobába. Sejtette már, hogy a pap mit akar. Egyenesen az asztalhoz sietett.

A levelek közül egy nyitottan hevert ott. Erős, vastag betűkkel volt a megszólítás írva:

Kedves fiam, Gergely!

Ez neki szólt. Az ablakhoz lépett vele. A tinta szinte nedves volt még a papiroson.

Gergely olvasta:

A te gondolatod és érdemed, ha az a koronás fenevad ma a pokolba repül. De a te gondolatodnak veszedelme is van. Ezt már engedd át nekem, fiam.

Te szeretetben élsz, és fiatal vagy. Találékonyságod, tudásod és bátorságod nagy javára válhatik a nemzetnek.

Levelem mellett egy zacskót találsz, s abban egy török gyűrűt. Ez az egyetlen kincsem. Annak szántam, akit legjobban szeretek. A tiéd, fiam.

Ezenkívül legyen tiéd a könyvesházam is. Olvasgasd, ha egykor elvonulnak a felhők a haza egéről. Kard kell most a magyarnak, nem könyv!

Török Bálintnak add át a fegyvereimet, Jánosnak a kőgyűjteményemet, Ferinek a virággyűjteményt. A könyvekből válasszanak egy-egy kötetet emlékül, s mondd meg nekik, hogy legyenek olyan vitéz hazafiak, mint az apjuk, de ne legyenek soha a pogány hívei, hanem veled együtt a nemzeti királyság visszaállításán erősködjenek. Különben nekik is írok, s amit írok, mindhármatoknak az én háromfelé osztott lelkem maradjon.

Mikor elmentem, aludtál, fiam. Megcsókoltalak.

Gábor pap.

Gergely kővé meredten bámult a levélre.

A halál? Tizenöt éves fiú nem érti még ezt a szót. Ő csak arra a látványosságra gondol, hogy egy török császár füst és lángok között darabokra szakad a szeme előtt.

És ettől a látványtól meg legyen fosztva?

Zsebre dugta a gyűrűs zacskót meg a levelet, és kilépett. Átsietett az udvaron Tulipánékhoz.

- Tulipán - szólt törökül az eresz alatt nyújtózkodó embernek -, megvan-e még a török ruhája?

- Nincs - felelte Tulipán -, mellest varrt belőle az asszony magának meg a gyerekeknek.

- A turbánja sincs meg?

- Abból meg kisinget varrt az asszony. Finom patyolat volt.

A diák bosszúsan járt föl és alá az eresz alatt.

- Hát mit cselekedjek? Tanácsoljon. A török had ma vonul el itt az országúton. A császár is velük jön. Látni akarom a császárt.

- A császárt?

- Azt.

- Hát azt megláthatja az úrfi.

Gergely szeme ragyogóra vált.

- Igazán? Hogyan?

- Van az országút mellett egy szikla. Nem is egy, hanem kettő egymással szemben. Annak a tetejére fölmászik. A fejét befödi falombbal, és végignézheti az egész hadat.

- Hát akkor öltözzön hamar, Tulipán, és jöjjön velem. Az asszony rakjon meg egy turbát ennivalóval. Kulacsot is hozhat.

A kulacs szóra Tulipán egyszerre megelevenült. Magára kapkodta ruháit, és átkiáltott a baromfiakat etető asszonynak:

- Juliskám, tubicám, gyere csak ide hamar, kedves holdvilágom.

Az asszony odavetette az ocsút mind a baromfiaknak, és sarkon fordult.

- Mi tetszik?

- A kulacsot, gyöngyöm - szólt Tulipán -, a kulacs kell.

- Mennydörgős istennyilát kendnek! Eddig csak délután szopta le magát, most már hajnalban kezdi?

- Nono, kis báránykám, sztambuli cukorkám - szólt Tulipán az asszony arcát megveregetve -, az úrfi akarja.

- Nem igaz. Az úrfi nem iszik bort.

- Én nem iszok - szólt Gergely -, de el kell mennünk, és oda leszünk talán estig is, hát nem akarom, hogy Tulipán szomjazzon.

- Elmennek? Hova mennek, úrfi?

- Megnézzük a török hadat, Juli néném. Ma jönnek át a Mecseken.

Az asszony megdöbbent.

- Török hadat. Édes úrfikám, ne menjenek oda!

- De bizony odamegyünk. Nekem azt látnom kell.

- Jaj, édes úrfikám, micsoda veszedelembe készül! Hova gondol?

- Egy szó, mint száz - szólt Gergely türelmetlenül -, nekünk mennünk kell!

S hogy erre toppantott is egyet, az asszony befutott a házba. Azonban csakhamar visszatért. Az arca durcás volt.

- Én nem bánom, menjen az úrfi, ahova akar. Én az úrfinak nem parancsolok. Hanem Tulipán nem megyen vele. Annak parancsolok.

- Olyan nincs - felelte Tulipán.

- Itthon marad kend, érti?!

- Tulipánnak velem kell jönnie - szólt Gergely röviden.

- Az elemózsiát elviszi az úrfi szolgája is. Hát mire való a szolga, ha nem arra, hogy szolgáljon?

János szolga maga is így gondolkozott. Mert immáron fel volt tarisznyázódva, és a lovakat itatta.

Tulipán, hogy megneszelte az asszony nyugtalanságát, kihuzakodott:

- Én pedig elmegyek, lelkem. Vakuljak meg, ha el nem megyek! Bort úgyis csak nagy imádkozásra adsz hébe-hóba. Nem vagy jó asszony.

Az asszony akkor elpityeredett:

- Elviszik kendet a törökök, ha meglátják. Aztán itt hagyná ezt a szép két gyereket meg engem is?

- De ha nem adsz bort. Meg aztán meg is vertél a múlt csütörtökön.

- Adok, édes jó uram, amennyi kell, csak ne hagyjon itt engem...

- Hát jó, el ne felejtsd, hogy az úrfi előtt mit fogadtál. Én elkísérem az úrfit, és estére visszatérek. Hát azt hiszed - szólt megölelgetve az asszonyt -, hogy van akkora gyémántja a szultánnak, amelyikért én téged odaadnálak? Csak innom engedj egy kicsit. Látod, ha békén engedsz innom, be se rúgok. Én mindig csak azért rúgok be, mert azt gondolom, hogy holnap már nem adsz innom.

A menyecske így valamiképpen megnyugodott. Összekészítette az élelmet. Könnyezve kísérte mégis az urát a kapuig, s még onnan is olyan aggódva nézett utánuk, hogy Tulipán hízott az örömtől.

János velük ment a sűrűig. Ott leszálltak a lóról. János visszavezette a három lovat a faluba, ők pedig gyalog igyekeztek tovább a szikláig.

A szikla az országút mellett ma is áll. Körülbelül öt ember magasságú, s a tetejéről végig lehet látni az országutat le a vadkörtefáig, ahol a pap immáron elrejtőzött.

A török egy nyaláb lombos ágat tört le a fáról, és a sziklát úgy bástyázta körül a lombokkal, hogy ők ketten mindent láthassanak onnan, de alulról senki se gyaníthassa, hogy ott emberek rejtőznek.

- Amoda is rakjunk lombot - mondotta Gergely -, észak felőlre.
- Minek?
- Hát ha a szultán erre elment, akkor megfordulunk, és utánanézünk.

A nap akkor kelt. Az erdőt harmat borította. A távolban felporzottak az első lovasok.

4

Egy paprikaszínvörös zászló jelent meg az országúton, aztán kettő, aztán meg öt és egyre több. A zászló alatt és utána arab paripákon tornyos turbánú katonák. A paripák olyan aprók, hogy némelyik katonának a lába csaknem a földet éri.

- Ezek a *gurebák* - magyarázza Tulipán -, mindig ezek jönnek elöl. Ezek nem tiszta törökök.
- Hát?
- Arabok, perzsák, egyiptomiak, mindenféle kevert nép.

Az látszott is rajtuk. A ruhájuk se volt egyforma. Az egyiknek óriási rézforgó ragyogott a fején, s hiányzott az orra. Az már járt Magyarországon.

A másik ezred, amely követte őket, zöld csíkos fehér zászlót lobogtatott. Naptól barna, kék bugyogós had. Látszott az arcukon, hogy az éjjel jól ettek-ittak.

- Ezek az *ulufedzsik* - szólt Tulipán. - Zsoldos katonák, tábori rendőrök. A hadipénztár mellett is ezek járnak. Látja azt a nagy hasú, szétütött homlokú embert? Nagy rézgombok a mellén...
- Látom.
- Turna a neve. Magyarul daru. De inkább disznónak neveznék.
- Miért?
- Láttam egyszer, mikor sündisznót evett.

Sárga zászlós ezred robog a nyomukban. Csillogóbb a fegyverük. Egy agának a lova is ezüstpikkelyes melldísszel büszkélkedik.

- Ezek a *szilidárok* - mondta Tulipán. - Hej, zsivány akasztófáravalók! Szolgáltam köztetek két esztendőt!

- Zsoldosok ezek is?

- Zsoldosok.

Következtek a piros zászlók, íjas, tegzes *szpáhik*, tisztjeik páncélban; az oldalukon széles, görbe kard. Azután a csúcsos süvegű *tatárok*. Csupa zsíros pofa, bőrdolmány, fanyereg.

- Ezer... kétezer... ötezer... tízezer - számlálta Gergely.

- Sose számlája őket - legyintett Tulipán -, vannak ezek tán húszezren is.

- No, csúnya, csontos pofájú nép.

- A török is utálja őket. Lófejet esznek.

- Lófejet?

- Hát ha mindnek nem is jut, de egyet bizonyosan tesznek az asztal közepére.

- Főtten vagy sülten?

- Hiszen ha sült vagy főtt volna, még hagyján, de nyersen. Aztán ezek a kutyák a ma született gyereknek se kegyelmeznek. Mert lássa, ezek az ember epéjét kiveszik.

- Ne beszéljen ilyen irtózatosságokat!

- De ha így van. Mert lássa, azt tartják, hogy ha emberepével dörzsölik meg a lovuk ínyét, akármilyen fáradt a ló, új erőre kap.

Gergely eliszonyodva vonta vissza a fejét a lombok közül.

- Nem nézem őket - mondotta -, hiszen ezek nem emberek, hanem vadállatok.

Tulipán azonban csak nézte őket tovább is.

- Már a *nisandzsi bég* jön - szólalt meg negyedóra múlva. - Ez szokta felrajzolni a padisah nevét a pöcsétes papirosokra.

Gergely alánézett. Egy csukafejű, hosszú bajuszú, méltóságos törököt látott, amint a kurta paripán begyesen ülve haladt a katonák között.

Aztán a *defterdár* következett, egy ősz, meggörnyedt arab, a törökök pénzügyi minisztere. Utána másik katonacsoportban a *káziaszker* hosszú, sárga köntösben, magas, tornyos, fehér süvegben. Az volt a főhadbíró.

A *csaznegírek*, vagyis főtálalók és egyéb ételfogók követték, s az udvari testőrség csapata. Azokon már csillogott a sok arany.

És szóltak már a török zenekarok. Trombiták harsogása és csincsák[1] csattogása között tűntek elő és haladtak tova a tarkabarka hadtestek: az *udvari vadászok*, akiknek a lova sörénye pirosra volt festve, s ők maguk a karjukon sólymokat tartottak.

A vadászok után a császári ménes következett. Táncoló, tüzes paripák: némelyiken rajta a nyereg is. *Szolakok* és janicsárok vezették a lovakat.

A lovászok után magas, lófarkas zászlók lengettek elő az úton.

---

1 Más néven: csingák, régi katonai ütőhangszerek, cintányérok.

Háromszáz *kapudzsi* jött, valamennyi egyforma aranyhímzéses, fehér sapkában. Azok otthon a szultán házőrzői.

A porfelhőkön át a *janicsárok* hosszú sora fehérlik fel az úton. Fehér süvegük csakhamar összetarkállik a piros tiszti süvegekkel s a kék posztóruhával, amelyet viselnek.

- Messze van-e még a szultán? - kérdezte Gergely.

- Bizony még jó messze lehet - felelte Tulipán. - A janicsárok legalábbis tízezren vannak. Azok után jönnek a *csauszok* meg mindenféle udvari méltóságok.

- Hát akkor húzódjunk hátra - szólt Gergely -, és falatozzunk.

A szikla eltakarta őket dél felől a seregtől. Az észak felé lejtő úton láthatták, mint ereszkedik le a völgynek a tömérdek katonaság.

- Akár alhatunk is egyet - szólt Tulipán.

És kibontotta a tarisznyáját.

A tarisznyából lánc csörrent elő.

- Hát ez mi? - kérdezte Gergely.

- Ez nekem jó pajtásom - felelte Tulipán. - Enélkül én soha nem lépek ki a faluból.

S hogy a diák értetlenül bámult rá, folytatta:

- Ez az én bilincsem. Mikor ki kell mennem a faluból, rácsatolom a lábamra. Lássa, így nem félek a töröktől. Mert a török ahelyett hogy elfogna, megszabadít. Éjjel meg én szabadítom meg tőle magamat. De jó lesz most már, ha felcsatolom. Itt a kulcsa. Tegye a zsebébe. Ha valami baj ér bennünket, azt fogjuk mondani, hogy a Török Bálint udvarából valók vagyunk. Én rab, maga diák. Bálint úr törökpárti, hát nem fognak szigorúan. Éjjel aztán én megszabadítom magát, és hazaszökünk.

- No, maga eszes ember! - szólt őszinte elismeréssel a diák.

- Meghiszem azt! - felelte Tulipán. - Túljárok én még a feleségem eszén is.

S jónak látta utánatenni:

- Mikor józan vagyok.

Egy frissen sült barna cipó, sonka és szalonna került elő a tarisznya belsejéből, meg egynéhány zöldpaprika. A diák a sonkába fogott, a szalonnát Tulipán vette a markába, s meghintette sóval, paprikával vastagon.

- Ha ezt látná ez a sereg! - szólt Tulipán a fejével oldalt intve.

- Hát aztán?

- A török megissza a bort - felelte Tulipán -, hanem a szalonnát úgy utálja, mint mink magyarok a patkányhúst.

Gergely nevetett.

- Pedig ha tudnák - folytatta Tulipán -, hogy a paprikás szalonna micsoda mennyei eledel! De azt hiszem, Mohamed sohase kóstolt paprikás szalonnát.

- Eszerint jobb magyarnak lenni, mint töröknek.

- Mindenki bolond, aki nem magyar!

Szétsimította fekete, selymes bajuszát, és ivott a kulacsból. Aztán átnyújtotta a diáknak.

- Nem kell - felelte a diák. - Talán később.

Benyúlt a zsebébe, és kivette a zacskót.

- Ismeri ezt a gyűrűt, Tulipán?

- Nem - felelte az ember -, de azt látom, hogy lovat ér. Mi ez az apró? Gyémánt?

- Az.

- Akkor ezt jó nézni. Sokszor hallottam, hogy a gyémánt nézése tisztítja a szemet.

- Hát ezt az írást el tudja-e olvasni?

- Hogyne. Janicsár voltam én. Végigtanultam a janicsáriskolát.

És olvasta:

- *Ila masallah la hakk va la kuvvat il a billah el álijel ázim.* Magyarul: Amit az Isten akar: nincs igazság és erő a fenséges és magasztos Istenen kívül.

Bólintott rá:

- Így van. Ha az Isten nem akarta volna, nem lehettem volna magyarrá.

Egy percig elgondolkozva hallgattak. Aztán Tulipán szólalt meg:

- Majd meglátja a szultánt, micsoda derék ember! A népe cifra, de ő maga csak akkor öltözködik pompába, mikor ünnep van, vagy mikor vendéget fogad. A szultán után aranyos nagy zászlóerdő következik, főképpen lófarkak. Azok után száz trombitás. Mindeniknek a trombitája aranylánccal van a vállára akasztva. A trombitások után kétszáz üstdobos jön meg száz nagydobos, kétszáz csörgős, száz csincsás és sípos.

- Jó füle lehet a szultánnak, ha ezt a zenebonát napestig hallgatja.

- Hát biz az pokoli harsogás. Mikor pihennek, akkor hallgatnak csak el. De kell ez a töröknek, kivált csatában. Ha nincs muzsika, a török nem csatázik.

- És igaz, hogy a janicsárokat keresztény fiúkból nevelik?

- Felét se. De annyi bizonyos, hogy a rablott fiúkból válnak a legjobb janicsárok. Azoknak sem apjuk, sem anyjuk nincsen. Dicsőségüknek vélik, ha a harcban esnek el.

- A banda után mi következik?

- Egy sereg ringy-rongy nép. Aztán a kötéltáncosok, szemfényvesztők, kuruzslók, kereskedők, akik a tábori zsákmányra lesnek, és apróságokat árulnak. Vízhordót is sokat fog látni. Legalábbis ötszáz teve jön hátul. Tömlő van rajtuk. De a víz többnyire langyos.

- Aztán már nem jön semmi?

- Száz karaván rongyos cigány meg kutyák. Azok a hulladékból élnek. De azok majd csak holnap vagy holnapután érkeznek ide.

- És aztán?

Tulipán vállat vont.

- Keselyűk.

- Saskeselyűk?

- Mindenféle: sasok, hollók, varjak. Minden sereg után vonul az égen is egy fekete sereg. Néha több, mint az ember.

A déli nap melegen sütött. A diák levetette a zekéjét. Újra felkönyököltek a sziklapárkányra, és nézték az alant elvonuló fehér süvegű janicsárokat. Tulipán sokat megnevezett közülük.

- Ez a barna itt velem járt iskolába is. A mellén szúrás van: akkora gödör, hogy egy gyermek ökle beleférne. Amaz a verejtékező, aki levette egy percre a turbánját, legalábbis száz embert ölt meg a perzsa háborúban. Őrajta nincs egy vágás se, hacsak azóta nem kapott. Az a sovány, nyápic ember: csodás tőrdobó. Huszonöt lépésről belesújtja a tőrét az ellenség mellébe. Tyapken a neve. Ilyen különben van több is. A janicsáriskolában van egy begyepezett földhányás. Ott tanulják a tőrsújtást. Van olyan, aki kétezerszer is elsújtja a tőrét mindennap.

- Hát ez a szerecsen?

- Nini, te is megvagy még, vén Keskin! Ez ám a fene úszó! Szájába veszi a kardját, és úgy ússza át a folyót, akármilyen széles is.

- No, ezt a magyarok is megcselekszik.

- Lehet. Csakhogy ez nem fárad el. Ez a víz alól is felhozza a pénzt. A szultán is mulatott egyszer vele a Duna partján. Aranyakat dobált a vízbe, és sokan ugráltak utánuk, de ez hozta fel a legtöbbet. Nini, a vén Kalen! Az a tülökorrú, nagy tagú ember! Látja azt a széles, barna pallost az oldalán? Ötvenfontos! A belgrádi csatában olyant vágott avval egy magyarra, hogy nemcsak a magyar fejét szelte le, hanem a lováét is. Pedig vasban volt mind a kettő.

- Persze akkor leszállott a magyar, hogy a fejét fölvegye.

- No, én nem láttam, csak hallottam - mentegetődzött Tulipán.

Egyszer csak visszahőkölt.

- Álmodom-e? - szólt összeborzadva. - Jumurdzsák!

Valóban, a feszült képű, félszemű arab janicsár léptetett velük szemben egy alacsony, erős szügyű pej paripán. Az öltözete ékesebb, mint a többié. Hosszú, fehér süvegén óriás strucctoll lengedez.

- Istenuccse az - szólt Gergely is elbámulva.

- De hiszen azt mondták, hogy a pap felakasztotta!

- Én is úgy tudom.

- Nem beszélt róla a pap?

- Nem.

- No, ez érthetetlen - hüledezett Tulipán.

S utánabámult a janicsárnak.

Aztán a két csodálkozónak a szeme egymásra fordult, mintha egyik a másiktól várna magyarázatot. Hallgattak.

Mintegy öt perc múlva megszólalt a diák:

- Mondja meg őszintén, Tulipán, nem kívánkozik vissza közibük?

- Nem én - felelte Tulipán határozottan. - Ha feleségem, gyermekem nem volna, még akkor se. De az én feleségem jó asszony; a két gyerekemet meg nem adnám Sztambulnak minden kincséért se. A kisebbik igen szép gyerek. A nagyobbik meg olyan okos, hogy a főmuftinak sincs több esze. A minap is azt kérdezte tőlem, hogy aszongya: miért nincs a lónak szarva?

- Tudja a tatár - felelte nevetve Gergely diák.

Aztán nem beszéltek többet. A diák egyre komolyabb arccal nézte a janicsároknak a hegyi úton való végtelen özönlését.

A levegő portengerré vált már. Fegyverzörgés, lórobogás morajlása töltötte be a csendet, mikor egy-egy zenekar elmerült a völgyi kanyarulatban.

A diák egyszer csak felkapta a fejét.

- Tulipán. Ez a sok ember nem jön hiába!

- Hát hiába nem jár soha.

- Ezek Budát akarják elfoglalni!

- Lehet - felelte Tulipán egykedvűen.

A diák színtelen arccal bámult reá.

- És ha a szultán véletlenül útközben meghal?

- Nem hal az meg.

- De ha mégis...

Tulipán vállat vont.

- Mindig magával hordja a fiait.

- Eszerint hétfejű sárkány.

- Mit mond?

A diák felelet helyett kérdezett:

- Mit gondol, mennyi idő alatt érkeznek Budára?

- Azt nem lehet tudni.

- Mégis mit gondol?

- Ha eső lesz, pihennek két-három napot; lehet, hogy egy hetet is.

- De hátha nem lesz eső?

- A forróság miatt is pihennek.

A diák nyugtalanul mozgott a helyén.

- Akkor én megelőzhetem őket - mormogta -, ha azt látom, hogy nem fordulnak vissza.

- Mit tetszik mondani?

- Azt, hogy ha ezek Buda alá mennek, akkor nekem vagy vissza kell hoznom Ceceyéket, vagy ott kell lennem mellettük.

A banda harsogása elnyomta a beszédüket. A janicsárok hosszú menete valahára véget ért, és egy sárga zászlós, strucctollas, pompás had következett. Egy méltóságos, ősz óriás magaslott ki a hadból. Előtte két hosszú, piros lófarkat vittek, s a lófarkas zászlók rúdja ragyogott az aranytól.

- Ez a szultán! - kiáltott megrendülve a diák.

- Dehogy az - felelte Tulipán. - Ez csak a janicsáraga. A sok cifra úr meg körülötte mind *jaja basi*.

- Mi a pokol csudája az a jaja basi?

- Janicsártisztek.

Aranyos alabárdok között egy ragyogó csoport következett.

Két nyugodt arcú fiatalember lovagolt közöttük. Mind a kettő szürke lovon.
- A szultán fiai - magyarázta Tulipán tiszteletes hangon -, Mohamed és Szelim.
Azonban csakhamar vállat vont.
- Vigye el őket az ördög!
Két barna fiatalember volt a két szultánfi. Nem hasonlítottak egymáshoz, de látszott rajtuk, hogy szeretik egymást.
- Ni, ott megy jaja Oglu Mohamed! - Az a híres pasa?
- Az.
Egy méltóságos tekintetű, szürke szakállú pasa lötyögött a szultánfiak után. Előtte hét lófarkas zászlót vittek. A fején rengeteg fehér turbán.
- Ez - mondta Tulipán - a Jumurdzsák apja.
- Lehetetlen!
- De bizony. Az imént ment el a másik fia is. Arszlán bég.
- De hát micsoda név ez a Jumurdzsák?
- Csúfnév - felelte Tulipán.
S egy fűszálat szakított le. Azt rágogatta unalmában.
Egy csapat ezüst- és aranybuzogányos, ijesztően magas turbánú csapat következett. A diákot egész testében remegés fogta el. Érezte, hogy a szultán következik.
- Mindenható Istene a magyaroknak - fohászkodott -, légy velünk!
A sok arany- és ezüstfegyver, a csillogó köntösök összehullámzottak a szeme előtt. Rá is tapasztotta a két kezét a szemére, és egy percre befogta, hogy jobban lásson.
Tulipán oldalba bökte.
- Nézzen hát! - szólt remegő hangon. - Amott jön...
- Melyik?
- Aki előtt a dervis kereng.
Egy magánosan haladó, egyszerű köntösű lovas. Előtte egy dervis kereng gépiesen egyforma sebességgel. A dervis fején másfél könyök magas teveszőr süveg. A két keze széjjel. Egyik tenyere az ég felé, a másik a föld felé. A szoknyája harangként teröldözik a forgástól.
- Kerengő dervis - magyarázta Tulipán.
- Hogy bele nem szédül, vagy ő, vagy a ló!
- Megszokta mind a kettő.
A lónak csakugyan mindig szabad a menése. Másik hat fehér szoknyás dervis ott lépked kétoldalt, s várja, hogy fölválthassa a kerengőt.
- Ez a hét dervis így kereng a szultán előtt Konstantinápolytól Budáig - kiáltotta Tulipán a diáknak a fülébe.
Mert a trombiták, sípok, dobok, réztányérok zajától nem lehetett másképpen érteniük egymást.
A szultán gyönyörű kis arab pej lovon ült. Mögötte két félmeztelen szerecsen öles hosszú pávatoll árnyékvetővel igyekezett a felséges urat a nap szúró tüzétől megvédeni. A levegő különben is átfűlt volt a

völgykanyarulatban, s őfelsége éppúgy szívta a port, mint a legrongyosabb katonája.

Ahogy a szikla alá ért, lehetett látni, hogy veres atlaszdolmány és ugyanolyan bugyogó van rajta. A turbánja zöld. Az arca sovány és horpadt. Hosszú, vékony, szinte lecsüngő orra alatt keskeny, ősz bajusz. Az állán rövidre nyírt, göndör, ősz szakáll. A szemei kiülő gurgula szemek.

Ahogy Gergely még jobban megszemlélné, egyszercsak *bumm!* eget-földet rázó dördülés. A szikla megremeg alattuk.

A lovak visszatorpannak. A szultán a visszaugrott ló nyakába zökken. A zene eláll. Őrült kavargás. Por és kődarabok, testtagok, fegyverek és vércseppek esőként hullnak az égből. Zavarodás és ordítás a völgy felé a seregben.

- Végünk! - kiáltja a kezét összecsapva Gergely diák.

És a völgy felé mereszti rémült két szemét.

A völgyben sötét füstoszlop emelkedik a fellegek közé. A levegőt elnehezíti a puskaporbüdösség.

- Mi történt? - kérdi ijedten Tulipán.

- Az - feleli lekókadó fejjel a diák -, hogy nem a janicsáraga a szultán!

5

A robbanást egypercnyi kábult csönd követte. Azután ezernyi ezerek kiáltozása, káromkodása zúdult fel összekeveredve. Mint a hangyazsombékok, mikor megzavarják, olyan volt a sereg kavargása. De mindenki arra tolongott, ahonnan a lángoszlop fölcsapott.

Az a hely holtakkal és sebesültekkel volt borítva.

A távolabb levők is megzavarodtak. Nem tudták, hogy valami elrejtett hadsereg öregágyúja szólalt-e meg, vagy hogy puskaporos szekér robbant fel az úton.

A janicsárság azonban tudta már, hogy aknarobbantást intéztek ellene. Szétzúdult az erdőbe, mint a fölvert darázsraj.

Keresték az ellenséget.

De nem találtak mást az erdőben, csak a papot, a diákot meg Tulipánt.

A pap félholt volt. Az ajkán véres hab. A ruhája: mintha korpával hintették volna be. A farétől[1] volt olyan. A robbanás eldöntötte a fát, s kivetette őt az üregből.

A szultán maga elé vezettette a három elfogottat.

Leszállt a lováról. A katonák egy nagy rezesdobot tettek székül a földre. Egy főtiszt ráterítette szőnyegül a saját kék selyemkaftánját.

A szultán azonban nem ült le.

Tulipánra nézett.

- Kik vagytok?

Megismerte az arcáról meg a láncáról, hogy török rab.

- Én rab vagyok - felelte térden Tulipán -, láthatod, minden igazhívő atyja:

---

1 A fa korhadt, pudvás, morzsalékos belső része.

itt a lánc a lábamon. Janicsár volnék különben. A nevem Tulipán.

- Hát ez a kölyök?

A diák csak állt, és a helyzetbe belezavarodottan nézett a diószemű, kifestett arcú, birkaorrú emberre, a népmilliók urára, akinek fel kellett volna az imént röpülnie a török mennyországba.

- Fogadott fia Török Bálintnak - felelte Tulipán.

- Az enyingi ebnek?

- Annak, felség.

- És ez az ember? - kérdezte a szultán a papra mutatva.

A papot két janicsár tartotta. A feje lelógott. A vér végigcsurgott a szájából a mellén. Nem lehetett tudni, hogy ájult-e, vagy hogy meg van halva.

Tulipán ránézett a papra.

Egy főtiszt belemarkolt hátulról a pap hajába, és felvonta a fejét, hogy Tulipán jobban láthassa.

A vér csepegett a félholtnak az álláról. A melle zihált.

- Nem ismerem - felelte Tulipán.

- A diák se ismeri?

Gergely a fejét rázta.

A szultán a fiúra pillantott, aztán ismét Tulipánhoz fordult.

- Micsoda robbanás volt ez? - kérdezte tovább. - Engem akartak megölni?

- Felséges uram - felelte Tulipán -, mink a diákkal gombát szedtünk erre. Meghallottuk a zenét. Idesiettünk. Én a te lábad méltatlan pora, csak azt vártam, hogy elhaladj, azután kiáltottam volna, hogy szabadítsanak meg.

- Eszerint nem tudsz semmit.

- Úgy üdvözüljek az igazak paradicsomában!

- Oldjátok el! - felelte a szultán, egy vércseppet utálattal törülve le a kabátja ujjáról. - A láncát kössétek át a diák lábára.

Aztán a papra nézett.

- Ezt az ebet az orvosok fogják gondozásba. Akarom, hogy vallomást kapjunk tőle!

A szultán azután újra lóra ült. A fiai mellé csatlakoztak, s a bosztandzsik és basák kíséretében a robbanás helyére lovagolt.

Míg a diák lábára a láncot verték, látta, hogy a papot lefektetik hanyatt a földre, és egy bőrtömlőből vizet csurgatnak az arcára és a mellére.

Mosták róla a vért.

Egy hamuszín kaftánba öltözött, komoly török időnként felvonta a pap szeme héját, és figyelemmel nézte.

A diák lábára eközben föllakatolták a bilincset, s elkísérték a foglyok közé.

Sápadt volt a fiú, és remegett, mint a nyárfalevél.

Negyedóra múlva ott termett Tulipán is. Kékbe volt öltözve, mint a janicsárok. A fején fehér süveg, a lábán vörös bakancs.

Az öklét rázta a diákra, és dühösen ordított a szemébe:

- Markomba kerültél, hitetlen kutya!

S Gergely mellől eltolta a janicsárt.

- Ez az én rabom - mondotta. - Eddig én voltam az ő rabja. Allah igaz és hatalmas.

A janicsár bólintott rá, és engedte Tulipánt Gergely mellé.

A fiú sápadt arccal bámult Tulipánra. Valóban megfordult-e Tulipánnak a lelke?

Nem telt bele két perc, Tulipán lopva intett neki, hogy ne nyugtalankodjon.

6

Gergely gyalograb lett egy csoport fáradt és poros rab gyermek között. Oldalt egy sor janicsár kísérte őket. Mögöttük az ágyús szekerek dübörögtek. Az egyik ágyú rengeteg nagy volt; ötven pár ökör húzta. A rövid köntösű, vörös ruhás topcsik serege kísérte.

A nap égető meleggel kínozta az egész sereget. Az út fehér pora is forró volt. Egy nyolcéves gyermek minden tizedik lépésnél nyöszörgött:

- Vizet adjanak! Vizet!...

Gergely odaszólt búsan Tulipánnak:

- Adjon neki.

- Nincs - felelte magyarul Tulipán. - A kulacs ott maradt.

- Hallod, fiam, hogy nincs - szólt hátra Gergely a gyermeknek. - Adnánk szívesen, ha volna, hát csak tűrj estig, ahogy lehet.

A lábán levő láncot hol az egyik, hol a másik kezével kellett vinnie, hogy léphessen, de a láncnak egyre nőtt a súlya. Alkonyatkor már úgy érezte, mintha mázsányi terhet cipelne magával.

A gyermekhad akkor már az ágyúkon és tevéken ült. Fölszedték a topcsik őket, mert elbukdostak a fáradtságtól.

- Messze vagyunk-e még? - kérdezte Gergely a jobbján haladó rongyos katonát.

- Nem - felelte az, nagyot nézve, hogy Gergelyt törökül hallja szólani.

Kerek arcú, fiatal óriás volt az a török. Szakadozott bőrmelles volt rajta, s abból meztelenen nyúltak ki a karjai. Micsoda karok! Combokul is szívesen látná más ember az ilyen tagokat. Fegyvere: két hosszú handzsár az övkendőjében. Az egyik szarvascsont nyelű, a másik sárga marhalábszárcsont, még a kettős bütyök is azonképp a csont végén, ahogy a természet megformálta. De a fő fegyvere az a hosszú, rozsdás hegyű dárda, amelyet a vállán hordoz magával. A szabadkatonák közül való, akik csupán a zsákmányért járnak. Parancsolni parancsol nekik mindenki, de már engedelmeskedni csak addig engedelmeskednek, míg a tarisznyájukat meg nem tömik. No, ennek jó nagy volt a tarisznyája, s ugyancsak lapos. A hátán lötyögött pedig a tarisznya, s az is afféle maga varrta készség. Rajta volt az ökörnek a szőre és bélyege is. A bélyeg egy négyfelé osztott, tenyérnyi kört ábrázolt.

- Török vagy? - kérdezte a katona.

- Nem - felelte büszkén a diák -, nem tartozom semmiféle olyan nemzethez, amelyik rabolni jár.

Az óriás vagy nem értette a sértő megjegyzést, vagy nem volt érzékeny. Ment egyforma nagy lépésekkel.

A diák, hogy ekkor végignézett rajta, tekintete az óriás bocskorán ragadt meg. A bocskor elöl meg volt nyílva a kopástól. Ahogy ott az országút fehér pora bement, hátul a lyukon mindig kilövődött.

- Tudsz-e olvasni? - kérdezte a török mintegy negyedóra múlva.
- Tudok - felelte Gergely.
- Írni is tudsz?
- Írni is.
- És nem akarsz török lenni?
- Nem.

A török egyet emelt a szemöldökén.

- Kár.
- Miért?
- Szolimán pasa is magyar volt. Tudott írni, olvasni. Most pasa.
- És harcol a hazája ellen.
- Harcol az igaz hitért.
- Ha neki az az igaz hit, amit a prófétátok hirdetett, hát harcoljon másutt.
- Ott harcol, ahol Allah akarja.

Aztán nem beszéltek többet. Tulipán intett a szemével Gergelynek, hogy hallgasson.

Az óriás elgondolkozva lődözte tovább a port a bocskorából.

7

Beesteledett. Az égen feltünedeztek a csillagok. Ahogy az út dombra kanyarodott, a mezőség sötétje is mintha egy darab ég volna: vörös csillagokkal behintett ég, amelyből a keleti szélen öt nagy vörös csillag ragyog ki a többi közül.

- Megérkeztünk - szólt az óriás.

De még negyedórát is mentek kiszáradt legelőkön, dombokon, tarlókon át.

Minden csapat megtalálta keresés nélkül a maga helyét, és minden ember a maga sátorát. A vörös csillagok tábori tüzek, amelyek mellett hagymaillatú birkahús gőzölög. Az öt nagy vörös csillag a szultán tornyos sátora előtt égő nagy viaszfáklya; az ötödik a nagy holdas aranygolyó a sátor tetején, amint a fáklyák fényében tündöklik.

Egy napraforgós föld végén a topcsi basi kétszer belefújt a sípjába. Megállottak.

A sátorok azon a helyen U alakban voltak fölállítva. A rabokat annak az U-nak az ölébe kísérték be.

Az óriás a napraforgók felé szagolt, és bement böngészni. A diák a fűre rogyott.

A katonák jöttek-mentek, zsivajogtak körülöttük. Némelyek a málháikat bontogatták, mások az üst körül tolongtak. Csupa kevergés, nyüzsgés volt a tábor.

Gergely Tulipánt kereste, de csak egy pillanatra láthatta, amint egy janicsár beszélt hozzá. Tulipán a vállát vonogatta, azután elment a janicsárral egy céklaszínű sátor mellett. Bizonyosan helyet jelöltek neki a janicsárok között valamelyik sátorban.

De mi lesz, ha Tulipánnak csupán csak azért kellett elmennie, mert ott akart őrködni a rabok mellett! Hiszen akkor nem térhet vissza; akkor mind a ketten rabok maradnak!

Ez a gondolat jegesen csúszott a hátán végig.

Valamennyi addig volt őrt felváltották. A táborverő katonák váltották fel őket. Csupa ismeretlen ember, akik ővele semmit se törődnek.

A táborban már akkor a vízhordó tevék is megjelentek.

- Szúdzsi! Szúdzsi! - hangzott mindenfelől a vízhordók kiáltozása.

És a katonák cserépedényekből, kürtökből, sapkákból, ónpoharakból itták a Duna-vizet.

Gergely is szomjas volt.

Behorpasztotta a posztósüvege tetejét, és odatartotta a tevés török tömlője alá.

A víz langyos volt, és nem is tiszta, de azért mohón ivott. Aztán a gyerekre gondolt, aki az egész úton vízért sírt. Körülnézett. Látta az ágyúk egy részét a homályban. A mellettük legelésző bivalyokat is látta. Az ágyúk mellett topcsik ültek és hevertek. A gyereket nem látta.

Megitta hát a maradék vizet is, és a süvegét kisuhintotta. Visszatette a fejére.

- Ennél jobbat iszunk otthon, igaz-e? - szólt az új őrhöz, egy hosszú nyakú, csupasz képű aszabhoz.

Barátságra akarta talán hangolni maga iránt.

- Hallgass, és dögölj le! - ordított az rá feleletül.

S egyet rántott a dzsidáján, és tovább járta a maga útját a rabok mellett.

Gergely kezdett rútul érezkedni a bilincsekben.

Szinte megörült, mikor Jumurdzsákot pillantotta meg. A váltakozó őröket rendezte, s kivont kard volt a kezében.

- Jumurdzsák! - kiáltott rája, mint ahogy valaki a régi ismerőseit üdvözli. Mert az elhagyatottság kínos érzésétől akart szabadulni.

A török visszapillantott: honnan szólítják? A rabok csoportjából? Csodálkozóan pillogott Gergelyre.

- Ki vagy te?

A fiú fölkelt.

- Rab vagyok - felelte immár szűkellődve. - Csak azt akarom kérdezni, hogy izé... hogy van, hogy maga él?

- Mért ne élnék? - felelte vállat vonva a török. - Hát miért ne élnék?

Ahogy a kardját hüvelybe tette, látni lehetett, hogy a bal keze el van nyomorodva. Úgy álltak az ujjai, mintha egy csipet sót vett volna fel valamikor, s az ujjait nem bírta volna többé szétmozdítani.

- Azt hallottam, hogy magát fölakasztották.

- Engem?

- Magát bizony. Ezelőtt kilenc esztendővel, egy pap a Mecsek erdejében.

A török a *pap* szóra még kerekebbre nyitotta a szemét.

- Hol van az a pap? Mit tudsz róla? Hol lakik?

És mellen ragadta a diákot.

- Tán rosszat akar vele? - hebegte a diák.

- Dehogy akarok - felelte a török enyhültebb hangon -, inkább meg akarom neki köszönni, hogy nem bántott.

És a diáknak a vállára tette a kezét, mintha azt az előbbi mozdulatot is a barátság jelének akarná érteni.

- Hát akkor nem köszönte meg? - kérdezte Gergely.

- A dolog olyan hirtelen történt - felelte Jumurdzsák a kezét terjegetve -, nem is gondoltam rá, hogy megköszönjem. Azt hittem, tréfál.

- Hát ő ahelyett, hogy felakasztotta volna magát, elbocsátotta?

- El, keresztényileg. Én ezt akkor nem értettem. Azóta hallottam, hogy a keresztény hit szerint meg lehet az ellenségnek bocsátani.

- Hát jót akar vele tenni?

- Azt. Nem szeretek tartozni se pénzzel, se jósággal.

- Hát a pap is itt van - szólt bizalommal a diák.

- Itt? A táborban?

- Itt ám. Ő a szultán foglya. Azzal vádolják, hogy azt a robbanást a Mecseken ő követte el.

Jumurdzsák visszatántorodott. A szeme úgy karikázott, mint a kígyóé, amelyik prédára emelkedik.

- Honnan ismered te a papot?

- Ott lakunk egymás közelében - felelte a diák óvatosan.

- Nem mutatott neked a pap egy gyűrűt?

- Lehet, hogy mutatott.

- Egy török gyűrűt. Hold van rajta meg csillagok.

A diák a fejét rázta.

- Lehet, hogy másnak mutatott efféléket, nekem nem.

És a zsebébe dugta a kezét.

Jumurdzsák megvakarta a tarkóját. A nagy strucctoll ide-oda lengett a süvegén. Megfordult és ellépett.

Az őrök sorjában köszöntek neki. Később már csak az őrök dárdájának a mozgása mutatta, merre megy.

Gergely ismét magára maradt. Visszaült a gyöpre. A raboknak egy üstben levest hoztak, és hozzá otromba fakanalakat. A török, aki hozta, ott állt, míg ettek, s hogy egy rab susogva hozzászólt egy másikhoz, azt a rabot a török felrúgta.

A levesbe Gergely is belekóstolt. Lisztes leves volt, sótalan, zsírtalan.

Reggel és este az a tábori rabok eledele. Hallott róla Gergely nemegyszer.

Letette a kanalat, és elfordult az evőktől. Lefeküdt a fűbe. A rabok is lassanként abbahagyták az evést, és lefeküdtek, el is aludtak.

Csak Gergely nem aludt. A szeme olykor könnyel telt meg, s a könny lecsordult az orcáján.

A hold egy kopjányira állt már az ég alján, és megvilágította a sátorok aranyos és lófarkas gombjait, a dzsidák hegyét és az ágyúkat.

A hosszú nyakú őr valahányszor elsétált mellette, mindig reápillantott.

Gergelyt bántották a pillantásai. Szinte megkönnyebbülten lélegzett, mikor az óriás török nagy, vállas alakját pillantotta meg újból, ahogy hozzájuk közeledett.

Egy tányér napraforgót rágott; úgy, mint ahogy a disznó rág. Ő nem volt őr, se rendes katona: lődöröghetett, ahol neki tetszett.

- Mind letördelték a táborverők előlünk - panaszkodott a hosszú nyakúnak. - Alig hogy ezt az egy tányért találtam.

- Vagy a hitetlenek takarították el - felelte az mogorván. - Mert olyan ez a nép, hogy ha megneszeli a törököt, mindent betakarít éretlenül is.

S tovább sétált a rabok körül.

Az óriás leette a szemet a napraforgóról, aztán a csutkájába harapott. Kiköpte.

- Te nem kapsz enni? - kérdezte Gergely.

- Kapok - felelte a török -, de előbb a janicsároknak adnak. Én most vagyok hadban először.

- Azelőtt mi voltál?

- Csordás. Elefántcsordás. Teheránban.

- Mi a neved?

- Hasszán.

Egy másik janicsár ült mellettük a fűben. A markában főtt gerincdarabot tartott. Bicskával faragta róla a húst. Az is megszólalt:

- Mi csak úgy hívjuk, hogy *Hajván*. Mert marha.

- Miért volna marha? - kérdezte a diák.

- Azért - felelte a janicsár, a csontot a háta mögé dobva -, mert mindig azt álmodja, hogy ő a janicsárbasa.

8

A diák is végighevert a gyepen, és a feje alá tette a karját.

Fáradt volt, de csak a szeme aludt. Az elméje, mint kerék a tengelyen, a szabadulás gondolatán forgott.

Kedvetlenül látta, hogy Hajván ismét visszatér, és hogy melléje kuporodva csámcsog. Kapott valamelyik üstből egy cobákot.

- Hitetlen - szólott Hajván a diák térdét meglökve -, ha enni akarsz, hozok neked is.

- Köszönöm - felelte a diák. - Nem vagyok éhes.

- Mióta elfogtunk, nem ettél.

- Mondom, nem vagyok éhes.

Az óriásnak bizonyára szokatlan volt hallani, hogy valaki nem éhes. A fejét rázta.

- Én mindig éhes vagyok.

S tovább csámcsogott.

A diák visszahajolt a karjára, s a holdra bámult. A hold narancsszínű fénnyel emelkedett föl keleten, a sátorok fölött. Egy őr feje valami harminclépésnyire tőlük félig elfödte a holdat. Olyan volt, mint valami nagy süvegű püspökárnyék, s mintha a kezében álló dárda a holdnak a nyele volna.

- Ne aludj - szólt halkan Hajván -, valamit mondanék.

- Ráérünk holnap is.

- Nem. Még ma szeretném.

- Hát csak hamar.

- Várjunk kissé. Majd ha a hold jobban világít.

A téren, ahova be voltak kerítve, egyfelől mozgolódás támadt, s az őrök fegyveres árnyékából, öt másik árnyék vált elő.

Új rabok voltak. Öt férfi meg egy nő.

- Eresszenek engem a szultán elé! - kiabált magyarul, vastag medvehangon az egyik. - Én nem vagyok német! Német a kutya! Engem nem szabad bántani. A török most nem ellensége a magyarnak. Hogy mertek engem bántani?

Azonban a katonák nem értették a szavát. Ha megállt, továbbtaszították.

Gergelyék mellett akkora tisztás volt, amekkora helyen egy szekér megfordulhat. Oda telepítették a rabokat.

A magyar látta, hogy senki se hallgat a szavára, hát csak magának káromkodott.

- Istene ne legyen a disznó pogányának, még azt mondja, hogy a magyarok barátja. Barátja ám a fészkes fenének, de nem a magyarnak!

Kis szünet után folytatta:

- Az is bolond volt, aki először hitt nekik; az is, aki behívta őket! Hogy süllyedjenek el avval a zsivány császárukkal együtt!

A nőt ezalatt elvitték közülük az ágyúvontató ökrök és bivalyok felé. A többi négy férfi szótlanul ült a gyöpön. Német katonák voltak. Az egyiknek bádogpáncél fénylett a mellén. A fején nem volt semmi, csak az összekuszált, nagy haja.

Gergely odafordult a magyarhoz.

- Ugye - kérdezte -, ezek a németek Buda alól szöktek?

- Bizonyosan - felelte a magyar. - Én csak itt kerültem velük össze a szőlőben.

Akkor látta Gergely, hogy a vastag hangú magyar sovány kis, körszakállas ember, s hogy ingujjban ül a többi között.

- Miért estek rabságba? - kérdezte Gergely tovább.

- Én azért, mert egy pincébe rejtőztem. Lehet, hogy kémnek gondolnak a bolondok. Kém az ördög! Becsületes varga vagyok én. Örülök, ha nem látok törököt, nemhogy utánuk járnék.

- Budáról jött talán?

- Onnan hát. De bár otthon maradtam volna.

- Ismeri ott az öreg Ceceyt?

- A falábút? Hogyne ösmerném.

- Mit csinál az öreg?

- Mit csinál? Verekszik.

- Verekszik?

- De az ám! Lóra köttette magát, aztán kirohant Bálint úrral a németekre.

- De hiszen annak csak fél keze van!

- Mégis ráment az a németre. Mikor visszatértek, láttam őket. Bálint úr maga mellé vette, úgy vitte el a királynéhoz.

- Török Bálint?

- Az. Hej, fene sárkánytejen nőtt ember az is! Mindennap vállig véresen tért vissza a csatából.

- Aztán nem esett baja az öregnek?

- Dehogynem - felelte a varga nevetve -, levágták a fából való kezét a csatában.

- A lányát ismeri-e? - kérdezte félénken a diák.

- Hogyne ösmerném. Én varrtam neki egy pár cipellőt ezelőtt két héttel. Sárga karmazsinból valót, arannyal cafrangolt, szép alacsony szárút. Ilyet viselnek most az úri kisasszonyok; már aki teheti.

- Ugye, szép leány?

A varga vállat vont.

- Takaros.

Egy percre elhallgatott, és meghúzta a bajuszát.

- Istene ne legyen a pogányának - mondotta egyszerre hangot változtatva -, csak visszaadják tán a mentémet!

- Mikor jött el Budáról? - faggatta tovább a diák.

- Ezelőtt három nappal szöktem. De bár ne szöktem volna! Ennél rosszabb sorom nem lett volna. Ámbátor kutya a török. Nándorfejérvárnál is azt fogadta, hogy nem lesz bántódása senkinek, mégis felkoncolták az egész vár népét, igaz-e?

- Csak nem gondolja tán, hogy Buda török kézbe kerül?

- Bizonyos.

- Már hogy volna bizonyos?

- A templomban minden éjjel miséznek a török lelkek, már több egy heténél.

- Micsoda? Mit beszél?

- Minden éjfélkor kigyullad a világosság a Boldogasszony templomában, aztán kihallatszik a sok *ilallah*, ahogy a törökök üvöltik-éneklik istenüket.

- Nem lehet ez, bátyám!

- De isten-szentuccse igaz. Hát Nándorfejérvárott nem így volt? Ott is így hallatszott a török ének a templomból minden éjszaka, aztán egy hét múlva töröké lett a vár.

- Ez csak afféle babona - szólt Gergely összeborzongva.

- Már akármi, de én magam is láttam, hallottam. Különben nem jöttem volna ki a várból.

- Hát ezért szökött meg!

- Persze hogy ezért. A családomat még a német viaskodás előtt elküldtem Sopronba, az öreganyjukhoz. Én magam nem mehettem velük, mert jó keresetem volt. A nemesurak, tudhatja az úrfi, mikor Budára jönnek, az az első dolguk, hogy új csizmát szabatnak maguknak. Török Bálint úrnak is csináltam, Werbőczy nagyságos úrnak is én varrtam. Hát még Perényi nagyságos úr!

A csizmadia nem végezhette el, amit mondani akart, mert Hajván megfogta a mellénye gallérjánál, és fölemelte, mint a macskát. Eldobta a diáktól valami tízlépésnyire.

A csizmadia nagyot nyekkenve esett a gyöpre. A helyére Hajván ült le:

- Azt mondtad, hogy tudsz írni-olvasni, hát mutatok neked valamit.

Beletörölte mind a tíz ujját a bugyogójába, és elővonta a hátáról a fehér ökörbőr turbát.

Megint megtörölte az ujját az ökörszőrbe, és a turbából egy csomó összehajtogatott pergamenpapirost vett elő.

- Nézd - azt mondja -, ezt én egy holt dervisnek a csuhája alatt találtam. A dervist valami seb ölte meg. A derekán volt a seb. Vagy átszúrták, vagy átlőtték. De az mindegy. Pénz is volt nála: harminchat arany. Az is itt van a tarsolyomban. Hát ha te megmondod, hogy mik ezek az írások, akkor két arany a tiéd. Ha pedig nem mondod meg, akkor úgy ütlek kupán, hogy megdöglesz.

A hold erősen világított. Körülöttük mindenki aludt. A csizmadia is összekucorodott a gyepen, és iparkodott vigasztalást találni az álomban.

A diák kibontotta a papiroscsomót. Tenyérnyi nagyságú lapok voltak, s mindenféle négy-, öt- és hatszögletes rajzok a lapokon.

- Nem látok jól - szólott a diák. - A hold nem elég világosság az ilyen apró írás elolvasásához.

A török fölkelt, és karnyi vastag, lángoló ágat hozott a tűztől. Tartotta.

A diák nézte az írást meg a rajzokat figyelmesen és komoran. A tűz meleget langallt az arcára, de ő alig érezte.

Egyszer aztán fölemelte a fejét.

- Mutattad már valakinek ezeket az írásokat?

- Mutatni mutattam, de olvasni nem tudták.

A fa lángja ellobbant. A török letette.

- Nekem a te pénzed nem kell - folytatta a diák. - Az öklödtől sem félek. Mert én a szultán rabja vagyok: ha megütsz engem, a szultánnak számolsz érte. Hanem ha te azt kívánod, hogy megfejtsem ezt az írást, én is kívánhatok tőled valamit.

- Mit?

- Ez az írás neked sokat ér, mert egy szent dervistől való. Ezer szerencséd, hogy nekem mutattad meg, mert minden török elvenné tőled. Hanem én csak azzal a feltétellel magyarázom meg, ha te elmégy ahhoz a paphoz, aki ma délben a robbanást csinálta, vagy ha nem ő csinálta, ott találták.

- Bizonyosan ő csinálta.

- Hát mindegy. Megnézed, hogy él-e vagy meghalt.

A török az álla hegyét fogta, s gondolkodva nézett Gergelyre.

- Én addig, míg odajársz, átvizsgálom a papirosaidat - biztatta tovább a diák. - Most már nem kell a láng se. A hold eléggé világít.

S újra belemélyedt a rajzok szemlélésébe.

A rajzok magyarországi várak rajzai voltak. Ónnal készültek. Itt-ott törlés. Egy X alakú és egy O alakú jegy az egyik rajzon szembetűnő. A lap alján magyarázatul latin nyelven: X a vár leggyöngébb része, O az aknaásásra alkalmas hely. Néhol ez az O jegy nyíl alakú vonallal volt megtoldva, néhol hiányzott is.

A diák elkeseredetten rázta a fejét. Valami kém rajzai voltak a kezében. Több mint harminc magyarországi várnak a rajza.

Mit tegyen?

Ellopja?

Az lehetetlen.

Elégesse?

A török megfojtja érte.

Az izgalomtól sápadtan tartotta a kezében a papirost. Aztán a mellénye zsebébe nyúlt, és egy darabka ónt vett elő. Kitörülte minden rajzon a X-et meg az O-t is, és ugyanolyan vonással más helyre jegyezte.

Ez volt minden, amit tehetett.

Hogy a török még oda volt, az utolsó rajzot sokáig tartotta a kezében. Eger várát ábrázolta az, egy minden lábán csonka béka alakjában. Azért ragadta meg a figyelmét, mert négy föld alatti utat látott rajta, s az utak között termeket és egy négyszögletes vízmedencét. Milyen különös építmény! Mintha, akik építették, arra is számítottak volna, hogy a föld alatt folytatják a harcot, s ha ott nem sikerül, négy úton négyfelé menekülnek a várból, míg az üldözők belepusztulnak a medencébe.

Felpillantott, hogy jön-e a török.

Jött. Magas, óriás árnyékként közeledett az ágyúk mellett.

Gergely gyorsan golyóvá morzsolta azt az egy rajzot, és a mellénye zsebébe dugta. A zsebben lyukat szakított az ujjával, s oda bocsátotta le. Azután újra a térdére kiterjesztett rajzok fölé hajolt.

- A pap él még - szólt lekuporodva a török -, de azt mondják, nem éri meg a reggelt.

- Láttad?

- Láttam. Minden orvos ott ül a sátor körül. A pap meg felpárnázott ágyon fekszik, és úgy hörög, mint a hasba szúrt ló.

Gergely a szemére takarta a kezét.

- Te cinkosa vagy! - szólt a török megrándulva.
- És ha az vagyok? A szerencséd a markomban van.
A török pislogott: egyszerre megjámborult.
- Szerencsével jár ez a papiros?
- Nem a papiros, hanem a titka. De csak töröknek.
S visszanyújtotta a papirost.
- Hát beszélj - szólt mély hangú suttogással az óriás. - Megtettem, amit kívántál.
- De ki is kell engem szabadítanod.
- Hohó! - mordult el a török.
- Ez a titok neked többet ér.
- Megtudom mástól.
- Török elveszi tőled. Keresztény? Mikor akadsz megint olyan keresztényre, aki ért latinul, törökül egyaránt, s akinek te olyasmivel szolgálhatsz, hogy neked viszonzásul megnyitja a szerencséd lakatját?
A török nyakon ragadta a diákot.
- Megfojtalak, ha meg nem mondod!
- Kikiáltom, hogy nálad egy szent áldása van.
Többet nem mondhatott. A török ujjai vaskapcsokként szorultak a nyakára.
A lélegzete elfulladt.
Azonban a török nem akarta megfojtani. Mi haszna lenne abból?
Ha megfojtja a diákot, megfojtja vele talán a maga szerencséjét is. És Hajván nem azért indult a hadba, hogy beveresse a fejét. Úr akart lenni, mint minden közkatona.
Ujjai eltágultak a diák nyakán.
- Hát jó - szólt komoran -, agyonüthetlek akkor is, ha bajba keversz. Hogyan gondolod, hogy kiszabadítsalak?
A diák nem bírt azonnal felelni. Levegőzni kellett a szorítás után.
- Legelőször is - szólott lihegve - lefűrészeled a lábamról a bilincset.
Az óriás megvetően mosolygott. Körülnézett, s nagy, vörös kezét lenyújtotta az egyik bilincsért. Kettőt roppantott rajta. A bilincs halk csörrenéssel omlott a fű közé.
- Azután? - kérdezte tovább kíváncsi szemmel.
- Szerzel nekem egy szpáhisüveget, szpáhiköpönyeget.
- Az már bajos.
- Valamelyik alvóról leveszed.
A török a nyakát vakarta.
- Ez még nem minden - folytatta a diák. - Lovat is kell szerezned; meg valami fegyvert. Akármi fegyvert, nem bánom.
- Ha egyéb nem lesz, megkapod az egyik handzsáromat.
- Elfogadom.
A török körülnézett. Mindenfelé alvók, csak az őrök tűntek fel imitt-amott, amint nesztelen árnyékokként jártak föl és alá.

A hosszú nyakú valami húszlépésnyire állott. A lándzsája le volt szúrva a földbe. Arra támaszkodott.

- Várj - szólt az óriás.

Fölkelt, és elcammogott kelet felé. Eltűnt a sátorok között.

9

Gergely eldőlt a fűben, mintha ő is aludna. De nem akart aludni, bármilyen fáradt volt is. Fél szemmel föl-fölvizsgálódott az égre, hogy összeérkezik-e a hold azzal a hosszú, tutajforma, szürke felhővel, amely mozdulatlanul látszik állani az ég közepén. (Ha összeérkezik, kedvező sötétség takarja a földet.) Másik szemével meg a vékony nyakú, goromba janicsárt vizsgálta, aki olyanformán állott, mint a csupasz nyakú sas a fogságban. Bizonyosan állva aludt. A naphosszat járt katonák állva is alszanak.

Az éj enyhe volt, s a levegő százezer ember halk horkolásától remegett. Mintha maga a föld mormolt volna mély, egyhangú mormolással, mint a macska, mikor fon. Csak olykor hangzott egy-egy kutyaugatás, egy-egy őrszó s a lovak legelésének halk ropogása.

Gergely is elálmosodott lassankint. A fáradtság elcsigázta a testét. Az aggodalom elbágyasztotta a lelkét. (Az elítéltek is mindig alszanak a kivégzésük előtt való éjszakán.) De ő nem akart aludni. Küzdött az álom nehéz levegője ellen, amely a táborra ránehezült. Küzdött. De végre is lecsukódott a szeme.

S íme, azt látja, ott van, ahonnan elindult: a somogyvári ókastély tanulószobájában, a Török Bálint két gyermeke mellett.

Az asztalnál ülnek, a nagy, festetlen tölgyfa asztalnál. Szemben velük Gábor pap egy nagy pergamenkötéses könyvre hajol. Balra az ablak, amelynek ónkarikás, kerek üvegein besüt a nap, és ráteríti sugarait az asztal sarkára. A falon két nagy földkép. Az egyik ábrázolja Magyarországot, a másik a három világrészt. (Akkor még nem rajzolták meg a tudósok a Kolumbusz földjét, csak éppen híre szállongott, hogy eddig ismeretlen világrészt találtak a portugálok. De hogy mi igaz benne, senki se tudta. Ausztráliáról meg nem is álmodtak.)

A magyarországi mappán ki voltak rajzolva a várak, egy-egy sátor alakú képben, az erdőkben meg ki voltak rajzolva a fák. Jó mappák voltak azok. Könnyen megértette az is, aki olvasni nem tudott. És abban az időben a címeres nagyurak között is sok volt, aki nem tudott sem írni, sem olvasni. De hát minek is? Arra való az íródiák, hogy írjon, ha írni kell; ha meg levél jön, olvassa el az urának.

A pap fölemeli a fejét, és megszólal:

- Mától kezdve nem tanulunk se szintakszist, se geográfiát, se históriát, se botanikát,[1] csak éppen a török nyelvet meg a németet, meg a kémiából annyit, hogy hogyan csinálódik a puskapor.

Török Jancsi beletaszítja a lúdtollat a kalamárisba.

1Mondattan., Földrajz. (görög-latin), Történelem. (latin) Növénytan.

- Időpocsékolás már azt is tanulnunk, mester, hiszen akármelyik török rabbal tudunk már beszélni. A németnek meg már hátat fordított apámuram.

A kis tízéves Feri a fejének egy könnyű rántásával hátraveti vállig érő, mogyorószín haját, és közbeszól:

- Minek a kémia is? Van az én apámnak puskapora annyi, hogy soha el nem fogy, míg a világ!

- Hohó, úrfi - feleli a pap elmosolyodva -, te még olvasni se tudsz becsületesen. Tegnap is Kikerónak olvastad Cicerót.[1]

A szoba küszöbén Török Bálint daliás alakja jelenik meg. Az a kék bársonydolmány van rajta, amelyet János király hagyott rá a halálakor; derekán meg az a görbe, könnyű kard, amelyet csak ünnepi alkalommal szokott viselni.

- Vendég érkezett - szólt a papnak. - Öltözzetek át, fiúk. Gyertek le az udvarra.

Megsimogatja a Feri gyerek haját, és újra eltűnik.

Az udvaron egy nagy, bécsi vasas szekér. Amellett egy német a szolgájával. Ragyogó vérteket emelnek ki a szekérből, és leadogatják a török raboknak. A rabok az udvaron cölöpökre aggatják a vérteket.

A kocsi mellett négy előkelő úriember áll a Bálint úr társaságában. Bemutatják nekik a fiúkat. Az egyik rövid orrú, tüzes szemű, alacsony, barna ifjú. Fölemeli a kis Török Ferencet, és úgy csókolja meg. - Tudod-e még, ki vagyok én?

- Miklós bácsi - feleli a gyerek.

- És a másik nevem?

Ferkó gondolkozva néz Miklós bácsinak puha, fekete szakállára. Helyette János szól:

- Zirinyi.

- Nem Zirinyi, te - igazítja az apja -, Zrínyi.

Mindez megtörtént egyszer. Néha visszaálmodjuk, ami elmúlt, és az álom nemigen változtat rajta.

Ahogy tovább történt annak a napnak a lefolyása, úgy álmodta Gergely is tovább.

Mikor a hat mellvért fel volt állítva a cölöpökre, az urak puskát vettek elő, és rálőttek. Az egyik vérten átment a golyó. Azt visszaadták a bécsi kereskedőnek. A többit, amelyik csak behorpadt a lövésektől, megvették, és megosztották maguk között.

Eközben beesteledett. Vacsorához ültek. Az asztalfőt Törökné foglalta el, az asztalvéget meg Bálint úr. A vendégek vacsora alatt kifaggatták a gyerekeket, hogy miből mit tudnak. Különösen a Bibliát meg a katekizmust[2] kérdezgették.

---

1 M. T. Cicero (Kr. e. 106-43), a legnagyobb római szónok, emellett kiváló író és jelentős politikus is.

2. Káté, valamely tan vagy vallás legfőbb tételeinek kifejtése kérdés-felelet formájában.

Török Bálint darabig csöndes mosolygással hallgatta a jámbor kérdéseket, aztán megrázta a fejét.

- Hát ti azt gondoljátok, hogy az én fiaim csak katekizmust tanulnak? Mondd el, Jancsi, hogyan szokás ágyút önteni!

- Hány mázsásat, édesapám?

- Százmázsásat, aki arkangyalát!

- Százmázsás ágyúnak - kezdte állva a fiú - kell kilencven mázsa réz meg tíz mázsa ólom, de szükség idején harangokból is lehet ágyút önteni, és akkor nem kell bele ólom. Mikor a matéria megvan, olyan mély gödröt ásunk, amekkorára az ágyút akarjuk csinálni. Legelőször is ragadós és tiszta agyagból rudat gyúratunk. Az agyagba csepűt keverünk, a közepébe meg vaspálcát szúrunk.

- Minek az a vaspálca? - kérdezte Bálint úr.

- Hogy az agyag megálljon, különben eldűlne vagy elgörbülne.

Aztán, okos szemét az apjára függesztve, folytatta:

- Az agyagot keményre kell gyúrni, és össze kell keverni csepűvel. Néha két napig is gyúrják szakadatlanul. Mikor az megvan, leállítják a gödör közepébe, és megméregetik, hogy egyenesen álljon. Aztán az ágyúöntő külső borítékot csinál hasonlóképpen tisztított és meggyúrt agyagból, s fölépíti az agyagból való rúd körül gondosan. Ötujjnyi hézagnak kell köröskörül maradnia, de ha bővében vagyunk a réznek, vastagabb is lehet az ágyú. Mikor ez is megvan, körülrakják az agyagot kővel és vastámasztókkal, oldalt meg két katlant megraknak tíz öl fával, és afölé rakják a rezet. Azután...

- Valamit kifelejtettél.

- Az ólmot - szólt közbe a kis Feri.

- Hiszen most akarom mondani - vágott vissza a fiú. - Az ólmot is beledarabolják. Aztán éjjel-nappal tüzelnek, míg csak a réz olvadásnak nem indul.

- Azt se mondtad, hogy mekkora legyen a kemence - szólt ismét az öcsike.

- Hát nagy meg vastag. Tudhatja, akinek esze van.

A vendégek nevettek. Jancsi pedig durcásan leült.

- Megállj csak - morogta, az öccsére villantva a szemét -, majd számolunk!

- Hát jó - felelte az apa -, ha te nem tudod elmondani, majd elmondja az öcséd. Mondd el, Ferike, ami még hiányzik.

- Mi hiányzik? - felelte vállat vonva a kisfiú. - Az ágyút, mikor kihűlt, kiveszik a földből.

- Az ám - szólt diadalmasan Jancsi -, hát a reszelés? Hát a simítás? Hát a három próbalövés?

Feri elvörösödött.

És a két gyerek menten összeverekedik ott az asztalnál, ha a vendégek el nem kapják őket, hogy összecsókolgassák.

- Az a legjobb - szólt nevetve Török Bálint -, hogy a gyújtólyukról mind a

---

(görög-latin)

ketten megfeledkeztek.

Aztán mindenféle hadi ügyekről, törökről, németről beszélgettek az asztalnál.

Egyszer Gergelyhez is szóltak.

- Ebből jeles ember lesz - mondotta Török Bálint, a Gergely fejét megsimogatva. - Olyan az esze, mint a tűz. Csak a karja gyönge még.

- Ej - felelte Zrínyi -, nem a kar ereje a fő, hanem a szív ereje: a bátorság. Egy agár megkerget száz nyulat is.

A vacsora véget ért. Csak az ezüstkupák maradtak az asztalon.

- No, most búcsúzzatok el a vendégektől, és eredjetek az anyátok szárnya alá - szólt a gyerekeknek Török Bálint.

- Hát Sebők bácsi nem énekel? - kérdezte a kis Feri.

Egy szelíd, kis, szőrös képű ember megmozdult erre az asztalnál. Bálint úrra nézett.

- Az ám, jó Tinódi - szólt meleg tekintettel Zrínyi -, énekelj nekünk valamit szépet.

Tinódi Sebestyén fölkelt, és a terem szögletéből kobozt emelt elő.

- Hát jó - szólt az apa -, egy éneket végighallgathattok, de aztán takarodót fújunk.

Tinódi valamivel hátrább tolta a székét, és végigfuttatta az ujjait a koboz[1] öt húrján.

- Mit énekeljek? - kérdezte a gazdát.

- Hát a legújabbat, amit a múlt héten szerzettél.

- A mohácsit?

- Azt, ha ugyan a vendégeim mást nem kívánnak.

- Nem, nem - szóltak a vendégek. - Halljuk a legújabbat!

A terem elcsöndesült. A szolgák elkoppantották az asztalon álló viaszgyertyák hamvát, s az ajtózugba ültek. Tinódi még egyszer végigpöngette a húrjait. Egy kortyot ivott az előtte álló ezüstkupából, és mély, lágy férfihangon kezdte az énekét:

Siralmát éneklem most Magyarországnak:
Vérrel ázott földjét mohácsi csatának;
Mint hullt el sok ezre nemzet virágának,
S lőn gyászos elveszte az ifjú királynak.

Valami különös volt az éneklése. Inkább elbeszélés volt az éneke, mint dalolás. Néha végigénekelt egy sort, a másikat csak szóval mondta el, a kobozra hagyva a dallamot. Néha csak az utolsó sor végét fogta énekhangra.

A szeme az éneklés alatt maga elé merült, s olybá tűnt fel az előadása, mintha csak magát tudná a teremben, s magának énekelne.

De az ő együgyű versei, mint Gábor pap egyszer megjegyezte, ha olvasva darabosak és minden művészet nélkül valók is, az ő ajkán szívet indítóan szépen hangzottak. A szavaknak más értelme kelt az ő ajkán. Ha ő azt

---

1 Régi magyar húros hangszer.

mondta: *gyász*, akkor elsötétült minden a hallgatók szeme előtt. Ha azt mondta: *harc*, látták az öldöklő dulakodást. Ha azt mondta: *Isten*, a fején érezte mindenki az Isten fényességét.

A vendégek már az első versszaknál a szemükre tették a kezüket, amint az asztalnál könyököltek, s Török Bálint szeme is könnybe borult. A király mellett harcolt ő Mohácson, a király testőrei között. Négyezer szemtanúja élt még akkor a csatának, és az egész Magyarországot az erőtlenség, elveszettség érzete csüggesztette. Mintha gyászfátyol lebegett volna az egész országon!

Tinódi elénekelte a csata lefolyását, s a jelenlevők bús figyelemmel hallgatták. A hősi jeleneteknél felragyogott a szemük. Az ismerős neveket megkönnyezték.

Végül Tinódi a befejező vershez ért, és az éneke inkább sóhajtás volt, mint éneklés:

Mohács mellett van egy kaszálatlan mező,
Az a világon a legnagyobb temető;
Egy egész nemzetre terül ott szemfedő...
Föl se támasztja tán az örök Teremtő!

- Föltámasztja! - kiáltott Zrínyi a kardjára csapva.

És a jobbját fölemelte:

- Szent esküvést, urak, hogy életünk minden gondolatát a haza föltámasztásának szenteljük! Hogy addig nem alszunk puha párnán, míg a török egy lábnyomot mondhat magáénak a haza földjéből!

- Hát a német? - felelt keserűen Török Bálint. - Azért pusztuljon el megint huszonnégyezer magyar, hogy a német kerekedjen fölénk? Eb ura fakó! Százszor inkább a becsületes pogány, mint a hazugsággal bélelt német!

- A te apósod is német - csapta vissza Zrínyi fellobbanva. - A német mégiscsak keresztény.

- Ott az igazság - szólt csillapítóan a vendégek közül egy öregúr -, hogy a magyarnak nem szabad harcolnia legalább ötven esztendeig. Szaporodnunk kell, mielőtt harcolnánk.

- Köszönöm! - felelt Zrínyi az asztalra csapva. - Nem akarok ágyban heverni ötven esztendeig.

S hogy erre föl is kelt az asztaltól, a kardja megcsördült.

A csörrenésre Gergely fölnyitotta a szemét, s bámulva látta, hogy nem a Török Bálint asztalánál ül, hanem a csillagos ég alatt fekszik, s előtte nem Zrínyi áll, hanem egy széles vállú török.

Hajván volt. Az rúgta meg a lábát, hogy ébredjen föl.

- Itt a ruha.

Köpönyeget és turbánt vetett a diák elé.

- Lovat majd útközben szerzünk.

A diák magára kapta a szpáhiköpönyeget, és a fejére húzta a tornyos süveget. Kissé bő volt mind a kettő, de jobban örült neki a diák, mintha hercegi ruhát kapott volna.

Az óriás lehajolt, és egy-két roppantással letörte a diák lábáról a másik békót is. Aztán megindult előtte észak felé.

A köpönyeg hosszú volt a diáknak. Fel kellett szorítania a derekához. Szapora lépésekkel ment az óriás oldala mellett tovább.

A sátorokban és a sátorok előtt mindenütt aludtak. Egyik-másik rézgombos és lófarkas sátor előtt őr állott, de az is aludt.

A tábor végtelen hosszúnak tetszett. Mintha az egész világ csupa sátor volna.

Egy helyen aztán a tevék sokaságába jutottak. Ott kevés volt a sátor. A nép a gyöpön heverve aludt mindenfelé.

Hajván megállt egy kék vászondarabokkal foltozott sátor előtt.

- Öreg! - kiáltott be. - Kelj föl!

Alacsony, öreg emberke bújt ki a sátorból. A feje kopasz, a szakálla hosszú és fehér. Térdig érő ingben lépett ki, mezítláb.

- No, mi az? - kérdezte ijedten. - Te vagy, Hajván?

- Én vagyok - felelte a török. - Ezelőtt egy héttel erre a szürke lóra alkudtam nálad.

És a tevék között legelő otromba, nagy lóra mutatott.

- Adod úgy, ahogy kértem?

- Ezért költöttél fel? Húsz gurus, amint mondtam.

A török előkaparta az ezüstpénzt az övéből. Először megolvasta az egyik markában, aztán a másikban, végül pedig beleolvasta a kereskedőnek a tenyerébe.

- Sarkantyú is kell - szólt a diák, míg a kereskedő a lovat oldozta.

- Ráadásul egy pár sarkantyút adsz - mondotta Hajván.

- Majd holnap.

- Most, azonnal.

A kereskedő bement a sátorba. Ott csörgött, kotorászott a sötétben. Aztán egynéhány rozsdás sarkantyút hozott elő.

10

Ugyanabban az órában Jumurdzsák a betegek sátorai között bolyongott.

- Melyik az a rab, aki ma a paradicsomba akarta röpíteni a padisah felséges személyét? - kérdezte az egyik őrtől.

Az őr egy négyszögletű, fehér sátorra mutatott.

A sátor előtt öt fehér turbános, fekete kaftános vén guggolt a tűz körül. A szultán orvosai voltak. Komoly és bús volt mind az öt.

Jumurdzsák a sátor őre előtt állt meg.

- Beszélhetek-e a fogollyal?

- Kérdezd az orvosokat - felelte az őr tisztelettel.

Jumurdzsák az orvosok előtt meghajolt. Azok is bólintottak.

- Efendik, ha lehet a beteggel szólanom, kedves dolgot cselekedhetnék a padisahnak.

Az egyik vállat vont. A keze mozdulatát arra is lehetett érteni: *Nem lehet.*

Arra is, hogy: *Eredj a sátorba*.

Jumurdzsák az utóbbi értelmet választotta.

A sátor kárpitja félig el volt vonva. Benn egy nagy olajlámpa égett. A pap félig nyílt szemmel, hanyatt feküdt az ágyon.

- Gyaur - szólt a török elébe lépve -, ismersz-e engem?

A pap nem felelt.

- Én az a Jumurdzsák vagyok, akit rád bíztak egyszer, hogy akassz fel. Te megszabadítottál az amulettem árán.

A pap nem felelt. A szeme pillája se rebbent.

- Most te vagy a rab - folytatta a török -, és semmi se bizonyosabb, mint az, hogy lefejeznek.

A pap nem szólott erre se.

- Az amulettemért jöttem - szólt a török alázatosan. - Neked az semmi. Nekem benne van minden erőm. Mióta nincs velem, szerencsétlen vagyok mindenben. Házam volt a Boszporusz partján: gyönyörű kis palotám. Azért vettem, hogy öregségemre oda telepedjek. A ház megégett. A benne volt kincseket ellopták. A karomat egy csatában átszúrták. Nézd a bal kezemet: talán örökre nyomorék.

És mutatta a vörös forradást, amely körülbelül három hónapos lehetett.

A pap hallgatott mozdulatlanul.

- Gyaur - szólt síróra lágyult hangon a török -, te jó ember vagy. Sokat gondolkoztam rólad: mindig az volt a vége, hogy példátlan a te szíved jósága. Add vissza az amulettemet!

A pap nem felelt.

Csak a lámpa sercegett mellettük.

- Megteszek mindent, amit kívánsz - folytatta kis szünet múlva a török. - Azt is megkísérlem, hogy megmentselek a hóhér kezétől. Az én apám hatalmas pasa. A bátyám Arszlán bég. Míg él az ember, él a reménysége is. Csak azt mondd meg, hol van az amulettem.

A pap hallgatott.

- Az amulettem! - ismételte bosszúsan a török.

És megragadta a pap vállát:

- Az amulettem! - kiáltotta megrázva.

S hogy a pap feje lógott, fölrántotta ülőre.

A pap álla akkor leesett. Megüvegesedett szemmel, nyitott szájjal bámult a semmibe.

11

Mikor a legszélső őrt is elhagyták, Hajván megállt.

- Íme - mondotta -, megtettem, amit kívántál. Most már beszélj: mi az a titkos szerencse, amit magammal hordozok?

- Kabala[1]- felelte titokzatosan a diák.

- Kabala? - ismételte mormogva a török.

---

1 Szerencsét hozó tárgy; titkos tudomány, varázslat. (héber)

S összevonta a szemöldökét, mint aki bele iparkodik hatolni az olyan szó értelmébe, amely őneki homályos.

- Ha jobban megnézed - szólt a diák vállal a nyereghez támaszkodva -, látni fogod, hogy egy-egy csillagnak a képe. A szent dervis imádsággal írt körül minden jó csillagot. Jatagánt is ígértél.

A török mind a két jatagánját odanyújtotta a diáknak.

- Válassz!

A diák a kisebbiket vette el. Beletűzte az övébe.

- Ezek a képek - folytatta - arra valók, hogy a tested körül hordozd. Hétfelé kell metszened mindeniket, s bele kell varrnod a ruhád bélésébe. A turbánod belsejébe is tégy. Ahol ez a szent pergamen takar, ott nem ér a golyó.

A töröknek megcsillant a szeme.

- Nem ér a golyó?

- Nem. Hallottál bizonyosan már olyan hősökről, akiket nem fogott a golyó.

- Hogyne.

- Hát se pénzért, se jó szóért ne adj belőle senkinek. Még csak ne is mutasd, mert elveszik tőled, ellopják tőled, elcsalják tőled.

- Hohó! Van nekem eszem!

- De még ez nem minden. Az egyik papiros azt mondja, hogy gyermeket és nőt ne illess addig se kezeddel, se fegyvereddel, míg nagyúr nem leszel. Minden gondod a vitézség legyen.

- Az lesz.

- Mert nagyúr leszel ám: belőled Magyarország beglerbégje lesz.

A töröknek a szája is elnyílott bámulatában.

- Beglerbég?

- No, nem holnap reggel, az bizonyos, hanem idővel, mikor kitűnik a vitézséged. Aztán az is meg van írva, hogy a *Korán* szavai szerint élj. Légy buzgó az imádságban és a szent mosdásban. És aki jót cselekszik veled, te azzal rosszat ne cselekedjél.

A nagy, buta ember áhítattal nézett a diákra.

- Álmodtam sokszor - mondotta -, hogy úr leszek. Megálmodtam én azt. Hát hétfelé?

- Hétfelé. Nem baj, ha nem is egyforma nagy. Aszerint, hogy melyik testrészedet akarod legjobban takarni.

A török boldog elmerengéssel nézett maga elé.

- No - mondotta a fejét fölemelve -, ha úr leszek, megfogadlak téged íródeákomnak.

Gergely az ajkát harapdálta, hogy ki ne törjön belőle a nevetés.

- Ülj fel hát, barátom - szólt Hajván boldogan.

S tartotta a lovat, míg a diák felült.

A diák belenyúlt a zsebébe.

- Nézd, Hajván, ihol egy gyűrű. Tudod, a magyarnak az a szokása, hogy nem fogad el ingyen semmit.

Hajván elvette a gyűrűt, és rábámult.

A diák folytatta:

- Te nekem szabadságot és lovat adtál, én ezzel a gyűrűvel fizetek neked. Allah segítsen, kopasz!

S rácsapott a lovára.

Hajván megkapta a kantárt.

- Megállj csak! Török gyűrű ez, ugye?

- Az.

- Hol vetted?

- Mi közöd benne? Ha éppen tudni akarod, egy janicsáré volt.

Hajván egy percig bután nézett maga elé, aztán visszanyújtotta a gyűrűt.

- Nem kell. Te a lóért és a szabadságért eléggé megfizettél nekem.

S visszadugta a gyűrűt a diák zsebébe.

Gergely délnek fogta az irányát, hogy ha netalán üldözik, arrafelé üldözzék, s ne a budai úton.

A hold már nyugatnak ereszkedett a felhők között. Keleten derengett a hajnal.

A széles országutat egy helyen keskeny út szelte keresztbe. Gergely egy sebesen ügető lovast pillantott meg az úton.

Ha egyformán haladnak mind a ketten, éppen az út kereszteződésénél kell találkozniuk.

Gergely az első pillanatban lassúbb ügetésre fogta a lovát, de aztán, hogy amaz is meglassúdott, megint nyargalásnak eredt. Hamarább odaér így száz lépéssel.

A szeme egyre az idegen lovason. A növekvő reggeli világosságnál megdöbbenve látja, hogy egy hosszú süvegű janicsár igyekszik feléje.

Megrántja a lovát, és megáll.

Áll amaz is.

- A Luciferjét - mormogja -, ez a török megfog engem!

S elállt a lélegzete is ijedtében.

Ekkor azonban harangkondulásként üt a szívébe a Dobó István szava: Az a fő, hogy ne féljünk!

Gyermekkorától nem látta Dobót. Mióta Török Bálint elhagyta Ferdinándot, s a János király pártjára állt, azóta Dobó nem járt se Szigetvárott, se Somogyvárott, se Ozorán. De azért Gergely hálásan emlékezett reá, s ez az egy mondása megmaradt a fülében: Az a fő, fiam, hogy ne féljünk!

A török kis, alacsony lova újra elindult. Ő is megsarkantyúzta a lovát. Hát legyen: a keresztúton találkoznak. Lehet, hogy nem is őt üldözi a török. Odakiált neki egy *jó reggelt*-et, aztán továbbvágtat.

Csakhogy az az út, amelyiken a török jön, éppen alkalmas lenne arra, hogy felkanyarodjon észak felé. Találkozniuk kell.

És ha a török fegyvert ránt?!

Gergely sohasem küzdött még. A Török Bálint udvarában Gábor pap is, Török Bálint is tanította vívni, s a török rabokkal mindennap verekedett. De az csak játék volt. Talpig vasba voltak öltözködve, és még csákánnyal is alig árthattak volna egymásnak.

Hiszen csak dzsidája vagy kardja volna, mint a janicsárnak! De a hitvány jatagán...

Az a fő, hogy ne féljünk! - csendült meg ismét a szívében.

Ment tovább, vágtatva, amerre megindult.

A török azonban nem vágtat. Áll.

Gergely nekitüzesedve kanyarodik rá az útra, amelyiken a török álldogál, s csaknem rikolt örömében, mikor látja, hogy a török megfordul, és ugyancsak iszkol ám előtte.

Ez nem lehet más, csak Tulipán!

- Tulipán! - kiáltja a diák.

A török a kiáltásra még inkább veri a lovát: száguld a keskeny kocsiúton.

A kis ló jó futó, de az úton tócsák vannak, agyag ott a föld. A török árkot akar ugratni, hogy letérjen a mezőre. A ló elcsúszik.

A török végighömpölyödik a földön.

Mikorra a diák odaér, már talpon áll a török, és a kezében tartja a lándzsáját.

- Tulipán! - kiáltja a diák kacagva. - Ne bolondozzon!

- Ó, fene teremtette! - mondja röstelkedve Tulipán. - Hát maga az, úrfi?

- No, maga ugyan vitéz katona! - kiáltja nevetve a diák.

És leugrik a lováról.

- Azt hittem, üldöznek - röstelkedett Tulipán. - Hát hogyan menekült meg?

- Ésszel, Tulipán. Darabig vártam, hogy maga szabadít ki.

- Lehetetlen volt - mentegetőzött Tulipán. - A rabokat a tábor közepére fogták, és annyi őr állott mindenfelé, hogy magam is alig bírtam elosonni.

Fölrángatta a lovát, és vakaródzott.

- Hogy a varjak egyék meg ezt a lovat! Hogyan jutok én ezen haza!

- Hát úgy, hogy vezeti.

- Az úrfi nem jön velem?

- Nem.

- Hát?

- Én Budára megyek.

- Akkor megint a török kezébe kerül.

- Hamarább ott leszek, mint ők. Aztán ha éppen baj lenne, ott van az én uram: az hatalmas ember. Király is lehetne, ha akarna.

Tulipán újra felült a lovára. A diák is. Gergely kezet nyújtott Tulipánnak.

- Tisztelem az otthonvalókat.

- Köszönöm - felelte Tulipán. - Én is tisztelem az uramat. Ne mondja meg, hogy részegen talált. A szolgák borát iszom.

- Jó, jó, Tulipán. Isten áldja meg!

Tulipán még egyszer visszafordult.

- Hát a pap úr?

A diáknak könnybe lábadt a szeme.

- Az szegény beteg. Nem beszélhettem vele.

Még valamit akart mondani, de vagy a könnyektől nem bírt, vagy hogy meggondolta. Egyet lebbentett a kantáron, és megindult kelet felé. A nappalt a diák az erdőben töltötte. Csak este mert továbbindulni nagy kerülővel Buda felé.

A nap akkor kelt, mikor a Gellért-hegy előtt elterülő nagy síkra érkezett. Ott már ledobta magáról a turbánt; a köpönyeget meg hátraakasztotta a nyeregfára.

A mező mindenfelé harmattól gyöngyözött. Gergely leszállt a lóról. Levetkezett derékig, s harmatot szedett a két tenyerébe: úgy mosdott ki a kétnapos porból.

A mosdás után megfrissült. A ló is legelt azalatt. A nap első sugaraiban melegedve siettek tovább az országúton.

Ott már tele volt az út környéke a budai csata nyomaival. Tört kopják, szétomlott ágyúszekerek, horpadt vállvasak, döglött lovak, vértek, kardok, feketére festett, üstforma, hitvány német sisakok hevertek mindenfelé.

És temetetlenül maradt holttestek.

Egy kökénybokor körül öt német hevert. Kettő hanyatt, egy összeguborodva, kettő szétroncsolt fejjel. Hármát talán golyó ölte meg. Ketteje tán odaványorgott halálosan megsebesülten, s ott lehelte ki a lelkét.

Nehéz bűz terjengett a levegőben.

A lovas közeledésére hollók repültek fel a holttestekről, és egyet kanyarodtak néhány ölnyi magasságban a mező felett. Távolabb ültek le megint, hogy lakmározzanak.

Kürt rivallására emelte fel a bús látványról Gergely a fejét. Budáról egy piros ruhás csapat ereszkedett alá lassú lépésekben. Előttük valami öt díszbe öltözött főúr. Mögöttük valami sötétkék ruhás, hosszú gyalogsereg.

Gergely az elöl haladók között egy fehér csuhás papi embert látott.

Az a híres György barát - gondolta.

És a szíve megdobbant. György barátról kisgyerek korától kezdve annyit hallott beszélni! Nagyobb volt neki a királynál is.

A barát mellett egy vörös bársonymentés, kövektől messzire tündöklő lovas léptetett.

Gergely megismerte Török Bálintot.

Elfusson?

Gyanút kelthet a futása. Török Bálint utánaküld egy lovast, és akkor bűnösként hurcolják az ő szeretett urához.

Megmondja, hogy a pappal mit műveltek?

Akkor egyszeriben elkergeti a színe elől Török Bálint. Hiszen ő hítta be a törököt a német ellen. Azt hallgassa-e most, hogy az ő háza népe meg el akarta pusztítani a törököt?

Főtt a feje Gergelynek. Hazudni nem szeretett. Becstelen valaminek tartotta, hogy éppen annak hazudjon, aki fölnevelte.

Csak állt hát az országút mellett hajadonfővel, elvörösödött orcával. Aztán leszállt a lováról, és tartotta a kantárnál fogva.

Jöjjön, aminek jönnie kell!

A ló éhes volt. Amint azt látta, hogy szünetel a dolga, beleharapott a fűbe.

Hej, az Isten áldja meg ezt a lovat, de főképpen az éhségét! Micsoda jó munka most ide-oda rángatni, mintha akaratos volna! Micsoda szerencse, hogy aközben hátat lehet fordítani a beszélgetésbe hevült uraknak.

Már itt dobognak, már itt beszélnek. A vén lónak hol ide, hol oda kell fordulnia, s hol ő szalad egyet gazdája körül, hol a gazdája őkörülötte.

Aztán az ördög gondolná, hogy a szél is tud az embernek segíteni. Egy keletről szálló, gyenge fuvallat kárpitot emel az út sárga porából, s azon át csak annyit lehet látni, hogy valami fiatal legényke vesződik a gyepen egy otromba, szürke lóval. Bizonyosan a németek hagyták gazdátlanul. Legyen boldog vele!

Gergely megkönnyebbülten lélegzett, mikor látta, hogy a főurak már háttal vannak feléje, és senki se kiáltja: *Gergely fiam!*

Fölugrott újra a lóra, először csak hassal, aztán átvetette a lábát is, és arccal a menet felé fordult.

Akkor látta, hogy a sötétkék ruhába öltözött gyalogsereg mind láncra van fűzve. A ruhájuk rongyos, a hajuk sáros, az arcuk sápadt. Öreg ember nincs köztük egy se, de sebesült az van sok. Egy magas, rongyos rabnak merő kékvörösre dagadt seb az arca, csak éppen az egyik szeme látszik ki az összeroncsolt arcból.

Vajon nem éppen Török Bálint vágta-e azt orrba?

12

Gergely csak akkor látta Budát először.

A sok torony, a magas falak, a pesti oldalra hajló fás-lombos királyi kert, minden álomféle újság volt neki.

Hát ez a Mátyás király volt lakóhelye? Itt lakott Lajos király? És itt lakik, ezt látja mindig az ő kis Évája?

A kapun alabárdos őr állott, de a fejét se mozdította Gergely felé.

Gergely kérdezés nélkül haladt fel az úton. Fölbámult a királyi udvarba, az udvaron kereklő nagy márvány vízmedencére. Aztán a Szent György téren állt meg. Figyelmét az összevissza hányt ágyúcsoport kötötte le. Füstös, otromba ágyúk. Látszik a sáros kerekükön, hogy a németektől vették el, talán épp tegnap.

- Jó napot, vitéz uram - szólt egy ott álló őrkatonának -, ugye, ez német zsákmány?

- Az - felelte büszkén a katona.

Gergely újra a nagy ágyúkra bámult.

Volt köztük három is akkora, hogy húsz ökör se bírta volna őket megmozdítani.

És a sok ágyú bűzlött még a puskaportól.

- Vitéz uram - szólt ismét Gergely -, ismeri-e az öreg Ceceyt, a fakezűt?

- Hogyne ismerném.

- Hol lakik?

- Amarra le - szólt a katona a fejével északra intve. - A Szent János utcában.

- Nem ismerem ám én itt az utcákat.

- Hát csak eredj, öcskös, egyenesen, aztán kérdezősködjél. Egy kis, zöld házban lakik. A kapu fölött íj lóg. Íjas lakik ottan.

- Szagittárius?[1]

- Az.

Gergely még egy pillantást vetett az ágyúra, aztán az öreg szürkével elkocogott.

Sok kérdezősködés és mutogatás után rátalált végre a Szent János utcára és abban egy kis, zöldre festett, egyemeletes házikóra.

A házikón csak öt ablakocska látszott. Három az emeleten, és kettő a földszinten. Középett egy szobaajtónyi kapu volt a bejárat.

Afölött lógott a nagy, vörös bádogíj.

Ceceyék az emeleten laktak, s Gergely ahogy benyitott, az öregurat reggeli köntösben, papucsban találta, amint egy hosszú nyelű légycsapóval az almárium[2] oldalán csattogott.

- Ne, kutya! - mondotta akkorát csattintva, mint a puskalövés.

Aztán hogy lépéseket hallott, folytatta:

- Nincs ennél bátrabb állat a világon! Itt ütöm, verem őket egymás szeme láttára, aztán ahelyett, hogy menekülne, még ráül a szakállamra. Ne, kutya!

És a légycsapóval a levegőben suhant egyet.

- Édes apámuram - szólt Gergely mosolyogva -, jó reggelt!

Az öreg csak erre a hangra fordult meg.

- Nini! Gergely fiam! - szólt tágra meresztve öreg szemeit. - Te vagy az, lelkem?

S még az álla is leesett bámulatában.

Gergely maga is csodálatosnak érezte, hogy ott van, de mégis várta, hogy megöleljék, megcsókolják, mint otthon szokták, Keresztesen.

A szóra az asszony is kilépett a szomszéd szobából.

Az is éppúgy meghökkent, és éppúgy elbámult.

- Hogyan jöttél? - kérdezte. - Mi hozott ide, fiam?

S ő mégis megcsókolta, megsimogatta a haját.

De máskor mintha melegebben csókolta volna meg. Gergelynek csak éppen árnyékként átröppenő gondolata volt ez; inkább érzés, mint gondolat.

- Nem egyébért jöttem - felelte Gergely -, csak hogy térnének vissza

---

1 Íjász, íjkészítő. (latin)

2 Polcos, alacsony, üveges szekrény. (latin)

Keresztesre.

- Ohó! - felelte az öreg.

Mintha azt mondta volna: micsoda ostoba beszéd ez!

- Láttam a török hadat - beszélte tovább Gergely. - Azok ám elfoglalják Budát.

- Ohó! - szólt még erősebben Cecey.

Mintha azt mondta volna: ez még nagyobb ostobaság!

Az asszony is úgy nézett a fiúra, olyan szánakozó arccal, mint ahogy az együgyűekre szokás nézni, akik a maguk kis eszével bolondságot gondolnak.

- Éhes vagy-e, lelkem? - kérdezte, a fiú vállára téve a kezét. - Talán nem is aludtál?

Gergely igent is, nemet is bólintott. Fél szemmel a nyitott ajtóra pillantgatott, s közben az asztalon álló sakktáblára bámult.

- Vicuskát várod, ugye? - szólt az asszony az urára pillantva. - Nincs itthon, fiam. Nem is jár haza. Bent van a királynénál, csak néha szökhetik meg. Akkor is hintón jön, udvari fullajtárral, azám!

S hogy sustorgás hallatszott, összecsapta a kezét:

- Jézus Mária! Fut a tejem!

Gergely arra várt, hogy Cecey folytatja a Vicáról való beszédet, azonban az öreg csak ült, pislogott és hallgatott.

- Hol a tisztelendő úr? - kérdezte nyomott szívvel Gergely.

- Temet - felelte unatkozó arccal Cecey. - Összeállt néhány baráttal: temetnek.

- Németet?

- Persze hogy németet. Mióta háború van, mindennap kijár temetni. Érdemes is a németet temetni!

- És nem lőttek rá?

- Fehér ingben vannak. Az olyant nem lövik.

- Én még sok temetetlent láttam.

- Elhiszem, *öcsém*. Vágtunk jócskán.

Az öcsém szó megint kedvetlenül érintette Gergelyt. De már nem állhatta tovább: Vicára fordította a beszédet.

- Most is a királynénál van?

- Ott - felelte az öreg.

Fölkelt, és végigsétált a szobán. Az arca eközben valami komoly és méltóságos kifejezést öltött. Aztán nekifogott, és elmagyarázta, hogy a kis Vicát György barát elvitte a minap a királynéhoz, s bemutatta a Várkertben. A csecsemő királyfi egyszerre rámosolyodott Vicára, s feléje nyújtogatta a kezét. Vica se volt rest, az ölébe kapta, mint otthon a parasztgyereket szokás, és meghintázta a levegőben minden tisztelet nélkül. Még azt is mondta neki: *Te kis mulya!* Attól a naptól kezdve maga mellé szerette a királyné, és most már hálni se ereszti haza.

Gergely eleinte csak érdeklődve, de aztán ragyogó szemmel hallgatta az öreget.

Kissé furcsállta, hogy Cecey méltóságos arcot ölt, és hűvösen pillant őrá. Végül megint elkomolyodott.

- No, mi lelt? - szólt az öreg. - Mér nézel olyan ostobán?

- Álmos vagyok - felelte Gergely.

S alig bírta visszatartani a könnyeit.

Mert akkor már átértette, hogy a kis Éva nem lesz az ő felesége soha.

13

Hát mi is történt Budán?

Az, hogy a német szeretett volna beleülni. A királyné engedte volna is, de a magyar uraknak sehogy se tetszett az a gondolat, hogy Mátyás palotájában német tanyázzon.

Segítségül hívták a törököt, és addig is védekeztek. Mikorra a török segítség előhada megérkezett, már akkor fogyadozott a német.

S mikorra a szultán is megérkezett roppant táborával, Roggendorfnak[1] a hada szét volt verve.

A *barát* (csak így nevezték a híres Martinuzzi Györgyöt)[2] négyszáz német rabot vitt üdvözletül a szultán elé.

Vele ment Török Bálint és az ősz Petrovich Péter is.

A szultán Cserepesen állt a hadával; egy tábori állomásnyira Budától. Az urakat tornyos és tornácos selyemsátorában fogadta kegyesen. Mind a hármat ismerte már a nevéről. A barátról tudta, hogy annak a fejével gondolkozik a magyar nemzet. Török Bálintot meg abból az időből ismerte, mikor Bécs városára akarta kitűzni a félholdas lobogót. Bálint úr akkor lekaszabolta Kászon basát a seregével együtt, és úgy emlegették a törökök, mint a tüzes ördögöt.

Az öreg Petrovichról már előre megmagyarázta a tolmács, hogy rokona a csecsemő királynak, és hogy ő volt az, aki 1514-ben Dózsa Györgyöt letaszította a lováról, és rabul ejtette.

A három urat bevezették a sátorba. Mind a hárman meghajoltak. Azután, hogy a szultán eléjük lépett, és a kezét nyújtotta, a barát is lépett egyet, és megcsókolta a szultán kezét. Az öreg Petrovich is kezet csókolt.

Török Bálint kézcsók helyett ismét meghajolt, és elhalványodott arccal, de azért büszkén nézett a szultánra.

No, ez gorombaság volt! A barátban áthűlt még a csont is. Ha ezt tudta volna, egy szóval sem erőltette volna Bálint urat, hogy velük tartson.

A szultánnak a szeme pillája se rebbent meg. Kézcsókra nyújtott kezét kissé feljebb emelte, s föltette Török Bálintnak a vállára. Megölelte.

Mindez olyan családiasan, magyarosan történt, mintha másképp nem is történhetett volna.

---

1 Német hadvezér, akit Habsburg Ferdinánd Buda felmentésére küldött.

2 Fráter György, György barát (1482-1551) bíboros, horvát származású erdélyi államférfi, János Zsigmond, az első erdélyi fejedelem gyámja, Erdély helytartója.

A sátorban ott állt a két fiatal szultánfi is. Nyájasan szorítottak kezet a magyar urakkal. Bizonyosan előre megoktatták őket, hogyan viselkedjenek. Aztán megint az apjuk mögé állottak, s Török Bálintra függesztették a tekintetüket.

Hát lehetett is őt nézni. Micsoda méltóságos, szép magyar ember! Ahogy ott áll a vágott ujjú, vörös selyematlasz öltözetében, minden más méltóság elhitványodik mellette.

A szultán vén birkaszeme is gyakrabban fordult Török Bálintra, mint az előtte hajlongó barátra, aki körmönfont latin orációban[1] jelentette, hogy a német veszedelem el van hárítva, és hogy a magyar nemzet boldog, mikor ilyen hatalmas pártfogó szárnyát érzi maga fölött.

A tolmács Szulejmán pasa volt, egy beteges, sovány öregúr, aki surján legény korában került a magyar földről a törökök közé, és mind a két nyelvet hibátlanul beszélte.

Mondatról mondatra fordította a barát szónoklatát.

A szultán bólogatott. Aztán, hogy a beszéd egy mély meghajlással véget ért, a szultán elmosolyodott:

- Jól beszéltél. Azért is jöttem, mert János király barátom volt. Az ő népének sorsa nem idegen nép sorsa nekem. Az országba vissza kell térnie a békességnek. A magyar nemzet ezután nyugodtan alhatik: az én kardom fog fölötte őrködni mindenkoron.

A barát a boldogság kifejezésével hajolt meg. Az öreg Petrovich könnycseppet törölt el a szemében. Csupán Török Bálint nézett felhős homlokkal maga elé.

- Hát lássuk: miféle néppel küzdöttetek meg? - mondotta a szultán.

Lóra ült, és a magyar urak kíséretében lassú lépést végiglovagolt a rabok során. Ott álltak és térdeltek azok két hosszú sorban a homokon, közel a Dunához.

A szultán jobbján a barát lovagolt, bal felől Szulejmán pasa. Néha azonban a szultán hátra is fordult, és hol Petrovichhoz, hol Török Bálinthoz, hol a fiaihoz szólott.

A rabok mindnyájan leborultak a szultán előtt. Egyik-másik esdeklőn emelte feléje megláncolt két kezét.

- Rongy, zsoldos nép - mondotta törökül a szultán -, de erős testalkatúak.

- Voltak erősebbek is - mondta rá magyarul Török Bálint, hogy a szultán hozzája fordult. - Volt egynéhány száz, de azok nincsenek itt.

S hogy erre a szultán kérdő tekintettel nézett rája, Bálint úr nyugodtan válaszolt:

- Azokat én vágtam le.

Visszatértek a sátorhoz. A szultán nem ment be, hát tábori széket hoztak elő. De a küldöttségnek nem hoztak széket, sem a szultánfiaknak.

- Mi történjék a rabokkal, felség? - kérdezte Amhát pasa.

- Üssétek le a fejüket - felelte a szultán olyan egykedvűen, mintha azt

---

1 Szónoklat. (latin)

mondta volna: keféljétek meg a kaftánomat.

Leült a sátora elé egy aranyos hímzésű párnára. Mögéje állott két pávatoll legyezős szolga, s nem is a pompa kedvéért, hanem valóban a legyek miatt. Mert augusztus végén járt az idő, és a táborral a legyek miriádja utazott. A szultán mellett ott állott a két fia is. Előtte levett süveggel a magyar urak.

A szultán egy percig maga elé nézett, azután Török Bálinthoz fordult:

- Valami pap esett rabul az úton. A te vármegyédből való. Talán ismered?

Török Bálint megértette a szultánt, de azért meghallgatta a tolmácsot is. És magyarul felelte:

- Az én vármegyéimből való papokat mind nem ismertem. Van a birtokaimon egynehány száz mindenféle hitű. De lehet, hogy azt a rabot ismerem.

- Hozzátok ide - parancsolá a szultán.

És a szemöldökét felholdazva, unalommal nézett maga elé.

A Duna-partról felhallatszott a fejezés zaja. Kiáltások, könyörgések, s mindez összevegyült a tábor zajgásával.

Két ember hozott aztán sietést egy lepedőbe burkolt alakot.

Lefektették a földre a szultán előtt, és levonták a fejéről a lepedőt.

- Ismered? - kérdezte a szultán, féloldalt nézve Török Bálintra.

- Hogyne ismerném - felelte megrendülve Török Bálint -, hiszen ez az én papom!

És körülnézett a jelenlevőkön, mintha magyarázatot várna.

De a török méltóságok arca hideg volt. Csak fagyosan rámeredő fekete szemekkel találkozott.

- Valami baja történt - szólt a szultán. - Már akkor is beteg volt, mikor a táboromba hozták. Temessétek el tisztességesen - szólt a szolgákhoz fordulva -, a keresztény vallás szertartásai szerint.

Azután ezüsttálcán, ezüstpoharakban frissítőket hordtak körül. Valami narancsléből és rózsavízből készült ital volt az, jeges és illatos.

A szultán nyájas mosolygással kínálta meg elsőnek Török Bálintot.

14

Gergelynek egy kis udvari szobában ágyat vetett Ceceyné. A fiúnak nem annyira az ágy esett jól, mint inkább az, hogy magára maradhatott a bánatával.

Hogy a királyné megszerette az ő kis Éváját, azon ő nem csodálkozott. Az ő véleménye szerint nincs a világon szeretnivalóbb teremtés Évánál. De az mégiscsak szívbeli fájdalom, hogy Ceceyék annyira büszkék reá! Vicuska a királyi udvarba emelkedett, ahol csak hercegek meg az ország nagyjai forognak. Hogyan lépjen fel hozzá most már egy ilyen semmi kis ember, akinek se háza, se címere, se kutyája nincsen?

Ledőlt a kopott medvebőr lócára, és a karjára fektette könnytől esőző orcáját.

Jó tulajdonsága az a szomorúságnak, hogy el is altatja az embert, meg is vigasztalja mindenféle kedvező álommal.

Gergely jó fél napot aludt a medvebőrön, és mosolyogva ébredt fel utána. Csodálkozva nézett a kis szoba falára, a falon függő ferde lábú Szent Imre-képre, aztán elkomolyodott. Arcát a két tenyerébe fektetve könyökölt a térdén. A fejében sötét örvénylés forgatta egymásba a két nap történetét. A nagy török tábor, az elfogás, a pap halála, a menekülés, a budai Vár, az ő kis feleségének elröppenése, a mostohaszülők színeváltozása - mindez egymásba kavarogva örvénylett az elméjében. Aztán a lóra gondolt, a vén szürkére, hogy adtak-e neki ennie-innia. Hogyan fog ő azon megint hazaballagni Somogyvárra? Mit felel, ha kérdik, hogy hol a mester? Ki fogja őket tanítani ezután? Bizonyosan Tinódi Sebestyén, a béna kezű, jó lantos.

Fölkelt, és megrázkódott, mint aki rossz álomnak a nyűgeiből akar kibontakozni.

Átment Ceceyékhez.

- Édesanyám - mondotta az asszonynak -, én csak azért jöttem, hogy meghíreljem a török veszedelmet. Most már visszatérek.

Az asszony az ablaknál ült, és aranycérnával valami gyolcsot szegett. A nők akkoriban aranyozott inggallért viseltek. A leányának varrta.

- Hová sietnél? - felelte. - Hiszen még nem is beszélgettünk. Az uram nincs itthon. Ő is akar talán szólani veled. Hát Bálint úrnál voltál-e már?

- Nem - felelte a diák -, nem is megyek hozzá. Csak úgy ugrottam el hazulról, hogy nem is mondtam, hová megyek.

- Hát az öreg papunkkal nem akarsz beszélni?

- Hol lakik?

- Itt velünk. Hol lakna másutt? De most ő sincs itthon. Temet.

- Még mindig civakodnak?

- Most még többet, mint azelőtt. Most ő a Ferdinánd-párti, az uram meg a János-párti.

- Mondja meg neki *kegyelmed*, hogy tisztelem.

Szándékosan nem szólította *anyám*nak.

Az asszony egyet fordított a varráson, és csak egy-két percnyi hallgatás után válaszolt:

- Hát akkor nem tartóztatlak, Gergely fiam. Csak éppen egy kis ebéddel kínállak meg. Félretettem neked. Nem akartalak zavarni a nyugvásodban.

Gergely lehajtotta a fejét. Bizonyára azon gondolkozott, hogy elfogadja-e az ebédet. Végre is arra gondolt, hogy hátha megbántja őket: elfogadta.

Az asszony sárga bőrabroszt vetett az asztalra, és hideg sültet tett rá, meg bort is melléje.

Eközben Bálint pap is hazaérkezett. Máskor csak az est vetette haza az irgalmasság munkájából, aznap korábban tért haza, mert a hőség és a munka elfárasztotta.

A nyomában baktatott be Cecey.

Gergely kezet csókolt a papnak. Aztán, hogy az visszatolta az asztalhoz, evés közben felelgetett a kérdéseire.

- Hogy megnőttél! - bámuldozott a pap. - Embernyi ember vagy. Pedig mintha csak tegnap szakadtál volna el tőlünk!

És körülpillantott.

- Vica hol van?

- A palotában - felelte Cecey.

A pap tekintete magyarázatot kért. Cecey mentegetődzve felelte:

- A királyné igen megszerette. Nem ereszti.

- Mióta?

- Egynehány napja.

- Csak nem a *gyerek* mellett van? - hörkent föl a pap.

- Mellette van - felelte Cecey. - Csak nem gondolod, hogy pesztonka! Van ott pesztonka elég. Vica csak épp hogy ott van, no.

- A te leányod a Szapolyai fia mellett?! - kiáltotta a pap a színéből kikelve. Cecey nyugtalanul baktatott végig a szobán.

- Hát mi van abban? - felelte megfordulva. - Nem te mondtad-e, hogy inkább a magyar, ha kutya is, mint a német, ha angyal is?

- De hogy a te leányod ringatja a Szapolyai fiát! - szólt a pap a haragtól kivörösödve. - S hirtelen felcsattant. Éktelen dühvel ordított Ceceyre: - Hát így meglágyul az ember esze, ha megvénül! Hát elfelejtetted-e, hogy annak a gyereknek az apja hóhér volt?! Elfelejtetted-e, hogy velem együtt ettél a Dózsa György húsából?!

S úgy vágta a széket a földhöz, hogy darabokra reccsent.

Gergely szájából kiesett a falat. Lefutott a lépcsőn, és elővezette a lovát. Elrohant anélkül, hogy búcsúzott volna.

15

A királyi palota előtt leszállt a lováról, és a kantárnál fogva tartotta.

A palota falán szekérkeréknyi nagy napórát pillantott meg. A nap akkor épp a fellegek mögött járt, és az aranyozott órarúd csak halvány árnyékvetéssel mutatta a római négyet.

Gergely az ablakokra vizsgálódott. Sorra nézte valamennyit: a földszintieket, az emeletieket, aztán a toronyablakokat.

A palota kapuján katonák jártak ki és be. Egy ősz szakállú, hajlott hátú, agg magyar úr két íródeákkal lépdegélt be a kapun. Nagy úr lehetett, mert mindenki köszönt neki, ő azonban nem köszönt vissza senkinek. A diákjai tekercsbe göngyölt papirosokat vittek. Posztósüvegük szélébe lúdtoll volt tűzve. Az övükön rézkalamáris[1] lógott. A nap ahogy rájuk tűzött, az árnyékuk is méltóságosan mozgott előre a palota falán.

Azután egy vékony lábú, szőke katonát pillantott meg Gergely. Csak a lábát látta, a piros csizmába, piros nadrágba foglalt vékony két lábát, de arról is megismerte, hogy a szigetvári őrségből való. Nagy Bálint a neve.

Megfordult, és a Szent György tér felé sietett a lovával. Nem akarta, hogy a Török Bálint emberei közül valaki megpillantsa.

---

1 Tintatartó. (latin)

Hanem odább megint csak ismerőssel találkozott. Egy mozgékony, kis, kerek szakállú ember volt az: Martonfalvi Imre, Török Bálintnak a deákja, sáfárja, hadnagya, szóval egy mindenképpen hasznos belső embere.

Gergely átugrott a lova túlsó oldalára, hogy az arcát eltakarja az elől az ember elől. Azonban Imre deák, az örökké fürkésző, szemes ember meglátta.

- Nini - kiáltotta -, Gergely öcsém!

Gergely fülig elvörösödötten emelte föl a fejét.

- Hogy kerülsz te ide? Az úrhoz jöttél? Hát ezt a lófejű ökröt hol szedted fel? Hiszen ez nem a mi lovainkból való!

Gergely szeretett volna elsüllyedni a kövezet alá az ökörnek nevezett érdemes állattal együtt.

Hanem hamar összeszedelőzködött.

- Az úrhoz jöttem - pislogott röstelkedve. - Hol van?

- Nem tudom, megjött-e már. A német rabokat kísérte a szultán elé. Haj, de vitéz ember a mi urunk! Láttad volna, hogyan aprította a németet! Ma egy hete is úgy jött vissza a csatából, hogy egy csurom vér volt a jobb karja. A királyné az ablakban ült. Ahogy ellovagolt előtte, felmutatta neki a jobbját, a karddal együtt. Nincs otthon marhaveszedelem?

- Nincs - felelte Gergely.

- Hát az öreg kutat kitisztították-e a rabok?

- Ki.

- A cséplők nem lopnak?

- Nem.

- Az úrfiak egészségesek?

- Egészségesek.

- És az asszonyunk?

- Az is.

- Remeteudvaron nem voltál?

- Nem.

- Nem tudod, hogy a szénát betakarították-e?

- Nem.

- No - azt mondja a deák, a süvegével legyezve magát -, hát most hova szállsz? Vagy van szállásod?

- Nincs.

- Hát gyere énhozzám. Valami nagy hírrel jöttél? Vagy levelet hoztál az úrnak?

- Nem. Csak úgy véletlenformán jöttem el.

- Hát várakozzál itt. Befordulok a palotába. Vagy gyere te is velem ide az udvarra. Aztán hazamegyünk, és átöltözöl. Vagy nincs ruhád? No, majd lesz. Aztán beszélhetsz az úrral.

Bevezette a diákot az udvarra, és elhelyezte az árnyékon.

Gergely utánanézett a bőbeszédű, eleven embernek. Látta, mint szalad fel a széles, vörös márványlépcsőn. Aztán azon gondolkozott, hogy ne szökjöne meg a Bálint úr szidása elől.

Hej, nem lehet az elől megszökni! Hatalmas tekintetével messziről is magához horgozza az embert. Az igazat kell mondani. Meg kell vallani, hogy... jaj, azt sehogy se lehet megvallani!...

Vakarta a fülét. Gondolkodott, hogy szinte gőzölgött a feje belé, aztán megint csak bámulta az ablakokat.

Amint így tekinget, látja, hogy az udvar egy nyílásán a kert fái zöldellnek át. Mi lenne, ha ő oda besurranna? Csak úgy messziről megnézné az ő kis Éváját. Csak úgy messziről, mert a királynéhoz nem szabad közel mennie a magaszőrű mezei halandónak.

Vajon hol vannak? Bizonyosan a túlsó, árnyékos részen valahol, vagy a kertben, vagy valamelyik ablakban. Megismerné Évát messziről is. Megismerné azt a gyönge, fehér arcát, édes mosolygású macskaszemét. Intene neki egyet a süvegével. Aztán Éva találgathatná akár egy hétig is, hogy Gergely járt-e ott, vagy egy hozzá hasonló fiú, vagy hogy éppen Gergelynek a lelke.

A fal az udvaron tele volt nagy, nehéz vasgyűrűvel. A gyűrűk arra valók, hogy a lovat hozzájuk kössék, akik ott járnak.

Gergely is odakötötte a maga lovát, aztán csöndes andalgással átment a katonák között. Beosont abba a sikátorba, amelyikből a fák lombja kandikált kifelé.

Gergely azt gondolta, hogy ott van a kertnek a bejárata. No bizony éppen olyan keskeny sikátorba szokták csinálni a nagy kertek bejáratát! Nyoma sincs ott semmiféle ajtónak. A sikátor egyik oldala magas vasrács, a másik oldala épület. A Mátyás király tudósai és művészei laktak valamikor azon a részen, azután a lengyel papok és szolgák Ulászló idejében, később meg asszonycselédek.

Gergely azonban minderről nem tudott semmit. Ő csak a rácsot nézte. A rács zöld volt, s a vasrudak vége aranyozott. A lombok néhol áthajoltak a rácson.

Gergely be-benézett. Néhol kavicsos utat látott, meg egy-egy zöld mázas cseréptetővel fedett, kis kerti épületet. A rácsokon is itt-ott egy-egy vasholló ült, de némelyiknek már csak a lába volt meg. Gergely a lombokon át egynéhány rózsaszínű foltot látott. Női ruhák! Gergelynek a szíve kallómalomként dobogott.

Be-bekukucskált, ahogy lejjebb és lejjebb ment a kerítés mellett.

Végre egy öreg hársfa alatt női csoportot pillantott meg.

Bölcső körül ültek. Világos rózsaszín ruhába voltak öltözve. Csak egy volt közöttük feketében, egy hosszúkás arcú, vékony kezű nő. Annak az arca halavány volt és szomorú. Csak akkor mosolyodott el, amikor lehajolt, és a bölcsőbe nézett, de a mosolygása is szomorú volt annak.

Gergely nem látott a bölcsőbe. Egy fehér ruhás, kövér asszonynak a háta takarta a bölcsőt. A kövér asszony hársfalombocskákat lengetett a bölcső fölött.

Gergely ide-oda keresgélt a rácson, hogy jobban beláthasson. Látta már, hogy négy nő van összesen a bölcső körül, s egy ötödik ott hajladozik egy kehely alakú, nagy márványváza mellett.

A rács mentén ahhoz futott le. Csakugyan az ő kis Évája volt. De hogy megnőtt! Vadgesztenyét szedett a földről kosárba.

- Vicuska! Cicuska! - szólt be halkan a rácson.

A leányka húszlépésnyire lehetett. Valami nótát dúdolgatott. Az volt az oka, hogy nem hallotta meg Gergely szavát.

- Vicuska! Cicuska! - szólt be ismét Gergely.

A leány fölemelte a fejét. Komoly csodálkozással nézett a rács felé.

- Cicuska! - ismételte Gergely csaknem kacagva. - Cicus, Vicus, gyere hát ide!

A leány nem láthatta a tamariszkuszlomboktól Gergelyt, de megösmerte a hangját.

Jött, mint az őzike. Meg-megállva, meg-megiramodva, nagy, bámuló szemével még csak nem is pillantva csodálkozásában.

- Én vagyok itt, Vicuska - szólt Gergely újból.

Akkor a leány ott termett.

- Gergő! - mondotta a kezét összecsapva. - Hogyan kerülsz ide?

Az öröm ragyogása áradt el rajta, s a rács nyílásához tette az arcát, hogy Gergely megcsókolja. Gergely eközben valami kellemes illatot érzett rajta, hasonlót az áprilisban virágzó lonc illatához.

Azután mind a ketten fogták a rácsot, egymás keze mellett. A rács hideg volt. A kezük meleg. Az arca is mind a kettőnek kipirult.

A fiú elmondta röviden az odakerülése történetét, s közben a leány arcát, kezét és ruháját vizsgálta.

Hogy megnőtt, hogy megszépült! Csak a szeme, az a nyílt, ártatlan, szép macskaszeme a régi.

Más talán nem látta volna szépnek a leányt. Hiszen abban a korban volt, amelyben csak a kezek meg a lábak fejlődnek, s az arc valami éretlen, a mell még fiús, és a haj még rövid, de Gergelynek mindez mégis szép volt. A leány nagy keze tetszett neki, fehérnek és bársonyosnak érezte, s hogy a lábára formás cipő simult, oda is vetett egy gyönyörködő pillantást.

- Egy gyűrűt hoztam - mondotta Gergely.

S elővonta a zsebéből a nagy török gyűrűt.

- Az én jó mesterem hagyta ezt nekem. Én meg odaadom neked, Vicuska.

Vica a kezébe vette a gyűrűt, és tetszéssel nézte rajta a topáz félholdat, gyémántcsillagokat. Aztán beledugta az ujját, és mosolygott.

- Mekkora gyűrű! De szép!

És hogy egy ujján csak lötyögött a gyűrű, két ujját dugta bele.

- Jó lesz, ha megnövök - mondotta. - Addig csak legyen nálad.

Aztán gyermekes őszinteséggel mondta hozzá:

- Tudod, majd ha a feleséged leszek.

Gergelynek az arca elborult, és a szeme megnedvesedett.

- Nem leszel te az én feleségem, Vica.

- Nem-e? - kérdezte a leány megütődve.

- Te már csupa királyok meg hercegek között élsz. Nem adnak ilyen kurta embernek, mint én vagyok.

- Ó, hogyisne - felelte a leány. - Azt hiszed, hogy én valami nagyra nézem őket. A királyné is mondta egyszer, hogy csak szeressem a kis királyt, ha megnövök, majd szerez ő nekem ilyen-olyan vőlegényt. Van már nekem, azt feleltem vissza. Megmondtam a nevedet is, meg hogy Török Bálint a nevelőatyád.

- Megmondottad? Aztán mit szólt rá?

- Annyira nevetett, hogy majd leesett a székéről.

- Itt van ő is a kertben?

- Itt. Az a fekete ruhás.

- Az?

- Azám. Ugye, milyen szép?

- Szép, de én még szebbnek gondoltam.

- Szebbnek-e? Hát nem eléggé szép?

- Nem láttam a fején semmi koronát.

- Ha akarod, beszélhetsz vele. Igen jó asszony. Magyarul nem ért.

- Hát?

- Lengyelül, németül, diákul, olaszul, franciául, szóval mindenféle nyelven, csak magyarul nem. A te nevedet is úgy mondja ki, hogy: *Kerkő*.

- Nem akarok vele beszélni - mondotta húzódozva Gergely. - Ámbátor egypár szót én is tudok németül. Hanem azt mondd meg, Vicuska, hogy ha máskor is eljövök Budára, hogyan beszélhetek veled?

- Hogyan? Hát majd én megmondom a királynénak, hogy eresztessen be.

- És beereszt?

- Hogyne. Engem úgy szeret, hogy mindent megenged. Az illatvizéből is ád. Szagold meg csak a ruhám ujját. Ugye, jó szagú? A királynék mind ilyen jó szagúak! Aztán az imádságoskönyvét is megmutatta. Abban vannak csak szép képek! Van benne egy Mária kék selyemruhában, rózsák között. Azt látnád!

A hárs alól valami olyanféle nyekergés hallatszott, mint mikor a macskának rálépnek a farkára.

Éva összerezzent.

- Jaj! A királyka fölébredt. Várj itt, Gergő!

- Vicus, nem várhatlak, hanem holnap eljövök.

- Jó - felelte a leány. - Mindennap itt légy ebben az órában!

És elfutott a királykához.

16

Semmi sem úgy történik, ahogy előre elgondolgatjuk.

Mikor Török Bálint hazaérkezett, órákig nem lehetett vele beszélni.

Bezárkózott a szobájába, és fel-alá járt. Az alsó szobákban hallották nehéz, egyforma járását.

- Az úr haragszik - mondotta Martonfalvai aggodalmasan. - Talán csak nem énrám?!

Hát ha még engem meglát! - gondolta Gergely.

S vakart egyet a fején.

Martonfalvai háromszor is fölment a lépcsőn, míg végre be mert nyitni.

Török Bálint a Dunára néző ablaknál állott. Úgy volt öltözve, ahogy a török császárnál járt. Még a bársonyos díszkardot sem oldta le a derekáról.

- Mi az? - kérdezte visszafordulva. - Mit akarsz, Imre? Most nem akarok beszélni semmiről.

Megállt a tornácon, és zavartan vakarta a füle tövét. Mert az is baj lesz, ha szól. Bálint úr olyan, mikor haragszik, mint a zivatarfelleg: könnyen kilobban belőle a mennykő. De hátha az is baj, hogyha nem szól? Akárki jön hazulról, az úr mindig örömest látja.

Török Bálintnak a háza a Fejérvári kaput támasztotta. Egyfelől Pestre nyíltak az ablakai, másfelől a Gellért-hegyre. Martonfalvait végre az segítette ki a zavarából, hogy amint lenézett az ablakon, Werbőczyt látta a ház ajtaján belépni.

Visszasietett hát, és megint csak benyitott az ajtón.

- Nagyságos uram, Werbőczy úr jön.

- Itthon vagyok - felelte Török Bálint.

- Gergely is itt van - mondotta nagy lélegzettel a deák -, a kis Bornemissza fiú.

- Gergely? Egyedül?

- Egyedül.

- Hát hogy kerül az ide? Jöjjön be!

Gergely egyszerre érkezett az ajtóhoz az ősz szakállú, hajlott hátú Werbőczyvel.

Hogy Martonfalvai mélyen meghajolt, Gergely is utánozta.

Azzal az öregúrral találkozott ő az imént a királyi palotánál. Az előtt vitték a lúdtollas deákok a papírtekercset. (Hej, nagy hírű ember! Legénykorában látta Mátyás királyt.)

- Isten hozott, bátyám - hangzott ki a szobából Török Bálint mély, férfias hangja.

Megpillantotta Gergelyt.

- Engedd meg, bátyám, hogy a fogadott fiammal szóljak előbb. Gyere be, Gergely!

Gergely azt se tudta, élő-e vagy holt: állt cövekként a két úr előtt.

Bálint összevont szemöldökkel nézett reá.

- Valami baj van otthon?

- Nincs - felelte a diák.

- Te a pappal jöttél!!!

- Avval - felelte sápadtan a fiú.

- És hogy estetek rabul? Hiszen a pap meghalt. A fiaim is veletek voltak?

- Nem.

- Hát hogy kerültetek a törökök közé?

Az agg Werbőczy megszólalt.

- Nono, Bálint öcsém - mondotta jóságos, mély rezgésű hangon -, ne kiabálj úgy arra a szegény gyerekre, hiszen féltében se tud felelni.

És megsimogatta a fiú arcát, aztán leült a szoba közepén egy fekete bőr karosszékbe.

A fiú a *féltében* szóra észre tért, mintha vizet loccsantottak volna az arcára.

- Úgy - felelte egyszerre bátran -, hogy égbe akartuk röpíteni a török császárt.

- Per amorem[1] - szólt elszörnyedve Werbőczy.

Török Bálint maga is meghökkent.

A fiú - jöjjön, aminek jönnie kell - elmondotta, hogyan vitték a puskaport az országútra, és a pap hogyan tévesztette össze a császárt a basával.

Werbőczy összecsapta a kezét.

- Micsoda meggondolatlanság! Micsoda szamárságot eszeltetek ki, édes fiam!

- Nem ott a szamárság - felelte a kardját a padlóhoz ütve Török Bálint -, hanem ott, hogy a pap nem ismerte meg a szultánt.

És a két úr egymásnak fordult.

- A szultán barátunk! - szólt Werbőczy.

- Elvesztőnk! - felelte Török Bálint.

- Nemes gondolkodású úr!

- Koronás gazember!

- Én ismerem, de te nem ismered! Én jártam nála Konstantinápolyban...

- Töröknek a szava nem szentírás. És ha szentírás volna is, az ő szentírásuk nem a miénk, a miénk nem az övék. Az ő szentírásuk az, hogy a keresztényt le kell tiporni.

- Csalatkozol.

- Adja az Isten, bátyám, de én gonosz bűzét érzem ennek a látogatásnak. Hazamegyek innen. Fiam - szólt Gergelyhez fordulva -, megmenthettétek volna Magyarországot!

S hogy ezt mondta, a hangja fájdalmas volt. Másnap reggel azzal ébresztette fel Gergelyt Martonfalvai, hogy a ruhatárból egy vörös és kék selyem apródöltözetet tett az asztalára.

- Az úr parancsolja, hogy öltözzél fel. Tíz órakor állj készen az udvaron. Bemégy vele a királyi palotába.

Azzal előfogta Gergelyt, mint valami gondos anya. Megmosdatta, felöltöztette. A haját középen kétfelé fésülte. Az aranygombjait megtörülgette szarvasbőrrel. Még a meggyszínpiros dali-cipőket is ő akarta felhúzni a lábára.

- De már ezt nem engedem! - mondotta nevetve Gergely. - Nem vagyok én

---

1 Valójában: Per amorem Dei - az Isten szerelmére! (latin)

olyan gyámoltalan fráter, hogy még a cipőt se tudnám felhúzni.

- Hát nem félsz?

- Mitől félnék, deák uram? Hogy a királyné elé megyek? Nagyobb asszony az én nagyasszonyom annál, ha nincs is korona a fején!

- Abban is igaz a szavad - felelte a deák, tetszéssel nézve végig a fiún. - De tudod, mégiscsak királyné.

Ahogy Török Bálinttal mentek aztán a királyi palotába, az udvar egy szolgája sietett eléjük.

- Nagyságos uram - mondotta lihegve -, a királyné őfelsége küldött, hogy azonnal jöjjön. Valami basa érkezik. Annyi kincset hoznak, hogy szörnyűség!

Török Bálint a kísérő vitézeihez fordult.

- Nem ingyen hozzák, meglássátok!

A katonák az udvaron maradtak. Bálint úr Gergellyel felment a széles márványlépcsőn.

Az alabárdos ajtónálló tisztelgőre emelte a bárdot, s jobb felé mutatott:

- Őfelsége a trónterembe rendelte az urakat.

- Akkor velem jöhetsz - mondta Bálint úr Gergelynek. - Mindig a hátam mögött állj négy-öt lépésnyire. És katonásan állj! Senkivel ne beszélj! Ne krákogj, ne köpdöss, ne ásíts, illedelmes légy!

Magas ívű csarnokok, színes és faragott falak, mindenütt arannyal tündöklő és koronás címerek, magas, széles ajtók, ezüst csillagokkal ékesített kék mennyezetek, lépések zaját elnyelő vastag, vörös szőnyegek.

Gergely kábuldozott a pompától.

Úgy érezte, mintha minden sarokban egy koronás szellem állana, és suttogná:

- Királyok lába nyomán jártok! Ezt a levegőt királyok lehelték be itten!

A trónteremben már öt fényes öltözetű úr ácsorgott. Mögöttük apródok és tisztek. A trón mellett néhány alabárdos testőr. De a trónon nem ült még senki.

A terem boltozatos volt, mint a többi, s a katángszínkék selyemboltozat csillagai az eget abban az órájában ábrázolták, amelyikben a nemzet Mátyást királyának választotta.

A trónus mögött nagy bíborszőnyeg az ország aranyfonállal szőtt címerével. Az országos címer belsejében megint egy kis címer: koronás kígyó és hármasan koronás leopárd, fölül lengyel sas. A Szapolyai-család címere volt az.

Török Bálint elé egy palotás hadnagy lépett.

- Őfelsége hívja, nagyságos uram.

Gergely magára maradt az apródok és deákok között.

A mellette beszélgető két ifjúhoz fordult.

- Bornemissza Gergely a nevem. Török Bálint apródja vagyok.

Az egyik ifjú (vidám tekintetű, naptól barnult, szőke hajú) kezet nyújtott neki.

- Zoltay István vagyok, Batthyány uram hadában.

A másik, egy rövid nyakú, köpcös legény, csak összefonva tartotta a karjait, és elnézett a Gergely válla fölött.

Gergely megütődve bámult rá. (Ez a bikafejű úrfi bizony még megveti!)

- Bornemissza Gergely vagyok - ismételte a mellét kidomborítva.

A bikafejű ránézett félvállról.

- Mi közöm veled, öcsém? Apródnak *hallgass* a neve.

Gergely elpirult. A szeme rávillant a gőgös ifjúra.

- Nem a te apródod vagyok! Akié pedig vagyok, az nem úgy hí engem, hogy *hallgass*, hanem úgy, hogy *ne tűrj bántást!*

A bikafejű végignézett rajta.

- No, majd ha kint leszünk az udvaron, megmondom neked a nevemet.

S a tenyerét érthető mozdulattal emelte meg.

Zoltay közéjük lépett.

- Nono, Mekcsey, csak nem izéled ezt a gyereket!

- Nem vagyok gyerek, ha bántanak - felelte Gergely. - Engem Dobó István már hétéves koromban karddal övezett fel, és vitéznek nevezett.

A Dobó névre Zoltay megfordult, és Gergelynek a vállára tette a kezét.

- Nini - mondotta -, talán biz te vagy az a gyerek, aki egy janicsárnak a lovát elvitted?

- Én - felelte Gergely büszke örömmel.

- Pécs mellett valahol?

- A Mecseken.

- No, pajtáskám, akkor add ide még egyszer a kezedet!

Megrázta, megszorította a Gergely kezét, aztán magához ölelte.

Mekcsey ezalatt háttal volt fordulva hozzájuk.

- Ki ez a goromba fráter? - kérdezte Gergely Mekcseyre intve.

- Jó fiú - felelte Zoltay -, csak kissé tüskés.

- De én nem hagyom annyiba! - tüzeskedett Gergely.

Rácsapott Mekcseynek a vállára.

- Hallja az úr...

Mekcsey megfordult.

- Éjfélkor a Szent György téren megösmerkedhetünk.

És a kardjára csapott.

- Ott leszek - felelte röviden Mekcsey.

Zoltay a fejét csóválta.

A termen mintha szellő fuvallt volna át. Mozgolódás támadt. Két alabárdos testőr - vagy mint akkor mondták: *palotás* - lépett be az ajtón, aztán néhány udvari méltóság: udvarmester, kamarás, egy fekete pap - bizonyosan az udvari káplán; aztán négy kis apród, aztán a királyné; utána a barát, Török Bálint, Werbőczy, Batthyány Orbán meg az öreg Petrovich.

Gergely elpirosodva nézett az ajtóra. Még valakit várt, hogy jön.

Bizonyosan azt gondolta, hogy amint a férfiaknak fiú apródjaik vannak, az ilyen nagyasszonyt is környezik leány apródok. De nem jött leány apród egy se.

A királyné fátyolos gyászruhában volt. Csak a fején ragyogott egy vékony, hold alakú, gyémántos korona. A trónba ült. Két testőr mögéje állott. A főurak melléje.

A királyné körülnézett a teremben. Még valamit kérdezett halkan a baráttól, aztán visszahelyezkedett a trónusába.

A barát intett az ajtónállóknak.

A török szultán küldötte lépett be: egy aranysallangos, fehér selyembe öltözött termetes ember.

Amint az ajtón belépett, földig meghajolt. Aztán futó sietéssel ment a trón szőnyegéig. Ott előrevetette a két kezét, és hasra feküdt.

Vele együtt tíz apródféle, citromszín ruhás, cirkászi barna fiú. Azok is úgy siettek be, mint az agájuk. Ketten-ketten egy-egy violaszín bársonnyal borított ládát cipeltek. Letették a ládákat kétfelől az aga mellé. S ők is a szőnyegre borultak.

- Isten hozott, Ali aga - szólalt meg ekkor a királyné latin nyelven.

Gyönge rebegés volt a hangja. Nem lehetett tudni, hogy a melle erőtlen-e, vagy hogy, mint afféle asszony, nyárfalevél-természetű lélek.

A török fölemelkedett. Csak akkor látszott, micsoda szép arcú arab ember. Lehetett negyvenéves.

- Felséges királyasszony - szólalt meg latinul s dercés, reggeli hangon -, a hatalmas padisah üdvözletét hoztam trónusod elé. Kér, hogy fogadd olyan szívesen, mint ahogy ő adja.

Intésére az apródok fölemelték a ládák tetejét, s az aga egyenként szedte elő a ragyogó aranyláncokat, karpereceket, selyem- és bársonykelméket, egy szép drágaköves kardot és buzogányt.

Odarakta a szőnyegre, a királyné lába elé.

A királyné halvány arcán az öröm gyönge rózsája pirosodott elő.

Az aga még egy kis, csipkézett, ezüstfoglalatú kristályszelencét nyitott fel és nyújtott át. Gyűrűk csillogtak abban, a mesés Kelet legszebb kincseiből valók. A királyné őszinte gyönyörködéssel nézett a gyűrűkre.

- A kardot és buzogányt, felség, a kis király őfelségének küldi az én uram - folytatta a szót Ali aga. - Továbbá lent az udvaron áll három telivér arabs ló. Azok kettejét a két szultánfi küldi. Ők is eljöttek, és testvéri csókjukat küldik a kis János Zsigmond őfelségének. Méltóztatna talán megtekinteni, felséges asszonyom: úgy állíttattam, hogy ablakból megtekinthető lehessen.

A királyné fölkelt, s a főurakkal az udvari ablakhoz sietett. Ahogy Gergely mellett elhaladt, Gergely érezte rajta azt a finom loncillatot, amelytől Vica is illatozott. Egy testőr félrevonta az ablak vastag kárpitját. A terembe napfény szállt be. A királyné a tenyerét a szemére árnyékozva nézett le az udvarra.

Ott állt a három gyönyörű kis paripa. Arannyal kivert, drága keleti szerszám rajtuk, s körülöttük a bámuló udvari nép.

A királyné néhány szót váltott a baráttal.

A barát a követhez fordult:

- Őfelsége mély meghatottsággal és hálával köszöni a kegyelmes szultán ajándékait, valamint a két főherceg ajándékát. Mondd meg uradnak, a kegyelmes szultánnak, hogy jelöljön meg egy órát a király és királyné őfelségük küldötteinek elfogadására, akik e köszönetet tolmácsolni fogják a kegyelmes padisahnak.

A királyné bólintott, és vissza akart vonulni a termeibe, azonban az aga még nem végzett.

- Mindezeket az ajándékokat - mondotta finom mosolygással - csupán annak jeleképpen küldi a hatalmas padisah, hogy ő János Zsigmond király őfelségét fiának tekinti, a felséges királyasszonyt pedig leányának. És az volna a legnagyobb öröme, ha elhunyt királyi barátjának fiát, a kis király őfelségét láthatná és atyai csókjával illethetné.

A királyné elhalványodott.

- Ez okból - folytatta a követ - kéreti felségedet a hatalmas padisah, méltóztassék a kis király őfelségét a dajkával együtt kocsiba ültetni, és méltó kísérettel hozzá bocsátani.

Ezen a *méltó kísérettel* szón hangsúly volt. Senki nem értette akkor. Mindenki megértette másnap.

A királyné fehér volt, mint a fal. Hátradőlt a trónusán, nehogy elájuljon.

A teremben az elszörnyülködés halk moraja futott át. Gergely fázott.

- Mit mondott? - kérdezte suttogva Mekcsey.

- Nem értettem tisztán - felelte Zoltay.

És Gergelyhez fordult:

- Értetted te? Te bizonyosan jobban tudsz latinul, mint mink.

- Én értettem - felelte Gergely -, és *neked* megmondom.

Azonban mielőtt szólhatott volna, a török hangja hallatszott megint:

- Nincs ok az aggodalomra. A hatalmas padisah csak az ellenségeinek félelmes, a jó barátok irányában ő is csak jó barát. Egyébiránt ő személyesen jött volna el, hogy tiszteletét és jóindulatát kifejezze, de a mi vallási törvényeink tiltják ezt, felséges királyné.

S megállt a beszédben. Várta, hogy vagy a baráttól, vagy a királynétól feleletet kap. Azonban senki se felelt.

- Továbbá - folytatta ekkor a török - az én uram és császárom azt óhajtja, hogy János Zsigmond őfelségét mindazok az urak kísérjék el, akik Buda védelmében kitüntették magukat. Ismerni óhajtja a magyar hősöket; valamennyit a maga hőseinek tekinti.

Hogy erre se feleltek, meghajolt:

- Ezzel elvégeztem a hatalmas padisah megbízását, s várom a kegyelmes választ.

- Délután három órakor megadjuk - felelte György barát a királyné helyett.

- Őfelsége, a császár, meg lesz a mi válaszunkkal elégedve.

A királyné fölkelt. Intett Török Bálintnak, s hogy az erre a trónhoz lépett, belefűzte a karját a karjába. Látszott rajta, hogy alig bír a lábán megállani.

17

Ali aga délben a főurakat járta sorba: Fráter Györgyöt, Török Bálintot, Petrovich Pétert, aki a kis királynak nemcsak rokona volt, de gyámja is. Továbbá Werbőczynél járt, Batthyány Orbánnál is és Podmaniczky Jánosnál is.

Mindenüvé egy értékes kaftánt vitt, és mindenütt mézes szavakkal biztosította az urakat, hogy a szultán jóindulatú és bőkezű.

A kaftánok között Török Bálintnak jutott a legértékesebb. Bokáig érő, nehéz, sárga selyem volt az. A többi kaftán mind egyforma ibolyaszínű volt, és narancsszín sárga selyembélésű. Az az egy napraforgószínű selyem volt, és habos fehér selyem a bélése. Maga az aranyfonalakból szőtt öv olyan szálazott aprólék munka, hogy egy emberéletbe kerülhetett, míg elkészült. A gombok rajta, a nyaktól az övig, gyémánttal körözött aranygombok.

Hogy a házbeliek összefutottak az ajándék csodájára, Török Bálint mosolyogva rázta a fejét.

- Jó lesz paplannak.

Aztán elkomolyodott.

- Szedelődzködjetek! Délután hazaindulunk!

Három órakor átsétált megint a palotába. Ott a főurak a könyvtárteremben vártak már reá.

- A királyné nem enged - mondotta György barát -, kérlek, szólj vele.

Török Bálint vállat vont.

- Én búcsúzni jöttem.

A főurak elképedtek.

- Mi jut eszedbe?

- Érzem a szelet. Nem akarom, hogy kívül találjon az odúmon.

- Az ország sorsával játszol! - szólt rá Werbőczy.

- Rajtam fordulna meg?

- A szultánt nem szabad elkedvetlenítenünk - mondotta György barát.

- A fejemmel kedveskedjek-e neki?

- Meg van ez zavarodva! - szólt a vállát vonogatva Werbőczy. - Hát nem neked küldte-e a legszebb kaftánt? Nem téged ölelgetett-e legjobban?

Török Bálint rákönyökölt a nagy, kéklő földgömbnek a kávájára, és maga elé gondolkozva bólogatott:

- Az okos madarász annak a madárnak sípol legszebben, amelyikre legjobban fáj a foga.

Az ajtónálló feltárta az ajtót annak jeléül, hogy a királyné várja az urakat.

Hosszas és kínos disputa keletkezett odabenn. A királyné féltette a gyermekét. A főurak az ország és a nemzet sorsát vetették fel a kérés megtagadása ellenében.

- És te nem szólsz-e semmit? - fordult a királyné Török Bálinthoz, aki a falnak támaszkodva némán és komoran állott.

- Én csak búcsúzni jöttem ide, felség - felelt a királyné szavára előlépve.

- Búcsúzni? - kérdezte elámult szemmel a királyné.

- Még ma haza kell mennem. Olyan ügyek fordultak elő, hogy nem maradhatok egy percig se tovább. Beteges is vagyok...

A királyné idegesen tördelte a kezét.

- Várj. Ülj le, ha beteg vagy. Mondd meg, mit cselekedjünk?

Török Bálint vállat vont:

- Én nem bízok a törökben. A török ebnek néz minden keresztényt. Nem szabad a kezébe adnunk a királyi gyermeket. Mondjátok, hogy beteg.

Werbőczy megmordult:

- Azt fogja felelni: megvárom. S itt fog hetelni rajtunk. Etetnünk kell a hadát, a lovait...

A barát haragosan toppantott:

- Az országra is gondolj! A szultán itt áll egy nagy haddal. Magunk hívtuk be. Barátja volt a megboldogult királynak: a kívánságát teljesíteni kell! Ha azt látja, hogy bizalmatlanok vagyunk iránta, ki a kezes arról, hogy ellenünk nem bőszül? Akkor aztán nem fiának nevezi őfelségét, hanem rabjának.

A királyné a halántékára szorította a kezét, s hátrahanyatlott a székén.

- Ó, jaj nekem, nyomorult asszonynak!... Azt mondják, királyné vagyok, de a földön csúszó koldusnak is több az ereje!... A fának nem fáj, ha letörik a virágát, ó, de az anyai szívet fájdalomból gyúrta a Teremtő!

18

Míg ezek a teremben történtek, Gergely az előszobában ácsorgott.

Ahogy ott áll az öles, magas cserépkályha mellett, úgy érzi, mintha valami pók futna végig az arcán. Odakap. Hát egy pávatoll akad a kezébe.

A kályha két terem közt állt, s mellette át lehetett látni a másik terembe.

- Gergely! - hangzott halkan.

Gergely boldog megrezzenéssel fordult vissza.

A Vica arcát látta, az ő pajkos szemét, ahogy a szomszéd teremből átpillantott.

- Gyere ki a folyosóra - susogta a leány.

Gergely kisurrant. A leány már ott várta az ablakfülkében. Megragadta a kezét.

- Gyerünk le a kertbe!

S vezette. Négy vagy öt termen mentek át. Valamennyi vastagon be volt terítve szőnyeggel, s valamennyinek le volt eresztve a nap felől való oldalon a kárpitja. A falakon királyképek és szentképek. Egy helyen lovas csatakép is. A bútorokon és falakon aranyozások. Egyik szoba rákszín, a másik liliomszín, a harmadik kék, mint a levendula. Mind más és más színű. Bútor valamennyiben kevés.

Egy ajtón végre a kertbe léptek ki. Gergely megkönnyebbült.

- Magunk vagyunk - mondotta Vica.

Fehér ruhába volt öltözve, valami fátyolféle, könnyű szövetbe, amely a nyaka körül ki volt kanyarítva. A haja egy ágba fontan csüggött a hátán. A lábán sárga szattyáncipők. Állt az árnyékos homokúton, egy bokorcsoport mellett. Állt mosolyogva, hogy Gergely bámulta.

- Szép vagyok? - kérdezte azzal az őszinteséggel, amely még a gyermekkor ártatlanságából való.

- Szép - felelte Gergely. - Te mindig szép vagy. Fehér galamb vagy.

- A királyné varratta ezt a ruhát nekem.

S karját a Gergely karjába öltötte:

- Jer, üljünk amoda a hársfák alá. Sokat akarok neked mondani, és te is bizonyára nekem. Mindjárt megismertem a hangodat, mikor a vasrácson beszóltál, de nem hittem, hogy te vagy. Sokszor gondoltam rád. Az éjjel is felőled álmodtam. A királynénak is mondtam akkornap, hogy itt vagy. Azt mondta, mihelyt a török elmegy, látni akar.

Leültek a hársfa alá egy márványpadra, amelynek a karja két ülő oroszlán. Onnan le lehetett látni a Dunára s a Duna túlsó partján Pestre. Kicsi kis, piszkos város az a Pest. Magas kőfal keríti körül. A kőfalon belül apró házak. A kőfalon kívül sárga homokos mező. De Gergely nem nézte sem a Dunát, sem Pestet, ő csak Vicát nézte. Bámulta a leány arcának fehér mályvához hasonló tisztaságát, gyönyörű fogait, gömbölyű állát, fehér bársonynyakát, vidám, ártatlan két szemét.

- No, most már beszélj te is - mondotta a leány. - Hogy élsz Törökéknél? Tanulsz-e még sokat? Tudod-e, hogy én most festeni is tanulok? No, mit bámulsz úgy? Még egyet se szóltál!

- Téged bámullak, hogy milyen nagy vagy, és milyen szép vagy!

- Azt a királyné is mondta. Azt mondta, hogy most nagyleánnyá fejlődök. A kezem, lábam most már akkora, hogy nagyobb nem lesz. Mert a kéz és a láb csak tizenhárom éves korig nő a leányoknál. Te is szép vagy, Gergely.

Pirosság futott végig az arcán, és eltakarta a szemét a tenyerébe.

- Jaj, milyen bolondokat beszélek! Ne nézz rám! Szégyellem magamat.

De a fiú is zavart volt. Elvörösödött a füle hegyéig.

Egy-két percet hallgattak. A hársfán egy pihenő fecske csicsergett. Talán azt hallgatták. Dehogy azt hallgatták. Szebb zenét hallgattak ők. Azt, ami a szívükben zendült meg.

- Add ide a kezedet - mondotta a fiú.

A leány készséggel odanyújtotta.

A fiú fogta a leány kezét. Az várta, hogy mit akar Gergely. Gergely csak hallgatott és nézett.

Egyszer csak fölemelte szép lassan a leány kezét, és megcsókolta.

Éva elpirult.

- Szép ez a kert - mondotta Gergely, hogy valamit mondjon.

Megint hallgattak. Egy hársfalevél leesett az ágról, és eléjük hullott. Arra néztek mind a ketten, aztán a fiú megszólalt:

- Mindennek vége van.

Ezt olyan búsan mondotta, hogy a leány szinte ijedten nézett reá.

Gergely fölkelt.

- Gyerünk, Vica, mert hátha jön atyámuram.

Vica is fölkelt.

Újra karon fogta Gergelyt. Hozzá is simult. Így mentek némán tíz lépést. Akkor a leány megszólalt:

- Mért mondtad, hogy mindennek vége van?

- Mert vége van - felelte Gergely.

És még egynehány lépést mentek hallgatva. Gergely a fejét rázta:

- Érzem, hogy te nem leszel az én feleségem.

És sóhajtott.

- Én meg érzem, hogy az leszek - felelte vigasztalón a leány.

A fiú ránézett. A szemébe nézett.

- Ígéred nekem?

- Ígérem.

- Lelkedre?

- Lelkemre.

- És ha a szülőid mást akarnak? És ha a királyné mást akar?

- Megmondom nekik, hogy mink már megegyeztünk.

Végigmentek újra a szobákon. Mikor a folyosóra nyíló ajtóhoz értek, Vica megszólalt:

- Míg itt a török, nem találkozhatunk, csak ha Bálint úrral jössz. Akkor csak állj ide a kályha mellé. Azután kijövök majd érted.

Gergely fogta a leány kezét. A leány érezte, hogy a Gergely keze remeg.

- Megcsókolhatlak? - kérdezte Gergely.

Azelőtt mindig megcsókolták egymást kérdés nélkül is. De Gergely érezte, hogy *ez a leány* nem *az a leány* többé, akit otthon Keresztesen testvéreként szeretett. Több. A leány is érzett valami effélét, mert Gergely kérdésére elpirosodott.

- Hát csókolj meg - mondotta boldog-komolyan.

S nem az arcát nyújtotta, mint szokta, hanem az ajakát.

19

Délután négy órakor fel volt öltöztetve a kis királyfi. Az udvaron aranyozott hintó várta, hogy leszálljon vele az óbudai völgybe, ahol lesátorozott a török tábor.

A királyné azonban még az utolsó percekben sem akarta elbocsátani a gyermekét. A fejét a két kezébe fogta, és sírt.

- Nektek nincsen gyermeketek! - mondotta. - Neked nincs, György barát, Podmaniczkynek sincs. Petrovichnak sincsen. Nem tudjátok, mi az: tigris barlangjába bocsátani be egy kisdedet. Ki tudja: visszatérhet-e onnan? Török Bálint! Nem szabad elhagynod engem! Reád bízom a gyermekemet! Te magad is apa vagy: tudod, hogy mi az, mikor a szülői szív reszket a gyermekéért. Úgy őrizd őt, mintha a magadé volna!

És mikor ezt mondta: *nem szabad elhagynod engem*, megfeledkezett minden méltóságáról, és térdre omlott a szőnyegen Török Bálint előtt. A kezét könyörgőn nyújtotta feléje.

Ez a jelenet mindenkit megrendített.

- Az Isten szerelmére, felség! - szólt György barát. S fölemelte a királynét a földről.

- Felséges asszonyom - mondotta mély megindulással Török Bálint -, elkísérem a kisdedet. És esküszöm, hogy ha csak egy haja szála is meggörbül, akkor a kardom a szultán vérében fog ma megfürdeni!

A szultán Óbuda alatt táborozott. Pompás hármas sátora ott volt fölépítve a mai Császár fürdő helyén. Csak a neve sátor, valójában palotaféle fa- és kelmealkotmány. Belül termekre és fülkékre van osztva; kívülről ragyog az aranytól.

Délután öt óra tájban megindult a magyar hódoló küldöttség a királyi palota udvaráról. Elöl egy huszárszázad, utána a főurak katonasága, azok után a kincsvivő apródok. (A németekkel trafikált, hazaáruló Bornemissza Tamás kincseit vitték el a szultánnak ajándékul.) Ismét egy csapat királyi katona, palotások, egyéb udvari szolgák, majd a főurak válogatott daliái. Azután maguk a főurak, s köztük a fehér kámzsás György barát. Szép és méltóságos volt az a kámzsa, ahogy ott fehérlett Török Bálint virágos, kék, nyári atlaszruhája mellett. A főurak között a kis királyfi hatlovas, aranyos hintója. Két udvari hölgy ült benne meg a dajka. A dajka ölében a fehér selyembe öltözött, kis, pirospozsgás, térden táncoló királyka.

A lovakat oldalt egy-egy hosszú hajú, selyemsipkás apród vezette. A hintó mögött az ezüstsisakos belső testőrség. Azok mögött a budai ostromban vitézkedett tisztek hosszú sora lovagolt.

Gergely egy rézderes kis lovon Török Bálintot követte. Hogy az ura kedvetlen volt, maga is komolykodva ült a lován. Csak akkor derült föl, mikor hátrapillantott, és meglátta az öreg Ceceyt. Milyen furcsán ül az öreg a lovon! Az egyik lábát, amelyik fából van, meredten kinyújtva tartja, a másikat meg, amelyik csak térdig van fából, összehúzza. Aztán a jobb kezével tartja a kantárt, s a kardja is jobb felől van felkötve.

Gergely sohase látta őt se lovon, se fegyverben. Nevetésre fakadt.

No, furcsa is volt az öreg, hogy úgy kinyalakodott. A nagy sastollas posztósüveg félre volt ütve a fején, a bajusza meg - kicsit fehér bajusz - olyan hegyesre volt viaszolva, mint a legényeknek; s hogy immáron foga nem volt elöl, meg a szemei is mélyen ültek az öregségtől, a vén Ceceyt inkább valami díszmadárijesztőnek lehetett nevezni, hogysem díszmagyarnak.

Gergely hát megnevette. De mindjárt meg is restellte, s hogy igazítson a bűnén, megvárta. Köszönt neki:

- Jó napot, atyámuram! - mondotta vígan. - Hogyan nem láttam előbb kegyelmedet?

- Csak itt csatlakoztam a menethez - felelte az öreg bámulva. - Hát te micsoda angyalbőrben vagy?

Gergely gyönyörű, vörös és kék atlaszból való apródruháját és drága, gyöngyházas kardját kérdezte ezzel a szavával.

- Az uram apróddá tett - felelte Gergely. - Mindenüvé járok, ahová ő jár. A királyi palotában is forgok. Most meg a szultán sátorába megyek vele.

Dicsekedett. Fitogtatni akarta, hogy ő nem olyan semmi ember, mint amilyennek őt eddig nézték. Abban a körben forog ő, ahol Éva kisasszony.

A Szent György téren nyüzsgött a sokaság. Az utcákon ki voltak tárva ajtók, ablakok. A tetőkön és fákon vidám gyerekek ültek és csimpeszkedtek. De mindenki csak a királykát nézte. Milyen csepp, és máris választott király!

- Szakasztott olyan a feje tartása, mint az apjáé volt - mondotta egy asszony.

A kapuban ott piroslott egy rajban a Török Bálint háromszáz főnyi legénysége. Csupa somogyi fiú, s van közte egy, akinek a feje kiáll a csapatból, mint a búzatáblába tévedt rozsszál.

Hogy azokhoz értek, Török Bálint megfordította a lovát. A kardja az égnek villant: állót intett a menetnek.

- Vitézeim! Fiaim! - szólt mély rezgésű hangon a katonái előtt. - Emlékeztek rá, hogy alig egy hónapja itt, ennél a kapunál fogadta meg a szavamra minden főúr és minden katona, hogy Buda várát sem a németnek, sem a töröknek oda nem adjuk?

- Emlékszünk - morajlott a csapat.

Bálint úr folytatta:

- A németet elvertük. Most a török táborba megyünk a szultán elé. Isten a tanúm, és legyetek ti is tanúim rá, hogy én a tanácsban ezt a kimenetelt elleneztem.

Ezt dörgő hangon mondta. Aztán a hangja zengéstelenné vált:

- Én, édes fiaim, érzem, hogy nem látlak többé bennetek. Isten a tanúm, hogy csak a haza iránt való tekinteteknek engedelmeskedem. Az Ég áldjon meg, édes fiaim!

Nem tudott többet mondani: a hangja elcsuklott. Ahogy a kezét kinyújtotta, a katonák egyenként szorították meg. A szemek megteltek könnyekkel. Török Bálint lehajolt, és egy katonáját arcon csókolta.

- Ez az én búcsúcsókom, mindnyájatoké!

S megsarkantyúzta lovát: kilovagolt a várkapun.

- Ugyan, ugyan, Bálint öcsém - mondotta az agg Werbőczy -, mire való az ilyen ellágyulás?

Török Bálint megrántotta a lova kantárját, és bosszúsan felelte:

- Megmutattam én nemegyszer, hogy nem vagyok ólomból.

- Hát aki nem fázik, ne reszkessen.

- Nono, bátyám, majd meglátjuk, ki érzi meg jobban az időjárást.

- Ha nem mondta volna is a császár - szólt közbe György barát -, el kellett volna hozzá éppen így mennünk. Nem szabad hidegen bánnunk vele.

- György fráter - szólt Török Bálint komor pillantással -, te okos ember vagy, de Isten te se vagy. Ha az ember kívül a ruháján hordozná a szívét, a császár akkor is betakarná azt mielőttünk.

A barát nyugodtan felelte:

- Ha itt volna még a németet a nyakunkon, te is másképpen beszélnél.

A kaputól a táborig a janicsárság állott sorfalként. Oly viharosan csokjasázták a magyar főurakat meg a kis királyt, hogy nem lehetett folytatniuk tovább a beszélgetést.

A katonák és sátorok tarkaságában haladtak tovább. Néhány perc múlva a bégek és pasák pompázó csoportját látták, amint eléjük jönnek a királyfi fogadására.

Ha valaki a magasból nézte volna azt a két menetet, bizonyára olyannak látja, mintha egy nagy virágos mezőn két sor mindenféle színű tulipán haladna egymással szembe. Mikor összeérnek, megállanak és bókolnak, aztán összevegyülten haladnak tovább a Duna partján észak felé, ahol egy palotaféle hármas sátor zöldellik ki a többi közül.

20

A szultán a sátora előtt állt. Az arca ki volt pirosítva, mint mindenkor. Mosolyogva bólintott, mikor György barát kiemelte a kocsiból a kék szemű, kövér kisgyermeket.

Bementek a sátorba. Az ura mögött Gergely is belépett. Kellemes hűvösség és rózsaillat csapta meg. A tábori nagy lóbűz, amely a forróságban szinte kábító volt, oda már nem hatott be. Az ajtónálló a kíséret többi tagját visszatartotta.

A szultán sarkig érő, cseresznyeszínű selyemkaftánba volt öltözve. A kaftánt a derekán fehér zsinór tartotta össze, de a kaftán olyan lenge patyolatselyemből volt, hogy a karja idomait látni lehetett benne. És azoktól a sovány karoktól reszketett akkor Európa!

A szultán odabent a kezébe vette a gyermeket, és tetszéssel nézte.

A gyermek rámosolygott, és belemarkolt a szakállába. A szultán erre megcsókolta a gyermeket.

A főurak megkönnyebbülten lélegzettek. Hiszen ez nem a vérengző Szolimán! Ez egy jólelkű családapa! A tekintete tiszta, mosolygása őszinte. Íme, a gyerek a turbánon ragyogó gyémántcsillaghoz nyúl. Odaadja neki játéknak. Aztán fiaihoz szól; Bálint is érti, Gergely is érti:

- Csókoljátok meg a kis magyar királyt!

És a két szultánfi megcsókolja. Mosolyog rá mind a kettő. A gyerek is visszanevet.

- Elfogadjátok-e testvéreteknek? - kérdi a szultán.

- Hogyne - feleli Szelim -, hiszen ez a gyerek olyan kedves, mintha Sztambulban szülték volna.

Gergely körülpillant a sátorban. Micsoda kéklő pompája a selyemnek! A földön is vastag, virágos, kék szőnyegek. A sátor falán kerek, üvegtelen ablakok. Az egyiken át lehet látni a Margitszigetet. Lent a sátor fala mellett meg vastag ülővánkosok hevernek.

A sátorban nem volt más, csak a három főúr: György fráter, Werbőczy meg Török Bálint, azután a dajka meg Gergely, akit díszes ruhájában talán a kis király apródjának vélt az ajtónálló. Aztán ott állt a két szultánfi, két pasa meg a tolmács.

A szultán visszaadta a királyfit a dajkának, és tovább is gyönyörködve nézte, orcáját veregette, kenderszőke haját simogatta.

- Milyen szép, milyen egészséges! - mondotta a tolmácsra pillantva.

Mire a tolmács latinul szólott:

- A kegyelmes szultán azt mondja, hogy a gyermek bájos, mint az angyalok, és egészséges, mint a ma hajnalban nyílott keleti rózsa.

- Örülök, hogy láttam őt - szólt tovább a szultán -, vigyétek vissza a királynénak, és mondjátok meg, hogy atyja leszek apja helyett, és hogy az én kardom őrködni fog rajta és az országán.

- Őfelsége úgy örül - mondta a tolmács -, mintha a saját gyermekét látná. Fiául fogadja őt, és világot uralgó hatalmának szárnyát kiterjeszti fölötte. Ezt mondjátok meg a királyné őfelségének, s adjátok át az ő legkegyelmesebb üdvözletét.

A szultán egy meggyszínvörös selyemerszényt vett elő a zsebéből, és kegyes mozdulattal a dajka kezébe csúsztatta.

Aztán még egyszer megcsókolta a gyermeket. A kezével búcsút integetett neki.

Jel volt ez arra, hogy a szultán teljesítettnek tudja a kívánságát, és hogy mehetnek.

Valamennyien boldogan lélegzettek. A dajka szinte futva vitte kifelé a gyermeket.

Kiléptek a sátorból. Ott a pasák körülfogták a főurakat, és nagy nyájasan kijelentették, hogy a szultán meg fogja őket vendégelni. A kíséret többi része is, amelyik visszaviszi a királyfit, forduljon meg, és térjen vissza.

- Kísérd vissza a királyfit! - szólt hátra Gergelynek Török Bálint.

S egy pasa karján eltűnt a sátorban.

A nap már akkor leáldozott a budai hegyek mögött, és az égről a felhők tüze világított alá.

A kis királyfi megint a hintóba került. Jobb kezével pát intett a pasáknak és a magyar főuraknak, aztán az aranyos hintó újra megindult a katonák csokjasát viharzó két során fel a budai Várba.

21

Gergely a hintó mögött lovagolt.

A fakezű Cecey elöl járt az öregekkel, a fiatalok hátul. Gergely ott lovagolt Zoltay és Mekcsey mögött egy hízásnak indult, vörösesszőke ifjúval, akinek még az induláskor bemutatkozott.

- Fürjes bátyám - szólt egyszer az ifjúnak. - Én csak most kerültem Budára, hát nem ismerek úgyszólván senkit.

- Mire van szükséged, öcsém? Szívesen adok, ha tudok.

Azt hitte, pénz kell a fiúnak.

- Valami kis dolgom lesz éjfélkor a Szent György téren.

- Miféle? - kérdezte amaz elmosolyodva.

Mert már azt vélte, hogy a fiúnak szerelmi találkozója lesz a György téren. Megrázta nagy, vörösesszőke haját, és vígan kiáltott:

- No lám!

- A dolog nem éppen nevetnivaló - felelte Gergely -, de nem is valami komoly.

- Szóval: szív.

- Nem: kard.

- Csak nem verekszel tán?

- De bizony.

- Kivel?

Gergely az előtte lovagló, zöld selyematlaszba öltözött Mekcseyre mutatott.

Fürjes nagyot nézett. Elkomolyodott.

- Mekcseyvel?

- Vele.

- Hallod, ez fenegyerek ám!

- Én se vagyok tán birka.

- Ez már németet is vágott!

- Hát én majd őt vágom!

- Jól forgatod a kardot?

- Hétéves koromban kezdtem.

- Az már más.

Megtapogatta Gergely karján az izmokat. A fejét rázta:

- Jobb, ha megkérleled.

- Én? Már hogy kérlelném meg!

- Megver - mondotta Fürjes aggodalmasan.

- Hogy lehet ilyet előre tudni! - felelt hetykén Gergely.

A mellét kifeszítve pillantott az előtte lovagló Mekcseyre. Aztán ismét Fürjesnek fordult:

- Hát lesz tanúm, ugye, bátyám?

Fürjes a vállát vonogatta:

- Hiszen ha csak tanú kell, hát szívesen. De ha valami baj lesz...

- Mi lenne?

- Már akármi. De én aztán helyetted, miattad nem verekszem.

A menetben mozgolódás és zúgás támadt.

Értelmetlen kiáltások, paripák hánykolódása. A nyakak mintha megmerevedtek volna: mindenki a Várra bámult.

Akkor nézett fel Gergely is.

Hát lám, ott leng a budai kapun három nagy lófarkas zászló. A templomban, tornyokon is.

A kapuban pedig alabárdos török őrség turbánozik a magyar helyén.

- Elveszett Buda! - üvölti egy kísérteti hang.

S tőle, mint az átszálló széltől az erdő, megborzong a magyar sokaság.

A fakezű Cecey üvöltött.

Senki se felel. Az arcok sápadtak. És a némaságot még inkább átdermeszti egy müezzin éneke, aki a Boldogasszony temploma tornyáról messze szálló hangon énekli:

Allahu akbár... Ashadu anna la iláha ill Allah...

Gergely a sereg egy részével vágtatást rohant vissza a táborba.

- Hol vannak az urak?! Égbekiáltó gazság történt!

A sátornál azonban a vörös sapkás bosztandzsik útjukat állták.

- Be kell mennünk - ordította szinte lángot okádva Mekcsey -, vagy küldjétek ki az urakat!

A bosztandzsik nem feleltek. Csak tartották a mellüknek szegezve a dárdájukat.

Gergely törökül kiáltott rájuk:

- Török Bálint urat küldjék ki egy szóra!

- Nem lehet! - felelték a bosztandzsik.

A magyarok tanácstalanul állottak.

- Urak! - kiáltott egy vastag nyakú magyar. - Gyertek elő! Baj van!

Semmi válasz.

Gergely egyet kerül a lovával. Fölment a dombra a szpáhik közé, hogy talán onnan lekanyarodva hozzájuthat a vendégeskedő magyar urakhoz.

Egy sátor előtt magyar hang kiáltott rája:

- Te vagy-e, Gergely?

Gergely megismerte Martonfalvait.

Ott ült egy szpáhisátor előtt, és két törökkel sárgadinnyézett ottan.

- Mit keresel erre? - kiáltotta Martonfalvai.

- Az uramhoz akarok jutni.

- Nem férhetsz ahhoz mostan! Gyere, tarts velünk!

Belekanyarított a dinnyébe, és a szeletet Gergelynek nyújtotta.

Gergely a fejét rázta.

- Nem kell.

- No, csak gyere - szólt Martonfalvai -, ez a két török jó barátom nekem. Aztán majd ha meggyújtják a fáklyákat, lemegyünk mink is, és hozzácsatlakozunk az urunkhoz.

- Dzsere, madzsar testver! - szólt jókedvűen az egyik szpáhi, egy testes, vállas, barna ember.

És húsos kezével hívólag intett Gergelynek.

- Nem lehet - felelte mogorván a fiú.

És továbbléptetett.

Lekerült a sátor-utcán a pattantyúsok, vadászok és janicsárok közé. Végre ismét a szultán sátorához jutott. A bosztandzsik ott is őrt álltak. Onnanfelől se juthatott Török Bálinthoz.

A magyar ifjak még mindig ott kiabáltak, ahol előbb. A nagy sátorból kihangzott a török zene; pengedezett az érchúrú kánun, dörgött a sok koboz, és sivalkodtak a sípok.

- Gazemberek! - kiáltotta Mekcsey a fogát csikorgatva.

Fürjes csaknem sírt dühében.

- Ha az én uram a Várban marad, nem esik ez rajtunk.

A barát apródja volt ő. Mindenhatónak vélte a barátot.

S hogy a zene elhallgatott, valamennyien kiáltoztak:

- Urak odabent! Gyertek ki, uraink! A török megszállta a várat.

Azonban senki se jött elő. Az ég felhős volt. Egyszer csak megindult az eső, és esett körülbelül félóráig. Akkor elállott. Az égen úgy siettek a fekete felhők kelet felé, mint a menekülő hadak.

Végre az urak éjfél felé előbomlottak. Félrecsapott süveggel, vígan tolongtak ki a sátor kapuján. A táborban hosszú fáklyássor állt, hogy világítson nekik. A fáklyasor kettős tűzkígyóként kanyarodott fel Buda kapujáig. Az esőtől megtisztult levegőt a keleti fáklyák füstje megillatosította.

Már akkor Martonfalvai is ott állt, s a bosztandzsik összebocsátották a külső urakat a belsőkkel.

Martonfalvai név szerint kiáltotta elő a lovászokat.

Az urak egyenként hágtak fel a lovukra.

A fáklyák fényénél látni lehetett, mint komorulnak el a piros arcok, s mint válnak egyenként halovánnyá.

A barát úgy kivált a fehérségével közülük, mint valami kísértet.

- Ne sírj! - szólt a mellette lovagló Fürjesre. - Nem illik a könny férfi szemébe!

Egyenként, páronként, hármanként robogtak el a fáklyások utcáján az urak fel Buda várának.

Gergely még mindig nem látta Bálint urat.

Martonfalvai ott állt mellette, és szintén aggodalmas arccal nézett a sátor kapujára, amelyből vöröses fény derengett kifelé.

Az utolsó úr, aki előjött, Podmaniczky volt. Tántorogva jött ki két török tiszt karján. Úgy kellett fölemelni a lovára.

Azután még egynéhány tarkabarka szerecsen jött elő: a szolgák.

Azután senki.

A sátor kárpitja lehullt. Eltakarta a sátor világosságát is.

- Hát ti ketten mit vártok? - szólt rájuk egy strucctollas, nagy hasú török.

- Az urunkat, Török Bálint urat.

- Hát nem ment még el?

- Nem.

- Akkor ő az, akivel a kegyelmes padisah beszél.

- Megvárjuk - szólott Martonfalvai.

A török vállat vont. Elment.

- Én nem várhatom meg - szólt Gergely nyugtalanul. - Nekem éjfélkor fent kell lennem.

- Hát csak eredj, öcsém - felelte Martonfalvai. - Aztán ha valami törököt találsz az ágyamban, hát csak vesd ki belőle.

Tréfának mondta, de Gergely nem nevetett. Köszönt Martonfalvainak, és vágtatást ment fel Buda várába.

A hold már akkor újra kisütött, és megvilágította a budai utat.

A kapun álló lándzsás törökök rá se néztek Gergelyre. Még akkor jöhetett-mehetett az egyes ember szabadon. Ki tudja, holnap nem rekesztik-e ki a magyart végképpen a Várból?

A ló menése csattogásra vált a kövezeten. Gergely a házak előtt is lándzsás janicsárokat látott. Minden ház előtt janicsár. Minden tornyon félholdas lófarok. Csak a Boldogasszony templomán áll még az aranyos kereszt.

Gergely a Szent György térre ért. Nagy bámulatára nem látott ott senkit. Körüllovagolta a kútmedencét, az ágyúkat. Senki, senki. Csak egy dárdás török, vélhetőleg őrálló az ágyúk mellett.

Gergely leszállt, és hozzákötötte a lovát egy ágyúnak a kerekéhez.

- Mit csinálsz itt? - kiáltott rája a török.

- Várok - felelte Gergely törökül. - Csak nem félsz tán, hogy elviszem az ágyút?

- Nono - felelte a topcsi barátságosan. - Hát török vagy te?

- Nem én.

- Hát akkor eredj haza.

- De nekem itt ma becsületbeli ügyem van. Légy, kérlek, türelmes.

A török akkor a fiúnak szegezte a dárdáját.

- Pusztulj innen!

Gergely eloldozta a lovát, és ráült.

A Fejérvári kapu felől gyalog és futva jött valaki. Gergely megismerte Fürjest, akinek a szőkesége szinte világított az éjszakában.

Eléje léptetett.

- Mekcsey a Bálint úr házában van - szólott Fürjes lihegve. - Jer, mert az utcán nem engednek beszélni a janicsárok.

Gergely leszállott a lováról, és gyalog ment tovább Fürjessel.

- Hogyan történt ez a gazság? - kérdezte Gergely.

Fürjes vállat vont.

- A lehető legravaszabbul volt kieszelve. Míg mink a kis királlyal lent jártunk a táborban, a janicsárság beszállingózott a kapun, mintha az épületeket akarná megnézni. Csak lézengtek, bámultak. De egyre többen. Mikor már minden utca megtelt velük, egy kürtszóra előrántották a fegyverüket, és mindenkit bekergettek a házakba.

- Gazemberek!

- Így könnyű várat foglalni.

- Megmondta az én uram...

A palota ablakai nyitva voltak. Az egyik emeleti ablakban két fej látszott. A kapu előtt épp akkor váltakoztak az őrök, s a kapu alját egy nagy termetű janicsár állotta el.

- Mit akartok? - kérdezte félvállról.

- Idevalók vagyunk - felelte Gergely szárazon.

- Most kaptam a parancsot - szólt a török -, hogy: ki akárki, be senki!

- Én a Török Bálint háza népe vagyok - szólt Gergely hevesen.

- Eredj haza, fiam - szólt lenézően a török -, Szigetvárra.

- Eressz be! - kiáltotta Gergely dühösen. S a kardjára csapott.

A török kihúzta a kardját.

- Takarodsz?!

Gergely elbocsátotta a lova kantárát, és szintén kardot rántott. Talán abban bízott, hogy nem egyedül van.

Az óriás török egyet mozdult, és a kardját fölvillantotta. Gergely fejének csapott.

Gergely felfogta a vágást, s a kardja szikrát vetett a homályban. Ugyanabban a pillanatban előreszökkent, mint a macska, és vágott. Az arcába vágott.

- Allah! - bődült fel a török.

A falnak tántorodott. A háta alól ropogva hullt a vakolat.

Az emeletről kiáltás hangzott alá:

- Szúrd!

Gergely markolatig döfte a kardját a töröknek a mellébe.

Bámulva nézett az óriásra, mikor látta, hogy elejti a kardját, és zsákként dől el a fal mellett.

Gergely körülnézett. Fürjest kereste. Az bizony futott, sebesen futott a királyi palota felé.

Helyette három nagy süvegű janicsár közelített dühös rohanással és szitkozódva.

A fiú látta, hogy nincs veszteni való ideje. A kapura ugrott, és benyitotta. Azután gyorsan elreteszelte belülről.

A harctól izgatottan, remegő lábbal lépett még egynehányat, aztán hogy valaki dübörögve jött belülről a falépcsőn, leült a kapuboltozat alatt a padra, és lihegett.

Zoltay jött. Kard volt a kezében. Nyomában Mekcsey. Az is kardot rántott.

A kapualjban égő lámpás mind a kettőnek megdöbbent arcát világította meg, mikor őt meglátták.

- Itt vagy már? - kiáltott Zoltay. - Nem történt bajod?

Gergely a fejével intett, hogy nem.

- Leszúrtad a törököt?

Gergely a fejével intett, hogy le.

- Gyere a szívemre, te kis hős! - kiáltotta Zoltay lelkesen.

És összeölelgette a tizenöt esztendős fiút, aki az imént tette le a vitézség próbáját.

A kapun dörömböztek.

- Menekülnünk kell - szólt Mekcsey. - A janicsárok összefutottak. Hanem előbb kezet, fiú! Ne haragudj rám, hogy megbántottalak.

Gergely kezet nyújtott. Kábult volt. Azt se tudta, mi történik vele. Szótlanul engedte, hogy tovahurcolják. Csak akkor ocsúdott fel, mikor a két ifjú lepedőkből kötelet csavart össze. Mekcsey szólította, hogy ereszkedjen le elsőnek az ablakon.

Gergely lenézett.

Lent a holdvilágos mélységben a királyi konyhakertet látta maga alatt.

22

Másnap délelőtt ismét megjelent Ali aga a királynénál. És így szólt:

- A kegyelmes padisah jónak látja, hogy török katonaságot tegyen Buda várába, amíg a fiad föl nem nevelkedik. A gyermek nem védheti meg Buda várát a németek ellen. A kegyelmes padisah meg nem járhat minduntalan ide két-három hónapi távolságból. Addig az ideig elég lesz nektek, felség, Erdélyország meg az ezüst- és aranybányák meg a sóbányák, amelyek ott vannak.

A királyné már akkor minden rosszra el volt készülve. Megvető nyugalommal hallgatta a követet.

A követ folytatta:

- A kegyelmes padisah tehát oltalmába fogja Buda várát és Magyarországot, s néhány nap múlva írásban adja át császári ígéretét, hogy téged és fiadat meg fog védeni. Mihelyt pedig a gyermek nagykorú lesz, Budát és az országot visszaadja.

Az urak mind jelen voltak, csak Török Bálint hiányzott, meg Podmaniczky. A barát a szokottnál is színtelenebb volt. A fehér kámzsával szinte egybefolyt az arca. A követ folytatta:

- Budavár a Duna és Tisza vidékével együtt tehát a felséges padisah oltalma alá kerül, felségtek pedig Lippára költöznek, és onnan kormányozzák Erdélyt és a tiszántúli országrészt. Budán két kormányzó lészen: egy török és egy magyar. Ez utóbbi méltóságra a felséges úr Werbőczy István őnagyságát fogja kinevezni, s bírája és kormányzója lesz ő a tartomány magyar lakosainak.

Az urak mind csüggedt arccal, szomorúan állottak ott, mintha nem is királyi szék mellett állanának, hanem koporsó mellett.

Mikor a követ elment, egypercnyi csend maradt utána a teremben.

Akkor a királyné fölemelte a fejét, és rájuk nézett.

Werbőczy könnyekre fakadt.

A királyné arcán is könnycsepp gördült végig. Letörölte.

- Hol van Podmaniczky? - kérdezte bágyadtan.

- Elment - felelte Petrovich.

- Búcsúzás nélkül?

- Megszökött, felség. Paraszt kapásnak öltözött, s úgy ment ki ma hajnalban.
- Bálint még mindig nem tért haza?
- Nem.

A következő napon a törökök kidobálták a Boldogasszony templomából a harangokat. Az oltárképeket leszaggatták. Szent István király állószobrát ledöntötték. Az aranyozott és képekkel ékesített oltárokat kiszórták a templom elé, s kiszórták a márványból és fából faragott angyalszobrokat és a misekönyveket is. Az orgona is elpusztult. A cinsípokat két szekér vitte el a tábori golyóöntőknek.

Az ezüstsípokat és remekművű arany és ezüst gyertyatartókat, oltárszőnyegeket és oltárterítőket, miseruhákat három másik szekér vitte le a szultán kincstárosának. A templom gyönyörű falifestményeit bemeszelték. A toronyról leütötték a keresztet, s egy nagy, aranyozott réz félholdat vontak föl és tűztek a helyére.

Szeptember 2-án fellovagolt a szultán a pasák kíséretében a Várba. A két fia is vele volt.

A Szombati kapuban díszbe öltözötten várták az agák, és trombitaharsogás között kísérték a templomba.

A szultán leborult a templom közepén, és hálálkodott a törökök istenének Buda váráért.

23

Szeptember 4-én negyven ökrös szekér kanyarodott le a királyi várból a dunai hajóhídra.

A királyné hurcolkodott.

A palota udvarán ott álltak már a hintók is, s körülötte összesereglettek a főurak. Valamennyien útra készen. Csak Werbőczy marad Budán, s vele a kedves tisztje, Mekcsey.

Gergely is ott állt az urak mögött, s egyszer csak megpillantotta Fürjest.
- No, Gergely - mondotta az leereszkedőn -, hát te nem jössz-e velünk?

Gergely megvetően nézte végig.
- Semmi *te*. Nyulaknak öccse nem vagyok.

A szőke legény megrándult. De aztán, hogy Mekcseynek a szúró tekintetével is találkozott, vállat vont.

Az öreg Cecey is ott gubbaszkodott lóháton az urak sorában.

Gergely rátette a kezét a nyeregkápára.
- Apámuram.
- Jó napot, fiam.
- Kegyelmed is elmegy?
- Csak Hatvanig.
- Éva is?
- Őt is magával viszi a királyné. Eredj föl ma ebédre az asszonyhoz, és vigasztald.

- Miért eresztik el Évát?

- Werbőczy mondta, hogy eresszük el. A jövő évben, ne félj, visszatérünk sokezredmagunkkal...

Nem beszéltek többet. A testőrök megjelenése jelentette, hogy jön a királyné.

Jött. Gyászruhába volt öltözve. Loncillatot árasztott maga körül.

A hölgyei között ott volt Éva is.

Könnyű, diószínű csuklyás, selyem útiköpönyeg borult a vállára, de a csuklyát még nem vonta föl. Körülnézegetett, mintha keresne valakit.

Gergely átfurakodott az urak lovai között, és mellette termett.

- Te nem jössz-e velünk? - kérdezte a leány.

- Mennék - felelte búsan Gergely -, de az uram még nem tért vissza.

- Utánunk jöttök?

- Nem tudom.

A leányka arca is elborult.

- Ha nem jöttök utánunk, mikor látlak?

- Nem tudom.

S a fiú szeme megtelt egy könnycseppel.

A királyné már beült a terjedelmes födeles, ablakos bőrhintóba.

Vica kezét nyújtotta Gergelynek.

- Ugye, nem felejtesz el engem?

Gergely azt akarta mondani: Nem, Vica, nem, még a másvilágon se!

De hogy nem tudott szólani, csak a fejét rázta.

24

Tíz nap múlva a szultán is útra kelt.

Török Bálintot magával vitte rabláncon.

HARMADIK RÉSZ
A RAB OROSZLÁN

1

Lovas katona állt a Berettyó partján, kék köpönyeges, vörös süveges király-katonája.

Intett a partról a süvegével, s átkiáltott a fűzfabokrokon:

- Hahó! Itt a víz!

S leléptetett a napfénytől meleg, süppedékes parton a buján sárgálló gólyavirág közé.

A ló térdig ereszkedett a fűbe, amelynek alján szinte elveszett a víz. S lenyújtotta a nyakát, hogy igyék.

Azonban nem ivott.

Ahogy visszaemelte a fejét, orrából-szájából csurgott a víz. Visszafújta, és a fejét rázta.

- Mi lelte ezt a lovat? - dünnyögött a vitéz. - Hát miért nem iszol, ebadta?

A ló megint lenyújtotta a fejét. Megint kirázta a vizet orrából-szájából.

A mezőn át még tizennyolc különféle öltözetű magyar lovas ügetett oda, s köztük egy szálas, sovány ember, akinek sastoll volt a süvegébe tűzve, s köpönyeg helyett meggyszínű posztómente takarta a vállát.

- Hadnagy uram - szólt föl a vitéz a vízből -, férges vagy mi ez a víz; nem issza a lovam.

A sastollas ember beugratott a vízbe, és figyelmesen nézett a hullámokra.

- Véres a víz - mondta csodálkozón.

A part körös-körül fűzfabokrokkal volt besűrűzve. A bokrok barkától sárgállottak. A föld kéklett az ibolyától. A tavasz édes illatát köténnyel hordta onnan a délutáni szellő.

A hadnagy megcsapta a lovát: egynéhány lépést csobogott fölfelé a vízben. A bokrok közt, a parton egy ingre vetkőzött fiatalemberre bukkant. Az ember fűzfatörzsökön ült, és a fejét mosta a patakban. Nagy, buckós fej, mint a bikáé. A szeme is olyan: apró, fekete és erős. A bajuszkája két vasszögként hegyes. A dolmánya, két sárga csizmája, süvege, kardja mellette hevert a gyepen.

Hát attól a mosdástól vált véressé a Berettyó vize.

- Ki vagy te, öcsém? - szólt rá a hadnagy.

Az ifjú kedvetlenül felelt:

- Mekcsey István a nevem.

- Az enyém meg Dobó István - mondotta a hadnagy. - Hát mi bajod, öcsém?

- Megvágott egy török, az istenfáját neki.

S a tenyerét a fejére tapasztotta.

- Török - szólt Dobó megvillanó szemmel. - A pogány mindenit annak a töröknek, nem lehet még messze! Hányan vannak? Hé, fiúk! Kardra!

S kiugratott a vízből.

- Ne fáradjanak - szólt Mekcsey. - Én már agyonvágtam. Itt hever mögöttem.

- Hol?

- Itt van valahol nem messze.

Dobó leszólította a lóról a fegyverhordozóját.

- Vedd elő a tarisznyát - mondotta neki -, és lásd el az úrfit tépéssel, kötéssel.

- Amoda feljebb vannak még - szólt Mekcsey, a tenyerét ismét a fejére tapasztva.

- Törökök?

- Nem: egy öreg nemes meg a felesége.

A vér elöntötte az arcát.

Megint lehajolt a vízre.

Dobó felszöktette a paripáját, s néhány lépésre egy másik embert talált.

Az is ingre vetkezetten ült a patak partján. Piros hajú, vén ember. Egy kövér öregasszony mosta sírva a pirosságot a vén ember fejéről.

- Adjon isten! - kiáltotta Dobó. - Nagy-e a seb?

Az öreg fölnézett, és vígan legyintett.

- Török vágás...

Akkor látta Dobó, hogy az öregnek csak fél keze van.

- Ejnye, de ismerős! - mondotta a lováról leszállva.

Az öreg újból fölnézett.

- Lehet.

- Dobó István vagyok.

Az öreg tűnődött:

- Dobó? Nini! Te vagy, Pista öcsém!? Hát hogyne ismernél! Jártál is nálam, az öreg Ceceynél.

S a két ember melegen kezet fogott.

- Hát mi volt itt, bátyám? Hogy kerülnek ide a pusztába?

- Ej - szólt az öreg, újból átadva a fejét a feleségének -, a kutya pogány megtámadta a kocsimat. Még az volt a szerencsém, hogy az az ifjú éppen akkor ért utol bennünket, mikor a pogány nekünk esett. No, derék legény! Úgy vágta a törököt, mint a tököt. De magam is közibük csapkodtam ám a kocsiról.

- Hányan voltak?

- Tízen, a kutyák, hogy a gyehenna emésszе meg őket! Még szerencse, hogy nem bírtak velünk. Van vagy négyszáz arany nálam, ha nem több.

S rácsördített az oldalára.

- Nem halt meg az ifjú? - kérdezte az asszony.

- Nem, egy cseppet se - felelte Dobó. - Amoda alább mosakodik ő is.

A közelben pirosló török halottra pillantott.

- Megnézem már - mondotta -, miféle néppel volt dolguk.

És benyargalászta a patak mellékét meg az utat.

A füzesben hét holttestet talált: két magyart és öt törököt, az úton meg egy háromlovas kocsit, amely bele volt dőlve az árokba. Egy fiatal kocsisgyerek a ládák összerakásán erőlködött.

- Ne vesződj, öcsém - mondotta neki. - Mindjárt kapsz segítséget.

S visszatért Mekcseyhez.

- Nem egy török van itt, öcsém - mondotta neki -, hanem öt. Szép vágások! Becsületedre válnak.

- Még egynek kell lennie - felelte Mekcsey. - Az talán a vízben van. Az én katonáimat megtalálta-e, Dobó bátyám?

- Meg szegényeket. Az egyiknek kétfelé esett a feje.

- Csak hárman voltunk.

- És a török?

- Tízen voltak a kutyák.

- Akkor hát négy elfutott belőlük.

- El.

Dobó eközben leszállott a lováról, és megnézte az ifjú fejsebét.

- A vágás hosszú, de nem mély - szólt a sebet összenyomva.

Maga rakott rá tépést, és maga kötötte be szorosan egy gyolcsfoszlánnyal.

- Hát hova mégy, öcsém?
- Debrecenbe.
- Csak nem Törökékhez tán?
- De éppen oda.
- Ejnye, öcsém, van ott nekem egy kedves emberem: Bornemissza Gergely. Gyerek lehet még. Ismered?
- Éppen őérte megyek. Levelet írt, hogy szeretne hozzám jönni a hadba.
- Már akkora a fiú?
- Tizennyolc éves.
- Persze, a Bálint úr népe elszéledt.
- Biz azokat szétfújta a szél, mióta az úr raboskodik.
- Tinódi is elment?
- Ide-oda csavarog. De lehet, hogy most ő is Debrecenben van.
- Hát tisztelem, csókolom azt is, meg a két Török fiút.

Míg így beszélgettek, Dobó feltűrte a zekéje ujját, és rongyot fogott. Az arcát mosta meg Mekcseynek, Dobó egy katonája meg a ruháiról tisztogatta le a vérfoltokat.

- Az öreg ott van? - kérdezte Mekcsey, Ceceyék felé intve.
- Ott. Nincs nagy baja. Nem vagy éhes, öcsém?
- Nem, csak szomjazom.

Dobó a kulacsért intett. A többi katonát meg elküldte, hogy a kocsi rendbe szedésén segítsenek.

Aztán Ceceyékhez mentek. A kocsi mellett a gyepen ült már az öreg házaspár. Cecey kezében pulykacomb. Evett jóízűen.

- Tartsatok velünk! - kiáltotta vígan. - Csakhogy nem esett bajod, öcsém!

A katonák összeszedték a zsákmányt: öt török lovat, ugyanannyi köpönyeget és mindenféle török fegyvert.

Mekcsey a lovakra pillantott, azután a földön heverő fegyverekre.

- Válasszon, bátyám - szólt Ceceynek. - A zsákmány közös.
- Kell is nekem! - felelte az öreg nevetve. - Van énnekem elég lovam, elég fegyverem.
- Hát akkor Dobó bátyámat kínálom meg egy fegyverrel.
- Köszönöm - felelte Dobó. - Már hogy választanék? Nem harcoltam érte.
- De csak válasszon.

Dobó a fejét rázta.

- A zsákmány a tied az utolsó gombig. Ajándékot meg hogy fogadnék el tőled?
- Nem adom ingyen.
- Az már más beszéd - szólt Dobó, vágyó pillantást vetve egy remek művű kardra. - Hát mi az ára?
- Az, hogy ha várkapitány lesz kegyelmed, hát engem szólítson magához, ha szorul a csizma.

Dobó mosolygott.

- Bizonytalanra nem veszünk.

- Hát mást árt szabok: jöjjön velem Debrecenbe.

- Az se lehet most, öcsém. Én királyi biztos vagyok most. Bitang birtokon szedem a tizedet. Hacsak később nem lesz rá érkezésem...

- Hát válasszon úgy, hogy ajándékozzon meg cserébe a barátságával.

- Az már úgyis a tiéd. Hanem hogy meg ne haragudjál rám, elfogadok egyet, mert látom, hogy szívesen kínálod.

És a kardokat vizsgálva folytatta:

- Ezek úri törökök voltak. Az egyik bég. Vajon hova valók?

- Gondolom, fejérváriak.

Dobó fölvette a kardokat. Az egyik bársonytokos, türkizes volt; a markolata aranyozott kígyófej; a kígyófej két szeme két gyémánt.

- No, ez a tied, öcsém, ezt nem választom, mert ez vagyont ér.

Két olcsóbb művű, török vasú kard hevert még ottan. Dobó fölvette az egyiket, s karikába hajtotta.

- Ez aztán acél! - mondotta jókedvvel. - Hát ezt, ha nekem adod, megköszönöm.

- Szívesen - felelte Mekcsey.

- De mármost, ha ezt nekem adod, toldd meg azzal a szívességgel, hogy vidd el magaddal Debrecenbe, és ha ott van Tinódi, mondd meg neki, hogy írjon rá valami igét. Amit akar. Van ott aranyműves, aki beleégeti a vasba.

- Szívesen - felelte Mekcsey. - Magam is íratok vele erre a kígyós kardra.

Egyet suhintott a görbe karddal, és felkötötte a másik mellé.

- Találtatok-e pénzt a török tisztnél? - kérdezte a Dobó katonáit.

- Még nem motoztuk meg.

- Hát motozzátok meg.

A legény csakhamar magával hozta az egész törököt. Csak úgy a gallérjánál fogva húzta oda a gyepen.

Ott motozta meg.

A vörös bársonybugyogón nem volt zseb, hanem az övszíjában találtak egy zacskó aranyat meg mindenféle ezüstpénzt.

- Ez jó lesz költségre - szólt derülten Mekcsey. - Katonaembernél mindig elkél.

Még egy rubintos turbánforgó volt ott, meg egy aranylánc. Azt a bég az ingén belül viselte, s kókuszforgácsra csavart pergamentalizmánt hordozott rajta.

Mekcsey a tenyerére tette a két aranyszert, és odakínálta Ceceynek.

- Ebből már kell választania, bátyámuram.

- Tedd el, öcsém, azt is - szólt az öreg a kezével legyintve. - Csak nem tűzök forgót vén létemre.

- Vigyük el a lányunknak azt a láncot - szólalt meg az asszony. - Van egy szép kisasszony lányunk - mondotta magyarázón - a királyné udvarában.

- Gyertek el, öcsém, a lakodalomba! - rikoltotta Cecey a lábát rázva. - Még egyszer kitáncolom a kedvemet, mielőtt meghalnék.

Mekcsey beleeresztette a láncot az asszony tenyerébe.

- Ki veszi el?
- A királyné hadnagya. Fürjes Ádám. Ismeritek talán?
Mekcsey elkomolyodva intett nemet.
- Derék ifjú - mondotta az asszony. - A királyné adja férjhez a leányomat.
- Isten éltesse őket - mondotta Dobó.
Mekcsey a török ruhákat meg a dísztelen fegyvereket a Dobó katonáinak ajándékozta. Indulásra kászolódtak.
Mekcsey fölvette a süvegét, s bosszankodva forgatta a kezében. Be volt hasítva, csaknem kettéesett.
- Sose bosszankodjál - szólt Cecey. - Ha nem volna meghasítva, nem férne most a fejedre.
A ruhájuk még vizes volt. No, de estig majd megszárítja a nap meg a szellő.
- Válassz kettőt a katonáimból - mondotta Dobó -, hogy elkísérjenek. Cecey bátyámnak is adok kettőt.
- Nem tudom, együtt megyünk-e - kérdezte Mekcsey Ceceyékhez fordulva.
- Együtt megyünk tán?
- Hova? - szólt az öreg.
- Debrecenbe.
- Együtt.
- No, akkor elég három katona is.
- Amennyit akarsz - felelte Dobó szívesen.
Míg az öreg házaspár a kocsiban rakodott, ők ketten bejárták a holtakat. A holtak közt egy harmincévesforma, nagy testű török kezét-lábát szétvetve, hanyatt feküdt. Kék posztóbugyogó volt rajta. A szemén érte a vágás.
- Ezt ismerem - mondotta Dobó. - Egyszer verekedtem is vele.
A két magyar katona csúnyán össze volt szabdalva; az egyiknek letakarták a fejét kendővel.
A törököket gyomron szúrták és belevetették a Dobó katonái a Berettyóba, a magyaroknak meg sírt kapartak a part puha földjében egy vén fűzfa alatt, és ruhástól belefektették őket. Betakarták a köpönyegükkel, behantolták, s kereszt helyett odatűzték a kardjukat.

2

Konstantinápoly déli sarkán egy régi vár áll. Falai magasak. A falakon belül hét köpcös torony, mint hét óriás szélmalom, ilyenforma rendben:

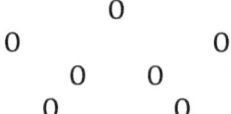

A vár falát felében a Márvány-tenger mossa, felében faházak környezik.
Ez a híres *Jedikula*, magyarul *Héttorony*.
A hét toronyba van berakva és betömve a szultánnak minden kincse.
A középső kettőben az arany és gyöngyös ékszerek. A tenger felől állókban az ostromszerek, kézifegyverek és ezüstkincsek. A másik kettőben a régi

fegyverek és a régi okiratok, könyvek.

Ott a hét torony között őrzik a fejedelmi rabokat is. Mindenkit másképpen. Némelyiket láncon és sötét kőlyukban, másikat olyan kényben, szabadján, mintha otthon volna: járni engedik napestig a várkertben, a zöldségeskertben, a tornyok erkélyén, a fürdőben; szolgát tarthat hármat is; leveleket írhat, látogatókat fogadhat, muzsikálhat, ehetik, ihatik, csak éppen ki nem mehet.

Egy tavaszi napon két ősz ember üldögélt a Jedikula kertjében a padon. Mind a kettőnek könnyűfajta bilincs kígyózta körül a lábát.

Az egyik a térdén könyökölt. A másik a pad karján széjjelvetett kézzel hátratámaszkodott, s a felhőket nézte.

Az, aki az eget nézte, őszebb volt, mint a másik. Szakálla a melle közepéig ért, a haja meg fehér sörényként lengte körül a fejét.

Mind a kettőn magyar ruha. Haj, a magyar ruha sok rabon kopott a Héttoronyban!

Ültek szótlanul.

A tavaszi nap langyos melegséggel öntötte el a kertet. A cédrusok, tuják és babérfák között virágzott már a tulipán meg a pünkösdirózsa. Fejük fölött egy vén pizáng öles levelei itták a napsugarat.

A felhőket néző ember leemelte izmos karját a padról, és keresztbe fonta. Közben a társára tekintett.

- Min gondolkodol, Maylád barátom?

- A diófámon - felelt az előrehajló. - Fogarason van egy diófám...

A két ember megint hallgatott. Aztán egynehány perc múlva Maylád szólalt meg:

- A külső ága elfagyott. Kihajtott-e? Azon tűnődöm.

- Kihajtott bizonyosan. A fa elfagy, kihajt. A szőlő is kihajt a tövéről. Csak az ember nem hajt ki...

Megint hallgattak egyet.

Aztán Maylád szólalt meg ismét:

- Hát te, Bálint, min gondolkodol?

- Azon - felelte búsan Török Bálint -, hogy a kapi aga éppolyan rongy ember, mint a többi.

- Azon én sose kételkedtem.

- Azt mondták, hogy ravasz. Harmincezer aranyat küldött neki a feleségem, hogy ravaszkodja le ezt a láncot a lábamról. Ennek már három hónapja.

Megint hallgattak. Maylád lenyúlt egy pitypangért, amely kisárgállott a fű közül. Leszakította. Darabig morzsolgatta a kezében, aztán lehullatta a földre.

És megint megszólalt:

- Az éjjel arra gondoltam, hogy én még mindig nem tudom, miért ejtettek téged rabul. Sokszor elmondtad, hogyan hoztak a Dunán, hogyan csaptál egy őrt a hajó falához, hogyan vezettek ide. De a kezdetet, az igazi okot...

- Azt jóformán magam se tudom.

- Te elvégre is megvoltál a magad fészkén: rólad nem mondhatták, hogy királyságra vagy fejedelemségre áhítozol.

- Magam is sokszor tépelődtem ezen. A töröknek nem kell ugyan valami nagy ok, hanem hogy mégis a sok közül mi ártott nekem leginkább, azt magam is szeretném tudni.

Az udvaron egy csapat kapudzsi ment át dobszóval, azután ismét magukra maradtak.

Bálint folytatta:

- Azt gondolom, mégis az az éjjeli beszélgetés volt a fő ok. A szultán azt kérdezte tőlem, hogy miért jelentettem meg a németnek az ő jövetelét. "A németnek? - kérdeztem csodálkozva. - Nem a németnek jelentettem én meg, hanem Perényinek." "Az egykutya - felelte a szultán -, Perényi a némettel tartott." És a szultán dühösre kerekedett szemmel nézett reám. "Ha nem értesítetted volna őket, itt leptük volna meg a német tábort. Minden urat elfogtunk volna, és összetörtem volna Ferdinándnak minden erejét! Enyém volna Bécs is!" Hogy így kiabált rám a ronda török, bennem is felforrott a vér. Én, tudod, mindig úr voltam, teljes életemben: nem szoktam meg, hogy egyik gondolatomat a másikkal takargassam.

- Nekiágaskodtál?

- Nem voltam goromba, csak megmondtam neki, hogy éppen azért értesítettem őket a szultán jöveteléről, mert kímélni akartam a német táborban lévő magyarokat.

- Ez nagy hiba volt!

- Még akkor szabad voltam.

- Hát aztán mit szólt?

- Semmit. Fel és alá járkált előttem. Aztán egyszercsak a basájához fordult. Azt mondta neki, hogy adjanak egy jó sátort, ahol meghálhassak, mert holnap is beszélni akar velem.

- No, és mit beszéltetek másnap?

- Semmit. Nem is láttam többé a szultánt. Egy nagy sátort adtak, de ki nem eresztettek. Ahányszor ki akartam lépni, tíz dárda állt a mellemnek.

- És mikor vertek rád láncot?

- Csak akkor, mikor visszafelé indult a szultán.

- Nekem mindjárt láncot vertek a lábamra, mikor elfogtak, és dühömben úgy sírtam, mint a gyermek.

- Én nem tudok sírni. Nincsenek könnyeim. Nem sírtam én még az apám halálán se.

- A gyermekeidet se sirattad?

- Nem - felelte elsápadva Török Bálint. - De valahányszor eszembe jutnak, úgy érzem, mintha kardot forgatnának a mellemben.

Fájdalmasan sóhajtott. S a tenyerébe eresztette a homlokát.

- Egy rab jut sokszor az eszembe - szólt bús elmélázással. - Egy sovány, rossz török, akit a Duna partján ejtettem fogságba. Évekig ott tartottam a várban. Az egyszer engem szemtől szembe megátkozott.

Nem beszéltek többet.

A távolból trombitazene hangzott föl. Néha arra figyeltek, aztán megint elmélyedtek a gondolataikba.

Mikor a nap már megvörösítette a felhőket, a várnagy végigment a kerten, és hogy hozzájuk ért, odaszólt nekik félvállról:

- Uraim, kaput zárunk.

Napnyugta előtt félórával szokták a kaput bezárni, s akkor minden rabnak a maga szobájában volt a helye.

- Kapudzsi efendi - szólott Török Bálint -, mi van ma, hogy úgy trombitálnak?

- Tulipánünnep - felelte a várnagy. - A szerájban az éjjel nem alszanak.

S odább lépett.

A rabok tudták már, mi az. Tavaly tavasszal is volt olyan ünnep. Olyankor a szultán minden asszonya ott van a szerájkertben.

A szultán női sátorokat állíttat fel a tulipánágyak körül, és a sátorokban az alsórendű háremi nőkkel mindenféle csecsebecsét, gyöngyöket, selyemszöveteket, kesztyűt, harisnyát, cipőt, fátyolt és más efféléket árultat.

Az ő egynéhány száz asszonya sohase mehet ki a bazárba, hát esztendőben egyszer ott örülnek annak, hogy pénzt szórhatnak.

A kert olyankor zsibong a jókedvtől. A palotabeli papagájok, rigók, fülemilék és kanárimadarak kalitkástól fel vannak függesztve a fákra és bokrokra, s versenyt énekelnek a muzsikával.

Este aztán kigyulladnak a Boszporusz egy hajóján az illatos fáklyák és tarka papírlámpások, s az egész hárem zeneszóval hajókázik le a Márvány-tengerig.

A két rab kezet fogott a Vértorony alján.

- Jó éjszakát, Maylád István.

- Jó éjszakát, Török Bálint.

Mert nincs ott egyéb öröm, csak a jó éjszaka. Az alvó rab hazaálmodja magát.

Azonban Török Bálint nem érzett semmi álmosságot. Ebéd után szokása ellenére lefeküdt, és aludt egyet, hát este nem volt álmos. Kitárta az ablakát, és odaült.

Nézte a csillagos eget.

A Márvány-tenger sarkán a Jedikula alatt sétált a hajó. Az ég csillagos volt és holdvilágtalan. A csillagok szinte lobogva ragyogtak, s a tenger tükre második ragyogó ég. A lampionokkal világló hajó ott sétált a magasság és mélység csillagai között. Két magas kőfal takarta el a rab szemei elől.

De behallatszott hozzá a zene. Pengett a török cimbalom: a kánun, és csattogott a csincsa. Bármennyire is akarta hallgatni, gondolatai másfelé kószáltak.

Éjfélfelé elcsöndesült a lármás zene. A nők maguk énekeltek. Váltakozó más más hang és más zeneszerszám.

De Török Bálint azokból se hallott sokat. Az eget nézte, amely már el volt borítva lassan vándorló sötét és rongyos felhőkkel. A rongyokon áttünedeztek a csillagok.

Milyen más itt az ég is - gondolta. - Török ég, török sötétség.

Aztán, hogy hosszú szünet következett a hajón, folytatta a gondolatait:

Még a csöndesség is más itten: török csöndesség.

Arra gondolt, hogy lefekszik, de olyan jólesett neki az az álmos zsibbadtság, hogy időt várt, míg a tagjai megmozdulnak. Azt várta, hogy az akarata nélkül mozduljon meg a teste, s úgy menjen pihenni.

Akkor az éji csendben hárfa szólalt meg újból, s a lombokon át egyszerre csak magyar akkordok szállottak szét a sötétlő török éjszakában:

Török Bálinton valami fájdalmas-édes borzongás ömlött végig, a szívétől a sarkáig.

A hárfa elnémult egy percre. Aztán újra felszálltak a remegő akkordok, és halk zokogásként emelkedtek föl az éjszaka sötétségében:

Török Bálint fölemelte fejét. Így emel fejet olykor a ketrecben őrzött rab oroszlán a szél susogására, és néz elmeredő szemmel maga elé.

A hárfa akkordjai sóhajjá lágyultan enyésztek bele az éjjeli csöndességbe, aztán újra összependültek a húrok, és egy vékonyka, bús női hang dala hangzott föl tiszta magyar nyelven:

Ki a Tisza vizét itta,
Vágyik annak szíve vissza...
    Hej! Én is ittam... belőle...

Török Bálintnak elállt a lélegzete. Emelt fővel, merő szemekkel nézett a hangok felé.

Ősz fürtjei szinte szerteborzolódtak, arca szinte megmárványosodott.

És amint a vén oroszlán így elkövülten hallgatta a dalt, szeméből kigyöngyözött két nagy könnycsepp, és lecsordult az orcáján, szakállán.

3

Éjjel tizenkét óra tájban az inas zörgetett a Török úrfiak ajtaján.

- Gergely úrfi!

- No, mi baj? - kiáltott Gergely. - Bejöhetsz.

Nem aludt még. Gyertyánál olvasta Horatiust.

A másik két ágyban is fölébredtek a Török fiúk.

- A virrasztó küldött - mondotta az inas. - Egy úrféle áll a kapun.

- Hogy hívják?

- Valami Kecske vagy micsoda.

- Kecske? Ki a kutya lehet az a Kecske?

- Győrből jött, és ide akar szállani.

Gergely a Győr szó hallatára egyszerre kiugrott az ágyból.

Török Jancsi megszólalt a paplan alól:

- Ki az, te Gergely?

- Mekcsey! - kiáltotta vígan Gergely. - Eresszétek be tüstént a vitéz urat!

Az inas elrobogott.

Gergely bakancsot rántott, és köpönyeget kapott a vállára. A két fiú is kiszállt az ágyából. (Jancsi tizenhat éves, Feri tizennégy már.) Kíváncsiak voltak a vendégre, akinek csak a nevét ismerték.

- Rendeljetek bort meg ennivalót! - szólt vissza nekik Gergely az ajtóból.

S lerohant.

Mikorra leért, Mekcsey már ott állt az udvaron; mellette lámpással a virrasztó meg a várnagy.

Az emeletről is levillant egy lámpásnak a fénye. Darabig ide-oda lengett az udvaron, aztán a jövevényen állt meg, aki éppen egy-egy tallérral búcsúzott Dobónak a katonáitól.

- Csakhogy megérkeztem - mondotta Gergelyt megölelve -, már majd elaludtam a lovamon.

- De Pista bátyám, mi van a fejeden?

- Turbán, az irgalmát! Nem látod, hogy törökké lettem?

- Ne tréfálj, bátyám! Véres az a kendő!

- No, hát csak adj, öcsém, szobát meg mosdótálat, aztán majd elmondom, hogy milyen az út Győrtől Debrecenig.

A lépcsőn egy asszonycseléd jelent meg, és kérdőn nézett a jövevényre.

Gergely nemet intett neki. A cseléd eltűnt.

Gergely magyarázón fordult Mekcseyhez:

- Az asszonyunk nemigen alszik. Éjjel is az urát várja, vagy levelet az urától.

Háromnapi seblázt hevert végig Mekcsey a kastélyban. Azon idő alatt mindig ott ültek mellette a Török fiúk meg Gergely. Itatták a vitézt veresborral. És érdeklődéssel hallgatták az elbeszéléseit.

Az asszony is meg-meglátogatta. Mekcsey még azon betegen elmondta, hogy Gergelyért jött: viszi magával a király seregébe.

A fiúk megdöbbenve néztek Gergelyre, az asszony szemrehányó, bús arccal.

- Hát el tudnál minket hagyni? Nem voltam én anyád helyett anyád? És a fiaim nem voltak-e testvéreid?

Gergely lecsüggedt fővel felelte:

- Már tizennyolc éves vagyok. Itt élősködjek-e, itt haszontalankodjak-e, mikor az országnak katona kell?

A korához képest valóban érett ifjúnak látszott.

Leányosan finom, barna arcán már a szakáll is pelyhedzett. Csillogó fekete szeme csupa értelem és komolyság.

- Te kellesz éppen? - szólt Törökné. - Nem várhatod-e meg az én fiaimat? Mindenki elfordul tőlünk - bólogatott az asszony, előtolongó könnyeit törölve. - Ahonnan az Isten elfordult, elfordulnak az emberek is.

Gergely letérdelt az asszony elé, és megcsókolta a kezét:

- Édes jó anyámasszonyom, ha így érti az én elmenetelemet, akkor nem lesz belőle semmi.

Tinódi is ott ült a szobában. Aznap érkezett meg Érsekújvárról. Hírt hallani jött az uráról, de persze a kérdezés belérekedt, mikor a kastélyt zászló nélkül, az asszonyt félgyászban találta.

Az ablaknál ült egy medvebőrös ládán, és kardlapra rajzolt.

Gergely szavára abbahagyta a munkát.

- Nagyságos asszonyom, engedje meg, hogy belekottyanjak ebbe a beszédbe.

- Hát csak szóljon, Sebők.

- A madár mindig visszatér a fészkére, akárhova megyen is. Gergely is röpdösni akar egyet. Én is azt mondom, hogy jó lenne, ha forogna a világban. Mert, tetszik látni, János úrfi maholnap fölemberedik, aztán neki is jobb, ha tanult katona lesz mellette.

Nem volt semmi mosolyognivaló ezeken a szavakon, de mégis mosolyogtak. Mert Sebők deák mindig tréfás, mikor nem énekel, s ha komolyan beszél, akkor is azt sejtik már, hogy vidámság lappang a szava alatt.

- Hát majd meggondoljuk - bólintott rá az asszony.

És a deák munkájára fordult a szeme:

- Hát megvan-e a vers?

- Meg bizony. Nem tudom, tetszik-e nagyságodnak?

Fölvette a kígyós kardot, és olvasta róla:

Aki bátor, az az erős.
Aki erős, könnyen is győz,

S aki győzve megy előre,
A halál is megfut tőle!

- Ezt írja az én kardomra is! - mondta Török Jancsi.

- Nem - felelte a fejét rázva Tinódi -, arra mást fogunk írni.

Mekcsey megszólalt az ágyban:

- Dobónak a kardjára a király nevét is rá kellene írni. Valami olyanfélét, hogy: Istenért, hazáért, királyért.

- Az már avult mondás - felelte Tinódi. - Ki is múlik a divatból, mióta német fején a korona. Ha ő ezt akarta volna íratni a kardjára, magával vitte volna, és ráíratta volna ő maga.

- Van eszemben valami - mondta Gergely, a homlokára téve az ujját. - Mikor gyerek voltam, hallottam egy mondását. Azt kellene rámetszeni.

- Mi az?

- *"Az a fő, hogy ne féljünk sohase."*

- Ez jó - biccentett rá Tinódi. - De így bizony kopár a gondolat. Megálljatok csak...

Az állát a kezére támasztva nézett maga elé. A többiek hallgattak. Egy perc múlva megcsillant a szeme:

- *Ha félsz, nem élsz!*

- Így jó! - kiáltotta Gergely.

Tinódi beleütötte a lúdtollat az ablak szélén álló fakalamárisba, és felrajzolta a kardigét.

Még egy kard volt ottan íratlan. A Dobóé párja. Azt Gergelynek adta Mekcsey.

- Hát erre mit írjunk? - kérdezte Tinódi. - Jó lesz-e ez: *Bornemissza Gergely, szaporábban nyergelj!*

Nevettek. Gergely a fejét rázta.

- Nem. Nekem nem kell vers, csak egy szó. Abban az egy szóban benne van minden vers és minden gondolat. Ezt írja rá, Sebők bátyám: *A hazáért!*

Az ötödik napon betoppant Dobó. Örömmel fogadták. Mióta a ház ura rabul esett, évek óta akkor történt először, hogy felrakták az asztalra az arany- és ezüstedényeket. A házat valami szokatlan derültség sugározta be.

Az asszony mégis a szokott gyászruhájában és ékszer nélkül jelent meg az asztalnál. A szokott helyére ült, az ajtóra néző helyre. Vele szemben is karosszék és teríték. Dobó azt vélte eleinte, hogy a papé, aki késik valahol, aztán eszmélkedett rá, hogy a Török Bálint helye az. Mindig terítenek a ház gazdájának is, mindennap, reggel, délben, este.

Törökné érdeklődéssel hallgatta a híreket, amiket Dobó Bécsből és az országban élő uraktól tudott.

Abban az időben nem voltak újságok, csak levelek útján meg egy-egy vendégtől lehetett megtudni, mi történik a világban, s hogy az úri családok fáján melyik ág törött le, melyik hajtott bimbót.

Csak egy ember neve nem fordult elő sokáig a beszélgetésben: a ház uráé.

Gergely figyelmeztette Dobót, hogy ne említse, ne kérdezze.

De mikor a cselédek kitakarodtak az ebédlőből, maga az asszony kezdte:

- Hát az én szerelmes uramról hallott-e valamit kegyelmed?

S egyszerre elborította a könny az orcáját.

Dobó a fejét rázta.

- Míg ez a szultán meg nem hal, aligha szabadul ő haza.

Nyers őszinteséggel volt ez kimondva, de abban az időben úgy mondták ki az emberek a gondolatukat, ahogy a fejükben megszületett.

Az asszony feje lekókadt.

Dobó bosszúsan csapott az asztalra:

- De hát meddig akar élni? Az ilyen tirannusok nem szoktak tisztes vénségben kimúlni!

És vigasztalón folytatta:

- Ha valami basát rabul lehetne ejteni, kicserélnék érte.

Az asszony szomorúan ingatta a fejét:

- Nem hiszem, Dobó. Az én uramat nem kincstári szerzeményképpen tartják vasban, hanem mint az oroszlánt szokták: mert félnek tőle. Ígértem én már érte mindent - folytatta búsan -, azt mondtam: vegyék el minden jószágunkat; vegyék el minden arany- és ezüstmarhánkat. A basák zsebre teszik, ami pénzt küldök, a szultán meg nem is felel nekik.

- Vagy hogy elő se mernek vele hozakodni.

- Nem lehetne onnan valahogy másképpen kiszabadulni? - kérdezte Mekcsey.

Dobó felelt rá:

- A Héttoronyból? Sose hallottál a Héttoronyról, öcsém?

- Hallottam biz' én. De azt is hallottam, hogy semmi se lehetetlen, ha valaki nagyon akarja.

- Édes Mekcsey öcsém - szólt az asszony -, gondolhatja-e, hogy az én uram meg az ő árván maradt családja nem akarja nagyon? Nem jártam-e érte a királyasszonynál, a barátnál, a budai basánál? Nem csúsztam-e föl térden még Ferdinánd királyhoz is? Meg se mertem írni ezt az én keserves uramnak.

S hogy az asszony szava könnyekbe fulladt, bús hallgatással néztek reá.

Azonban az asszony letörülte a könnyeit, és Tinódihoz fordult.

- Sebők deák - mondotta mosolyt erőltetve az arcára -, könnyekkel vendégeljük-e a házunk barátait? Nosza, vegye elő a lantot, és amiket az uram szeretett hallani, csak azokat, Sebők deák. Behunyjuk a szemünket, míg kegyelmed énekel, és azt képzeljük: ő is közöttünk ül.

Három év óta nem pendült meg a házban a Sebők deák lantja. A fiúk már előre megvidámultak az engedelemtől.

Sebők deák kiment a szobájába, és elővette a gitárforma hangszert.

A *Judit asszony históriájá*-t mondta el csöndes, elbeszélő hangon, miközben a dallamot verte hozzá.

Ez jó vigasztalás volt. Holofernesben[1] mindenki a szultánt értette. De haj, hol van Judit asszony, aki elpusztítaná őt a föld színéről!

Azonban mikor Tinódi az ének közepére ért, egyszer csak megváltozott a dallam az ujjai alatt, s mélyen búgó, lágy hangon más énekbe fogott:

Sírva veszíköl mast szegín Magyarország,
Mert tőle távozék hangosság, vigasság,
Belőle kikele sok fénös gazdagság,
*   És fogságba esék egynéhány uraság.*

Az asztalnál ülőkön fájdalmas borzongás futott végig. Dobónak is kicsordult a könny a szeméből.

- Folytathatom-e? - kérdezte esdő hangon Tinódi.

Az asszony bólintott.

Tinódi aztán elénekelte, hogyan ejtette hálóba Bálint urat a török, hogyan vitte rabláncon magával először Nándorfehérvárra, azután Konstantinápolyba.

A hangja fájdalmas suttogássá változott, mikor az ének végére ért:

Fohászkodik mostan sok gyakor sírással
Asszony feleségöd az két szép fiaddal,
Mert ők élnek mostan az nagy árvasággal,
Sok szomorúsággal, gyámoltalansággal.
Örömök sehol sincs te jó szolgáidnak,
Kik szívvel szeretnek, gyakran fohászkodnak,
Egynehány közülök tétova bujdosnak,
Ha megszabadulnál, mégis sokan várnak.

Itt már maga a lantos is elfulladt a sírásban. Mert hiszen ő volt az tétova bujdosó szolga, aki legjobban siratta az urát.

A két gyermek az anyjára borulva zokogott, s az anya mind a kettőt átölelte.

Egynéhány perc telt így el a szomorú házban, aztán Dobó szólalt meg tompa, keserű hangon:

- Mért nem vagyok én szabad ember! Ha egy esztendőmbe kerülne is, lemennék oda abba a városba, legalább megnézném, hogy csakugyan olyan erős-e az a börtön.

Mekcsey fölugrott:

- Én szabad ember vagyok! És esküszöm a Mindenhatóra, hogy lemegyek! Le én! És, ha lehet, az életem árán is kiszabadítom Török Bálintot!

Gergely is fölpattant.

- Veled megyek! Veled tartok minden veszedelmen át az én uramért, atyámért!

- Anyám - szólt megrázkódva az ifjú Török János -, itthon maradjak-e, mikor van ember, aki apám szabadítására indul?

- Őrültség! - rebegte az özvegy.

---

1 Nabukodonozor asszír király hadvezére, akit a zsidó Judit megölt, amikor Bethulia városát ostrom alá vette.

- Ha őrültség, ha nem őrültség - tüzeskedett Mekcsey -, én amit mondtam, megteszem!

- Én is veled megyek - mondta Tinódi. - A karom béna, de talán az eszemmel használhatok.

- Mit akartok? - beszélt újból az özvegy. - Amit két király meg egy királyi gazdagság nem tudott megtenni, ti megtehetitek-e?

- Jól beszél asszonyunk őnagysága - szólt Dobó a nyugodtságát visszanyerve. - Se pénz, se mesterkedés nem használ, csupán a szultán jóakarata oldhatja meg a bilincset.

- De ha az a jóakarat sohase jön meg? - pattant vissza Mekcsey.

Másnap reggel Dobó továbbment. Nem marasztották. Tudták, hogy rövidre van szabva minden ideje. Mekcsey még ott maradt.

Behívta Gergelyt a szobájába:

- Megvártam, hogy alszunk egyet a tegnap esti beszélgetésünkre. Nem magamért, mert én akármennyit alszok is arra, amit gondoltam, én lemegyek arra a török földre.

- Én meg veled tartok - felelte Gergely határozottan.

- Elvégre is itthon most nincs háború. Aztán ki tudja, hátha találunk valami egérlyukat!

- Ha kudarcot vallunk is, nem lesz okunk szégyelleni.

- Tinódit elvigyük?

- Ahogy gondolod.

- Hát Jancsit?

- Nem ereszti azt el az asszonyunk.

- Hát akkor ketten megyünk. Tinódit hagyjuk itthon. Az öreg nem bírja a kardot, sem a lovaglást.

- Ahogy gondolod.

- Meg aztán mink a fejünkkel játszunk. Az öreget kár lenne a halál útjára vinni. Ő a legtöbbet érő emberek közül való most az országban. Az Isten is azt akarja, hogy ide-oda kóboroljon, és élessze a szívek kialvó tüzét. Ez az ember a nemzet lelkéből kizengő fájdalom.

Az ajtót Török Jancsi nyitotta rájuk. Lovaglóostor volt a kezében, és szarvasbőr salavári[1] sárgállott rajta. A fején széles karimájú debreceni posztósüveg. A lábán sárga csizma.

Mekcsey, mintha valami elbeszélést folytatna, csak éppen rápillantott Jancsira, aztán nevetve szólott:

- Azám: a vörös nyúl házasodik!

És Jancsinak magyarázta:

- Nem ismered, akiről beszélünk, de talán Gergely már emlegette.

- Kit? - kérdezte Jancsi egykedvűen.

- Fürjes Ádámot.

- És kit vesz el? - kérdezte Gergely mosolyogva.

---

1 Bő, buggyos, a boka táján szűkülő, keleti eredetű nadrág.

- Egy fakezű vén embernek a leányát.

Gergely arcából egyszerre elszállott minden pirosság.

- Cecey Évát? - kérdezte csaknem kiáltva.

- Azt, azt. Ismered talán?

Gergely elkövült arccal nézett Mekcseyre.

- Ne komédiázzatok tovább - szólalt meg Jancsi, s a lába szárára csapott az ostorral. - Nem erről beszéltetek ti mostan. Azt gondoljátok, gyermek vagyok? Nem vagyok gyermek többé. Ezen az éjszakán nem aludtam. Van olyan gyümölcs, amelyik egy éjjel érik meg. Én az éjjel férfiúvá érlelődtem.

- Hát elbocsát édesanyád? - kérdezte Mekcsey.

- Nem szóltam neki, de mindegy. Hunyadon igazítanivalók vannak a várban. Azt mondom, hogy bízza énrám.

Mekcsey vállat vont:

- Eszerint indulunk.

- Akár még ma. Én arra öltöztem.

- Megálljatok! - szólt Gergely még mindig halaványan. - Te valamit említettél az imént, Pista. Igaz-e az, vagy csak úgy vaktában koholtad?

- Amit Fürjesről mondtam?

- Az.

- Igaz. Maga az anyja dicsekedett vele, hogy a királyné hadnagyához adja feleségül.

Gergely halványsága vörösre változott. Az erek duzzadoztak a homlokán.

- Mi lelt? - kérdezte Jancsi. - Ismered talán?

Gergely a színéből kikelten járt föl és alá a szobában.

- Hogyne ismerném, hiszen ő az én Évám!

- A te Évádat veszik el? - kérdezte bámulva Jancsi.

- Azt. De én nem hiszem.

És dühösen, szinte toporzékolva kiáltotta:

- Megölöm a bitangot!

Mekcsey a maga nyugalmával akarta csillapítani:

- Megölöd. De hátha az a leány szereti?

- Nem szereti!

- Gondolod, hogy kényszerítik?

- Bizonyosan!

- És te szereted?

- Kisgyerekkorom óta.

- Akkor - mondta Mekcsey - valamit kell tennünk.

És felkönyökölve folytatta:

- De ha teszünk is valamit, te nem veheted el. És hátha mégis összebarátkoztak?

- Hogy gondolsz ilyet! - felelte Gergely.

Mekcsey vállat vont.

- Leveleztetek?

- Hogy leveleztünk volna! Van énnekem szolgám, hogy ide-oda járassam?

Mekcsey megint vállat vont.

A tornácon szapora kopogás hallatszott.

Török Jancsi az ajtóhoz ugrott, és megfordította benne halkan a kulcsot.

A következő percben csattant a kilincs.

Jancsi csendet intett.

Mert az öccse volt a kopogó. Nem akarta, hogy tudjon valamit a vállalkozásról.

4

Izabella királyné Gyalun telelt, s még a tavasz is ott érte. A két ifjú, Gergely és Mekcsey, harmadnapra Gyaluban volt. Török Jancsi nem kísérte el őket, nehogy az anyja megsejtse az összebeszélést.

Törökné mindössze annyit tudott, hogy Gergely elment Mekcseyvel a Ferdinánd hadába, és hogy a nyarat a katonák közt tölti, Demeterkor pedig visszatér.

Azonban az ifjak szándéka akkor már meg volt szőve. Abban állapodtak meg, hogy Gergely megtudja: szereti-e a leány vagy nem? Ha szereti, Gergely nem tehet egyebet, csak azt, hogy búcsút mond az álmainak. Ha pedig nem szereti, akkor Gergely, mintha ott se járt volna, eltűnik. Mekcsey pedig megcsúfolja Fürjest, úgy, hogy ne legyen Erdélyben leány, aki kedvet kapjon arra, hogy hozzámenjen feleségül.

Ha aztán Gyaluban végeztek, a három ifjú Hunyadon találkozik, s indulnak Konstantinápolyba.

A határig lóháton mennek. Jancsi magánál tartja azt a pénzt, amit a vár tatarozására szántak, s még azonfölül is szerez, amennyit lehet, hogy ha kell, pénzzel is dolgozhassanak. Azután a határról vagy derviseknek vagy kereskedőknek vagy koldusoknak öltözve gyalog utaznak tovább, hogy a rablók és a kóbor török katonai csapatok figyelme mellett elcsúszhassanak. Akár sikerül a Bálint úr kiszabadítása, akár nem, két hónap alatt megfordulnak, de talán előbb is, és Törökné nem fog nyugtalankodni a fia miatt.

A két ifjú este érkezett Gyaluba. Egyetlen szolga kísérte őket, akit Mekcsey Debrecenben fogadott fel. Mátyásnak hívták a legényt. Csikós volt azelőtt a Hortobágyon. Azon a kis, deres, török lovon ült, amelyet Mekcsey megtartott az öt közül.

Mindjárt az első háznál megszólítottak egy oláht, hogy adna-e szállást.

Az oláh értett magyarul. Csodálkozva rázta a fejét és a fejével együtt nagy fekete süvegét:

- Nem a lakodalomra jöttetek-e, hogy hozzám akartok szállni?

- De éppen arra jöttünk.

- Hát ha arra jöttetek, miért nem szálltok a kastélyba?

A két ifjú összepillantott.

- Én - mondotta Gergely - nem szállok oda, mert megbetegedtem az úton.

S valóban halovány volt, mint aki beteg.

- Csak a társam száll oda - folytatta. - És ha az első szobád üres, megfizetem.

A fizetés szóra megszűnt az oláhban a csodálkozás: készséggel tárta fel a kapuját a lovasoknak.

- Hát nem késtünk el a lakodalomból? - kérdezte Mekcsey.

- Hogy késtetek volna el, szép úrfiak? - felelte az oláh. - Avagy nem tudjátok-e, hogy holnapután lesz az esküvő?

Mikor a két ifjú magára maradt a szobában, Gergely elcsüggedten nézett Mekcseyre.

- Elkéstünk.

- Magam is azt gondolom.

Gergely leült egy rossz szalmaszékre, és tanácstalanul nézett maga elé.

Mekcsey az ablakhoz állott, és a zöldülni kezdő orgonabokrokat bámulta.

- Azt tartom, legjobb lesz, ha visszatérünk - szólt végre megfordulva. - Egy álommal kevesebb, egy tapasztalással több.

Gergely fölkelt.

- Nem. Az üdvösségemet nem vetem ilyen könnyen a hátam mögé. Egy nap nagy idő. Arra gondoltam, hogy én itt maradok, te pedig fölmégy a kastélyba, és bevegyülsz a vendégek közé.

- És ha kérdeznek?

- Nem hívott-e meg Cecey? A fő az, hogy a leánnyal találkozzál, és megtudd, hogy a szíve szerint választotta-e Fürjest. De ez lehetetlen! Lehetetlen! Lehetetlen!

- Hát jó. Fölmegyek a kastélyba, és beszállok Matyival együtt, ha ugyan elfogadnak.

- Megmondod, hogy Cecey hítt. Az öregnek elvégre az életét mentetted meg.

- Az bizonyos. Magam is azt gondolom, hogy akármilyen orcával fogad is, a vége az lesz, hogy beszállok a kastélyba, és szólok a leánnyal. Ha lehet, még ma; ha nem lehet, akkor holnap. De nem jöhetnél-e velem valamiképpen? Talán mintha inasom volnál.

- Nem. Ha a leány azt mondja, hogy erőltették, akkor jobb, ha nem tudják, hogy itt vagyok.

- Akkor én Fürjest megpofozom!

- Addig ne cselekedj semmit, míg a leánnyal nem beszéltél. Akkor jer vissza azonnal, és majd meglátjuk...

Az oláh asszony puha ágyat vetett Gergelynek, és orvossággal, vizes kendővel kínálta. Hanem biz a beteg le nem feküdt, se virágfőzetet nem ivott, se kendőt nem tett a fejére. Csak föl és alá topogott a szobában, és nagyokat ütött öklével a levegőbe.

Mekcsey reggel visszatért. Gergelyt az asztalnál találta. A mécses égett előtte, s ő maga a két karjára borultan szendergett.

- Miért nem feküdtél le?

- Azt hittem, nem fogok aludni.

- Hát a leánnyal beszéltem. Jól sejtetted, hogy nem a szíve szerint megy Fürjeshez.

Gergely megrázkódott, mintha vízzel öntötték volna végig. A szemébe visszatért az élet tüze.

- Mondtad, hogy itt vagyok?

- Mondtam. Hozzád akart rohanni, de én tartottam vissza.

- Minek tartottad vissza? - pattant fel Gergely.

- Nono. Bizony még nekem ugrasz szép köszönetképpen.

- Ne haragudj! Nekem parázs ég a lábam alatt.

- Hát azért nem eresztettem hozzád, mert utánazúdult volna az egész udvar. Őneki szégyene kelt volna, minekünk meg bajunk.

- Hát mit mondtál neki?

- Azt, hogy én megcsúfolom Fürjest, ő meg adja vissza a gyűrűt.

- Mit felelt? - kérdezte égő szemmel Gergely.

- Azt, hogy őt a királyné késztette a menyasszonyságra, és hogy nem tud szabadulni, mert a szülői is erőltetik. Szóval ez a vén királyné itt a nagy téli unalmában házasításokkal mulatozik. Fürjes persze kap a lányon. A leány meg, hogy kedvében járjon a királynénak, tányérra teszi a szívét, és szép szűzi alázatossággal odanyújtja neki.

- De minek nyújtja neki! Ő, mégis elfelejtett! Elfelejtett.

- Dehogy felejtett. Én mondtam rosszul. Tudom is én, hogyan volt!

- Hát mit mondott? Mondta-e határozottan, hogy nem szereti Fürjest?

- Mondta.

- És velem akar szólni.

- Veled. Azt mondtam neki, hogy ma este odaviszlek.

Gergely föl-alá kerengett a szobában, aztán megint csüggedten roskadt a rossz szalmaszékre.

- Mi haszna, ha ki is vetjük a nyeregből Fürjest? Akkor sem adnák nekem, ha elvehetném. Ki vagyok én? Senki. Sem apám, sem anyám, sem egy kis házikóm. Törökék igaz, hogy úgy neveltek, mintha saját fiuk volnék, de annyira sohase voltam fiuk, hogy ekkora kérésre mertem volna nyitni a számat. És éppen most, mikor az ő fészkük is fel van dúlva!

Mekcsey összefont karral állt az ablaknál, és sajnálkozóan nézett Gergelyre.

- Nem tudom, mit beszélsz, de látom, hogy meg vagy zavarodva. Elvégre ha a leányt el akarod venni, nem kell oda sem apa, sem anya, csak egy kis hajlék. Ha éppen akarod, van nekem egy kis viskóm Zemplénben. Üresen áll. Lakhatod akár tíz esztendeig.

- A házba kemence is kell, a kemencébe kenyér!

- Nem vagy-e tudós? Többet tudsz, mint akármelyik, pap. Manapság keresve keresik a jó íródeákot.

Gergely újraéledt.

- Mondasz valamit!

- A fő most az, hogy Éva ne menjen férjhez. Te a táborba jössz velem, és nem telik bele egy év, lesz annyi fizetésed, hogy eltarthatod őt.

Gergely kapkodta magára a köpönyegét, kardját, süvegét.

- Megyek - mondotta - apjához, anyjához! Megmondom nekik, hogy istentelenség, amit cselekszenek! Hogy...

Mekcsey visszanyomta a szalmaszékre.

- Mégy ám a tüzes pokolba! Bezárnának valami dutyiba, míg az esküvő el nem múlik. Még az orrod hegyét se lássák, azt mondom!

A ház előtt lovasok robogtak el. Érkeztek már a vendégek Kolozsvárról.

Mikor a völgyre leszállt az esti sötétség, Gergely is fölment Mekcseyvel a kastélyba.

Nem kérdezte senki, hogy kicsoda. A kastély rajzott a vendégtől. Az ablakok világosak voltak. Az udvaron fáklyák világoltak, a folyosókon viaszgyertyák. Sötétnek csak az éj volt sötét.

A folyosón is jöttek-mentek, nyüzsögtek az emberek. Gergely szíve elszorult: ennyi ember között hogyan beszélhet Évával?

- Gyerünk a konyhaudvarra - mondta Mekcsey.

A kastélynak a hátulsó részére kerültek. Ott még nagyobb volt a világosság: öles vasnyárson ökröt forgattak a bőrkötényes konyhaszolgák, s bent a konyhán sürgött-forgott a sok fehér ruhás szakácsnép.

- Várj itt - mondotta Mekcsey. - Én be fogok tévedni az asszonyok folyosójára, és megtudom Évától, hogy hol találkozhattok.

Gergely abba a csoportba vegyült, amelyik az ökörsütést nézte. Jobbára kocsinép volt biz az, de ott lebzselt köztük egynéhány apród is.

A kíváncsiság vitte oda őket. A királyi konyháról nagyokat álmodik a nép, de a vidéki urak maguk is szívesen hallgatják, hogy mi hogyan készül az ország legnagyobb konyháján.

Gyalun a kastély és a kert között állt a konyhaépület, s az ősz konyhamester rendeleteire tizenegy szakács és húsz szakácsinas forgolódott benne.

Csak asszony nem volt ott egy se.

A konyha udvarán egy nagy, hízott ökör forgott a nyárson, s jóízű illattal árasztotta el a levegőt.

A sütőmester csupán a botja intésével jelezte, hogy hol kell igazítani a tűzön, hogy egyenletes maradjon a melegség.

A pokoli tűzben és hőségben mozsarak csengettek, aprítókések kattogtak, húsverő buzogányok duhogtak, közben kásarotyogás és pecsenyesistergés, füst, gőz és ételillatok.

Egy nyúlánk apród kiabálva magyarázott a többinek:

- Én itt voltam elejétől, de még a göbölyt[1] sem úgy sütik itten, mint máshol.

A tűz forró lehelete elárasztotta a kis udvart, és megpirosította az arcokat.

Gergely is csakhamar kipirultan állt a többi között, és szórakozottan

---

1 Meghízlalt ökör.

hallgatta az apród elbeszélését.

- Itt ám - folytatta a fiú - egy egész borjút varrtak a göbölybe, a borjúba hízott kan pulykát, a pulykába fogolymadarat tettek.

- Hát a fogolyba? - kérdezte egy sárga ruhás, bamba kis apród.

- Abba - felelte komolyan az előadó - gúnártojást. A legfiatalabb apródnak kell azt megennie.

Kacagtak. A kis apród szégyenkezve vonult hátrább, s ott is hagyta őket.

Félóra múlva csakugyan nekiállt a sütőmester: kibontotta az ökröt, és kivett belőle egy félig megsült pulykát.

Majoránnaillat áradt a nézők orra alá, s étvágyra gerjesztette a nem éheseket is.

Még nem sült meg. Visszatolták a parazsat a göböly alá, és tovább forgatták.

A konyháról hangzó mozsárcsengés, csattogás-kattogás, reszelés, húsdögönyözés megakasztotta a továbbmagyarázást.

De Gergelyt nem is érdekelte. Az urának nagyobb konyhája volt valamikor, s az ilyen ökörsütések gyakrabban történtek Bálint úr váraiban, mint az erdélyi királyasszonynál.

A konyhából egy hajdú friss, meleg cipót emelt ki. Az apródok elkapták tőle, és darabokra tépték. A nyúlánk ifjú, aki az imént magyarázott, Gergelynek is nyújtott egy darabot. Gergely elfogadta. Éhes volt.

A sütőmester, látva az apródok falatozását, megállította a nyársat; és végighúzta az acélt az övén lógó láncos késen. Lekanyarította nekik az ökörnek a két fülét.

Az apródok nagy vivátozással köszönték meg.

Gergely jó étvággyal evett. Oláhéknál bizony nem kapott délre egyebet, csak puliszkát.

Egy kupa bort is kerítettek az apródok.

Gergely is ivott. Aztán kezet nyújtott az apródnak, aki ismeretlenül megvendégelte.

- Bornemissza Gergely vagyok - mondotta a bajuszkáját megtörülve.

A másik is mondott valami nevet, de egyik sem értette a másikét. Eközben a kupa visszatért. Gergely szomjas volt még. Jót húzott belőle.

Mikor leveszi a kupát a szájáról, Mekcseyt látja maga előtt.

Mekcsey hívón intett.

Lementek a kertbe. Homály ült ott a fák és bokrok között. Az udvari zajgás kevéssé hallatszott oda.

Mekcsey megállt egy bodzafa alatt.

- Hát beszéltem a lánnyal. A szeme ki van sírva. Könyörgött anyjának, apjának, hogy ne adják férjhez, hanem majd tehozzád. Azok persze el vannak vakulva a fénytől, a királyné jóságától meg a barát bőkezűségétől. Azzal vigasztalták a leányukat, hogy ők se szerelemből kerültek együvé, mégis megszokták egymást.

Gergely elszorult lélegzettel hallgatott.

- Hát ezért sírt a leány - folytatta Mekcsey. - Hogy csak téged szeret, az már bizonyos.

- És Fürjessel esküszik.

- Nemigen. Azt mondja, hogy szólni akar veled, és szól majd a királynénak is.

- Miért nem szólt neki előbb?!

- Nem kérdezték. Az ilyen királynéféle megszokta, hogy amit ő jónak vél, arra senki nemet nem mond. Meg aztán te a füledet se billegtetted feléje. Azt se tudta, élsz-e vagy meghaltál.

- És ha a királyné nem enged?

- Akkor holnap az oltárnál mond nemet. Mindenre nemet mond. Szép zavarodás lesz. De mindegy: akkor legalább megharagszik rá a királyné, és hazakerül Budára. Te pedig idővel elveszed.

- Csakhogy akkor meg éppen nem adják hozzám.

- Dehogynem. De most ne arról beszéljünk, ami négy esztendő múlva lesz. A leány, ha előbb nem, éjfélkor idejön. Valami ház van itten, üvegház. Azt mondta, hogy abban várd meg. Addig nem fekszik le, míg veled nem beszélt.

A kertben csakhamar rátaláltak az üvegházra. Lámpás égett benne. Három kertész saláták és póréhagymák szedésén hajladozott. Egyik-másik fel is tekintett, de egyik se szólt: gondolták, érdeklődő idegenek.

- Hát, Gergely - mondotta Mekcsey -, én itt hagylak. Mondd, hogy megbetegedtél, vagy színlelj részegséget. Feküdj be valahová, és várd meg a menyasszonyt. Talán én is vele jövök.

S elment.

Gergely valóban úgy érezte, mintha részeg volna. A bor szállott-e a fejébe vagy az indulat? Forróságot érzett a szívében, fejében egyaránt, valami dühös forróságot, amely a kezet ökölbe szorítja.

Végigsétált az üvegházban a citromfák, múzák,[1] kaktuszok és fügefák között. Nyugtalanul és egyre sebesebben járt föl és alá. Egyszer csak kilódult az üvegházból. A süvegét a szemére vonta, kezét a kardjára szorította, és ment, rohant fel a kastélyba.

- Az örömszülék szobája melyik? - kérdezte a folyosókon.

Az inasok eligazították.

Fehér ajtós szoba volt az. Rajta, mint minden ajtón, fekete táblácska, és azon a vendég neve krétaírással.

Gergely bekopogott.

A fakezű öreg az asztal előtt ült ingujjban. A felesége éppen rozmaringolajat dörzsölt az ura ősz hajára.

Gergely nem csókolt nekik kezet, csak éppen meghajolt, és állta a két öreg ráfagyott tekintetét.

- Uramapám - kezdte Gergely.

Aztán, hogy az *apám* szót nem érezte alkalmasnak, újrakezdte:

---

1 Forró égövi növény; banánfa.

- Tisztelt uram. Ne bosszankodjon, hogy itt vagyok. Nem a lakodalomra jöttem, és nem is fog belém botlani senki. Még csak azért se jöttem, hogy emlékeztessem kegyelmeteket egy régi ígéretükre, mikor a kis Évát a törököktől megszabadítottam.

- Mit akarsz! - hörkent rá az öreg Cecey.

- Csak azt akarom megkérdezni - felelte Gergely rendületlenül -, tudják-e, hogy Vica nem szereti a vőlegényét?

- Mi közöd benne! - fortyant rá az öreg. - Mit harsogsz itt nekem! Takarodj innen!

Gergely összefonta a karját:

- Boldogtalanná akarják-e tenni a tulajdon édesleányukat?

- Hogy mersz bennünket kérdőre vonni, te! Te cenk! Jobbágy kutya! - kiáltott az öreg a színéből kikelve.

És az asztalon heverő fakezet ragadta fel, hogy Gergelyhez vágja.

Az asszony azonban lefogta az öreget, és Gergelyhez fordult.

- Eredj, fiam, innen! Ne rontsd meg a lányunk szerencséjét! Tik gyerekésszel azt gondoljátok, hogy szeretitek egymást, de látod, az a fiatalember már hadnagy...

- Én is az leszek!

- Az már nem *lesz*, hanem most az. A királyné akarja ezt a házasságot. Eredj innen, az Isten szerelmére kérlek!

- Fürjes csak gyáva tányérnyaló! Vica engem szeret. Vica csak velem lehet boldog! Ne törjék össze a szívét! Várjanak rám, míg elvehetem. Esküszöm, hogy érdemes ember lesz belőlem!

És könny csillogott a szemében. Letérdelt eléjük.

Az öreg bőszülten ordított rá:

- Takarodj, míg ki nem rúglak!

Gergely fölkelt. Megrázta a fejét, mint aki rossz álomból ébred.

- Cecey uram - szólott megkeményülten, komoran. - E pillanattól fogva nem ismerem kegyelmedet. Csak annyit fogok tudni, hogy azok az aranyak, amelyeken az anyám vére van, kegyelmednél vannak.

- Háromszáztizenöt - rikácsolta az öreg. - Fizesd meg neki, asszony. Ha semmi se marad is, fizesd meg!

Ezt mondva a derekához kapott. Előrántott onnan egy keskeny bőrövet, és kiöntötte az aranyakat Gergely elé.

Az asszony kiolvasta az asztalra Gergelynek az örökséget, jobban mondva: hadi szerzeményét. Gergely berakta a zsebeibe.

Pillanatig még állt. Azon gondolkozott tán, hogy van-e valami köszönnivalója? Hogy a pénzét őrizték? Nem neki őrizték, hanem a leányuknak.

Szótlanul meghajolt, és otthagyta őket.

Sápadtan kószált végig a folyosón. Imitt-amott egy díszes öltözetű úrba ütközött, majd a falhoz állott, hogy egy másodmagával közeledő kövér úrnak utat engedjen.

A szeme eközben az átellenes ajtóra esett, s azon a Mekcsey nevét olvasta.

Benyitott. A szobában nem volt senki. Az asztalon gyertya égett.

Gergely rávetette magát az ágyra, és sírt. Miért sírt? Maga se tudta. A zsebe tele volt pénzzel. Úrrá és szabad emberré lett abban az órában. És ő mégis árvaságot és elhagyatottságot érzett. Mennyi sértést, mennyi megvetést kellett eltűrnie!

- Te pogány vénember, fából van neked a szíved is!

A kastély falait kürthang rázta meg. Jel volt az arra, hogy gyülekezzenek a vendégek a vacsorára.

A folyosón mindenfelé nyiladoztak az ajtók, s egyik-másik be is csapódott. A folyosó márványkockáin sok csizma kopogott végig.

Aztán szünet következett, s a szünetben benyílott a szobának az ajtaja.

- Mekcsey - szólt halkan egy női hang.

Gergely fölugrott.

Éva állt előtte rózsaszínű selyemruhában.

Egy kis megdöbbenés, egy halk sikoltás, aztán a két fiatal egymás karjaiba omlott.

- Évicám! Évicám!
- Gergely!
- Eljössz-e velem, Éva?
- Akár a világ végére is!

Körülbelül hetvenen ültek a vacsoraasztalnál. Több mint fele udvari nép. A másik rész a vőlegénynek meghívott rokonai.

A királyné a fiával együtt az asztalfőn. Mind a ketten zöld bársonyban. Mögöttük koronát ábrázoló virágfüzérek a falon is. A királyné balján Fráter György, a kis király mellett a menyasszony s amellett az örömanya.

A menyasszonnyal szemben ült a vőlegény.

A vacsora csöndesen kezdődött. Az emberek csak itt-ott, suttogva beszéltek. A harmadik fogás után felkelt György barát, és köszöntőt mondott az új jegyespárra. A köszöntőben a királynét szerencsecsillagnak nevezte, a menyasszonyt liliomnak, a vőlegényt a szerencse kedveltjének. Ide is, oda is vetett egy virágot, egy cukrocskát a szavában, s még akik ellenségei voltak is, szívesen hallgatták.

Akkor már, hogy a java borok kerültek az asztalra, megindult a beszélgetés. Persze csak halkan beszélgettek, és ki-ki csak a szomszédjával.

- Miért nevezik ezt siratóestének? - kérdezte az egyik.

- A menyasszony siratja a leányságát.

- De hiszen nem sír. Olyan jókedvű, mintha örülne, hogy vége a leányságának.

- Csodálom, hogy elbocsátja a királyné.

- Nem bocsátja el. Csakhogy eddig palotás leány volt, ezután meg palotás asszony lesz.

Vacsora után egy új énekest mutattak be a társaságnak. Valahonnan

Olaszországból jött, s a királynénak már bemutatta a művészetét.

Míg énekelt, a menyasszony odaszólt halkan, álmodozó arccal az édesanyjának:

- Anyám, mi lenne, ha én ma meghalnék?

Az asszony megdöbbenve pillantott a leányára, de hogy a leány elmosolyodott, csak feddéssel válaszolt:

- Hogyan beszélhetsz ilyent, leányom!
- De mégis...
- Ugyan, ugyan.
- Megsiratna?
- Utánad halnék apáddal együtt.
- De ha én egy hónap múlva feltámadnék, vagy talán kettő múlva, és betoppannék a budai házukba?

Az asszony bámulva nézett a leányára.

Éva mosolyogva folytatta:

- Hát lássa, akkor megbánnák a földben, hogy úgy siettek az utánamhalással.

S fölkelt. A királyné mögé került. A füléhez hajolt, és valamit sugdosott belé.

A leány kisietett a szobából.

A vendégek az énekesre figyeltek. Szép bariton hangja volt. Tetszett. Tapsoltak.

- Mást, mást is - mondta a királyné.

S az énekes félóránál is tovább mulattatta a vendégsereget.

Éva távozását csak az anya látta, és egyre nyugtalanabban forgatta elméjében a leánya szavait.

Mikor végre az olasz végezett, az ajtónálló bekiáltotta: - Új énekes! Névtelen!

Minden szem az ajtóra fordult, de csak egy karcsú, tizenötévesforma fiút láttak. Cseresznyeszínű atlaszruhába volt öltözve; köntöse fél combig ért. A derekán kis, aranyozott markolatú kard. A fejét lehajtva jött. Hosszú haja elfödte az arcát. A királyné előtt térdet hajtott.

Aztán fölemelkedett, s megrázta a haját, hogy az arca kitessék.

A vendégek kiáltottak meglepődésükben, mert az énekes maga a menyasszony volt.

A királyné egy apródja hárfát vitt utána, s a terem közepén átnyújtotta neki. A menyasszony gyakorlott kézzel pengette végig.

S énekelt.

A királyné iránt való figyelemből lengyel dalon kezdte, amit magától a királynétól tanult. Csodás ezüsthang. Még a lélegzet is elállt a hallgatókban.

Fölváltva énekelt azután magyar dalt, oláh kesergőt, olasz, francia, horvát és szerb dalokat.

A vendégek minden dal után lelkesülten tapsoltak.

- Nagy ördög ez! - szólalt meg a Mekcsey szomszédja, egy udvari méltóság.
- Meglásd, öcsém, még táncolni is fog.
- És mindig ilyen víg? - kérdezte Mekcsey.
- Mindig. A királyné régen halálra búslakodik, ha ez a lány nincs mellette.
- Jól jár vele az a... Fürjes.

Azt akarta mondani: *veres.*

A beszélő vállat vont:

- Anyámasszony ember. Meglásd, hogy ez megy helyette még a hadba is. Mert ez még hadakozni is jobban tud.
- Fegyvert is forgat?
- Micsoda? Olasz vívókat győzött le a nyáron. Aztán hogy lő, hogy lovagol! Hét férfi kitelnék ebből, s még mindig maradna benne egy tüzes ördög.

Az így megdicsért menyasszony ismét magyar nótába kezdett, amelynek az volt mindig a cifrája:

Eriggy, legény, szaporán
Daruszőrű paripán
Kedvesedhez!

A vendégek ismerték ezt a dalt, de a várt cifrát így hallották a menyasszonytól:

Eriggy, legény, szaporán
Daruszőrű paripán
Gergelyedhez!

S hogy a menyasszony ezt énekelte, a tekintete végigsiklott a vendégsoron, és Mekcseyn állapodott meg.

A vendégek nevettek. Azt gondolták, hogy a *Gergelyedhez* tréfás változtatás.

Mekcsey azonban megrezzent. Mikor a menyasszony a második szakasz végén is őrá pillantott, kihörpintette a borát, és elosont.

Lefutott a lépcsőn, és bekiáltott az istállóba:

- Matyi! Balogh Matyi!

Lélek se felelt. Föl kellett keresnie a szolganép között a kocsisokat. Ittak azok fakupából, cserépkantából, de még csizmából is a konyhaudvaron.

Valahogy ki tudta közülük választani a szolgáját. De haj, milyen állapotban! Matyi csak ember volt, míg az asztalnál ült, de amint fölállott, nem volt ember.

Valami tízen hevertek már az asztal alatt s a fal mellett. Aki az asztal alatt hevert, azt csak hagyták, de aki kívül bukott a padon, azt keresztül-kasul egy halomra húzgálták a fal mellé.

Matyi fölkelt, azaz csak fel akart kelni, amikor megismerte a gazdáját, de csakhamar vissza leült, mert érezte, hogy ő is átbukik a padon, s odakerül a fal mellé.

- Matyi! - ordított rá Mekcsey. - Az apád rézcsákányát, hol a lovam?!

Matyi újból felkelt, és az asztalra tenyerelt.

- Ott van.

- De hol?
- A lovak közt.

És a szeme héját emelgetve folytatta:

- Lónak lovak közt a helye.

Mekcsey mellen ragadta az embert:

- Beszélj okosan, mert mindjárt kirázom a lelkedet!

Rázhatta azt. Részeg volt annak a lelke is.

Mekcsey odalökte őt a többi közé, azután az istállóba sietett, hogy maga keresse meg a lovát.

Az istállómester is részeg volt, Mekcsey akár valamennyi lovat elvihette volna tőle.

Végigment hát a sötét istállón, és nagyot kiáltott:

- Muszta!

Az egyik sarokból nyerítés felelt a szavára. Ott zabozott a sárga, s mellette a Matyi lova. Mekcsey egy félrészeg szolga segítségével fölnyergelte mind a kettőt, s eltávozott, anélkül hogy valaki kérdezte volna, miért megy el ilyen korán, a vacsora vége előtt.

Gergely már az oláh házban, az udvaron várta. A lova fölnyergelten kapált a kerítés mellett.

Az éj hűvös volt. A felhők állani látszottak. A hold azonban, mint egy fél darab ezüsttányér, lassan szállt fellegről fellegre, és halvány világossággal árasztotta el a tájékot.

- Eljöttem - mondotta Mekcsey. - Úgy értettem, hogy iderendelt a menyasszony.

- Jól értetted - felelte Gergely. - Az éjjel megszökünk.

Alig félóra múlva köpönyeges, nyúlánk emberárnyék jelent meg a ház előtt. Gyorsan feltárta az ajtót, és beszökkent.

Vica volt.

Abban a cseresznyeszínű atlaszruhában szökött el, amelyikben énekelt.

5

A drinápolyi országút csakolyan poros, kerékvágásos országút, akár a gyöngyösi, akár a debreceni. Hanem ha az a sok könny, amely arra az útra lecsöppent, valami gyönggyé változna, de sok volna a világon abból a gyöngyből! S neveznék talán magyar gyöngynek!

A városok végén álló vendégfogadó egy-egy kis Bábel. A világ mindenféle nyelvén lehet benne beszélni. De hogy meg is értik-e egymást, az már más kérdés. S főképpen azt nem értik meg, mikor egy-egy úri élethez szokott ember különszobát, tiszta ágyat s más efféle különlegességeket kíván.

A fogadó, vagyis amint ott mondják: *karavánszeráj*, egyforma a Kelet minden helységében. Nagy, ólmos tetejű épület; az udvarát embernyi magas kőfal keríti. A kőfal mellett belől egy másik kis alacsony és széles hátú, falféle kőépítmény van.

Azt mondanám róla, hogy ágy, de nem ágy, mert csak egy széles, lapos fal.

De ha meg azt mondom, hogy fal, akkor mégiscsak inkább ágy, mert az utasok arra húzódnak fel, hogy a béka bele ne ugráljon éjjel a zsebükbe.

A töröknek azonban olyan nyugvóhely kell. Azon főzi meg a vacsoráját, ahhoz köti a lovát, s azon alszik. Ha éppen megesik, hogy a ló hozzáüti éjjel a fejét a gazdájáéhoz, hát pofon csapja a lovát, de egyúttal megnyugszik, hogy megvan a lova. A másik oldalára fordul, és alszik tovább.

Egy májusi estén két fiatal lovas török érkezett a drinápolyi karavánszerájba. Magyaros ruha volt rajtuk: szűk, kék nadrág, kék atilla, sárga kendőöv, az övükben handzsár; vállukon bő, rozsdaszínű teveszőr köpönyeg, amelynek csuklyája a fejükre volt húzva. Első szempillantásra is látszott, hogy *delik*, akik csak háborúban szolgálják az igaz hit zászlaját, azontúl pedig rablásból élnek. A magyaros ruha voltaképpen török ruha: keleti nép mind a kettő. A delik mind törökök.

A karavánszerájban nem törődik velük senki. Legfeljebb a kocsijuk érdemes a megnézésre, mert két szép rab ifjú ült benne, s két szép vezeték ló van hozzákötve.

A kocsis is rab, és az is fiatal. A rabok vagy magyarok, vagy horvátok, de hogy ketteje úr, az látszik a kezükön, arcukon. No, akárhol zsákmányolt az a két deli, jól pénzelhet a rabokból!

A karavánszeráj udvarán mindenféle nép sokadozik. Török, bolgár, szerb, albán, görög és oláh; asszonyok, gyerekek, kereskedők és katonák, mind zajos kevergésben. Az az egy országút olyan, mint a Duna: minden abba ömlik. Nem csoda hát, hogy a karavánszerájok minden este és minden reggel a bábeli nyüzsgést és nyelvkavarodást ábrázolják.

A nap már leszállóban. Az emberek itatnak. Ki lovat itat, ki tevét. A kőfalon is mindenki siet biztosítani a maga helyét. Gyékényt vagy szőnyeget terít rá. Akinek meg nincs se gyékénye, se szőnyege, szénát, szalmát nyalábol oda, hogy a kő fel ne törje a derekát.

Ahogy a két deli megállapodott az udvaron, az egyik - egy alig tizennyolc éves, bátor tekintetű ifjú - a vendéglősért kiáltott:

- Mejhanedzsi!

Köpcös, turbános ember lépett ki a szóra a tornác alól, s kérdezte, hogy mivel szolgálhat.

- Van-e szobád, mejhanedzsi? Megfizetem.

- Ezelőtt egy órával foglalták el - felelte a vendéglős.

- Ki foglalta el? Megfizetek neki is, ha átengedi.

- Azt ugyan bajos lesz megfizetned. A jeles Altin aga szállott belé!

És tisztelettel intett a tornác felé, amelynek kövén kis szőnyegen egy hollóképű, fekete török ült. A lábát maga alá vonta törökösen.

Az öltözetéről látszott, hogy csakugyan úr. A turbánján két fehér strucctoll. Mellette szolga, aki legyezi. Másik szolga meg, aki italt kever neki. Az udvaron forgott még valami húsz olyan félpiros, félkék szolga. Ittak, főztek. Egyik az aga fehérneműjét mosta a kútnál, másik az ágynak való szőnyeget bontotta le a teve hátáról. Vastag és drága gyapjúszőnyeg.

No, ettől csakugyan bajos elkérni a szobát.

A két deli kedvetlenül fordult vissza a kocsihoz. A kocsis csakhamar leszerszámozott. A rabok kezéről leoldta a kötelet. A lovakat megitatta. Azután ő is tüzet rakott a kőfal tetején, és kondért állított oda, hogy vacsorát főzzön.

A két ifjú rabon nem látszik semmi szomorúság. Az igaz, hogy a két török meg is becsüli. Ott esznek együtt a bográcsból, s egy kobakból is isznak. No, előkelő rabok lehetnek.

Az aga is vacsorázik már. A rizskásás ürüt ezüsttálban tette eléje a szőnyegre a szakácsa. Csak az ujjával eszik, mert hát késsel és villával enni fölösleges is, illetlen is. Csak a tisztátalan, kutyahitű gyaurok esznek szerszámmal és asztalról.

A két deli mellé egy félszemű, mezítlábas dervis telepedik. Semmi más ruha nincs rajta, csak egy bokáig érő, rozsdaszínű szőrköpönyeg. A köpönyeg madzaggal van körülkötve a derekán, s a madzagon olvasó és kopott kókuszdiócsésze lóg. A fején nincs süveg. Hosszú, kócos haja csomóba van kötve. Az a süvege. A kezében rézholdas, hosszú bot. Ruhája szürke az úti portól.

A dervis odakutyorodik a falra, s végignéz a mellette vacsorázó társaságon.

- Nem vagytok-e a próféta hívei? - kérdi komolyan a deliktől.

Azok bosszúsan tekintenek rá.

- Tán jobban is, mint te - feleli a fiatalabbik, egy barna arcbőrű és csillogó fekete szemű ifjú. - Mert ugyan sok az olyan csavargó dervis, amelyik csak a hasával tiszteli a prófétát.

- Azért kérdem - feleli a dervis, az apadt szemét dörzsölgetve -, mert együtt esztek a tisztátalanokkal.

- Már ezek is igazhitűek, janicsár - válaszolja félvállról a deli.

A dervis rábámul a delire, és hosszúra nőtt, tizenhárom szál szakállát végiggereblyézi az öt ujjával.

- Honnan ismersz engem?

- Honnan ismerlek? - feleli mosolyogva az ifjú. - Vitéz korodból ismerlek, mikor még a padisah fegyverét viselted.

- Hát olyan régen forogsz te táborban?

- Öt éve.

- Nem emlékszem rád.

- De hát mért hagytad ott a dicsőség zászlaját?

Mielőtt a dervis felelhetett volna, éktelen nagy rikoltás hangzott a tornác felől, de olyan, hogy a lovak bokrot ugrottak tőle.

Az aga volt a rikoltó. Az ifjak odanéztek, hogy mi lelte. Nem láttak egyebet, csak azt, hogy az aga képe ki van vörösödve, és iszik.

- Mi lelte ezt az embert? - kérdezi a deli a dervist.

A dervis megvetően int a kezével.

- Nem látod-e, hogy bort iszik?

- Hogy látnám? Hiszen csutorából issza.

- Te talán nem vagy született muzulmán?

- Bizony, barátom, én dalmátnak születtem. Csak ezelőtt öt évvel ismertem meg az igaz hitet.

- Így már értem - felelte nyugodtan a dervis. - Hát tudd meg, hogy az aga azért rikolt, hogy a lélek lekotródjék a fejéből a lábába, amíg iszik. Mert a lélek a fejben lakik, és a másvilágra száll, mikor meghalunk. Ott pedig, tudod, hogy a borivásért megbüntetik az igazhívőt.

- De ha nem bűnös a lélek?

- Hát ez is azt gondolja, hogy a lelkét nem érinti a bűn, ha elriasztja egy percre. De már én csak azt gondolom, hogy nem jó az efféle mesterkedés.
Sóhajtott:

- Az imént azt kérdezted tőlem, hogy miért hagytam oda a szent zászlót.

- Azt ám. Mert hiszen te vitéz katona voltál, és hát fiatal is vagy még: harmincöt éves ha vagy.

A dervis elégedetten pillantott. De aztán megint csak búsra vált az arca. Legyintett.

- A vitézség szerencse nélkül nem ér semmit. Én mindaddig vitéz voltam, míg megvolt az amulettem. Egy haldokló, öreg bégtől kaptam én azt, csatatéren. Valami hősnek a lelke van benne. Az a hős a próféta mellett harcolt. De a lelke most is harcol azzal, akinél a gyűrűje van. Azután rabul estem, és egy pap elvette tőlem. Míg az velem volt, nem fogott engem se golyó, se kard. Mihelyt az nem volt velem, egyik seb a másik után ért! A tisztjeim gyűlöltek. Apám, a híres Oglu Mohamed budai pasa, elkergetett. Bátyám, a híres Arszlán bég, összeveszett velem. A társaim megloptak. Rabságba is kerültem egypárszor. Elhagyott engem minden szerencse.

A deli a dervis bal kezére nézett, amelyen a mutatóujj hosszában nagy sebforradás vöröslött. Mintha valamikor levágták volna a mutatóujját, le hosszában csuklóig, s megint visszaforrasztották volna.

- A kezeden is van forradás.

- Van. Egy évig nem is tudtam mozgatni. Végre egy szent dervis azt ajánlotta, hogy forduljak meg Mekkában háromszor. Hát lásd, már az első fordulásnál meggyógyult.

- Eszerint dervis maradsz.

- Nem tudom. Azt hiszem, visszatér mégis a szerencsém, és ha még kétszer megjárom a szent utat, ismét beállhatok a seregbe. De haj, míg az amulettemet meg nem találom, minden bizonytalan.

- Hát reméled, hogy megtalálod?

- Ha kitöltöttem az ezeregy napot, minden lehetséges.

- Ezeregy napot vezekelsz?

- Ezeregy napot.

- És a mecseteket járod.

- Nem, csak az utat Pécstől Mekkáig. És mindennap elmondom az olvasót s ezeregyszer az Allah nevet.

- Bámulatos, hogy ilyen okos ember, mint te vagy...

153

- Allah előtt senki sem okos. Férgek vagyunk.

A dervisnek már akkor a kezében volt a hosszú, kilencvenkilenc szemű olvasó. Imádkozásba fogott. A kocsis eltakarította a vacsorát, és szőnyegeket szedett elő. Kettőt a falra terített. A harmadikkal a kocsiborítót takarta be. A legfiatalabb rab foglalta el ágynak a kocsit. A kocsi rúdját felvonták a falra. Az egyik deli odafeküdt a rúd mellé, s vánkosul nyerget tett a feje alá.

Az őrködni fog, míg a többi aluszik.

A hold szinte nappali világossággal árasztotta el a karavánszerájt. Látni lehetett, mint fekszenek az emberek keresztül-kasul a falon, s mint készülnek az éjjeli nyugovásra. Csak a lószag és hagymaszag összevegyült bűze nem nyugodott el, meg egy denevér, amely ide-oda illant az udvar fölött.

Egy vörös hajtókás szolga lépkedett át az udvaron, s a nyugodni készülő deli előtt állt meg.

- Az aga hívat. Szólni akar veled.

A másik deli nyugtalanul emelkedett fel az ágyáról, s hogy a társa szótlanul engedett az aga hívásának, utánanézett. Felkötötte a kardját, amely leoldottan hevert mellette.

Az aga még mindig ott ült a tornácon. De már nem rikoltozott. Vörös képpel bámult a holdvilágra.

A deli meghajolt előtte.

- Honnan jössz, fiam? - kérdezte az aga.

- Budáról, uram - felelte a deli. - A pasának mostanában nem kellünk.

- Olyan gyönyörű lovakat hoztál, hogy nem győztem nézni. Eladod?

- Nem uram.

Az aga dühös pillantást vetett az ifjúra.

- Láttad az én lovaimat?

- Nem néztem, uram.

- Hát holnap nézd meg. Ha valamelyik megtetszik, talán cserélhetünk.

- Lehet, uram. Parancsolsz még valamit?

- Mehetsz.

És az aga összevont szemöldökkel nézett a deli után.

Már mindenki aludt. Az aga is a szobájába tért, és lefeküdt a fehér fátyolos ablakok mögé. A fogadó udvarát emberhorkolás és lovak zabropogtatása töltötte be. Minden percben hallatszott egy lódobbanás, de mindez nem zavarta az alvókat. Az utazók fáradtak, és úgy alszanak, mintha csendben és selyemágyban aludnának.

A hold lassan emelkedett az égen, mint egy kettétört aranytálnak a fele.

Mikor már nem mutatkozott senki ébren, az idősebbik deli fölemelte a fejét. Körülnézett. A rab ifjú is fölmozdult.

És összedugták mind a hárman a fejüket.

- Mit akart az aga? - kérdezte magyarul az idősebbik deli.

- A lovaink tetszettek meg neki. Meg akarta venni.
- És te mit mondtál?
- Azt, hogy nem eladó.
- Persze hogy nem eladó.
- Azzal váltunk el, hogy holnap cserélünk. Valamelyik lovával elcseréljük a mienket.

A kocsi szőnyege szétvált, és a legfiatalabbik rab szép metszetű arca hajolt ki belőle.
- Gergely...
- Pszt - felelt a harmadik deli. - Mit akarsz, Vicuskám? Nincs semmi baj. Aludjál.
- Mit akart az aga?
- Csak a lovunkat kérdezte. Aludjál, kedves.

És ahogy közel volt a két arc, halk csókban érintkezett.

Aztán a három ifjú még egypár szót váltott.
- Nincs mit félnünk - bizakodott Gergely. - Mihelyt virrad, továbbindulunk, és itt hagyjuk az agát a lovaival együtt.
- Hanem én holnap nem leszek rab - mondta Török Jancsi. - Legyen Mekcsey holnap a rab. Unalmas így összekötözött kézzel kocsikázni. Aztán ez a sok arany rettenetesen nyom. Mégis okosabb volna a kocsiba rejteni.
- Jó, jó - felelte Gergely -, hát leszek én holnap rab szívesen, de mikor öltözünk át? Az éjjel nem lehet, mert hátha az aga mégis korábban ébred.
- Hát akkor holnap, Gergely, majd útközben. Ördög hurcolja el ezt az agát! Mekcsey a fejét rázta.
- Nekem se tetszik. Az ilyen urak nincsenek arra szokva, hogy holmi rongyos deli megtagadja a kívánságukat.
- Csak arra vigyázzatok - mondotta Gergely -, hogy ha valaki közelünkben van, magyarul ne beszéljetek. Ez a dervis is ért magyarul.

A dervis mellettük feküdt.

Össze volt guborodva, mint a sündisznó.

Reggel, mikor a nap éppen kelt, az aga kilépett az ajtón, és óriási ásításban eresztette ki a maradék álmot a fejéből.
- Bandzsal - szólt az előtte hajlongó szolgának -, hol a két deli?

A szolga kereső pillantással fordult az udvar felé.

Az ajtó mellett ott guggolt a dervis. Az aga szavára fölkelt a helyéről.
- Elmentek, uram.
- Elmentek? - hördült el az aga. - Elmentek?
- El.
- Hogy mertek elmenni?
- Éppen azért várlak, uram. Az a két deli nem rendes járatú ember.
- Honnan tudod?
- Az éjjel kihallgattam őket.
- Mit beszéltek?

- Mindent összevissza. De főképpen azt, hogy a magadfajta emberrel nem jó találkozniuk.

Az aga szeme elmeredt.

- Akkor el kell venni tőlük a lovakat, a rabokat, a kocsit, mindent.

És ahogy ezt mondta, a hangja minden szónál emelkedett. Az utolsó szónál már ordított.

- Pénzük is van - folytatta a dervis. - Az egyik rab azt mondja, hogy az aranyat nem bírja cipelni.

- Arany? Hé, szpáhik! Lóra valamennyien! Utána a két delinek! Idehozzátok őket akár holtan, akár elevenen! De főképpen a kocsijukat.

A következő percben huszonkét lovas szpáhi robogott ki a szeráj kapuján.

Az aga utánuk tekintett. Aztán a dervishez fordult:

- Mit beszéltek még?

- Nem értettem mindent. Halkan beszéltek. Annyi bizonyos, hogy magyarul beszéltek, és hogy az egyik rabjuk nő.

- Nő? Azt nem is láttam.

- Férfiruhába öltöztették.

- Szép?

- Bűbájos.

Az aga szeme élénken pislogott.

- A zsákmányból megkapod a részedet.

S befelé indult.

- Uram - kiáltotta utána a dervis -, én janicsár voltam. Nem engednéd-e meg, hogy lóra üljek?

- De magam is megyek - mondta a feltüzesedett aga. - Hát csak nyergeltess nekem is!

Kardot kötött, és csakhamar lóra fordult.

A konstantinápolyi országúton utolérték a huszonkét fegyveres szolgát. Azok meglátták, hogy az uruk utánuk vágtat. Visszatekingettek. Az aga intett nekik, hogy csak előre!

Az országút fehéren porzott a lovak patkója alatt.

Két óra nem telt belé, a csapat ujjongó ordítása hírelte az agának, hogy a szolgái látják már a kocsit.

A szolgák akkor már a dombtetőn jártak, s hogy az országút lejtőre hajlott, eltűntek az aga szeme elől.

Az aga alig várta, hogy ő is felérjen az országút magasára.

Megsarkantyúzta a lovat, és a dús zsákmány érzetétől lobogva vágtatott. Mögötte a dervis mint valami szőrös ördög ült a lovon. Szorította és verte a lovát. A haja kibomlott a csomóból, és olyanná vált a feje, mint valami nagy, kócos pemet. Az agától hirtelenében kapott kardot nem is volt még ideje felkötni, csak a kezében tartotta, s azzal ütötte a lovat, hol elöl, hol hátul.

A dombon aztán látta az aga, hogy az üldözöttek még jó távol járnak, de már megszimatolták a veszedelmet.

Íme, a két rab is lóra pattan, s fegyvert kap elő a saroglyából. A kocsis holmi apróságot kapkod ki a kocsiból: szétosztja a lovasok között. Azok a nyeregkápába és elejébe rakodnak. Azután lekutyorodik a kocsis a kocsi alá. A kocsi alól fehér füst száll fel. Akkor a kocsis lóra kap, és elvágtat a négy lovas után.

Az aga ámuldozik.

- Micsoda rabok ezek - kiáltja hátra a dervisnek -, hogy nem akarnak szabadulni?

- Mondtam, hogy kutyák! - üvölti a dervis.

A tűz már belekap a kocsiba. A katonák zavartan állnak körülötte.

- Oltsátok! - kiáltja az aga. - Verjétek szét a kocsit!

Aztán ismét kiált:

- Csak három maradjon. A többi utána az ebeknek!

Abban a pillanatban nagyot lobban a kocsi, és nagy dördüléssel veti szét a lángot.

Nem marad a téren se kocsi, se ember, csak az egy borzas dervis, aki a levegő rúgásától és robbanásától megsiketülve áll, mint a boszorkánymacska a kémény tetején.

- Mi volt ez? - bődült el az aga az országút porában, ahova a lova levetette.

A dervis le akart szállni a lováról, azonban az ő lova is meg volt zavarodva. Hátrafelé táncolt, s két lábra állott.

Majd őrült iramodással vágtatott neki a mezőnek. A dervist a levegőbe dobálva ugrált árkon-bokron át, miközben fehér tajtékot szórt a szájából.

Az aga feltápászkodott. Kiköpte a port, és pogány káromkodással mérgelődött.

Körülnézett.

Az országút mint valami csatatér: vonagló lovak és heverő szpáhik; a kocsi helyén egy nagy semmi; az út felett széles, diószínű, barna felhő, amely az imént a kocsi volt.

Az aga lova is elszaladt. A hollóképű úr azt se tudta, mihez kapjon.

Végre megindult sántikálva a katonáihoz.

Hát biz azokat szétvetette a robbanás. Kinek a feje, kinek a lába hevert a porban; aki meg egészben maradt, arra se volt jó ránézni.

Az aga látta, hogy egyik se mozdul, hát leült az árokpartra, és nézett bután maga elé. Talán azt hallgatta, hogy hol és miért harangoznak olyan nagy zúgással? Persze nem harangoztak sehol, csak a füle zúgott.

Abban a siket tyúk állapotban találta őt félóra múlva a dervis, aki a maga vad paripáját csurgó vizesre nyargalta, s visszatért.

Odakötötte a reszkető paripát egy útszéli bükkfához, és az agához sietett.

- Mi bajod, uram?

Az aga a fejét rázta.

Semmi.

- De valamidet csak megütötted!

- A tomporomat.

- Áldott legyen Allah, aki megszabadított ebből a veszedelemből!
- Legyen áldott! - ismételte gépiesen az aga.

A dervis sorra járta az úton és út mellett heverő lovakat: hogy lábra állíthatná-e még valamelyiket. No nem. Amelyik élt is, úgy meg volt nyomorodva, hogy csak a hollók becsülhették még valamire.

Visszatért az agához.

- Uram - mondotta -, vissza tudsz-e jönni a magad lábán? Vagy feltegyelek erre a lóra?

Az aga a lába szárát, térdét dörzsölte.

- Ezt megbosszulom! De honnan szerezzek lovat és katonát?

És bután nézett a dervisre.

- Azok az átkozottak bizonyosan Sztambulba igyekeznek. Ott megtalálhatjuk őket - vélekedett a dervis.

Az aga föltápászkodott. Nyögött. Tapogatta a temporát.

- Gyere. Segíts föl a lóra, és vezess vissza a fogadóba. Szegődj mellém szolgának. Te jó lovas vagy.

- Szolgának? - kérdezte megütődve a dervis.

De aztán alázatosan lehajtotta a fejét.

- Ahogy parancsolod.

- Mi a neved?

- Jumurdzsák.

6

Az öt magyar lovas ezalatt tovaszáguldott a konstantinápolyi országúton. A robbanás az ő lovaikat is megvadította, de biz ők nemigen bánták. Annál jobban repültek. Egyik a másikat előzgette a veszett rohanásban, s az útonjárók már messziről kitértek nekik. El nem tudták gondolni, hogy versenyt futnak-e, vagy hogy üldözik őket.

De hogyan került közéjük Cecey Éva?

Azon az ünnepi estén, mikor Gergellyel találkozott, fölébredt benne a régi érzés: hogy egy ő Gergellyel. Gondolt ő előbb is rá, de hogy mindenfelől kényszerítették, nem bírt szabadulni. Gergelynek se háza, se földje, se maga asztala; gyámság alá kötött, fiatal legény. Még csak levelezniük se lehet. Kezdett meghajolni a sorsának.

De Gergely megjelenése minden más erőt lerontott.

A nő a szívével gondolkodik. Évának azt mondta a szíve: Ez a te igazi párod! Ha az egész világ ellene beszél is, neki vagy teremtve!

És ő kitépte magát az okoskodásokból, és követte azt a belső szót, amely hatalmasabb volt a királyné szavánál, hatalmasabb az anyja szavánál is.

A Gyalui-havasokon át menekültek, s a reggeli napfény már az Aranyos vize mellett sütött rájuk.

Az erdő új lombok halvány zöldjében pompázott. Mindenfelé az ibolya nyílt, s a völgyben a pimpó, pitypang és kikirics virága sárgállt mindenfelé. A levegő fenyvesek balzsamával teljes.

- Most értem, miért nevezik ezt a patakot Aranyosnak - mondotta Gergely.
- Nézd, Éva, mintha arannyal volna behintve a partja mindenfelé. De te gondolkodol. Nem bántad meg, ugye, hogy velem jöttél?
- Nem - felelte Éva. - Csak valami búsít.
S fiatal, üde arca szomorú volt, a szeme komoly.
- Az - folytatta -, hogy én mégiscsak leány vagyok, és azt gondolom, erkölcstelen az én cselekedetem. Te ma örülsz annak, hogy a szívem sugallatát követtem, de talán évek múlva, talán öregségünkben eszedbe jut, hogy nem a templomból vezettél ki engem, hanem egy vacsorázószobából.
Mekcsey elöl haladt az oláh paraszttal, aki kalauzolta őket a hegyi úton. Ők ketten egymás mellett lovagoltak.
- Te fiatal vagy - folytatta Éva -, s nincs pap a világon, aki bennünket összeesketne.
- Éva - mondotta Gergely szemrehányó hangon. - Nem éreztél-e engem mindig testvérednek? Nem azt érzed-e most is mellettem? Idegen vagyok én neked? És ha téged a pap hiányzása búsít, nem bízol-e bennem, hogy addig, míg megesküdhetünk, úgy oltalmazlak, hogy a galambszárnyú Szentlélek se jobban. Ha te akarod, én a kezedet se fogom meg, és az arcodat se csókolom meg, amíg a pap el nem mondja ránk a szent áldást.
Éva elmosolyodott.
- Fogd meg a kezemet: a tiéd. Csókold meg az arcomat: a tiéd!
És ahogy ott lovagoltak egymás mellett, odanyújtotta a kezét, és odanyújtotta az arcát.
- A katekizmus beszélt belőled az imént - mondta Gergely megkönnyebbülten. - Látod, én is pápista vagyok, de az én tanítómesterem nem a katekizmusból tanított engem Isten-ismeretre, hanem az ég csillagaiból.
- Gábor pap?
- Ő. Lutheránus volt, de sohasem akart senkit lutheránussá fordítani. Ő azt mondta nekem: Nem az az igazi Isten, akiről a képek és írások beszélnek. Nem az a szakállas, mindenkit fenyegető, hisztériás, vén zsidó. Az igazi Isten személyéről nekünk gondolatunk sem lehet. Csak az értelmét és szeretetét láthatjuk. Az igazi Isten velünk van, Éva. Az igazi Isten nem haragszik senkire. Nincs haragja. Ha fölemeled a tekintetedet az égre, s azt mondod: Istenem, Atyám, én ezt a Gergelyt élettársamnak választom, és ha én is ezt mondom a te neveddel, akkor, édes Évám, mi már Isten előtt házastársak vagyunk.
Éva boldogan nézett Gergelyre, míg az halkan, félig magába merülten beszélt. Ó, az árvaságban nőtt gyermek korán érik komollyá!
A fiú folytatta:
- A papi ceremónia, Éva, az már csak a világ számára való. Dokumentálni kell a világnak, hogy lelkünk és szívünk szándéka szerint keltünk egybe, s nem ötletesen és nem időre, alkalomra, mint az állatok. A házasságot, édes lelkem, mink már kicsi korunkban megkötöttük.

Mekcsey egy füves dombra ért. Megállt és visszafordult. Megvárta őket.

- Egy kis pihenés nem ártana - mondotta.

- Jó - felelte Gergely. - Szálljunk le. Látom, amoda lent víz is van. Az oláh itassa meg a lovakat.

Leugrott a lóról, és lesegítette Évát.

Leterítette a köpönyegét a fűre, s leheveredtek.

Mekcsey kibontotta az iszákot. Kenyeret és sót vett elő. Levágta a kenyér szárazát, és odakínálta a kenyeret elsőbben Évának.

- Várjunk - mondotta Gergely.

És Évához fordult.

- Mielőtt egy kenyéren lennénk, ne kössük-e meg, Éva, a mi szívünk szövetségét szóval is az Isten színe előtt?

Éva fölkelt. Nem tudta, hogy Gergely mit akar, de érezte a hangja rezgéséből, hogy a gondolata szent és ünnepies. Odanyújtotta a kezét Gergelynek.

És amint ott álltak egymás mellett, egymás kezét fogva, Gergely levette a süvegét, és az égre nézett. Áhítattal remegő hangon imádkozott:

- Istenünk, Atyánk! A te templomodban vagyunk. Nem kőből rakott emberi épületben, hanem a te eged alatt, a te fáid között! Az erdőből a te leheleted árad felénk! A hegyekről a te napod süt reánk! És a magasságból a te szemed néz bennünket. Ez a leány kicsi koromtól fogva kedves volt nekem, legkedvesebb a föld minden leányai között. Csak őt szeretem. Csak őt fogom szeretni, síromig, síromon túl is. Az emberek akarata nem engedte, hogy a szokott formában keljünk egybe, engedd, hogy legyen a feleségem a te áldásoddal.

És a leányra fordította nedves szemeit:

- Térdeljünk le. Leány, én ezennel az Isten színe előtt feleségemnek nyilvánítalak!

Éva könnyes szemmel rebegte:

- És én a férjemnek...

És Gergelynek a vállára hajtotta a fejét.

Gergely fölemelte az ujját:

- Esküszöm, hogy soha el nem hagylak, semmi bajodban, semmi nyomorúságodban! Holtodig. Holtomig. Isten engem úgy segéljen!

- Ámen! - szólt Mekcsey meghatottan.

Éva is fölemelte a kezét:

- Esküszöm, amire te esküdtél. Holtodig. Holtomig. Isten úgy segéljen!

- Ámen! - szólt ismét Mekcsey.

S a fiatal pár összeölelkezett. Megcsókolták egymást olyan áhítattal, mintha Isten áldó kezét éreznék a fejükön.

Mekcsey visszaült a kenyér mellé, és a szemét törölgette.

- No - azt mondja -, én ilyen házasságot még sose láttam. De érzem, hogy ez szentebb és erősebb házasságkötés, mint az lett volna, amit Gyaluban kötött volna kilenc pap előtt a tekintetes asszony.

Erre elmosolyodtak. Leültek, és hozzáláttak a falatozáshoz.

Este Hunyad várába érkeztek. Jancsi vacsorával várta őket. (Mindennap várta őket, hol ebéddel, hol vacsorával.)

Az utasok átöltözködtek. Évának női ruhát szedtek össze. Azután vacsorához ültek.

A vacsorán ott volt a vár plébánosa is, egy beteges, hosszú bajszú öregúr, aki ott vénhedett meg a vár csöndességében, mint a hársfák.

- A tisztelendő urat azért hívattam be - mondotta Török Jancsi -, hogy összeeskessen benneteket.

- Mi már azon túl vagyunk - felelte Gergely.

- Hogyhogy?

- Fölvettük a házasság szentségét az Isten színe előtt.

- Hol? Mikor? - kérdezte a pap.

- Az erdőben.

- Az erdőben?

- Ott. Úgy, ahogy Ádám és Éva. Talán biz az nem volt törvényes házasság?

A pap elszörnyülködve nézett rájuk.

- Micsoda? - szólt Mekcsey felhörkenve. - Az Istennek nincs szüksége papra, ha valakit meg akar áldani!

A pap megint a fejét rázta.

- Istennek lehet, hogy nincs szüksége papra, de embernek igenis. Aztán hát a mennybéli jó Isten nem adogat házassági bizonyítványt senkinek.

Gergely vállat vont.

- Tudjuk mi bizonyítvány nélkül is, hogy házasok vagyunk.

- Az is igaz - dünnyögte a pap. - De majd az *unokáitok* nem tudják.

Éva elpirult.

Gergely vakart egyet a füle tövén. Évára pillantott. Aztán a paphoz fordult.

- Hát összeesketne bennünket, tisztelendő úr?

- Össze hát.

- Szülői engedelem nélkül?

- Anélkül is. Elvégre a *Bibliá*-ban nincsen benne, hogy szülői engedelem kell a házasságra.

- Hát akkor - mondotta Gergely -, tegyük meg, Éva, a *bizonyítványért*.

Átmentek a kápolnába, s egynéhány perc alatt megtörtént az esküvő. A pap beírta a nevüket az egyházi könyvbe. Tanúknak odaíratta a Török János meg a Mekcsey nevét.

- A szülőknek megküldöm az írást - mondotta aztán a pap, mikor visszaültek az asztalhoz. - Béküljetek meg velük.

- Azt akarjuk is - felelte Éva. - De kell egy-két hónap, hogy a haragjuk elcsillapodjon.

És Gergelyhez fordult.

- Hol töltjük azt a két hónapot, kedves férjuram?

- Hát, édes feleségem, te itt, Hunyadon, én meg valahol másutt.

Ezt mondva a társaira nézett.

- Megmondhatjuk neki - szólott Török Jancsi. - Elvégre is egyek vagytok, s nincs titok ezentúl köztetek. A papunk is jobb, ha tudja. Legalább ha valami baj ér bennünket, hát értesíti róla két hónap múlva édesanyámasszonyt is.

- Hát akkor tudd meg, édes, ifjú párom - szólott Gergely -, hogy mink már indultunk volna Konstantinápolyba, mikor, meghallottam, hogy te menyasszony vagy. Mink hárman megfogadtuk szent erős fogadással, hogy kiszabadítjuk Bálint urat, a mi nagyságos apánkat.

- Ha lehet - tette hozzá Török Jancsi.

A menyasszony komolyan és figyelemmel hallgatta az urát, aztán elmosolyodott:

- Bezzeg megjárta velem kegyelmed, édes uram. - Hol tegezte, hol magázta Gergelyt, mióta megesküdtek. - Mert én ugyan szívesen elhűselnék itt két hónapig is ebben a gyönyörű várban, de nem azt fogadtam-e ma két helyen is, hogy soha kegyelmedet el nem hagyom?

- Csak nem akarsz tán velünk jönni?

- Nem tudok-e úgy lovagolni, mint akármelyikük?

- De ez nemcsak lovaglás lesz, angyalom, hanem veszedelmeknek útja is.

- Vívni is tudok. Olasz mestertől tanultam. Nyíllal lelövöm a nyulat. Puskával akár a fecskét is.

- Gyöngy asszony! - kiáltotta Mekcsey a poharát fölemelve. - Irigyed vagyok, Gergely!

- Jó, jó - szólt Gergely aggodalmasan -, de hát az ilyen asszonyféle csipkés ágyban szokott ám hálni.

- Az úton nem leszek asszony - felelte Éva. - Ide is férfiruhában jöttem, oda is férfiruhában megyek. De hamar megbánta kegyelmed, hogy elvett! Tisztelendő atyánk, válasszon széjjel bennünket üstöllést,[1] mert bizony megcsúfol ez az ember: elhagy mindjárt az első napon!

A pap azonban inkább a kappanmellet iparkodott már leválasztani a csontról.

- De hát te törökül se tudsz - szólt utolsó ellenvetésül Gergely.

- Majd megtanulok az úton.

- Jól beszél - mondta Jancsi. - Én is tanítom, meg aztán nem is olyan nehéz az.

- Mondjon egypár szót! - szólt az egyórás menyecske.

- Hát például: *elma* = alma; *benim* = enyim; *bapa* = papa; *pabucs* = papucs; *sarompo* = sorompó; *daduk* = duda; *cságána...*

- Csákány! - kiáltotta Éva tapsolva. - Nem is gondoltam, hogy tudok törökül is!

Az inas, aki felszolgált nekik, azt mondja halkan Mekcseynek, hogy egy ember mindenképpen be akar jönni.

- Micsoda ember?

- Azt mondja: Mátyás.

- Mátyás? Micsoda Mátyás?

---

1 Rögtön, azonnal.

- Más nevet nem mondott.
- Úr vagy paraszt?
- Olyan szolgaféle.

Mekcsey nevetésre fakadt.
- Matyi az, hogy az ördög vigye el. Hát csak ereszd be: mit akar?

A megmátyásodott Matyi rákszínvörös képpel állított be, és Mekcseyre pislogott:
- Itt vagyok, hadnagy uram, szolgálatjára.
- Azt látom. De hol voltál az este?
- Az este is rendben voltam én mindjárt. De olyan hamar el tetszett sietni, hogy nem értem utol hadnagy uramat.
- De hiszen részeg voltál, mint a csap!
- Nemigen, instállom.
- És hát hogyan jöttél el? Hiszen én elhoztam a lovadat.

Matyi megemelgette a vállát, szemöldökét:
- Volt ott ló elég.
- Loptál, akasztófáravaló!
- Nem én. Csak ahogy az úrfi elment, feltétettem magamat egy lóra. A lovásztársaim tettek föl, mert magam nem bírtam felülni. Hát tehetek én arról, ha nem a magam lovára tettek?

Hogy a társaság ezen felvidámodott, Matyi teljes bocsánatban részesült, s ez a részegen történt elszökése, éppen ez tetszett meg Gergelynek.
- Hova való vagy, te Matyi? - kérdezte nevetve.
- Keresztesre - felelte a legény.
- Hol a pokolban van az a Keresztes?

Milyen furcsa volna, ha most a kocsis így felelne a kérdésre: Hej, szegény Gergely úrfi, majd megtudja egyszer tekegyelmed, hogy hol van az a Keresztes. Majd mikor szép szakállas ember lesz kegyelmed, majd mikor nagyságos úr lesz tekegyelmed, ott ejti tőrbe a gonosz török, ott verik majd a vasat kezére-lábára! S le nem bontja azt a vasat, csak a halál...

Három nap múlva útra keltek. Matyi volt a kocsis. Ők négyen felváltva rabok és delik. A kocsi egyúttal Évának volt az éjjeli nyugvóhelye.

7

Mi az ott az erdőn? Tábor-e vagy falu? Rablótanya-e vagy bélpoklosok községe? Temetés van-e benne vagy lakodalom?

Hát biz az se nem tábor, se nem falu, se nem rablótanya, se pedig bélpoklosok községe, hanem egy nagy cigánykaraván.

A sziklák árnyékán, a fák között rongyos, kormos sátorok. Egyikből-másikból füst kígyódzik az égnek. A tisztáson meg szól a hegedű, és dübög a dob: táncolnak a leányok.

Vén cigányasszony tanítja őket. Ismeretlen nyelven rikácsol egyikre-másikra. Kikapja a kezéből a tamburint, és vén tagjait a tizenöt éves leány bájos lejtéseivel mozgatva mutatja, hogyan kell kéznek és lábnak lengő könnyűvé változnia a tánc művészetében.

A cigánylányokkal már szinte velük születik ez a művészet, de köztük is találkozik azért, aki vagy nagyobb lábat, vagy lustább vért örökölt a szüleitől. Az olyannak kell a tanítás.

A táncosok különben mind fátyolos ruhába vannak öltözve. Fátyol nélkül nincs tánc. Lengései meghosszabbítják a tagok kerek mozdulatait. Táncban az a fő, hogy könnyű legyen.

A cigányok egy része a táncolók körül ült. A purdék meg azon meztelen utánozták a forgásokat. Még a két-három esztendős kis purdék is füstös angyalkákként forogtok és lejtettek a fűben. Tamburin helyett kókuszhéjat vertek, és fátyol helyett pókhálót lengettek a karjukon.

Egyszerre, mint a bokorról felburranó verébsereg, úgy riadt fel valamennyi gyerek, és rohant az erdő egy nyílása felé.

A mi öt lovasunk érkezett oda fáradtan, a lovat kantáron vezetve. A purdésereg éktelen nagy csicsergéssel rajozta őket körül. Baksisért nyújtották a tenyérkéjüket.

- Hol a vajda? - kérdezte Gergely törökül. - Kaptok baksist valamennyien, de csak a vajdának adom oda.

De biz azok nem szaladtak a vajdáért, hanem tovább is ott tolakodtak és visítoztak a lovagok körül.

Éva már benyúlt a zsebébe, hogy egynéhány rézpénzt vessen nekik, azonban Gergely intett neki, hogy ne tegye.

- Hajde! - kiáltotta rájuk a kardját is fölemelve.

A verebek ijedten röppentek széjjel.

De az idős cigányok is megrémültek. Ki a sátorba ugrott, ki a bokrok közé. Csak a nők maradtak ott. Várakozóan bámultak az idegenekre.

- Ne féljetek - mondotta Gergely törökül. - Nem bántunk benneteket. Csak épp a gyerekeket riasztottam szét, hogy ne lármázzanak. Hol a vajda?

Az egyik sátorból vén cigány lépett elő. Török kaftán volt rajta, és magas perzsa süveg a fején. A dolmányán nagy ezüstgombok. A nyakában aranylánc. A kezében a vajdai nagybot.

- Mi nyelven beszélsz? - kérdezte Gergely törökül.

- Hát - felelte a vajda - törökül főképpen. De ha szolgálatotokra lehetek, tudok oláhul, perzsául, görögül, bosnyákul, rácul, horvátul, olaszul, magyarul, németül, csehül, franciául és spanyolul. Muszkául is beszélek valamicskét.

- Hát egyelőre csak beszéljünk törökül. Mitől rémült meg annyira a néped?

- Egy görög rablóbanda garázdálkodik erre. Azt mondják, ötvenen vannak. A múlt héten ebben az erdőben öltek meg egy kereskedőt.

- Mi nem vagyunk rablók, csak eltévedt utasok. Albániából jövünk. Mi is hallottuk azt a rablótörténetet, s éppen azért tértünk le az országútról. Hát csak azt akarjuk, hogy adj nekünk vezetőt, aki elkísérjen bennünket Sztambulba, és néhány napig velünk maradjon.

- Akár tízet is - felelte a vajda. - Hiszen nincs messze.

- Nekünk csak egy kell. Egy olyanféle ember, aki ismeri a járást a fővárosban; fegyvert igazítani és lovat gyógyítani is tud.

A vajda gondolkozva nézett maga elé, aztán egy füstös sátor felé fordult, és kiáltott:

- Sárközi!

Az öt lovag szinte megrezzent a magyar név hallatára.

A sátorból egy körülbelül negyvenöt éves, szurtos cigány bújt elő. Oláh nadrág volt rajta és kék ing. Az oláh nadrág térde vörös posztóval volt foltozva. A hóna alatt magyar dolmány. Jöttében öltötte magára. Mikorra a vajdához ért, már be is gombolta, a port is leverte a nadrágjáról, meg meg is fésülködött a tíz ujjával. Ragyás volt.

- Elkíséred a vitéz urakat a városba, és szolgálsz ott nekik.

Gergely egy ezüstpénzt nyújtott a vajdának.

- Oszd szét a purdék között! Köszönöm a szívességedet.

- Mit hozzak magammal? - kérdezte Sárközi törökül és alázatosan.

- Csak egypár szerszámot puska- vagy patkóigazításra, meg ha van valami sebre való jó íred, embernek és lónak való.

- Hozom, uraim.

S visszafutott a sátorba.

- Nem vagytok-e fáradtak, ifjú uraim? - kérdezte a vajda. - Jertek beljebb, és pihenjetek le. Ettetek-e ma?

És megindult az idegenek előtt a maga sátora felé, amely egy terebélyes bükkfa alatt vöröslött ki a többi közül.

A vajdáné három kis tarka szőnyeget terített a fűre. A leánya azon fátyolosan, ahogy előbb táncolt, segítségül szegődött az anyjához.

- Hát van túrónk, tojásunk, rizsünk, vajunk, kenyerünk - mondta az asszony. - Csirkét is süthetek, ha megvárjátok, szép ifjú vitézlő uraim.

- Megvárjuk - felelte Gergely. - Mert bizony éhesek vagyunk. Az utunk nem éppen sietős.

A cigánynép körülrajozta őket. Minden asszony jövendőt akart mondani. Némelyik már oda is guggolt, és rázta a tarkababot a rostában.

- Kérlek, rezzentsd szét őket - mondta Gergely a vajdának. - Semmi kedvünk nincs arra, hogy jövendöltessünk.

A vajda fölemelte a botját, s rákurjantott a népére.

A botot tisztelték-e jobban vagy a vajdát, nincs kiderítve a történelemben. De az bizonyos, hogy gyorsan szétoszlottak. Az öt vándor nyugodtan telepedhetett a gyöpre a sokféle ennivaló mellé, amit a vajdáné eléjük rakott.

- Ti hát vígan éltek - beszélgetett Gergely a vajdával, miközben nagyot húzott a vizeskancsóból. - Ünnep van ma, vagy mindig így táncolnak a leányok?

- Holnap péntek - felelte a vajda. - Valamennyi leány ott lesz az Édesvizeknél.

Gergely hasznára igyekezett fordítani minden szót.

- Mi még sohasem jártunk Konstantinápolyban - mondotta. - Most azért megyünk, hogy beálljunk a hadseregbe. Mi az az Édesvíz?

- A törökök mulatóhelye, az Aranyszarv-öböl végén. Pénteken odacsónakázik minden török család. Olyankor cseppen a cigánynak is egynéhány piaszter. A lányok táncolnak. A vénasszonyok jövendölnek.

- És nem féltitek a leányaitokat?

- Mitől? Ha rabul esnek, csak jól járnak vele. De hát fehér képű nő kell a töröknek, főképpen magyar. A leányaink bizony bejárnak olykor a háremek udvarába is. Most is azért táncolnak együttesen, mert be akarnak kéredzeni a szerájba.

Éva odaszólt Gergelynek:

- Hogy van törökül: *víz?*

- *Szú,* lelkem.

Éva bement a sátorba, és a vajda lányához fordult:

- *Szú, szú,* angyalom.

A cigányleány félrevonta a sátor hátulsó lepedőjét. Tágas és hűs barlang volt ottan. A sziklából víz szivárgott, és cseppekben hullt alá. A vízcseppek mendencét vájtak a sziklában.

- Fürödj meg, ha akarsz - mondta kézmozdulatokkal is a cigányleány.

És egy négyszögletes kis agyagot nyújtott át Évának szappanul.

Éva ránézett. A cigányleány félig lehunyt szemmel nézte vissza. A nézése ezt mondta:

- Te fiú, de szép vagy!

Éva elmosolyodott, és megsimogatta a leány arcát. Sima volt az és forró. A cigányleány elkapta az Éva kezét, és megcsókolta. S kifutott.

Mikor már jól behaladtak az erdőbe, Gergely megszólította a cigány kovácsot:

- Sárközi barátom! Volt-e már valaha tíz aranyad?

A cigány meglepődve nézett a magyar szóra.

- Volt már tebb is. De csak álmomba, instálom.

- Hát valóságban?

- Valóságban kettő volt egyser. Azs egyiket két estendeig tartogattam. Egy kisgyereknek akartam adni. Azstán lovat vettem rajta. A ló megdeglett. Most se ló, se arany.

- Hát ha nekünk híven szolgálsz, egynéhány nap alatt tíz aranyat kereshetsz.

A cigány csaknem egész testében ragyogott.

Gergely tovább kérdezte:

- Miért jöttél Törökországba?

- Hogy olyan erős voltam, mindenképpen katonát akartak belőlem faragni.

- Sose voltál te erős.

- Hát nem is a termetemre mondom, csókolom kezsit-lábát, hanem a pikulázsásra volt nagy erőm. Mert pikulás voltam én, meg lakatos, csókolom kezsit-lábát, aztán minduntalan megfogott a terek. Lehozstak ide, és műhelybe állítottak. De biz én megsektem.

- Van-e feleséged?

- Hun van, hun nincs. Ma éppen nemigen van.

- Hát akkor, ha akarsz, haza is jöhetsz velünk.

- Minek menjek én hazsa, instálom? Azs én jó gazsdámat úgyse találom meg tebbet. Otthon meg megint csak elfog a terek.

- Hát szolgáltál valakinél?

- Bizony salgáltam. Nagy úrnál salgáltam én, a legnagyobb magyarnál. Mindennap pecsenyével tartott, aztán csak úgy barátságosan beszélt velem, hogy azst mondja: Csináld meg est a puskát, te fistes!

- És ki volt az az úr?

- Ki volt volna más, mint a nagyságos Bálint úr.

- Melyik Bálint? - kérdezte Török Jancsi.

- Melyik Bálint? Hát Terek Bálint, nagyságos uram.

Gergely sietett megelőzni Jancsit a kérdésekben.

- Mit tudsz róla?

S intett Jancsinak, hogy óvatos legyen.

A cigány vállat vont.

- Nem levelezsek senkivel.

- Valamit csak tudsz róla?

- Csak azst, hogy rabul esett. Él-e vagy meghalt, nem tudom. Bizsonyosan meghalt, mert hallottam volna hírit.

- Melyik házánál dolgoztál?

- Sigetváron.

A két fiú összenézett. Egyik sem emlékezett a cigányra. Az igaz, hogy ők nem is sokat tartózkodtak Szigetvárott, hanem hol itt, hol ott a Bálint úr birtokain, s a tömérdek cseléd közül ha sokat ismertek is, valamennyit nem ismerhették.

Gergely figyelemmel nézett a cigány arcára, aztán elmosolyodott:

- Emlékszem ám reád. Most már emlékszem. Jumurdzsáknak voltál te egyszer a rabja, és Dobó szabadított meg tőle.

A cigány nagyot nézett. Aztán a fejét rázta.

- Nem Dobó. Egy kis hétéves gyerek. Valami Gergely.

És sóhajtott:

- Áldja meg a Devla, ahol van, azst a gyereket. Lóhozs s sekérhezs is juttatott azs engem. Annak tartogattam az aranyamat. De azstán ráeselkedtem, hogy angyal volt azs.

- Hátha én vagyok az az angyal?

A cigány hitetlenül bandzsított Gergelyre.

- Sose láttam én bajusos angyalt.

- Én vagyok pedig - mondotta Gergely. - Még arra is emlékszem, hogy megházasodtál aznap. Böske volt a feleséged neve. Erdőn történt. Fegyvereket is kaptál.

A cigánynak majd kiesett a szeme, akkorát bámult.

- Jaj, hogy a paradicsombeli Devla áldja meg, fiatal naccságos uram! Hogy saporítsa meg minden aranyos ivadékát, mint a kölest! Jaj, de micsoda serencsés nap ezs!

S letérdelt. Átfogta a Gergely lábát, és megcsókolta.

- Az Isten hozott össze bennünket - mondotta Gergely. - Most már bízom benne, hogy nem jöttünk hiába.

Átadta a lova kantárát Matyinak, és a fűbe heveredett. A többiek követték a példáját.

Gergely elmondta a cigánynak, hogy miért jöttek, s megkérdezte tőle, hogy mit gondol: hogyan juthatnának Bálint úrhoz?

A cigány hol ragyogó szemmel, hol elcsüggedten hallgatta Gergelyt. Jancsinak kezet csókolt. Aztán elgondolkozva bólogatott:

- Bejutni csak be lehet Stambulba is, talán a Héttoronyba is. De a nacsságos urat nem fakarddal őrzsik...

És a fejét a kezében ringatva jajongott:

- Hogy itt van segény Bálint naccságos úr! Jaj, ha tudtam volna, bekiáltottam volna azs ablakon is, hogy jó napot kívánok, csókolom kezsit-lábát.

Gergelyék megvárták, míg a cigány képzelete elhányja a maga cigánykerekeit, aztán komoly gondolkozásra fogták őkegyelmét.

- Hát a városba csak be lehet menni - mondotta a cigány -, máma különösen. Mert ma van a perzsa gyászünnep, és ilyenkor annyi itt a búcsújáró, mint otthon Nagyboldogasszonykor. Hanem a Héttoronyba, oda még a madár se mer berepülni.

- Mindegy - tüzeskedett Jancsi -, csak egyszer a városba bejussunk. Ott aztán majd meglátjuk.

Az Aranyszarv olyanforma széles víz, mint a Duna. Öble az a tengernek, s kürt alakjában nyúlik fel Konstantinápoly közepén, meg túl is rajta az erdőkig.

Utasainkat egy tágas halászcsónak vitte végig azon az öblön. A csónak orrán Gergely ült, akinek legtörökebb volt a ruhája, középen Mekcsey, akiről szintén piroslott a törökség; a többi a csónak belsejében húzódott meg.

A lenyugvó napfényben aranyoszlopokként nyúltak a magasba a minárék tornyai, s a templomok aranyozott kupolái meg éppenséggel ragyogtak. A tengerben mindez visszatükröződött, s bámulatkiáltásokra fakasztotta a mi utasainkat.

- Álomvilág ez! - szólt Éva, amint ott ült Gergelynek a lábánál.

- Álomnál is szebb - felelte Gergely. - De olyan ez, lelkem, mint a mesebeli kastély; kívül pompás, belül szörnyetegek és elátkozottak lakják.

- Tündérváros! - szólalt meg Mekcsey is.

Csak Jancsi ült csendes-búsan a csónakban. Szinte jólesett a szemének, hogy az épületek e rengeteg pompája között valami feketeséget is láthat.

- Micsoda erdő az ott? - kérdezte a cigányt, bal felé mutatva. - Úgy nézem, csupa jegenyefa. De milyen feketék erre a jegenyefák! No, jól megnőttek.
- Nem jegenyefák azsok - felelte a cigány -, hanem ciprusok. Nem erdő azs ott, hanem temető. A pérai törökök feksenek benne.

Jancsi behunyta a szemét. Arra gondolt, hogy hátha az ő apja is ott fekszik már valamely ciprus alatt.

Gergely ránézett, és másfelé akarta terelni a Jancsi gondolatait.
- Olyan város ez, mint Buda a Duna partján. Csakhogy itt két Buda van, vagy inkább három.
- Én se gondoltam, hogy ilyen dombos város ez - felelte rá Mekcsey. - Azt gondoltam, olyan sík, mint Szeged vagy Debrecen.
- Könnyű volt ezeknek ilyen szép várost építeniük - szólt Éva is. - Rablóváros. Összerabolták ezt a várost a világ minden részéből. Vajon a mi királynénk bútorai melyik házban vannak?
- A Mátyás királyét akartad mondani, lelkem - felelt rá Gergely.

Mert nem szerette Izabella királynét. S jól is szólott, hogy azok a bútorok, amelyek Buda várában voltak, nem Lengyelországból kerültek oda.

A nap már leszállt, mikor a hídhoz érkeztek. A hídon lehetett látni, hogy nagy a tolongás.
- Ma sokan lesznek a gyászünnepen - szólt a kaikos.
- Mink is arra jöttünk - felelte Gergely.

Jancsi erre megborzongott. Színtelen arccal bámult a kavargó sokaságra, amely a hídon át Sztambulba tolongott.

A tolongás segítette be őket is.

A hídon álló őrök nem néztek senkit se. A sztambuli utcákba besodorta őket a népáradat.

Maguk se tudták, hova mennek. Az áradat fölfelé menőleg nyomult valami három utcán át. Akkor megállt. A sokaságot katonák nyomták széjjel. Utat tágítottak a perzsa búcsújáróknak.

Gergely magához szorította Évát. A többiek egy másik épület falához szorultak. Csupán szemmel vigyázták egymást.

Egyszerre csak megvilágosodik az utca vége, s előtűnik egy óriás nagy fáklya, aminőt a mieink sohase láttak.

Mert nem afféle viaszfáklya az, aminővel Magyarországon kísérik a halottakat, hanem egy akóshordónyi vasabroncs kosár. Öles pózna végén tartja a kosarat egy erős perzsa, s a kosárban emberkarnyi fahasábok lángolnak.

Az az egy fáklya bevilágítja az egész utcát.

Elöl lépdegél valami tíz gyászruhás, barna ember. Rövidre nyírt, bodros szakállukról és kis állukról lehet látni, hogy perzsák.

Mögöttük fehér ló ballag. A hátán fehér lepedő. A lepedőn nyereg. A nyergen X alakban keresztbe tett két kard s két fehér eleven galamb.

A két galamb lába oda van kötve a nyereghez.

És a ló, galamb, kard, lepedő mind be van hintve vérrel.

A ló után megint egy csapat gyászruhás ember. Valami keserves litániát énekelnek, amelynek minden sora ez a két szó: *Husszein! Hasszán!* - és egy *hu* kiáltás, amely különösen dübörgő ropogással elegyedik.

A menet haladtával nyilvánossá vált, hogy a ropogás honnan ered.

Két sorjában meztelen mellű perzsák következnek. Fekete ing van rajtuk, sarkig érő. A fejük be van kötve fekete kendővel, amelynek a sarka hátul a nyakukon lebeg. Csak a mellük meztelen.

És amint oldalt lépkedve haladnak, a *Husszein-Hasszán* szóra meglóbálják a jobb kezüket, a *hu* kiáltásra pedig a mellükre csapnak ököllel a szívük tájékán.

A dübörgő ropogás a mellük verése. És a kék-veres folt a mellükön bizonyítja, hogy nem pápistásan veregetik a mellüket.

A mellverő perzsák lehettek körülbelül háromszázan. Oldalt állottak, és csak a mellütés után léptek kettőt-hármat.

Közöttük különféle színű, háromszögletes zászlók, többnyire zöldek, de van köztük fekete, sárga és vörös is.

A zászlók nyelén és itt-ott a perzsa gyermekek süvegén egy-egy ezüstkéz. Az *Abbas* nevű török mártír kezét ábrázolja az. Levágták Abbas kezét, mert innia nyújtott Husszeinnak, mikor a kerbelai csata után elfogták.

S növekvő erővel zúg az ének:

A fáklyák új fekete csoportot világítanak meg, amely zöld lepedővel leborított tevét környez. A teve hátán kis lombsátor, s abban egy gyermek, akinek csak az arca látható, meg olykor a keze, amint a sátor nyílásán egy-egy marok fűrészporfélét vet ki a gyászruhás emberekre.

Utánuk valami különös zörgés és csörömpölés hallatszik időnkint.

Csakhamar odaérkezik a másik gyászcsoport. Abban is oldalt lépkedve haladnak, és szintén gyászingbe vannak öltözve. De az ing a hátukon van elnyitva. A kezükben ujjnyi vastag láncokból alkotott korbács. Oly nehéz, hogy két kézre fogják. Az éneksorok végződésével hol a jobb vállukon át, hol a bal vállukon át a meztelen hátukra zuhintanak vele.

Éva, mikor meglátta, hogy az emberek háta véres és hólyagos, Gergely karjába kapaszkodott.

- Elájulok, Gergely.

- Pedig ennél még rettenetesebb is következik - felelte Gergely. - Egy török rab beszélt nekem erről a gyászünnepségről. De én nem hittem el, hogy az emberek véresre verik a hátukat.

- Azt a gyermeket csak nem ölik meg tán?

- Dehogy ölik. Az a két galamb meg az a gyermek az mind csak kép.

Éjfélkor a két galamb lábáról levágják a zsineget. A két galamb Hasszán és Husszein lelke. Ájtatos ordítás kíséri az égbe szállásukat.

- És a gyermek?
- Az az árván maradt perzsa népet ábrázolja.
- Mi következik még?
- Kardos emberek, akik a fejüket vagdalják.

És csakugyan egy másik véres menet következett, egy kép, aminőt csak pokolrémes álom fordíthat a szemünk elé.

Azok már fehérbe voltak öltözve. A feje valamennyinek borotvált. A jobb kezükben handzsár. Bal kézzel mindenik a másiknak az övébe ragaszkodik azért, hogy el ne bukjon a vérvesztés következtében, vagy hogy a társát tartsa, ha az rogyadozik.

És azok is oldalt lépkedve haladnak. A litániaféle ének azok ajkán már üvöltés. Az éneksorok végén minden handzsár megvillan a fáklyafénynél, és megérinti mindenik a saját kopasz fejét.

Azok már fürdenek a vérben.

Némelyiknek az orra és füle mellett patakban csurog a vér, és pirosra festi a rajta levő lepedőt. A fáklyák sercegve égnek a szellő fúvásától, s olykor esőként hull a szikra a véres fejekre.

És a levegőt a vér párája nehezíti meg.

Éva behunyta a szemét.

- Iszonyodom.
- Mondtam, ugye, hogy maradj otthon. Nem nőnek való az ilyen út. Hunyd be a szemedet, báránykám.

Éva megrázta a fejét, és kinyitotta a szemét.

- Hát csak azért is nézem!

És bár sápadtan, de keményen nézte tovább a véres búcsújárást.

Gergely nyugodtabb volt. Ő már gyermekkorában megszokta a vér látását. Nem fáj az valami nagyon. Inkább az a megdöbbentő - gondolta -, hogy ezek az emberek önként ontják a vérüket. És ilyen emberek ellen küzd a magyar több mint száz esztendeje szakadatlanul!

Átpillantott a véres sokaságon az utca túlsó felére.

Milyen különös az, hogy az ember megérzi, ha valahonnan erősen nézik! És őt nézte valaki.

A fáklyák fényénél látta, hogy a nyüzsgő sokaságból két embernek a szeme mered reá.

Az egyik egy örményforma. A hollófekete aga volt az, akinek a katonáit a levegőbe röpítette.

A másik Jumurdzsák.

8

Maylád az előbbi esztendőnek egy nyári reggelén azzal köszöntötte Török Bálintot, hogy éjjel új rabok érkeztek.

- Magyarok? - kérdezte Bálint nagy szemmel.

- Nem tudom még. Csak annyit hallottam, hogy reggel, mikor kinyitották a kaput, végigcsörgött a lánc az udvaron. Ismerem minden rabnak a lánca hangját. Mikor az ágyamban fekszem is, mindig tudom, ki megy el az ajtóm előtt.

- Én is.

- Reggel új lánccsörgést hallottam. De nem egy ember jött. Kettő, három, talán négy is. Végigcsörögtek az udvaron. De talán csak nem a *Tas-csukuru*-ba vezették őket!

A *Tas-csukuru* barlangféle börtön volt a Héttoronyban. Az volt a siralomház a Vértorony alján. Aki odakerült, hamar megismerkedett a csillagos ég felső titkaival.

Leballagtak a kertbe, ahol üldögélni szoktak. De aznap nem vizsgálták sem a bokrok növését, sem a Magyarország felé vonuló felhőket. Nyugtalanul várták, hogy az új rabokat láthassák.

Lánc már nem volt a lábukon. Az a töméntelen arany, amit Törökné a szultánnak és a basáknak küldött, nem nyitotta meg a kaput, de megoldotta legalább a láncot.

A két ember különben is öreg volt már, s a várat kétszázötven családos katona őrizte. Nem szökött még onnan meg soha senki.

A belső őrséget új váltotta fel. Egy potrohos bég jelent meg az udvaron, hogy a távozóknak parancsoljon.

- Három a malomba menjen - mondotta a homlokát törölgetve.

Mert mindig meleg gyötörte azt a kövér embert.

- Három a malomba menjen, és követ vágjatok.

Megnevezte: ki legyen az a három.

Aztán két alacsony emberkéhez fordult.

- Ti egy óra múlva visszajöttök. A fegyvertárt fogjátok kitakarítani.

Török Bálint alig várta, hogy a bég végezzen. Eléje sétált.

- Jó reggelt, Veli bég! Hogy aludtál?

- Rosszul. Ma reggel korán felzavartak. Három új rab érkezett Magyarországból.

- Csak nem a *barát*-ot hozták tán ide?

- Nem a barát. Valami erőszakos úr ez. De nem is úr tán, hanem koldus. Inge sincs becsületes. Azt írják, hogy megleste a budai pasát, és mindenét elvette.

- A budai pasát?

- Azt. Vele hozták a két fiát is.

- Mi a neve?

- Én bizony felírtam, de nem tudom. Nektek mind olyan különös nevetek van, hogy az ördög se bírja észben tartani.

S anélkül hogy köszönt volna, megfordult, és talán az ágyába sétált vissza.

Bálint úr megzavarodottan ült le Maylád mellé.

- Elverte a budai basát? - szólt eltűnődve. - Ki lehet ez?

- Koldus? - folytatta a tűnődést Maylád. - Ha koldus volna, nem hozták volna ide.

- Akárki, de az első dolgom lesz, hogy ruhát adok neki.

Egész délelőtt tűnődtek, töprenkedtek. Elsoroltak vagy ezer magyarországi és erdélyi nevet, de egyikben se tudtak megállapodni.

Végre délben megjelent az új rab a közös asztalnál, amelyre a belső udvar árnyékos felén terítettek.

Nézik mind a ketten. Nem ismerik. Látják rajta, hogy alacsony, kis ősz, barna ember, s felében kopasz is. Magyar vászonruhába van öltözve, s rongyos. Mellette két jobban öltözött magyar ifjú. Húsz-huszonöt évesek. Látszik a vonásaikon, hogy testvérek, s hogy az öregnek a fiai.

Az öreg lábaira épp azt a könnyű acélláncot tették, amelyet Török Bálint viselt vagy két esztendőn át. Fényes volt az a lánc a viseléstől, mint az ezüst.

Maylád eléje sietett a rabnak. Nem tudta, kicsoda, csak azt látta, hogy magyar. Bálint is mély megindulással állt az asztalnál, s merően nézett az öregre.

Maylád nem tudott szólni semmit, csak megölelte az öreget. Bálint azonban az izgalomtól szinte reszketve kiáltott rája:

- Ki vagy?

Az öreg lehajtotta a fejét, s alig hallhatóan rebegte:

- Móré László.

Bálintot mintha megütötték volna. Elfordult. Leült.

Mayládnak is leesett az öregről a keze.

A két ifjú búsan állt az apja mögött.

- Itt esztek, urak - szólt Veli bég az asztal azon sarkára mutatva, amelyik szemben volt a Török Bálint helyével.

Török Bálint fölkelt:

- No, ha azok itt esznek, akkor én meg nem eszek itten!

És a háta mögött álló szolgához fordult.

- Hozd fel a tányéromat a szobámba.

Maylád darabig habozva állott, aztán ő is odaszólt a szolgájának:

- Hozd az én tányéromat is.

És megindult Bálint úr után.

Veli bég vállat vont. De aztán mégsem állhatta meg szó nélkül. Ránézett Móréra:

- Miért utálnak ezek téged?

Móré haragosan pillantott a két úr után.

- Mert magyarok.

- Nem vagy-e te is magyar?

- Éppen azért. Két magyar csak megfér együtt, de három már bajosan.

Török Bálint két hétig nem mozdult ki a szobájából. Nem ment le az udvarra, s Maylád, aki árnyékává lett, szintén nem. Hallgatta a Bálint úr prédikációit az új hitről, amelyet ama híres Calvinus János és Luther Márton terjesztett.

- Igazabban a jézusi hit, mint a latinra változott, elburjánosodott római - mondogatta Török Bálint.

És Maylád lassankint arra a hitre tért. Meg is írta levélben az ő Gábor fiának, s biztatta, hogy ő is gondolja meg otthon.

Végtére is megunták a szoba négy falát, s Bálint úr egy napon megszólalt:

- Gyerünk le tán a kertbe.

- Ott van a haramia.

- Hátha nincs is ottan?

- De hátha ott van?

- Ha ott van, ne szóljunk hozzá. Csakannyi a jogunk ott sétálni, mint neki.

Maylád elmosolyodott:

- Jogunk. Hát mégiscsak van nekünk valami jogunk.

- Van hát, a teremtésit. Mióta vagyunk mink rabok? Hiszen az csak két hete jött.

És lementek a kertbe.

Egy perzsa herceg ült ottan a platánfa alatt, az is régóta rab, mint ők; meg egy másik ázsiai fejedelem, aki szinte megpenészedett már búbánatában meg az unalomban. Sakkoztak. Reggeltől estig sakkoztak esztendők óta, és soha nem szóltak egymáshoz semmit.

Bálinték úgy ismerték már a két sakkozót, mint akár a márványkaput, amely a Vértorony és Aranytorony között fehérkedik; vagy akár azt az óriás termetű, vén kurd méltóságot, aki a császár szidásáért a mázsás bilincset viselte, s a vas terhétől lankadottan ült vagy feküdt napestig a Vértorony rácsos tömlöcében. Csak a szeme fordult arra, amerre a rabok sétáltak a bokrok között.

Hát a sakkozókra nem is néztek volna, hanem hogy egy új figura ült mögöttük, és nézte a játékukat, az feltűnt nekik.

- Ki a manó lehet az a sárga kaftános, kis, vén török? S mért van hajadonfővel?

A lépéseikre megfordult.

Móré volt.

Fölkelt, és otthagyta a sakkozókat. Arcáról eltűnt már az a bágyadtság, amely az első napon szinte betegnek láttatta. Apró, fekete szeme élénken pislogott, s a járása is erős volt már, szinte fiatalos.

Elébe lépett a két főúrnak, és keresztbe fonta a karját:

- Miért gyűlöltök engem? Mivel vagytok ti különbek, mint én? Gazdagabbak vagytok? Itt nem gazdag senki. Nemesebbek vagytok? Van olyan régi nemességem, mint akármelyiteké.

- Rabló voltál! - mordult rá Török Bálint.

- Hát ti nem voltatok rablók? Nem ott szereztétek-e a vagyonotokat, ahova a markotok elért? Nem harcoltatok-e egymás ellen is? Nem fordultatok-e hetvenhétszer János felé, hol Ferdinánd felé? Annak a nótáját fütyültétek, aki többet adott.

- Gyerünk innen - szólt Maylád kipirosodva -, hagyjuk itt ezt az embert!

- Dehogy megyek - felelte Török Bálint. - Egy embertől még nem hátrálok meg.

S leült a padra. Nyugalmat nyomott a haragjára, mert látta, hogy a kapu felől Veli bég közeleg egy török pappal meg a két Móré fiúval. A két fiú is török ruhába volt már öltözve, de a fejükön még nem volt turbán. Hajadonfővel jártak, mint az apjuk.

Maylád is leült Török Bálint mellé.

Móré szétvetett lábbal, egyik kezét csípőre téve állott előttük, és tovább hetvenkedett:

- Én ott voltam abban a harcban, ahol Dózsa Györgyöt levertük. Én ott voltam a mohácsi csatában, ahol huszonnégyezer magyar vére ömlött ki a hazáért.

- Én is ott voltam - szólt Maylád a mellére csapva.

- Hát ha ott voltál abban a vérkeresztségben, tudnod kellene, hogy akik onnan megmenekültek, testvérekül becsülik egymást.

- Már engem pedig az ilyen országúti haramia nem fog vallani testvérének! - dörgött kivörösödve Maylád. - Én tudom, hogy miért rontották le Palota várát.

- Azt lehet, hogy tudod. De azt nem tudod, hogy Nánát mért rontottátok le? Azt nem tudod, hogy a budai pasa lába előtt görnyed az egész magyar nemzet, és én, Móré László, én voltam az egyedüli, aki azt kiáltottam neki: *Eb ura kontyos!* Évekig harcoltam az én kis csapatommal a török ellen. Nem Ferdinánd, se nem a magyar nemzet, hanem én, Móré László, én vertem szét tavaly is az ő Belgrádba menő seregét; én, Móré László, akit ti rablónak és haramiának tituláztok!

Szusszantott. Aztán az öklével hadonászva folytatta:

- Volt volna annyi pénzem, mint Maylád Istvánnak valaha, volt volna annyi jószágom, váram és cselédem, mint Török Bálintnak, vagy annyi katonám, mint annak, aki a koronát csak ékességül viseli, akkor ma Móré László nevét a nemzet felszabadítójaként ünnepelnék. De mert nem volt, beszorított a pogány Nánába, és földig lerontotta a váramat az átkozott.

Veli bég odaérkezett az imámmal.

- Nem tudom, min feleseltek, de Szelim szava az igaz. Mert ő közelebb él az igazság forrásához, mint ti, hitetlenek.

- Micsoda Szelimnek? - hüledezett Török Bálint.

- Szelimnek - felelte Veli bég -, akit ezelőtt egynéhány nappal Móré Lászlónak neveztek a hitetlenek nyelvén.

Török Bálint keserűen kacagott:

- Szelim! És ez prédikál nekünk a hazafiságról! Coki, pogány, az apád dicsőségét!

Bizony megüti, ha Veli bég közibük nem ugrik.

- Hitetlen disznó! - bődült a bég Bálint úrra. - Mindjárt láncba veretlek!

Bálint úr felkapta a fejét, mint az orron ütött paripa. A szeme lángot vetett. Isten tudja, mi történik, ha Maylád el nem vonszolja onnan!

A bég megvetően nézett utánuk. Bizonyára a zsebére is gondolt, hogy nem folytatta a Bálint úr szidását. Ehelyett Móréhoz fordult, és olyan hangosan, hogy amazok is hallják, szólott neki:

- A kegyelmes szultán örömmel értesült arról, hogy az igazhívők seregébe lépsz. Elküldte ezt a tiszteletre méltó papot, hogy megismerd a próféta világosságát, kinek áldott a neve mindörökké.

- Gyerünk vissza a szobánkba! - hörögte Török Bálint. - Gyerünk vissza, jó Maylád barátom!

Néhány nap múlva kiszabadult a két Móré fiú. Valami tisztséget kapott mind a kettő Konstantinápolyban.

Csak az öreg Móré maradt a falak között.

Bálinték nem váltottak többé szót vele, de azt nemegyszer hallották, hogy ő is sürgette a szabadságát.

Veli bég egy ízben így felelt neki:

- Jártam az ügyedben megint a fényes Portán. Megjött már Magyarországból a levél. A budai pasa szépen lepingált, mondhatom. Azt írja többek között, hogy mikor Nánát ostromolták, pénzt szórtál a törökök közé, hogy elvihesd az irhádat.

És a fejét csóválta, nevetett:

- Öreg, öreg, nagy róka vagy te!

A töröké volt már Székesfejérvár és Esztergom is. A szultán maga vezette a táborát, hogy a Dunántúlnak azt a két bástyáját ledöntse.

Tél volt már, mikorra hazatért.

A héttoronybeliek hétről hétre értesültek a hadjáratról, a hazatérésről is. Várták az új rabokat. Isten fel ne rója bűnül: még örültek is, hogy új ismerősök, talán jó barátok is jelennek meg az óriás börtönben. Mennyi újságot hallanak! Talán a családjukról is.

Egy délelőtt épp erről beszélgetnek, mikor az ajtajuk megnyílik, s Veli bég toppan be. Az arca sietéstől piros. A két kezét a mellére teszi, és meghajol Bálint úr előtt:

- A kegyelmes padisah hívat, nagyságos uram: méltóztassál azonnal öltözködni, s megyünk.

Bálint úr megrázkódott. A tekintete szinte elmeredt.

- Szabad vagy! - rebegte Maylád.

És kapkodták elő a szekrényből a ruhát. Veli bég elfutott, hogy maga is öltözködjön.

- Emlékezzél meg rólam! - könyörgött Maylád. - Említs meg neki, Bálint! Hiszen szemtől szembe állsz majd vele. Beszélgettek. Megemlíthetsz. Kérheted, hogy bocsásson el engem is veled.

- Nem felejtem el - mondta Bálint.

És remegő kézzel gombolta magára a virágos, kék atlaszt, amelyben elfogták. A téli, szép ruháit elnyűtte már. Azt a kék atlaszt nem viselte. Tartogatta. Reménykedett, hogy abban tér majd haza.

Csak kardot nem köthetett.

- Rajtad lesz visszatéret - mondta Maylád.

S lekísérte a lépcsőn. Örömszemmel nézte, hogyan ülnek hintóba Veli béggel, hogyan burkolódznak bő, prémes bundákba.

S a hintó elindult. Két lándzsás őr lovagolt mögötte.

- Istenem, Istenem! - fohászkodott Bálint úr az egész úton.

Százévnyi nagy időnek tetszett, míg végre bekanyarodtak a szeráj kapuján. A Janicsár-udvaron át gyalog mentek a palotába.

Sok lépcső, de mind fehér márvány; sok délceg testőr, de mind szolga; nagy márványoszlopok, puha szőnyegek, aranyozások, a keleti művészet minden filigrán remeke lépten-nyomon. De Török Bálint nem látott egyebet, csak az előtte menő, fehér kaftános szolga háta közepét meg itt-ott egy vastag selyemkárpittal beakasztott ajtót, amelyről azt gyanította, hogy a szultán ajtaja.

Kis terembe vezették. Nem volt abban egyéb, csak egy szőnyeg s azon egy vánkos. A vánkos mellett meg óriás rézmedence, hasonlatos a budai templom sárgarézből való keresztelőmedencéjéhez, csakhogy nem oszlop tartotta, hanem egy márványlap, s nem víz volt benne, hanem parázstűz.

Török Bálint ismerte már azt a bútort: *mangál* a neve. Az a kályha télen a török földön.

A szobában nem volt senki, csak a három ajtón a három szerecsen ajtónálló. Szoborként álltak a nagy fényes alabárddal. Mellettük Veli bég.

Bálint az ablakra nézett. Lelátott a zölden hullámzó tengerre s a tengeren túl Szkutariba, mintha csak a budai palotája ablakából nézne le Pest városára.

Talán öt percig álldogált ott, mikor végre az ajtó kárpitját egy szerecsen kéz félrevonta. A következő pillanatban belépett a szultán.

Kíséret sem előtte, sem utána, csak egy tizenhat éves, sovány szerencsen fiú, aki megállt az őr mellett az ajtónál.

A bég hasra borult a szőnyegen. Bálint összetette a bokáját, és meghajolt. Mikor fölemelte a fejét, a szultán ott állt a mangál mellett, és föléje tartotta két sovány tenyerét. Diószín kaftán volt rajta, hermelinprémmel körülszegett, és oly hosszú, hogy csak a két vörös papucsorr látszott ki alóla. A fején könnyű patyolatturbán. Az arca beretvált. Vékony, ősz bajusza hosszan lelógott, az állánál is lejjebb. Egy percig csak álltak szótlanul. A szultán ekkor ránézett a bégre:

- Eredj!

A bég fölkelt, meghajolt, az ajtóig hátrált. Ott ismét meghajolt, s eltűnt.

- Régen nem láttalak - kezdte nyugodtan a szultán. - Nem változtál semmit. Csupán, hogy megőszültél.

Gondolta Bálint: hiszen te se fiatalodtál, Szolimán. Mert megsoványodott a szultán, mióta nem látta, s nagy birkaszemei körülráncosodtak. Meg az

177

orra mintha meghosszabbodott volna. Az arca éktelenül ki volt pirosítva.
De nem szólt Bálint semmit, csak várta, várta szorongó szívvel, hogy mi következik.

A szultán keresztbe fonta a karjait.

- Tudod talán, hogy Magyarország nincs többé. - (Bálint úr elsápad. A lélegzete is eláll.) - Az az egynéhány akol, ami még hátravan, csak időben van hátra. Ebben az évben az is meghódol. - (Bálint úr nagyot lélegzik.) - Hát nekem Budára egy jóravaló pasa kell. Olyan pasa, aki nem idegen a magyarnak, de nekem se. Te jeles ember vagy. A birtokaidat én visszaadnám. Mindent.

Bálint merőn néz. Az ajka megmozdul. De hogy mégse mond semmit, a szultán folytatja:

- Érted, mit beszélek? Hiszen te értesz törökül.
- *Evet* - feleli Bálint. (Ami annyit tesz: *igen*.)
- Hát én téged tennélek budai pasának.

Bálint válla megremeg egy pillanatra. Arca azonban komoly és bús marad. Tekintete lesiklik a szultánról a mangálra, amelynek arabeszkjein átpiroslik a parázs.

A szultán egy percre elhallgatott. Talán azt várta, hogy Bálint törökösen a lábához borul, talán azt, hogy magyarosan kezet csókol, vagy legalábbis hogy felel valamit. De Bálint csak állott. S mintha nem is szultán előtt állott volna, összefonta ő is a karjait.

A szultán elkomorodott. Fel és alá sétált vagy kétszer a szobában. Aztán megint megállt, és türelmetlenül kérdezte:

- Hát nem vállalod talán?

Bálint fölocsúdott.

Mert hol volt az ő lelke e néhány minutányi szünet alatt! Beszárnyalta az összes várait, birtokait, erdőit, mezőit, ölelte a feleségét, csókolta a gyermekeit, ült a kedves paripáin, szívta a szabadság levegőjét.

Felocsúdott a hangra, mint az álomból ébredő.

- Kegyelmes császár - szólt mély megindulással -, ha jól értem a szavadat, Werbőczynek a helyére méltóztatol rendelni engem.
- Nem. Werbőczy meghalt. Még abban az évben halt meg, mikor te eljöttél. A helyét nem töltjük be többé. Én téged rendes pasának akarlak. A legnagyobb pasaságot adom neked és a legteljesebb szabadságot.

Bálint úr csak bámult a császárra, mintha az valami csoda volna.

- De hát hogyan, felséges uram? - szólalt meg végre. - Magyar pasának?
- Nem: török pasának.
- Török pasának?
- Török pasának. Mondtam, hogy Magyarország nincs többé, tehát magyar sincs többé.
- Hogy én törökké legyek?
- Pasa.

Török Bálint feje lecsüggedt. Sóhajtott. Ránézett a szultán arcára, és mély, bús hangon szólalt meg:

- Másképp nem lehet?

- Nem.

Török Bálint behunyta a szemét. A melle nehéz lélegzettől zihált.

- Felséges úr - szólalt meg végre. - Tudom, hogy nem vagy hozzászokva az őszinte szóhoz. De már én abban vénültem meg... Nem tudok mást mondani, csak amit gondolok.

- Hát mit gondolsz? - szólt fagyosan a szultán.

Bálint úr sápadtan, de nyugodt, határozott hangon felelte:

—   Azt, hogy ha az egész ország a tied is, meg ha minden magyarból török lesz is, én nem... én nem... én nem!...

—

9

Veli bég elszörnyülködve hallotta az úton visszatérőben, hogy mi volt a titkos párbeszéd.

- Micsoda bolond fajzat vagy te! - mondotta a fejét csóválva. - A nyakamat teszem rá, hogy az éjjel már bent hálsz a Vértoronyban.

S egész éjjel ott járt az udvaron: várta a szultán rendeletét.

Azonban a rendelet sem azon éjjel, sem a következő napokon nem érkezett meg. Se levél, se izenet, semmi, semmi.

Egy hét múlva az öreg sejk-ül-iszlám, a törökök hercegprímása jelent meg a Héttoronyban.

- Valami nevezetes gyaur van itt - mondotta a bégnek. - Török Bálint a neve.

- Evet - felelte a bég hajladozva.

- A padisahnak (Allah nyújtsa hosszúra életét) kedves gondolata az, hogy ezt az embert magyar tartományunk kormányzójává tegye, s nem akar áttérni a hitetlen eb.

- Kutya.

- Arra kértem őt (Allah nyújtsa hosszúra életét), hogy hadd nézzem meg a foglyot, talán tehetek valamit. Tudod, fiam, öreg és tapasztalt ember vagyok.

- Bölcsek bölcse vagy, sejk, korunk Salamonja.

- Én is azt gondolom, hogy minden csomónak megvan a maga oldója. Csak türelem és okosság. Hátha meghatja az, hogy én magam hozom el neki a próféta világosságát? Először csak figyelni fog rám, aztán maga se érzi meg, hogyan csöppenik a szívébe az igaz hit első magvacskája.

- Eléggé értelmes ember.

- Aztán látod, fiam, ha megtérítjük ezt a gonosz hitetlent, örömet szerzünk vele a padisahnak.

S egyszerre mondották utána:

- Allah nyújtsa hosszúra életét!

A napnak nyolcadik órájában, vagyis a mi időszámításunk szerint délután két órakor, Bálint úr a szobájában aludt, mikor az ajtót rányitotta a bég, és betessékelte a főmuftit.

Bálint úr felkönyökölt a díványon, és zavarodottan dörzsölte a szemét. Csak nézett a nagy szakállú bibliai figurára, akit sohasem látott, de akinek papi mivoltát a fekete kaftánról és fehér turbánról egyszerre megösmerte.

- Ébredj, Bálint úr - szólt rá a bég. - Nagy becsület ér téged. Maga a sejk-ül-iszlám őméltósága jött el, hogy téged oktasson. Hallgasd őt figyelemmel.

S lekapta a falról az ágy mögi szőnyeget, s a szoba közepére terítette. Azután a kaftánját vetette le, hogy azt meg a szőnyegre terítse, de már azt az öreg nem fogadta el. Leült, és keresztbe vonta a lábait. Szakálla éppen a szőnyegig ért. Eszes, vén szeme vizsgálódva járta végig Bálint urat. Azután a *Korán*-ban, egy pergamenbe kötött, tenyérnyi kis vaskos könyvben lapozott.

- Mit akartok? - dörmögött Bálint úr. - Hiszen én megmondtam a császárnak, hogy nem fordulok törökké.

A bég nem felelt. A főmuftira nézett. A főmufti felelet helyett a szívéhez, homlokához és ajkához emelte a könyvet. Aztán így szólott:

- Allahnak, az irgalmasnak és könyörületesnek nevében. Abul Kazem Mohamed, Abdallah fia, aki Abd el Motalleb fia, aki Hazem fia, aki Abd Menaf fia, aki Kaszi fia, aki Kelab fia, aki Morra fia, aki Kaab fia, aki Lova fia, aki Galeb fia...

Bálint úr csak nézett. Fölvette a dolmányát. Leült az öreggel szemben a székre. Várta, hogy mi lesz ebből.

Az öreg nyugodtan folytatta:

- Aki Fer fia, aki Malek fia, aki Madar fia, aki Kenana fia, aki Kazima fia...

Bálint úr ásított.

Az öreg folytatta:

- Aki Modreka fia, aki Eliás fia, aki Modar fia, aki Názár fia, aki Moád fia...

S a nevek tengerét sorolta még el, mígnem visszakerült Mohamedre és a születésére.

A bég már akkor nem volt a szobában. Nesztelenül kiosont, hogy a dolgait folytassa. A folyosón Maylácldal találkozott, aki szintén alvásból kelt fel. Bálint úrhoz igyekezett, hogy felköltse.

- Ne zavard őt - mondotta a bég. - Pap van nála. Az igaz vallásból nyer oktatást.

- A török vallásból?

- Abból - felelte mosolyogva a bég.

És ugrálva sietett le a lépcsőkön.

Maylád elképedten bámult utána.

10

Még a perzsa gyászmenet el se vonult, Gergely megfogta Évának a kezét, és megindult. Befurakodott a nép közé. Útközben szólt a cigánynak meg Mekcseynek:

- Gyertek! Baj van!

Akkor aztán Mekcsey lépett előre. Széles vállával utat nyomott a sokaság sűrűjében. Jumurdzsák meg az aga a túlsó soron szorongott: nem furakodhattak a szent meneten keresztül. A rendtartó katonák sem engedték volna őket. Meg az a sok handzsár, amelyet a vallási düh villogtatott, mind ellenük fordult volna.

A mohamedánosok meg a síiták különben is gyűlölik egymást. A síiták azt tartják, hogy Mohamed mai papjai csak bitangolják a méltóságokat. A törökök meg azt tartják, hogy a perzsa nép eretnek.

Végre sok nyomakodás és lökdösés után kibontakoztak a sokaságból, s egy kis utcába érkeztek, amely sötét volt.

- Fussunk! - mondta Gergely. - Az agát láttam meg Jumurdzsákot. Katonákkal jöttek.

És megindultak a sötétben. Futottak. Legelöl a cigány futott, pedig azt se tudta, hogy miért kell futnia. Bele is bukfencezett egy alvó kutyacsoportba. Egy kutya felsivalkodott, a többi ijedten robbant széjjel.

Mert tudni való, hogy Konstantinápoly a kutyák paradicsoma. Ott vagy nincsenek udvarok, vagy ha vannak, a házak tetején vannak; hát a kutya nem fér el sehova. Azok a vörös szőrű, róka formájú ebek százával lepik néhol az utcákat. A török nem bántja őket, sőt mikor egyik-másik kutya kölykezik, a kapuja mellé vet egy rongyot vagy gyékénydarabot, hogy segítsen rajta. Azok az ebek takarítják, tisztogatják Konstantinápolyt. Még a mi időnkben is a négyszögletes bádog szeméttartókat minden török a kapuja mellé üríti. A szemetet a kutyák megeszik. Mindent megesznek, ami nem vas és nem üveg. És nem is rútak, nem is vadak azok az ebek. Akármelyiknek pattintunk, örömmel csóválja a farkát. Nincs olyan köztük, amelyiket meg ne lehetne simogatni.

A cigány elesésére megállt az egész társaság. Gergely nevetett.

- Ördög vigyen el, Sárközi! - mondotta. - Minek futsz ilyen bolondul?
- Ha kergetnek - felelte a cigány feltápászkodva.
- Nem kerget itt már senki. Hallgatóddzunk!

Az utca csendes volt. Csak a távolból hallatszott még a perzsák ájtatos éneke.

Hallgattak. Füleltek.

- Én már nem futok tovább - mondta Mekcsey elszántan. - Ha valaki rám támad, belészúrom a dákosomat.

De nem mutatkozott senki.

- Nyomunkat vesztették - vélekedett Gergely. - Hát, Sárközi barátom, hol hálunk?
- A hold mindjárt felkel - felelte a cigány. - Nekem volna ismerősöm, akinél meghálhatunk. Hanem az messzecskén van még: a Jedikula mögött.

Jancsi megrezzent:

- A Jedikula mellett megyünk el?
- Ott - felelte a cigány. - Csak nyíllövésnyire van onnan az a kocsma.

- És azt mondod: kisüt a holdvilág.
- Kisüt. Nem látja, úrfi, hogy világosodik az ég alja? Sietnünk kell. Az a kocsmáros görög. Az a mi orgazdánk. Jó pénzért ruhát is ad.
- Nem lehetne-e körülnéznünk a Jedikulát? - kérdezte remegő hangon Jancsi.
- Az éjjel?
- Az éjjel.
- Lehet, ha éppen olyan sietős - felelte a cigány. - Csak le ne füleljenek bennünket.
S megindult a fiúk előtt. Óvatosan átlépte a heverő kutyákat, s hogy a hold kisütött, mindenütt azon az oldalon ment, amelyikre árnyék terült.

Alvó házak és alvó utcák. Csak a kutyák csaholnak időnkint. Sehol egy emberi lélek.
A hold apró faházakat világít meg. Mind egyforma ház. Egyemeletes. Két rostélyos ablak az emeleten, de csak farostélyos. Azok a háremablakok. Aztán közben egy-egy kőház, és megint a faházak végtelen sora.
Egy háznál megáll a cigány, és int, hogy csendesen viselkedjenek. A házban gyermek sír, és férfihang hallatszik. Aztán egy bosszús női hang. Persze az ablakon nincs sehol üveg. S kihallatszik, ahogy a nő kiáltja:
- *Szeszini kesz! Hunyadi gelijor!* (Hallgass el! Hunyadi jön!)
A gyerek elhallgat. Utasaink sietve haladnak tovább.
Még nincs éjfél, mikor a holdvilágos, csillagos tenger ragyog fel egy kanyarulatnál a szemük előtt.
A cigány ismét hallgatódzik, azután halkan beszél:
- Csónakba kell ülnünk, ha ugyan találunk csónakot, s megkerüljük a Jedikulát. Mert a Jedikula túlsó felén van az a kocsma.
- Hát itt is iszik a török? - kérdezte Gergely.
- Abban a kocsmában iszik a török is - felelte a cigány. - Van egy belső szoba, ahol csupa török iszik.
Ide-oda járkált a homokos parton, végre egy cölöp mellett csónakot talált.
Abban a pillanatban egy kis, barna ruhás női alak denevérként suhant ki az utcából. Leiramlott a parton a cigányhoz.
A cigány meglepetten nézett reá.
- Te vagy, Cserhán?
A vajda leánya volt.
- Hol vannak a delik? - kérdezte lihegve.
A cigány a házsor árnyékára mutatott, ahol Gergelyék hallgatódzva állottak.
A leány odafutott. Megragadta Évának a karját:
- Veszedelem fenyeget! Egy hollóképű aga jár a nyomotokban húsz katonával.
Éva Gergelyre nézett. Nem értette, amit a leány beszél.
- Nálunk volt az aga - folytatta a leány -, alighogy ti elmentetek.

Összevissza kutatták a sátorainkat. Karddal ütötték apámat, hogy mondja meg, hol vagytok. A barlangba is bementek.

- És ti a nyomunkba vezettétek őket?

A leány a fejét rázta:

- Nem. Két okból nem. Az egyiket nem mondom meg. (És Évára pillantott.) A másik ok az volt, hogy Sárközi veletek jött, s talán megölték volna.

- Őszinte vagy - szólt Gergely mosolyogva. - Mink már találkoztunk velük.

- De jönnek! A nyomotokban vannak! Gyertek hamar! Fussatok!

- Üljenek a csónakba - mondotta Sárközi.

- A tengert a hold süti - aggodalmaskodott a leány.

- Mindegy - felelte Gergely. - Több csónak itt nincs. Ha meg is látnak, idő telik belé, míg csónakot kerítenek.

S megindult a csónak felé.

A hold megvilágította a tengert s a magas bástyafalat, amelynek közepén a tengerre néző négy torony négy hegyes kalapú óriásként sötétlett bele az éjjeli világosságba.

Mikor a csónakhoz értek, fegyvercsörgés hallatszott az utcából.

- Jönnek! - riadt meg a leány.

A békák nem ugrálnak gyorsabban a vízbe, mint a mi utasaink a csónakba.

- A csónak szűk! - kiáltja Gergely.

De a szava beleveszett abba az üvöltésbe, amely a parton felhangzott.

A leány is a csónakba ugrott.

Mekcsey elkapta a cigánytól a két evezőt, s egyetlen roppantással leszakította róluk a szíjakat.

- Üljetek le!

- Taszítsd el a csónakot! - kiáltotta Gergely.

Mert a csónak mellel a parton feküdt.

- Még nem - felelte Mekcsey.

S fölemelt lapáttal várta a törököt, aki a társait száz lépéssel is megelőzve rohant feléjük.

- Gyere csak, dervis! - rikoltotta dühösen Mekcsey. - Gyere!

Jumurdzsák azonban a fölemelt lapát láttára visszahőkölt. Csak a leeresztett handzsár villogott a kezében.

- Gyere, no! - kiáltott rá újból Mekcsey.

S nemhogy eltaszította volna a csónakot, hanem még kiugrott belőle, és nekiszaladt a lapáttal Jumurdzsáknak.

A dervis meghőkölt, s hogy Mekcsey nekifutott, ő is megfordult és visszainalt.

- Siess! - kiáltotta Gergely.

Mekcsey nyugodtan ballagott vissza a csónakhoz, s egyetlen lökéssel elválasztotta a parttól.

Eközben odaérkezett még valami tíz török, s bősz üvöltésük kísérte a csónak lengedezését.

De csakugyan nagy volt a teher. A csónak széle alig arasznyira állt ki a

vízből. Mozdulatlanul kellett ülniük, hogy a csónak ne himbálóddzon.
Amazok a parton föl-alá futkostak, hogy csónakot kerítsenek.
Mekcsey a cigányhoz fordult:
- Merre?
A cigány a csónak túlsó farán kuporgott, s annyira vacogott a foga, hogy alig bírt felelni.
- Kerüljük meg a várat.
- Mi van a váron túl?
- Semmi.
- Erdő, mező?
- Kertek. Bokros helyek.
A cigányleány megjajdult:
- Csónakot találtak!
Csakugyan csónak indult el a partról. A csónak tele volt katonával. Hatan ültek benne, de csak két evezőjük volt nekik is.
A többi török bizonyára szétfutott, hogy másik csónakot is kerítsen.
- Hányan vagyunk? - kérdezte Mekcsey.
- Nyolcan - felelte a cigány.
- Csak hatan. Mert te meg a leány nem vagytok harcosok.
Hallgatva eveztek tovább, keletnek.
A török csónak követte őket.
- Ha többen nem jönnek - vélekedett Mekcsey -, én majd az evezővel dolgozok, ti meg ahogy lehet.
- Itt ugyan alig harcolhatunk - mondta Gergely. - Ha utolérnek bennünket, mind a két csónak felfordul. Azt ajánlom, evezz Szkutari felé.
- Hát ki nem tud úszni?
- Én, nagyságos uram - felelte reszketve a cigány.
- Hát kapaszkodjál a csónak orrába, ha éppen felfordul.
- Nem úgy lesz az, Pista - szólt Gergely nyugodtan. - Csak evezz te a túlsó part felé, hogy ahol már derékig érő víz van, megvethessük a lábunkat.
- Hát aztán?
- Összecsomóztam itt két font puskaport. Megvizesítem és meggyújtom. Mihelyest közel érnek, odavetem közéjük. Akkor aztán ugorj ki a csónakból. Utánad én, aztán Jancsi, aztán meg Matyi. A törökök megzavarodnak. Elbánhatunk velük egyenkint.
S odanyújtotta a cigánynak a taplót meg az acélt:
- Csiholj, Sárközi!
Mekcsey szó nélkül kanyarodott az ázsiai part felé. De messze voltak még: egy óránál is tovább kellett evezniük. Szótlanul ültek a csónakban. Mekcsey Matyival fölváltva evezett. Olykor-olykor mélyen a vízbe nyomta az evezőjét. Könyökig is. Feneket azonban nem bírt még tapintani.
A törökök ezalatt rikoltozva, kiáltozva haladtak utánuk.
- Perzevenk dinini szikeim! - kiáltotta az egyik.
- Perzevenk batakdzsi! - kiáltotta a másik.

Egyszer Gergely is visszakiáltott:

- Perzevenk kenaf óglu! Hersziz aga! Batakdzsi aga!

Belenyúlt a tengerbe, és Sárközi hátán ujjnyi vastagságú, fekete tésztává gyúrta a puskaport.

- No, most, Évám, a közepébe egy kis szárazat.

Éva kicsavarta a portartó szaru dugóját, és száraz puskaport öntött a lepény közepébe.

Gergely behajtotta a lepényt, s gombóccá formálta. Belecsavarta a kendőjébe. Csak egy nyílást hagyott, hogy a puskaporba tüzet gyújthasson.

- Föld - mondotta egyszerre Mekcsey. - Pedig a tengerszoros közepén alig voltak még túl.

Jól dolgozott a fiú. Az a távolság, amely a törökök indulásakor közöttük volt, alig kisebbedett. S a törökök csónakja annyira lehetett, mint amennyire egy erős karú ember el tudja dobni a lapos kavicsot.

- Ég-e a tapló?

- Ég - felelte a cigány.

- No, csak tartsd. Te meg, Mekcsey, evezz most lassabban. Úgy fordítsd a csónakot, hogy oldalt kerülj. Csak arra vigyázz, hogy belénk ne ütközzenek. Inkább mellettünk rohanjanak el, ha éppen nagyon nekünk jönnek.

- Kitérek majd, ne félj.

- Mikor már csak tízlépésnyire leszünk, a cigány csússzon le a csónak orráról a vízbe. A cigányleány is. Te is talán, Éva, de csak abban a pillanatban, amint én a tüzet átdobtam. Nekik nem szabad megsejteniük, hogy itt csak derékig ér a víz. Hadd ússzanak!

Egyet szorított még a kendőn, s a fogával is húzott rajta. Aztán folytatta:

- Ha a tűz kiveti őket a csónakból, te, Mekcsey, mégis maradj itt a csónakban az evezőlapáttal. Mink ketten Jancsival a vízbe ugrunk, és az úszókat beretváljuk. Ha nagy lesz a zavarodásuk, akkor te, Matyi, a csónakjukat iparkodjál megragadni, s amelyik belekapaszkodik, azt vágd.

- Hát én? - kérdezte a cigány.

- Ti hárman a csónakunkat tartsátok, hogy Mekcsey el ne billenjen.

S Éva füléhez hajolt, és belesúgta:

- Te a csónak túlsó oldalán ereszkedj a vízbe, s bukj alá, nehogy a puskapor megüsse az arcodat. Azután kapd el a másik evezőt, és azzal üsd a törököt, amelyik közeledbe ér. Az evező mégiscsak hosszabb, mint a kard.

A törökök látták, hogy a két csónak köze fogy. Diadalüvöltésük hirdette, hogy bizonyosnak érzik a győzelmet.

Mikor már csak harminclépésnyi volt köztük a távolság, Mekcsey ledugta a lapátot.

- Derékig ér a víz.

- Hát akkor álljunk meg - felelte Gergely.

S fölkelt a padról.

- Add ide a taplót - mondotta a cigánynak.

S átkiáltott a törököknek:

- Mit akartok?

- Mindjárt megtudod! - felelték azok farkasnevetéssel.

Gergely odaadta a taplót és kendőt Évának, s fölvette a csónaknak az egyik ülődeszkáját.

A törökök kezében kard, a foguk között tőr. Hallgattak. Az evezőjük nagy loccsanásokkal dolgozott.

Már odaértek. Gergely a csónakjuk elé veti a deszkát. Toccsan. Az evező török, hogy víz loccsant hátulról a nyakába, abbahagyta az evezést, és visszanézett, hogy mi loccsant.

A csónak magától úszott közelebb.

Mikor már alig tizenöt lépésnyire volt, Gergely odaérintette a puskaporhoz a taplót. A por vörös izzással sistergett.

Gergely csak egy pillanatig várt vele. Egy jól irányzott mozdulattal beledobta a török csónakba.

A törökök, hogy a tüzes sárkány átrepült, szétmozdultak. A következő pillanatban mintha tűzi szökőkúttá változott volna a csónak, aztán meg háromöles láng csapott fel nagy puffanással közöttük.

A török csónak felfordult.

A hat török hatfelé kapva toccsant bele a tengerbe.

- Rajta! - kiáltotta Gergely.

Azonban a szemük káprázott az elvillant fénytől.

Egyik se látott semmit. Időbe telt, míg Gergely megpillantotta az első törököt, amelyik a csónakjukba kapott, s egy nagy rántással Mekcseyt kilódította.

Gergely rácsapott a karddal. Érezte, hogy a kardja keményet ért.

- Üssétek őket! - kiáltotta.

De a társai is csak félvakon dolgoztak.

Mikorra megtért a szemük ereje, Mekcseyt látták, ahogyan erősen birkózik a vízben egy vállas törökkel.

Gergely arra is rávágott. Fejen találta. A török erre nekifordult. Az öklével úgy ütötte vállon Gergelyt, hogy a fiú majd elesett. De akkor meg Mekcsey kapaszkodott a törökbe. Megragadta hátulról a nyakát, és belenyomta a vízbe. Tartotta, míg csak bugyborékolt.

11

Egy májusi délután három bársonyruhás olasz ifjú s két rövid szoknyás olasz leány jelent meg a Héttorony kapuja előtt. Az egyik ifjúnál koboz volt, az egyik leánynál is. A másik leány tamburint tartott a hóna alatt.

Az őr az árnyékon félálmosan álldogált, s talán el is aludt volna álltában, ha időnkint katonák nem járnak a kapu alatt.

Hogy az idegeneket meglátta, eléjük nyújtotta a lándzsáját.

- Mit akartok?

- Olasz énekesek vagyunk - felelte az egyik. - A várnaggyal szeretnénk beszélni.

- Nem lehet.
- De nekünk kell.
- Nem lehet!
- Miért nem lehet?
- Meghagyta, hogy idegent ne bocsássak hozzá. Sok a dolga. Hurcolkodik.
Valami hat katona állt és guggolt a fal árnyékában. Öreg cigányasszony jósolt ott nekik rostán rázott tarkababból.

Az egyik leány, a kisebbik, bátran odalépett, és megszólította a cigányasszonyt:
- Láláká. Az őr nem akar beereszteni. Küldj be valakit Veli béghez, hogy ajándékot hoztunk.

A cigányasszony éppen valami érdekes jóslatnál tartott. Öt csoportba osztotta a babot, és csevegett a katonának:
- Most vetődött a szerencséd képe, de nem mondom el addig, míg be nem mégy a béghez, és meg nem jelented neki, hogy olaszok vannak itt: ajándékot hoztak.

A megszólítottnak már vörös volt a képe a kíváncsiságtól. Egyet vakarintott a tarkóján, aztán fölkelt és besietett.

Nem telt belé tíz perc, újra megjelent a kapuban. Intett az olaszoknak:
- Kövessetek.

S megindult az olaszok előtt. Átvezette őket egynéhány folyosón, majd egy kerten a malom mellett, majd újból egy másik kerten, amely óriás levelű salátával volt tele.

A katona leszakított egy fej salátát, s azon nyersen levelezni kezdte. Megkínálta vele a leányokat is:
- Egyetek maruját.

A cigányleány elfogadott egy levelet, s odakínálta a társának.
- Nem kell; köszönöm, Cserhán.
- De egyél! Jó.
- Tudom, hogy jó, de mink nem így szoktuk.
- Hát hogyan? Sóval?
- Sóval, de főképpen rántott csirkével.

Az egyik olasz tolmácsolta mindig a beszédüket, s mivelhogy a két leány mindig beszélgetett, s néhányszor a tolmács elfordult, a leány mindig megszólította:
- Gergely, mit mond Cserhán?

Két magas fal között volt az a kert.

Kettős vár. Két torony a közepén külön fallal van összekötve.
- A tornyok is kettősek belől - magyarázta Gergelynek a cigányleány. - Egy katona beszélte egyszer a kocsmában, ahol az éjjel háltunk, hogy ezek a tornyok tömve vannak arannyal, ezüsttel. Ő már söpört ottan, s benézett a kulcslyukon.
- Azért őrzi ezt annyi katona - felelte búsan Jancsi.

A fiú különben izgatott volt. Hol elpirult, hol elsápadt, s mindenfelé nézett, hallgatódzott.

Elérték a bég hajlékát. Nem is volt több ház belől a fal mentén, csak a sok vastag ágyú; minden ötven lépésre egy. Mellettük a rozsdás golyók gúlába rakottan.

A bég udvara tele volt ládával meg egy piros vászonból készült sátor részeivel. Fegyverek, tábori bútorok és szőnyegek hevertek szanaszéjjel a kavicson meg a gondozott virágágyakon. Aki innen elmegy, bizonyára nem találkozik azzal, aki a helyébe költözik.

Tíz-tizenöt katona rakodott a ládákba.

A bég ott állt közöttük, és ő is salátát evett nyersen, rántott csirke nélkül. Félrehívta az olaszokat a bástyafal mentén. Egy kifelé néző, vastag ágyúnak a kerekére ült, s ott salátozott tovább.

- No, mit akartok? - kérdezte jókedvűen.

Gergely előállt. A kalapját a kezében tartva szólott törökül:

- Uram, mink olasz énekesek vagyunk. Az éjjel itt halásztunk a vár alatt. Tudod, uram, szegények vagyunk, hát esténkint halásznunk kell. Hanem az éjjel nemcsak halat fogtunk. Ahogy kihúzzuk a hálót, valami megcsillanik benne. Nézzük, micsoda, hát egy gyönyörű aranytányér.

- Mi a manó!

- Az, uram. Nézd, itt van, láttál-e valaha szebbet ennél?

A kebelébe nyúlt, és egy kis aranytányért vett elő, amelynek a közepén remekül kivert görög istenalakok domborodtak.

- Masallah! - rebegte a bég.

S a szeme a gyönyörűségtől elmeredt.

- Magunk se láttunk ehhez hasonlót - folytatta Gergely. - Azon gondolkoztunk, hogy mihez fogjunk vele. Ha eladjuk, ránk fogják, hogy loptuk, s isten tudja, micsoda bajba kerülünk! Ha nem adjuk el, mit ér annak a tányér, akinek nincs mit ennie belőle?

A bég ide-oda forgatta a tányért, s meg is emelgette.

- No, és miért hoztátok éppen nekem?

- Éppen azt akarom elmondani, nagyságos uram. Ahogy ott tűnődtünk, eszünkbe jut, hogy raboskodik itt a Héttoronyban egy jótevőnk, valami magyar úr. Kicsikoromban én az öcsémmel együtt rabja voltam annak az úrnak.

- És jól bánt veletek?

- Tanított bennünket, és úgy szeretett, mint a saját fiait. Hát arra gondoltunk, hogy megkérünk téged: engedd meg, hogy danolhassunk neki egyet.

- Hát ezért hoztátok nekem a tányérat?

- Ezért.

- És jól tudtok danolni? Hát danoljatok egyet.

Az öt olasz mindjárt körbe áll. Ketten megpendítik a kobzt, s egyszeriben rákezdik:

Mamma,

Mamma,
Ora muoio,
Ora muoio!
Desio tal cosa
Che all orto ci sta. [1]

A két leány dala: mint két hegedűhang. Gergelyé, Jancsié: mint két fuvola. Mekcseyé: mint valami gordonka.

A bég abbahagyta a salátaevést is, tányérbámulást is, szinte lehetett látni, hogy nől a füle.

- Angyalok vagytok ti, vagy dzsinnek? - kiáltotta bámulva.

Az énekesek felelet helyett víg táncdalba kezdtek. A cigányleány kiperdült a középre, és a tamburint zörgetve irgett-forgott a bég előtt.

A bég fölkelt.

- Elnéznélek benneteket három nap, három éjjel. De nekem holnap reggel Magyarországba kell indulnom. Csatlakozzatok hozzám. Akár itt csatlakoztok hozzám, akár az úton, én, amíg velem lesztek, jól tartalak benneteket. Pénzt is adok. Soha többé semmi gondotok nem lesz az életben.

Az öt olasz kérdőn pillantott össze.

- Uram - mondotta Gergely -, ezen tanácskoznunk kell. De előbb, ha megengeded, amit kértünk...

- Szívesen. De kihez is akartok ti menni?

- Török Bálint úrhoz.

A bég kedvetlenül terjesztette a tenyerét maga elé.

- Törökhöz? Bajos. Ő most a *mázsásban* van.

- Micsoda mázsásban? - kérdezte Gergely.

- Hát - felelte bosszúsan a bég -, gorombán bánt a főmuftival.

A bég mindazonáltal teljesítette az olaszok kívánságát. Rábízta őket egy katonájára, s megparancsolta a katonának, hogy Bálint urat - ha van kedve, ha nincs - ki kell tenni az udvarra, mert az olaszok dalolni akarnak neki.

A belső vár kapuja is megnyílt. Annak az udvara már alig nagyobb a pesti Erzsébet térnél. A két sakkozó akkor is ott ült a platánfa alatt. Móré is ott nézte a játékosokat, sőt Maylád is ott lebzselt, és a herceg bosszúságára bele-beleszólt a játékba.

Csak éppen a mázsás bilincs cserélt gazdát.

Az öt olaszt megállították a kapuban, míg Bálint urat elővezetik. Kihozták a ketrecből. Két katona a bilincsét emelte, hogy járhasson. Kitettek egy kemény faszéket az udvar közepére, arra ültették Bálint urat. Még szép, hogy az árnyékba tették. Ott aztán megülhetett az öreg. De nem is tudott volna megmozdulni a karnyi vastag vasláncban.

Hát ült. Nem tudta, miért ültették oda. A nyári kendervászon ruhája volt

---

1 Anyám, anyám, most meghalok, most meghalok! Olyasmire vágyom, ami a kertben van. (olasz)

rajta. A fején nem volt süveg, csak a sörénnyé nőtt, nagy, fehér haja. Két kezét a bilincs lehúzta a szék két oldalára. Ötven fontot[1] nyomott az a két bilincs. Erőtlen, öreg karjai nem bírták emelni. És sápadt volt az arca és szenvedő.

- Jöhettek - mondta a katona az énekeseknek.

Jönnek is a kapuból. Megállnak sorjában egymás mellett, alig ötlépésnyire Bálint úr előtt.

A sakkozók is abbahagyják a játékot. Mi lesz itt? Hiszen ez pompás mulatság: olasz énekesek a Héttoronyban! Odasorakoznak Bálint úr mögé, és várják a dalt s különösen a két leány táncát.

- A fiatalabbik nem olasz - véli a herceg.

- Száz közül is megismerni, hogy cigány - felelte Maylád.

- Hanem a többi az olasz.

Véletlenül csakugyan barnák voltak valamennyien. Mekcsey a legvállasabb, Gergely a legnyúlánkabb, Jancsi a legfeketébb szemű. Éva dióolajjal volt megbarnítva. A haját frígiai piros sapka takarta, mint valamennyiét.

Az öt olasz csak állt.

- No, énekeljetek hát - mondotta a katona.

Hanem biz azok csak álltak, merőn és halaványan.

A legfiatalabb olasz arcán végigcsordult a könny. A másikén is.

- Daloljatok hát, ebadta komédiásai! - szólt rájuk a török.

A legfiatalabb erre előretántorodott: odaomlott a láncokon ülő rab elé, és átölelte a lábát:

- Apám! Édesapám!

12

A Jedikulától egy nyíllövésnyire az örmény kórház mögött egy kis napszámoskocsma áll egymagában.

Kerti lakás lehetett az valamikor, valami szép márványnyaraló még abban az időben, mikor Konstantinápolyt Bizáncnak hívták. De haj, az idő meg a földrengés meglazítja a márványkockákat is, letördeli a teraszok alabástrom-balüsztréit, az ablakok kővirágait; félremozdítja a lépcsőket, és dudvát ültet az oszlopok hasadékába. A nyalárból kurta kocsma lett.

Járt oda mindenféle nép, s a gazda, akinek Milciádesz volt a keresztneve, mellékesen orgazdasággal is foglalkozott.

Oda vezette a cigány a mi fiataljainkat. Milciádesz adott nekik szállást, olasz ruhát, aranytányért, persze jó pénzen.

Hogy a Héttoronyban nem úgy sikerült a produkció, mint szerették volna, a mi fiataljaink csaknem bajba kerültek.

A katona rögtön jelentette a bégnek, hogy az olaszok valami rokonfélék, mert igen sírnak a rab körül. Azonban a bég nem sokat törődött már akkor a Jedikulával. A magyarországi kerület (törökül *vilajet*) foglalkoztatta az eszének minden kerekét. A Jedikulában ő is csak rab volt. Bent kellett

---

[1] 1 font kb. fél kg-nak felel meg.

190

laknia a falak között, s évenkint csupán egyszer léphetett ki rajta, hogy imádkozhasson a Hagia Sophia-templomban.

- Szamár vagy! - bődült a katonára. - Azok az olaszok rabjai voltak annak az úrnak, most pedig az én rabjaim.

Éppen a kalamárisát akarta ládába tenni. Kivont a kalamáris oldalából egy nádtollat, és a tintás spongyába nyomta. Egy tenyérnyi kis pergamendarabra egynéhány sort írt, s átnyújtotta a hüledező katonának.

- Nesze. Add oda az olaszoknak, és kísérd ki őket a kapun. Semmi bántódásuk ne legyen!

Gergely persze elolvasta az írást azonnal, amint a markába nyomták.

Ez volt benne:

Ez az öt olasz énekes az én seregemhez tartozik. Ezt a temesszüköt adtam nekik, hogy senki őket ne bántsa, mikor mellettem nincsenek. Veli bég.

Gergely eltette az írást örömmel.

Ránézett a katonára. Hol látta azt a bagolyarcot? Hol?

Hát bizony ott ivott őkegyelme az előbbi estén a görögnél, a mindenféle napszámos és hajós között. Látszik is az orra pirosságán, hogy a vádlottak padjára kerül, ha majdan eljut Mohamed próféta elé.

- Eljössz-e te is a béggel? - kérdezi Gergely, amint kifelé mennek a kapun. S egy ezüsttallért nyom a markába.

- Nem - feleli a katona, a tallértól megvidámulva. - A bég csak aknafúrókat visz meg deliket. Az én uram holnaptól fogva Izmail bég.

- De ő még nem lakik itt?

- Nem; amott lakik abban a vadszőlős házban.

S egy vadszőlővel befuttatott házra mutatott, amely háttal nekiépült a régi Bizánc várfalának. Talán annak a köveiből is építették.

Estére ott itta már a bagoly az ezüsttallért a görögnél.

A mi ifjaink azon az estén egy csinos kis márványszobában vacsoráztak. Rizskásás ürühúst ettek, s közben már tanácskoztak, hogy a béggel térjenek-e vissza a hazájukba, vagy csak magukban.

Mert hogy a veszedelem a sarkukat tiporja, az bizonyos. Hogy Bálint urat meg nem szabadíthatják, az még bizonyosabb.

- A béggel kell visszatérnünk - vélte Gergely. - Ez a legokosabb, amit cselekedhetünk.

- Én ugyan nem danolok neki - dörmögött Mekcsey. - Danoljon neki a durrogó istennyila!

- Hát akkor rekedtséget színlelsz - felelte Gergely. - Miért ne danoljak neki? Nem azt mondja-e a közmondás is, hogy akinek a szekerén ülsz, annak a nótáját fújjad!

- Ha ezt megtudják odahaza, hogy mink törököt mulattattunk...

- Miért ne? Itten danolunk neki, otthon meg majd táncoltatjuk.

Jancsi nem elegyedett a beszélgetésükbe. Maga elé bámuldozott, s kigyöngyöztek a könnyei.

Gergely a vállára tette a kezét:

- Ne sírj, Jancsikám. Hiszen az a nagy lánc nem örökös. Meglehet, holnap leveszik róla.

- Nem is beszélhettem apámmal. Csak éppen hogy Ferkót kérdezte, arra feleltem. Azt mondtam neki: otthon maradt, hogy ha én elpusztulok az úton, maradjon egy gyermeke anyámnak.

Hallgattak, s részvéttel néztek reá.

- De micsoda bolond vagyok én! - folytatta Jancsi. - Maskarának öltözve lopakodok be hozzá, holott rendes úton is meglátogathattam volna. A történtek után bemehetek-e? Legalább a pénzt adtam volna oda neki.

A cigányleány fogta a tálat, és kivitte. A szobába besütött a hold, és elhalványította a mécses világát.

- Még egyvalamit meg kellene próbálni - szólalt meg Gergely. - Még úgyszólván minden pénzünk megvan. Nálad van, Jancsi, ezer arany, énnálam háromszáz. Mekcseynél van annyi, amennyivel hazajuthatunk. Évánál is.

A cigányleány visszatért.

- Nem nézitek-e meg a bagoly-törököt? Olyan részeg már, hogy lefordult a székről. Sárközi a török költségén iszik, de ő még nem részeg. Matyival kockáznak.

Azonban, hogy csak maga nevetett, ő is abbahagyta. Leült a gyékényre a többi közé, és az állát a könyökére támasztotta. Évát bámulta.

- Az új bég - mondotta Gergely - bizonyára kap a pénzen. Csakúgy kap, mint a többi. Hátha az tehetne valamit? A pénz minden lakatnak kulcsa volt mindenkor.

- Én mindent odaadok, ami nálam van - felelte Jancsi. - Az életemet is odaadnám!

- Hát akkor merészeljünk meg egy utolsó próbát.

- Hogyan juthatsz be éjjel a béghez?

- Letartóztat - vetette oda Mekcsey. - Meghallgat, el is fogadja a pénzt, de te is ott maradsz.

Gergely mosolygott:

- De nem vagyok én olyan golyhó. Nem a magam bőrében megyek hozzá.

- Hát?

- Felöltözök török katonának.

Jancsi megragadta a Gergely kezét.

- Megtennéd, Gergely? Megtennéd?

- Már teszem is - felelte Gergely.

Fölkelt, és beszólította Milciádesz gazdát.

- Gazda - mondotta -, nekem egy török katonaruha kellene. Olyan, amilyent a Héttorony katonái viselnek.

A görög végigdörzsölte fekete, bokros szakállát. Megszokta már, hogy a vendégei álöltözeteket viselnek, de azt is megszokta, hogy mindennap két-három arany pendül tőlük. Ördög vigye őket, akár rablók, akár tolvajok, a fő az, hogy jól fizetnek. Ajánlotta is már nekik, hogy lakjanak a föld alatt való teremben.

- Hát olyan ruhám éppen nincsen - mondotta hunyorgatva. - De van itt egy részeg török, arról le lehet venni a turbánt meg a köpönyeget.

- Az is jó lesz. De nekem szakáll is kellene.

- Van bőven.

- De nekem éppen olyan szakáll kell, mint azé a katonáé.

- Akad olyan is.

S kifordult. Alig öt perc múlva mindenféle kész szakállal, fekete szőrrel és ragasztóval tért vissza.

- Felragasszam?

- Ragaszd fel. Olyanféle képet mesterkedjél nekem, mint azé a töröké.

Leült. Milciádesz munkába fogott. Közben beszélgettek.

- Ismered az új béget, aki a Héttoronyba kerül?

- Hogyne ismerném - felelte a görög. - Topcsi volt.

- Mit tudsz róla?

- Tuskó. Vizet iszik, víz is az esze. Írni se tud.

- A többi tiszt se tud. Legföljebb olvasni ha tudnak.

- De ez úgy hányja-veti magát, mint a szultán lova, noha az is többet tud nálánál. Hanem bezzeg mikor egy magánál nagyobb fát lát, hajlong, mint a kender szélfúváskor.

- Volt már hadban?

- Tavaly vele jött a császárral. Esztergom alatt meg is botozták.

- Eszerint gyáva?

- Gyáva és ostoba. Vízen nőtt ember lehet-e más?

Gergely a ragasztótól jobbra és balra fintorgatta az orcáját.

De akkor már úgy el volt változva, hogy Mekcsey majd felfordult nevettében.

A görög előkerítette a turbánt, a handzsárt meg a köpönyeget is.

- Allaha emanet olun - mondotta Gergely tréfásan hajlongva.

El akarták kísérni, de ő csak Jancsit meg Mekcseyt engedte maga mellé. Jancsi útközben átadta neki az aranyait. Gergely egyet gondolt, s Jancsit is visszaküldte. Csak Mekcsey maradt vele.

- Te is - mondta neki - távolabbról kísérj. Ne sejtsék, hogy összetartozunk.

Félóra nem telt belé, ott állott a bég háza előtt.

Megzördítette a kapu réztányérát.

A kapu nézőlyukán egy vén kappan arca jelent meg.

- Mit akarsz?

- Küldd azonnal a béget a Héttoronyba! Baj van!

A kappan eltűnt. Gergely visszavonult. Tudta, hogy a kappan megint meg fog jelenni. De azt is tudta, hogy ha senkit se talál az ajtóban, senkinek se adhatja át a bég kérdéseit. Kénytelen lesz visszatérni a béghez, s megmondani, hogy a katona már eltűnt. A bég majd forgolódik, morgolódik, végre is ki fog bújni, s megyen a Héttoronyba.

Gergely elsétált a Héttorony felé. A Drinápolyi kapunál - így nevezték a

Héttorony északi kapuját - megállott.

A kapu zárva volt. Az őr a kapukövön guggolt és aludt. A feje fölött hitvány olajlámpás égett a falból kinyúló vasrúdon.

Körös-körül csöndesség.

Mekcsey harminc-negyven lépésnyire követte Gergelyt, s hogy az megállott, ő is megállt. Talán azért is állott Gergely a lámpás világosságába, hogy Mekcsey láthassa.

A percek lassan múltak. Gergely magában szidta a török időt, hogy milyen lomhán jár.

S mivelhogy ember és bogár csak a fényességet nézi a sötétben, Gergely is az olajlámpásra fordította a szemét.

No, megőszülök, mikorra kimászik az a bég! - mormogta magában.

Szegény jó dalia, te kedves szép csillaga a magyar dicsőségnek, nem fogsz te megőszülni soha! Vajon milyen arccal néznél a jövendő tükörébe, ha most előtted föllebbentené valami égi kéz, s te látnád magadat rabbilincsben, éppen ezen a helyen; s látnád a török hóhért, amint azon a rozsdás lámpavason neked bokrozza a kötelet!...

Az utca csöndjében kapudörrenés hallatszott.

Gergely megrezzent. Elindult sebesen a dörrenés irányába.

A bég jött.

Egymagában jött. Köpönyegébe volt burkolódzva, s a fején magasra kalácsozott turbán fehérlett.

Gergely megállt egy percre: Hallgatódzott, hogy jön-e valaki a béggel.

Nem jött senki.

Akkor eléje sietett a bégnek.

- Uram - szólott török katonai szalutálással -, nem Veli bég hívat téged. Én csaltalak ki egy igen fontos ügyben.

A bég visszahőkölt. A kardjához kapott.

- Ki vagy te?

Gergely is a kardjához nyúlt. Kivonta, és markolattal nyújtotta oda a bégnek:

- Fogd, ha azt gondolod, hogy tartanod kell tőlem.

A bég visszataszította a kardját a hüvelybe.

Gergely is.

- Több jót hozok neked, mint gondolnád - mondta Gergely.

Kiemelte a pénzes zacskót a köpönyege belső zsebéből. S megcsördítette az aranyakat.

- Fogadd bevezetésül.

A bég a tenyerébe vette a súlyos zacskót, de aztán visszaadta.

- Előbb tudnom kell: ki vagy, és mit akarsz?

S ő is a ház árnyékába lépett. Kőpad volt ottan. Arra ült, és figyelmesen nézett Gergelynek az arcába.

Gergely szintén a padra ült. Összefonta a karjait, és időnkint a csípős álszakállt vakargatva, beszélt halkan és óvatosan:

- Az én nevem *Százezer Arany*. Azt hiszem, eléggé jó hangzású név.

A bég elmosolyodott:

- De nem álnév-e?

- Hamar megpróbálhatod. A te neved azonban: *Szegény Ember*, bár az kétségtelen, hogy jeles vitéz vagy. Mindenki tudja, hogy Magyarországon is megfordultál a diadalmas hadjáratban.

- Látom, hogy ismersz.

- Hát, hogy röviden végezzünk: te holnap reggeltől kezdve várnagy vagy a Jedikulában. Más szóval: rab leszel te is, csakhogy fizetéses rab. Évenkint egyszer kimehetsz a városba. És ha Allah hosszúra nyújtja az életedet, hát életedben összesen hússzor-harmincszor láthatod még Konstantinápolyt.

- Tovább!

- Rajtad fordul, hogy nagyobb és szabadabb sorsot válassz magadnak.

- Hallgatlak.

- A Jedikulában van egy rab, egy dúsgazdag magyar úr: Török Bálint.

- Azt akarod kiszabadítani?

- Te mondod. De hát ráhagyom, hogy azt akarom.

- Hallgatlak.

- Veled egynehány új katona is jön. Ha más nem: a szolgáid. Mi történnék, ha te holnap este kihoznád például Bálint urat, mintha a szultán hívatná?

- Naplemente után nem jöhet ki a várnagy se.

- A szultán parancsára kijöhet. De hát mondjuk, nappal jön ki, veled és két katonával. Az utcák erre már néptelenek. Te a két katonát visszaküldöd, s ballagtok ketten Bálint úrral tovább. De ahelyett, hogy a szerájba mennétek, a nevezett rabot egy hajóra vezeted. Egy hajóra, mely a parton áll, és narancsszínű zászlót lenget. Lehet az a hajó gabonaszállító hajó is, bárka is, csónak is. Nincs olyan sok errefelé. Hát mondom: legfeljebb ruhát, köpönyeget változtattok, és lekanyarodtok ketten a hajóra.

- Ilyen röviden?

- Nem éppen. A hajón, mihelyt elindul, háromszáz arany olvasódik a markodba, törökül szólva háromezer gurus, vagyis piaszter. Azután akár a vízen, akár a szárazon, Tekirdagba megyünk. Ott egy emberünk vár jó lovakkal és ötszáz arannyal téged. Az ismét ötezer gurus. Lemegyünk Athénbe, s onnan Olaszországba, amint az olasz partra lépünk, ott ismét ötszáz arany hull a markodba.

- Ezerháromszáz.

- Eddig. Gondolom, tízévi fizetésed. De gondolkodj te is: az az ember, aki Debrecent, Szigetvárt és Vajdahunyad várát mondja a magáénak, s aki azokon túl még ura egy királyi birtoknak, csaknem az egész Dunántúlnak, az bizony könnyen kifizeti neked még azt a kilencvenkilencezer aranyat is, akárha a fele vagyonától kell is megválnia.

- És ha nem kapom az első ezret se?

- Akár most is odaadom, ha kívánod.

A bég gondolkodva nézett maga elé.

Gergely vállat vont.

- Ha azt látnád, hogy megcsalunk, pedig olyan magyart még nem láttál, aki csalna, hát akkor mindig lesz időd ráfogni Török Bálintra, hogy megszökött, s hogy te utánamentél egymagad, és a hajón fogtad el. Akár a hajóról hozod vissza, akár a földről, neked fognak hinni, mert visszahoztad.

A bég gondolkodott.

- Hát jó - szólalt meg végtére. - Holnap alkonyat előtt egy órával legyen az a sárga zászlós hajó egy nyíllövésnyire a Héttoronytól. De már a parton várj. Miről ismerlek meg?

- Ha az arcomról nem ismernél, ámbár hát nézd meg az arcomat, hiszen süt a holdvilág, a turbánom szintén sárga lesz, kénszínsárga. Megismerhetsz.

- Egy órával naplemente előtt.

- Pont tizenegy órakor - felelte Gergely.

Mert a török időszámítás szerint napnyugtakor van tizenkét óra.

Éjfél volt, mikor Gergely visszatért Mekcseyvel.

- Itt van-e még a bagolyképű török? - kérdezte, hogy a kocsmába belépett.

- Alszik - felelte Milciádesz.

- Megteheted, hogy holnap tizenegy óráig aludjon?

- Meg - felelte a kocsmáros.

S poharat vett elő. Vizet töltött bele, és valami port kevert el benne. A por elolvadt, mint a só.

S fölrázta a törököt.

- Hé, Bajguk! Haza is gondolj.

A török fölemelte a fejét, és zavaros szemekkel nézett maga elé. Ásított.

- No, idd meg ezt az egy pohár vizet, aztán lódulj haza.

A török rá se nézett a pohárra, csak kinyújtotta a kezét. Fölhajtotta. Ismét maga elé nézett. Megmozdult, hogy föltápászkodjon, de megint csak visszahanyatlott.

Gergely öt aranyat nyomott a kocsmárosnak a markába.

- Nyugodt lehetsz - mondta Milciádesz. - Ez innen el nem mozdul, akár holnap estig se.

Hajót könnyű volt bérelniük. Egy négyevezős görög hajót kiválasztottak az Aranykürtben, s megfogadták Tekirdagig, amely Konstantinápolytól egynapi út. Adtak neki narancsszínű zászlót és két arany foglalót. Délután jókor ott állt már a hajó, ahova Gergely vezette. Napenyészet előtt két órával felvonta a zászlót.

Gergely azután a kocsmába sietett. Felzavarták az álmából a törököt. Azt mondták neki, hogy az aga a narancsszínű zászlós hajó elé rendelte. Álljon ott a parton.

A török még mindig kábult volt. Sárközinek kellett vezetnie. Ment a jámbor, tántorgott a sárga turbánban. Azt se tudta, reggel van-e, este van-e. Csak annyit jegyzett meg, hogy a bég odarendelte a partra valami hajó elé.

Gergelyék szanaszét egymástól, távolacskán lappangtak utána.

Ha elfogadta a bég az ajánlatot, akkor, amint a hajóra lép, ők is azonnal ott teremnek. Ha pedig a bég nem mer vagy nem tud cselekedni, akkor ám ő lássa, hogyan értik meg egymást a sárga turbános atyafival.

Az első kérdés az volt, hogy hozza-e a bég Török Bálintot.

Ezt Cserhánra bízták. Nem közölték vele, hogy Bálint úr szökésre indul, csak azt, hogy a szultánhoz vezetődik, s még egyszer látni akarják. A jel az volt, hogy ha megpillantja a béget, a két katonát és Bálint urat, fölnyúlászkodik az utcasarkon a vadszőlőre, mintha egy levelet akarna szakítani. Ezt Mekcsey körülbelül ezerlépésnyiről megláthatja, s inthet a társainak.

Ők megint ezerlépésnyire járkáltak a part felé. Gergely dervisnek volt öltözve, Éva cigányleánynak, Jancsi perzsa kereskedőnek, Matyi kurd perecárusnak, Mekcsey halárusnak.

Éva ott guggolt Matyi mellett, és perecet evett.

Pontosan a kitűzött időben fölemelte Mekcsey a halas fatálat a fejére, és megindult a part felé.

Ez volt a jel.

Jancsi elsápadt. A szemét örömkönnyek árasztották el. Gergely kipirult.

S megindultak egymástól szász-kétszáz lépésnyire a part felé.

A hajó ott állott. A szél vígan lobogtatta a narancsszínű zászlót. A hajó tulajdonosa, egy fiatal görög hagymakereskedő, a hajó kormányrúdjánál olvasgatta a napi szerzeményét.

És a hajó előtt ott állott bután a török, a bagolyképű. A fején sárga turbán.

Mögötte ott ült a parton Sárközi, és mosta a lábát a zöld tengervízben.

- Jön - mondotta Jancsi, Gergely mellett elsietve. - Istenem, segíts!

És reszketett még a lába is.

Gergely visszapillantott. Látta a béget, amint gyalog sétálva közeledett a fehér fejű magyar úrral. Mögöttük két dárdás, fehér turbános katona.

A bég visszafordult, és valamit mondott a katonáknak. A katonák visszafordultak a Héttoronynak.

Jancsi megindult sebes lépésekkel a hajó felé, de amint Gergely mellett el akart menni, Gergely megragadta a köpönyegét:

- Várj!

A bég Bálint úrral sétált a parton lefelé nyugodtan.

Elmentek a kurd pereces mellett, anélkül hogy akár arra, akár a mellette ülő cigányleányra pillantást vetettek volna.

Bálint úron látszott, hogy ámul és bámul. A bég vidám volt. Egyre fecsegett.

Lelépkedtek a parton.

A sárga turbános török haptákba állott.

A bég abban a pillanatban megfordult. A kardja elővillant. Visszafelé intett vele. Azután sasként csapott a sárga turbános katonára.

Leteperte a földre. Ezalatt valami ötven katona rohant elő a bokrokból és házakból.

Először is a turbános katonát kötözték meg, aztán a cigányt. Majd a hajóra ugráltak fel, s lekapták a lábáról a fiatal görögöt is.

Mindenkit megkötöztek, aki csak a hajón volt.

Cserhán a nagy dübörgés és lárma közepette ott termett, és sikoltozva könyörgött Sárköziért. Őt is megfogták, és zsinórt vetettek a kezére.

A nap éppen leereszkedett a keresztény városrész mögött, mikor Gergely a Konstantin-oszlop mellett visszafordult. A hívei mind ott lihegtek a nyomában. Porosak voltak és sápadtak.

Gergely megtörölte a homlokát. Ránézett Jancsira:

- No, ugye, hogy nem jó sietni semmivel?

S elvegyültek az utcai nép közé.

13

Július közepe táján Veli bég Mohácsra ért a szilidárjaival és az ötven aknászával.

Valahányszor török sereg ment Budára vagy a Dunántúlra, Mohács mezeje volt mindig a főállomásuk. Szerették azt a helyet. Szerencse mezejének nevezték. Maga Szulejmán is ott pihent mindig a legnagyobbat. Arra a dombra húzatta fel a sátorát, ahol az emlékezetes napon állott.

A bég sátora már készen állott, mikor a sereg estefelé nagy fáradtan odaérkezett.

A bég először is megfürdött a Dunában, azután kappant vágatott, és mikor a nap leereszkedett, kiült a sátora elé.

A mező még fehérlett a tömérdek lócsonttól. A katonák is egy-egy lófejre tették a fatálat, úgy ettek. Vígak voltak.

Az agák valami tizenöten körülállták a béget, és elmondták a napi jelentésüket. Azután amelyik elvégezte a mondókáját, leült a bég elé a gyékényszőnyegre. Együtt szokott vacsorázni Mohácson a tisztikar, s ott még a haragosok is összebékültek.

A béghez lovas posta érkezett azon az estén. A szultánhoz indították azzal a hírrel, hogy Visegrád immár a törököké. Nem is harccal jutottak hozzá, hanem hogy a várbeliek vízvezetékét elrontották. Kiszomjaztatták a várat. A bennlevők Ferdinándtól vártak segítséget, de bizony az olyan magyar király, hogy Istenre bízza a várait. Amade tehát megadta a kulcsot. Csak arra kötött, hogy békésen elvonulhasson. A budai pasa megesküdött rá, hogy nem lesz bántódásuk. De bezzeg a népe nem esküdött meg. Amint a magyarok lerakták a fegyvert a vár közepén, s megindultak fegyvertelenül kifelé, a törökök rájuk rohantak, és lekoncolták őket.

- No, akkor két napot pihenünk itten! - mondotta Veli bég az agának. - Máma alszunk, holnap mulatunk. Holnapután indulunk Nógrádba.

Mert Visegrád után az volt kijelölve, hogy meg kell szállaniuk.

A török posta folytatta az útját Konstantinápoly felé. Veli bég serege alvásra dőlt.

Másnap délben egyetlenegy parancsot adott a bég a tisztjeinek:

- Estére mindenki nálam lesz vacsorára. Van bor, de jó! Az olaszok fognak danolni.

Víg ember volt a bég. Szeretett enni-inni. S valahányszor a török magyar földre lépett, rögtön elfelejtette Mohamed prófétának a bortilalmát.

- Egy közembernek valami titkos jelentenivalója van, meghallgatod-e? - kérdezte az egyik aga.

- Jöhet - felelte a bég jókedvűen.

Egy alacsony, rókaszemű szilidár lépett elő. A ruhája rongyos, mint valamennyié. A turbánja alig nagyobb egy gyermekzsebkendőnél.

- Az olaszokról van jelentenivalója a te szolgádnak - mondotta.

- Hallgatom - felelte a bég.

- Régóta gyanús a te lábad porának az az öt ember. Az első gyanúm akkor ébredt, mikor láttam, hogy az egyik olasz papirosdarabokkal tisztította a többinek a kardját.

- Szamár vagy - felelte a bég. - Tudhatod, hogy azok gyaurok. Mink felszedjük a papirost, mert lehet, hogy Allah neve van valamelyik szeleten, de azok a disznók Allah nélkül élnek, sötét eszűek, és alábbvalók az állatnál.

A szilidár rendületlenül állt a helyén.

- A másik gyanúm Szófia táján támadt. Emlékezhetel rá, nagyságos bég, hogy zsákmányos szekerekkel találkoztunk, s az egyik szekér ott hevert feldőlten az út mellett.

- Emlékezem.

- A csirkés ketrec széttörött, és a csirkék szétfutottak. Egy vénasszony egyre hívta őket, hogy: *polátyi-polátyi!* Nem hallgattak rá sem a csirkék, sem a tyúkok. Az görög asszony volt. Egy török segíteni akar, és szintén kiabál: *gak-gak-gak!* A baromfi erre se fut össze. Akkor az egyik fiatal olasz, az a leányképű, elveszi tőle a búzás kosarat, és azt kiáltja a baromfiaknak: *pi-pi-pi!, pitye-pitye-pitye pityikém!, pityikém!* Erre minden baromfi őhozzá futott. Még meg is fogott egy tyúkot, és összecsókolta.

- Hát mi van ebben?

- Az, uram, hogy a tyúk meg a csirke értett magyarul. De az is ám, aki hívta őket!

A bég hümmentett.

- Hátha olaszul is *pipi* a csirke? Értesz te olaszul?

- Olaszul? Nem.

- Hát akkor ne beszélj, te teve!

A szilidár alázatos meghajlással fogadta a teve címet. Folytatta nyugodtan:

- Hát mikor Belgrád mellett csikót cserélt az egyik szilidár? Kereledzse a neve. Valami paraszt adta el neki, és tíz aspert fizetett rá a te katonád. A csikó azonban oly vad volt, hogy senki se tudta megülni. Akkor az a legvállasabb olasz ráugrott, mint a párduc, és megnyargalta. A csikó majd összeesett. Hát honnan tud az ilyen olasz énekes lovagolni?

A bég vállat vont:

- Talán lovász volt gyerekkorában.

- Engedd, uram, hogy folytassam.

- Folytasd.

- Az este egy aga jött hozzánk, a legnagyobb termetű aga, akit életemben láttam.

- Manda aga.

- Az. Ahogy elmegy az olaszok mellett, megáll a nyúlánk előtt, és azt mondja neki: "Nini, te Bornemissza vagy!" Amaz összerendül, és azt feleli rá: "Nem vagyok az." "De Isten engem, az vagy te - mondja az aga -, Bornemissza Gergely." És tovább beszél hozzá: Hát nem ismersz engem? Megvan-e még a szép gyűrűd? Használt ám a tanács, amit adtál. Látod, már aga vagyok. Csakhogy nem Hajván a nevem, hanem Manda. Nem fog a golyó."

- És mit felelt az olasz?

- Azt felelte: "Nem tudom, mit beszélsz. De azt tudom, hogy van egy ember, aki hasonlít rám. Honnan ismered annak a magyarnak a nevét?" "Budán tudtam meg - felelte az aga -, mikor Török Bálintot elfogták. Az ő kíséretében volt. Ejnye, hogy nem te vagy az! Igen hasonlítasz rá. Tíz aranyat vesztettél vele, hogy nem te vagy."

- Nohát, ugye, hogy nem magyar, te elefánt!

- És mégis az! - felelte a szilidár diadalmasan. - Az este meggyőződtem róla, hogy nemcsak ő magyar, hanem valamennyi. Amint a vacsorához üstöt állítottak fel, az egyik belemarkolt a bürökbe, és kihúzta gyökerestül, hogy a tűznek helyet csináljon. A gyökerekkel egy koponya is kifordult a földből. Mind az öten azt nézték, és tanakodtak rajta, hogy török-e vagy magyar. A te szolgád ott feküdt mellettük, és aludni látszott. A te szolgád ért magyarul.

A bég meghorkant, mint a ló:

- Hát magyarul beszéltek? Mit beszéltek a kutyák?

- Azt mondja az a fiatal nyúlánk: "Bizonyosan magyar volt ez, mert a török eltemette a maga halottait." Akkor a másik a kezébe vette a koponyát, és így szólt: "Akárki voltál életedben, a hazáért haltál meg: szent vagy énnekem!" És megcsókolta a koponyát. Így ásták el ismét a földbe.

A bég a kardjára csapott.

- Járámáz gyaur kutyák! De hát mért nem jelentetted ezt azonnal, te vízi ökör?!

- Már aludtál, uram.

- Láncot az álnok kémekre! Hozzátok ide őket!

A szilidár örömtől ragyogó arccal rohant el. A bég komor várakozással nézte a dombról, hogyan futkosnak a szilidárok mindenfelé a sátorok között.

Két óra is beletelt, míg a szilidár visszakerült.

A homlokáról csurgott a verejték.

- Uram, az olaszok...
- Hát hol vannak?
- Megszöktek a kutyák, megszöktek!

NEGYEDIK RÉSZ
EGER VESZEDELME

1

Ha van az égben könyv, amelybe a magyarok történetét írják, a következő nyolc évet így jegyezték bele:

1545: A töröké már Buda, Esztergom, Fejérvár, Szeged, Nógrád, Hatvan, Veszprém, Pécs - csaknem az egész ország.

1546: A török 15 szandzsákra osztotta Magyarországot. A magyaroké csak a Felföld maradt, és egy-két megye Ausztria mellett.

1547: A magyarokat nemcsak a török nyúzza, hanem az osztrák is.

1548: Luther és Kálvin vallása az egész országban terjedez. Nemcsak a török és az osztrák az ellenség, hanem egymásnak is ellensége a magyar.

1549: A török mindent szed adó címén, még gyermeket is.

1550: Erdély ellen oláh és török sereg indult. Fráter György néhány nap alatt ötvenezer embert állított talpra. Az oláhot megverték. A török visszakotródott.

1551: Izabella királyné távozott Erdélyből. Fráter Györgyöt orgyilkosok megölték.

És következett az 1552. esztendő.

Már kéklett a soproni szilva, és nyílt a napraforgó, mikor egy napos, szeles délután ott állt Éva asszony a város egyik házának a tornácán. Valami külföldre utazó ifjúnak válogatott az ura ruháiból.

Mióta nem láttuk őt, meggömbölyödött, megasszonyosodott. Arcának gyönge, fehér bársonya még leányos, de a kedves macskaszemekben már nem mosolyog a régi pajkosság. Szelíd és nyugodt okosság az arca.

- Hát van itt két ruha - mondja a diáknak.

És egy viseltes, meggyszín kamukaruhát meg egy köznapi kenderszövetet terít az asztalra.

- Ez a kamuka még bő magának. De lehet, hogy egypár hónap múlva már belenő.

- Köszönöm, igen köszönöm, tekintetes asszonyom - rebegte a diák.

S arca elvörösödött az örömtől.

- Itt-ott igazítok valamit rajta - mondta tovább az asszony. - No de estig úgyis pihen.

Aztán a kenderszövetű ruhát vette föl.

- Ez éppen jó lesz. Az uram akkor viselte ezt, mikor Budán járt. Mikor a török elfoglalta Budát, s mink a királynéval Lippára költöztünk.

- Köszönöm - mondja örömmel a diák. - Ebben megyek tovább. Ezt a por se fogja.

Az asszony belenyúlt minden zsebébe. Üres volt valamennyi. De mégis a mellény csücskében érzett valami keményest.

A zseb lyukas volt. Éva beledugta az ujját, s egy sokszorosan összehajtogatott, vékony pergamenpapirost talált a bélés között.

Nézi, bontogatja, kiterjeszti. Hát egy ötszögű forma rajz; mindenféle vonalak és pontok.

- Mi lehet ez, Miklós diák? Valami teknősbéka, ugye?

Tenyerére veszi a diák. Csakhamar megfordítja, szemléli hosszasan.

- Nem teknősbéka - mondja -, bár olyanforma.

E pillanatban egy kis, hatéves, fekete szemű gyerek robog ki a szobából. Az oldalán remek kis aranyozott markolatú kard. A hüvelye kopottas piros bársony.

- Anyám - mondja a gyerek -, azt ígérted, hogy trombitát is veszel, aranyos trombitát.

- Ne háborgass mostan, Jancsikám - feleli az anya. - Eredj le, kedves, a kertbe, Lucához.

- Aztán megveszed az aranyos trombitát?

- Meg, meg.

A gyerek a lába közé fogta a kardot, s letrappolt az udvarra, onnan meg a kertbe.

- Hát biz ez - mondja a diák, a papirost figyelemmel szemlélve - egy várnak a rajza, mégpedig Eger váráé.

- Eger váráé?

- Az bizony. Tessék nézni: ez a béka kettős vonallal van körülhúzva. Ez a kettős vonal fal. A béka feje meg a négy lába öt kiszögellő bástya. A vékony vonalas négyszögecskék benne az épületek.

- Hát ez a sarlóforma, itt a béka mellett?

- Külső vár. Épület nincs benne, mint más külső várban, csak két bástya s azon két torony.

- És ez a fekete kapocs, amelyik a sarló közepét a békához köti?

- Ez a Sötét kapu.

- Miért sötét?

- Mert a föld alatt van.

- És ez itt a kapu mellett?

- Istálló.

- Ilyen nagy istálló.

- Nagy kell oda, tekintetes asszony. Aztán bizonyosan itt van a kocsiszín is meg a lovászok lakása. A kulcsár is itt lakik.

- Hát ez a pontozott, itt a kapu mellett?

- Ez templom volt. Az a templom, amelyet Szent István király építtetett. A felét bizony lerombolták nem is olyan régen: éppen tíz esztendeje.

- De kár volt!

- Bizony kár volt. De a templom derekán húzták át az új nagy árkot, és építették ezt a külső várat. Kellett, mert ez volt a várnak a gyönge oldala.

- De hát honnan tudja ezt maga, Miklós?

- Hogyne tudnám. Két esztendeig jártam ott iskolába. Mindenki erről beszélt ottan. Akkor építették a Sötét kaput is.

- De hát itt is van egy kapu, a nyugati oldalon, a patak mellett.

- Van itt elöl is a déli részen. Három kapuja van.

- Hát ezek a mindenféle piros vonások?

A diák nézte, betűzte a jegyeket. A fejét rázta.

- Ezek föld alatti utak.

- Ilyen sok föld alatti út?

- Sok, de nem mind járható már.

- És ezek a négyszögletű szobafélék?

- Föld alatti termek. Ez itten víztartó. Emez meg temető.

- Temető? A föld alatti utak között?

- Annak kell lennie, mert lám, ide erre a föld alatti útra ez van írva: *Halottak útja*.

Az asszony megborzongott.

- Furcsa - mondotta -, hogy a halottakat ide temetik.

- Csak kolera idején - felelte a diák. - Most már jut eszembe, hogy hallottam erről.

- Jaj, hogy előbb nem jött, Miklós, legalább két héttel!

- Miért, tekintetes asszony?

- Ha előbb jön, előbb adom a ruhát. Ha előbb adom a ruhát, előbb megtalálom benne ezt a rajzot. Szegény uram éppen oda ment: Egerbe.

- Hallottam, hogy a török oda fordul.

- Hiszen éppen azért ment az uram is Egerbe. Csak szegény apám el ne ment volna vele! Gondolja csak: hetvenesztendős ember. Keze, lába fából. És elment az urammal!

- Harcolni?

- Hát azért is. De meg azért is, hogy van egy öreg jó barátja: Bálint pap. Ezelőtt egy esztendővel összekaptak valamin. Még akkor szegény anyám is élt. Aztán a pap Egerbe költözött Dobóhoz. Hát azért ment édesapám, hogy megbéküljön vele. Igen szeretik egymást.

Az asszony eközben felnyitott egy zöldre festett, virágos ládát, és kivett egy könyvecskét. Az imádságoskönyve volt az. Beletette a vár rajzát. S kitekintett a kertbe, a fiára, aki ott futkosott a virágöntöző cseléd mellett.

- Majd csak jön valaki Egerből - mondotta elgondolkodva. - Pető Gáspárnak a bátyja itt lakik. A király embere. Ő küldött egy szekér puskaport a várba, meg golyót, mivelhogy az öccse ott van. Ha követ jön hozzá Egerből, odaadom neki ezt a rajzot: elküldöm az uramnak.

S tűt és cérnát fogott. A kamukaruhát az ölébe vette.

Amint ott beszélgettek tovább, a kapun egy sötétkék mentés ember lép be, s hogy a kaput vissza behajtja, köszön valakinek.

- Ne fáradjon tovább - mondja -, bent már majd eligazodom.

Éva fölkelt. A hang ismeretlen neki. Az ember is.

A tornácra három lépcsőn kell fellépni. Az idegen ott fölemeli a fejét. Félszemű, barna, testes ember. A bajusza huszáros. A kezében olyanféle bot van, aminővel a falusi bírák szoktak járni.

- Jó napot kívánok! - köszön fel az asszonynak. - Azt mondják, itt lakik tekintetes Bornemissza Gergely hadnagy uram.

- Itt lakik - feleli az asszony -, de nincs itthon.

- Hát csakugyan elment már?

- El, Egerbe.

- Ejnye, ejnye - csóválgatja a fejét az ember -, de nagyon sajnálom! Beszélnem kellett volna vele... De talán a felesége is...

- Én vagyok a felesége. Tessék bejönni.

Az ember föllép a lépcsőn. Leveszi a süvegét, és mély tisztelettel meghajol.

- Balogh Tamás a nevem - mondja. - Révfalusi nemes vagyok.

A meghajlásáról lehetett látni, hogy nem paraszt.

Az asszony nyájas arccal vont ki egy széket az asztal alól, s közben bemutatta a diákot:

- Réz Miklós diák. Külsőországi iskolába utazik. A bátyja a király hadában szolgál, és ismeri az uramat, hát erre jött egy vásári kocsin, és betért, hogy megpihenjen.

- Isten éltessen, öcsém - mondotta a félszemű anélkül, hogy kezet nyújtott volna a diáknak.

Leült, és megint ejnyézett.

- A lóvásárra jöttem - mondja a térdére csapva -, és sok mindenféle dolgom lett volna vele. Többek között pénzt is hoztam volna neki.

- Pénzt? - kérdi elcsodálkozva Éva.

- Azt mondták, pénzre van szüksége, hogy Egerbe megy, és hogy eladja egynémely arany- és ezüstmarháját.

- Nemigen van minekünk.

- Én igen szeretem a gyűrűket - mondta az ember a kezét fölemelve.

Tíz szebbnél szebb gyűrű ragyogott a bal kezén. A jobb kezén is lehetett, de azt hamvas bőrkesztyű borította.

Folytatta:

- És hogy egy gyönyörű gyűrűje volna többek között.

- Van - felelte mosolyogva az asszony.

- Egy holdas.

- És csillagos.

- A hold topáz.

- A csillagok gyémántok. De honnan tudja ezt, bátyám?

- Láthatnám azt a gyűrűt? - kérdezte az ember.

S hangja remegett.

- Nem - felelte az asszony. - Mindig a zsebében hordozza. Valami szerencsegyűrű az. Töröké volt.

A kis Jancsi megint ott csörtetett az udvaron. Egy szökkenéssel a lépcsőn termett, s hogy az idegent megpillantotta, a gyermekek szokott bámulásával nézett reá.

- Köszönj szépen a bácsinak - mondotta az asszony.

- Tán a hadnagy úr fia? - kérdezte az idegen. - De mit is kérdem, hiszen szakasztott mása!

S magához vonta a gyereket. Megcsókolta.

Az anyán valami kellemetlen érzés hulláma csapott át. Ó, az anyai szív megérzi, ki milyen ember, mikor a gyermekéhez nyúlnak!

De csak múló érzése volt. A következő pillanatban már el is feledte.

- Még nem vesszük meg a trombitát? - kérdezte a gyermek.

- Fordulok egyet a vásárban - mondotta a diák.

Elviszem Jancsit a szekeresemhez. Megmutatom neki a kiscsikót.

- Jó - felelte az asszony -, itt egy denár. Vegyen neki trombitát. De vigyázzon rá, Miklós. Te is, Jancsikám... Tudod, mit mondott apád!

És Tamás úrhoz fordult. Szomorún mosolygott.

- Igen meghagyta, hogy a gyerekre vigyázzunk.

A gyermek ugrált örömében. S elment a diákkal.

Az anya még utánuk kiáltott:

- A templom közelében járjanak, Miklós! Mindjárt kimegyünk mink is.

Mert már előbb is készült, hogy kimegy a vásárba. Holmi apróságokat akart venni a bécsi kereskedőktől, akik a vásárra lejöttek.

Balogh Tamás uram ezen idő alatt szórakozottan forgatta a süvegét, és kedvetlenül nézett maga elé.

- Mi hírt tud Szolnokról? - kérdezte aggodalmas szemmel az asszony. - Ugye nem bír vele a török?

- Magam is azt vélem - felelte szórakozottan Balogh Tamás.

- Az uram is azzal vált el tőlem, hogy a török aligha kerül az idén Eger alá. Szolnokot igen megerősítették tavaly. Erősebb Egernél.

- Sokkal erősebb.

- S ha elesik is, Egert az egész felső ország védi.

Balogh Tamás uram fanyaran mosolygott.

- Van-e itt a tekintetes hadnagy úrnak valami ábrázolatja itthon? - kérdezte fölpillantva.

- Van bizony - felelte az asszony. - Tavaly föstötte le egy német festő.

- Nem mutatná meg a tekintetes asszony? Sok jót hallottam már a vitéz úrról, szeretném ismerni.

- Hát nem ismerik egymást? - kérdezte csodálkozva Éva.

- Valamikor, de már régen beszéltem vele.

Az asszony bevezette a vendéget a szobába. A szoba sötét volt és levendulaillattal teljes. Mikor aztán az asszony fölnyitotta az ablaktáblákat, látni lehetett, hogy vendégszoba.

A földön török szőnyegek. A fal mellett medvebőrös dívány. Az ablaknál írószekrény, könyvesszekrény. Sok pergamenkötésű könyv, talán száz is. A falon arcképek. Az öreg Cecey sisakos képe, barna korában. Ceceyné kancsalul nézőn, aranyhímzetű fejkötőben. Aztán egy diófa rámába foglalt, sárga Krisztus-kép; egy pajkos leányarc, amely Bornemisszánéhoz hasonlít, s mellette az ura képe. Fiatal, vékony képű, barna ember, csaknem cigányosan barna. Nyílt szemeiből vidám eszesség sugárzik. A bajusza pörge. Kerek kis, puha szakáll köríti az állát. A haja vállig omló.

Tamás uram figyelmesen nézte a képet, s bólogatott:

- Szép ember. Vajon mennyi idős?

- Huszonhat éves.

- És már ekkora fiuk van!

- Nyolcéves házasok vagyunk mi - felelte mosolyogva a menyecske. - Gyermekek voltunk, mikor összekerültünk.

Tamás úr megint a képre nézett.

- És igaz, hogy Konstantinápolyban is járt a vitéz úr?

- Járt bizony. Én is vele voltam.

- Van egy török ismerősöm, az beszélt róla. Manda bég. Óriási ember. A vitéz úr igen szíves volt egyszer iránta.

- Manda bég? Sohase hallottam tőle ezt a nevet.

- Persze - szólt bólogatva Tamás uram -, azelőtt Hajván volt a neve.

Éva elmosolyodott:

- Hajván? Hogyne ismernénk! Én is láttam!

Tamás úr még egyszer felnézett a képre, s nézte hosszan, némán, összevont szemöldökkel, mintha sohase akarná többé azt az arcot elfelejteni. A fejével úgy integetett neki, mintha köszönne, aztán az asszonynak bólintott, s háttal ment ki az ajtón.

Az asszonyon ismét az a rossz érzés ömlött végig, amely akkor fogta el, mikor Tamás úr a gyermekéhez nyúlt. Mindazonáltal kikísérte a tornác lépcsőjéig.

Az ember mindig a jobbján ment. Ez parasztos volt. Meghajolva köszönt. Ez uras volt. Háttal ment ki az ajtón. Ez törökös volt.

Az asszonyt nyugtalanság szállotta meg. De csakhamar korholta is érte magát:

- Nem illik rosszat gondolnom a szerencsétlenről - mondotta a varráshoz visszaülve. - Félszemű ember, azért rossz ránézni.

És hogy kiűzze a nyugtalanságot az elméjéből, dalba fogott. A cseléd dalolt a kertben, ő is azt dalolta, s eközben gyors ujjal igazgatta fel egymás után a meggyszín kamukaruhára a megtágult gombokat. Egy helyen feslés is volt. Arra piros selyemcérnát keresett.

De az eszéből csak nem ment ki a látogató.

- Ki ez az ember? - kérdezte, a ruhát a térdére bocsátva.

A gyűrű, az arcképnézés, Hajván emlegetése, a törökösen való távozás. Ki ez az ember?

Színehagyott arccal bámult a bezárt kapura, s erőltette az agyát, hogy feleletet kapjon. Már ismerős volt neki az arc is, a hang is. De nem tudta, honnan. A gyűrű fordult az eszébe. Gergely azt mondta, elviszi, de a hétköznapi mellényébe tette. Elvitte-e a mellényt?

Az asszony a ruhásszekrényhez sietett, és kiforgatta, kidobálta a ruhákat. A mellény benne van. Egy tapintás reá: valami keménylik benne. A gyűrű! A gyűrű! Még csak papirosba se takarta.

S akkor, mint a felhőn átcikázó villám, egy név villant fel az agyában. A homlokára csapott:

- Jumurdzsák!

A cseléd akkor tért vissza a kertből. Látja az asszonyát, amint elhanyatlik a szétszórt ruhák között, a láda előtt. Az arca sápadt. A szeme ki van karikásodva.

- Tekintetes asszony!

Nem felel.

A cseléd körülnéz. Befut a másik szobába is. Rablást sejt.

Végre is kapja az ecetes üveget, és dörzsöli, szagoltatja az asszonnyal.

- Az uram veszedelemben van! - ez volt Évának az első szava. - Hol a gyermek? Igaz: elküldtem. Hamar a köpönyegemet, Luca! Gyerünk Jancsiért!

- De ilyen betegen, tekintetes asszony...

- Nem vagyok beteg - felelte az asszony.

Pedig olyan sápadt volt, mint a halott.

S úgy, amint öltözve volt, fölkelt, és kisietett a kapun. A veszedelem érzése megacélozta az izmait. Ment, rohant egyenesen a templomnak.

Az utcákon jövő-menő vásári nép nyüzsgött. Kocsik, tehenek, madzagon sántító disznók s az állatok között ládákkal, hordókkal megrakott falusi emberek. Vásári zajgás. Por, hagymaillat.

A cseléd már a templomnál érte utol. Ráborította a köpönyeget.

Egyszer csak előválik a sokadalomból a diák is.

Futva és az embereket lökdösve igyekszik hozzájuk, és kiált:

- Szolnokot elfoglalta a pogány! A templom előtt hirdették. Hogy menjek én most már...?

- A gyermekem! - kiáltott rá Éva. - Hol hagyta?

- Balogh úr bevitte a templomba. Azt mondta, hogy míg ő imádkozik, hozzam meg a hírt. Ó, Istenem, Istenem! Vége az országnak! Ha Szolnok is török kézben van, Eger meg nem állhat.

- A gyermek... a gyermek! - lihegte Éva. S rohant fel a lépcsőn. Be a sokaság között a főajtón.

- A gyermekem! - kiáltozta fuldokolva. - A gyermekem!

Bent éppen litániáztak, s a környékbeli német parasztok harsogva énekelték a német litániát.

Christus, höre uns! Christus, erhöre uns! Herr, erbarme Dich unser![1]

Az asszony őrültként sikoltozva rohant át rajtuk.

- Jancsi! - kiáltotta. - Jancsi fiam!

---

1 Krisztus, hallgass meg minket! Uram irgalmazz nekünk! (német)

De a kis Jancsi nem felelt egyik padból se.

2

Szeptember ötödik napján Gergely a siroki vár alatt köszönt a fölkelő napnak. A nap a szemébe sütött neki és kétszázötven gyalogosának. S nem is a napnak köszönt ő, hanem hogy egy másik dandárt látott szembejönni, azért emelte a szeme elé a süvegét.

Csak maga ült lóháton, a katonái előtt, hát ő pillantotta meg leghamarabb a kardos, dárdás, rendetlenül szállingózó csapatot.

Mi a csuda lehet ez? - mormogott magában. - Töröknek nem török. Magyarnak meg, ha magyar, nem jöhet Eger felől.

S átremegett a szívén az a gondolat, hogy Dobó otthagyta Egert.

Mert hej, az a Ferdinánd király mindig csak szájjal adja a segítséget. Így veszett el Lippa, Temesvár az idén. Szolnok is, ki tudja, megállja-e a sarat? Amilyen okos, számító ember Dobó, bizony hamar kikétszerkettőzi, hogy egy magyar nem bírhat száz törökkel.

Az úton egyebet se láttak, csak kocsikon ülő papokat. Valamennyi Eger felől! S valamennyi nagy ládákkal, zsákokkal körülrakodottan. Eleinte csak köszöngetett nekik, de aztán, hogy megsokallta őket, ki se tért már az útból.

Hát megriadt egy pillanatra, hogy Dobó otthagyta az egri várat. De csak egy pillanatra. A következő pillanatban elkergette magától ezt a gondolatot. Nem olyan ember az! Bárki jön az úton, nem Dobó. Ha a Dobó hada jön, akkor sincs Dobó vele. Ott marad egymaga, és meghal egymaga, de a történelem azt az egyet nem írhatja föl róla, hogy elhagyta a reá bízott várat.

Zászló nem volt a szemben gyalogló haddal, vagy ha volt is, összecsavartan vitte valamelyik szekér. Körülbelül kétszáz fő. S apró csoportokban sietést gyalogolnak.

Gergely intett Ceceynek. Az öreg hátul lovagolt a sereg mögött, s egy vén katonával beszélgetett. Mindig beszélgetett az öreg. Hogy a veje intett, odaszöktette hozzá a lovát.

- Kicsit előremegyek - mondotta Gergely.

S megsarkantyúzta a paripáját. Az ismeretlen dandár elé ügetett.

Szeme a vezért kereste. Nincs köztük tollas süvegű. Hát megállt előttük, és fölemelte a karját: álljt intett nekik.

- Ti kassaiak vagytok?

Nem felelt egyik se. Zavart szemmel néztek rája. Némelyik el is vörösödött.

- Honnan jöttök?

Erre se felelt egyik se.

- No - kiáltotta Gergely bosszúsan -, tán a néma barátok katonái vagytok?!

Végre egy nagy állú, öles ember fölemeli a fejét, és megszólal:

- Hát mink kassaiak vagyunk, hadnagy uram, és onnan jövünk, ahova a tekintetes hadnagy uram megyen.

- Egerből?

- Onnan. De jobb, ha a tekintetes hadnagy úr se fárad oda. Nem érdemes. Úgyis vissza kell fordulnia.

- Hát miért? Mi a baj?

- Mi? Hát csak az, hogy bolond kecske az, amelyik nekiugrik a késnek!

- Micsoda késnek!

- Tetszik-e tudni, hogy mi vége lett Temesvárnak?

- Tudom.

- Tetszik-e tudni, hogy Losonczit levágták, a népét felkoncolták?

- Mondom, hogy tudom.

- Hát az tetszik-e tudni, hogy kétszázezer a török?

- Azt is tudom.

- Hát azt tetszik-e tudni, hogy Dobó uramnak ezer katonája sincsen?

- Még lehet annyi.

- Hát azt tetszik-e tudni, hogy Szolnok tegnapelőtt óta a töröké?

Gergely elsápadt.

- Most már azt is tudom. És azt is tudom, hogy ha ti voltatok volna ottan, akkor még hamarabb elveszett volna. Hát csak eredjetek haza. S hogy ne menjetek üresen, hát nesztek, ez mindnyájatoknak szól, patkányok!

S úgy vágta pofon a nagy állú embert, hogy az nekiesett a másiknak.

A következő pillanatban már kirántotta a kardját, s bizony közéjük szabdal, ha le nem ugranak az útról.

- Tisztelem Serédy Györgyöt! - kiáltotta utánuk. - Különb katonákat kívánok neki, mint ti vagytok. Patkányok!

S köpött utánuk.

A kassaiak morogva széledtek szét a mezőn, Gergely rájuk se nézett többé. Megindult ismét, s a lova a sarkantyú nyomásából érezte, hogy a gazdája reszket haragjában.

Még jó, hogy egy cigánykaravánt talált ott az úton. A kassaiak döntötték-e föl az egyik kocsijukat, vagy hogy magától fordult az árokba, a cigányság annak a kiemelésével vesződött.

Gergely visszapillantott, hogy messze maradoz-e a serege. Azután, hogy megvárja őket, megállt a cigányok előtt. Nézte őket, hogy feledje a bosszúságát.

- Nini! - kiáltott egyszerre. - Sárközi barátom!

Az egyik gubancos cigány elvigyorodott erre a nyájas megszólításra, és levette a süvegét.

Hajlongva közeledett, miközben ravasz szemét fürkészően jártatta a Gergely arcán.

- Hát nem ismersz meg?

- Hogyne ismerném, nagyságos uram, csókolom kezsit-lábát. Eccerre megismertem. Csak azs nem jut esembe, hogy hogy hijják.

- No, majd eszedbe jut. Mit mívelsz itt? Látom, rongyos vagy, mint a madárijesztő.

A cigány csakugyan rongyos volt. Csak ing volt rajta meg egy posztódarabokkal foltozott bőrnadrág, vagy talán inkább bőrdarabokkal foltozott posztónadrág. A lába szára kivöröslött belőle. A lábán nem volt semmi se.

- Hát van-e már lovad?

- Dehogy van, csókolom a csizmája sárát, dehogy van. Nem is les tebbet soha!

- Gyere velem Egerbe, öreg. Lovat is kapsz, ha egy hónapot ott szolgálsz. Meg azonfelül olyan piros nadrágot kapsz tőlem, hogy minden cigány megbetegszik irigységében.

A cigány elvigyorodott. Végigpillantott a saját rongyos öltözetén, majd ismét felnézett a vitéz arcába, és a fejét vakarta.

- Egerbe? Meleg les ott, uram.

- Ne félj te attól. A leghűvösebb bástya alatt dolgozhatsz. Fizetést adatok neked. Te leszel az én fegyverigazítóm.

S törökül folytatta:

- *Allah isini raszt getirzün!* (Isten segítsen a dolgodban!)

A cigány a levegőbe szökött.

- Bornemissza Gergely, vitézs hadnagy uram! - kiáltotta. - Jaj, csókolom még a lova lábát is! Jaj, nemhiába, hogy sárgarigóval álmodtam az éjjel.

- No, csakhogy megismertél.

- Meg! Meg! Hogyne ismertem volna meg, csókolom azst a kedves lábát, mindjárt megismertem, csak azst nem tudtam, hogy kicsoda.

- Hát jössz velem?

- Elmennék, bizony isten elmennék...

- Hát gyere!

- Csak azs a fene terek ott ne volna! És már két kézzel vakarta a fejét.

- Hiszen még nincs ott.

- De ott les a kutya! Ahun így gyinnek-mennek a katonák, ott nem egészséges azs ájer.

- Én is ott leszek, Sárközi. Ne félj, míg engem látsz! Aztán ha éppen szorulnánk, egérútja van a várnak Miskolcig.

Csak úgy találomra mondta ezt Gergely. Mert hiszen minden várnak van alagútja. De Eger váráról nem tudott ő egyebet, csak azt, hogy Dobó benne a kapitány, meg hogy Mekcsey a kiskapitány, két olyan ember, akiért ő elmenne a világ végére is.

A föld alatti út említése hatott-e a cigányra, vagy a ló, vagy a piros nadrág, vagy hogy Gergelyt szerette? - még egy kicsit vakaródzott, aztán beleegyezett.

- Hát ha fizsetést is kapnék, katonaruhát is, sarkantyús sárga csizmát meg egy jó paripát, nem baj, ha vak is fél semire, hát akkor felcsapok.

A Gergely dandára már akkor ott állt, s nevetve hallgatta ezt a beszélgetést. Még nagyobb lett a derültség, mikor Gergely odanyújtotta a kezét a cigánynak, és az belecsapott.

- No - azt mondja Gergely a zsebébe nyúlva -, itt ez a dénár foglalónak. Egerig ráülhetsz a vezeték lovamra. Ott aztán, mihelyt lóvakulás lesz, a tiéd az első.

A cigány vígan ugrott fel a paripára, s meztelen sarkait hozzáütötte a ló oldalához.

A cigánykaraván szerencsét ordított neki. Ő is visszaordított valamit cigányul. Aztán félrecsapta a süvegét, s kivetett mellel, büszkén lovagolt tovább Gergely mellett.

- Haj, de felvitte azs Isten a dolgomat!

Néhány óra múlva a baktai úton a lombok és dombok között eléjük ragyogtak a egri vár zöld mázas cseréppel fedett tornyai s a tornyokon a nemzetiszínű zászlók meg a városnak vörös-kék zászlói.

Gyönyörű vár! S körülötte pirosló, sárguló szőlődombok és erdők. Mögötte távolacskán egy magas, kék hegy, hatszor akkora, mint a Szent Gellért hegye.

Gergely megemelte a süvegét, és a dandárhoz fordult:

- Oda nézzetek, fiúk! Mert a jó Isten is oda néz most az égből!

S megsarkantyúzta a lovát. Előrevágtatott.

A cigány egy percig tűnődött, hogy ott maradjon-e a sereg élén, vagy hogy ő is vele menjen a hadnagyával. Egyszerre látta, hogy komikussá válik, ha ő vezeti a sereget, hát jól megcsapkodta a tenyerével a ló temporát, a sarkával meg a ló hasa alá kalapált.

A ló nagyokat ugrott, s a magasba dobálta a cigányt. De nemhiába kupeckedett a more teljes életében, mindig ügyesen visszahullott a paripára.

A kocsiúton fellegző, meleg por terjengett. A port menekülők verték. Asszonyok, öregek és gyermekek ültek a kocsikon vagy ballagtak a bútorokkal, baromfival megrakott kocsik mellett. Némelyik kocsin borjú is állt, és bőgicsélt, némelyiken meg disznók röfögtek.

A török nem eszi meg a disznót, de ki tudja, mikor kerülnek vissza?! Egynéhányan tehenet vezettek. Egy piros csizmás kisleány cinegét vitt kalitkában a kocsi mellett, egy asszony meg fazékba ültetett, virágzó rózsafát a hátán. Sok kocsi, nagy hurcolkodás. Bizony egy részük vissza se fog térni többet. Kivált azok, akik amoda, lent a völgyben, a Cifra kapun át Felnémet felé takarodnak: zsellérek meg az özvegyasszonyok: azok ott maradnak a Felföldön, ahol török ló még nem hagyott patkónyomot. Különösen Kassa - az volt a menekülők fő iránya.

Gergely azonban nem ügyelt már rájuk. Negyedóra nem telt belé, beugratott a Baktai kapun, amely a város falának nyugati bejárata. Azután a tekintetét föl-fölemelve nyargalt át a piacon, s kanyarodott fel a várkapunak.

A fal ott fehér és szinte mészszagú, annyira új.

A híd le van bocsátva. Gergely madárként röppen be a várba, fel a vén fák között. Szeme a kapitányt keresi.

Ott áll a vár piacán, ibolyaszín bársonymentében, kardosan, piros csizmában, sastollas bársonysüveg a kezében. Mellette egy szőke apród, aki két zászlót tartogat a karján: egy nemzetiszínűt és egy kék-vöröset. Dobó másik oldalán ott áll az öreg Bálint pap fehér karingben, stólásan, fekete reverendában. A kezében ezüstfeszület. Nagy, fehér szakállával olyan, mint valami bibliai próféta.

Éppen a katonák esketését végezték el. Dobó valami beszédet mondott nekik, aztán föltette a süvegét, s a robogó paripa felé fordult.

Gergely leugrott a paripáról, és ragyogó szemmel villantotta tisztelgőre a kardját.

- Jelentem alásan, vitéz kapitány uram, megérkeztem!

Dobó csak nézett. Végigsimította kerek, szürke szakállát, hosszú, lengeteg bajuszát, és megint csak nézett.

- Nem ismer meg, ugye, kapitány uram? Nyolc esztendeje, hogy nem láttuk egymást. Én a kegyelmed leghívebb katonája vagyok: Bornemissza Gergely.

- Gergely fiam! - kiáltotta Dobó a karjait széttárva. - A szívemre, lelkem! Tudtam, hogy te nem hagysz el engemet!

És megölelte, megcsókolta a vitézt.

- De hát csak egymagad jöttél-e?

Abban a pillanatban táncolt be a Sárközi paripája, félölnyi magasságra dobálva a rongyos, mezítlábas cigányt.

A katonák kacagtak.

Dobó is elmosolyodott.

- Csak nem ez talán a sereged?

- Dehogy - mondja nevetve Gergely. - Ez csak a puskacsináló cigányom. Jól tettem tán, hogy elhoztam?

- Minden ember aranyat ér itt - feleli Dobó.

S elkapta a kezét a cigánytól, nehogy az megcsókolja.

Hanem a cigányon nem lehetett kifogni. A csizmája szárát csókolta meg a kapitánynak.

- De hát mégis mennyien jöttetek? - kérdezte Dobó nyugtalanul.

- Nem sokan - felelte röstelkedve Gergely. - Mindösszesen kétszázötven drabantot adtak alám.

Dobó szeme ragyogott:

- Kétszázötven?! Fiam, ha mindenhonnan ennyi katonát kaptam volna, a maklári mezőn fogadnám a törököt.

- Hát nem jön a segítség?

Dobó felelet helyett a levegőbe legyintett. Aztán a körülötte álló tisztekhez fordult. Bemutatta nekik Gergelyt. A király hadából már ott volt Zoltay, akivel Gergely Budán ismerkedett meg ezelőtt tizenegy esztendővel. Most is olyan szőke és nyúlánk, víg ember, és még szakállt se visel, tehát nőtlen.

Aztán ott volt Pető Gáspár, egy gyors kezű, apró ember, aki szintén a király hadából való, s nagyságos címet visel. Egy vékony képű, kék szemű legény állt Pető mellett. Az is melegen megszorította a Gergely kezét:

- Fügedy János vagyok, a káptalan hadnagya.

Gergely ránéz.

- De ismerős vagy nekem, kedves öcsém!

Amaz vállat vont, s mosolygott.

- Nem emlékszem.

- Nem te adtál-e nekem ökörfület Erdélyben?

- Ökörfület?

- Azt. Mikor Fürjesnek az esküvője lett volna, hátul a konyhaudvaron.

- Lehet, mert csakugyan én osztogattam ott az apródoknak mindenfélét.

- Remélem, most visszaszolgálom.

- Hogyhogy?

- Kapsz érte basafület.

Aztán Petőhöz fordult Gergely:

- Hát te mért vagy olyan kókadt?

- Hogyne volnék kókadt - feleli Pető -, húsz lovasom elinalt az úton. Dejszen csak még egyszer elém kerüljenek!...

- Sose bánd - mondta Dobó. S legyintett. - A kapu nyitva van. Menjen, aki félti a bőrét. Nekem ugyan nem gyíkok kellenek ezekre a falakra!

Csak akkor pillantott Bálint papra is Gergely. Már egy esztendeje, hogy nem látta. Megölelte és megcsókolta az öreget.

- Hát nem ment el a papokkal, tisztelendő atyám?

- Valakinek csak kell itt is maradnia - duhogott az öreg. - Cecey mit csinál?

- Jön! - felelte szinte kiáltva Gergely. - A fiatalok szöknek, a vének jönnek, és kardot hoznak. Meglássátok, hogy az én fakezű apám hogy forgatja a kardot!

Rövid nyakú, köpcös ember lépett ki a templom árnyékából. Tenyérnyi széles kard verte a lába szárát. Egy szapora járású öregúrral jött, és már messziről integetett és nevetett Gergelyre.

Mekcsey volt.

Mióta Gergely nem látta, megszakállosodott, és még inkább hasonlított a bikához. A föld szinte rengett a lépései alatt.

- Hát te megházasodtál? - kérdezte Gergely, mikor már vagy háromszor megölelte.

- Micsoda? - felelte Mekcsey. - Már egy Sárikám is van azóta.

- Kit vettél el?

- Az ég legkékebb szemű angyalát!

- Kit, no!

- Szúnyog Esztert.

- Éljen! Hát a szép kígyófejű kardod?

- Megvan, csak hétköznap nem koptatom.

- És hol a kedves családod?

- Budetin várába küldtem őket, míg a törököket agyon nem verjük.

Dobóra pillantva folytatta:

- Én ugyan mondtam az öregnek, hogy ne küldjük el a feleségünket, de ő úgy félti az ő Sáráját, mint valami gyereket, hát elküldtük őket, elég gondunk lesz a törökkel is.

A számtartó jelentése szakította félbe a beszélgetésüket. Az öreg egy árkus papirost terjesztett ki Dobó előtt, és a szemüvegétől a papirost messze tartva, olvasta:

- Hát van: bárány 8050; ökör, tehén, borjú, szóval vágómarha: 486; búza, rozs meg liszt összesen 11 671 véka. Árpa meg zab 1540 véka.

Dobó a fejét rázta:

- Kevés lesz, Sukán bácsi.

- Magam is ezt gondoltam, kapitány uram.

- Ha itt szorít a török a télre, mit adunk a lovaknak?

Az öreg vállat vont.

- Hát bizony, nagyságos kapitány uram, alighanem cipót, mint a katonáinknak.

- Bor mennyi van?

- 2215 köböl.

- Az is kevés lesz.

- De legalább óbor. Az idén már megette a kutya a szüretet. Sör is van egynéhány hordóval.

- Disznó?

- 139 élő. Szalonna 215 oldal.

Bornemissza érdeklődéssel hallgatta volna tovább is ezt a jelentést, de a dandárjára gondolt. Visszaült a lovára, és kiugratott a kapun, hogy bevezesse őket.

Bevezette, megmutatta. Dobó kezet szorított a zászlótartóval. Átadta őket Mekcseynek, hogy mondassa el velük az esküt, mutasson nekik helyet, s adasson nekik reggelit.

- Eridj be te is a házamba. Amott az a sárga, emeletes. Harapj valamit.

Gergely meg is indult, de mégis jobban érdekelte a vár: benyargalta lóháton.

- Gyönyörű vár! - kiáltotta Dobóhoz visszatérve. - Ha valaha vártiszt leszek, itt engedjen az Isten letelepednem.

- Még semmit se láttál - szólt Dobó. - Jer, majd én mutatom meg neked.

S hogy Bornemissza leszállt a lováról, intett a szőke apródnak:

- Hozd, Kristóf, a lovat utánunk.

Karon fogta Gergelyt, és a déli kapuhoz vezette.

- Hát látod - mondotta ott megállva. - Hogy hamarosan tájékozni tudd magadat, képzelj egy nagy teknősbékát, amely délre néz. Ez, ahol most vagyunk, ez a feje. A négy lába meg a farka: a bástyák. A két oldala két gyalogkapu.

És közben felszólt a kapu tornyába:

- Vigyáztok-e ott fenn?

Az őr kihajolt a torony ablakán, s az oldalán függő kürtöt hátrataszította:

- Vigyázunk ketten is, kapitány uram.

- Gyerünk fel - mondotta Dobó. - Erről felől jön ma vagy holnap a török, hát ezt is nézd meg.

Egy kézmozdulattal előre akarta bocsátani Gergelyt, de az meghátrált:

- Már beesküdtem, kapitány uram.

Ez azt jelentette: nem vagyok vendég.

Dobó hát elöl ment.

A toronyban négy őr ült. Tisztelegtek.

- Ismerjétek Bornemissza Gergely főhadnagy urat! - mondotta Dobó.

Az őrök erre még egyszer tisztelegtek. Gergely hasonlóképpen a süvegéhez emelte a kezét.

A torony erkélyéről két kis falu meg egy malom látszottak délnek, közel a vár előtt, azokon túl pedig két szétágazó dombláncs között kékeszöld síkság.

- Itt kezdődik az Alföld - magyarázta a tájat Dobó.

- És ez a két kis falu?

- Az innenső Almagyar, a túlsó Tihamér.

- És ez a patak?

- Eger-patak.

- Ezek a falak újak itt a kapu körül?

- Újak. Én építtettem.

- Jó magasak. A török itt aligha próbálkozik.

- Hát azért építtettem. Bal felől, amint látod, ágyú védi a kaput, és lővőrések fölülről.

- Minden várban bal felől védi: a szembejövőnek jobb kézben nincsen pajzsa.

- Itt jobbról nem is lehetett volna. Amint látod, a patak itt folyik a vár nyugati oldalán. A zsilipeket lezárattam amott a malomnál, hogy legyen vizünk.

S a vár nyugati oldalára mentek, a városra néző oldalra.

- Szédítő magas fal. Van ez tíz öl is.

- Még tán több is. Ezen az oldalon igazán nem próbálhat a török semmit. Kívül kő, belül föld. De most üljünk lóra. Ezen az oldalon aligha lesz bajunk a törökkel.

Lóra ültek, és lovon haladtak tovább.

Lenn a város csendes és néptelen volt. A házak közül kimagaslott a püspöki templom és a püspöki palota. A túlsó hegyoldalban, napnyugat felé a Szent Miklós temploma, aggastyán (augusztinusz) barátoké. A várost nyugatról vastag, egyenletes hegy keríti, túl rajta a Mátra ormai kéklenek.

A nyugati oldalon is két bástya, s középen egy kis, erős kapu. A patakhoz éppen lovakat vezettek le a katonák.

A patakon túl, a város piacán egynéhány ember ácsorgott egy falka diszmó körül.

- Itt még vannak? - kérdezte bámulva Gergely.

- Még vannak - felelte Dobó. - Pedig mindennap leizenek, hogy takarodjanak már. Mindenki el akarja adni a disznaját, aprómarháit.

A kapu előtt, benn a várban egy széles arcú, sovány hadnagy oktatott körülbelül ötven katonát.

Kard volt náluk, a fejükön leeresztett rostélyú, rozsdás sisak, a vállukon vas. Kettő a közepén állt. A hadnagy rikkantgatott:

- Vissza! Vissza! Mondom, szamár, hogy amint vágtál, kapd vissza a kardodat!

A tanítványon látszott, hogy sohase volt katona. Markos, kis, erős parasztfiú volt, s Dobó csak azért tette a kassai csapatba, mert a fiatal erő kár az ágyúhoz.

- Ki ez a hadnagy? - kérdezte Gergely.

- Hegedüs - felelte Dobó -, a kassaiak hadnagya. Kemény ember.

S leszólt a csoporthoz:

- Ha valamit nem értetek, kérdezzétek meg a hadnagy úrtól.

A legény erre leeresztette a kardját, és Dobóra tekintett:

- Azt nem értem, kapitány uram, hogy mért kell nekem a kardot visszakapnom?

- A hadnagy úr megmondja.

- Azért, te bagariacsizma - szólt a hadnagy mérgesen -, hogy védd is magad vele, meg megint ütésre készen légy.

- Dejszen, hadnagy uram - szólt a legény egyet oldalt pökve -, akit én egyszer meglegyintek, nem vág az nekem vissza!

Dobó rápöccentett a lovára, s elmosolyodott:

- Egri gyerek. Jól beszél.

Végignyargaltak a fal alatt északra. Két palota állt ott. A kisebbik díszesebb, üvegablakos. A nagyobbik olyanféle épület, mint az uradalmi magtárak, monostor a neve. Dobó idejében valamikor a várbeli káptalané, vártisztek lakása, csak lantornás ablakú. A kisebbik palota mögött zöld rácsozatú virágoskert. Benne padok és szőlősátor.

Egy kései rókapillangó kereng az őszirózsák fölött.

Hogy Gergely a rózsákon felejtette a szemét, Dobó is odanézett:

- Szegény feleségem ugyan hiába ültette ezt a sok virágot.

- Hol van a nagyságos asszony?

- Hazaküldtem a testvéreimhez. Az asszonyi szem gyöngíti az embert.

A kerten át a nyugati oldal sarkára értek.

A fal ott is éktelen magas. Alatta kiálló dombrész. Az le van faragva a város földszínéig meredekre.

- No nézd - mondotta Dobó. - Ez itt a földbástya. Ez csak arra való, hogy ezt a sarkot a lövéstől védje, meg azt a másik bástyát, ott, oltalmazza. Az ott a tömlöcbástya.

És a vár hátán magasló bástyára mutatott: a teknősbéka farkára.

Onnan megint szép panoráma nyílt a városra s a patak mentén észak felé nyúló jegenyefás völgyre. A völgy vége egy szép fás falu: Felnémet. Nagy falu. Azon túl már erdős hegyek torlaszolják el a széles völgyet mindenfelől.

De Gergely nem sokáig gyönyörködött a képben. Figyelmét a vár háta költötte fel. Ott magas dombok emelkednek a vár mögött, s a dombokat csak egy mély, ásott árok választja el a vártól.

- A támadást innen lehet várni - mondotta a dombokat szemlélve.

- Innen - felelte Dobó. - De itt legerősebb is a fal, s a legnagyobb ágyúkból négy erre szolgál.

A tömlöcbástyánál leszállt a lováról, és átadta a kantárt Kristóf apródnak.

- Bevezetheted az istállóba.

Fölmentek a tömlöcbástyára, ahol egy nagy ágyú, négy mozsár és valami húsz szakállas ágyú ásított a domb felé.

Az ágyúk mellett egy göndör hajú, szőke német pattantyús oktatta a parasztokat.

- Mikor én mondok *bor*, akkor adjál *bor!* Mikor én mondok *düssz* akkor adjál *düssz!*

A parasztok komoly arccal hallgatták a tűzmestert. Dobó elmosolyodott:

- Venn szi szangz *bor*, dann bekommen szi keine pulver, veil das *bor* keine pulver iszt, szondern vein.

Éppoly rosszul beszélt németül, mint a pattantyús magyarul, de azért megértették egymást. S a tűzmester újra kezdte:

- Mikor én mondok *par*, akkor nekem ne hozz *bar*, hanem pulver, krucifiksz donnervetter!

Végre is a parasztoknak kellett megmagyarázni, hogy mikor József mester bort kér, akkor puskaporos zacskót kell nyitni neki, mikor pedig port kér, bort adjanak.

Öt olyan német pattantyús volt a várban. Dobó Bécsből hozatta őket. Több idegen nem volt a vár népe között.

- Nézd ezt a gyönyörű ágyút - mondotta Dobó az ágyút megsimítva. - Béka a neve. Mikor ez kuruttyol, a török megérzi az esőt!

Az ágyú bronzból volt. Ki volt fényesítve ragyogóra. S vasazott, erős tölgyfa ágyával együtt valóban olyan volt, mint egy ülő béka.

Továbbsétáltak kelet felé, ahol a sarkon megint egy kiszögellő erős bástya magaslott. Az volt a teknősbékának a hátulsó bal lába.

- Ez a Sándor-bástya - mondotta Dobó.

Gergely bámulva állott meg.

A bástyától kezdve a vár keleti részén egy erős, magas falkaraj három darabra tört sarlóként övezte a vár keleti oldalát. Így:

Kívül árok, belül árok. Tíz-tizenkét ölnyi mélység. Csupán a közepén át magaslott egy keskeny töltés, amely láthatólag azért volt hányva, hogy a katonák átjárhassanak rajta.

- Ez a külső vár - mondotta Dobó. - Láthatod, hogy kelet felől hegynek beillő domb magaslik mellette. Ez a Királyszéke. Azért hívják így, mert

Szent István király innen nézte a sátora előtt üldögélve a templom épületét. Ezt a dombot itt lent ketté kellett választani.

- Értem - felelte Gergely -, okos ember volt, aki cselekedte.

- Perényi cselekedte ezelőtt tíz évvel. A túlsó végén is áll egy bástya, az a Bebek-bástya. Az a torony meg ott a szegleten arra való, hogy le a kapuig meg idáig lehessen látni és lőni az ellenséget.

A fal ott is, mint körös-körül, öles vesszőpalánkkal volt magasítva. Néhol még nedves volt rajta a sár. Az a palánk azért kellett, hogy kívülről be ne lásson az ellenség, s hogy a fal tetején látatlanul járhassanak a védők.

- Hát most gyerünk a templombástyára - szólt Dobó, Gergelyt ismét karon öltve.

Csak néhány lépést kellett a Sándor-bástyáról menniük, s Gergely előtt egy különös épület állott. Egy rengeteg nagyságú templomnak a fele. A két hátulsó tornya is megvan. (Azelőtt négy tornya volt.) Az ajtón faragványok, az ajtó fölött kőből faragott, óriási virágok, csorba orcájú kőszentek. De micsoda templom az, amely hívek helyett földdel van megtömve, harangok helyett ágyúk ülnek a tetején, s orgona helyett ágyúk dörgése szól belőle: a halál orgonája!

A templom oldala jobbról-balról be volt dombozva. A dombon kecske legelt. Oldalt egy boltozott bejárás. A kövei kormosak.

- Itt talán a puskaport tartják? - kérdezte Gergely.

- Azt - felelte Dobó. - Jer, és nézd meg, mennyi erő van itt összehalmozva!

- Sekrestye volt ez.

- Az. Jó száraz hely a puskapornak.

- No, nagy vétek volt ezt a templomot így elpusztítani.

- Magam is sajnálom, de inkább így legyen, hogysem Allahot dicsérjék benne.

Beléptek. A hely inkább borospincéhez hasonlított, mint sekrestyéhez: telides-tele volt fekete hordóval.

- Mennyi van? - kérdezte Gergely elámultan.

- Sok - felelte Dobó. - Kétszáz hordónál több. Itt tartom minden puskaporomat.

- Egy helyen? Hátha felrobban?

- Az lehetetlen. Az ajtó előtt őr áll. Kulcsa nincs hozzá másnak, csak nekem. Be nem mehet más, csak Mekcsey vagy az öreg Sukán. Napnyugta után napfelkeltéig meg nem adom oda a kulcsot senkinek.

Gergely fölpillantott az ablakra. Üvegből volt az ablak, az akkor szokásos, apró karikaüvegből, s háromszoros vasrostély védte az ablakot.

Az ajtóval szemben, ahova rézsút szolgált a világosság, nagy, kerek kád áll. Színig meg van töltve puskaporral.

Gergely belemarkol s visszapörgeti.

- Ez - úgymond - ágyúba való. Jó száraz.

- A puskába valót apró tonnákban tartom - feleli Dobó.

- Itt csinálták vagy Bécsben?

- Itt is, Bécsben is.

- S milyen vegyítékű az idevaló?

- Háromnegyed salétrom, a negyedik negyed kén és szén.

- Puhafa-szén vagy kemény?

- Puha.

- Az a legjobb. Hanem én egy-két kanállal többet keverek a szénből, mint mások szoktak.

A kád fölött, a fekete falon egy nagy, elpiszkosodott és elrongyolódott festmény látszott. Csak két fejet lehetett rajta látni. Az egyik szakállas, szomorú arcú férfié. A másik: egy ifjúé, aki a férfinak a mellére hajol.

A két alaknak fénykör volt a fején. A nyaktól kezdve le volt repítve a vászon, úgy, hogy a fal kifehérlett alóla.

- Ez vélhetőleg oltárképe volt a templomnak - mondotta Dobó. - Talán még Szent István pingáltatta.

A sekrestye előtt két szárazmalom forgott.

Ló húzta mind a kettőt. A templom oldalán, egy boltozat alatt kézi bombákat gyártottak a katonák. Két tűzmester vigyázott a munkájukra.

Gergely megállt. Megnézte a puskaport és a kanócot, s a fejét rázta.

- Talán nem jó? - kérdezte Dobó.

- Jónak elég jó - felelte Gergely -, de én engedelmet kérek, hogy azon a bástyán, amelyiken leszek, magam készíttethessem a bombákat.

- Mondd meg őszintén, ha jobbat tudsz! Te tudós ember vagy, és itt a vár védelme a fő, nem a mellékes tekintetek.

- Hát én jobbat tudok - mondotta Gergely. - Ezek a régi bombák sustorognak, ugrálnak, elpukkannak, aztán végük. Én magot teszek beléjük.

- Micsoda magot?

- Kis bombát, rézporba kevert olajos csepűt, vasport és egy darab ként. Az én bombám csak akkor kezdi a munkát, mikor elsült.

Dobó visszakiáltott a bombakészítőknek:

- Hagyjátok abba a munkát! Bornemissza főhadnagy úr vissza fog ide térni, és aszerint dolgozzatok, amint ő parancsolja.

Fölmentek a bástyának átalakított templom tetejére.

Körül volt az kerítve fönn vesszőből font és földdel töltött kasokkal.

A kasok között kőboltozatú fülkékben ágyúk. A középen golyóhalom és puskaporos gödör.

Onnan egészében lehetett látni a külső várat, amint óriás karéj alakjában kerítette a vár napkeleti oldalát. Rajta két bástya s a két bástyán két kerek torony.

De lehetett látni a fallal szemben a nagy földemelkedést is, amely felényi olyan magas, mint maga a vár.

- Hát itt a napkeleti részen erős lesz az ostrom - mondotta Gergely. - A nap is szembe süt reggelenkint. Ide ember kell.

- Rád gondoltam - felelte Dobó.

- Köszönöm. Meg fogom állni a helyemet.

És a két ember kezet szorított.

Az ágyúk között volt egy nagy, testes bronzágyú. Öblös torkába emberfej nagyságú golyó fért. A betűk és cifrázatok aranyként ragyogtak rajta.

- Ez a *Baba* - mondotta Dobó. - Olvasd a feliratát!

Az ágyú derekán koszorúba hajló két pálmalevél között ez a mondat ragyogott:

Erős várunk nékünk az Isten!

3

Szeptember kilencedikén nem sütött fel a nap. Az eget szürke felhők takarták. A Mátra ormait is felhő ülte. Az idő egész nap olyan volt, mint a kényes gyerek arca, aki sírni akar, csak azt kell még kitalálnia, hogy miért sírjon.

A várban élénk nyüzsgés. Az ácsok az alsó piacon félöles karók végét csapkodják laposra. Mellettük egy-egy katona lyukat fúr a laposított végbe, s kereszt alakot formál belőlük. A harmadik csoport katona olajos-szurkos csepűt kötöz a keresztekre. A keresztek neve *furkó*. Már van egy halommal.

A sekrestye mellett az öreg Sukán vékával méri a puskaport. Parasztemberek apró bőrzacskókba tömik. Hordják a pattantyúsokhoz.

Ugyancsak a sekrestye mellett János tűzmester cserépből készült golyókat tömet puskaporral. Azok a *labdák*. Arasznyi puskaporos kanóc fityeg ki belőlük. Mikor meg akarják gyújtani, olyanféle drótos szerszámba teszik, mint a mai angol labdaütők. De dobják kézzel is, s a füles golyókat kopjával is. Készen van azokból is valami ezer.

Az Ókapu felé, ahol az alsó piaccal elválasztott, két hosszú házsor a kaszárnya, köszörűsök és lakatosok dolgoznak. Mindenkinek a fegyverét meg kell igazítaniuk, aki hozzájuk viszi.

A Sötét kapu mellett szépen épített föld alatti istállókban állnak a marhák. A mészárosok ott vágnak a fal mellett. A vér egy lyukon az árokba csurog. Négy-öt marhát vágnak mindennap a vár népének.

Gergely éppen a Sándor-bástyán állott. Gerendákból és deszkákból emelvényt ácsoltak ottan, hogy csapatosan is föl lehessen járni belülről a falakra.

Minden bástyánál van már olyan emelvény, de a Sándor-bástyán újra kell csinálniuk, mert nem jól ástak le egy cölöpöt, és mozog.

Dobó fölment rajta a tisztjeivel, s meg-megrázogatta az oszlopokat.

- Úgy kell ennek állnia - mondotta -, hogy akkor is megtartson száz embert, ha minden oszlopát ellövik. Támasztékot szögezzetek minden oszlophoz. És be kell meszelni vastagon.

A templom tornyán a kürtös egy hosszút rikoltott.

- No, mi az? - kiáltott fel Mekcsey. - Itt vagyunk!

- Jönnek!

Ebből az egy szóból nagyon értettek a tisztek.

- Az előőrség jön!

Maklárig az őröknek hosszú láncolata állott már egy hét óta. Eleven teleszkóp, amely kinyúlt az abonyi mezőig, s éjjel-nappal a török megérkezését vigyázta.

Ezeket jelentette a *jönnek!*

Mekcsey fölugrott a fal tetejére, és sietve indult a déli kapu felé. Maga Dobó is. A tisztek követték. A déli bástyán aztán megálltak, és ernyőzött szemmel néztek arra az útra, amely a kis Almagyar falun át a messze síkságból vonul egyenesen a várkapuig.

Az almagyari úton egy vágtató lovast lehetett látni. Süveg nélkül jött. Piros dolmánya szíjon röpdösött utána.

- Az én katonám! - vélekedett Gergely. - Bakocsai!

Merthogy az a Bakocsai kitűnő lovas volt, és a sors gyalogossá tette, mindig azon rimánkodott, hogy lóra ülhessen. Így jutott ezen a napon őrszemnek is.

Ahogy közelebb érkezett, látni lehetett, hogy az arca merő egy vér, s hogy a lova oldalán valami dinnyeforma gömbölyűség lődörög.

- Az én katonám! - ismételte örvendezve Gergely, de most már szinte kiáltva. - Bakocsai!

- Verekedett! - mondta Dobó.

- Egri gyerek - felelte rá Mekcsey.

- De az én katonám - szólt Gergely vissza. - Az én tanítványom!

A hírhozó nyomában még három őr rúgtatta az út porát. A többit tán levágták.

Hát itt a török.

Mit érezhetett Dobó e hírnek hallatára? Az a török had jön, amelyik a nyáron az ország két legerősebb várát rombolta le: Temesvárt és Szolnokot, s elfoglalta Drégelyt, Hollókőt, Salgót, Bujáḱot, Ságot, Balassagyarmatot - mindent, amit akart. Mert úgy indult el a török had, hogy ami még hátravan Magyarországból, beleigázza a szultán hatalmába.

Hát már itt tartanak. Százötvenezernyi emberarcú fenevad. Nagyobb részüket a zsenge gyermekkortól nyilazásra, lövésre, falmászásra, tábori életre nevelték. Kardjuk Damaszkuszban készült, vértjük derbendi acél, lándzsájuk hindosztáni mesterkovácsoktól való, ágyúikat Európa legjobb öntői alkotják meg, puskaporuk, golyójuk, fegyverük mérhetetlen és megszámlálhatatlan.

S velük szemben?

Itt áll ez a kis vár, s benne alig kétezer ember, s alig hat régi, hitvány ágyú meg holmi lyukas vasrudak: ágyúnak nevezett szakállas puskák.

Mit érezhetett Dobó?

A hírhozó Bakocsai István feliramlott a várba, és leugrott a lóról. Megállt izzadtan, porosan Dobó előtt. A nyerge szíján egy göndör bajszú, barna török fej; őneki magának az egész bal arca végig fekete az aludt vértől.

- Jelentem alássan, vitéz kapitány uram - szólt a bokáját összeütve -, itt a török, az istenfáját!

- Az egész had vagy csak egy csapat?

- Az egész hadnak az eleje, kapitány uram! Nem láttuk az egészet az abonyi erdő miatt, de nagyon igyekeznek, az istenfáját! Ahogy bennünket megneszeltek, mindjárt elkaptak kettőt belőlünk, oszt még engem is hajszoltak valameddig; legutóbb ez a füstös, az istenfáját neki!

- Hát a társaid hol vannak?

A vitéz a kapu felé pillantott.

- Mosakodnak a patakban, az istenfáját!

- No - azt mondja Dobó -, mától fogva tizedes vagy. Eridj, és igyál egy icce bort, az istenfáját! - tette hozzá mosolyogva.

A vár udvarán mindenki odatolongott, hogy a levágott fejet megnézze.

A beretvált fejnek egy hosszú fürtje volt középen. Annál fogva tartotta Bakocsai, s büszkén mutogatta.

A török megérkezésének hírére olyanná vált a vár, mint a zajgó méhkas. Mindenki Bakocsai köré csoportosult, hogy szavát hallja. Még az asszonyok is odafutottak a sütőházakból és konyhákból, s lábujjhegyre ágaskodva hallgatták a csoport mögött a vitéz beszédeit.

De ez persze csak akkor történt már, mikor Dobó otthagyta a piacot, és a tisztekkel együtt fölment a palotába, hogy tanácskozzon, rendelkezzen.

A vitéz fölakasztotta a török fejet egy hársfára, s ő maga székre ült, hogy átengedje a fejét a borbélynak.

Tizenhárom borbély volt a várban: négy mester és kilenc legény. No nem azért, hogy beretváljanak és hajat nyírjanak. Sebet fognak ők mosni, timsózni, varrni. Orvos? Az egész országban sincs annyi, mint ma csak egy megyei városkában is. A borbély az orvos is mindenfelé, no meg a jó Isten.

Hát a borbélyok mind a tizenhárman ráestek Bakocsaira, csak hogy közel lehessenek a szavához. Legelsőbben is a dolmányát húzták le meg az ingét.

Péter mester volt a legöregebb köztük, hát az fogta mosásba legelőször. Egy nagy cseréptálat eléje tartottak, egy fazék vizet meg föléje.

Mosták.

A mosást csak állotta a vitéz, meg a timsózást is, de mikor a hosszú fejsebet varrni kezdték, szétrúgta a széket, tálat, borbélyt és borbélylegényt, s rettentő istenfájázások között bement a kaszárnyába.

- Nem vagyok én nadrág, az istenfáját! - mondotta mérgesen.

Lekapott egy nagy pókhálót az ablakszélről, és a fejére tette. Bekötötte a fejét maga. Leült, jól beszalonnázott, beborozott, aztán ledűlt a szalmazsákra, s öt perc múlva már aludt.

A vitézzel csaknem egy időben egy lovas parasztember is érkezett a várba. Szűr volt rajta és felgyűrt szélű fekete kalap. A kezében zöld furkósbot, akkora, mint ő maga.

Mikor Dobó végzett a vitézzel, az ember leszólt a lováról egy asszonynak.

- Melyik a kapitány úr?

- Az ott, ni - mondja az asszony -, az a nagy szál úr, aki középen megyen.
Az ember leszállt a lováról. Hozzákötötte egy fához. A tarisznyájába nyúlt.
Kivett belőle egy nagy, pecsétes levelet.
Utánafutott Dobónak:
- Levelet hoztam, kapitány uram.
- Kitől?
- A töröktől.
Dobó arca elsötétült.
- Hogy merte kend elhozni?! - kiáltott az emberre. - Vagy török kend?
- Nem - feleli megszeppenve az ember. - Kálba való vagyok én, instálom.
- Tudja-e azt kend, hogy magyar embernek nem szabad az ellenség levelét hordoznia?
És a katonákhoz fordult:
- Fogjátok fegyver közé!
Két dárdás katona a paraszt mellé lépett.
- Uram! - kiáltott az ember megrökönyödve. - Kényszerítettek!
- Csak arra kényszeríthettek, hogy a kezedbe vedd. Arra nem, hogy ide behozd.
És újból a katonákhoz fordult:
- Itt álljatok!
Összetrombitáltatta a vár népét, s anélkül hogy a levelet fölbontotta volna, összefont karral állt a hársfánál, amelyen a török fej lógott. Öt perc nem telt belé, együtt volt a vár népe mind. A tisztek Dobó körül. A katonák sorrendben. Leghátul a parasztok meg az asszonyok.
Akkor Dobó megszólalt:
- Azért hívattam össze a vár népét, mert a török levelet küldött. Én az ellenséggel nem levelezek. Ha az ellenség levelet ír, visszavetem. Vagy pedig a torkába verem annak, aki elém meri hozni. Csak ezt az első levelet olvastatom el, s küldöm azonnal a királynak. Tulajdon szemével láthassa, hogy itt a török: kell a segítség. Én anélkül is tudom, hogy mi van a levélben: fenyegetés és alku. A fenyegetéstől nem ijedünk meg. Alkuba nem bocsátkozunk. A haza nem eladó semmi pénzen. De hát hogy tulajdon fületekkel halljátok, hogyan szokott az ellenség beszélni, elolvastatom.
Odanyújtotta a levelet Gergelynek, aki mindenféle írást első tekintetre el tudott olvasni, s legtudósabb volt a vár népe között.
- Olvasd el hangosan.
Gergely egy kőre állott. Feltörte a pecsétet, s kirázta a porzót a papirosból. A levél aljára pillantott, s hangosan olvasta:
- *Küldi Ahmed pasa Kálból,*
Dobó István egri kapitánynak üdvözlet.
Én, aki vagyok az anatóliai Ahmed basa, a hatalmas, legyőzhetetlen császár főtanácsosa, megszámlálhatatlan és ellenállhatatlan hadának főkapitánya, izenem és írom, hogy a hatalmas császár ezen a tavaszon két sereget küldött Magyarországra. Az egyik sereg elfoglalta Lippát, Temesvárt, Csanádot és

Szolnokot s minden várat és várkastélyt, amely a Körös, Maros, Tisza és Duna vidékén áll. A másik sereg elfoglalta Veszprémet, Drégelyt, Szécsént és az egész Ipoly mentét, s ezenkívül levert két magyar sereget. Nincs erő, amely nekünk ellenállhatna.

És most ez a két diadalmas sereg Eger vára alatt egyesül.

A hatalmas és legyőzhetetlen császár akaratából intelek titeket, hogy őfelségének ellene szegülni ti se merjetek, hanem engedelemre hajoljatok, s amely basát én küldök, beeresszétek, Eger várát és városát neki átadjátok.

- Hogy a fenébe ne! - zúgták mindenfelől. - Ne olvasd tovább! Eb hallgassa.

Dobó azonban csendességre intette őket:

- Csak hallgassátok a török muzsikát. Igen szép, mikor ilyen fennen szól. Olvasd csak tovább!

- *Ha engedelmesek lesztek, hitemre mondom, hogy se magatoknak, se jószágotoknak bántódása nem lesz. A császártól minden jót nyertek, s olyan szabadságban tartalak benneteket, mint a régi királyaitok.*

- Nem kell török szabadság! - rikoltott közbe a fakezű Cecey. - Jó nekünk a magyar is!

Amire mindenki nevetett.

Gergely folytatta:

- *És minden bajtól megoltalmazlak benneteket...*

- Azér gyünnek, hogy oltalmazzanak! - rikoltott Pető Gáspár.

Mindenki nevetett, maga a levélolvasó is.

Csak Dobó állott komoran.

Gergely tovább olvasott:

- *Erre adom hiteles pecsétemet. Ha pedig nem engedelmeskedtek, a hatalmas császár haragját vonjátok fejetekre, s akkor mind magatok, mind gyermekeitek valamennyien halállal pusztultok el. Azért hát nekem azonnal feleljetek!*

Haragos zúgás volt a felelet.

- A teremtésit a hatalmas császárjának! Iszen csak ide gyűjjön!...

Az arcok megvörösödtek. A legjámborabb embernek a szeme is tüzet hányt.

Gergely visszanyújtotta a levelet a kapitánynak. A zajgás elcsöndesült.

Dobónak nem volt szüksége kőre állnia, hogy kilássék a csoportból. Magas, öles ember volt. Ellátott mindenkinek a feje fölött.

- Íme - mondotta acélos, de keserű hangon -, ez az első és utolsó levél, amely töröktől jött ebbe a várba, s el is olvasódott. Megérthettétek belőle, hogy mért jön. Szabadságot hoz karddal és ágyúval. A keresztény vérben fürdő pogány császár hozza ránk ezt a szabadságot. Nem kell? Ha nem kell szabadság, levágja a fejünket! Hát erre válaszoljunk. Ez a válaszom!

Összegyűrte a levelet, és a parasztnak az arcába dobta.

- Hogy merted idehozni, gazember?!

És a katonákhoz fordult:

— Vasat a lábára! Tömlöcbe az alávalót!

224

A mindeneket fölizgató török levél után Dobó a palotába szólította a tisztjeit:

- Félóra múlva mindenki ott legyen.

A terem hamarabb is megtelt. Aki még késett, csak azért késett, hogy az ünneplőjét vegye magára. Mindenki érezte, hogy a levél a vészharang első megkondulása volt.

Dobó még csak az elmaradt őrséget várta.

Összefont karral állott az ablaknál, s az alant elterülő várost nézte. Milyen szép épületek, milyen szép fehér házak! S a város üres. Csak a palota alatt, a patakon nyüzsög a vár népe. Lóitató katonák, vízhordó emberek; lejjebb a városban egy sárga kendős asszony most lép ki a kapun. A hátán nagy batyu. S két kisgyermeket vonszolva siet a vár felé.

- Ez is a várba jön - mormogta Dobó kedvetlenül.

Az apród ott állt Dobó mellett. Lenvirágszín bársonydolmány volt rajta. Hosszú hajával, leányos arcával olyan volt, mintha fiúruhába öltözött leány volna. De ha a kezére pillantott valaki, erőt látott abban. Mindennap hányta a kopját a fiú.

Dobó hozzá fordult. Végigsimította a fiú vállig érő haját:

- Mit álmodtál, Kristóf? Nem álmodtad-e haza magadat?

- Nem - felelte elmosolyodva a fiú. - Szégyellném, ha olyat álmodnék, kapitány uram.

Az az egy apród maradt a várban. Az az egy is csak azért, mert az apja írt a kapitánynak, hogy a fiút ne küldje haza. Mostohaanyja volt a fiúnak. Nem nézett rá szíves szemmel. Dobó a maga fiának tekintette.

A többi apródot mind hazaküldte Dobó. Tizennégy-tizenhat éves fiúk voltak. Vitézi iskola volt nekik a Dobó udvara. Próbára nem engedte még Dobó őket.

Még egy kedves apródja volt köztük. *Balogh Balázs*, az előbbi évben megölt György barát egyik hadnagyának a fia. Az még Kristófnál is fiatalabb egy esztendővel, s kitűnő lovas. Sírva ment el augusztusban. Fájt neki, hogy Kristóf a várban maradhat, ő meg nem.

- Megállj, ha visszajövök - mondotta -, kopját török veled!

- Csak nem gondolod, hogy én küldetlek el?

És maga is könyörgött Dobónak:

- Hadd maradjon itt Balázs is, kapitány uram!

- Nem maradhat - felelte Dobó. - Özvegyasszony fia, és egyetlen gyermek. A diófára se szabad felmásznia. Takarodj!

Nagy Lukács vitte el magával, hogy útközben átadja az anyjának.

- No, az a Lukács sokáig odamarad - szólt Mekcseynek, a fejét csóválva, Dobó. - Attól tartok, valami bajba keveredett.

- Nem hiszem - felelte Mekcsey. - Az apró embereket nem féltem. Valami különös babonám van rá, hogy az apró emberek szerencsések a hadban.

- Éppen fordítva van - felelte Gergely, aki inkább magas volt, mint kicsi. -
Az apró ember sose ül oly biztosan a lován, mint a hosszú. Az aprót a ló
viszi a harcban, a hosszú meg a lovat.
Az ajtónálló jelentette, hogy az őrök megérkeztek.
- Ereszd őket be - felelte Dobó komoran.
Hét sárga csizmás, sarkantyús legény állott meg a terem közepén.
Kettőnek vizes volt a haja. Hát csakugyan mosakodtak.
Az egyik vizes hajú előlépett:
- Jelentem alássan, kapitány uram, itt az ellenség, Abony alatt.
- Tudom - felelte Dobó. - Az első török is itt van már. Elhozta Bakocsai.
Ez szemrehányó hangon volt mondva. A vitéz a város kék-vörös színét
viselte. Egyet szusszant, és egyet húzott a nyakán.
- Kapitány uram, én hozhattam volna hármat is.
- Hát mért nem hoztál?
- Hát csak azért, mert én szétvágtam a fejét mind a háromnak.
A teremben nagy derültség áradt el. A hét katona közül négy be is volt
kötve. Dobó maga is elmosolyodott.
- Hát, Komlósi fiam - mondotta -, nem a török fej itt a hiba, hanem a ti
fejetek. Nektek nem az volt a kötelességtek, hogy verekedjetek, hanem az,
hogy hírt hozzatok. A Bornemissza hadnagy úr katonája hozta meg a hírt.
Nektek azonban előbbre való volt, hogy mosakodjatok meg fésülködjetek,
inget váltsatok meg bajuszt pödörjetek. Micsoda katona vagy te, Komlósi
Antal!
Komlósi elszontyolodva nézett maga elé. Érezte, hogy Dobónak igaz a
szava. Azonban fölemelte a fejét:
- Hát majd meglátja, kapitány uram, hogy micsoda katona vagyok.
Az őrök jelentéséből bizonyossá vált, hogy a török vonul már Eger felé.
Dobó új őrséget rendelt, s megparancsolta, hogy ne csapjanak össze a
török őrséggel, csak jelentsék óránkint a közeledését. Azután kiküldte őket,
és az asztalhoz ült.
Már akkor ott csoportoztak a teremben mind a hadnagyok, mind a
vártisztek. Az öt német tűzmester is. Ott állt a pap is meg az öreg Cecey.
- Barátaim - kezdte Dobó az ünnepi csöndben -, hallottátok, hogy ránk
következett, amit évek óta vártunk.
A hangja olyan volt, mint a nagyharangé. Egy percre elhallgatott. Talán egy
gondolatát hallgatta el. Aztán mintha rövidre akarná fogni a
mondanivalóját, köznapi hangon folytatta:
- Mekcsey kapitánytársam az imént adta át teljes jegyzékét a vár erejének.
Körülbelül ismeritek ugyan, de én mégis szükségesnek látom, hogy
fölolvassuk, és halljátok. Kérlek, Gergely öcsém.
Átadta az írást Gergelynek, aki könnyebben és gyorsabban bírta az effelét,
mint Sukán bácsi. Gergely készséggel olvasott:
- Az egri vár ereje 1552. szeptember 9-én...
- Vagyis ma - szólt Dobó.

- A várnak van ma belső lovasa kétszáz, belső gyalogosa ugyanannyi, behívott egri és környékbeli puskás 875. Nagyságos Perényi Ferenc úr küldött 25 embert, Serédy György úr küldött vagy kétszázat.

- Abból nincs több, csak valami ötven - szólt Mekcsey.

És egy sunyorgó szemű, arcban erősen csontos hadnagyra pillantott.

- Nem tehetek róla - felelte az. - Én itt vagyok.

És a kardját megzörrentette.

Dobó békítő hangon szólt a hadnagyra:

- Hegedüs barátom, ki beszél itt rólad? Hunyadinak is voltak hitvány katonái.

Gergely tovább olvasott:

- Megint Kassáról jött kétszáztíz fölkelő. No, hát itt van - szólt Hegedüsre pillantva. - Kassán is vannak vitézek.

És folytatta:

- A néma barátok négy drabantot küldtek. Az egri káptalan kilencet.

- Kilencet? - mordult föl Bolyky Tamás, a borsodi puskások hadnagya. - Hiszen azoknak száznál is több a katonájuk!

- Fizetésre se adták - felelte röviden Dobó.

Fügedi, a káptalan hadnagya fölkelt. Dobó azonban leintette:

- Kérlek, öcsém, majd máskor. Az ördög se bántja a káptalant. Folytasd, Gergely öcsém, csak röviden és hamar.

Gergely hát szaporán, barátosan olvasott tovább. Jó hosszú volt a vitézlajstrom. Sáros, Gömör, Szepes, Ung, a szabad városok mind küldtek egy-egy kis csapat drabantot. A jászai prépost negyven embert küldött egymaga. Meg is éljenezték.

Végül Gergely ismét fölemelte a hangját:

- Vagyunk tehát összesen száz ember híján kétezren.

Dobó végigpillantott az asztalnál ülőkön, és a tekintete Hegedüsön állott meg. A kassai hadnagyra nézve folytatta:

- Ehhez még hozzászámíthatjuk azokat az embereket, akiket várbeli szolgálatra hívtam be: a tizenhárom borbélyt, nyolc mészárost, három lakatost, négy kovácsot, öt ácsot, kilenc molnárt és a harmincnégy parasztembert, akik majd az ágyúknál segítenek. Ostrom idején ez mind fegyvert ragadhat. Azután számítsuk még Nagy Lukácsot, akit Szent János feje vétele napján Szolnok alá elküldtem huszonnégy lovassal. Minden órában megérkezhetnek - szólt Mekcseyre emelve a tekintetét.

És folytatta:

- Hát volnánk így is meglehetősen, de én király őfelségétől várom a legfőbb segítséget.

Az öreg Cecey a levegőbe csapott, és hümmögött.

- Nono, Cecey bátyám - szólt Dobó. - Nem úgy van már, mint volt régen. A király igen tudja, hogy ha Eger elesik, hát beteheti a Szent Koronát a kamarájába.

- És akkor nincs többé Magyarország - toldotta hozzá Mekcsey, aki Dobó mellett állott.

- Lesz német - duhogta az öreg.

- A király hada két nagy seregben jön - folytatta Dobó -, ötven-hatvanezer, talán százezer jól táplált és jól fizetett katona. Egyiket vezeti Móric szászi herceg, a másikat Miksa herceg. A király bizonyára izen nekik, hogy ne vesztegessék az időt, hanem siessenek. S ma már annak a két tábornak a jelszava: Eger!

- Hiszi a miskolci pék! - morgott Cecey.

- Hát hiszem én is - mordult vissza Dobó. - És ezennel megkérem kegyelmedet, hogy a szavamba ne kapdosson. Az én követem, Vas Miklós még ma újra elindul Bécsbe, és ha nem találja útban a király hadát, értesítést viszen a török megérkezéséről.

Gergelyhez fordult:

- A gyűlés után rögtön megírod a kérelmet őfelségének, s mellékeled a török levelét. Úgy megírd, hogy még a kősziklák is idehengergőzzenek Eger alá.

- Megírom - felelte Gergely.

- Semmi okunk sincs arra, hogy nehéz szívvel várjuk a törököt. A falak erősek. Puskapor meg élelem van bőven: akár esztendeig is kibírjuk. A király ha csak az erdélyi hadát ideküldi is, minden török Mohamedhez költözik Eger alól. De hát olvasd fel most már a második számú jegyzéket is - szólt Gergelynek.

Gergely olvasta:

- Nagy bombaágyú egy, másik nagy bombaágyú, Béka nevű és Baba nevű kettő; a királytól három ágyú, Perényi Gábortól négy ágyú, Serédy Benedektől egy ágyú.

- A puskaport nem mértük meg, mert nem is lehet - szólt közbe Dobó. - Tavalyról is maradt, a királytól is kaptunk. A sekrestye aljában színig áll a kész puskapor. Ezenkívül van salétromunk és malmunk is, hogy ha kell, magunk csináljunk puskaport. Folytasd.

Gergely olvasta:

- Öreg réztarack, faltörő öt, vastarack ugyanilyen öt, őfelségétől rézfaltörő négy; golyóöntő a faltörőkhöz és szakállasokhoz huszonöt, dupla, prágai szakállas ágyú kettő, seregbontó szakállas ágyú öt.

- Felelhetünk a töröknek. De ez még semmi. Olvasd tovább!

- Prágai és csetneki réz és vas szakállas háromszáz, kézipuska kilencvenhárom, német kézipuska százkilencvennégy.

- Nem ér semmit! - rikkantott Cecey. - A jó íj többet ér minden puskánál.

Ezen egy kis feleselés támadt. Az öregek Cecey szavát helyeselték. A fiatalok a puska pártján voltak.

Végre is Dobó azzal vágta ketté a csatát, hogy a puska is jó, az íj is jó, de legjobb az ágyú.

Kristóf apród egy remekmívű, aranyos sisakot és egy kis ezüstfeszületet tett az asztalra. A karján még egy palástféle köpönyeg is volt.

Dobó háta mögé állt. Tartotta szótlanul.

Gergely még egy jó rendet olvasott. Benne volt a jegyzékben minden fegyver: kopja, gerely, pajzs, mindenféle golyó, csáklya, csákány, buzogány, kanóc, dárda és minden harci készség, amit nem a segítség hozott magával.

Akkor aztán Dobó fölkelt.

Az aranyos sisakot a fejére tette, a vörös bársony kapitányi mentét a vállára. És bal kezét a kardján nyugtatva szólott:

- Kedves barátaim és védőtársaim. A falakat láttátok, most már a falakon belül levő erőt is ismeritek. Ebben a várban van most a maradék ország sorsa.

A teremben csend volt. Minden szem Dobón függött.

- Ha Eger elesik, utána nem állhat meg se Miskolc, se Kassa. Az apró várakat lerázza a török, mint a diót. Nincs többé ellenállás. És akkor Magyarországot beírhatja a történelem a halottak könyvébe.

Komor szemmel pillantott körül, és folytatta:

- Az egri vár erős, de ott a szolnoki példa, hogy a falak ereje nem a kőben van, hanem a védők lelkében. Ott pénzen fogadott, idegen zsoldosok voltak. Nem a várat mentek védeni, hanem hogy zsoldot kapjanak. Itt az öt pattantyús kivételével minden ember magyar. Itt mindenki a hazát védi. Ha vér kell, vérrel. Ha élet kell, élettel. De ne mondhassa azt ránk a jövendő nemzedék, hogy azok a magyarok, akik 1552-ben itt éltek, nem érdemelték meg a magyar nevet.

Az ablakon besütött a nap, és rásugárzott a falon függő fegyverekre s a falak mellett rudakon álló páncélokra. Tündöklött tőle a kapitány aranyos sisakja is. Gergely mellette állott. Pillantást vetett az ablakra, aztán a szeméhez emelte a tenyerét, hogy a vezérre nézhessen.

- Azért hívattam össze kegyelmeteket - folytatta Dobó -, hogy mindenki számot vethessen magával. Aki többre becsüli a bőrét, mint a nemzet jövendőjét, nyitva még a kapu. Nekem férfiak kellenek. Inkább kevés oroszlán, mint sok nyúl. Akinek reszket az ina a közelgő zivatartól, hagyja el a termet, mielőtt tovább szólanék, mert meg kell esküdnünk a vár védelmére olyan esküvel, hogy ha azt megszegi valaki, meg ne állhasson holta után az örök Isten szeme előtt.

Félrenézett, és várt, hogy mozdul-e valaki.

A teremben csend volt.

Nem mozdult senki.

A feszület mellett két viaszgyertya állott. Az apród meggyújtotta.

Dobó tovább beszélt:

- Meg kell esküdnünk egymásnak az örök Isten szent nevével ezekre a pontokra...

Egy ív papirost vett fel az asztalról, és olvasta:

- Először: akármiféle levél jön ezentúl a töröktől, el nem fogadjuk, hanem a község előtt olvasatlanul megégetjük.

- Így legyen! - hangzott a teremben. - Elfogadjuk!

- Másodszor: mihelyt a török megszállja a várat, senki neki ki ne üvöltsön; bármit kiáltoznának is be, arra semminemű felelet ne hangozzék: se jó, se rossz.

- Elfogadjuk!

- Harmadszor: a várban a megszállás után semmiféle beszélgető csoportosulás se kint, se bent ne legyen. Se ketten, se hárman ne suttogjanak.

- Elfogadjuk!

- Negyedszer: az altisztek a hadnagyok tudta nélkül, a hadnagyok a két kapitány intézkedése nélkül a csapatokon nem rendelkeznek.

- Elfogadjuk!

Egy érdes hang szólalt meg Fügedy mellett:

- Valamit ide szeretnék betoldani.

A szóló Hegedüs volt, Serédynek a hadnagya. Az arca ki volt vörösödve.

- Halljuk - szóltak az asztalnál.

- Azt ajánlom, hogy a két kapitány viszont a hadnagyokkal mindig egy értelemben intézkedjen, valahányszor úgy fordul a sor, hogy akár a védelemben, akár más fontos intézkedésben a hadnagyok közül csak egy is tanácskozást kíván.

- Az ostrom szünetében elfogadom - szólott Dobó.

- Elfogadjuk! - zúgták rá mindannyian.

Dobó folytatta:

- Utolsó pont: aki a vár megadásáról beszél, kérdez, felel, vagy bármiképp is a vár megadását akarja, halál fia legyen!

- Haljon meg! - kiáltották lelkesen. - Nem adjuk meg a várat! Nem vagyunk zsoldosok! Nem vagyunk szolnokiak! - hangzott mindenfelől.

Dobó levette az aranyos sisakot. Hosszú, szürke haját végigsimította. Intett a papnak.

Bálint pap fölkelt. Szintén levette a süvegét, és fölemelte az asztalon álló kis ezüstfeszületet.

- Esküdjetek velem - mondotta Dobó.

A teremben mindenki a feszület felé nyújtotta a kezét.

- Esküszöm az egy élő Istenre...

- Esküszöm az egy élő Istenre - hangzott az ünnepi mormolás.

- ...hogy véremet és életemet a hazáért és királyért, az egri vár védelmére szentelem. Sem erő, sem fortély meg nem félemlít. Sem pénz, sem ígéret meg nem tántorít. A vár feladásáról sem szót nem ejtek, sem szót nem hallgatok. Magamat élve sem a váron belül, sem a váron kívül meg nem adom. A vár védelmében elejétől végéig alávetem akaratomat a nálamnál feljebb való parancsának. Isten engem úgy segéljen!

- Úgy segéljen! - zúgták egy hanggal.

- És most magam esküszöm - szólt Dobó, két ujját a feszületre emelve. - Esküszöm, hogy a vár és az ország védelmére fordítom minden erőmet, minden gondolatomat, minden csepp véremet. Esküszöm, hogy ott leszek minden veszedelemben veletek! Esküszöm, hogy a várat pogány kezére jutni nem engedem! Sem a várat, sem magamat élve meg nem adom! Föld úgy fogadja be testemet, ég a lelkemet! Az örök Isten taszítson el, ha eskümet meg nem tartanám!

Nem kételkedett azon senki. Lángolt mindenkinek az arca, mert tűz égett mindenkinek a szívében. A Dobó esküjére minden kard kivillant. Egy lélekkel kiáltották:

- Esküszünk! Esküszünk!

Dobó ismét föltette sisakját, és leült.

- Hát, testvéreim - mondotta egy árkus papirost véve a kezébe -, most még azt beszéljük meg, hogy a falak őrségét hogyan helyezzük el. A falak védelmére nem egyforma beosztás kell, mert a város felől meg az új bástya felől sík a föld és völgyes. A keleti meg az északi bástyák felől vannak a dombok meg a hegyek. Bizonyos, hogy oda állítják az ágyúkat, és ott törik majd a falat, hogy beronthassanak.

- Nem törik azt át sohase - mondotta Cecey.

- Nono - felelte Dobó.

S folytatta:

- Ácsot meg kőmívest azért rendeltem jó számmal a várba, hogy amit a török ront, éjjel berakják. Hát ott lesz a legnagyobb munka. És ha az őrséget most el is osztjuk, az majd az ostrom szerint változik.

- Csak intézze kegyelmed, kapitány uram, mi elfogadjuk! - kiáltották többfelől.

- Hát én azt gondolom: négy seregre osszuk a védelmet. Egyik sereg legyen a főkapunál, a másik a szeglettoronyig való részen, harmadik a külső várban, negyedik a tömlöcbástya körül északon. A négy csoportnak megfelelően négy részre oszlik bent az álló sereg is. Az álló sereggel Mekcsey kapitánytársam fog rendelkezni. Ostrom idején az ő gondja lesz a katonák váltakozása, valamint a belső vár védelme is.

- Hát a város felőli oldal? - kérdezte Hegedüs.

- Oda csak egyes őröket állítunk. A kapunál elég, ha húsz ember lesz. Az úgyis szűk gyalogkapu, s onnan nem is próbálhat a török támadást.

És egy másik ív papirost vett fel.

- A legények számát hozzávetőleg így osztottam el. Az Ókapunál, vagyis főkapunál az új bástyáig álljon mindenkor száz drabant. A tömlöcbástyán száznegyven, a tiszttel száznegyvenegy. A Sándor-bástya mentén százhúsz a kapu nélkül. Onnan vissza a kapuig százöt.

- Ez négyszázhatvanhat - mondotta Gergely.

- A templom két tornyán tíz-tíz drabant. Ez a belső vár védelme.

- Négyszáznyolcvanhat - számította hangosan Gergely.

Dobó folytatta:

- Most következik a külső vár. A Csabi-bástyán legyen kilencven ember, a Bebek-bástyáig. Onnan a szeglettoronyig százharminc. Az Ókaputól a szegletig ötvennyolc. Ott még egy keskeny kőfal van, amely összeköti a belső várat a külsővel. Ott inkább szemmel kell őrködni, mint fegyverrel. Hát oda elég harmincnyolc drabant.

Mekcseyre pillantva folytatta:

- Oda lehet állítani a gyöngéket s ostromok alatt a könnyű sebesülteket is.

- Egy híján nyolcszáz - mondotta Gergely.

- Mármost hogyan osszuk szét a tiszteket? Hogy magamon kezdjem, én ott akarok lenni mindenütt.

Lelkes éljenzés.

- Mekcsey társam dolgát már tudjuk. A négy főhadnagy úr közül egy az Ókapunál lesz. Oda erő kell és rettenthetetlen lélek. Merthogy a török azon a kapun be akar majd törni, előre látható. Ott a halállal farkasszemet kell nézni erősen.

Pető Gáspár fölkelt, és a mellére csapott:

- Kérem azt a helyet!

A nagy éljenzésben csak a Dobó beleegyező fejmozdulatát lehetett látni. Az öreg Cecey átnyújtotta Petőnek a bal kezét.

- Ezenkívül - mondotta - a külső vár a legveszedelmesebb oldal. A török ott az árok betemetésén fog mesterkedni. Oda is a főtisztek bátorsága, hazaszeretete és halálmegvetése kell.

Három főhadnagy volt még Petőn kívül; mind a három fölugrott.

- Itt vagyok! - mondotta Bornemissza.

- Itt vagyok! - mondotta Fügedy.

- Itt vagyok! - mondotta Zoltay.

- Hát hogy össze ne vesszetek - szólott Dobó -, ott lesztek mind a hárman.

A tűzmesterek már előbb megkapták a maguk ágyúját, különben sem tudtak egy szót se magyarul, Dobó azonban még egy főágyúmestert akart. Ki legyen az?

Senki se volt értője az ágyúnak, csak Dobó. Hát Dobó magára vállalta.

Hogy erre újabb éljenriadalom támadt a teremben, s hogy a tűzmesterekre is néztek, azok nyugtalanul kérdezték:

- *Was ist das? Was sagt er?*[1]

Bornemissza hozzájuk fordult, és így magyarázta meg az öt németnek:

- *Meine Herrn, Kapitány Dobó wird sein der Hauptbumbum! Verstanden?*[2]

Dobó ezután összetrombitáltatta a katonaságot. A vár terén azoknak is elmondta az öt esküpontot, amire odabent megesküdtek. Megmondta nekik, hogy amelyikük félelmet érez, tegye le inkább a kardot, hogysem meggyöngítse a többit is. Mert - úgymond - a félelem olyan ragadós nyavalya, mint a pestis. Sőt még ragadósabb. Mert egy pillanat alatt átszáll a másikra. Hát itt a ránk következő nehéz napok alatt erős lelkű emberek kellenek.

Azután kibontotta a vár kék-vörös zászlaját, és összefogta a nemzetiszínűvel.

1Mi az? Mit mond? (német

2Uraim, Dobó kapitány lesz a Főbumbum"! Megértették? (német)

- Esküdjetek!

Erre a szóra a városbeli székesegyház harangja megkondult.

Csak egyet kondult, többet nem.

Mindenki a város felé tekintett. A kondulás olyan volt, mint egy jajkiáltás. Csak egy. S utána figyelő csöndesség áll az egész tájon.

5

Azon az estén Dobó vendégül látta mindazokat, akik vele délelőtt a teremben megesküdtek.

Az asztal egyik végén Dobó ült, másik végén Mekcsey. Dobó mellett jobb felől *Bálint pap* ült, bal felől *Cecey*. A pap mellett *Pető*. Petőt különben is meg kellett becsülni azzal a hellyel. A bátyja, Pető János, udvari méltóság volt: a király főpoharasa. Annak a révén kapták a puskaport meg az öt tűzmestert Bécsből. Csak aztán következett vagy kor vagy rang szerint, részint Mekcseytől, részint Dobótól számítva a sort: *Zoltay, Bornemissza, Fügedy*. Aztán *Koron Farkas*, az Abaúj megyei gyalogosok hadnagya, *Kendy Bálint* és *Hegedüs István*, Serédy György hadnagyai, akik ötven drabantot hoztak; *Fekete Lőrinc*, aki Regécből jött tizenötödmagával; *Lőkös Mihály*, akit száz gyaloggal küldtek a szabad városok; *Nagy Pál*, Báthory György harminc drabantjának hadnagya, bikaerejű, merész ember; *Jászai Márton*, a jászai prépost negyven drabantjának hadnagya, *Szenczi Márton* szepesi hadnagy, aki negyven gyalogost hozott; *Bor Mihály*, kitűnő puskás, Sáros megye küldte hetvenhat gyaloggal; Ugocsából ott volt *Szalacskai György* és *Nagy Imre*. Az utóbbit Homonnay Gáborné küldte tizennyolc gyaloggal. Eperjesről *Blaskó Antal* jött el.

A nevezettek mind hadnagyok. Az utánuk való rendben ült *Paksy Jób*, a legszálasabb tiszt a király seregéből, s *Bolyky Tamás*, a borsodi ötven puskás hadnagya. Ezek később jöttek, hát odaültették a vártisztek közé, akik voltak: *Sukán János*, az öreg számtartó; *Imre deák* kulcsár, a borospince felügyelője; *Mihály deák* élelmezőtiszt, vagy amint akkor mondták: *cipóosztó; Gyöngyösy Mátyás deák*, a püspök deákja (a vár a püspök földbirtoka volt); *Boldizsár deák* írnok s még egynéhányan. Mert Dobó nemcsak a tiszteket hívta meg, hanem hogy az egész vár képviselve legyen a vacsorán, egy tizedest, egy közembert, egy egri nemest és egy egri parasztot is felhívatott.

Az ételhordás a Dobó négy-öt szolgájának a dolga lett volna. De hogy a munkájukat megkönnyítsék, a főtisztek is beállították a szolgáikat.

Dobó mögött Tarjáni Kristóf állott, az apród. Dobónak ő szolgált. Ő nyújtotta eléje az ételt, ő töltötte mindig tele a poharát, valahányszor megürült.

Péntek volt aznap, hát a vacsorát tormás csukán kezdték, kirántott süllővel, harcsával és kecsegével folytatták, s túrós csuszával és fahéjas, főtt aszalt gyümölccsel végezték. De volt az asztalon szőlő is, alma, körte és dinnye is bőven.

Mért adta a takarékos Dobó ezt a vacsorát? Az esküvő gyűlés befejezéséül? Vagy hogy az egymásnak ismeretlen tisztek összeismerkedjenek és összemelegedjenek? Vagy tán a bor világításánál a lelkek erejét vizsgálta? A levegő kezdetben ünnepi volt, szinte templomi. A hófehér abroszok, a Dobó címerével vésett ezüst evőeszközök, az asztal fölött láncon függő, faragott hordó, az őszi virágokból készült bokréták - mindez inkább lakodalmi pompa volt, mint köznapi vendéglátás.

Még akkor se melegedett meg a keze senkinek, mikor a csuka után a szép hordóból gránátszín bor ömlött a poharakba. Dobónak a magasztos beszéde ült a lelkeken, mint ahogy a harangszó után elmélázva hallgatjuk a harang után sokáig búgó csöndességet.

A sültek után a szolgák tányért váltottak. Mindenki azt várta, hogy valaki beszélni fog.

Dobó elmélázva ült a barna bőrrel bevont karosszékben. Ő nézték.

S a csöndességben egyszer csak felhallatszik a sütőasszonyok vidám dalolása:

Csak azért szeretek falu végén lakni,
Erre jár a rózsám a lovát itatni.
A lovát itatni, magát fitogtatni,
Piros két orcáját velem csókoltatni.

Egyszerre eltűntek a felhők. Az ég kiderült. Hát komolykodjanak-e a férfiak, mikor az asszonyok a veszedelem bevonulását nótával várják?

Mekcsey fölvette az előtte álló ezüstserleget, és fölkelt.

- Tisztelt barátaim! - mondotta. - Nagy napok előtt állunk. Maga a jó Isten is az ég ablakában ül, és nézi, hogyan fog itt kétezer ember megharcolni kétszázezerrel. És én mégse csüggedek. Gyáva ember nincs közöttünk egy sem; hiszen még az asszonyok is, amint halljuk, vígan dalolnak odalent. De ha nem így volna is, van közöttünk két ember, aki mellett félni nem lehet. Ismerem mind a kettőt kora ifjúságomtól. Az egyiket azért teremtette az Isten, hogy példája legyen a magyar bátorságnak. A vas ereje van benne. Olyan, mint az arannyal zománcozott kard. Csupa erő és nemesség. A másik meg, akit szintén ifjúságomtól ismerek, a furfangnak és minden találékonyságnak a mestere. Ahol ez a két ember jelen van, vagy az erő, vagy a furfang bizonyosságában érezem magamat. Ahol ők vannak, ott jelen van a magyar bátorság, magyar ész, magyar dicsőség! Nem lehet veszedelemtől tartani. Azt kívánom, hogy úgy ismerjétek őket, mint én: Dobó Istvánt, a mi kapitányunkat, és Bornemissza Gergelyt, a mi főhadnagyunkat.

Dobó állva fogadta a koccintásokat, aztán állva is maradt.

És így felelt:

- Kedves véreim! Ha olyan ijedős volnék is, mint a szarvas, hogy akármiféle ebfalka csaholása megremegtetne, mikor nemzetem sorsáról van szó, megállok és ellenszegülök. Jurisicsnak a példája bizonyítja, hogy micsoda erősség a leghitványabb vár is, ha férfiak vannak benne. A mi várunk erősebb, mint Kőszeg volt, s nekünk is erősebbeknek kell lennünk. Én ismerem a török hadat. Még a bajuszom is alig ütközött, mikor már ott álltam a mohácsi mezőn, és láttam a Szulejmán hadát. Elhiggyétek nekem, hogy az a huszonnyolcezer magyar összegázolta volna azt a százezernyi csőcseléket, ha csak egy ember is van, aki a csatát vezetni tudja. Nem vezetett, nem rendelkezett ott senki. A csapatok nem az ellenség állása szerint bontakoztak széjjel, hanem csak úgy gondolomformán. Tomory, szegény, dicső emlékű, nagy hős volt, de nem vezérnek való. Azt gondolta, hogy a vezérség tudománya csak ez az egy szó: *Utánam!* Hát egyet imádkozott, aztán meg egyet káromkodott, és azt mondta: *Utánam!* Azzal megindult a seregünk, mint ősszel a fecskék tábora, neki a török közepének. A török úgy széledt előttünk, mint a lúdfalka. Mink meg rohantunk vakon, neki az ágyúsornak. Persze az ágyúk, a láncos golyók megtették, amit emberi erő nem tehetett. Négyezren maradtunk a huszonnyolcezerből. De ennek a rettenetes szerencsétlenségnek két nagy tanulsága volt. Az egyik az, hogy a török tábor nem vitézek sokasága, hanem mindenféle gyülevész népé. Összeszednek mindenféle embert és állatot, csak hogy a sokaságukkal elrémítsék a tyúkszívű embert. A másik tanulság az, hogy a magyar akármilyen kevés, megzavarhatja és meggyőzheti a törököt, ha bátorsága mellé okosságot viszen magával pajzsul.

Az asztalnál ülők feszült figyelemmel hallgatták a főkapitányt.

Dobó folytatta.

- A mi állapotunkban azt parancsolja az okosság, hogy vasból legyen a lábunk, míg a király serege meg nem érkezik. A várat lőni és rombolni fogják, s meglehet, ledöntik a falat, amely valameddig védeni fog bennünket. De akkor aztán nekünk kell előállanunk. S ahogy a falak védtek bennünket, úgy kell nekünk védenünk a falakat. A falra hágó ellenség ott fog találni bennünket minden résen. A magyar nemzet sorsát nem engedjük kicsavarni a kezünkből soha!

- Nem! Nem! Nem engedjük! - kiáltották valamennyien fölpattanva.

- Köszönöm, hogy eljöttetek - folytatta Dobó. - Köszönöm, hogy elhoztátok kardotokat és szíveteket a haza oltalmára. Valami erős érzés él bennem, hogy az Isten Eger vára fölé nyújtja a kezét, és azt mondja a pogány tengernek: *Eddig, és ne tovább!* Ez az érzés erősítsen benneteket is, s akkor bizton hiszem, hogy ugyanezen a helyen vígan fogjuk megülni a győzelem torát is.

- Úgy legyen! - kiáltották mindenfelől, s összecsörrentek az ezüstpoharak és cinpoharak.

Dobó után Pető állott fel, a gyors mozgású hadnagy, aki a vár legjobb népszónoka volt.

Jobbra-balra rántott egyet a nyakán, és így szólt:

- Mekcsey uram bízik Dobóban meg Bornemisszában. Ezek meg bíznak mibennünk meg a falakban. Hát én is megmondom, miben bízom.

- Halljuk! Halljuk!

- Két erős vár esett el az idén a többi között: Temesvár meg Szolnok.

- Veszprém?

- Veszprémben nem volt ember. Miért esett el az a két erős vár? Azt fogják idő múltával mondani, hogy azért esett el, mert a török erősebb volt. Nem úgy van pedig. Azért esett el, mert Temesvárt spanyol zsoldosok védték. Szolnokot meg spanyolok, csehek meg németek. Hát most megmondom, miben bízom. Abban, hogy Egert nem védi se spanyol, se német, se cseh. Itt az öt pattantyúst nem számítva mindenki magyar, s főképpen egri. Saját fészküket védő oroszlánok! Én a magyar vérben bízom!

Itt már kimelegedett minden arc, fölemelkedtek a poharak. Pető be is fejezhette volna a beszédét, de a népszónokok bőségével folytatta:

- A magyar pedig olyan, mint a kova. Mentül jobban ütik, antul jobban szikrázik. Hát azt a kontyos irgalmát annak a Mohamed putrijaiban szedett, fügefáról szakadt, ringyes-rongyos vízivójának, nem bírna-e velük ez a kétezer, magyar anyától vitéznek született, lóháton nevelkedett, magyar búzán erősödött, egri bikavért ivó katona?

Elnyomta az éljenzés, a kardcsörgés és kacagás a szavát, de ő megint csak sodort egyet a bajuszán, egyet nézett oldalt, és így fejezte be:

- Eger eddig csak derék város volt, a hevesi magyarság városa. Adja Isten, hogy ezentúl a magyar dicsőség városa legyen! Pogány vérrel írjuk a falra: *Ne bántsd a magyart!* S ha majdan századok múlva az örök földi béke mohája zöldellik e vár maradványain, levett kalappal járhasson majd itt az utánunk jövő századok fia, s büszke érzéssel mondhassa: a mi apáink küzdöttek itten, áldott legyen a poruk is!

De már erre olyan riadalom támadt, úgy összecsókolták a szónokot, hogy nem lehetett tovább beszélnie.

De nem is akart.

Leült, és átnyújtotta a kezét Bolyky Tamásnak, a borsodi legények hadnagyának.

- Tamás - mondotta -, ahol mi ketten leszünk, zápuljon a feje a töröknek!

- Olyan szépen beszéltél - felelte Tamás a fejét rázva -, hogy akár most rohannék száznak ellenébe!

Pető után már senki se érzett magában erőt, hogy köszöntőt mondjon. Gergelyt szólongatták, de ő, mint afféle tudós ember, nem szeretett szónokolni. Hát mindenki csak a szomszédjával beszélt, s a vacsora vidám zsongása töltötte be a termet.

Dobó is fölmelegedett, hol az egyik szomszédjának, hol a másiknak nyújtotta koccintásra a poharát.

Egyszer Gergelynek is átnyújtotta, s hogy a pap Pető mellé ült beszélgetni; átintette Gergelyt maga mellé.

- Kerülj csak ide, fiam - mondotta.

Aztán, hogy Gergely melléje ült, folytatta:

- A Török fiúkról akarok beszélni veled. Írtam nekik is, de ugye hiába?

- Bizony - felelte Gergely, a poharát maga elé téve - nem hiszem, hogy látjuk őket. Jancsi nem akaródzik várat védeni. Jobb szeret a szabad mezőn viaskodni a törökkel. Feri meg nem jön ennyire el. Nem hagyja ott a Dunántúlt.

- Igaz, hogy Bálint úr meghalt?

- Az bizony, szegény, már egypár hónapja. A bilincseit csak a halál oldotta le.

- Mennyivel élte túl az asszonyt?

- Jó egynéhány esztendővel. Az asszony, tetszik tán tudni, akkor halt meg, mikor mink Konstantinápolyból hazajöttünk. Éppen temették, mikor Debrecenbe érkeztünk.

- Jó asszony volt - mondta Dobó elgondolkodva.

S a poharáért nyúlt, mintha érte akarna inni.

- Bizony olyan nem sok terem a földön - mondta Gergely.

És ő is a poharáért nyúlt. Némán koccintottak. Talán mind a kettőnek az volt a gondolata, hogy a jóságos asszony látja odafenn az érette emelt poharat.

- Hát Zrínyi? - kezdte újra Dobó. - Annak is írtam, hogy Egerbe jöjjön.

- Az el is jött volna, de már hónapok óta hallja azt a hírt, hogy a bosnya pasa ellene készülődik. Én februárban beszéltem Miklós bácsival Csáktornyán. Ő már akkor tudta, hogy a török nagy haddal jön Temesvárra, Szolnokra, Egerre. Még velem íratta meg a levelet a királynak.

S míg beszélt, végigsimította az apród haját.

Az ajtó előtt sípok és trombiták zenéje szólalt meg:

Sárga csizmás Miska sárban jár,
Panni a pataknál rája vár.

Mintha új vért öntöttek volna mindenkibe. Dobó intésére az apród bebocsátotta a síposokat. Három sípos és két trombitás. Köztük a cigány is. Nagy, rozsdás sisak a fején, s benne három kakastoll. Az oldalán hüvelytelen kard madzagon. Meztelen két lábán óriás sarkantyúk. Dagadozó pofával pikogtatja a kalanétját.

Mindenki tetszéssel fülelt rájuk. Mikor megismételték a nótát, mély bariton szólalt meg a hadnagyok sorában:

Zöldítsétek egek hamar a fűzfákat!
Hadd nyergelem újra kesely paripámat,
Hadd próbálom újra pihent fegyveremet,
Sírva emlegesse török a nevemet.

A hadnagy termetes, kisodrott bajszú legény volt. A bajusza örökké úgy állt keresztben az orra alatt, hogy hátulról is meg lehetett ismerni.

- Ki is ez a hadnagy? - kérdezte Gergely Dobóhoz hajolva.

- A komáromi kapitánynak az öccse: Paksy Jób.

- Jó dalos.

- És bizonyára vitéz fiú. A dalos kedvű ember mind jó vitéz.

A hadnagy még egy másik rendet is akart a nótából, de nem jutott eszébe.

A síposok is vártak, hogy mikor kezdi.

Ebben a percnyi szünetben valaki nagyot rikkant:

- Éljen a papunk!

- Éljen a hadunk véne! - kiáltott Zoltay.

Cecey vidáman felelte:

- Vén az öregapátok!

- Éljen a vár legfiatalabb védője! - kiáltotta Pető.

Erre már Tarjáni Kristóf is pohárért nyúlt, és elpirultan koccintgatott a vendégekkel.

- Éljen az a török - kiáltott Gergely -, akinek legelőször ütjük ki a fogát!

Erre nem volt kivel koccintani. Mindenki nevetett, és csak a szomszédjával koccintott.

A piros arcú egri nemesember kelt fel a helyéről. Galléros, kék köpönyegét a jobb vállán hátravetette. Jobbra-balra törült egyet a bajuszán, aztán meg hátra az üstökén. És szólott:

- Éljen az az ember, aki elsőnek fog meghalni Egerért!

Szétnézett büszkén és komolyan, s anélkül hogy koccintott volna valakivel, fenékig ürítette a poharát.

Aligha vélte, hogy magára ivott.

A nagy lábas óra mutatója tizenegyen állott, mikor belépett egy őr, és az ajtóban megállva jelentette:

- Kapitány uram, a török már Makláron van.

- Az előőrség vagy a had eleje?

- Több mint előőrség. A holdvilágnál úgy jönnek, mint az árvíz. Sok sátor és sok tűz látszik.

- Akkor holnap már itt lesznek - bólintott Dobó.

És elbocsátotta az őrt azzal, hogy reggelig már nem szükséges jelentéseket hozniuk.

S föl is kelt. Jel volt ez az oszlásra.

Mekcsey a terem egy sarkába vonta Gergelyt, Fügedyt, Petőt és Zoltayt. Egypár szót szólott nekik, aztán Dobóhoz sietett.

- Kapitány uram - mondotta a sarkantyúját összepöndítve -, vagy kétszázan kimennénk az éjjel.

- Hova a pokolba?

- Maklárra.

- Maklárra?

- Jó estét mondani a töröknek.

Dobó jókedvűen simított egyet a bajuszán. Aztán az ablakzugba lépett. Mekcseynek utána kellett lépnie.

- Hát - így felelt Dobó -, nem bánom. A vár népére biztató az efféle.

- Éppen azért gondoltam magam is.

- Ha nagy a harci kedv, jól fog a kard. De téged nem eresztelek el.

Mekcsey megrándult.

Dobó nyugodtan nézett rá.

- Te olyan vagy, mint a bika. Beleöklelsz minden fába, s egyszer csak majd nem tudod kihúzni a szarvadat. Pedig neked vigyáznod kell a fejedre, hogy ha én el találok esni, azonnal átvedd a vezérséget. Ezt csak neked mondom. Hanem Bornemissza meg a többi kimehet. Gergely eszes fiú, nehéz tőrbe ejteni. Hívd csak ide.

Gergely ott termett.

- Hát kimehetsz, Gergely - mondotta Dobó -, de nem kétszáz emberrel, hanem csak százzal. Elég annyi. Rájuk csaptok. Kissé megrezzentitek őket. S visszafordultok. Emberéletben pedig kár ne essék.

- Kapitány uram - esdekelt a kis Tarjáni -, hadd menjek én is velük!

Dobó megint simított egyet a bajuszán.

- No, nem bánom - mondotta. - De mindig ott légy Gergely hadnagy úr mögött. Ha agyon találnak ütni, elém ne kerülj többet, azt megmondom!

6

Gergely rohanvást rohant a lovas legények tanyájára. S trombitaszó helyett egyet lőtt a szobában a pisztolyával.

A legények egyszerre kirugaszkodtak az ágyukból.

- Ide hozzám! - kiáltotta Gergely.

A legfürgébbeket választotta ki a maga százának.

- Egy-kettő! Öltözzetek! Mikorra hármat pillantok, lent legyetek kardosan, lóháton a kapunál. Te, fuss az alkapitány úrhoz, és kérj egy emberfogót. Magaddal hozod. Aprópuska legyen mindeniteknek a nyeregkápáján!

Még akkor a pisztolyt aprópuskának nevezték.

Gergely lefutott a lépcsőn, és az istálló felé sietett. A konyhából kisugárzó vörös lámpafénynél egy sárga dolmányos, sisakos embert pillantott meg. Az ember egy felfordított dézsán ült, és görögdinnyét tartott a térdén. Azt kanalazta.

Az ember mezítláb volt.

- Ez nem lehet más, csak az én cigányom - mondotta Gergely.

És rákiáltott:

- Sárközi!

- Tessen parancsolni - felelte a cigány félig fölemelkedve.

- Ha velem jössz, lovat szerezhetsz ma, fájinat.

A cigány felugrott.

- Megyek. Hova?

- A törökre - felelte vígan Gergely. - Alszanak most. Meglepjük őket.

A cigány a fejét vakarta. Nézett a földre. Visszaült a dézsára.

- Mégse lehet - mondotta komolyan.

- Miért ne lehetne?

- Megesküdtem ma a tebbivel, hogy nem hagyom el a várat.

- De hiszen nem arra esküdtünk. Arra esküdtünk, hogy megvédelmezzük.

- Lehet, hogy a tebbi arra esküdözsött - felelte a cigány, a vállát csaknem a

239

füléig vonogatva. - Én arra esküdözstem, hogy degeljek meg, ha kimegyek a várból. Isten engem úgy segéljen!

S újra az ölébe vette a görögdinnyét. A fejét csóválgatta, és tovább falatozott.

Tíz perc nem telt belé, Gergely már kint lovagolt a katonáival a maklári úton, a holdvilágos éjszakában.

Előtte két ember: Fekete István altiszt és Bódogfalvi Péter közember. A Meleg-vízen túl lekanyarodtak a rétre. Ott már a lovak dobogását elnyelte a puha föld. A száz lovas száz lengő árnyékhoz hasonlított.

Az andornaki füzesben megpillantották az első őrtüzet.

Péter megállt.

A többi is.

A hold sarlója a fellegek között csak éppen annyit világított, hogy a fák és emberek alakja fekete árnyékokként rajzolódott elő az éjszakából.

Gergely odaugratott Bódogfalvihoz:

- Szállj le. Eredj kígyóként lappangva az első őrig. Ha kutya van vele, és ugat rád, térj vissza éppoly csendesen és lappangva, mint ahogy odamentél. De ha nincs kutya vele, kerülj a háta mögé, és szúrd le. Azután nézd meg a tüzet. Ha nincs mellette más őr, vess rá fél marok puskaport. De abban a pillanatban lebukjál ám, nehogy valaki meglásson!

- És a lovam?

- A lovadat idekötöd ehhez a fához. Itt megtalálod, mikor visszatérünk.

- És ha vannak a tűznél?

- Körülnézel gondosan, hogy hol és miképpen fekszenek, és hol vannak legtöbben. Aztán gyorsan visszatérsz.

Jó félóráig álltak a patak partján, a fűzbokrok mellett. Azalatt Gergely tanácsokat osztott:

- Ameddig futást láttok, üssétek-vágjátok őket. Senki száz lépésnél tovább el ne táguljon a társaitól, nehogy elvágódjék. Mihelyt a kürtöt halljátok, rögtön visszafordulunk és hazavágtatunk. Ameddig a kürt nem szól, szabad a mulatság.

A legények körben álltak, és minden szóra figyeltek.

Gergely folytatta:

- Megriadnak azok, és nem is gondolnak ellenállásra. Ha így történik, addig vágjátok a sűrűjét, míg csak szét nem esnek. Tanuljátok meg egyszer s mindenkorra, hogy aki lovon hadakozik, olyan sebesen csapkodjon, hogy az ellenfélnek ne legyen ideje visszavágni. Mint a záporeső, úgy hulljon a vágás.

Gergely elhallgatott. A törökök felé fülelt. Aztán ismét a legényekhez fordult:

- Hol az emberfogó?

- Itt vagyok, hadnagy uram - felelt egy hosszú ember a sorban.

- Nálad a szerszám?

- Nálam - felelte a legény.

S egy villaforma, hosszú szerszámot emelt a magasba.

- Tudsz vele bánni?

- A kapitány úr megtanított rá.

- Hát csak kapd el vele a nyakát valamelyiknek, s gyűrd le a kutyát. Az lenne csak a dicső, fiúk, ha főtisztet tudnánk fogni. A legszebb sátorban szokott lenni az olyan. S bizonyosan egy ingben aluszik. Azt is fogjuk meg, ha lehet.

Ismét fülelt. Ismét folytatta:

- A foglyot meg kell kötözni, de csak a kezén. Hátra a kezét. Ha fogunk lovat is, arra rá lehet ültetni, s akkor te, Kristóf, meg te, másik kis ember, közrefogjátok, s a lova kantárát a magatok lovához kötve hozzátok. Ha szökni próbál, vagy beszélni, vagy kiáltani, vagy hátrafelé lecsúszni próbál, azonnal üssétek!

- Hátha nem fogunk lovat? - kérdezte Kristóf.

- Akkor futnia kell a lovatok mellett, s tik csak siessetek haza. Minket ne is várjatok.

A bokrok mellett megjelent a Péter alakja. Futva jött.

- Az őrt leszúrtam - mondotta lihegve. - Meg se jajdult, csak eldőlt, mint a zsák. A tűz a sátorok között ég. Egy török szolgaféle ül mellette. Sárga papucs a kezében, sárga festék a térdén.

- Tisztiszolga - mondotta Gergely. - Tovább.

- A többi százával ott hever a gyepen, holmi pokrócokon, a tűztől balra egy kerek térségen.

- Alszanak?

- Mint a medvék.

- Jó - felelte Gergely. - Hát most, fiúk, lehetőleg széjjel egymástól tízlépésnyire. Amint én elsütöm a puskámat, minden puska közibük roppanjon, s essetek rájuk, mint a farkasok. Ordítsatok, üvöltsetek, és üsd-vágd, nem apád!

Megvárták, míg Bódogfalvi lóra ült. Széttágultak napkelet felé.

A legszélső Pető. A sisakjába tűzött három sastollról megismerhető már messziről. Bekanyarítja a lovas láncot félhold alakban, s a Gergely ügetéséhez szabja a magáét.

Most már Gergely vezet.

Darabig még csendesen ügetve haladt a bokrok oldalában, aztán egyszerre sebes vágtatást kezd.

Az első török vad üvöltése hangzik fel az éjszakában. Gergelyre süti a pisztolyát. Gergely visszalő. A következő pillanatban minden pisztoly eldurran, s a száz lovas pokolfergetegként robog rá az alvó török hadra.

A sátorok erdeje abban a pillanatban ropogva-burrogva elevenedik meg. Török és magyar ordítás keveredik egy hangviharrá. A földön alvók eszüket vesztve riadnak fel, s ugrik, tolong a sok török keresztül-kasul egymáson a sátorok között.

- Rajta! Rajta! - harsog a Gergely szava.

- Allah! Allahu akbár! - üvölti a török.
- Üsd a kutyát! - bömböli Pető Gáspár valahol a sátorok között.
Török üvöltés, magyar káromkodás. Kardok villognak, fokosok zuhognak, lovak dübörögnek, sátorok recsegnek, kutyák visítanak. A föld is reng a száz lovas robogása alatt.

Gergely két sátor között egy falka összeszorult pogányra ugrat. Vágja őket jobbra-balra. Érzi, hogy a kardja mindig testbe csap, s hullanak előtte és dőlnek, mint a júniusi búza, mikor az agár benne nyargal.

A holdvilágnál látja, hogy a törökök minden lova egy csoporton legel, s hogy a menekülők jatagánnal metélik a békót, s felkapnak a lovakra.

- Utánam, fiúk! - kiáltja Petőnek, aki már odaérkezett.

S megrohanják a lovasokat is. Vágnak embert, lovat egyaránt. Csörög a kard, ropog a dárda, zuhog a buzogány. A török rémülten ugrál lóra. Némelyik lóra kettő is. Aki teheti, lovon menekül. Aki lóra nem tud kapni, gyalog iszkol el a sötétségben.

Gergely azonban nem üldözi őket. Megáll, és gyülekezőt fúvat.

A sátorok közein át mindenfelől ugrálnak hozzá az emberei.

- A török fut! - kiáltja Gergely. - Kapkodjatok össze minden elhozhatót! Lovát a kezéről senki le ne hagyja! Amelyik sátor előtt tűz ég, rúgjátok a tüzet a sátorra!

A legények megint szétoszlanak. Gergely lesuhintja a vért a kardjáról, és beleszurkál valami háromszor egy sátor ponyvájába, hogy letisztítsa.

- Pfuj, micsoda utálatos munka ez! - mondja Feketének, aki hasonlóképpen törülgeti a kardját.

Aztán, hogy török már sehol se ugrált, maga mellé szólította Kristófot:

- Nézzük sorra a sátorokat!

A hold gyönge világánál nem lehetett látni, hogy melyik sátor a főtiszté. A sátorok nem voltak egyformák. Egyik kerek volt, a másik négyszögű. S amelyik sátor díszesebb volt is, mint a többi, az csak előreküldött sátor volt. Közemberek háltak benne.

Gergely az egyik sátorról lekapott egy lófarkas zászlót, és hogy Kristófot meglátta, rákiáltott:

- No, fiú, vágtál-e?
- Kettőt - felelte zihálva az apród.
- Csak kettőt?
- A többi elfutott előlem.

A legények ezalatt egypár kocsit és szekeret is kerítettek. Feldobálták, ami már a lovukra nem fért: a szőnyegeket, aranyos boncsokokat, drágaköves kutaszokat (lófarkú lónyakdísz), lószerszámokat, sisakokat, fegyvereket, főzőedényeket és mindent, ami a kezükbe akadt. Még egypár sátort is széjjelszedtek és szekérre dobáltak.

Hajnalodott, mikor visszaérkeztek a várba.

Dobó már nyugtalanul várta őket a bástyán. Ha a kirohanás kudarccal jár, a vár népe aggódni fog.

Hanem ahogy meglátta a megrakott lovakat, kocsikat és szekereket s Gergelyt, amint már messziről felmutatta a lófarkas török zászlót, kigyulladt az arca az örömtől.

Mikor a vitézek berobogtak a kapun, már a vár népe ott várta őket, s örömkiáltásokkal éljenezték.

A katonák nemhogy vesztettek volna, hanem inkább szaporodtak. A hosszú legény egy betömött szájú törököt hozott, s egyenesen Dobó elé vezette. Ott kirántotta a szájából a turbángyolcsot.

- Jelentem alássan - mondotta büszkén -, nyelvet is hoztunk.

- Marha! - kiáltotta a török tigrismérgesen a vitéz szeme közé.

Dobó nem szokott nevetni, de ezúttal olyan jóízűt nevetett, hogy a könny is kicsordult a szeméből.

- Varsányi - mondotta a fogolynak -, te hát jól játszod a törököt.

És a vitézhez fordult:

- Ugyan oldozd fel! Hiszen ez a mi kémünk.

- Mondani akartam a butának, hogy magyar vagyok - kesergett Varsányi -, de mindig fejbe ütött, ahányszor megszólaltam, aztán még betömte a számat is.

S pofonra emelte a tenyerét.

A vitéz röstelkedve húzódott félre.

Dobó magához intette Gergelyt meg Mekcseyt. És a kémnek is szólott:

- Jer.

Bement a belső kapun álló tornyos, emeletes épületbe, és a kapus szobájába lépett.

Leült egy gyökérből font karosszékbe, és intett Varsányinak, hogy beszéljen.

- Hát, kapitány uram - kezdte a kém a keze szárát dörzsölgetve -, jön az egész had. Ahmed pasa jön elöl. Az éjjel a tábor Abonyban hált. Az elejit felküldték Manda béggel Maklárig. Az irgalmát!... - tette hozzá megváltozott hangon.

Ez az *irgalmát* a vitéznek szólott, aki Egerbe hurcolta. A kezén mély árkokat hagyott a zsinór; meg egypár ütést is kapott a feje búbjára, mert bizonyosan kapálódzott az erőszak ellen.

- Hát bég is volt veletek? - riadt fel Gergely. - Azt bezzeg megfoghattuk volna!

- Alig - felelte a kém. - Kövér ember az, mint a barátok disznaja. Van három mázsa, ha nem több.

- Hogy mondtad a nevét?

- Manda. Azt nem fogja a golyó. Nem régi bég. Csak most a nyáron kapta a bégséget a temesvári csata után. A katonák különben csak úgy hívják, hogy *Hajván*.

Gergely elmosolyodott.

- Ez az - mondotta a két kapitánynak -, akiről a minap este beszéltem. No, majd fogja itt a golyó!

- Beszélj tovább - szólt Dobó a kémnek.

- Jön aztán Szokolovics Mehmed beglerbég. Az jó lövő. Az ágyúkat ő állítja fel és sütteti el először. Azt mondják, olyan szeme van, hogy a falon is átlát vele. Ezt én nem hiszem.

- Ágyújuk mennyi van?

- Faltörő öregágyújuk van tizenhat. Más nagyágyújuk van nyolcvanöt. Kisebb golyólövő ágyújuk százötven. Mozsárágyú igen sok. Golyót hoznak száznegyven szekérrel, puskaporos tevét kétszázat láttam. Egy négyökrös szekérben egyebet se hoznak, csak márványgolyót, akkorákat, mint a legnagyobb görögdinnye.

- A had el van-e látva jól élelemmel?

- Rizsük nincs bőven. Már csak a tiszteknek osztanak rizst. De lisztet meg húst hatalommal szereznek mindenütt.

- Betegség van-e a táborban?

- Nincs. Csak Kászon bég betegedett meg Hatvanban, az is csak uborkától.

- Ki jön még?

- Arszlán bég.

- A volt budai pasa fia?

- Az.

- Hát még?

- Musztafa bég, Kamber bég, Veli bég.

- Az irgalmát annak a Veli bégnek - mordult el Mekcsey -, azt megdanoltatom!

- De meg is táncoltatjuk - mondta Gergely.

- Hát az a Dervis bég - kérdezte Dobó -, az miféle szerzet?

Varsányi a fejét rázta.

- Igen különös. Rendes bég, mint a többi, hanem mikor csatázik, leveti a bégruhát, és szőrcsuhát ölt. Azért hívják Dervis bégnek.

És kedvetlenül nézett Dobóra, mert a kérdésből látta, hogy Dobónak más kéme megelőzte őt.

- Milyen ember? - faggatta tovább Dobó. - Melyik had élén áll?

- Én a lovasokkal láttam. Félszemű ember. Azelőtt janicsáraga volt, és Jumurdzsák az igazi neve.

Gergelynek erre a névre megmozdult a keze, és a kardjára csúszott.

- Jumurdzsák - mondotta. - Nem emlékezik rá, kapitány uram? Hiszen ettől szabadultam én meg gyermekkoromban.

Dobó a fejét rázta.

- Annyi törökkel volt életemben bajom, hogy biz én, nem csoda, ha egyiket-másikat elfelejtettem.

A homlokához kapott.

- Hogyne ismerném. Az öccse ez Arszlán bégnek. Kutya kegyetlen ember!

És ismét a kémhez fordult.

- Mi volt a táborban?

- Már a Manda bég szolgája voltam (az ördög vigye el ezt a tulkot, aki elfogott), minden szándékukról hírt hozhattam volna.
- És hogyan jutottál a bég mellé?
- Barátságot kötöttem a szolgájával, és mindig a sátornál lődörögtem. Hatvan alatt a bég megharagudott rája, és elverte, engem meg, hogy már sokszor látott, csak magához szólított, mert én is tudtam már téntát főzni.
- Mit?
- Téntát. Úgy issza a téntát, mint mink a bort. Reggel, délben, este csak téntát iszik.
- Nem ténta lesz az, te!
- De bizony ténta, valóságos, jó fekete ténta. Valami babból főződik, oszt olyan keserű, hogy még másnap is pöktem tőle, mikor megkóstoltam. A babot úgy híjják, hogy *kávé*.
A vezérek egymásra néztek. Egyik se hallotta még közülük a kávét.
- Hát az jó, hogy odajutottál - mondotta Dobó maga elé pillantva. - A had mit beszél Egerről? Erősnek beszélik-e, vagy könnyű munkának gondolják?
- Szolnok eleste óta - felelte a kém - azt hiszik, hogy övék az egész világ. Az egész táborban beszélik, hogy Ali pasa azt írta Ahmednek, hogy Eger csak rozzant akol.
- Hát még nem egyesültek?
- Még nem.
Dobó ránézett Mekcseyre. Mekcsey mosolyogva vont vállat.
- No, majd meglátják, micsoda harapós birkák vannak ebben a rozzant akolban.
A kém folytatta:
- A táborban sok a csőcselék. A hadat mindenféle görög kereskedő, kötéltáncos, örmény, lókupec és cigány kíséri. Rabok is vannak egynéhány százan. Többnyire temesvári nők. Azok széjjel vannak osztva a tisztek között.
- Gazemberek! - mordult el Mekcsey.
A kém folytatta:
- Férfi rabot csak fiúkat láttam, no meg a szekereseket, akik a golyót hozzák. Arszlán bég egy nap tízszer is elmondja, hogy az egriek, mihelyt a temérdek hadat meglátják, azonnal kiszöknek, mint a szolnokiak.
- Mi a had fő ereje?
- A sok janicsár meg a még több lovas *műszellem*. Aknászok is jönnek. Azokat *lagumdzsik*-nak hívják. Meg jönnek *kumbaradzsik* is, akik kopjával meg parittyával vetik a várba a cserépbombát.
Dobó fölkelt.

- Hát csak eredj most már: pihenj. Éjjel visszatérsz a táborba. Ha valami jelentenivalód lesz, csak jer ide a város felől a fal alá. És lobogtass fehér kendőt.

—

7

A piacon mindjárt megkezdődött a kótyavetye. Öt megrakott szekér és nyolc apró török ló.

A cipóosztó deákot kihúzták az ágyból. Egy asztalt eléje, egy dobost melléje. Kikiáltónak megtették Bódogfalvit.

- Kezdjük a lovakon - mondotta Pető.

- Egy gyönyörű arabus ló - kezdte Bódogfalvi.

- Vedd össze a kettőt - szólt Mekcsey.

Mert két egyforma kis pej ló volt a zsákmányban.

No, azokra senki se ígért, de azért elkeltek. Dobó megbízta Mekcseyt, hogy a két szép lovat vegye meg az apródoknak. Hát Mekcsey megvárta, szól-e valaki.

De mindenki a fegyverekre és a ruhafélékre tartogatta a pénzét: Mekcsey megvette négy forinton mind a nyolc lovat, és bevezette az istállóba.

A szekerek következtek. Azokból már bőven fordult ki a sok szép fegyver. Egy-két dénáron ékköves kardot, elefántcsont nyelű puskát lehetett venni. Az asszonyok a ruhaféléért versenyeztek. Fügedy egy húszfontos buzogányt vett, Paksy Jób bársonycsótárt, Zoltay egy ezüstsisakot, amelynek orrvédő pecke volt. Hullt a pénz Mihály deák elé, s a deák szorgalmasan jegyezte, hogy ki mit vett, és mennyit adott érte.

Mikor az első szekérnek a fenekére értek, Bódogfalvi vidáman kiáltott:

- Most pedig következik ama híres Dárius királynak a kincsesládája!

S egy katona segítségével szép, borjúbőrös ládát emelt a saroglyára.

A láda be volt csukva, de zár vagy lakat nem látszott rajta. Balta kellett, hogy felszakíthassák.

A vár népe szinte nyomta egymást kíváncsiságában. Ha a Dárius kincse nincs is a ládában, bizonyosan értékes holmi van benne.

- Én egypár ezüstkupát szeretnék venni - mondotta a várnak az egyik kocsmárosa.

- Én egy szép selyemkendőt - szólt egy piros csizmás leány.

Merthogy már egy csomó női ruhát meg egynéhány virágcserepet dobtak le a szekérről, nyilvánvaló volt, hogy némelyik török tiszt elhozta a feleségét is.

- Én csak egy pár papucsot szeretnék - mondotta egy öregasszony. - Mindig hallottam, hogy a török jó papucsot varr.

A láda felpattant.

A nézők nem csekély meglepődésére egy hat-hét éves fiúcska emelkedett ki belőle.

Egy fehér arcú, őzszemű, ijedt török gyermek. A haja rövidre nyírt. A testén ingecske. A nyakán egy aranypénz.

Bódogfalvi káromkodott:

- Tyű, azt a rusnya, békafejű teremtésit annak a fügefán termett apádnak!

S tréfás utálattal fintorgatta az orcáját.

Nevettek.

- Csapd agyon a porontyát! - rikoltott át a másik kocsiról egy katona.

- El kell pusztítani még a magját is! - mondotta egy másik.

A gyerek sírva fakadt.

- Lépj hát ki, az apád sarkantyúját! - ordított rá Bódogfalvi.

S megfogta a vállánál. Kiemelte a ládából, s ledobta a gyepre, úgy, hogy elbukott.

A gyerek sikoltott.

Mindenki gyűlölettel nézett reá.

- Jaj de csúf! - mondotta egy asszony.

- Nem is csúf - felelte a másik.

A gyerek pedig könnyes, ijedt szemmel és görbe szájjal állott a földön is. Minden pillanatban törült egyet a szemén. Rémülten tekintett hol erre, hol arra. Hangosan nem mert sírni, csak szepegett.

- Üssétek agyon! - kiáltott újból a sátorbontó katona.

A gyermek a hangtól megriadt, és egy asszony szoknyájához bújt: belerejtette az arcát. Véletlenül az az asszony volt az, amelyik azt mondta, hogy csúf a gyerek. A sütőasszonyok közül való sovány, sasorrú vénasszony. A karja akkor is fel volt gyűrve; a fején hátrakötött kék kendő.

- Ó, hogyisne! - szólalt meg akkor a gyermek fejére téve a kezét. - Hátha nem is török. Ugye, fiam, nem vagy török?

A gyermek fölemelte az arcát, de nem felelt.

- Hát mi volna? - szólott Bódogfalvi. - Itt vannak a ruhái is. Itt a sapkája, piros; itt a dolmánya, ez is piros! Ki látott már ilyen bugyogót? Madzag van az alján; össze lehet húzni, mint a zacskót szokás.

S ledobálta a gyermeknek a ruháit.

- *Annem* - szólalt meg a gyermek -, *nerede?*

- No, ugye hogy magyar! - kiáltott az asszony diadalmasan. - Azt mondja: *anyám, gyer ide!*

- Dehogy magyar az, Vasné - szólt Pető nevetve. - Nem azt mondja az, hogy *jer ide,* hanem azt, hogy *nerede.* Azt kérdezi: hol az anyja?

És a gyermekhez fordult.

- *Jok burda anang!* (Nincs itt az anyád.)

A gyermek erre megint sírva fakadt:

- *Meded, meded!* (Jaj, jaj!)

Vasné letérdelt, és szótlanul öltöztette a gyermeket. Piros bugyogó, piros sapka, piros saru, violaszín bársonydolmány. Bizony foltos a dolmányka, fakó a piros saru. Megtörülte a kötényében a fiúnak az arcát.

- Vissza kell ereszteni - mondta aztán vélekedésképpen.

Pető maga se tudta, mit tegyen.

- Ej - ordította Bódogfalvi a kardját kirántva -, hát a mi gyerekeinket nem öldösik-e meg a kutyák? Még a csecsemőnek se kegyelmeznek!

- Szúrd le! - kiáltotta a sátorbontó.

Vasné elrántotta a gyermeket, s a karját tartotta, hogy a katona meg ne üsse.

- Ne bántsd!

S már akkor három asszony is fogta a gyermeket.

Mikorra a katona visszadugta a kardját, a gyermek úgy eltűnt a szoknyák és kötények között, hogy kopóval se lehetett volna megtalálni.

Gergely az éjszakai harc után leugratott a Meleg-vízre. Megfürdött. Azután gyorsan visszatért.

A palota előtt egy kék lajbis, vastag derekú legénnyel találkozott.

A legény ágyútömő vaspálcát, vagy amint akkor mondták, *döröklő*-t vitt a vállán. A pálca végén kormos csöpű feketéllett. Köszönt Gergelynek.

Amint így odafordult arccal, Gergely megdöbbenve állt meg.

Ez a kék lajbis, szőke legény, ez a gyerekes kis orr a két merész szem között...

Vannak olyan arcok, amelyek úgy megmaradnak bennünk, mint az olajfestmények a falon. Nem változnak. Gergelyben élt ez az arc és ez az alak. Mikor gyermekkorában rab volt, és a kocsin ült a parasztleány ölében, akkor látta ezt az arcot. A legény meg volt láncolva, és a törököt szidta.

Gergely rákiáltott:

- Gáspár!

- Az a nevem - felelte a legény elmosolyodva. - Honnan tetszik engem ismerni, hadnagy uram?

S levette a kalapját.

Gergely nem tudott szólani.

"Ez mégis bolond valami - tűnődött. - Hiszen *ez* mégse lehet *az*. Húsz esztendeje, hogy láttam."

- Hogy hívják apádat?

- Úgy, mint engem, hadnagy uram: Kocsis Gáspárnak.

- Anyád meg valami Margit, ugye?

- Az.

- Nem Baranyában kerültek azok össze?

- De bizony.

- Török rabságban voltak.

- Csak vitték őket.

- De kiszabadultak.

- Úgy volt.

- Dobó szabadította ki őket.

- Meg egy kisfiú.

Gergelynek elfutotta a láng az arcát.

- Itt van-e anyád?

- Idehúzódott. Mert apám is itt van, hadnagy uram. Velem van apám: egy ágyút gondozunk.

- Hol van édesanyád?

- Ahun gyün a!

Egy kerek képű, vastag asszony ballagott a kapu felől. Két tejes kupa a kezében. A hátán puttony. A köténye is tele sárgarépával.

Gergely hozzásietett.

- Kedves Margit némém! Kedves jó Margit néném! - Hadd csókoljam képen.
S mielőtt az asszony magához térne, csakugyan meg is cuppantja mind a
két orcáját.

Az asszony csak hüledezve néz rá.

- Én vagyok, lelkem, az a kisfiú - mondja Gergely -, akit kend az ölében vitt
a pécsi úton.

- Né - mondja az asszony meghőkölve -, kegyelmed volna, vitéz uram?
Olyan vastag hangja volt, mint a fatrombitának.

- Én, lelkem - feleli örömmel Gergely. - De sokszor eszembe jutott az a
jóságos, leánykori képe! Meg ahogy bennünket ott anyált, dajkált, a szekér
tetején.

Margit asszonynak megvizesedett a szeme az örömtől.

- Fogd ezt a kupát - mondja a fiának -, mert bizony isten kiesik a kezemből!
Hát az a csepp lány? Él-e még?

- De él ám! Az most a feleségem. Odahaza van Sopronban. Kisfiam is van:
Jancsi a neve. Megírom nekik, hogy a jó Margit nénit láttam. Megírom
nekik.

Hej, Gergely vitéz, hol van a te kisfiad? Hol van a te szépasszony feleséged?

8

Gergely azon a napon ugyancsak megheverte a medvebőrt. Arra ébredt fel,
hogy valami éktelen nagy zuhogás, csattogás van a várban, mintha ezernyi
ajtót akarnának beszakasztani.

Nyújtózkodott és fölkelt. Kinyitotta az ablak fatábláit. Hát lángban a város.
A gyönyörű nagy székesegyház, a püspöki palota, a Miklós-templom, a
kanonokok háza, a Cifra-malom meg a sok mindenféle ház lobogó
lángözönben, felkanyargó füstben. A zuhogás meg a feje fölött s az egész
várban pokoli.

Nyitja a belső ablakot, hát csak úgy röpköd a zsindely az orra előtt. A
monostor tetejét is szaggatják, a templom szép új födelét is. Repül a sok
zöld cserépzsindely, fazsindely, léc, szelemenfa mindenfelől.

Nyitja a harmadik ablakot, arról se lát egyebet, csak tetőszaggatást. Az
udvaron meg a házak között senki, hanem a falak tele néppel.

Nézi a nap állását. Dél elmúlt. Szól a szolgájának. Nincs. Kapja a vizet.
Mosdik nagy sebesen. A következő percben már rajta a ruha, a kard, a
sastollas süveg. Lódul le a lépcsőn. Felkap egy pajzsot, és azzal borítkozva
siet a zsindelyhullás alatt a bástyára.

Hát, mint egy világot elnyelő tarka vízáradat, omlik a török a völgyből. Jön
nagy csengéssel-bongással, dobpergéssel, trombitamuzsikával. A vörös,
fehér és kék színek egymásba hullámozva hordják az óriási boncsokokat.

Almagyar, az a szép kis falu a Meleg-víz körül, ég. Minden háza ég.

A maklári úton végtelenségbe vessző, hosszú fekete sora az ökröknek és a bivalyoknak. Az mind ágyút vontat.

A hegyoldalban a ragyogó vértezetű dzsebedzsik, s lent a Vadaskert felé a piros sapkás, lovas akindzsik nagy sokasága. Mi minden jön még utánuk!

- Hol a főkapitány úr?

- A templom tornyán.

Gergely odapillant. A torony teteje lapos. Ott áll Dobó a hétköznapi galambszín posztósüvegében. Mellette Mekcsey, Zoltay, Pető, a pap, Cecey meg az öreg Sukán.

Gergely odasiet.

A toronyba falépcső visz fel. Hármasával ugrálja át. Egy fordulónál Fügedybe ütközik.

- Mért ég a város? - kérdezi lihegve.

- A kapitány úr gyújtatta fel.

- Hát itt micsoda bontás ez?

- Leverjük a tetőket, hogy a törököknek ne legyen mit gyújtania.

- Hová mégy?

- Vizet hordatok a medencébe. Eridj csak fel: Dobó már kérdezett.

A toronyból még jobban lehetett látni a török hadat. Maklárig tarkállott a had, mint egy mozgó erdő.

- Hát, Gergely - mondja a toronyban Mekcsey -, éppen most kérdezem Kristófot, hogy így vertétek-e agyon a törököt az éjjel?

- Feltámadtak a kutyák! - felelte Gergely. - Ahol jön az is, akinek Bakocsai a fejét elhozta.

S Dobóhoz fordult.

- Nem lövünk-e elejbük egy jó magvas köszöntést?

- Nem - felelte Dobó mosolyogva.

Aztán hogy Gergely kérdőn nézett rá, a fejével a török felé intett:

- Aki jön, az mondjon előbb jó napot.

A város alatt elszéledt a had a Vadaskert felé, éppen mint az árvíz, mikor követ talál, s körülfolyja.

9

Azon az éjszakán megint eltűnt egynéhány felvidéki ember. Jött helyettük más. Felnémetről valami harminc parasztember jött be. Kiegyenesített kaszával jöttek. Az egyik meg csépet hozott. A cséphadaró persze ki volt verve szöggel. Egy bőrkötényes, zömök ember vezette őket. A vállán pöröly.

Mikor Dobó előtt megálltak, leemelte a pörölyt, és leeresztette a földre. A süvegét levette.

- Felnémetiek vagyunk. Bejöttünk. Az én nevem Gergely. Kovács vagyok. Ha kell, vasat ütök; ha kell, törököt.

Dobó kezet nyújtott neki.

Jöttek aztán almagyariak, tihamériak, abonyiak, többnyire parasztok feleségestül. Az asszonyok bugyrosan. A férfiak jól feltarisznyázva, s lóval, kocsival is.

Egy ökrös szekér is kanyarodott fel a várba. A szekéren harang volt, akkora harang, hogy kétoldalt a kerekek súrolták.

A szekér előtt egy öreges úrféle ballagott. Mellette két úrifiú kék posztódolmányban, piros csizmában. Az egyik húszéves, felkunkorított bajuszú, a másik tizenhat éves - még gyerek.

Egyforma kerek és barna az arcuk. A nyakuk is egyformán rövid. Az öreg oldalán széles kard fekete bársonyhüvelyben; a két fiú oldalán vörös bársonyhüvelyű, vékony kard.

Az öreg fekete ruhában volt. A csizmája is fekete.

Dobónak már távolról feltűnt a gyászruha. De hogy a felnémetiek foglalkoztatták, csak akkor látta megint az embert, mikor odaért.

Az egri bíró volt.

- Nini, András deák! - mondotta Dobó a kezét nyújtva.

- Én vagyok - felelte az egri bíró. - Itt hozom az öregharangot. A többit elásattam.

- És ez a két derék fiú?

- Az én fiaim.

Dobó kezet nyújtott azoknak is.

És az ökrök vezetőjéhez fordult.

- Tegyétek le a harangot a templombástya mellé. Kristóf - szólt az apródjának -, mondd meg Mekcsey úrnak, hogy a harangot ásassa el, hogy golyó ne érje.

Tekintete a bíró fekete csizmáján akadt meg.

- Kit gyászol, bátyám?

Az egri bíró a földre nézett.

- A városomat.

És ahogy fölemelte a fejét, tele volt a szeme könnyel.

Aztán egy hamuszín posztóruhás ember jött, meg két nő. Mind a kettő egy-egy gyermeket vezetett.

Az emberre szíves szemmel nézett Dobó, s meg is szólította:

- Molnár, ugye?

- Maklári molnár vagyok - felelte az, szinte megüdülve a barátságos szótól.

- Itt háltam az éjjel a Cifra-malomban.

- Hát ez a két nő?

- Egyik a feleségem, másik a leányom. Az a kettő meg a két kisfiam. Nem akartak elhagyni, hát, mondok, talán csak kapnak itt egy kis kuckót.

- Hiszen hely van, arról szó sincs, de sokallom már az asszonynépet.

És Sukánhoz fordult:

- Hány asszony van a várban?

- Idáig negyvenöt - felelte Sukán.

Dobó a fejét csóválta.

Aztán megint három ember érkezett, meg egy pap is velük, egy sovány, beesett képű pap. Kard nem volt nála, csak bot meg egy rókabőrből készült tarisznya.

No, annak Dobó megörült. Pap mindenképpen kellett volna a várba több is. Kellett, hogy az Isten közellétét érezzék a harcosok, meg hogy prédikáljanak. De meg azért is, hogy a haldoklókat az utolsó szentséggel ellássák. No meg hogy *temessenek*.

- Isten hozta - mondotta Dobó. - Nem kérdem a nevét se, mert Istentől jött, Isten küldötte hozzánk.

- Van pap varba? - kérdezte az egyház embere. - Hany pap megvan?

- Csak egy - felelte Dobó elszomorodva.

Mert a pap kiejtéséből látta, hogy az se fog prédikálni.

S ahogy a török ömlött dél felől, s patkó alakban terjedt el a város körül, a város maradék lakossága felhúzódott a várba mind. Jobbára parasztok és iparosok voltak, s velük az asszonyaik, gyermekeik is.

Minden megszállott városban maradnak kételkedők, akik azt mondják:

- Nem igaz az, hogy jön a török. Minden esztendőben rémítik vele a világot, aztán meg is vénülünk, meg is halunk, de a törökkel annyi bajunk sincs, mint a cserebogárral.

Az ilyeneket önti el az árvíz, pusztítja legjobban a háború.

A *Ráérünk* család soha ki nem haló ivadékai ők.

Dobó nem bánta, hogy jönnek. Minél több az ember, annál jobb. Az asszony és a gyermek ugyan nem szívesen látott vendég a várban, de hát nem lehet őket elzavarni. Meg hát ennyi katonára kell is az asszonykéz.

Hát csak hadd jöjjenek.

Az asszonyokat elosztották a konyhák, sütőkemencék közé. Sukán bácsi helyet mutatott minden családnak. Némelyik szobában tízével-húszával is meg kellett férniük. Elvégre is csak éjjeli szállás kell, meg hogy a motyójukat letehessék.

A férfiakat azonban Mekcsey betereltette a kapubástya szögletébe, s addig nem volt szabad beljebb menniük, míg meg nem esküdtek, mint a katonák.

- Ej - mondta egy egri szőlősgazda az eskü után -, hiszen éppen azért jöttünk mink ide, hogy védelmezzük a várat.

Mire egy másik ráduplázott:

- Arra való a vár, hogy védelmezzük.

Mekcsey ott mindjárt fegyvert is osztatott nekik. Halommal hevert a kard, a dárda, a pajzs, a sisak a bástya bolthajtásaiban. Persze nem damaszkuszi, hindosztáni és derbendi remekek, csak afféle rozsdás, köznapi készségek, amik századról századra maradnak a várban. Választhatott ki-ki magának olyat, amilyet akart.

Egy vastag bajuszú varga, akinek a szemöldöke is beillett volna bajusznak, nagy magabízással szólott:

- Hát jó ez a sok fegyver, kapitány uram, de én ám elhoztam a dikicsemet is. - S fényes dikicset vont elő a köténye melledzőjéből. - Ha énnékem török jön, hát kihasítom evvel a hasát!

A sisakot is felpróbálták egypáran, de mert nehéz szer a vaskalap, meg jobban hasonlít a fazékhoz, mint a szép fényes vitézi sisakhoz, csak otthagyták.

- Minek ez?

No, majd megtudjátok, hogy minek.

Alkonyatkor jelentették a toronyőrök, hogy Felnémet felől egy négylovas úri kocsi jön sebesen.

El nem tudták találni: ki lehet? Négylovas kocsiban a püspök szokott járni. Más úriember csak akkor ül kocsiba, ha beteg.

De ide beteg ember nem jön.

A kapitányok maguk is a bástyára álltak, s vizsgálták a sárkányként repülő négyes fogatot.

- Meglássák kegyelmetek, hogy a püspök jön - mondotta Fügedy, a káptalan hadnagya.

S hogy ezt senki el nem hitte neki, példákat szedett a történelemből:

- Nem voltak-e eddig minden csatában jelen? Nem voltak-e ott Mohácsnál csaknem valamennyien? Hiszen a püspökség nemcsak egyházi tisztség, hanem katonai is. Minden püspöknek megvan a maga katonasága. Minden püspök kapitány is együttal.

- Bár minden kapitány püspök is lehetne - felelte Dobó.

Talán arra gondolt, hogy akkor több katonát állíthatott volna a török ellen.

- Hátha valami kengyelfutó jön a királytól, csakhogy megbetegedett az úton! - vélekedett Mekcsey.

Dobónak kiderült az arca.

- A király nem hagyhat el bennünket - mondotta bízó szemmel.

S türelmetlenségében megindult le a lépcsőn, a piacon át az Ókapuhoz, ahol a kocsifeljárója volt a várnak.

A kocsi bőrfödeles, sárgára festett úri kocsi. Felkanyarodott a déli kapunak, behajtatott a kapu alatt a vár piacára.

Akkor aztán kiszállt belőle egy fekete ruhába öltözött, magas termetű asszonyság.

- A főkapitány úr? - ez volt az első szava.

Hogy Dobót meglátta, fölvetette a fátyolát. Körülbelül negyvenesztendős asszony. A ruhájáról látszik, hogy özvegy.

- Baloghné asszony - mondotta Dobó megdöbbenve.

S leemelte a süvegét. Meghajolt.

Annak az apródnak az anyja volt az érkezett, akit Nagy Lukáccsal küldött haza Dobó.

- A fiam... - szólt remegő ajakkal az asszony - hol van Balázs?

- Hazaküldtem - felelte csodálkozva Dobó. - Több egy hónapjánál, hogy hazaküldtem.

- Tudom. De visszatért ide.

- Nem tért vissza.

- Levelet hagyott hátra, hogy ide jön.

- Nem jött.

- Utánaszökött Nagy Lukácsnak.
- Az se jött vissza.
Az özvegy a homlokára nyomta a kezét.
- Ó! Az én egyetlen fiam... Hát ez is elveszett!
- Még nem bizonyos.
- Az uramnak a halálos ágyánál esküdtem meg, hogy amíg meg nem házasodik, veszedelembe nem eresztem. Ő a családnak utolsó sarjadéka.
- Tudom, tekintetes asszony - felelte Dobó sóhajtva. - Hiszen éppen azért küldöttem haza. Most már csak forduljon vissza, míg a török had gyűrűje össze nem ér.
És egy század lovast rendelt az asszony elkísérésére.
Az asszony összekulcsolt kézzel, könyörgőn nézett Dobóra.
- Ha visszajönne...
- Már nem jöhet vissza. A város az éjjel már körülzáródik. Ide csak a király serege törhet be.
- Hátha azzal jönne vissza...
- Bezárom a házamba a lurkót!
Az asszony a kocsijába ült.
Előtte-utána ötven-ötven lovas. A négy ló pehelyként ragadta vissza a kocsit a Cifra kapu felé.
Már csak az az egy kapu volt nyitva a négy közül. Csak azon lehetett kimenni Szarvaskő vagy Tárkány felé.
Negyedóra múlva jelentették a toronyőrök, hogy a török sereg felső karéja a Cifra kapuhoz ért.
Egy száguldó lovas jött vissza az asszony kíséretéből.
- Fekete hadnagy úr kérdezteti, hogy átvágja-e az asszonyságot a törökön?
Dobó felhágott a bástyára. Látta a török vértesek sokaságát a kapu körül s a vértesek mögé kanyarodó aszabokat.
- Ne!
S ott maradt a bástyán. Kezét a szeme fölé ernyőzve nézett észak felé.
- Fiúk - mondotta a bástyán álló katonáknak. - Melyiteknek van jó szeme? Nézzetek csak arra Felnémet felé!
- Egynéhány lovas jön ott - felelte az egyik legény.
- Húsz - szólt a másik.
- Huszonöt - szólt ismét az előbbi.
- Nagy Lukács jön! - kiáltotta Mekcsey a templombástyáról.
Valóban Nagy Lukács volt; a törökök után csellengő hadnagy. Hol a manóban járt ennyi ideig? És hogyan jön be?
Mintha sebes szél hozná őket, úgy vágtatnak. Késő már, Nagy Lukács! A török elállta a kaput!
Nagy Lukács még nem tud erről semmit. Lekanyarodik a dombról a Cifra kapunak. Ott megpillantja a török lovasságot. Nagyot ránt a lova zabláján, és fordul a kis csapat gyors kanyarodással a Baktai kapunak.
Ott még több a katona.

- Bezzeg vakarhatod most, Lukács, ahol nem is viszket! - mondja nevetve Zoltay.

- De csak éppen lovasság ne volna a kapunál - mondja Dobó szikrázó szemmel. - Lukács átvagdalkozna rajtuk.

Áll Lukács, és néz a vár felé. Vakaródzik.

Integetnek neki sűrűn a süveggel a falon álló legények.

- Gyere, Lukács, ha mersz!

A török lovak a messzeségben hirtelen megtarkulnak. Valami száz akindzsi fordul fel a lóra. Űzőbe kapja Nagy Lukácsot.

Nagy Lukács se rest. Megindul a maga huszonnégy lovasával, s kezdődik a verseny. Eleinte lehet látni a lovakat is, később csak két porfelhőt, amely felszáll a jegenyefák tetejéig, s terjed sebesen Felnémet felé.

10

Másnap vasárnap volt, de nem szóltak az egri harangok. A vár és a város körül volt folyva törökkel.

A hegyeken és dombokon, széles messzeségben a sátorok ezrei tarkállottak. Vörös és fehér sátorok, helyenként zöld, kék, sárga és piros sátorok. A közemberek sátorai, mint a kettéhajtott kártyalap. A tisztek sátorai nyolcszögletű, magas és díszes alkotmányok. A tiszti sátorokon aranygombos boncsokokat és holdas zászlókat lenget a szellő. A felnémeti réten és a kistályai mezőn s mindenütt, ahol gyep van, a paripák ezrei legelnek. A patakban végig-hosszat fürödnek a bivalyok és emberek. A csengő-bongó népáradatból ki-kiemeli a nyakát egy-egy teve, s ki-kifehérlik egy-egy lovon ülő tisztnek a turbánja.

A színeknek ebből a hullámzó özönéből szigetként magaslik ki az egri vár s a pázsit a vár előtt meg a Királyszéke, az a napkeleti domboldal, amellyel szemben a legmagasabb falat építették.

Dobó a tisztjeivel megint a tetőtlen tornyon állott. Milyen jó, hogy építtette azt a két tornyot Szent István király: látni lehet róla, hogyan állít ágyút a török.

A vár háta mögött kerekedik egy nagy, gyepes térség, akkora, mint a budai Vérmező fele. Azon túl meg van egy szép szőlődomb. Íme, arra húzatott fel a török három öregágyút.

Még csak kasokat sem állítanak mellé. A harminc bivalyt se hajtották messze, csak a domb alá, a pázsitra. Ott legelnek. Most már csak a tevék vannak az ágyúk mellett. Azoknak a háta fekete zsákokkal van megrakva.

- Bőrzsákok - magyarázza Dobó. - Azokban tartják a puskaport.

Ott forgolódnak az apró termetű, vörös turbános topcsik a várbeliek szeme előtt. Az ágyúk fekete szája most még némán tátog a vár felé. A topcsibasa le-leguggol, és végignéz rajtuk. Igazgatja jobbra-balra, föl-jebb-lejjebb.

Az egyik ágyú a két toronynak fog szólni, a másik a középső északi bástyának, amely a palotát takarja.

- Látjátok, hogyan céloz? - mondja Dobó. - Nem az ágyú elejével céloz, hanem a hátuljával.

Egy pattantyús legény dugja föl a fejét a torony ajtaján, és szól:

- Kapitány uram!

- Gyere ide - feleli Dobó.

A legény felmászik. Aggodalmas pillantást vet a török ágyúk felé, és megáll katonásan.

- Kapitány uram - mondja -, Balázs mester kérdezteti, hogy lőjön-e vissza?

- Mondd, hogy ne lőjön addig, míg én nem rendelem. Azután visszajössz ide.

A topcsik tovább tömték a három zarbuzánt. Bunkós végű vasdöröklővel verték a hasába a puskaport.

- Kedvem volna pedig közibük durrantani - mondotta tüzesen Mekcsey. - Mikorra elkészülnének, éppen szétvetődnének.

- Hadd mulassanak - felelte nyugodtan Dobó.

- Csak legalább rájuk üthetnénk! - mozgolódott Gergely is.

- Most ne - felelte Dobó. - Hadd lássuk, hogyan lőnek.

A topcsik már a fojtást gyömöszölték a zarbuzán torkába. A döröklőrudat már négyen fogták, és jelszóra verték az ágyúba.

- A pogány irgalmát! - szólalt meg Cecey is. - Kapitány öcsém, hát minek az ágyú?

- Kedves öregem, még kegyelmed is pözsög ellenem! Hát majd holnap megtudja, hogy miért nem lövök.

A topcsik bőröket szednek elő egy zsákból. Kettő fogja, egy keni faggyúval. Azután megfordítják, és a faggyútlan felébe beletakarják a golyót.

- Ezek tán tojással lőnek! - kérdezte Zoltay gúnyolódva.

Akkor érkezett vissza a pattantyús legény.

- Állj ide elém - mondotta Dobó. - Az előbb láttam, hogy félsz. Hát nézd: ide lőnek, énrám. Ide állsz elibém!

A legény elvörösödve áll Dobó elé.

Dobó lenézett a toronyból, s hogy Petőt meglátta, leszólt neki:

- Gáspár fiam! Neked jó torkod van: kurjants egyet, hogy a török mindjárt lő: senki meg ne rettenjen. Az asszonyok, ha éppen félnek, a napsütéses oldalon járjanak.

A topcsik már mind a három ágyúba belenyomták a golyót. A három pattantyúsuk lángoló kanócot tartott a kezében. Egy topcsi mögötte megköpködte a tenyerét, s a tarkóját fölfelé simogatva nézett a vár felé.

A puskapor lobbot vetett, az ágyú füstöt és lángot, s földet rázó kilenc *bum-bum* hangzott el egymás után.

A vár megreszketett a dördüléstől. Aztán csend következett utána.

- Semmi - szólalt meg Dobó mosolyogva.

És akkor lekergette a legényt.

A füst lomhán szállt az ágyúkról fölfelé.

De hogy a manóba lehet három ágyúnak kilenc dördülése?

Úgy, hogy az Eger körüli hegyek nyomban ismétlik az ágyúlövés hangját; s minden ágyúszót háromszor.

No, lesz itt muzsika, ha majd a töröknek három-négyszáz ágyúja egyszerre megszólal!

Negyedóra múlva Pető felfutott a toronyba. Egy mészároslegény is cammogott utána. Két erős karján egy büdösen gőzölgő golyót cipelt Dobó felé.

- Jelentem alássan, itt a golyó - mondotta Pető. - A patakba esett. A vízhordó emberek hozták fel puttonyban.

- Mondd nekik, hogy hordják a vizet tovább. A várkaput nem csukjuk be.

- Mink nem lövünk? - kérdezte Pető is.

- Vasárnap van - felelte mosolyogva Dobó -, hogy lőnénk?

És tovább nézte, hogyan hűtik az ágyút, és hogyan töltenek újra a topcsik.

11

Másnap reggel már ott guggolt a három falrontó ágyú feleközelségre a gyep közepén.

Meg is szaporodott másik hárommal.

Az előbbi nap kilenc lövése ugyan kárba veszett. A várból még csak nem is feleltek rá. Hát közelebb állították az ágyúkat, olyan közelre, hogy közönséges nyíllövés is elhatna hozzájuk a várból.

Tudta Dobó, hogy így lesz. Minek rezzentette volna el őket? S minek ingatta volna meg a vár népe bizalmát holmi üres viszontpufogással?

Már virradatkor talpon volt, és maga készítette minden arra szolgáló ágyúját a feleletre. Ő bizony nem csavarta bőrbe a golyókat, csak éppen megfaggyúztatta. A puskaport is maga mérte ki gondosan a mérőkanállal.

- No, most elő a fojtást. Verd rá, legény, jól a döröklővel! Bele a golyót!...

S irányzott hosszan, gondosan.

Megvárta, míg a török is elkészül a kasok mögött. Aztán mikor az első török ágyú eldördült, kiáltott:

- Isten nevében: *tűz!*

Egyszerre emelkedett a tizenkét magyar ágyúhoz a kanóc, s egyszerre dördült el mind a tizenkettő.

A török kasok és laféták dőltek és szakadtak. Két török ágyú felfordult. Egy darabokra szakadt. A topcsik dühös ordítása és futkosása a kasok mögött nevetésre fakasztotta a várbelieket.

- No, bátyám - mondta vígan Dobó az öreg Ceceynek -, érti-e már, hogy tegnap miért nem lőttünk?

És a lábát szétvetve állott a falon. Két kézzel pödörte a bajuszát.

A várbeliek nem ijedtek meg annyira, mint Dobó aggódva gondolta. Eger, mióta a puskaport feltalálták, a világ leglövöldözőbb városa. Itt ma se képzelhető majális, tűzoltóvigalom, választás, dalkörünnep, kerti mulatság, műkedvelői előadás, hogy előtte ne ágyúznának. Az ágyú helyettesíti a plakátot. Néha plakát is van, de azért az ágyút nem engedik el. A várban mindig ott hever a fűben egynéhány mozsárágyú. Az lő vele, aki akar. Hát hogy is ijedtek volna meg az egriek?

Mindössze egy ember volt a várban, aki az első ágyúlövésre leesett a székről, és jajt kiáltott.

Ha nem is mondom, könnyű kitalálni, hogy kiről van szó.

De bezzeg kaptak rajta a katonák, kihúzták őkegyelmét a zugból. Azon sárga dolmányosan, piros nadrágosan, sisakosan és mezítlábosan felvonszolták a bástyára.

Ott fogta kettő a két szétterjesztett kezénél fogva, kettő a lábánál, egy meg a hátával támasztotta a hátát. S kiabáltak a törököknek:

- Ide lőjetek!

A cigány csak állta, míg töltöttek, de mikor az ágyú megint elsült, kirándult a kezükből, és egy hajmeresztő kétöles ugrással lenn termett az állványok alatt. Ott legelőször is összetapogatta magát, hogy nem sodorta-e el valamijét az ágyúgolyó, aztán futott, mint az agár, az Ókapunak.

- Jaj, jaj, jaj - kiabálta, a fejét a két markába fogva -, hogy a görcs állott vóna a lábamba, mikor ide indultam! Jaj, jaj, jaj! Hogy vakult vóna meg az a bides ló, mikor ide hozott!

A királyszéki ágyúkat azon a napon mind szétlőtte Dobó. A topcsik ordítozva és dühöngve futkároztak széjjel. Két topcsiaga meghalt. A harmadik tisztet ponyvában vitték el az ágyúk mellől.

A téren nem maradt egyéb, csak a feldőlt és széttört kasok, három holt teve, nyomorékká lőtt ágyúk, ládák és darabokban heverő ágyúkerekek.

S mintha ez nem lett volna elég, Gergely éjfélkor még ki is csapott rájuk, és húsz paripát és egy öszvért ragadott be magával.

De hát annyi lova volt a töröknek, meg annyi embere, meg annyi ágyúja, hogy virradóra megint álltak a vesszőből font és földdel töltött kasok. Persze hátrább vetettek ágyást valamivel, s jókora földhányást emeltek az ágyúk elé. A kasok hézagaiban új tizenkét ágyú. Az ágyúk körül új topcsik és új agák.

Még a nap föl se kelt, megrázkódott a vár a szörnyű dörgésektől, s a tompa dobbanásokról lehetett érezni, hogy a golyók a falat döngetik.

Dobó ismét kisütötte a maga ágyúit, s ismét felforgatta a kasokat s ágyúkat, de a feldőlt kasok mögött új kasok emelkedtek, s azok mellett új ágyúk.

A topcsik pedig nem futottak széjjel. Szöges korbáccsal ült mögöttük egy dandár vértes dzsebedzsi.

- Itt csak lőni lehet és meghalni!

- Hát csak lőjenek - mondotta Dobó. - Nekünk kímélnünk kell a puskaport.

És csak a szakállasokból pukkantott olykor közibük, hogy a munkájukat zavargassa.

Azon a napon még nem szállta meg a várost a török. A magyar gyalogság a vár kapuit őrizte, a lovasság a város kapuit.

A török egyelőre nem kezdett velük harcot. Minek neki a város! A vár kell! Akié a vár, azé a város is.

A török főtisztek már két napja lóháton járják a halmokat, hegyeket, hogy a vár belsejébe beláthassanak. De nem lát oda be, csak a madár. A tornyok látszanak csak ki. A falak és bástyák tetején vesszőből font s földdel tapasztott palánk is takarja a belsőséget.

Hát hova lőjenek?

Lőtték a falat meg a palánkot.

Belül pedig rejtőzött egynéhány szép épület. A rengeteg nagytemplom a megmaradt felével is remeke volt az építőművészetnek. A régi monostor mellette, szintén faragott kőből épült. (Azóta se volt olyan szép kaszárnyája magyar katonának!) A várnagyi palotát meg Dobó csinosította ki, mikor megházasodott. Olasz építőmester faragta, rakta össze, s üvegablakai voltak, míg lent a városban bizony csak lantornás ablaka volt a püspöknek is.

A török hát csak lőtt és lőtt. Böfögött-bufogott az ágyúja virradattól napszálltáig. Törte a falat, és szaggatta a falon a fonott palánkot. Mikor aztán leereszkedett a nap a baktai hegy mögé, valamennyi ágyújukat egyszerre kilőtték, s a tábori papok ájtatos*Allahu akbár...* éneke hangzott a táborban mindenfelé.

Az egész török tábor imádkozásra borult. A topcsik is.

Dobónak a kőművesei meg előszedték a vakolókanalakat, és még világossal megkezdték a munkát: berakták a töréseket kővel.

12

A két pasa a fejét csóválta. Háborúban vénült ember volt mind a kettő. Ahol ők jártak, omladékok maradtak utánuk, és a szultán birodalma szélesedett.

- Be kell törni a városba! Onnan is ágyúzni kell a falakat!

A negyedik napon hát behatoltak a városba. Gyerekjáték volt az a hadnak. Ezer létra és ezer fiatal harcos...

A mi kapuőreinknek meg volt hagyva, hogy azonnal visszavonuljanak, mihelyt a török a falon megjelenik. Hát el is hagyták a kapukat. Szép rendben, dobszóval visszatértek a várba.

Akkor Arszlán bég a Boldogasszony temploma mellé húzatott négy nagy falrontó ágyút, és azokra a bástyákra irányozta, ahol a magyarok néma ágyúi állottak.

Arszlán már jobban lőtt.

Golyói a város felől való oldalon törték a falakat meg a palánkot. A legtöbbje kárba veszett, de amelyik talált, bontott a falakon.

Azon a napon a városbeli templomok tornyáról leszedte a török a keresztet, s holdat tett a helyére. Az oltárokat kiszórták. A képeket elégették. S délben már a tornyok ablakából énekelték a müezzinek,

hosszú, vontatott üvöltéssel: *Allahu akbár! Ashádu anna la iláha ill Allah!*
Ashádu anna Muhammad rászulu Allah! Heija alassalah! Heija alalfalah!
Allahu akbár! La ilaha ill Allah! (Isten a legmagasztosabb! Bizony nincs
isten az Istenen kívül! Bizony Mohamed az ő profétája! Jertek imádkozásra!
Jertek Isten tiszteletére! Isten a legmagasztosabb! Nincs isten az Istenen
kívül!)

Délben, hogy együtt ebédeltek, Dobó hallgatag volt és komoly.

A királytól nem jött még üzenet. Az egri püspöktől éjjel tért vissza a kém.
Azt felelte a püspök, hogy nincs pénze, se katonasága, de imádkozni fog a
várbeliekért.

Dobó arcán egy izom se rándult meg erre az üzenetre. Csak a szemöldöke
vonódott összébb.

A Nagy Lukács dolga is búsította. Vitéz tisztje volt az az ember. Mindig a
török mellett szeretett lappangani. Belekapdosott a nagy török hadba meg
elillant. Most bezzeg hogyan tér vissza, mikor körül van fogva a vár, s
Felnémetig tarkállanak a sátorok! Vagy talán el is veszett már...

Az ebédnél jelentették, hogy Nagy Antalt ellőtte egy ágyúgolyó.

Bornemissza fölpattant:

- Kapitány uram, hadd üssek ki a törökre! Röstellem, hogy a város kapuit
kardvágás nélkül hagytuk el.

Budaházy, egy erős, vállas, melles tiszt is megszólalt:

- Hadd lássa a török, kapitány uram, hogy nemcsak éccaka merünk rája
csapni, hanem nappal is!

Pető is megmordult:

- Ha kevesen vagyunk is, nekivágunk százan százezernek.

- Hát jó - felelte Dobó megvidámult szemmel. - De nem érdemes azért itt
hagynotok az ebédet.

Aztán nem is beszélt a törökről, csak ebéd után:

- Kicsaptok a gyaloghadra a nagytemplom mellett. Keresztülrontotok rajta
egy kanyarodással, és visszanyargaltok azonnal. Harc csak annyi legyen,
amennyi kinek-kinek az útjába esik. Sorakozni, rendezkedni, jelszót várni
nem szabad, mert akkor otthagyjátok a fogatokat. Százan mehettek.

Nosza, a tisztek kapják a fegyvert, páncélinget. Fel a lóra! A legénység
mind velük akar tartani, de Gergely deák kiválasztja közülük a
legizmosabbakat.

Az aszabok, lagumdzsik, piadok ott ebédelnek a földön, a templom előtt, a
pázsiton. Ma csupán leves az ebédjük, s a kanalat már visszadugták az
övszíjukba, övkendőjükbe. Most vöröshagymát esznek rá kenyérrel.
Némelyik dinnyézik, némelyik uborkát, zöld egyebet falatoz a leves után.
Mindezt jól lehet a várból látni. Csak a patak meg a város piaca választja el
őket a megszállatlan földtől. A piac házai mellé egy falka janicsár is
telepedett. Azok most éppen vígan vannak. Egy ügyes legény handzsárt és
sárgadinnyét dob fel a magasba. Először elkapja a handzsárt, utána meg a
handzsár hegyén a dinnyét.

Látható, hogy fogadásból játszik. Mert íme, egy janicsár görögdinnyét visz hozzá.

Darabig beszélnek, aztán a janicsár feldobja a görögdinnyét, a másik meg a kardot.

Egy harmadik janicsár megrántja hátul az ügyeskedőt. A dinnye a földre hull, és a katonák nagy mulatságára szétreccsen.

A vár kapuja még nyitva van, s a várbeli parasztok javában hordják fel a vizet, és itatják a várbeli lovakat. Mit nyernének a törökök, ha a kapunak rohannának? Egypár golyót az oldalukba. Tudja azt a török, hogy a kapu, ha nyitva is van, mint az oroszlán nyitott szája: fogak vannak benne.

A janicsárok félre-figyelmében egyszer csak megszűnik az itatás a pataknál, megáll a vízhordás.

Csak két-három percnyi szünet ez, hát hogy tűnne fel. Még azt se pillantják meg, hogy a falakon szaporodik az ember, kivált a nyilas meg a puskás. De már arra bezzeg megrándulnak, hogy valami nagy robogás támad. Amint a várra fordult a szemük, megdördülnek a falon a tarackok, és mindenféle szöget, golyót, vasszemetet pöknek a szemük közé. A várkapun a lovak és lovasok hosszú vonala robog elő.

Mint a fergeteg ugratnak át a patakon, s mikorra ők kardot kapnak, csihi-puhi! - csapkodják, vagdalják őket. Keresztül-át rajtuk ott teremnek a nagy porcfüves téren, amelyre a püspöki templom vet délutánonkint árnyékot.

A gyalogtörökök ijedten ugranak fel, s néznek a piac felé. Némelyik fut, némelyik megáll, és kardot ránt.

A robogó lovasság, íme, ott terem. Tüzes sárkányok a megsarkantyúzott paripák. Fut a sok száz török, mint a farkasoktól megriasztott nyáj. A magyar a hátukon.

De az utcákból felzúg a segítség: lovas akindzsik és gönüllük, puskás és dárdás janicsárok.

Íme, Gergelynek is dárdát feszít egy fehér sapkás janicsár. Le akarja szúrni a lóról.

Gergelynek kettőt villan a kardja. Az egyik villanás után kettétörik a dárda, a másik villanás után hanyatt vágódik a török.

- Jézus! Jézus! - kiáltják a bástyáról.

- Allah! Allah! - üvölt a török.

A magyarok mindinkább széjjelugratva forgolódnak közöttük. Csillog-villog a kardjuk. Horváth Mihálynak a lovát mégis szügyön döfi egy janicsár. A ló ledől. Horváth leugrik róla, és agyonvágja a janicsárt, meg még egyet. Azon eltörik a kardja. A harmadikat már csak az öklével üti orrba, s megindul futva, gyalog a lovasok nyomában maradt üres téren vissza a vár felé.

A többi még mindig előretör. A lovak lába is embert tipor. Budaházy éppen iszonyú vágásra emeli a kardját, mikor a ház oldalába szorult janicsárok puskát sütögetnek rájuk. A kard kihull Budaházy kezéből. Megfordítja a lovát, s a lova nyakára borultan vágtat visszafelé.

Erre a többi is megfordul.

A főutcán ezer akindzsi robog alá segítő fergetegként. Gergely idejében kikerüli őket. Nagy S betűt kanyarodik a Káptalan utca felé. Abban az utcában is török nyüzsög. De több a gyalog benne, mint a lovas, s ahogy a gyalog eszeveszetten menekül, csak zavarja a török lovasokat, akiknek a saját katonáikra is kell ügyelniük. Mindazonáltal félelmes sokasággal robognak szembe a perzsa gurebák. De hiába zúdulnak a mi bőszülten nekik rontó századunknak! Véres utca nyílik rajtuk, s jobbra-balra huppognak, mint a szélvésztől szétszórt kepék.

Most látszik csak, hogy a testes, erős magyar ló mellett micsoda gyönge az apró keleti ló. Tíz magyar lovas szétnyom száz török lovast, ha nekirohan. S amelyik magyar nekihuzakodik a töröknek, hát abból a törökből se lesz nagyságos úr soha az egri várban.

Robognak már visszafelé.

- El a kapuból!

A vár falán ujjongó nép kiáltozása összevegyül a visszafelé harcolók lármájával.

Dobó aggódva látja, hogy a kis utcákból hogyan rohannak még mindig az akindzsik és a dzsebedzsik a többi török segítségére. Tüzet kiált. A falon megdördülnek a puskák, és megpendülnek az íjak. A török csapat eleje visszatorpan s megtorlódik.

E percben éktelen, állati üvöltés hangzik a várfalon - éktelen, mint a szamárordítás. Mindenki odapillant. Hát a cigány üvölt ottan. Dühösen ugrálva rázza a kardját a török felé:

- Megállj, gazs kutya terek! Meghals!

A mi lovasaink a törököknek ebből a megzavarodásából vígan iklatnak fel, s habos, véres, izzadt paripáikon a várbeliek diadalkiáltásai között robognak be a várkapun.

Nem tartott negyedóráig a viadal. De a Templom tér, a piac és a Káptalan utca holtakkal, sebesültekkel és sántító lovakkal maradt tele. A megzavart törökök tajtékzó dühvel kotródnak visszafelé, s a távolban megfordulva rázzák az öklüket.

A patakra nyíló kaput még azon a napon se csukatta be Dobó. Hadd járjon ki a vár népe reggeltől estig. Hadd lássa a török, hogy Eger nyugodtan néz eléje az ostromnak.

Tárott a kapu. Még csak fegyveres őrt se lehet látni körülötte. Az igaz, hogy beljebb százhúsz drabant áll. Az is igaz, hogy a toronyőr ott ül az ablakban, s egy mozdulatra lehuzan az *orgona,* vagyis azok a vasrudak, amelyek a kapu alját orgonasípok alakjában fogják védeni. Egy mozsárágyú is vigyáz beljebb a kapu alatt. A hidat meg akkor is fel lehet húzni, mikor tele van emberrel.

Hát csak jöttek-mentek a lovas katonák meg a vízhordó emberek. A lovas katonák a lovukat itatták. A vízhordó emberek a várbeli kőmedencébe hordták a vizet. Van ugyan kút is a várban, de a kétezer embert meg azt a sok lovat egy kút nem látja el vízzel. Hát csak fel a vizet, amennyit csak lehet!

A patak túlsó partján meg törökök itattak. A gyalogtörökök közül is mentek oda, s ittak a patakból.

A patak vize bő, hogy a zsilip le van bocsátva. Középen derékig érő. A török is hagyta a zsilipet: neki még több víz kell, s mindennap kell. Nemcsak a rengeteg sok állatnak kell, hanem a sok embernek is. Kút nincs a városban, csak vagy két csorgó a hegy oldalán.

Hogy ím a vízhordó egri paraszt megszokta a törököt, meg azt is látta délelőtt, hogy hogyan meghajszolta, meggázolta őket a várbeli katona, hát amint ott meregeti-töltögeti a vizet a lajtba, meg nem állja, hogy oda ne szóljon a töröknek:

- Gyere át, koma, ha mersz!

A török, ha nem is érti a szót, látja a fej mozdulatát. Hát ő is int: - Gyere át te!

A másik török is elmosolyodik, az is hívogat. A következő percben már öt-hat török meg ugyanannyi magyar hívogatja egymást.

Egy szennyes turbánú, óriás kurd a sebes lábát mossa a túlsó parton. Térdig fel van gyürkőzve. Fölkel, és belép a patakba. Odatolja nagy szőke bajszos pofáját a magyarnak:

- Hát itt vagyok: mi kell, no?

A mi parasztjaink azonban nem ugranak el. Ők is övbe gyűrt gatyaszárral állnak a vízben. Az egyik, mint a villám, elkapja a török karját, s átrántja maguk közé.

Mikorra a többi észhez kap, már ott lökdösi, vonszolja a négy paraszt a kurdot a lajtos taligák közt. A többi meg dárdát tart a vízbe ugráló pogányok felé.

A kurd ordít. Rángatódzik. De erős markok tartják. Szakad róla dolmány, gomb és zsinór. A turbánja lefordul a fejéről. Az orra vérzik: *Jetisin*-t kiabál, és leveti magát a földre. A segítség nem jön. Húzzák a lábánál fogva oly sebesen, hogy föl se kelhet, míg csak be nem szánkázott a várkapun.

Állítják Dobó elé.

A török már nem olyan büszke. Leveri magáról a port, és keresztbe illeszti a mellén a kezét. Mélyen meghajol.

Dobó a várnagyi terembe vezette. Hívatja tolmácsnak Bornemisszát. Ül egy rúdon lógó páncél mellett. A törököt még csak meg se láncoltatja.

- Hogy hívnak?

- Dzsekidzs - feleli a török dühében és féltében reszketve.

- Kinek a hadából való vagy?

- Ahmed pasáéból.

- Mi vagy?

- Piad.

- Eszerint gyalogos?

- Az, uram.

- Ott voltál Temesvár ostromán?

A török a lábára mutat, amelynek ikráján négyujjnyi seb vöröslik.

- Ott voltam, uram.

- Miért veszett el az a várunk?

- Allah akarta.

- Úgy beszélj nekem, hogy ha egy hazug szón kaplak, véget érsz.

És fölemeli a pisztolyát.

A török meghajol.

Látszik a szemén, hogy nem fog hazudni.

Dobónak nem volt teljes értesülése Temesvár ostromáról. Csak annyit tudott, hogy Temesvár jobban meg volt erősítve, mint Eger, s hogy a vár alá gyűlt tábornak csak a fele volt ott, és mégis elfoglalták.

A teremben ott volt a kihallgatáson néhány tiszt is, aki abban az órában vártát pihent: Pető, Zoltay, Hegedüs, Bolyky Tamás, Kristóf apród meg András, az egri bíró.

Ott ültek Dobó körül. Csak az apród állott Dobó mögött a karosszék hátára könyökölve; meg a rab állott mezítláb, kopaszan, négylépésnyire Dobó előtt.

S a rab mögött két dárdás.

- Mikor érkeztetek Temesvár alá?

- Redzseb havának ötödik napján. (Június 27-én.)

- Hány faltörő ágyútok volt?

- Tizenkét zarbuzánt hozott a nagyságos pasa.

Bolyky elmordult:

- Hazudik!

- Nem hazudik - felelte Dobó -, hiszen Ali a Felvidéken járt a többivel.

S tovább kérdezte a pogányt:

- Ali pasa hány zarbuzánnal csatlakozott hozzátok?

- Néggyel - felelte a török.

- Tizenhat faltörő ágyút mondott az én kémem is.

És ismét a törökhöz fordult.

- Mondd el nekem, micsoda rendben történt annak a várnak az ostroma! Nem titkolom előtted, hogy a magunk védelméért kérdezem. Ha csak egy szóval is meg akarsz téveszteni, halál fia vagy. Ha igazat beszélsz, az ostrom után békén elbocsátalak.

Ez olyan határozott hangon volt mondva, hogy akár minden szót vasba lehetett volna önteni.

- Nagyságos uram! - szólt a török a hála felörvendő hangján. - Lelkem üdvössége legyen a nyelvemen.

És akkor már bátran és folyékonyan beszélt:

- A nagyságos pasa ott, éppen úgy, mint itten, kinézte a vár leggyöngébb falait, részeit, és addig lövette, rontatta, míg csak alkalmasakká nem lettek a meghágásra.

- Mi volt ott a leggyöngébb rész?

- A víztorony, uram. Nagy küzdelemmel foglalhattuk csak el. Úgy hullt az ember, mint a fű sarló alatt. Nekem is ott csapott a nyíl a lábamba. A víztorony eleste után a németek és spanyolok kiizentek a várból, hogy megadják magukat, ha békén elmehetnek. Hát a pasa becsületszóra ígérte, hogy nem lesz bántódásuk.

A kurd beszéde alatt szüntelenül morgott kint az ágyú, s hogy a kurd odaért a szóval, rettenetes csattanással-ropogással szakadt át a palota mennyezete. Egy emberfej nagyságú ágyúgolyó mész- és vakolathulladékkal együtt odazuhant Dobó és a török közé.

S forgott.

A török visszahőkölt. Dobó azonban csak rápillantott a puskaporbűzt lehelő golyóra, és mintha mi se történt volna, nyugodtan intett:

- Folytasd!

- A városbeli nép - folytatta a török -, a városbeli nép...

A lélegzete úgy elakadt, hogy nem bírta folytatni.

Kristóf apród hímzett szegélyű kendőt vett elő a zsebéből, és leveregette a mészport a főkapitány arcáról, süvegéről és ruhájáról. A török ezalatt levegőzhetett.

- Folytasd! - szólt Dobó.

- A nép mindenét el akarta vinni. És az volt a hiba. Losonczy egy napot kért a készülődésre. A katonaság látta, hogy megfosztják a zsákmányolástól, s másnap reggel, mikor megindult a gyaurok kivonulása, bosszúsan nézték. Ezért küzdöttünk-e itt huszonöt napot - mondották -, hogy most mindent elvigyenek? És oda-odakapdostak a szekerekhez. A keresztények nem védekeztek, hát egyre mohóbbá vált a kapdosás. Különösen a gyermekeket kapdosták, meg a fiatal nőket. Sztambulban sem árulnak szebb lányokat, uram, mint azok között voltak.

- De hát nem állított a pasa védelmet?

- Állított, de hiába. Mikor a keresztény katonák sora következett, azokból is elragadtak egyet: Losonczynak egy szép ifjú apródját. Az apród kiáltott. Losonczy megmérgedt. A magyarok mind fellázadtak. Kardot rántottak, és nekünk rontottak. Az volt a szerencsénk, hogy éppen a vértes dzsebedzsik állottak ottan, különben átvagdalkoztak volna az egész seregen.

Dobó vállat vont:

- A dzsebedzsik? Azt hiszed, hogy akin egy kis bádog van, mindjárt győzhetetlen? Nem a bádog tette, hanem hogy kevesen voltak.

Egy második ágyúgolyó zuhant be a terembe. A falat díszítő, régi, fakó zászlókon rontott át, s a padlót is beszakította.

Az ülők mindnyájan fölkeltek. Hegedüs elment. A többi, hogy Dobó ülve maradt, várakozott.

- Hol sátorozik Ahmed pasa? - kérdezte a töröktől.

- A Meleg-víz mellett, a Vadaskertben.

- Gondoltam - felelte Dobó a tisztjeire tekintve.

És ismét a törökhöz fordult:

- Azt mondd meg, mi ennek a hadnak a legnagyobb ereje?

A szemébe nézett erősen.

- A janicsárság, a tüzérség, a sokaság. Nagyságos Ali pasa tanult vezér. Egyik kezében dús jutalom. Másikban szöges ostor. Mert aki nem megy előre, mikor ő parancsolja, hátul a jaszaulok szöges ostorral verik őket.

- És mi a gyöngéje?

A kurd gondolkozva vont vállat.

Dobónak a szeme két tőrként hegyeződött reá.

- Hát - mondotta a kurd - én nem felelhetek mást, ha a lelkemet nyitott írásként terítem is a lábad elé, nagyságos uram, csak azt mondhatom, hogy addig is erős volt ez a had, míg kettéoszoltan járt. Hiszen valami harminc erősséget rombolt el ez a had, nagyságos uram, és sehol nem győzték meg, hát mit mondjak gyöngének?

Dobó intett a rab mögött álló két legénynek.

- Kössétek meg, és vessétek a tömlöcbe.

S fölkelt maga is.

A harmadik ágyúgolyó a helyére zuhant be. Rapottyára törte a szép faragású karosszéket, s ott forgott tovább az oszlop mellett.

Dobó meg se fordult. Átvette Kristóftól a hétköznapi acélsisakját, és a fejére tette.

Kiment a tömlöcbástya tetejére, s onnan nézte, melyik ágyú töri a palotát.

Csakhamar meglátta. Nekiirányozta három ágyúját. És egyszerre süttette el.

A kasok felfordultak. A topcsik zavartan futkostak. Az ágyú elhallgatott. Dobó nem pazarolta a puskaport.

- Dicső lövés! - mondotta Gergely is ujjongva.

S hogy lefelé mentek a bástya lépcsőjén, rámosolygott Dobóra, és félrevonta a lépcső zugába:

- A törököt csak megeskette kegyelmed, kapitány uram, de ám a tolmácsot elfelejtette megesketni.

- Csak nem görbítetted tán el a vallomását?

- El biz én. Mikor azt kérdezte kapitány uram, hogy mi a török legnagyobb ereje, valamit kihagytam. Azt mondta a török, hogy Ali a maga négy ágyújával többet tudott rontani, mint Ahmed a tizenkettővel. Hát előre látható, hogy Ali addig ágyúztatja a várat, míg csak minden fal le nem omlik.

- Tessék neki - felelte Dobó nyugodtan.

- Hát csak ezt hallgattam el - fejezte be Bornemissza. - Ha jónak látja kapitány uram, ám közölje a többi tiszttel is.

- Jól tetted - felelte Dobó a kezét nyújtva. - A vár népét nem szabad aggodalmakkal nehezítenünk. De mármost én is megmondom neked, amit a kurd piad se tudott: hogy mi a seregnek a gyöngéje.

Nekitámaszkodott háttal a bástya falának, és összefonta a karjait.

- A tizenhat zarbuzán - folytatta - talán már holnap egyszerre dolgozik. S lőnek egyszerre száz-kétszáz ágyúval. A falakon kapukat törnek, és a tornyokat ledöntik. De ez időbe kerül: hetekbe. Ezalatt ezt a rengeteg hadat etetni kell. Gondolod, hogy hozhattak annyi élelmet, amennyi ennek a hadnak bőven elég? Gondolod, hogy ami még kell, mindig elő tudják teremteni? És ha itt éri őket az októberi dér, gondolod, hogy ez a meleg földön nőtt nép éhes gyomorral és fázó bőrrel mászik ezekre a falakra?

Egy ágyúgolyó csapódott le mellettük, s lyukat vágott a földbe.

Dobó fölpillantott a pattantyúsokra, és folytatta:

- A nép mindaddig bátor, míg minket bátraknak lát. Az a fő, hogy tartsuk a várat, míg csak van mit enniük, míg csak az idő meg nem rokkan, míg csak a király hada meg nem érkezik.

- És ha lesz mit enniük? És ha nem lesz dér októberben? És ha a király hada Győr alatt marad?

Ha Gergely ezeket a kérdéseket valami olyan nyomatékkal mondja, hogy még egy negyedik kérdést is lehet utánagondolni, Dobó talán egyenesen láncba vetette volna érte. De Gergely nyílt arccal, szinte mosolyogva szólott. Talán nem is azért, hogy Dobó feleljen, hanem hogy bizalmasan beszélgettek, a Dobó szavára nem is lehetett mást felelnie.

Dobó vállat vont.

- Nem megüzente-e az egri püspök, hogy misézik érettünk?

Aznap alkonyat felé egy fekete feredzsébe burkolt nő sietett át a piacon. Nem kísérte más, csak egy tizenötéves-forma szerecsen fiú meg egy nagy, tarka tábori eb.

Az eb a pataknál lefutott a vízre, a nő pedig a kezét tördelve járt föl s alá a parton. A kapu felé nézegetett. A kaput alkonyatkor fel szokták vonni, be szokták lakatolni kilenc lakattal. A nő talán arra várt. És hogy a kaput felvonták, átgázolt a patakon anélkül, hogy a ruháját megemelte volna.

- Fiam! - kiáltotta szinte sikoltva a kapu előtt. - *Enim fiam!*

Dobónak jelentették, hogy a kis török fiúnak az anyja van a kapun.

- Eresszétek be, ha éppen be akar jönni - felelte Dobó.

A felvonóhídon, amely egyúttal kapu is, keskeny kis vasajtó van. Megnyitják a nőnek.

Az azonban rémülten hátrált.

A kutya ugatott.

- Enim fiam! - kiáltott a nő újból.

S valami erszényfélét emelgetett. Csörgette belőle a másik tenyerébe hullatva az aranyakat.

Az ajtó újra bezárult.

A nő ismét közelített. A kezét tördelve járt föl és alá a kapu előtt. A fátyolát fölvetette, és fehér kendővel törülgette leomló könnyeit.

Eközben folyton sikoltozott:

- Szelim! Enim fiam!

Végre megzörgette a vasajtót is.

Az ajtó ismét kinyílt, de a nő ismét hátrált.

Akkor Gergely megjelent a bástyán a kapu fölött, s a kezénél fogva fölvonta a gyermeket.

- Szelim! - sikoltott a török nő, a két karját nyújtva a gyermek felé.

- *Anam!* - kiáltott a gyermek is, a szabadon lévő karját nyújtva az anyja felé. A kutya nyihogva ugrált, s közbe-közbe nagyokat vakkantott.

Gergely nem szólhatott ki a várból, de a gyermek kiszólhatott. És a gyermek ezt kiáltotta le az anyjának:

- Keresztény rabbal kicserélhetsz, anyám, az ostrom után.

A nő letérdelt, és mintha a levegőn át akarná megölelni, kinyújtotta a két kezét, s hogy a gyermek eltűnt, csókokat hintett utána.

Azon az éjjelen sötétség borította a várat, a várost, a hegyeket, az eget, az egész világot.

Dobó későn feküdt le, de éjfélkor ismét végigbolygott a bástyákon. Vastag posztójú, hosszú mente volt rajta, s a fején fekete bársonysüveg. Kezében az őrségek jegyzéke.

A virrasztó főhadnagy abban az órában Zoltay. Az is mentét vett magára, mert az éj hűvös volt. Amint Dobót megpillantotta a Sándor-bástyán, szótlanul üdvözölte a kardjával.

- Van mondanivalód? - kérdezte Dobó.

- Az előbb néztem körül - felelte Zoltay -, minden ember a helyén van.

- A kőművesek?

- Dolgoznak.

- Jer velem. Megbízok benned, de az őrségnek látnia kell, hogy én is vigyázok.

Átadta a jegyzéket Zoltaynak, és sorra járták a bástyákat. Zoltay felolvasta a neveket mindenütt. Az ágyúkat minden bástyán sötétség takarja. Az ágyúőrök fekete árnyékok. A bástyák és falak boltozatai előtt minden őrségnél tűz ég. A váltásra várakozók ott melegszenek.

A várban csend van, csak a kőmívesek halk csattogása hallatszik olykor, amint vakolnak.

Dobó a bástya szélére áll. Minden öt percben lámpás villanik ki a lövőrésekből. A lámpás dárdára van tűzve, és húszöles fényszárnyat röpít szét a falon és az árkon túl.

Aztán a dárdát ismét bevonják, és a fényszárny a másik bástyánál lövell ki az éjszakába.

Dobó a nyugati kapunál megáll. Az őr tiszteleg. Dobó elveszi tőle a dárdát, és küldi az embert a kapusért.

Az őr felrobog a lépcsőn. Lehallatszik, amint költi a kapust.

- Mihály bá!

- No.

- Gyüjjék kend üstöllést!

- Minek?

- Itt a kapitány úr.

Egy dobbanás. (Most ugrott ki az ágyból.) Két koppanás. (Most rántja a csizmát.) Egy csörrenés. (Most kapja a kardot.) Robogás. (Fut le a falépcsőn.)

S megáll a szikszai szűrbe burkolódzott, nagy bajuszú ember Dobó előtt. Az egyik fél bajsza felfelé, a másik lefelé.

- Hát először is - mondja Dobó az őrnek a dárdát visszaadva -, ha te katona vagy, ne mondd a tizedesnek, hogy *Mihály bá!* - se pedig, hogy: *gyüjjék üstöllést;* hanem ezt mondd: *Tizedes uram, a kapitány úr hívja.* Így illik. De ostrom idején mindegy. Nagyobb baj az, hogy igaz a szavad. Aki ingregatyára vetkezetten alszik, az nem *tizedes úr,* hanem csak *Mihály bá.* Azt a hetvenhét fontos ágyúgolyó alá való heverő irgalmát az ilyen kapuőrző tizedesnek! Hát lehet a megszállott várban levetkőzötten is aludni?!

Minthogy erre a kérdésre Mihálynak még a felfelé álló bajusza is lekonyult, de feleletet senki sem adott, Dobó folytatta:

- Mától kezdve itt fog kend aludni minden éjjel a földön, a kapu alatt. Értette kend?

- Értettem.

- A másik, amit mondani akarok, az, hogy a kaput nem eresztjük le többé reggelenkint, ellenben az orgonát leeresztjük, egy rúd híján, s mihelyt ostrom történik, leereszti kend az egészet, anélkül hogy parancsot várna.

- Értettem.

Nem telt belé öt perc, egyenkint zuhantak le a karnyi vastagságú, hegyes vasrudak a kapualja belső felében, s orgonasípokként zárták el a kapualját is. Csupán egy rúd maradt függőn. Éppen annyi, hogy egy ember ki- és bejárhatott.

Dobó a templombástyára lépegetett föl. Megnézte ott is az ágyúkat s az alvó és őrködő pattantyúsokat. Aztán összefonta a karját, és körülnézett az éjszaka messzeségében.

Az ég sötét, de a föld, amerre csak szem lát, piros csillagok ezreivel tündöklő. A török tábori tüzek azok.

Állt és nézett.

És ekkor a csöndes éjszakában napkelet felől átható, éles kiáltás hangzik fel a vár közelében, a sötétség mélyéből:

- Bornemissza Gergely! Te király hadnagya! Hallod-e?

Csend, hosszú csend.

A kiáltó szó ismét:

- Nálad van egy török gyűrű. Énnálam van egy magyar gyermek. Az a gyűrű az enyém. Ez a gyermek a tiéd.

Csend.

A kiáltás újra hangzik:

- Ha akarod a gyermekedet, jer a piaci kapuhoz. Add ide a gyűrűmet. Odaadom a gyermekedet. Felelj nekem, Bornemissza Gergely!

Dobó látta, hogy az őrök arca mind a kiáltó felé fordul, noha a sötétségben semmit sem lehetett látni.

- Senki ne merjen felelni! - morogta a kardját megcsörrentve.

Nem is felelt senki.

A kiáltó folytatta:

- Ha a szavamnak nem hiszel, majd hiszel akkor, ha a gyermeked fejét bedobatom hozzád.

Dobó jobbra-balra pillantott, és ismét csörrent a kardja: - Meg ne merjétek mondani Bornemissza úrnak! Aki szót mer róla szólni, akár neki, akár másnak, Istenemre mondom, huszonötöt vágatok reá.

- Köszönöm, kapitány uram - felelt egy rekedt hang Dobó háta mögött. Bornemissza volt.

Nyílvesszőre fekete csepűt kötözött, és azt szurkozva folytatta:

- Minden éjjel kiabálnak ilyen ostobaságot. A múlt éjjel Mekcseynek kiabálták, hogy tiszteli a felesége: az Arszlán bég sátorában mulat.

Belemártotta a nyilat egy olajos kantába, és folytatta:

- Az én feleségem, gyermekem Sopronban van. Onnan ők el nem mozdulnak se télen, se nyáron.

A kiáltó ismét megszólalt:

- Hallod-e, Bornemissza! Itt van a fiad velem. Jer a kapuhoz egy óra múlva, megláthatod.

Gergely íjra tette a nyilat. Hozzáérintette a tűzhöz, és felkapta: ellőtte a kiáltó felé.

A tüzes nyíl üstökös csillagként szállt át a sötétségen, és megvilágította egy pillanatra azt a dombot, amelyik mögött a nap szokott fölkelni.

A dombon két kaftános török állt. Az egyiknek szócső volt a kezében. A másiknak a fél szemét fehér kendő takarta.

Gyermek nem volt velük.

Azon az éjszakán más is történt.

Varsányi kéredzkedett be a kapun, s egyenesen Dobóhoz sietett.

Dobó még ott állt a templombástyán, s a kezét melegítette a tűznél.

- Uram - szólt a kém -, azt jöttem jelenteni, hogy már minden zarbuzán föl van állítva. A Hécey udvaráról is fognak lőni. Ezenkívül valamennyi szakállas ágyú és tarack meg fog szólalni. A város felől két helyről, a dombokon három helyről törik majd a falat a zarbuzánok, és ötvenfelől is ontják a golyót más ágyúk. A déli imádság alatt meg kirohannak a kumbaradzsik, és kopjákon, parittyákon szórják a tüzes bombát. Jajajaj! - tette hozzá csaknem sírva.

- Eszerint - mondotta Dobó nyugodtan - lőni fogják a tömlöcbástyát, a külső várat meg az Ókaput; hát még?

- Mindent, kapitány uram!

- Van még valami mondanivalód?

- Nincs, uram, más, csak az, hogy nem jobb lenne-e... ha már ilyen kevesen vagyunk... s ekkora veszedelem...

Nem fejezhette be, mert Zoltay úgy csapta arcul, hogy az orra vére a falra freccsent.

Dobó közibük nyújtotta a kezét.

- Ne bántsd!

S hogy Varsányi az orrát törülgette, és elfancsalodott arccal nézett Zoltayra, Dobó csillapítón szólott:

- Nem tudod-e, hogy halál fia, aki a vár feladását csak említeni is meri?

- Én kém vagyok - dohogott Varsányi -, engem azért fizetnek, hogy mindent megmondjak.

- Elég - mondotta Dobó. - Még ma éjjel meg fogsz esküdni te is. Azután lesz gondom rád, hogy aranyba törülhesd az orrodat. Jer velem.

A kút mellett haladtak el, ahol Gergely a cigánnyal és négy paraszttal bombákat töltött. Éjjel-nappal öt ember gyártotta ott a bombát. Gergely tanította be őket, s azért kellett éjjel is dolgozniuk, hogy váratlan ostromban ne legyen kapdosás.

Dobó magához szólította Gergelyt. Fölmentek mind a hárman a palotába. Ott Dobó kivonta az íróasztal fiókját, és Gergelyhez fordult.

- Írj levelet Szalkaynak, hogy a királytól és püspöktől eddig semmi segítség nem érkezett, s hogy a vármegyéket és városokat segítségre sürgesse.

Míg Gerely a levelet írta, Dobó a szomszéd szobában megeskette Varsányit is.

- Uram - mondotta az eskü után Varsányi -, tudom én azt, hogy kinek szolgálok. Ha ez a vár megmarad, nem kell énnekem többé török maskarát öltenem.

- Jól beszélsz - felelte Dobó. - De ha semmi jutalmat se várnál, akkor is csak így kellene szolgálnod a hazáért.

Egy kancsó bor állott az asztalon. Odatette a kém elé:

- Igyál, Imre.

A kém szomjas volt. Fölhajtotta a kancsót.

Mikor a bajuszát megtörülte, látszott a szeme járásán, hogy hálálkodni akar. Dobó azonban megelőzte:

- A törökhöz nem szükség visszatérned. El kell vinned ezt a levelet Szarvaskőre még az éjjel. Aztán ott vársz, míg csak Vas Miklós vissza nem érkezik a királytól meg a püspöktől. Ha lehet, behozod őt is. Ha nem lehet, akkor csak magad jössz. Szokott lenni jelszó a török táborban?

- Dehogy szokott, uram. Ha valaki török ruhában van, meg egy-két szót tud törökül is, úgy járhat-kelhet köztük, mintha velük jött volna. De csak úgy pofon ne vágtak volna engem!...

A szomszéd szobában megpendült a Gergely sarkantyúja. Dobó fölkelt, hogy a levelet meghallgassa.

13

És másnap, szeptember 16-án a nap az ágyúk dörgésére, bömbölésére emelkedett elő a hegyek mögül.

A föld remegett. Az ágyútelepekről a füst barna fellegekben szállt az égi felhők közé, s már az első órában eltakarta a napot s az égnek kék tengerét. A bástyák és falak duhogtak, ropogtak. A belső várba vegyesen csapkodott a nehéz és az apró golyó. Hullt a tüzes nyíl és a tüzes labda. Mindenfelé zuhant és hentergett az ágyúgolyó. Ember és állat élete nem volt többé biztonságban.

De ezt a veszedelmet is készen várták a várbeliek. Dobó már éjjel felkürtöltette a katonaságot.

Egy részük a palánkot magasította azokban az irányokban, ahonnan a Hécey prépost házától várták másnapra a golyóhullást. Más részükkel előhordatta a padláson maradt állatbőröket, s vizes kádakba hordatta.

Ismét mások gerendákat, hordókat és földdel megtöltött zsákokat hordtak a külső várba, a tömlöcbástyához és a kapukhoz, hogy a törésnél minden tömőszer idején készen legyen.

Amennyi üres csöbör s fazék csak volt a várban, azt mind meg kellett tölteni vízzel. A földszinti és föld alatti helyiségekből minden fölöslegest kihordtak, s ágyakat raktak be. A répa, tök, káposzta, só - minden olyan, aminek a golyó nem ártott - felülre került, s a helyét a dolgozó és pihenő ember foglalta el.

Az istállót is megásták. A lovak, tehenek fél öllel mélyebb állásba jutottak.

A házak északi és keleti oldalát behányták földdel. Ahol a piacra hullt a golyó, oda árkot ástak, és földhányást emeltek eléje. A golyók belehuppantak a földhányásba.

A várban már nem volt más éghető, csak a baromistálló teteje meg az istálló előtt egynéhány boglya széna, egy kis kazal búza meg egy boglya alomnak való szalma.

Dobó lehányatta az istálló tetejét is. A szénaboglyákat, búzakazalt betakartatta vizes tehénbőrökkel, a szalmára meg földet hányatott.

Ami még gyúlékony valami volt, mint a házak padlása meg az ostromállások, azok oltására széthordatta a vizes bőröket.

Az ágyúk megdördülése ebben a munkában találta még a várat. Az első félmázsás golyó a konyhán ütött be, s összetört egy csomó edényt.

Az asszonyok éppen akkor raktak tüzet, s készítették a lisztet, a zsírt, a szalonnát, hogy a katonáknak főzzenek.

A nagy golyó beütésére megrettentek. Egymás hegyén-hátán rohantak ki a konyhából, s aki nem fért az ajtón, mászott az ablakon.

A golyó pedig ott irgett-forgott tovább egy halom tört edény, fatál és zúzott cserép között.

Mekcsey az istállóból látta a beütést. Odafutott.

- Mi az? - dördült rájuk a kezét széttárva, hogy feltartóztassa őket.

- Becsapott a golyó.

- Vissza! Vissza! Gyöjjenek utánam!

S besiet a konyhába. Kap egy dézsát a két fülénél. Önti a golyóra.

- No - mondja a golyót a sarokba rúgva -, főzzenek tovább. A golyó balról jött, hát a konyha bal felében dolgozzanak. A másik oldalról át kell szedni minden edényt, és senki azon a részen ne járjon. Itt a konyha bal felén nincs veszedelem.

- Jaj - sápítozott egy asszony -, a tyúkom az éjjel kukorékolt. Itt a vég!

- Kakas volt az - mondja Mekcsey.

- De bizony tyúk volt, kapitány uram.

- No, ha tyúk volt, hát délre azt főzzék meg nekem, akkor majd nem kukorékol!

Az asszonyok még néhány percig hányták magukra a keresztet. De aztán mikor a másik golyó szakadt át a tetőn, maguk öntötték le vízzel, és gurították a másik mellé.

No, a golyózáportól az egész vár népe megzavarodott. Addig csak egy helyen duhogott az ágyú, s ha a golyó be is toppant olykor, tudták már, hogy azokat a falakat kell kerülni, amelyekre csak a reggeli nap süt, és azokat a falakat, amelyekre sose süt nap. Azonban, hogy már mindenfelől görgött, süvöltött és csattogott a golyó, s nagyságra a görögdinnye és dió között váltakozott, nem tudták, hol vannak biztonságban.

Bezzeg lett kelete minden rossz sisaknak, minden páncélnak! Eddig csak a cigány viselte a sisakot és mellvértet, ha mezítláb volt is, most azonban, hogy a golyó mindenfelé pattogott, kopogott, potyogott, s a borbélyoknak mindjárt az első órában tíz sebesültet kellett varrniuk és timsózniuk, mindenki a fegyverrakásokhoz sietett, hogy mentől vastagabb vasruhát ölthessen magára.

A két kapitány meg a hat főhadnagy az első negyedórában a vár minden részét bejárta.

- Ne féljetek! - mennydörgött Dobó.

S a hadnagyok szava visszhangként kiáltozta mindenfelé:

- Ne féljetek! A golyóesés nem változik. Ahova egyszer golyó hullt, ott ne járjatok!

De ők maguk csak jártak mindenfelé.

És csakugyan nem telt belé egy óra, maguk a golyók mutatták meg, hogy mely épületek, mely falak a veszedelmesek. A golyók leverték a vakolatot, s ahol homokkő volt az épület, annyi golyó állott belé, hogy a fal feketéllt tőle.

Viszont egyes falak sértetlenek, fehérek maradtak. Ha az olyan helyre esett is a golyó, csak úgy esett, hogy a másik falról pattant oda.

Minden olyan fal védőfal volt egyúttal, ahol a mesteremberek dolgozhattak, a katonák pihenhettek.

Nem sok fal volt olyan a várban, az is igaz.

És a halálnak ebben a dörgedelmes zivatarában Dobó hol az egyik bástyán jelent meg, hol a másikon.

A fején ragyogó acélsisak volt már, a mellén vért, a karján és lábán védővasak. A kezén vaskesztyű.

Itt az ágyúvédő kasokat igazíttatta, amott magát az ágyút.

- Csak azt kell lőni - mondotta -, amelyik bizonyos. Kíméljük a puskaport, emberek!

Ezt az egyet nem értették a várban.

- A Jankóját ennek a puskapornak - morgadoztak a parasztok -, hát nem arra való-e, hogy lőjünk vele?

S nem volt ember a várban, akinek a marka lövésre ne viszketett volna. Hiszen látni való, hogy itt a török az orrunk alatt: irtani kell a gonosz zsiványait, vagy legalábbis elijeszteni a vártól.

Azonban Dobónak nem mertek szólni. Minél viharzóbbá vált az ostrom, annál jobban a maga markába szedett minden intézkedést.

A török akkor már Királyszékét is elözönlötte. Sátorok és boncsokok, s közte a tarka hadi nép bözsgött-nyüzsgött mindenfelé a vár körül.

A török tábori zene hol itt szólamlott meg, hol amott, s a sípok, trombiták és réztányérok zenéje kísérte az ágyúk szakadatlan mennydörgését.

Ahol meg a falat nem törte az ágyú, a kumbaradzsik dobták ott a bombát, s az íjas janicsárok lőtték a tüzes nyilat.

Golyózápor és tűzeső.

Persze a nyilaktól és robbanó bombáktól még jobban megzavarodott a nép, mint a golyótól.

Azonban a gyakorlott hadnagyok abban is megoktatták a vár népét.

Amint az első bombák behulltak, és sustorogva, ugrálva szórták a vörösen szikrázó tüzet, maga Dobó is vizes bőrt ragadott, és ráborult a bőrrel együtt egy olyan bombára.

A nép bámulva látta, hogy a bomba nemhogy szétvetné a kapitányt, hanem egy kicsit dibeg-dobog, aztán elalszik a bőr alatt.

A következő bombákat már a katonák fülelték le.

Cserépből meg üvegből voltak azok a bombák.

- Majd mutatunk mi különbet a töröknek! - mondotta Gergely.

S előhozatta a maga bombáit, amelyekkel egy héten át foglalkozott.

Dobó rátette a kezét a Gergely vállára:

- Még ne!

S reggeltől estig szakadatlanul dörögtek az ágyúk, és szakadt a halál esője. A zarbuzánok félmázsás golyói kapu nagyságú szakadékokat rontottak a falakon. A szakállasok és tarackok nehéz, apró golyói letördelték a templom gyönyörű faragványait, s beszaggatták a várnagyi palota hátulsó falát.

Mikor az őrálló katonaság a Sándor-bástyán hajnalban elhelyezkedett a palánk mögött, a török szakállas ágyúkból jégesőként hullott rájuk hátulról a golyó.

- Arcra! - kiáltotta Gergely.

A százötven katona a földre hasalt.

Gergely a fal mellé húzódott.

A golyók a fejük fölött süvöltöttek el, s belecsapódtak a vár falába.

Olyan lett a palánk a falon, mint a rosta.

Szünet következett. A török kilőtte minden ágyúját, hát töltött.

- Fel! - kiáltotta Gergely.

Öt ember fekve maradt.

- Ezeket vigyétek a templom elé - szólt búsan Gergely. - Van-e köztetek sebesült is?

Tizenöt véres ember lépett elő szótlanul a sorból.

- Hát ti meg menjetek a borbélyokhoz.

S a fejét rázta. Teremtettézett.

- Fiúk - mondotta aztán -, nem hasalhatunk itt egész nap. Hozzatok ásót, és ássunk árkot.

Vagy tízen ásóért futottak, és csakhamar minden katona ásott.

Egy óra nem telt belé, olyan árkot hánytak a katonák, hogy mellig állhattak benne.

Gergely megvárta, míg a törökök megint lőttek, aztán kiugrott az árokból, s a belső várba sietett, hogy Dobónak az árokásást megjelentse.

A monostor mellett ott találta a kis török fiút, amint az ereszet szárazán játszott. Füstölgő ágyúgolyót ásott ki kanállal a falból. A gyerek bizonyosan a konyhából szökött meg, s olyan helyen állott, ahol egyre hullt a golyó.

- *Hajde!* (Takarodj innen!) - rikoltott rá Gergely.

A gyerek megrettent, és Gergely felé fordult. A falhoz támaszkodva, sápadtan és félő szemmel nézett reá, míg a két tenyerét a falhoz tette, mintha az anyja szoknyáját keresné.

Új golyók csaptak a falba, s verték a vakolatot. Egy ökölnyi nagyságú, fekete golyó a gyermek válla fölött csapott a falba, s piszkos karikát hagyott maga körül.

Gergely odaugrott. Elrántotta a gyermeket, és bevitte az ölében a palotába.

A nap azon az estén hamvas fellegek mögött ereszkedett le Bakta felé. Csak egy percre villantott ki egy ég közepéig ragyogó aranydeszkát, aztán vérszínű felhők között tűnt el, hogy világítson egy boldogabb földrész embereinek, akik ezen az estén az őszi bogár békés zengése mellett hajtják párnára a fejüket.

Az egri várban csak most kezdődik a munka.

Amint a topcsik utolsó lövése is elmorajlott, a kőmívesek fogják a vakolókanalat, a parasztok hordják a követ, a földet, a gerendát, a vizet, a homokot, s megkezdődik a tört rések betömése.

A falak szélén hasra fektetett puskások, a réseken dolgozó munkások.

Időnkint egy mozsárlövés hangzik, hol az egyik, hol a másik bástyán.

A golyó, amely felszáll, szétpattanik a magasban, s egy pillanatra vörös világossággal lobbantja be a vár előtt a teret.

Világító golyók azok. Kellenek most már. A török cselt vigyázzák.

- Dolgozzatok, emberek, dolgozzatok! - hangzik hol itt, hol amott a tisztek nógatása.

Egy kőmíves kötélen bocsátkozik le kívülre a magasból, hogy a törésbe tett gerendát kívülről vaskapoccsal erősítse a falba.

Alulról puskatüzelés lobbanik el. A munkásokra golyózápor hull. S utána még sok puska tüze lobban és ropog.

A török puskák lángja két század hason fekvő janicsárt világít meg.

Sortűz felel nekik a falakról.

De a kőmíves aláhullt a külső mélységbe.

- Csak belül dolgozzatok! - hangzik a Pető szava.

S a munkások a tüfenkcsiknek meg-megújuló puskázása között dolgoznak tovább.

Éjfélkor a kapuőr kürtje szólal meg.

Dobó a puskaporos ládán ül. Fölkapja a fejét.

- No, itt a király levele - mondja Pető.

Valóban, öt perc nem telik bele, két lihegő, véres ember áll Dobó előtt.

Mind a kettő török ruhás. A kezükben lógó véres kard tanúsítja, hogy Eger várába nem könnyű bejutni.

- No - mondja Dobó -, szóljatok hát.

Varsányi az egyik, aki a múlt éjjel ment ki. A másik Vas Miklós, aki a királynak vitte el az Ahmed pasa levelét.

Varsányi zihál:

- Majd megöltek!

Vas Miklós hüvelybe taszítja a véres kardot, és leül a kőporos földre. Sárga csizma van a lábán. Lehúzza. Bicskát vesz elő. Fölfejti a talpát. Levél van benne. Nyújtja Dobónak.

És csak akkor bír megszólalni:

- Szemben voltam a püspökkel. Tiszteli szépen a nagyságos kapitány urat. A püspök úr maga vitte a levelet a királyhoz. Itt a felelet.

- A harmadikat megölték - mondja Varsányi.

- Micsoda harmadikat? - mordul rá Pető.

- Szűrszabó Istvánt, a mi katonánkat. Az is kiszorult a várból. Velünk akart visszajönni. Dárdával szúrták le itt a kapu előtt.

Nagyot lélegzett, és folytatta:

- Nem is gondoltuk, hogy itt is találunk törököt a kapuban. Ahogy ideérünk, megfújom a sípomat. Ahogy megfújom a sípomat, ránk esik ám tíz török is a kapu mellett. Csihi-puhi! Még szerencse, hogy sötét volt, meg hogy a kaput mindjárt kinyitották. Istvánt előttem szúrták le, alig bírtam beugrani.

Dobó ezalatt már feltörte a pecsétet, amely különben is porrá vált már a csizmában, és egy lámpáshoz hajolt. Olvasta a levelet.

Az arca egyre sötétebb. A két szemöldöke már egészen összeér. Mikor a végére jut a levélnek, egyet ránt a fején, és zsebre taszítja a levelet.

Pető szeretné megkérdezni, mit írt a király. Azonban Dobó sötét pillantást vet maga körül, s Varsányihoz fordul.

- Odaadtad a levelet Szalkay úrnak?

- Odaadtam, uram. Tiszteletét küldi. Egész délelőtt írt, és ahány levél, annyi lovas postát küldött széjjel még délelőtt.

- Van még valami mondanivalótok?

- Nekem nincs - mondja Vas Miklós. - A püspök úr igen kegyesen fogadott. Király őfelségénél is szívesen fogadott mindenki, de nekem vágás van a fejemen, szeretnék már a borbélyhoz menni.

- Pető fiam - mondotta Dobó -, el ne felejtsd holnap: mondd meg Sukánnak, hogy ennek a két emberemnek a nevét azok közé írja be, akiknek majd az ostrom után jutalmat kérünk a királytól.

- Uram - mondja a tarkóját vakarva Varsányi -, nekem még van jelentenivalóm.

Dobó ránézett.

- Hát az - folytatta Varsányi -, hogy Nagy Lukács kéreti nagyságodat, tartasson egynéhány fáklyást a főkapunál. Hazajönne az éjjel...

- Láncba veretem! - mordul meg haragosan Dobó. - Majd megtanítom én őt, mi a késedelem!

Egy puttonyos ember sietett föl mellettük a kőmívesvízzel. Dobó félreállt, s fölkiáltott a kőmíveseknek:

- Keresztbe azt a boronát, ne hosszába!

A *gerenda* neve volt akkor *borona*.

És Dobó ismét Varsányihoz fordult:

- Azt hiszi talán az a Lukács... No de csak kerüljön a szemem elé!

Varsányi az állát vakarta, és esennen nézett Dobóra:

- Igen bánkódik az, uram, hogy kiszorult. Nem is tud hova lenni bújában.

Dobó nyugtalanul járt fel és alá a lámpás alatt.

- Bolondság volna! Mit gondol az az ember? Különben akármit üzenget, a büntetést el nem kerüli. Még az éjjel vissza kell fordulnotok. Levelet visztek újra a püspökhöz, királyhoz. Vissza bírsz menni, Miklós?

Miklós kendőt tartott a fején. Fiatal arcán bal felől patakként csurgott a vér, s a kendője piros volt már a vértől.

  —   Vissza - felelte készségesen. - Akkor majd Szarvaskőn varratom be a fejemet.

—

14

A romlás napról napra terjed a falakon. Kőmívesmunkával már többen is foglalkoznak. Az őr is több éjszakánkint. Másnap, mikor újra megszólalnak a török ágyúk, tíz öl magasan föccsenik ki a habarcs a falakból, s az oda lőtt ágyúgolyó benn marad a falban örökre.

- Csak lőjetek! - kiáltja a vén Cecey. - Erősítsétek a falunkat vassal.

De a tizedik napon már berakatlan romlásokra is virrad a török. Nem bírták éjjel megjavítani valamennyit.

A második hét végén egy szűrös, vén paraszt jelentkezett a kapunál. Nem hevesi szűr volt rajta. De azért beeresztették.

Dobó a piacon fogadta. Tudta, hogy megint levelet küldtek.

- Hová való kend? - kérdezte haragosan.

- Csábrági lakos vagyok, uram.

- Mit keres itt?

- Hát... lisztet hoztam, uram, a töröknek.

- Mennyit?

- Hát... tizenhat szekérrel.

- Ki küldte kendet?

- A tiszttartó úr.

- Nem tiszttartó úr az, hanem alávaló pribék!

- Hát, uram... meg kellett hódolnunk. Nem akartunk úgy járni, mint a szomszéd.

- Ki az a szomszéd?

- Drégely vára, uram.

- Levelet hozott kend, ugye?

- Hát... azt hoztam vóna...

- A töröktől?

- Onnan, uram.

- Mondta-e kendnek a lelkiismerete, hogy bűnt cselekszik, mikor a levelet elhozza?

- Hát... tudom is én, mi van a levélben.

- Lehet-e jó abban, ami töröktől jön?

Az ember nem felelt.

- Tud-e kend olvasni?

- Nem.

Dobó az asszonyokhoz fordult.

- Hozzatok ki egy fazék parazsat.

Hoztak. Kifordították a földre.

Dobó rávetette a levelet.

- Fogjátok meg ezt a vén hazaárulót, és tartsátok a füstjébe. Szagold, hitvány, ha olvasni nem tudod!

Aztán kalodába verette, és ott hagyta a piacon: lássa a vár népe, hogyan jár, aki a töröktől levelet fogad el.

A jelenetnek tanúi voltak a hadnagyok is. A nép is odacsoportozott. Nevették és bámulták az embert, aki könnyezett a füsttől és elkeseredéstől.

- Látod, bibás! - mondotta neki a cigány. - Minek álltál be postásnak?

A levél hol vörös, hol fekete lemezekre bomlott a parázson. Mikor vörös volt, a betűsorok fekete cifraságokként jelentek meg rajta. Mikor meg elszenesedtek a lapok, akkor a betűk egy percig izzó vörösen kacskaringóztak rajtuk.

Gergely is ott állt.

Mikor a parasztember belépett a kapun, minden ágyú elhallgatott.

A török várta a választ.

- Kapitány uram - mondotta Gergely, mikor kiléptek a csoportból -, én akaratlanul is elolvastam egy sort a levélből.

- Minek olvastad el? - felelte Dobó vállat vonva. - Én nem olvastam el, mégis tudom.

- Hát nem volna érdemes róla beszélni - folytatta Gergely -, de hogy az az egy sor olyan igazi pogányos volt, nem állhattam meg, hogy kegyelmednek meg ne mondjam.

Dobó sem azt nem mondta, mondd; sem azt, hogy - ne mondd.

Hát Gergely folytatta:

- Ez volt a sor: *Vagy pedig kész-e a koporsód, Dobó István?*

Dobó hümmentett:

- Hát kész. S ha ezzel azt akarja kérdezni, hogy elkészültem-e a halálra, hát erre az egyre megfelelek neki.

Negyedóra múlva fekete koporsó jelent meg a várfalon. A két sarkánál, két vasláncon, két kopja tartotta. A vitézek letűzték a két kopja nyelét a kőrésekbe.

A török ágyúk erre újra megdördültek.

15

Szent Mihály-nap estéjén már körülbelül tizenöt nagy szakadék tátongott a falakon.

A külső vár falán volt a legtöbb. A másik nagy törés délkeleten, a szeglettoronynál. A harmadik és negyedik dél felől, ahol a kaput beszakították. A magas őrtornyot úgy összelövöldözték, főképpen derékon, hogy nem lehetett érteni, mi tartja, mért nem dől le.

A vár népe már nem győzte a tömést, faljavítást. Előre látható volt, hogy ha mindnyájan dolgoznak is, fele a rombolásoknak betöltetlen marad.

- De hát csak dolgozzunk, emberek!

Dobó éjfélkor felhívta a tisztjeit a templombástyára, és világító golyókat lövetett föl a magasba.

- Nézzétek - mondotta -, azok az erre vonuló földhányások, mint a vakondok, mikor néha a föld színe alatt túr, azok az árkok mind tele vannak törökkel.

A törökök valóban azon az éjjelen mind a falak közelébe húzódtak. Látni lehetett mindenfelé a közelben a janicsárok sárga-piros zászlóit, a sátorok között elnyúló ostromlétrákat és a zsákvászon janicsársátorokat, amelyekben tíz-húsz ember is hált. Az lett akkor már az ostromgyűrű belső vonala.

- Fiaim - mondotta Dobó -, ez azt jelenti, hogy holnap ostrom lesz. Háljon mindenki idekünn.

A romlásokba tarackokat és puskásokat állított. Az ágyúkat is a romlások irányába igazította. A falak mellé körös-körül oda volt támasztva minden kopja, lándzsa, bomba, csáklya, kasza, ami csak a várban fegyverkészlet volt.

S kezet nyújtott minden tisztjének.

- Fiaim - mondotta -, tudja már mindenitek a tennivalóját. Aludjatok, amennyit lehet. Az ostromot vissza kell vernünk.

Valami különös morajlás hallatszott ekkor a város felől.

A patak felőli kapunál Varsányinak a sípja szólal meg élesen.

- Kaput nyissatok! - kiáltja Dobó.

Növekvő zúgás lenn a városban. Lódobogás. Fegyverropogás, csattogás. Magyar kiáltozás:

- Kaput nyiss! Lukács jön!

A kapu őrsége Vajda János hadnagy. Ő mindjárt fáklyát gyújtat, s kitartatja. Hát ott törtet hosszú vonalban a Nagy Lukács csapata a piacon éjszakázó dzsebedzsiken keresztül-át a vár felé.

- Le a fáklyát! - kiáltja Vajda. - A kapu alá!

Mert rögtön látta, hogy jobb azoknak sötétben jönniük.

A hidat azonnal lebocsátották, s az orgonát is felvonták.

- Puskások, dárdások, mind a kapu köré!

A mi vitézeink egyik a másik után ugratnak be. Nyomukban tolong az üvöltöző török.

S véres dulakodás kezdődik a kapu alatt.

Egy mezítlábas piad macskaként fut fel a híd láncán. A szájában keresztbe fogott handzsár. Azt a fáklyatartó őr megpillantja. Egy percig farkasszemet néznek. Az őr aztán úgy vágja a pofájába a fáklya tüzes végét, hogy a török hanyatt esik vissza a sötétségbe.

A többi török ezalatt szakadatlanul *Allahu akbár*-t üvöltve, egymás hegyin-hátán verekedik be a kapu alatt.

- A hidat fel! - kiáltja Dobó.

A puskások lövése dörgi túl a hangját.

- A hidat nem lehet felhúzni! - harsogja le a kapus.

Látszik is, hogy tele van törökkel.

Gergely akkor ér oda. Elkapja a fáklyát egy őrtől, s a mozsárhoz törtet vele.

A következő pillanatban lángot okádva dördül el a mozsár, s utcát söpör a hídon rajzó törökök között.

A híd ropogva és nyikorogva emelkedik a taligakeréknyi csigákon. A törököket is emeli fölfelé.

Innen az orgona oszlopai hullanak le, túlnan a híd csapódik fel.

Valami ötven török reked benn a kapuközben. Azok dühösen forognak, csapkodnak mindenfelé, mígnem rakásra hullanak a lövéstől és a dárdaszúrásoktól.

Egynéhány perc múlva hörgő és vonagló emberdomb marad a sötét kapu alatt.

Dobó már a kapu előtt áll, a téren.

A fáklyavilágnál huszonkét süvegtelen lovas sorakozik vonalba előtte.

Egy vállas kis ember előlép, és megáll Dobó előtt.

- Jelentem alássan - mondja lihegve -, megérkeztem.

- Lukács fiam! - feleli megindultan Dobó. - Láncot érdemelsz a lábadra, gézengúz csavargó! Aranyláncot a nyakadra, derék, jó vitézem!

S megöleli, arcon csókolja a katonáját.

- Hát hogyan jöttetek be?

- Várnunk kellett, kapitány uram, míg annyi törököt tudtunk levágni, hogy mindenikünknek jusson egy turbán meg egy köpönyeg. Ki-kirontottunk Szarvaskőről, s ma este már csak két turbán hiányzott. Varsányi ideadta a sípját. És bejöhettünk volna gyöngyen, ha a piacon is lovasság van. De a gyalogság megneszelte, hogy nem hozzájuk tartozunk, aztán ránk támadtak.

- Kik hiányzanak?

A katonák egymásra tekingettek. Az éjjeli világosság csak a fél arcukat világította meg. Valamennyi vérzett. Ruhán, lovon egyaránt piroslott a vér.

- Gábor - hangzott a szó csendesen.

- Bicskei - hangzott megint.

- Balkányi...

- Soós Gyuri...

Dobónak a szeme megakadt egy leányhajú kis legényen, aki a sorban hátrahúzódva áll, s a lova nyaka mellé rejti az arcát.

- Balázs! - kiált rá szívdöbbenettel. - Te vagy?

A fiú előlép. Fél térdre ereszkedik. Dobó lábához teszi a kezében levő véres kardot, és lehajtja a fejét szótlanul.

Balogh Balázs volt, az ő legkisebb apródja.

16

Azon az éjszakán nyolcvan puskás híján minden katona alhatott. A falak mellett, szalmán és árkokban háltak. Rajtuk és mellettük a fegyver: kard, dárda.

Fenn a sövény mellett a puskásoknál a puska a falra fektetve, fölporozva, lövésre peckelve, ronggyal, csepűvel takarva, hogy harmat ne érje.

Minden tíz-húsz lépésnyire őr állott az alvók között. Az ágyúknál is, a tornyokban is. A város felől való oldalon álltak a legkevesebben.

Aki pedig nem volt katona, az mind fenn volt és dolgozott.

A kőmívesek mellé Dobó odarendelt minden parasztot, aki csak a várban volt, a mészárosokat, molnárokat, lakatosokat, ácsokat, a négy kovácsot, a két pecért, de még a cigányt is.

A törésekbe a leghosszabb szálfákat állíttatta be. Föld, deszka és homok s amennyi kő csak lehetett a sebes munka összevisszaságában, került a törésekre. A bedöntött kaput meg kell hordani földdel, kővel, homokkal, töltött hordóval. Mozsarat eléje, föléje; oldalt tarackot, szakállas ágyút, amennyi jut.

A tüfenkcsik mély árkokban állanak lent, és fel-feltüzelnek, valahányszor a munkások közül valaki a romlásban megjelenik. S kell, hogy megjelenjen, előtűnjön, akárhogyan takarják is a fellátást vesszőkasokkal.

A szeglettoronynál Bolyky Tamás tömeti az omladékot. Ott, hogy az omladék háromöles, a gerendákat kötelekkel, láncokkal szoríttatja össze a borsodi hadnagy. Bajos munka. Ki is kell néha fordulni, s lent a janicsárok mindannyiszor lőnek.

Hiába lőnek vissza rájuk, hiába szórnak le bombát, azok úgy elburkolták a helyüket földhányással és sövénnyel, hogy csak a hegye látszik ki a puskájuknak.

És hát a várbeliek lámpása világít nekik a célpontokhoz.

- Fel a gerendákat! - kiáltja Bolyky Tamás.

A parasztok ott állnak a gerendákkal, de azon az éjszakán közülük is hárman kerültek a sebesültek közé.

- Fel a gerendákat! - ismétli Bolyky Tamás.

A parasztok habozva állnak.

A hadnagy föllép a szakadék közepébe, s újra kiált:

- Mozduljatok hát! Ide! Ide!

S a gerendák sebesen szállnak fölfelé. Alul ropog a török fegyver. Fent ropog a kalapács, és zörög, csattog a lánc, amellyel összecsatolják a gerendákat.

- Ne féljetek! - kiáltja a borsodi hadnagy.

S nem mer félni senki.

Egy golyó elcsattan a hadnagy sisakján, s leüti róla a tolltartó ezüstöt.

- Gyorsan, gyorsan! - S megragad egy szálfát: hozzáláncolja a másik gerendához.

- Tamás! - kiáltja föl Mekcsey. - Gyere onnan!

Mert a golyó sűrűn kopog a tornyon, s lent egyre ropog a török puska.

- Azonnal - feleli Bolyky Tamás.

S még egy gerendáért hajol le, hogy fölsegítse.

Marad meghajoltan, mintha kővé vált volna.

- Tamás! - kiáltja Mekcsey megrendülve.

Tamás marad fél térden. A sisak lehull a fejéről, hosszú, szürke haja előreomlik.

Mekcsey fölrohan, s leöleli Tamást a romladék nyílásából. Fekteti a bástyafal belső szögletébe.

- Lámpást ide!

Bolyky Tamásnak viaszszínfehér az arca. A szakállán vér csordul végig, s csöpög a földön fehérlő mészporba.

- Tamás! - kiáltja Mekcsey. - Tudsz-e szólni?

S könnyezve néz reá.

- Tudok - rebegi Tamás. - Küzdjetek... a hazáért...

A várban szanaszét lámpások és szögre akasztott szurokfáklyák égtek. Dobó lóháton járt egyik töréstől a másikhoz.

Az Ókapu fölött álló torony aggasztotta leginkább. A török ágyúk a kaput is bezúzták, a tornyot is megrongálták. A dél felőli oldalon kifeketéllt belőle a csigalépcső, s annak is el volt törve négy foka.

A kaput csak be tudják rakni, de már a torony megépítésére nincs idő. Mi lesz, ha a tornyot holnap is lövik? Az a torony vigyázó- és puskázóhely a déli irányba. Ha ledől, nagy erőssége vész el a várnak.

Negyven jó puskás drabantot rendel oda. Ott kell hálniuk felporozott puskával, harcra készen.

- Aludjatok! - kiált fel hozzájuk. - Elég, ha két ember virraszt a külső ablakoknál!

S megfordította a lovát. A szeglettoronyhoz rúgtatott.

- Mi az itt? - kiáltotta. - Mért nem dolgoztok?

- Uram - mondja remegő hangon egy munkás -, ebben a percben lőtték el Bolyky hadnagy uramat.

A lépcsőn akkor hozták lefelé egy kőhordó saroglyán. A lába lelógott. Két keze kesztyűtlenül összekulcsoltan a mellvérten. Mekcsey a sisakját vitte utána.

- Meghalt? - kérdezte Dobó.

- Meg - felelte Mekcsey szomorún.

- Dolgozzatok tovább! - kiáltotta fel Dobó a bástyára.

S leszállott a lováról. Levette a süvegét. Hozzálépett a halotthoz, és szótlanul, búsan nézett reá.

- Isten veled, Bolyky Tamás. Állj meg az Isten előtt: mutass rá vérző sebedre, és mutass le erre a várra is.

Hajadonfővel, búsan nézett utánuk, míg csak a lámpás el nem tűnt az istállók szögleténél. Akkor ismét a lovára ült, és a másik töréshez sietett, a palota mögé.

Ott Zoltay egy nagy kötéltekerccsel bajlódott, hogy gerendát gerendához erősítve építse be a romlást. Ő maga is segített a kötelet húzni, s közben-közben rákiáltozott az emberekre:

- Ne féltsd a kötelet: nem kolbász! Fogd meg, Jancsi, az irgalmát! Úgy húzd, mintha a török császárt húznád akasztófára!

S a gerendák ropogva feszültek egymáshoz. Az ácsok fölverték a foglalóvasakat, s föld, kő és homok szaporán hullott, hogy töltse a rést, amelyet a török ágyúk szaggattak.

Dobó felszólt Zoltaynak:

- Gyere le!

Zoltay elengedte a kötelet, de még egyszer visszakiáltott:

- Vaskapcsot rá, mentül többet!

Dobó a vállára tette a kezét.

- Eredj aludni, fiam. Holnap erő kell!

- Csak még egypár hordót...

- Aludni takarodj! - dördült rá Dobó. - Egy! Kettő!

Zoltay a süvegéhez emelte a kezét, és szótlanul ellépett.

Dobó nem ismert ellentmondást.

Még Fügedyt és Petőt zavarta be Dobó, aztán maga is leszállt a palota előtt.

A lovát rábízta az ajtónálló őrre. Bement a szobájába.

A kis földszinti szoba, ahova az ágyúzás óta helyezkedett, zöld cserép függőlámpással volt megvilágítva. Az asztalon hideg hús, bor és kenyér. Dobó csak úgy állva fölvette a kenyeret, és tört belőle.

A szomszéd szobából ősz hajú, gyászruhás asszony nyitotta Dobóra az ajtót. A kezében gyertya.

Hogy Dobót meglátta, belépett a szobába.

Baloghné volt, a Balázs apród anyja.

A derék kis úriasszony a bent rekedéskor mindjárt beleilleszkedett a helyzetbe. A kulcsárné dolgát vette át, s ő főzött Dobónak, ő gondoskodott mindenről.

- Hogy van a fia? - kérdezte Dobó.

- Alszik már - felelte az asszony. - Hat seb is van rajta. A mellén, fején, karján. De kapitány úr, kegyelmed nappal nem eszik, éjjel nem alszik. Ez nem tarthat így tovább. Hogyha holnap se jön ebédelni, én magam hordom utána, ameddig el nem költi.

- Nem értem rá - felelte Dobó a poharát fölhörpintve. - Az ágyam meg van-e bontva?

- Három napja úgy van éjjel-nappal.

- No, akkor ma lefekszek. - (S valóban le is ült.) - Nincs nagy sérülés a fiún?

- Bizony a fején hosszú a vágás. A többit a bőrdolmánya valamennyire felfogta, hála Istennek. Minden tagját könnyen mozgatja.

- Feküdjön most már maga is, tekintetes asszony. Én is úgy cselekszek ma. Pihennem kell. Jó éjszakát.

A levegőbe nézett, és megint kilépett a szobából.

Az előszobában függött az éjjeli hosszú mentéje. Fölkapta, és a tömlöcbástyára sietett. Gergelyt ott találta, amint egy legénnyel nagy bőrzacskót vitetett felfelé.

- Mi az - szólt rá haragosan -, hát te ébren vagy? Nem megparancsoltam, hogy aludjál?!

- Már aludtam - felelte Gergely. - De eszembe jutott, hogy a harmat rászáll az ágyúkra. Száraz port hordatok mindenüvé.

Dobó leszólt a világító mozsárhoz:

- Tűz!

A mozsár sistergett és eldördült. A golyó lángot hányt a százölnyi magasban, és pattogott, és megvilágította a vár körületét.

A török tábor mozdulatlan a vár körül. Csak az őrök ülnek imitt-amott fülig begallérozottan a csapatok előtt

Dobó követte Bornemisszát a templombástyára, s nézte, hogyan fújja ki a nedves port a gyújtólyukakból, és hogyan hint mindenhova gondosan szárazat. Hogyan nézi meg, helyén áll-e a kanóc, a döröklőrúd, a porkanál, a golyó.

Dobó aztán ott maradt. Állt összefont karral a bástya ormán, a Baba ágyú mellett. S a körülötte hallgató nagy csöndességben fölemelte a szemét az égre.

Holdatlan, felhős ég. Csak egy kis tisztáson ragyog egynéhány fehér csillag. Dobó levette a süvegét, és térdre ereszkedett. Az égre emelte a szemét.

- Istenem! - mormolta, a kezét imádkozásra illesztve. - Te látod a mi kis romladozó várunkat s benne ezt a maroknyi, elszánt népet... A te nagy mindenségedben kicsi semmiség ez a földi világ. Ó, de minekünk ez a mindenségünk! Ha kell a mi életünk, vedd el uram, tőlünk! Hulljunk el, mint a fűszál a kaszás vágása alatt! Csak ez az ország maradjon meg... ez a kis Magyarország...

Az arca halvány volt. Szeméből kicsordult a könny. És könnyes arccal folytatta:

- Mária, Jézus anyja. Magyarország védő asszonya! A te képedet hordozzuk a zászlóinkon! A te nevedet milliók ajka énekli magyarul! Könyörögj érettünk!

És ismét folytatta:

- Szent István király! Nézz alá az égből! Nézd pusztuló országodat, veszendő nemzetedet! Nézd Egert, ahol még állnak a te templomod falai, és ahol még a te nyelveden, a te vallásodon dicséri a nép a Mindenhatót. Mozdulj meg mennyei sátorodban, Szent István király; ó, borulj az Isten lába elé! Isten, Isten! Legyen a szíved a miénk!

Az a kis tisztás az égen mintha az ég ablaka volna, s benne a csillagok fehér gyertyalángok...

Dobó megtörülte a szemét, s az ágyú fájára ült. Nézett mély gondban, mozdulatlanul a vár alatti sötétségbe.

A török tábor halk morajlással aludt. Százezer ember lélegzetétől remegett a levegő.

Dobó háttal az ágyúcsőre könyökölt. A feje egyre lejjebb kókadt. Végre a karjára hajlott: elaludt.

17

Az istállók táján egy éretlen, vékony kakaskikirikelés, nyomában egy vastag kukurikú. A fekete eget halványszürke szalag választja el kelet felől a domboktól.

Virrad.

Mintha a föld rögei mozdulnának lent. Széles messzeségben halk csörgés támad. Fekete hullámokként mozog a föld felszíne, s a csörgés, morajlás egyre hangosabb. Már egy-egy csengettyűszó is belekeveredik a csörgésbe, egy-egy halk sípszó is. A szürke szalag az éghatár alján egyre szélesebb, a feketeség az ég mennyezetén már átlátszó fátyol.

Már látni a zászlók mozgását odalenn. Már látni a turbánok csoportjait, az égnek meredő vékony létrákat, amelyek ide-oda imbolyogva közelednek a vár felé.

A keleti ég gyorsan világosodik. A szürkeség helyét rózsaszín foglalja el, s az oszladozó hideg homályból előmerednek már a vár tetőtlen tornyai és romlott falai.

- Uram - szólt Bornemissza.

S Dobó vállára tette a kezét.

Dobó fölserkent.

- Te vagy, Gergely?

Letekintett a hullámzó török sokaságra.

- Ébresztőt fúvass!

A bástyakürt megharsant. Nyolc kürt felelt azonnal reá. Fegyverek zördültek. Dobogás és emberszó hangzott egyszerre mindenfelé. A külső vár árkai is megelevenültek. A bástyákon és falakon felsorakozott a katonaság.

Dobó lóra pattant, s a virradat világosságánál vizsgálta, melyik részen, hogy állanak a török dandárok.

A paloták felől való oldalon állt a legtöbb.

- Amint a falra rohannak, a laptákat vessétek alá! - rendelte Dobó mindenütt.

Kristóf apród a piacon találkozott a kapitánnyal.

Szürke, kis török lovon ült, és sötétkék, meleg mente takarta.

- Uram - mondotta -, a páncélt kihozzam-e?

- Ne - felelte Dobó -, azonnal bemegyek.

De nem ment be. Amint a világosság percenként növekedett, egyik bástyától a másikhoz nyargalt, hogy lássa, mint készülnek.

- Csak a sűrűjére fogtok lőni! - mondotta a pattantyúsoknak. - A fő most a tüzes lapta meg a kopja.

Aztán ismét kiáltott:

- Addig a falakra ne hágjatok, míg a török az ágyúkat ki nem sütötte!

A lapták nagy gúlákban álltak a romlások közelében. Hetekig készültek azok. Bornemissza Gergely egy belső töltést is rakatott beléjük. A lapták azzal kétszeres erejűvé váltak. Először akkor sültek el, mikor levetették őket; másodszor mikor kiesett a magvuk. Azután percekig égő, nagy fehér szikrák szökelltek belőle széjjel, s akinek a ruhájára, arcára pattantak, bezzeg ugrott tőle.

A török olyat nem tudott gyártani.

Kristóf apród darabig várt a palota ajtaja előtt az urára, azután mikor látta, hogy az egyre sebesebben száguld egyik bástyától a másikhoz, bement a terembe, és kihozta, a lovára rakta a mellvértet, karvasat, combvasat, hóna alá fogta a sisakot, és a szeglettoronynál eléje került Dobónak.

Dobó csak úgy lóháton szedte magára a vasruhát. Kristóf lóháton ülve adta rá a mellvértet, a karvasat, a vaskesztyűket. Azután leugrott, s a lábvasakat szíjazta fel az urának. Végül az aranyos sisakot nyújtotta föl neki.

- A másikat hozd ki - felelte Dobó -, az acélsisakot.

Már akkor olyan világos volt, hogy lent a török csapatokat tisztán lehetett látni. A falak alatt, az árkokban ezernyi turbán és sisak hullámzott. De még csak álltak. A jelet várták, hogy az ostromot megkezdjék.

Nem sokáig kellett várniuk. Amint a világosság annyira megnőtt, hogy a rontások fokait, a kiálló köveket s gerendasorokat meg lehetett látni, a török táborban a müezzinek ájtatos ezánéneklése hangzott egyszerre száz helyen is a vár körül. A rengeteg tábor messze terjedő zörgéssel borult arcra, s emelkedett vissza térdre.

Mint mikor közelgő zivatar mormol, úgy mormolta a nagy pogány tábor az imádságot:

...Allah... prófétánk, Mohamed... bátorítsd meg a szívünket... Terjeszd ki győzhetetlen karjaidat... Dugd be tüzet okádó szereiknek torkát...
Változtasd ebekké a hitetlen eszteleneket, hogy egymást mardossák halálra... Küldj forgószelet földjükre, hogy szemük elteljen porral, s földhöz veressenek... Törd össze lábuknak csontját, hogy előttünk meg ne állhassanak... Szégyenítsd meg őket, dicsőséges prófétánk, hogy fölöttük tündökölhessünk, és a te országod örökké virágozzon!

S nagy zörgéssel fölpattantak.

- *Biszmillah!* (Isten nevében!)

A török ágyúk és a puskák egyszerre megdördülnek. A vár falai megrendülnek, töltések szerteszakadnak az odarobbanó temérdek ágyúgolyótól. A bástyák sövényére záporként hull a nyíl és a puskagolyó. A levegő puskaporbüdösséggel telik meg. Az eget-földet reszkető dörgésbe a dobok, kürtök, trombiták lármája, százezernyi török Allah-üvöltése vegyül.

Az árkokból sáskák sokaságaként ugrálnak elő az aszabok, janicsárok, delik, dzsebedzsik s mindenféle gyalogtörök. Az ostromlétráknak erdeje száll a megrombolt falak és bástyák felé, s a létrák mögül a nyilak zápora suhog magas ívekben a falakra.

És harsog a török tábori zenekar.

De fölülről is lezúdul a felelet. A lefelé irányzott ágyúk lángot, vasat, ólmot és üvegcserepet okádnak oda, ahol a legsűrűbben sokadzik a török. Százak borulnak vérbe, s ingadoznak, dőlnek. De százak tolongnak ugyanabban a percben az elesettek fölé.

A kénbűz gomolygó füstben terjedez a várban is.

Az ostromlétrák belecsattannak a kőbe, a vasba, a gerendába, és szinte futva emelkedik fölfelé a falakon a sokaság. A fejeken pajzs. Az egyik kézben szakállas lándzsa, a szájban keresztbe fogott görbe kard.

Huszonhét török zászló leng-lobog, vezeti a hadat a létrán fölfelé a paloták mögött, a romlásokon.

- *Allahu akbár! La iláha ill Allah! Ja kerim! Ja rahim! Ja fettah!* - viharzik szüntelen a bőszült ordítás.

- Falra! Falra! - hangzik fenn mindenfelől.

S a falak megnépesülnek. Csak most indul meg a bombahullás. Csak úgy kézzel dobálják alá a sistergő, aztán lángoló s végül durrogó bombákat. Ezernyi hulló-dörgő-pattogó villám. Rikoltások, ordítások, füst, durrogás, kénbűz. A létrák horogvasán csattog a szekerce, a csákány, a fejsze. Némelyik létrán húsz ember is kapaszkodik, mikor leszakad. Egymást törve zuhognak alá, s utcát csapnak a lent nyüzsgőkön. Azonban a helyükbe egy perc múlva új hulláma torlódik a fegyveres sokaságnak, s a felkapcsolt létrák mellé új létrák emelkednek. *Allah!*

A szegletbástyán, amelynek tegnap este óta Bolyky bástyája a neve, Gergely deák meg Zoltay rendelkezik.

Az ostrom vihara ott még erősebben zúg, mint a másik három törésnél. Mert a szakadék nagyobb. A feltörekvők is többen vannak.

A bombák százával verik le a mászókat, s oldalt is lőnek rájuk. De nem drága a töröknek semmi élet, mikor annyi van. Csak egyszer be tudjon törni tíz! A nyomában már egymást tolva, óriási folyamként dőlne be az egész had.

Hát ember kell a gátra!

A bombák már egy órája verik vissza a szakadatlanul fölfelé erőlködőket, de mindig marad létra és a létrán ember, s amint a nagy első létra megfeszül a kőben, a kisebb létrákat egymásnak adogatják fel, hogy a felső párkányra akasszák.

- Kapjátok fel a létrát! - kiáltja Gergely.

S a török nagy elképedésére nemhogy szaggatnák a létrát, hanem amint felnyújtogatják, odafenn szépen elkapják és felrántják.

Már valami öt létrát elrántottak tőlük, mikor egy sárgarézbe öltözött török úgy kapcsolja fel a magáét, hogy azonnal rá is nehezedik.

- Húzzátok! - kiállja Gergely.

S belelöki a létra fokai közé a kopjája végét. Feszíti.

- Segítsetek.

A létra híd gyanánt mered el a faltól. A végén lóg a sárgarezes török. A kezében bojtos, hosszú lándzsa. De hogy a levegőbe került, kiejti a pajzsot és lándzsát, s két kézzel kapaszkodik az alsó fokba.

Lóg a levegőben.

Alant a sereg üvöltöz.

Gergely szeretné berántani a törököt. Nincs idő rá. Egy prémes sapkájú aszab szökik fel a másik kis létrán, azzal kell elbánnia.

- Fordítsátok le! - kiáltja a létrát húzó négy legénynek.

S felkapja a kopját: vállon döfi az aszabot. Az aszab egy minutumot ingadozik, miközben a karját végigpirosítja a vére. Aztán hanyatt-homlok zuhan le, s magával sodor valami tízet a feltörekvőkből.

Ezalatt a legények is megfogadják a szót: egyet fordítanak a létrán. A rézpáncélos töröknek választania kell: a karficamodás vagy a levegőben való húszöles repülés között.

Az utóbbit választja.

Egy török dobos, aki cipóforma dobot zörget lenn, valami tízölnyire a faltól, éppen a fejére kapja a rézembert, s vele együtt terül a holtak közé.

De mi ez az ezrek között!

Egy krokodilusbőr pajzs emelkedik futva fölfelé. Alatta a törököt nem lehet látni. A sima pajzson elcsúszik a kopja hegye. A ravasz török bizonyára a sisakja hegyéhez kapcsolta a pajzs közepét. Akármerről szúrják, csak elbillen a pajzs, s levegőt szúr a kopja.

Gergely egy hoppra ott terem.

- Így kell azt!

A vastag végét fordítja előre a kopjának, s végigreccsent vele a krokodilus-törökön. A török fejjel hanyatlik vissza.

S eközben szüntelen hangzik az üvöltés:

- *Allahu akbár! Ja kerim! Ja fettah!*

Olykor magyarul is:

- Adjátok meg a várat!

- Nesze! - feleli Zoltay.

S rettentő csákányütéssel lyukaszt át pajzsot, sisakot és koponyát.

Ő a falszakadék túlsó végén csak csákánnyal dolgozik.

A fal derékig takarja. A kopjával való munkát a legényeinek engedte át. Ő maga ott áll egy gerendafal fölött, ahova könnyű létrát akasztani, s ahol létra létra mellett áll, és sűrűn nyüzsög fel a fegyveres sokaság.

Egy-két létrát eltöretett, de aztán nagyot kurjant:

- Csak a fejire, fiúk!

S ő maga is legelőbbre állt, hogy személyesen fogadja az érkezőket. A páncélja acélból való. A csákánya nyele olyan hosszú, mint a bot.

- Gyere csak, füstös, gyere, egyem azt a szép bornyúszájú pofádat! - biztat egy fekete képű szerecsent, aki nádból font, könnyű, kerek pajzzsal rúgtat fölfelé, s a pajzs mögül ki-kivillantja a szeme fehérét.

Amint egyölnyire ér, golyóként összeguborodva halad tovább. Az a szándéka, hogy a létra felső fokán hirtelen kirugódva, belevágja a lándzsát Zoltayba, s fenn teremjen az ormon.

Az egri pasaság annak van ígérve, aki elsőül tűzi ki a diadal zászlaját. Tudják ezt a várbeliek is.

Hát szökdécsel fölfelé a fekete párduc. A nyomában egy nagy szakállú dzsebedzsi tajtékzó szájjal üvölti az *Allahu akbár*-t. Az övszíjában hátul rövid nyelű, lófarkas zászló. A szájában keresztbe illeszti a széles, meztelen jatagánt.

- *Allahu akbár! Ja kerim! Ja rahim!*

Zoltay lerántja a sisakrostélyt. Éppen jókor. A szerecsen egyenesre rugódva döfi fel a lándzsát, s beletöri a hegyét a sisak álladzógombjába.

Abban a pillanatban rácsattan a csákány, s a szerecsen a létráról a levegőbe dőlve, fejjel hull alá.

Ott a szakállas, aki alatta volt. Annak nem lándzsa van a kezében, hanem láncra kötött, szöges buzogány. A buzogány feje láncon lóg.

Zoltay elkapja a fejét az ütéstől, s úgy vág vissza a csákánnyal, hogy a szakállas török keze eltörik, félrelettyen.

A török darabig fél kézen lógva ordít, de egy második ütés elnémítja. S a nagy test az élőket söpörve gördül le a létrán.

- Tisztelem a prófétádat! - kiáltja utána Zoltay.

A törökkel való beszéd meg van tiltva, de Zoltay a harc hevében megfeledkezik róla. Ő bizony nem bír anélkül harcolni, hogy egy-egy mondással ne kísérje minden ütését. A mellette küzdő legénység hevét nagyban fokozzák a rikkantásai.

- Üsd, fiam, János - kiáltja egynek oldalt -, üsd, mintha tüzes mennykő volnál! Puff! Ez se lesz egri basa!

- Mit vársz! - kiáltja a másiknak. - Talán azt várod, hogy megcsókoljon? Puff! Az apja irgalmát!

Aztán, hogy őeléje tolakodik ismét egy acélinges, turbános gureba, odakiált a mellette állóknak:

- Így tapintsatok rá!

A nyakát találta. A vér fölpreckel a falra, s a gureba oldalt forogva hull lefelé.

- Hullj a pokol fenekéig! - kiáltja utána.

A nap már kisütött, amennyire a várbeli ágyúk füstjétől látható. De olykor, hogy a szellő félrekapja a füstöt, látni, amint vakító csillogással özönlik a sok acélpajzsos, aranygombos, zászlókat hozó ellenség.

Dobó lóháton nyargal egyik ostromlott helyről a másikhoz. Itt ágyút irányoz, amott a sebesülteket hordatja. Tömet, lövést sürget. Kopját, lándzsát hordat oda, ahol a fegyver fogytán van. Biztat, dicsér, korhol. Két apródját minduntalan futtatja az álló sereghez, amellyel Mekcsey a belső várban rendelkezik.

- Száz embert a palotákhoz! Ötvenet a Bolyky-bástyára! Ötvenet az Ókapuhoz!

S a csapatok félórai harc után felváltódnak. Izzadtan, véresen, puskaportól büdösen, de lelkesülten vonulnak be pihenni a vár két kocsmája elé, s dicsekedve beszélik a még nem harcoltaknak a hőstetteiket.

Azok pedig égnek a harci vágytól. Mekcsey titkon maga is dühöng, hogy nem harcolhat, hanem ott kell ácsorognia a vár udvarán, s meg kell elégednie azzal, hogy a Dobó izenetére fel-felmozdít egy-egy csapatot, s biztató szóval látja el őket:

- A haza sorsa van a fegyvereteken!

S azok kipirult arccal, rohanva sietnek a zúgó zivatarba.

Már iszamosak az ostromlétrák a vértől. A létrák körületén bíborszínű a fal. Lent a halottak és haldoklók vonagoló, véres dombok. De lent új meg új ezrek hágnak üvöltve a halottakra. Szólnak a kürtök, ropognak a dobok, harsog a tábori zenekar, s a szakadatlan Allah-üvöltésbe belevegyül fent a harci rikoltás, lent a lóháton nyargalászó jaszaulok parancsosztó kiáltozása, az ágyúbömbölés, a puskadörgés, bombaropogás, paripák nyerítése, haldoklók hörgése, létrák recsegése.

- Gyere, basa, gyere! Püff!...

- Mondd meg a prófétádnak, hogy ezt Zoltay vágta! - hangzik a bástya füstfellegéből egy másik kiáltás.

Állati üvöltés és mozsárdörgés nyomja el a vitéz kiáltásait. De a körülötte nyüzsgő alakok és fegyverek gyors forgása láttatja, hogy a legénység ott keményen dolgozik.

A napot füst homályosítja el. A vár körülete is gomolygó füst, amelyből kikitündöklik egy-egy sisakos török hadtest, előbarnállik egy-egy sor puskaport hozott teve, s fel-fellobognak a zászlók és boncsokok.

Az Ókapu bástyájánál váltakozik a legtöbb ember. Pető Gáspár intézkedik ottan. Mázsás kőgolyókkal szaggatja ott a török a falat és palánkot, valahányszor a létrák erdeje megritkul.

A betömött kaput csáklyákkal és ásókkal rontja a török, s az orgona oszlopaiból már hármat kitört.

- Ötszáz! - kiáltja Dobó Kristófnak.

S Kristóf fordítja a lovát: száguld ötszáz emberért.

Ez csaknem az egész tartalék.

Mekcsey fölcsatolja a sisakját, s tizedmagával fut az Ókapunak. Ha betörnek, megkezdődik az ő munkája is: a belső vár védelme.

S a kapu alatt meg a kapu bástyáján úgy hull a török, mint a légy. A toronyból a mi puskásaink szaporán lövöldözve rogyasztják őket halomra. Pető Gáspár mennydörgő szava hangzik minduntalan:

- Utánam, fiúk! Ne hátrálj! Két kézzel, a teremtésit neki!

S ő maga immár derékig véresen üt, vág, hol karddal, hol csákánnyal, hol kopjával.

- Jézus, segíts!
- Allah! Allah!

Mikor meggyérül a létrák népe, *vizet! vizet!* kiáltozás hangzik mindenfelől. Az asszonyok ott hordják a vizet a bástya alatt korsókban és fakupákban.

Pető felkap egy fakupát. A sisakrostélyát feltaszítja. Iszik oly mohón, hogy kétfelől patakként csurog a páncéljára a víz; csurog tovább ki a páncélból a könyökén, térdén, sarkain, mint a kútcsőből. De ő nem törődik ezzel dühében és szomjában.

Ahogy leveszi a kupát a szájáról, látja, hogy egy török fenn ugrál a falon. Egyik kezében boncsokot tart. A másikkal vagdal veszettül. S utána fellükken a másik török fej meg a harmadik.

- Haj, az apátok irgalmát!

S berántja a törököt a lába szikkán fogva. Lehempereg vele a lépcsőn. Fogja a nyakát, mikor megakaszkodnak. Veri arcba a vaskesztyűs öklével.

Azután újra felugrik. Otthagyja a félig megfojtott törököt a lent forgolódó parasztnépnek. Ő maga visszahamarkodik a bástyára. Üt, vág gyors kézzel egy pillanatban hatfelé is.

- Allahu akbár!

Hemzseg a török a falon. Egy akindzsi már a toronyra is feljutott. Kitűzi a zászlót. Lenn viharos diadalordítás üdvözli a zászlót. Jézus, segíts! No nem leng az ott két percig se. Odarohanó vitézeink a további feltolakodókat agyalják. Egy rozsdás sisakú magyar vitéz már macskaként kúszik az akindzsi után az oromra. Megveti a sarkát egy kőben, s irtózatos csapást mér rá. Levágja a zászlós török karját úgy, hogy a kar a zászlóval együtt hull le a magasból.

- Ki vagy? - üvölti Pető örömmel a fal alatt.

A vitéz megfordul, és büszkén kiáltja vissza:

- Komlósi Antal.

A paloták felől nyargalva jön a kis Balázs apród. A fél feje be van kötve fehér kendővel. De azért csakúgy röpköd, mintha semmi baja se volna.

- A palotánál kiszakadt a tömés! - kiáltja.

- Száz embert! - feleli Dobó.

S míg a fiú Mekcseyhez nyargal, ő maga előrehajoltan száguld a palotákhoz.

A török kiszakította a tömést. A gerendák úgy állnak ki a falból, mint a sült halból a gerinc. A falon mászó török nép sűrűsége: mint a veres hangyáké. Dobó felugrik a fal tetejére. Egy török fejét kettéhasítja. Egyet lábbal rúg vissza le. És lekiált:

- Döntsétek ki a gerendát!

Addig befelé húzták csáklyákkal. Dobó szavára kifelé lódítják egyszerre.

A gerendák magukkal söprik létrástól az üvöltő pogányokat. Nagy lyuk tátong utána a falon. Mindegy: egy-két öllel feljebb vagy lejjebb, küzdeni kell a feltolakodók ellen.

A magyar zászlót leüti egy golyó a falról. Kihull a törökök közé. Íme, mire jó a nagy falszakadék: egy magyar katona kiugrik rajta, szembecsap egy törököt, s beragadja a zászlót, mielőtt hozzávághatnának.

- Látlak, fiam, Török László! - kiáltja örömmel Dobó.

Ágyúgolyó csap a falba, s kőporral veti tele a katonák szemét. Dobó előtt egy testes kis ember hanyatlik a falhoz, s dől el a fal hosszában. A sisak leesik a fejéről, s Dobó lábához gurul.

Dobó kitörli a szemét, s ránéz: András fekszik ott, az egri bíró. Kezében görcsösen szorítja a kardot. S a nyakából, mintha kioldódott nyakkendője volna, hosszú vonalban fut a vére.

De ím, mind a két apródja fut az Ókapu felől. Egy pillantás az Ókapu tornyára: ott leng a lófarkas török zászló, egy, kettő, öt, tíz is.

És a torony résein befelé ropog a puska. A janicsárok meg kívülről másszák a tornyot. Nagy, lengő, piros zászlót visz az egyik a foga között, hogy a torony ormára kitűzze.

A vár belsejében rémület morajlik át. A vár körül százezer török diadalüvöltése reszketteti meg a levegőt.

- *Allah! Ja kerim!*

A magyar arcok elsápadnak.

Dobó lóra ugrik, s a templombástyára nyargal. Az ágyúkat a torony derekának irányozza. S míg a janicsárok, valami háromszázan, diadallal rajzanak a tornyon, három ágyút egyszerre eldördít.

A torony meging. Nagy robbanással ledől. A mészpor fellegként csap fel az omladékból, s a kövekből csordul a török vér, mint szüreti sajtóból a bor.

A többi, aki betolongott a kapun meg a falakon, ez égszakadás-földindulásra rémülten fordít hátat, s nem telik belé öt perc, üresek ott az ostromlétrák.

Csak a holtak és haldoklók véres sokasága borítja kívül-belül az Ókaput és a környékét.

Délfelé a többi helyeken is megszűnik lassankint a harc. Ezrével hever a kormos-véres holt és sebesült török a falak alatt, s a levegő reszket a sebesültek szüntelen hangzó *ej vá!* és *meded!* kiáltozásától. Mint a birkabőgés.

A jaszauloknak nincs semmi hatalmuk többé, hogy aznapon rábírják a katonaságot a további ostromlásra.

De a vár piaca is tele van sebesültekkel.

A borbélyok és asszonyok ott forgolódnak valamennyien vizes tállal, gyolccsal, tépéssel, timsóval és árnikával a sebesültek körül.

Akinek keze vagy lába van ellőve, azt kapják először munkába. Bekötik úgy, ahogy tudják. A többinek egyelőre meg kell elégednie azzal, hogy az asszonyok mossák a sebüket. Nagyobb rész némán állja a szenvedést, s várja, míg sorra kerül. De némelyek keservesen nyögnek.

- Istenem, Istenem - sírja egy fiatal katona, Arany Mihály nevű egri puskás -, a fél szemem kilőtték.

S véres arcára szorítja égett szélű inge ujját.

Pető ott ül egy parasztszűrrel letakart szalmaszéken a többi között. A lábikráján akkora a seb, hogy tócsába gyűlik a szék alatt a vére.

- Ne óbégass, Miska! - kiált a katonára. - Inkább fél szemmel élj az egri várban, mintsem hogy két szemmel akasszon fel a török!

S a fogát összeszorítva állja, hogy a borbély árnikával mossa az iszonyú sebet a lábán.

A holtak ott hevernek már rendben a templom ajtajában. Véresek, rongyosak, kormosak, mozdulatlanok.

Dobó leszáll a lováról, és leveszi a sisakját, úgy megy végig könnyes szemmel köztük.

Az egri bíró is ott fekszik. Ősz haja be van pirosodva vérrel. Portól lepett, fekete csizmáján is látszik egy lövés vérfoltja. A két fia ott térdel mellette.

A katonák egy része ott ül füstösen, rongyosan, izzadtan, véresen a piacon. A két zászlótartó kétfelől.

Dobó odaszól Balázs apródnak:

- Hozd ide a város lobogóját!

S a város kék-vörös zászlóját leszakítja a nyeléről, s ráteríti az egri bíróra - szemfedőnek.

ÖTÖDIK RÉSZ

HOLDFOGYATKOZÁS

1

Szarvaskő kapitánya ott állt napestig a vára tornyában, és hallgatta, hogyan dörög az ágyú Eger felől.

Szarvaskőn szépen sütött az őszi nap. Az erdő alig egypár napja indult sárgulásnak, s hogy eddig mindennap esett az eső, s minden éjjel tiszta volt az ég, a fák alja és a patak mente újra kizöldült. Mintha nem is ősz volna, hanem tavasz.

Szarvaskő annyira van Egertől, mint Isaszeg Gödöllőtől vagy Siófoktól Füred a vízen át. Csakhogy hegyek között áll; hegy hegyen Felnémettől Gömörig, csak egy keskeny, kanyargó, mély út viszen odáig.

Mikor reggelenkint az ágyúk megdördültek, a felhő megsokasodott, megsötétedett az égen, s egy óra nem telt belé, hullt az eső. Néha szennyes eső is hullott. Odáig elvitte a szél a felhőbe belekeveredett füstöt, s mintha a mennybéli kéményseprők mosdóvizét öntenék alá, úgy bemocskolta olykor az eső a szarvaskői falakat, az udvart, a sziklákat és a várkapitány úr őszirózsáit.

Szarvaskő olyanféle kis vár, mint Drégely volt. Magas palakő sziklán épült. S mintha a feltornyosult sziklák tetejét faragták volna ki várnak, olybá tűnt fel annak, aki először látta. De hát kicsiny volt. Mindössze három ház fért el rajta, s udvara csak annyi, hogy egy kocsi megfordulhatott benne. Hát inkább vadászkastély volt az. Menedéknek csak abban az időben lehetett használni, mikor még az ágyút nem ismerték. Történetünk idejében már legfeljebb arra jó, hogy pihenője legyen az Egerbe vonuló csapatoknak, s hogy postaállomás legyen, mikor Egert ellenség szállja meg.

Ha Eger megdől, Szalkay Balázs uram lóra ülhet a maga negyvenkilenc katonájával, és mehet az északi megyékbe a rokonaihoz - hacsak úgy nem akar tenni, mint a haragos Szondi vagy mint Nyáry Lőrinc, a szolnoki kapitány, aki ennek a hónapnak a negyedikén egymaga állott ki a százezernyi török ellen a vár kapujába.

Hát ott állt a jó Szalkay Balázs a toronyban. Sarkig érő, vargányaszínű, galléros őszi mente volt rajta, s rókaprémes kucsma a fején. Aggodalommal meresztette nedves, kék szemét arra a magas hegyre, amely az Eger felé való látást elfödte előle. Egert nem láthatta, hát nézte a hegyet. Ha másfelé nézett volna, akkor is hegyet látott volna, mert a hegyek olyan közel vannak, hogy egy jó puskával akármelyik hegyoldalban legelő őzre rálőhetne.

A vár alatt egynéhány házacska s az Eger-patak. A patak mentén köves kocsiút.

Hát állt Szalkay uram a toronyban, és nézte a semmit.

Csöndesség környékezte. Nem csoda, hogy Balázs uram majdnem hanyatt is esett, mikor egyszerre a háta mögött álló őr belerikoltott a kürtjébe.

- Jönnek - mondja az őr mentegetődzve, mikor látja, hogy az ura megrettent a váratlan kürtszótól, s a kezét pofonra emeli.

- Bivaly - ordít reá Balázs úr -, mit kürtölsz a fülembe, ha itt vagyok! Tulok!
Lepillant a sziklákon fölkanyarodó ösvényre, hát két lovast lát maga alatt.
Úrfélék. A kisebbik talán apród. Messziről jöhetnek, mert mögöttük a
nyereg motyóval van megrakva. A vállukon kurta puska. Mind a kettőn
kengyelig érő mente.

- Ezek nem Egerből jönnek - tűnődik fennhangon Szalkay.

- Talán Vas Miklós - véli a toronyőr.

Kap az ura szaván, hogy az előbbi ostobaságot feledtesse. Azonban rossz
napja van: Balázs urat megint ellobbantja a bosszúság:

- Már hogy jönne Vas Miklós, te toklyó! Te bivalybornyú! Azt hiszed, hogy
annyira van Bécs, mint Apátfalva! Apád csutorája, te öszvér!

Mióta Egert vívta a török, mindig ingerült volt a jó ember. Most meg, hogy
a kürtszótól való megrettenését szégyellte a szolgája előtt, majd felfalta.

Az őr vörös volt röstelkedésében. Nem mert többé szólni. Szalkay uram
fogta a kardja markolatát, s leindult a csigalépcsőn, hogy megnézze, miféle
madár jött. Mert két nap óta mindig csak mentek innen. Jönni nem jött
senki.

A vár udvarán egy fiatal, merész tekintetű s halvány arcú legény állott. Se
bajusza, se szakálla. A két lovat mögötte az apródféle fiú fogta. A legény,
ahogy meglátta a gazdát, eléje ment. A süvegét nagy lendítéssel levette, s
meghajolt:

- Bornemissza egri főhadnagynak az öccse vagyok. A nevem János. Ez a fiú
meg Réz Miklós diák. A várban van az ő bátyja is.

Szalkay kezet nyújtott Bornemissza Jánosnak. A másiknak nem. Gyakorlott
szeme megismerte, hogy amaz nem úr.

- Isten hozott - mondotta. - A bátyádat nem ismerem. De ha találkozok
vele, megcsókolom. Kedves vendégem vagy.

És szíves kézmozdulattal intett az ajtó felé.

- Köszönöm - felelte az ifjú. - Nem vendégül jöttem, csak egypár kérdésre.
Azt szeretném tudni: mi a hír Egerben?

Szalkay vállat vont, és Eger felé intett:

- Hallhatod!

- Hallom, hogy ágyúznak.

- Már tizenkilencedik napja.

- Erős a vár?

Szalkay megint vállat vont:

- Erős a török is.

- Van elég katona?

- Ezerkilencszázharmincöten voltak tizedikén. Azóta folyton lövik őket.

- A király nem küldött segítséget?

- Eddig nem.

- A püspök?

- Az se.

- De várnak?

- Várni várnak. De ne beszéljünk olyan sokat, öcsém. Jer, és pihend ki a fáradtságodat. A lovadról látom, hogy kora hajnalban indultál.

Látszott Balázs úron, hogy az érkezettnek szapora kérdései ott a vár udvarán állva nem kedvesek neki. Ő maga is rég az asztalhoz kívánkozott már, és csak az ostrom morajlása tartotta odakünn. Az idő már délfelé jár, és még nem is reggelizett.

- Uram - mondotta a jövevény az ajtóban -, az a fiú, aki velem jött, teológus diák.

- Diák? Hát akkor... Hé, diák! - kiáltott félvállról.

Szobát adott a vendégeinek, s illatos mosdóvizet. (Varsányi hozott neki a török táborból holmi rózsaolajat. Azzal akart dicsekedni.)

Mikorra a vendégei bekerültek az ebédlőbe, már fel volt terítve, sőt a sült nyúl is ott párolgott az asztalon.

- Megint nyúl? - förmedt Balázs úr a szakácsasszonyra.

S hogy a két ifjú belépett, mentegetődzött:

- Mink most mindig nyúllal élünk. Az egri nyulak mind felhúzódtak errefelé a lárma elől.

Bornemissza, hogy levetette a mentéjét, testhez álló meggyszín kamukában jelent meg az ebédlőben. A diákon csak kenderszövetű ruha volt. Mind a kettőjük derekán egyforma szíjöv, s az övön hajlott magyar kard.

Az asztalon nem volt más evőszer, csak kanál. Abban az időben mindenki a maga késével evett. A villát csak kint a konyhában ismerték.

A két vendég is a derekához nyúlt. Ott függött mind a kettőnél a zsebkés. Az idősebbiké gyöngyházas nyelű, aranyos. A diáké csak afféle fejérvári fanyelű bicska.

- Szeretem én a nyulat - felelte Bornemissza János. - És ez remekül van megkészítve. Nálunk másképpen csinálják. Vajon az én bátyámról tud-e valamit, kapitány uram?

- Másképpen? - kérdezte Szalkay.

A nyúl iránt jobban érdeklődött.

- Másképpen - felelte Bornemissza János. - Nálunk borban mossák meg a nyulat, aztán egy kis vízzel teszik fel a tűzre. Kenyérszeletet is raknak belé, s azzal főzik. De vigyáznak rá, hogy a lé el ne sustorogjon. Mikor a lé forr, elveszik a tűzről, kiveszik a húst, és a levét megszűrik. Következik a megszűrt lébe a szegfű, a bors, a sáfrány meg a gyömbér. De vajon megtudjuk-e még ma, hogy a várban mi történt? Vajon az én szegény bátyám nem halt-e meg?

S a szeme könnybe lábadt.

- Hát ecetet nem tesztek hozzá? - kérdezte tovább Szalkay, anélkül hogy fölpillantana.

- Dehogynem, de csak a végén, mikor másodszor kerül a nyúl a lébe. Nekünk még ma Egerbe kell jutnunk.

Szalkay végig leszopta a nyúlcomb csontját, aztán koccintott a vendégeivel. Azok nem ittak bort.

- Hm - mondotta Szalkay.

Megtörülte a bajszát az asztalkendőbe, és rájuk nézett, s megint az mondta:

- Hm.

Darabig hallgatott. Egyszer aztán felkönyököl az asztalra, és megszólal:

- Az egri várba?

- Oda, oda - feleli színtelen arccal Bornemissza János. - Még ma este.

- Hm. Azt szeretném tudni: hogyan? Úgy-e, mint a madár? Vagy úgy, mint a kísértetek: kulcslyukon?

- Mint a vakondok, édes bátyám.

- Vakondok?

- A várnak föld alatti útjai is vannak.

- Föld alatti útjai?

A fejét rázta.

Bornemissza János a kebelébe nyúlt, és kivett egy pergamenlapot. Letette Szalkay elé.

- Ihol van: ezek a vörös vonalak.

- Tudom - biccentett Szalkay a rajzra pillantva. - Ezek ugyan itten itt vannak, de ottan nincsenek ám ott. Még Perényi idejében belőtték valamennyit.

- Belőtték?

- De be ám. Mikor Perényi kettészakította a Szent István király templomát, ráakadtak az alagutakra, s valamennyibe beleágyúztak. Beomlott mind. Nem magyar csinálta azokat az utakat. Magyar ember nem gondol szökésre, mikor várat épít.

- Bizonyos ez? - kérdezte a vendég.

- Olyan bizonyos, mint az, hogy itt ülünk.

- De hát teljességesen bizonyos? Honnan tudja kegyelmed, hogy olyan nagyon bizonyos?

Szalkay vállat vont.

- A Dobó követei hozzám járnak. A török táboron keresztül jönnek-mennek. A minap egyet le is szúrtak közülük. Ha volna csak egy út is, gondolod, hogy nem azon jönnének?

Az ifjú Bornemissza elgondolkodva hallgatott. Végre fölemelte a fejét.

- És mikor jön a követ, vagy mikor megy?

- Hát most is van kint kettő! Vas Miklós az egyik, Szabó Imre a másik. Bécsbe küldötte őket Dobó, a királyhoz.

- És mikor térnek vissza? Mikor mennek be a várba?

- Vas Miklós talán egy hét múlva, Szabó talán két hét múlva. Minden héten megy innen a követ.

A kérdező szemét elborította a könny. Sápadtan és könnyes szemmel nézett maga elé.

Szalkay felhörpintette a poharát. Megint hümmentett egyet. Aztán hátrahanyatlott a karosszékben, és a szeme szögletéből nézve szólt csöndesen:

- Hallod-e, te Bornemissza János! Úgy nem vagy te János, mint ahogy én nem vagyok Ábrahám. És úgy nem vagy te az öccse Bornemisszának, mint ahogy én nem vagyok az egri püspöknek. Asszony vagy te, húgom, akármilyen dolmány van is rajtad; az én szememet meg nem csalod!

- Bocsásson meg, Szalkay uram - felelte a jövevény fölkelve. - Nem azért titkoltam kegyelmed előtt, mintha meg akarnám téveszteni, hanem hogy engem ne tartóztasson az utamban. Én Bornemissza Gergelynek a felesége vagyok.

Szalkay fölkelt és meghajolt.

- Szolgálatára állok, húgomasszony.

- Köszönöm. Hát most már elmondom, mért jöttem. Az én jó uramnak van egy török talizmánja. Az, akié volt, ellopta a mi kisfiunkat, s idehozta Egerbe. Azt gondolta, hogy a talizmán az uramnál van. Nézze, ez az.

S az asszony a kebelébe nyúlt, és kivette a zsinóron függő, remek török gyűrűt.

Szalkay a gyűrűre bámult.

Az asszony folytatta:

- Darabig a soproni katonákkal kerestettem a törököt, de hogy azok nem találták, magam jöttem utána. A török babonás. Az a talizmán a mindene. Ha lehet, megöli az uramat. Ha nem lehet, megöli a fiamat. Hiszen ha az uramnál volna a gyűrű, akkor talán még beszélhetnének egymással. Az uram kiadná a gyűrűt, a török beadná a gyermeket.

Szalkay a fejét rázta:

- Kedves húgomasszony: az egriek megesküdtek, hogy a törökkel szót nem váltanak, semmiféle üzenetet tőlük el nem fogadnak. Aki pedig törökkel szól vagy velük üzenetet vált, az akár tiszt, akár közember, halál fia.

A fejét vakarva folytatta:

- Ha csak tegnap ért volna ide, húgomasszony. De ki tudja, bejutottak-e? Nagy Lukácsra gondolt a kapitány.

- Most már mindegy - felelte az asszony. - Nekem be kell jutnom még ma! Én nem esküdtem meg, hogy a törökkel nem beszélek.

- De hát hogyan gondolja? Hiszen csak nem verekednek át ketten a táboron?

- Álruhában megyünk.

- Ha álruhában mennek, a várból lövik agyon.

- Felkiáltunk.

- Akkor meg a váron kívül esnek a török kezébe. A kapuk be vannak ott rakva. Lehet, hogy ma már kővel is be vannak falazva.

- Hát a Dobó követe hogy megy be öt nap múlva?

- Életveszedelemmel. Az bizonyára tudja: melyik kapun várják. Annak van sípja, jelszava. Az tud törökül. Azt kell megvárniuk, ha éppen mindenképpen bele akarnak rohanni a veszedelembe.

- És ha én fehér kendővel megyek! Ha azt mondom, hogy egy Jumurdzsák nevű tisztet keresek?

- Kegyelmed szép és fiatal. Ha fiúnak nézik is, éppolyan értékes, mintha nőnek ismerik. Az első katona, aki megfogja, beköti a maga sátorába.

- De ha én egy tisztre hivatkozom.

- Kétszázezer ember van ott. Nem ismeri az mindenik névről is a tiszteket. Nem is egynyelvűek. Perzsák, arabok, egyiptomiak, kurdok, tatárok, szerbek, albánok, horvátok, görögök, örmények - ezerféle népség. A tisztjeiket is csak a maguk dandárjában ismerik név szerint. De az a név is nem a tiszteké, hanem maguk csinálják. Ha például nagy orrú a tiszt, akár Ahmed annak a neve, akár Hasszán, azt ők maguk között Nagyorrúnak vagy Elefántnak hívják. Ha veres hajú, akkor Mókus a neve vagy Vörösréz. Ha sovány és hosszú lábú, Gólyának mondják. És máseféleképpen. Mindenkinek az a neve ottan, amiről testileg legkönnyebben megismerhetők.

A nő lecsüggesztette a fejét.

- Hát tanácsoljon valamit, Szalkay bátyám.

- Az én tanácsom az, hogy várjunk meg egy bemenőt. Akár Vas Miklós lesz az, akár más, kegyelmed odaadja neki a gyűrűt, és az beviszi. Akkor Bornemissza uram majd kitalálja, hogyan beszéljen a törökkel.

Ez valóban bölcs tanács volt. De haj, a vergődő anyai szív nem ismeri a *majd* szót. Ő csak a gyilkot látja, amely a szerettei fölött lebeg. Az elé kell pajzsot tartania mielőbb!

Éva kiterjesztette a vár rajzát, és hosszan belemerült annak a szemlélésébe.

- Ha a várat még a magyarok bejövetele előtt építették - szólt aztán a fejét fölemelve -, a mostaniak nem is tudhatják, mi van alatta. Íme, itt van a templom, s innen ágazódik széjjel három föld alatti út. Ezeket csakugyan belőhették. De itt a negyedik út, ez a mostani palota alá viszen, s messze van a többitől. Ezt nem találhatták meg akkor, mikor a Sándor-bástyát építették. Vagy tudták, vagy nem. Hol ennek a bejárata, Miklós?

S a fiú elé tolta a papirost.

- A téglaégető kemencéknél - felelte a fiú egypercnyi szemlélet után.

- Van efféle ottan? - kérdezte az asszony Szalkayt.

- Van - felelte Szalkay. - Északkeletre van a vártól.

A fiú olvasta a mákszemnyi apró írást:

Északkeleten téglakemence. Lapos, kerek kő; diófától tíz lépés délre. Ez a bejárat.

- Van ott diófa? - kérdezte ismét az asszony.

- Én bizony nem emlékszem - felelte Szalkay. - Életemben egyszer jártam ott, még Perényi idejében.

- És a téglaégető messzire van a vártól?

- Nincs messzire. Negyedóra talán.

- Akkor ott is van török.
- Bizonyosan van. Ha egyéb nem, a had kísérő népe: a pásztorok s más effélék.
- Adhat valami török ruhát kegyelmed?
- Van.
- Deliköpönyege is van?
- Az is van, de csak egy. Hanem biz az végig van hasítva.
- Összevarrom - felelte az asszony. - Egyszer már utaztam delinek öltözötten. Nem gondoltam, hogy valaha hasznát látom.
Homlokát a tenyerén nyugasztva gondolkodott. Egyszer csak felpattant.
- Nem - mondotta -, nem maradok addig se, míg bevarrom a köpönyeget. Még így jobb lesz. Köszönöm a szíves vendéglátást.
S odanyújtotta a kezét a kapitánynak.
- De hát csak nem...
- Indulunk azonnal.
A kapitány fölkelt; és elállta az ajtót.
- Nem engedhetem! Ilyen vaktában belemenni a veszedelembe... Örökre vádolnám érte magamat.
Éva visszaroskadt a székére.
- Jól beszél - mondotta sóhajtva. - Másképpen kell mennünk. Valamit ki kell eszelnünk, hogy el ne fogjanak.
- Éppen ez az - felelte Balázs úr, szintén leülve. - Ha csak egy hajszálnyi lehetőség is mutatkozik, elbocsátom kegyelmedet.

2

Az egri vártól északkeletnek áll egy magas hegy, az Eged. Voltaképpen Szent Egid vagy Szent Egyed volna az igazi neve, de hogy az *Egyed* nevet be nem vette soha a magyar gyomor, ma is csak *Eged* annak a hegynek a neve. Annyira van az Egertől, mint a Szent Gellért-hegy Kőbányától. De sokkalta magasabb és testesebb.

Ha annak a hegynek az irányában valami erős kezű ember kilőne az egri várból egy lúdtollal szárnyazott nyilat, az a nyíl átrepülne azon a dombon, ahol a török ágyúk egyik falkája dörög, és abba a völgybe hullana, ahol a tábori gyülevész nép tartózkodik. A kereskedők, a lócsiszárok, a borbélyok, a dervisek, a kuruzslók, köszörűsök, szörbet- és halvéárulók, a kötéltáncosok, a rabszolga-kereskedők, zsibárusok, cigányok s más efféle népé most az a völgy. Onnan járnak nappal a táborba kalmárkodni, csereberélni, hulladékot lesni, népet mulattatni, kuruzsolni, lopni, csalni - szóval: *élni* - a katonák közé.

Október másodikán, a Szent Mihály-napi ostrom után harmadnapra egy fiatal deli érkezett oda a tárkányi erdő felől. Lóháton ült. Atilla, szűk nadrág, sárga bakancs és teveszőr köpönyeg volt rajta. Turbán helyett a delik szokása szerint a köpönyeg csuklyája födte a fejét. Az öve körül handzsárok. A vállán íj és puzdra. Egy megláncolt lábú magyar fiút hajtott maga előtt. A fiú meg egy ökröt. Ökör és fiú láthatóképpen a deli zsákmánya volt.

Azon a tájon szőlőültetvények vannak. A magyar nem szüretelt az idén. De tele is van a szőlő törökkel. Akármerre néz az ember, turbános vagy prémsapkás törökök bukdácsolnak a szőlők között.

Némelyik rákiált a fiatal delire:

- Hol szedted azt a gyönyörű zsákmányt?

De azok éppen akkor hajtják legdühösebben az ökröt. Nem felelnek.

A deli: Éva.

A rab: Miklós.

Őrök nincsenek arra. Vagy ha vannak is, azok is böngésznek a szőlőben. Minek az őr, ha nincs ellenség? Bornemisszáné feltartóztatás nélkül jut a téglaégető völgybe, ahol a szennyes és díszes sátorok összevisszasága, az ebek és cigánypurdék sokasága lármázza őket körül. Aztán a kereskedők áttörnek a népen.

- Hogy adod a fiút?
- Én adok érte ötven piasztert.
- Én adok érte hatvan gurust.
- Én hetvenet.
- Az ökörért adok húsz piasztert!
- Én harmincat.
- Negyvenet.

A deli nem áll szóba velük.

Dárdájával vigyáz hol az ökörre, hol a rabra. A rab kezében ostor pattog.

Lekanyarodnak a szőlőhegyről a téglakemencéhez. Ott még tarkább a világ képe. A téglákból a cigányság házakat hevenyészett. Tető helyett gallyal vagy ponyvával födte be. A kemencékben is tanyát vert egynéhány cigánycsalád. Sütnek, főznek, heverésznek az őszi napon.

A vén diófa áll és él. Alája valami lócsiszár telepedett. Éva csak a dél felé való tizedik lépést nézte. Ott van a lovak állása. Mellette a csiszár négyrúdú sátora, s kiírva reá török betűvel a *Korán*-ból vett idézet:

Fakri fakhiri. (Szegénységem büszkeségem.)

Mert a török kalmár sohasem a maga nevét írja a boltjára, hanem csak egy-két szót a *Korán*-ból.

Éva meglátta a követ. Valamikor malomkő volt az. Régen ott fekhetik. Úgy bele van süppedve a földbe, hogy csak a fél karéja áll ki. A közepéből magasra nőtt a fű, s rajta moha és kövirózsa vert tanyát.

Éva behajtotta az ökrét és rabját a lovak közé. A dárdáját beleszúrta a malomkő közepébe.

A kereskedő hajlongva jött elő.

- Hogy adod a rabot? - kérdezte a szakállát simogatva.

Éva játszotta a némát. Az ajkára mutatott, és nemet intett.

A néma katona nem ritkaság. Ha néma is valaki, és szakálla, bajusza sincs, a török egyszerre megérti, hogy olyanféle istenteremtése áll előtte, aki mikor nem deli, az a kenyérkeresete, hogy abból él, amije nincsen.

Hát a görög beszélt:

- *Otuz gurus.* (Harminc piaszter.)

Éva intett, hogy csak az ökör eladó.

A görög megnézte az ökröt elöl-hátul. Megbecsülte egy emelő mozdulattal a szügyét, s új árat kínált:

- *Jirmi gurus.* (Húsz piaszter.)

Éva a fejét rázta.

A kereskedő harminc, harmincöt piasztert ígért.

Éva ezalatt leült a kőre, s a lába szárát fájdalmasan tapogatta. Nyers hús volt odakötve. Át is ütődött a leve a kék posztón.

Mikor a görög harmincöt piasztert ígért, Éva jelekkel és dárdaheggyel mutatta, hogy sátor kellene neki, mégpedig azon a helyen.

A görög látta, hogy a deli sebesült, halavány, és halálosan fáradt. Megértette, hogy a deli át akarja pihenni az ostrom hátralevő részét. Három-négy rongyosnál rongyosabb sátort is hozatott elő a szolgájával.

- Tessék választani.

Éva kiválasztotta a legnagyobbat, amelyik a legfoltosabb volt, s rámutatott az ökörre, hogy elvihető. A kereskedő kevesellte érte az ökröt. Éva odaadta a lovát is, de megértette, hogy a sátort felállítottan kívánja átvenni.

A kereskedő beleegyezett. Két szerecsen szolgájával kifeszíttette a sátort Éva fölé.

No, ez simán csúszott.

- Az Isten segít bennünket! - susogta Éva, mikor Miklóssal a sátor belsejében magára maradt.

Mármost csak az volt a kérdés: hogyan és mikor emeljék el a követ? Csak rudat kell még valahogy szerezniük. Azt beleállítják a malomkő lyukába, s felbillentik a követ.

Rudat szerezni pedig nem is olyan nehéz. Csak a lovak korlátfájából kell egyet elvenniük. Éjjel megcselekszik.

Az ágyú szakadatlanul dörgött a dombon túl, és sűrűn pukkogtak közbe a várbeli vékony szakállas ágyúk. A füst bűze is odaverődött néha. A lombok között a várnak egy tornyát is látták. Romlott volt már, mint az egérrágta gyertya, de ők mégis örömmel nézték. Azt a helyet mutatta a torony, ahova eljutnak még ezen az éjszakán.

A mindenféle nép ott zsibongott körülöttük. Olykor katonák is jelentek meg köztük. Többnyire lovat vettek, vagy a kuruzslókat keresték. A cigány talizmánoknak is nagy volt a kelete. Nemigen bíztak bennük, de azért vették. Egy szőrös mellű aszab mellén koszorúként függött a sok talizmán.

Éva végigdőlt a köpönyegén.

- Mit gondol, Miklós: nem lehetne-e nekem a fiamat megkeresnem? Ahogy idáig eljutottam, beljebb is eljuthatok.

- Már megint ezen töprenkedik a tekintetes asszony?

- Nem tartóztat fel senki ebben a ruhában. Megkereshetem,

megtalálhatom a seregben is. Eléje állok Jumurdzsáknak, és azt mondom neki: Itt a gyűrű, add ide a fiamat!

- Erre ő elveszi a gyűrűt, és nem adja ki a fiút.

- Ó, istentelen vadállat!

- Hiszen ha nem az volna... De ha becsületes volna is, mi lenne, ha a táborban valamelyik tiszt parancsot kiáltana kegyelmednek? Lehetnek olyan csapatok, amelyek közé delinek nem szabad keverednie. Az ágyúk környéke is bizonnyal olyan tilalmas hely. Mindjárt megösmernék, hogy kegyelmed idegen a táborban.

- Elfognának...

- S ha nem fognák is el, Jumurdzsák ki nem eresztené a markából.

Éva sóhajtott. Kibontotta a tarisznyáját. Kenyeret és hideg csirkét vett elő. Kirakta a malomkőre.

- Együnk, Miklós.

Végre alkonyodott. Az ágyúdörgés megszűnt. A sötétségben csakhamar aludni tért mindenki.

Éva egy tekercs gyertyát vett elő a tarisznyából. Tüzes taplóval meggyújtották.

Éjféltájban Miklós kilopódzott a sátorból, s néhány perc múlva egy karnyi vastag rúddal tért vissza.

Beledugták a malomkőbe. Elmozdították a követ.

A kő alatt nem volt más, csak a nedves, fekete agyagföld meg egypár fekete bogár.

Éva odatoppantott a lábával a kő helyére.

A toppantás kérdés volt a földhöz: üres vagy-e?

A föld tompán dobbant: üres vagyok.

Éva a tarisznyából ásót vett elő. Rászorította a dárdája nyelére, és ásott. Miklós kézzel kaparta a földet.

A második arasznyi mélységben az ásó deszkára koppant.

Erős és vastag tölgyfa deszka volt az, de már korhadt. Kiásták, kiemelték. Azon alul már ott tátongott egy emberderéknyi vastagságú, sötét kőlyuk.

Valami tíz kis lépcsőn kellett lemenniük. A lyuk ottan kiszélesedett. Rakott volt, mint a pince. Állva lehetett benne járni.

A levegő nehéz volt. Az alagút sötét. A falakat itt-ott a salétrom fehér virága foltozta be. A kövek nyirkos hideget leheltek.

Miklós ment elöl. Vitte a gyertyát. Olykor bokáig érő vízben jártak, olykor kőbe akadtak, amely a boltozattól vált el.

Olyankor Miklós hátraszólt:

- Vigyázzon: kő van az útban.

A föld néhol dobogott a lépéseik alatt. Ott bizonyosan másik alagút is van. Micsoda nép építhette? Még akkor nem írtak történelmet, mikor a vár épült. Ki tudja, micsoda népfajok éltek már ezen a földön mielőttünk?

Miklós ismét visszaszólt:

- Vigyázzunk: hajolni kell!

Az út még jó ideig lejtős volt, a boltozat egyre alacsonyodott, aztán az út emelkedett, de a boltozat nem.

Miklós már négykézláb ment. Éva megállt.

- Menjen csak előbbre, Miklós - mondotta. - Ha az alagút betömődött, vissza kell térnünk az ásóért.

Miklós továbbmászott. A gyertyafény egyre keskenyedett, végre eltűnt. Éva magára maradt a sötétségben.

Letérdelt, és imádkozott:

- Ó, én Istenem... szegény bolyongó lelkemnek atyja! Látsz-e engemet itt e vak mélységben is?... Csak egypár lépés választ el az én Gergelyemtől... Azért adtál-e össze minket, hogy ily szerencsétlen módon legyünk eltépve egymástól?... Hozzád fordítom arcomat, remegő szívemet... Istenem, itt az ellenség lába alatt, a föld fekete mélységében kérlek: engedj hozzájutnom!

A fény ismét megjelent. Csakhamar Miklós is előbukkant. Hason csúszott, aztán meggörnyedve jött elő a sötétségből.

- Az alagút húszlépésnyire szűkül, aztán megint tágas tíz lépésen át. Ott az út kétfelé válik. De mind a kettő be van omolva.

- Menjen vissza az ásóért, Miklós. Ásnunk kell reggelig. De minden órában meg kell jelennie, Miklós, a sátor előtt, hogy gyanút ne keltsünk.

A fiú szótlanul engedelmeskedett.

- Ha az uramhoz jutok, Miklós - mondotta Éva -, meg fogjuk hálálni a maga jóságát. Az uramat Dobó öccseként szereti. Beszerzi magát íródeáknak Dobó mellé.

- Nem fogadom el - felelte Miklós. - A gyermek az én hibámból veszett el, az én segítségemmel kell megkerülnie. Mihelyst megkerül, fogom a vándorbotot, s megyek az iskolába.

Szegény jó Miklós, te! Nem mégy te az iskolába többé soha!

3

A Szent Mihály-napi ostrom délig tartott. Délután hűlt az ágyú mind a két részen. A várban a *Circumdederunt* zsoltár hangzott el. Lent a vár körül a tábori dervisek és papok szedték szekerekre a holtakat meg azokat a sebesülteket, akik a maguk erejéből nem bírtak továbbmozdulni.

A vár kívül-belül feketéllett a vértől. A bástyákon és az ostrom négy helyén az asszonyok hamut és kőport hintettek a vértócsákra. A szeglettoronnyal leomlott janicsárokat a várbeli hóhér dobálta le. Zászlóikat behordták a lovagterembe. Fegyvereiket odaszórták a katonáknak: kinek mi tetszik, válogathat belőle ingyen.

Minden janicsárnak a ruhájában, övében vagy süvegében találtak pénzt. Ezüstöt, rezet, olykor aranyat is. Nem sokat. Azt a vár ládájába, pecsétes zacskóba tették. Az ostrom után szét fogják osztani.

Azokat a katonákat, akik legkevesebb ideig küzdöttek, Dobó mindjárt ebéd után a falak javítására rendelte. Legelsőbben is a ledöntött torony köveit hordták el. Estig húzgálták a kövek közül az odasajtolt török halottakat.

Még a gyermekeknek is osztott Dobó dolgot.

- Szedjétek össze, gyerekek, az ágyúgolyót, ami szanaszét hever. Hordjátok a nagyját a nagy ágyúk alá, az apraját a kis ágyúk alá a bástyák aljába!

Azon az éjjelen Hegedüs hadnagy künn hált a Sándor-bástyán Gergellyel.

Az éj hűvös volt. A hold széles sarlója fehéren ragyogott a csillagok között. Gergely egy boltozat alá szalmazsákot hozatott magának és két hadnagytársának. A boltozat előtt tűz égett.

És amint ott feküsznek a tűz langyos leheletében, megszólal Hegedüs:

- Te tudós ember vagy, Gergely. Én is papnak készültem, de elcsaptak. Negyven törököt vertem le ma evvel az egy kezemmel. Közöttük volt egy, amelyik kétszer rám csapott. Hát nem mondhatod azt, hogy nincs bennem bátorság.

Gergely fáradt volt, álmos volt. De a Hegedüs hangja oly szokatlanul rezgett.

Ránézett.

A hadnagy ült a szalmazsákon. A tűz megvilágította az arcát, bokáig érő kék köpönyegét.

Folytatta:

- Mégis sokszor eltűnődöm, hogy az ember csak ember, akár le van borotválva a feje, akár nincs. És hát mink tulajdonképpen gyilkolunk.

- Hát bizony... - dünnyögte Gergely álmosan.

- És azok is ölnek minket.

- Persze hogy ölnek. Ha azok fegyver helyett csutorával másznának a falra, mink is csutorával fogadnánk őket. Bor folyna vér helyett.

- Ez tiszta sor - felelte Hegedüs.

Egyet nyelt, és oldalt nézett a tűzbe, mint aki habozik, hogy szóljon-e vagy se. Végre azt mondja:

- Mi a bátorság?

- Az imént mondtad, hogy magad levertél negyven törököt, s te kérdezed-e, mi a bátorság? Feküdj, aludj! Te is fáradt vagy.

Hegedüs vállat vont.

- Ha egy olyan okos ember volna közöttünk, akinek annyi esze volna, mint nekünk mindnyájunknak, vagy mondjuk, annyi esze volna, mint minden embernek egybefogva a világon, azt hiszem, az nem volna bátor.

Ránézett Gergelyre. A tűzfény Gergelynek szembe sütött, neki csak az arca kidudorodó csontjait vonalazta körül.

Mit akart ezzel mondani?

Gergely behunyta a szemét, s álmosan felelte:

- Sőt éppen az volna a legbátrabb. Miről gondolod, hogy nem volna bátor?

- Arról, hogy jobban meg tudná becsülni az életnek az értékét. Mert hogy mink itt vagyunk ezen a földön, az bizonyos, de hogyha fejünket veszi a török, nem bizonyos, hogy élünk-e tovább. Ami megvan, azt az olyan nagy eszű ember nem veti el olyan könnyen magától csupán azért, hogy azt mondják: derék ember volt!

Gergely ásított. Felelt:

- Csak a közepes elme ragaszkodik az élethez. A gyönge elméjű ember azért bátor, mert nem érti a halált. Az erős elméjű ember meg azért bátor, mert érti.

- A halált?

Gergely felkönyökölt.

- Azt. A gyönge elméjű ember állati életet él. Az állat nem ismeri a halált. Nézd a tyúkot például: mennyire védi a csirkéit! Mihelyt azonban felfordul a csirke, sajnálkozás nélkül otthagyja. Ha úgy értené a halált, mint a középrendű ember, ugye hogy sajnálná, siratná? Tudná, hogy a gyermeke elvesztette az életét. De akinek a halálról nincsen fogalma, annak az életről sincsen. És most nézzük az erős elméjű embert. Az meg éppen azért bátor, mert érzi, hogy a test nem mindene. Azt érzi, hogy ő inkább lélek, mint test. Minél lelkibb az ember, annál kisebb érték neki a test. A hősök, a világtörténelem nagy hősei mind lelki emberek voltak. Mind egy szálig. No de most már aludjunk.

Mégis, hogy megnyugtassa Hegedüst, elgondolkodva folytatta:

- Hogy hol voltunk, mielőtt éltünk volna, hová leszünk, mikor már nem élünk, azt ebben a földi testben nem tudjuk. De mi is lenne belőlünk, ha tudnánk? Hiszen akkor nem a mostani dolgokról gondolkoznánk, hanem arról, hogy ez meg az az ismerősünk mit csinál a másvilágon, meg hogy ott azok az ügyek, amelyeknek a folyásában voltunk, hogy folynak tovább.

- Jó, jó - felelte Hegedüs -, a papoktól sokszor hallok ilyenféle beszédet. De ennek a földi életnek bizonyára van értéke, s nem arra való, hogy egy-egy gyöttment pogánynak legyen kit levágnia.

A tűz pattogva égett, s arannyá változtatta a szalmazsák mellett heverő vérteket és kardokat. Gergelynek egy bőrpajzs volt a párnája. Visszadőlt, és álmosan felelte:

- Bolondokat beszélsz, jó Hegedüs. Az állati ember vakon cselekszi néha a jót, az értelmi ember mindig tudva. Tudod te azt, hogy nagy és szent dolog a haza védelme, éppolyan, mint mikor az édesanyját védi a gyermeke.

S a köpönyeget a fülére vonta.

- Hol van az megírva, melyik törvényben, hogy védje valaki az anyját; ha kell, az élete árán is? Az állat bizony nem is védi. De az ember, a legbutább éppúgy, mint a legértelmesebb, nekirohan az anyja megtámadójának, s ha meghal is, érzi, hogy másképp nem cselekedhetett.

S álmos hangon folytatta:

- Isteni törvény mozgatja néha az akaratot. A szeretet isteni törvény. Az anyaszeretet, a hazaszeretet egy. A lelket nem ölheti meg a török. No de, a Ponciusodat, engedj már aludnom! Ilyenkor filozofálsz? Mindjárt hozzád vágom ezt a rossz pajzsot.

Hegedüs nem szólt többet. Ő is végigdőlt az ágyon. A várban nem hallatszott más, csak az őrök egyforma sétálása meg az egyik malom csöndes morgása, s a ló dobogó lépései, amint a malmot hajtotta.

Másnap reggel nem szólt az ágyú. A török földsáncok mögött azonban zsibajgott a tábor.

- A török megint levelet ír - mondotta Dobó.

Egy ív fehér papiros volt a kezében. Megfúvatta a gyülekezőjelet. A pihenő katonák két perc múlva ott álltak hadirendben.

Dobó szólott:

- Vitézek! Azért hívattalak benneteket össze, hogy megdicsérjelek. A vár első ostromát olyan keményen vertétek vissza, ahogyan magyar katonákhoz illett. Nem láttam köztetek gyávát egyet se. Megérdemlitek a hősi nevet! A török eltakarodása után magam megyek fel király őfelségéhez, és magam kérek nektek jutalmat. De addig is, míg ezt megtehetem, van köztetek négy ember, akinek a vár csekély pénzéből jutalmat kell adnom. Álljon elő Bakocsai István, Török László, Komlósi Antal, Soncy Szaniszló.

A négy vitéz kilépett a sorból, és Dobó elé állott. Mind a négynek be volt a feje kötve.

Dobó folytatta:

- A külső vár falára felhatolt az ellenség, és kitűzte az első zászlót. Bakocsai István közvitéz egymaga rohant a janicsárok dandárja közé. Kitekerte a zászlót a török kezéből, és vissza ledobta. Addig is, míg a királyi jutalmat megkapja, tizedessé emelem, s ötven dénárt és egy öltözet új ruhát kap.

Sukán számtartó beleolvasta az ötven dénárt a vitéznek a markába.

Dobó folytatta:

- A vár zászlaját a fallal együtt ágyúgolyó sodorta le. Kiesett a törökök közé. Török László egymaga kiugrott a résen, és visszahozta. Addig is, míg a királyi jutalom elkövetkezik, kap a vár pénzéből egy forintot és egy öltözet purgomál-posztó ruhát.

A vitéz diadalmasan pillantott körül. Sukán a jutalmat a markába olvasta.

Dobó folytatta:

- Az Ókapunál is kitűztek egy zászlót; Komlósi Antal a falra rohant, s a török jobb kezével együtt levágta. Addig is, míg királyi jutalomra ajánlhatom, két forintot kap és egy öltözet ruhát.

A negyedik vitéz volt még hátra.

- Soncy Szaniszló - mondotta Dobó -, mikor a tömés kiszakadt, és százával dőlt volna befelé a török, te egymagad ugrottál oda, és nem nézve, hányan vannak, agyba-főbe verted a betolakodókat, mígnem segítség érkezett. Jutalmad a királyén kívül most még csak két rőf stamet-posztó és egy forint.

A posztónak abban az időben nagy ára volt, s mivelhogy egyenruhát a katonák nem viseltek, egy öltözet posztóruha bizony egész életre elszolgált. Ami meg a pénzt illeti, azt nézzük, hogy Dobónak a főkapitányi egész fizetése hatszáz forint volt, s hogy amit ő a vár pénzének emlegetett, azon az ő erszényét kell érteni.

Dobó még azt mondta:

- Nem a vitézségtekhez szabtam ezt a jutalmat, hanem a vár erszényéhez. Kívületek sokan vannak a seregben, akik szintén hőstetteket cselekedtek. Magam láttam, hogy egynémelyik ötven törököt is agyonvert. Hogy többet ne említsek, itt van Nagy Lukács meg a serege. Tudjátok, mit cselekedett! Most hát értsétek meg: csak a legislegkiválóbbakat akartam megdicsérni, akik az életüket a hazáért a bizonyos halál veszedelmében forgatták.

A kapu felől kürt szólalt meg, s rá egy percre egy idegen parasztember ballagott a piacon Dobó felé.

A kezében levél volt.

- Menjetek a dolgotokra - mondotta Dobó a katonáinak.

Egy szót szólt még Mekcseynek, s mikor a parasztember hozzáért, megvetéssel pillantott rajta végig. Lóra ült. Ellovagolt.

A parasztot a tisztek fogadták.

A levelet, anélkül hogy elolvasták volna, kétfelé szakították. Felét a tűzre dobták, felét a szájába nyomták:

- Edd meg, amit hoztál, kutya!

Azután ő is bekerült a tömlöcbe, s gondolkozhatott arról, hogy nem jó a töröknek szolgálni semmiképpen se.

Sári Andrásnak hívták azt az ember. Fejérvárról hozta magával a török.

Egy óra hosszáig várt a pogány had, hogy kijön-e az ember megint a kapun vagy sem. Mikor látták, hogy az egriek nem leveleznek, újra megdördült minden ágyújuk a falak körül. S a vár alatt ásott árkok megteltek török harcosokkal.

De míg eddig csak az Allah-kiáltások s gúnyos megjegyzések hangzottak a török táborból, most minden oldalon magyar szó hangzott:

- Adjátok meg magatokat! Csúfos végetek lesz, ha nem engedtek!

Másik hang:

- Azt gondoljátok, mindig visszaverhetitek az ostromot? Ez csak próba volt! A csecsemőnek se kegyelmezünk!

Ismét másik:

- Hagyjátok ott Dobót! Dobó bolond! Ha meg akar halni, haljon meg maga! Aki kijön a várkapun, semmi bántódása nem lesz! Elviheti magával pénzét, fegyverét!

- Aki ki akar jönni, csak fehér kendőt tűzzön a dárdájára! - ordította fel az árokból egy hegyes sisakú szpáhi.

- Ezer aranyat kap, aki bennünket beereszt! - kiáltotta egy strucctollas janicsáraga.

Erre valami hárman rálőttek, de ő idejében lebukott.

- Dobó megbolondult! - hangzott ismét másik oldalról a kiáltás. - Ti ne legyetek bolondok! Az első, aki kijön a várból, száz aranyat kap, az utána való húsz kijövő tíz-tíz aranyat, s békén elmehettek!

A magyarul tudó öreg katonák kiáltoztak így az ellenséges táborból. De kiáltoztak tótul is, németül is, spanyolul, olaszul is.

A várbeliek pedig nem feleltek nekik se magyarul, se tótul, se németül, se spanyolul, se pedig olaszul.

A kiáltozás mindinkább megújult. Az ígéret egyre biztatóbb, a fenyegetés egyre borzalmasabb. Végre Gergely a maga falán nekiállította a maga dobosait, trombitásait, kürtöseit, s valahányszor lenn valamelyik török kiáltozásba kezdett, megperdült a dob, és gúnyosan rikoltozott a kürt vagy leharsogta a trombita.

A vár népe ezen földerült. A többi oldalon is kiállították a dobosokat, kürtösöket, a három várbeli sípos is megtalálta a maga dolgát. A vitézek közül meg akinek vaspajzsa volt, azt csattogtatta. Pokoli lárma fojtott el minden további bekiáltást.

Paksy Jób lovas hadnagy engedelmet kért Dobótól, hogy hadd üssön ki a kiáltozókra.

Herkulesi erejű, szép szálas legény volt az a hadnagy. A bajusza, mikor reggelenkint kihúzta, a két füléig ért. Az ostromban pallossal dolgozott. Egyetlen vágással kettéhasított egy sisakos török fejet, úgy, hogy az erős sisak is kétfelé esett.

Csak száz embert kért.

- Ne okoskodj, Jób öcsém - felelte Dobó -, hátha valami baj ér!

De Paksy Jób égett a haragtól. Lefelé licitált, mint Ábrahám a szodomai úton.

- Csak ötvenet. Csak húszat!

Utoljára már csak tíz embert kért, hogy egyet fordulhasson.

Dobó talán azt sem engedte volna meg, hanem akkor már csoportosan sorakozott Paksy mellé a sok viszkető markú katona. Kipirosodott arccal kiáltozták:

- Nagyságos kapitány úr!...

Dobó attól tartott, hogy ha még tovább is ellenkezik, nem az ő okos óvatosságának tulajdonítják, hanem annak, hogy kevesli már a várbeli erőt. Hát vállat rántott.

- Ha éppen az a kedvetek, hogy beveressétek a fejeteket, csak menjetek.

- Hányan? - kérdezte Paksy, szinte rikoltva az örömtől.

- Kétszázan - felelte Dobó.

A patakra nyíló kapu még ép volt. Paksy kiválasztotta a maga kétszáz emberét, s kirontott.

Déltájban történt ez.

A patak tele volt végighosszat lóitató és teveitató török néppel. A kapu előtt főképp akindzsik itattak.

A kétszáz katona villámként csapott rájuk. Hullott az akindzsi, mint a répa. Paksy, ahogy elöl ment, utcát rombolt rajtuk, s páncélja, lova piroslott a jobb oldalán a vértől.

A többi is követte a példát, s az akindzsihad az ijedelem kiáltozásával, egymást törve fordított nekik hátat, míg kétfelől a janicsárok ezrével rohantak reájuk.

Dobó visszavonulójelet fúvatott.

De azok lenn nem hallották. A verekedésbe beledühödve ölték, vágták a janicsárokat.

Paksynak a lova egyszer csak megriad egy tevétől, s oldalt ugrik. Paksy éppen abban a pillanatban mért egy drótinges szpáhira egy iszonyú vágást. Lelódult az oldalt ugró lóról. A lovát szügyön döfték. A ló végighemperedett Paksyn. S ott maradt mellette.

A többi legény ezt látva odacsoportozik Paksy köré, s vagdalkozik, hogy a hadnagynak ideje legyen fölkelni.

Paksy azonban nem kel föl. Kificamodott a lába. Ültében is bőszülten forgatja a kardot. Szúr-vág maga körül. A sisak leesett a fejéről.

Egy janicsár a fejére vág.

A várfalakon erősen harsognak a trombiták: *vissza! vissza!* A legénység megfordul, s áttörtet a török sokaságon. Csak tíz legény marad ottan Paksy körül. Azokat egyszer csak dárdaerdő környékezi.

- Adjátok meg magatokat! - kiáltozzák nekik a törökök.

A tíz legény egyik a másik után bocsátja le a kardját.

- Gyávák! - kiáltozzák haraggal a várból.

Mekcseyt alig lehetett visszatartani, hogy ki ne rontson.

Egy óra múlva magas, tányér alakú emelvényt ácsoltak a Királyszéken.

A török hóhér ott a dombon, a várbeliek szeme láttára, azon az emelvényen törte vaskerékkel össze a sebesült egri vitézeket, Paksy híján valamennyit.

4

Az egriek addig csak gyűlölték a törököt, attól fogva már utálták is. Az asszonyok sírtak. A katonák ki akartak rohanni. De Dobó lezáratta a kaput.

Ali pasa a gyalázatos kegyetlenség után bekiáltatta a várba:

- Tudjátok meg, hogy a segítségetekre jött királyi hadat széjjelvertük! Nincs kegyelem többé! Ha meg nem adjátok magatokat, valamennyien így jártok, mint ezek itten.

A nép sápadtan hallgatta ezt a bekiáltást. A török gaztette annyira megdermesztette a dobosokat is, hogy elfelejtettek beledobolni a kiáltásba.

- Hazudnak az alávalók! - szólt Gergely a körülötte álló katonáknak. - Úgy hazudnak, mint ahogy nekünk kiabálják minden éjszakán, hogy a feleségünk, menyasszonyunk, gyermekünk fogva van. A király hada jön. Minden órában várhatjuk.

- De hátha nem hazudnak? - szólt egy nyers hang a háta mögött.

Gergely amúgy is színtelen volt. Erre a felszólalásra úgy elfehéredett, hogy a szakállát-bajuszát szinte szálanként meg lehetett volna olvasni.

Hegedüs hadnagy volt a szóló. Gergely ránézett. A kardja markolatát megnyomva felelte:

- Ejnye, hadnagy uram! Kellene annyit tudnia a hadak szokásából, hogy a szétvert had zászlóit el szokta venni az ellenség. Ha csakugyan megverték volna őket, nem mutogatták volna-e fel a zászlókat?

S végignézett rajta.

A templombástyán történt ez. A bástyán távolabb ott állt Dobó is. Mellette Cecey botra támaszkodva. Ott állt Zoltay is, Fügedy is meg Márton pap. A pap fehér ingben, stólában. (Most végezte egy súlyos sebben meghaltnak a temetését.)

Dobó csak a Gergely szavára lett figyelmessé. Elképedve nézett Hegedüsre. Cecey is megfordult.

- Ostoba beszéd! - kiáltotta Hegedüsnek. - Meg akarod-e félemlíteni az embereinket?

Hegedüs dühösen nézett vissza Gergelyre:

- Idősebb katona vagyok, mint te, tacskó! Hogy mersz engem oktatni! Hogy mersz engem végignézni!

S a kardja egyszerre kiszottyant a hüvelyből.

Gergely is kardot rántott.

Dobó közéjük lépett:

- Az ostrom után elvégezhetitek. Míg a vár meg van szállva, egymásra kardot húzni ne merjetek!

A két összeháborodott hadnagy visszadugta a kardját. Dobó hideg hangon rendelkezett, hogy Hegedüs az Ókapunál legyen szolgálaton a Mekcsey seregében, Gergely pedig fontos ok nélkül el ne hagyja a külső várat.

- Az ostrom után...! - szólt még egyszer Hegedüs, fenyegető szempillantással.

- Nem búvok el - felelte Gergely fagyosan.

Dobót elkedvetlenítette ez az összeszólalkozás.

Ahogy a két tiszt két különböző irányban eltávozott, odafordult Ceceyhez.

- Mi lesz velünk - mondotta -, ha a tisztek egymásban is ellenséget látnak? Hogyan harcolnak ezek együtt! Össze kell őket békíteni!

- Ördög vigye el ezeket a kassaiakat! - felelte Cecey. - Az én fiam jól beszélt.

Gyalog mentek át a piacon. A kocsmából nótázás hallatszott, s éppen mikor odaértek, kidülöngélt az ajtón három katona. Egymás nyakába kapaszkodva. Laokoón-mozdulatokkal[1] dallikóztak a kaszárnyaházsor felé.

A középső Bakocsai volt. Az a nóta végén nagyot kurjantott:

- Saóse halunk meg!

Mikor a jókedvűek meglátták Dobót, eleresztették egymást, s álltak, mint a pisai torony. Pislogva hallgattak.

Dobó elment mellettük szótlanul, s a kocsmaajtó előtt megállt.

Bent is danoltak. Török László a sebre való kendőjét lobogtatta. Komlósi az asztalt verte a bádogkupával. Soncy Szaniszló a síposokért ordított. Mellettük még három közvitéz segített a bátorság jutalmának elivásában.

---

1 Laokoón trójai főpapot két ikerfiával együtt halálra szorította a két kígyó, melyeket a sértett Apollón isten küldött. Haláltusájukban keservesen vonaglottak.

Dobó az apródjához fordult:

- Hívd ide a két kocsmárost.

Egy perc múlva ott állt a két ember: Debrőy György felgyűrt ujjú ingben, Nagy László melledzős, kék kötényben. A két ember zavarodottan állt a főkapitány haragos szeme előtt.

- Kocsmárosok! - harsogott rájuk Dobó. - Ha még egyszer részeg katonát látok a várban, azt a kocsmárost, akinél az ember megrészegedett, felakasztatom!

S megfordult és továbbment.

Éjjel ismét rakták, tömték a nappal leágyúzott falakat, Dobó csak egy-két órát aludt. Éjjel-nappal lehetett látni hol itt, hol amott, s lehetett hallani nyugodt, mély hangját, amint intézkedett.

Az ostrom után való harmadik éjjelen a keleti dombról ismét hangzott egy erős kiáltó szó:

- Hallod-e, Dobó István! Régi ellenfeled köszönt: Arszlán bég. Becsületem tiszta, mint a kardom. Nevemről rosszat nem hallhattál soha.

Egypercnyi szünet után:

- Jó Losonczy István halálát példának ne forgassátok! Ő maga volt az oka! De ha éppen nem hisztek nekünk, én magam ajánlkozom túszul! Nem félek hozzád bemenni egymagam, ha a fehér zászlót kitűzöd! Tartsatok engem fogva, míg a várból kivonultok, s öljetek meg tüstént, ha a kivonulók közül valamelyiknek csak egy haja szála is elvész. Én kiáltom ezt: Arszlán bég, ama híres jaja pasi Oglu Mohamed fia.

Csend következett, mintha a kiáltó feleletet várna.

De Dobó már az első szavaknál lóra ült, és a másik bástyához lovagolt. Így mutatta meg, mennyire süket, mikor a török beszél.

Csak a katonák hallották a beszéd folytatását:

- Tudom, hogy az én személyem neked elég biztosíték. De ha a népednek nem elég, azt is megtesszük, hogy az egész hadat három mérföldre visszavonultatjuk. Elő nem jön egy török se, míg csak ti is három mérföldre nem lesztek az ellenkező irányban. Felelj nekem, vitéz Dobó István!

A vár hallgatott.

5

Éjfélkor Dobó a puskaporos ajtó előtt egy legényt pillantott meg, amint az egynéhány nagy tálat vitt a fején.

- Mi az?

- Gergely főhadnagy úr parancsolta, hogy tálakat vigyek a konyhából.

- Hol a főhadnagy úr?

- A tömlöcbástyán.

Dobó odalovagolt. Leszállt a lováról. Fölsietett. Gergelyt ott találta a fal alatt, ahol a lámpás égett.

Egy vizestál fölé hajolva térdelt mozdulatlanul, halványan, komoran.

- Gergely!

Gergely fölkelt.

- Nem tudtam, hogy még fenn van, kapitány uram. Különben Mekcseynek jelentettem, hogy tálakat vigyáztatok.

- Aknáznak?

- Bizonyosan. Hogy az ostromot visszavertük, előre látható, hogy aknákat ásnak.

- Jó - felelte Dobó. - A dobosok is rakják le a dobokat a földre, s borsót reá.

- És apró sörétet.

Dobó leszólt a bástyáról Kristóf apródnak:

- Járd be az őröket, és mondd meg nekik, hogy a dobokat és tálakat minden fordulásnál vizsgálják. Mihelyt a víz remeg, vagy dobon a borsók, sörétek rezegnek, azonnal jelentsék.

S Gergelyt karon fogta, a vár belsejébe vonta.

- Édes Gergely fiam - mondotta neki atyai hangon, aminővel csak az apródjait szokta megszólítani. - Már egy hete figyellek téged. Mi bajod? Nem ilyen szoktál te lenni.

- Uram - felelte Gergely remegő hangon -, nem akartam terhelni vele kegyelmedet. De ha már kérdezi, megmondom. Mióta a várat megszállták, minden éjjel bekiáltják, hogy náluk van a kisfiam.

- Hazug beszéd!

- Én is azt gondoltam. Eleinte rá se hederítettem. De ma egy hete bedobtak a várba egy kis kardot. Az az én fiamé.

Ezt mondva, egy kis bársonyhüvelyű kardot vett elő a dolmánya alól.

- Ez az, kapitány uram. Tudom, hogy nem emlékezik reá. Pedig ezt a kardot kegyelmed adta nekem, mikor először találkoztunk. Aztán én adtam a fiamnak, mikor most elváltam tőle. Hogyan került ez a töröknek a kezébe?

Dobó a kardra bámult.

Gergely folytatta:

- Én a feleségemet, fiamat Sopronban hagytam. Arra semmiféle török nem jár. Ha járna, agyonvernék. Az én feleségem pedig onnan el nem mozdul, mert nincs is kihez mennie.

- Érthetetlen - felelte Dobó a fejét rázva. - Talán ellopták a kardot? Ócskáshoz, katonákhoz került.

- Hogy tudják akkor, hogy az én fiamé? És van valami kapcsolatosság is az ügyben, ami kígyóként marcangolja a szívemet. Ennek a Jumurdzsáknak, alias Dervis bégnek volt egy talizmánja. Azt elvette tőle az én Istenben boldogult nevelő papom: Gábor pap. És nekem hagyta. Azóta az a bolond török mindig azt keresi. Hogyan tudta meg, hogy nálam van, meg nem érthetem. De megtudta, az bizonyos, mert kéri tőlem.

- És azt gondolod, hogy a fiad csakugyan nála van? Hát ördög vigye el azt a gyűrűt, vesd ki neki!

Gergely levette a sisakját, s a homlokát törülgette.

- Hiszen éppen ez a különös, hogy nincs nálam a gyűrű. Otthon hagytam!

- Megáll az eszem! - szólt Dobó a fejét rázva. - Ha arra gondolok is, hogy némely törökök Sopronban kalandoztak... hm... a bég a gyűrűt ragadta volna el, és nem a gyermeket.

- Én is ezen bolondulok meg - felelte Gergely.

- És gondolod, hogy a gyermeked csakugyan itt van?

- Ahogy a kis kard idejutott Sopronból, most már azt kell gondolnom, hogy az én kisfiam is idekerülhetett.

A palotához értek. Dobó leült a palota előtt a márványpadra, a palotalámpás alá.

- Ülj le te is - mondotta.

A két térdére könyökölve nézett maga elé. Hallgattak.

Dobó végre a térdére csapott, megszólalt:

- Hát még ma éjjel megtudhatjuk; hogy igaz-e vagy nem a török szava.

Odaszólt a palota előtt járó őrnek:

- Miska. Eredj a tömlöcbe. Vezesd ide azt a kurdot, akit a patakban fogtak az emberek.

Az ablakon Baloghné szólott ki:

- Kapitány uram, a hosszú mentéjét...

Mert csak dolmány volt Dobón, szürke szarvasbőr dolmány, s az éji levegő ugyancsak hideges volt.

- Köszönöm - felelte Dobó. - Mindjárt aludni megyek. Pető hogy van?

- Félrebeszél és nyöszörög.

- Ki fog virrasztani mellette?

- A Kocsis Gáspár feleségét hívattam be. De amíg el nem csendesül, magam is virrasztok.

- Nincs ok rá - felelte Dobó. - Láttam a sebet. Be fog gyógyulni. Nyugodjon le kegyelmed!

Az őr kocogott oda a kurddal.

- Vedd le róla a láncot! - mondta neki Dobó.

A kurd a kezét a mellén keresztbe téve, mély meghajlással várakozott.

- Hallod-e, pogány - mondotta Dobó.

Gergely tolmácsolt minden mondatot.

- Ismered Dervis béget?

- Ismerem.

- Milyen formájú ember?

- Félszemű. Dervisruhában jár, de alatta páncélt visel.

- Az, az. Hová való vagy te?

- Bitliszbe, uram.

- Él anyád?

- Él, uram.

- Családod?

- Két gyermekem van.

És sírva fakadt.

Dobó folytatta:

- Kibocsátalak a várból, de egy megbízásomat kell híven teljesítened.

- Rabszolgád vagyok, uram, holtomig.

- Elmégy Dervis béghez. Annál a bégnél egy kis rab fiú van. Megmondod a bégnek, hogy ha azt a kisfiút holnap reggel idehozza a patakra nyíló kapuhoz, ahol te rabul estél, megkapja érte, amit kíván. Fehér kendővel jöjjetek.

- Értem, uram.

- Egy ember kimegy a kapun tőlünk a fiúért, és magával viszi a bég talizmánját. Te pedig elvezeted a bégtől a fiút, és átadod a mi emberünknek. De meg kell esküdnöd, hogy amit kívánunk, megteszed.

- Megesküszöm, uram - felelte a kurd.

Kristóf már ott állt mellettük. Dobó hozzá fordult:

- Menj be, Kristófom, a lovagterembe. A sarokban van egy rakás török holmi, s azok között egy kis török könyv. Hozd ki azt a könyvet.

Az a könyv a *Korán* volt, amit az olvasni tudó harcosok magukkal hordoztak. Pergamenbe volt kötve, és acélkarika volt a sarkán. Abban a karikában zsinór volt. Így szokták az olvasni tudó törökök a mellükön hordozni. A kurd rátette az ujját a *Korán*-ra, és megesküdött. Azután a Dobó lábához borult. Megcsókolta a földet, és örömtől elevenen távozott.

- De uram - mondotta remegő hangon Gergely -, ha a török látja, hogy megcsaljuk...

Dobó nyugodtan felelt:

- Ha nála volna a gyermek, már megmutatta volna. Hazug minden török. Én csak téged akarlak megnyugtatni.

Gergely dobogó szívvel sietett a bástyára, hogy aludjon is valamicskét hajnalig.

Mikor a malmok mellett lépked, az árnyékból egy *pszt* szó hallatszik, jobban mondva egy *pst*.

Gergely odanéz. A cigányt látja. Szalmán térdel a cigány, és integet neki.

- No, mit akarsz? - kérdezte Gergely kedvetlenül.

A cigány fölkel, és susog:

- Kutya van a kertben, nagyságos Gergely uram!

- No.

- Az este az Ókapunál egy kassai katonának a sisakja álladzóját reparáltam. Hegedüs hadnagy úr arról beszélt, hogy mikor ostrom van, duplán járna a fizetség. A katonák morognak Dobó nagyságos úrra. Azt mondják, hogy a török minden jót ígér, ő meg semmit. Választani kell.

Gergelynek elakadt a lélegzete.

- S előtted beszéltek így?

- Minden katona előtt. Én meg nem mondottam volna. De ha már félni kell, jobban félek a terektől, mint a kassai hadnagy úrtól.

- Jer velem - mondotta Gergely.

Megkereste Mekcseyt. A töltéscsinálóknál ráakadt.

- Pista - mondotta -, hallgasd meg Sárközit.

S otthagyta őket.

6

Reggel, mikor Dobó kilépett a palotából, Hegedüs már az ajtóban várta.

- Uram - szólt tisztelgőre emelve a kezét -, jelentenivalóm van.

- Sürgős?

- Nem éppen.

- Jer velem. Mondd el a kapunál.

A kapu fölött már ott állt Gergely s vele Mekcsey, Fügedy. A vesszőpalánk takarta őket a patakon nyüzsgő töröktől.

Dobó alátekintett a palánk fonatán át a városra, aztán Gergelyhez fordult:

- Még senki?

- Senki - felelte Gergely.

S Hegedüsre pillantott.

Hegedüs a sisakjához emelintette az ujját. Gergely hasonlóképpen. De hidegen tekintettek egymásra.

Dobó Hegedüsre nézett. Várta a jelentését.

- Uram - szólt Hegedüs -, meg kell mondanom, hogy a katonák közt némi elégedetlenségfélét tapasztalok.

Dobó szeme kikerekedett.

- Sajnos - folytatta Hegedüs, kerülve a Dobó tekintetét -, vannak öreg katonák köztük, akik ismerik az izét... az ostrompénzt. Tegnap egész nap azt várták, hogy megkapják, mint máskor, máshol szokás volt. Este már duzzogtak. Gondoltam: tovább mérgesedik a baj, ha leszidom őket. Hát engedtem, hogy beszéljenek. Arra kértek: mondjam meg a kapitány úrnak, hogy mi a kívánságuk.

- Hát először is - felelte Dobó - nem lett volna szabad elfelejtenie, hadnagy úr, hogy a várban semmiféle settegésnek-sugdosódásnak helye nincsen. Másodszor, ami az ostrompénzt illeti, aki nem a hazáért harcol itten, hanem az ostrompénzért, hát csak jelentkezzék: megkapja.

S ellépett a hadnagytól. Áthajolt a palánkon.

- Jön - szólalt meg Gergely.

A törökök közül elővált a kurd. Már fel volt fegyverkezve. Két magyar gyereket vezetett. Mind a kettő lajbis, gatyás, mezítlábas parasztgyermek. Hogy a kurd nagyokat lépett, a két gyermek futva haladt mellette.

Tőlük valami százlépésnyire látni lehetett a félszemű dervist. Lovon ülve követte a kurdot, de lövésnyi távolságban megállt, és a kengyelben fölegyenesedve nézett a vár felé.

- A gyermekek nem az enyémek! - mondta riadozó örömmel Gergely.

S valóban, a két gyermek idősebb volt, mint az ő Jancsikája. Az egyik gyermek körülbelül tízéves, a másik tizenkettő.

A kurd megállt a kapu előtt, és fölkiáltott:

- A bég egy gyermek helyett kettőt küld. Adjátok ki a gyűrűt, akkor elküldi a harmadik gyermeket is.

Dobó felszólt a toronyőrnek:

- Hajoljon ki kend! Intsen a kezével annak a kurdnak, hogy elmehet.

Azon a napon is csakúgy törte-rontotta a török a falat, mint előbb. A nagy torkú zarbuzánok lassan dolgoztak, de borzasztó erővel. Minden dördüléssel egyidejűleg ropogott a fal, s olykor egy-egy omlás mordulása volt hallható.

Hanem azon a napon mégis történt valami változás, amit az őrök már korán reggel jelentettek.

A lovasság elhúzódott a vártól. Sehol nem lehetett látni a piros sapkás akindzsiket, a páncélban ragyogó szpáhikat, az összevissza ruházkodó besliket, kámzsás deliket, apró lovú günüllüket, gurebákat, müszellemeket és szilidárokat. De még a kilencszáz tábori teve is hiányzott.

Mi történt?

A várbeliek örömtől derült arccal jártak-keltek. A köszörűs parasztoknál a cigány is megjelent, s fényesre köszörültetett egy hosszú, rozsdás kardot. A sütőkemencéknél felhangzott az asszonyok dala. A gyermekek a kemencék mellett játszottak a domb gyepén, a fiúk háborúsdit, a leányok körbekeringőt.

Újváriék Katókája,
Aranyprémes a szoknyája.
Zibet-zabot a lovának,
Gyingyet-gyöngyöt asszonyának,
gyöngykoszorút a lányának!

A Baloghné cselédje odavezette a kis török fiút.

Nézte az a játékot bámulva.

- Vegyétek be ezt is! - kérlelte a cseléd a fiúkat.

- Nem vesszük be - felelték azok.

A leányok bevették.

A kis török fiú nem értette, mit dalolnak, de olyan áhítattal forgott velük, mintha tudja az Isten, micsoda szent dologban volna része.

De hát mi volt az oka a vidámságnak, örömnek?

A török lovasok eltűntek. Bizonyos, hogy a fölmentő had közeledik. A király hada! Hova ment volna a török lovasság, ha nem az elé?

S a dobosok még vígabban zörgették el a be-bekiáltó hangokat. A vár nagydobosa fel-felugrott a falra, amerről kurjongattak, s elbumbumozta a kiáltó szavát.

De cédulák is hulltak a várba. Nyilakon röpítették be. Nem olvasta senki. Aki érte, az dobta a tűzbe. A nyilat meg vitték Ceceynek.

Az öreg napestig a tömlöcbástyán ült, és ahányszor a közelben török bukkant fel, rányilazott.

Csak a Dobó arca volt változatlanul komoly.

Hol az egyik, hol a másik toronyba hágott fel, és kémlelte az ellenséget.

Olykor sokáig nézett az Eged-hegy felé. Olykor a fejét rázta.

Egyszer csak beszólítja Mekcseyt a palotába.

- Kedves öcsém - mondotta leülve. - Az a Hegedüs nem tetszik nekem. Vigyáztasd.

- Már vigyáztatom.

- Akivel beszél, ahova néz, ahova lép, tudnom kell minden órában.

- Tudni fogjuk.

- De neki nem szabad ezt megorrintania, mert akkor meglep valamivel.

- Nem tudja meg.

- Ha lázadás lenne a várban, akkor végünk. Megtehetném azt, hogy elzáratom, de nekünk tudnunk kell, hogy hányan és kik tartanak vele. Úgy kell kivágnunk a rothadt részt, hogy semmi se maradjon. Kivel vigyáztatod?

- A cigánnyal.

- Megbízható?

- Megbízható. Tegnap a kassaiak között dolgozott, ma újra ott fog dolgot találni. Megmondtam neki, hogy egy teljesen ép, felszerszámozott, pompás lovat kap, ha a szolgálata ebben az ügyben hasznos lesz. Inkább színlelje, hogy velük tart. Tudni fogjuk, ha a sor rákerül.

- Más megbízható embered nincsen?

- Nekem volna, de a kassaiak nem bíznának benne. A cigányt sokkal inkább csekélylik, hogysem előtte tartózkodnának.

- Csak azt kell megtudnia, kik a kolomposok!

- Így mondtam neki én is.

- Hát akkor jó. Mehetünk.

- Főkapitány uram - szólott más hangon Mekcsey -, a jelek arra vallanak, hogy a király hada jön.

Dobó vállat vont.

- Lehet, hogy jön - felelte szomorún. - De azok a jelek, amiket ti mindnyájan erre magyaráztok, nekem nem a király hadát jelentik.

Mekcsey elámultan nézett Dobóra.

Dobó a kezét terjegette:

- A jaszaulok mind itt vannak. A két vezért együtt láttam lóháton az Almagyaron. Az ágyúk közül egyet se vittek el. A két bandájuk is itthon van.

- Hát mi volna? - kérdezte Mekcsey röstelkedve.

Dobó ismét vállat vont.

- Nem lehet egyéb, öcsém, csak az, hogy az erdőre mentek.

- Az erdőre?

- Oda meg a szőlőkbe. Azt gondolom, hogy a két vezér a fal magasságát akarja megrövidíteni. Rőzsét és földet hordatnak. Be fogják tömni az árkunkat, és dombot emelnek a romlásoknál. Hanem, édes Pistám, ezt csak neked mondom. A várbeliek hadd örvendezzenek annak, hogy jön a fölmentő had.

A kezét nyújtotta a kapitánytársának, és szeretettel nézett reá.

Aztán abba a szobába fordult, ahol Pető feküdt.

Amint bealkonyodott, előcsengtek a török lovasok.

Egy világító golyónál látni lehetett, hogy mindenik lovas a kantáránál fogva vezeti a lovát, s minden ló meg van rakva rőzsével.

A tevék hosszú sora meg tömött zsákokat hozott. Amint lekanyarodtak a Bajusz-hegyről, egyenként jöttek a tevék, egyik a másik után.

Dobó lefelé fordította a szakállasok és mozsarak száját, s közéjük lövetett.

De az éj mindinkább sötétedett, s a lovasok száma nem ritkult. Dobó abbahagyta az ágyúzást, és csak a puskásokkal lövetett olykor közéjük.

A török pedig nyüzsögve dolgozott alant. Ropogott az egymásra szórt rőzse s venyige. Közben-közben hangzott a rendelkező jaszaulok kiáltása.

Dobó a várbeli lámpások nagy részét a falak réseibe hordatta. Úgy rakták le a lámpásokat, hogy a falat kívülről mindenfelé megvilágítsák, de alulról se nyíllal, se golyóval meglőni ne lehessen.

A vár belölről sötét volt. Csak imitt-amott égett egy lámpás. Az Ókapu kerületét a sütőkemencékből kiáramló fény világította meg. Az asszonyok akkor is dalolva dolgoztak.

- Csak hadd daloljanak - mondotta Dobó. - Ahol dalolnak, onnan nem távozik a jó szerencse.

Mekcsey éjféltájban a Bolyky-bástya tornyából vigyázta, hogy mozgolódik-e a török éjjeli ostromra.

A tisztek is szanaszét oszoltan virrasztottak.

Mekcsey a két kezét a füléhez tölcsérezve hajolt alá, s a tekintete áthatolni iparkodott a sötétségen.

Valaki megrántotta hátulról a dolmányát.

A cigány volt.

Janicsársaruban jött fel. A fején kakastollal körültűzködött sisak. Az egyik oldalán kard, a másik oldalán fehér markolatú török jatagán.

- Pst... - mondotta titokzatosan. - Pst!...
- Mi kell?
- Markomba érzsem már a jó ló kantársárát.
- Tudsz valamit?
- Haj-haj!
- Van bizonyítékod is?
- Van, csak meg kell fagni.
- Hát fogd meg, ebadta.
- Én fagjam meg? Tessék velem jönni, ost megvan. De tistédes-tistént!
- Hova?
- A vizstartóho. Oda ereskedett le Hegedüs. Hajhaj!
- Egyedül?
- Három katonája strázsál a vizstartó ajtajában.

Mekcsey szinte bukdácsolva sietett le a lépcsőn.

A torony aljában hat katonát szólított magához.

- Fegyvertelenül jöjjetek! A csizmátok vessétek le. Szíjat vagy kötelet hozzatok!

A katonák szótlanul engedelmeskedtek.

Mikor leérték a bástyáról, Mekcsey továbbmondta a parancsot:

- A víztartóhoz megyünk. Három katona ül ottan, vagy hogy áll, vagy hogy fekszik. Hátulról megrohanjátok őket, és megkötözitek. Elvezetitek a tömlöcbe, és beadjátok a tömlöctartónak, hogy zárja be őket. Semmi kiáltás! Semmi hang!

A víztartó tájéka sötét volt, csak egy rossz cölöpnek a tetejét érte világosság. A katonák onnantól négykézláb mentek tovább. A cigány hányta magára a keresztet.

Néhány perc múlva csörömpölés, huppanások, káromkodások hangzottak a víztartó tájékán.

Arra Mekcsey is ott termett.

A három katona le volt gyűrve.

A víztartónak mind a két ajtaja tártan állott. Mekcsey belehajolt. Lenn csendes sötétség.

Visszafordult.

- Itt van? - kérdezte halkan a cigánytól.

- Magam láttam, mikor lement.

- Hegedüs hadnagy? Nem tévedtél?

- Az, az!

- Fuss a főkapitány úrhoz. Az Új bástyán keresd. Kéretem, jöjjön ide! Útközben mondd Gergely főhadnagy úrnak, hogy küldjön azonnal öt drabantot!

A cigány elnyargalt.

Mekcsey kivonta a kardját, és a víztartóból felvezető lépcsőhöz ült.

Lent ekkor mintha hangok hallatszottak volna.

Mekcsey fölkelt, és leeresztette a csapóajtónak azt a szárnyát, amelyik a lépcsőt takarta.

Fönt hallatszott, hogyan érkezik az öt drabant s velük csaknem egy időben Dobó és Kristóf apród.

Az apród lámpást lógatott a kezében, s világított vele Dobónak.

Mekcsey intett, hogy siessenek. A hangok lenn a víztartóban már akkor erősödtek.

- Erre, erre! - hangzott egy tompa hang a mélységben.

Dobó felvonatta a drabantok puskáját. A víztartó szélén kellett tartaniuk, csővel lefelé.

- Kristóf - mondotta aztán -, még húsz embert hozz Gergely úrtól!

A lámpást elvette tőle, s letette a cölöp mellé, de úgy, hogy a víztartóba nem világított bele.

A mélységben fegyvercsörgés, léptek ropogása.

- Erre, erre! - hangzik erősebben.

Egy nagy csobbanás... Nyomban egy másik csobbanás... *Ej vá! Meded!* kiáltások... Újabb csobbanások...

A lépcsőtakaró ajtó megkoppan. Valaki felbukkan. Dobó felkapja a lámpást. Belevilágít az arcába.

Hegedüs hadnagy az, ólomszín sápadtan. Mekcsey galléron ragadja.

- Fogjátok meg! - kiáltja Dobó.

A hadnagyot erős kezek kapják meg. Kirántják a mélységből.

- Vegyétek el tőle a fegyvert!

Lent még egyre hangzik a csobogás, a zűrzavaros kiáltozás:

- *Jetisin! Jetisin!* (Segítség!)

Dobó letartja egy pillanatra a lámpást. Hát ott kepickél a sok fegyveres, turbános török a nagy, fekete vízmedencében, míg egy oldallyukon egymást nyomva özönlik a többi.

- Tűz! - kiáltja Dobó.

Az öt puskás a lyukba tüzel.

A víztartó ürege akkorát szól, mint az ágyú. Bőszült ordítás rá a felelet.

- Maradj itt - mondja Dobó Mekcseynek. - A lyukakat be kell járni. El kell menni addig, ameddig lehet. Ha túlterjed a váron, beomlasztjuk, be is falazzuk. Egy őr mindig ott álljon a fal mellett.

S a katonákhoz fordult. Rámutatott Hegedüsre és a társaira:

- Vasat rájuk! Külön-külön zárjátok el őket!

S visszatért a bástyára.

Mekcsey a mélységből magyar hangot hallott:

- Segítség! Emberek!

Letartotta a lámpást. A fulladtakon ott vergődött egy bőrsapkás török, az kiabált.

- Vessetek alá egy kötelet - mondotta -, hátha ez is a várból való.

A vödörhúzó kötél ott hevert. Aláeresztették vödröstül. A fuldokló belekapott a vödörbe. Három katona fölhúzta.

Mikor az ember följutott, úgy tátogott, mint a partra jutott harcsa.

Mekcsey az arcához tartotta a lámpást. Nagy bajuszú akindzsi volt. A víz csurgott a bajuszáról és ruhájáról.

- Magyar vagy? - kérdezte Mekcsey.

Az ember térdre borulva:

- Kegyelmezz, uram!

Hogy így tegezte Mekcseyt, török mivolta ebből kitetszett.

Mekcsey majdnem visszalökte. De mégis meggondolta, hogy jó lesz tanúnak.

- Szedjétek el tőle a fegyvert - mondotta a katonáknak -, és zárjátok be a levélhozó parasztok közé.

7

A vár körületén másnap, október negyedikén friss hányású töltést világított meg a fölkelő nap.

Az a mély árok, amely északról kerítette a várat, helyenként be volt töltve. Árok volt - domb lett.

A törések átellenében emelkedtek a friss hányású dombok. Alul rőzse, erdei haraszt, nyalábba kötött venyige, fölül föld. Ezt a munkát bizonyára addig folytatja a török, míg csak egy-két helyen olyan magas nem lesz, hogy át is lehet ágyúzni, és be is lehet rohanni a várba, létrák nélkül.

Dobó megszemlélte a munkájukat. Megszemlélte mindenfelől szótlanul, nyugodt arccal. Aztán a tisztekért küldött. Behívatta a lovagterembe a négy főhadnagyot, meg behívatott egy hadnagyot, egy őrmestert, egy tizedest és egy közlegényt. Mihály deákot is, a cipóosztót.

Az asztal zöld posztóval volt bevonva. Rajta feszület és két égő gyertya a feszület mellett. A terem sarkában a vörös posztóba öltözött hóhér. Mellette egy serpenyőben égő szén. A kezében fújtató. A serpenyő mellett ólomdarabok és harapófogó.

Dobó fekete posztóruhába volt öltözve. A sisakja csúcsán kapitányi sastoll. Előtte egy ív tiszta papiros.

- Társaim - mondotta komoly, szinte zord arccal. - Azért jöttünk össze, hogy Hegedüs hadnagynak és társainak az ügyét megvizsgáljuk. A cselekedeteik arra vallanak, hogy árulók. Lelkiismeretesen meg fogjuk őket ítélni.

S intett, hogy a rabokat vezessék elő.

Gergely fölkelt.

- Uraim - mondotta -, én ebben az ügyben bíró nem lehetek. Haragosa vagyok a vádlottnak. Mentsenek föl a bíráskodástól.

Mekcsey is fölkelt.

- Én csak tanú lehetek - mondotta. - Bíró és tanú egy személyben senki se lehet.

- Legyen tanú - felelték az asztalnál ülők.

Gergely távozott.

Mekcsey kiment az előcsarnokba.

Az őrök bevezették Hegedüst meg a három társát. És a törököt is.

Dobó csak őt hagyta bent. A többit kiküldötte.

- Halljuk - mondotta. - Mi volt az a törökvezetés?

Hegedüs összeszedelődzködött, és szaggatottan mentegetődzött:

- Én a törököt csak a víztartóba akartam becsalni. A várat feladni nem akartam. A víztartó nagy. Keskeny bejáratot találtunk rajta. Gondoltam, az én érdemem lesz, ha magam pusztítok el ezernyi törököt.

Dobó végighallgatta nyugodtan. A tisztek se kérdeztek tőle semmit. Mikor már nem szólt többet, Dobó félreállíttatta, s behívatta egyenként a legényeket.

- Mink - mondotta az első - nem tehettünk egyebet, csak amit a hadnagy úr parancsolt. Nekünk engedelmeskednünk kell, ha parancsolnak.

- Mit parancsolt?

- Azt parancsolta, hogy álljunk a víztartó szélén, ő egypár törököt hoz be.

- Mit mondott, hogy minek?

- Hogy a vár megadását megbeszéljük.

Dobó a hadnagyra nézett.

Hegedüs a fejét rázta.

- Nem igaz. Hazudik!

- Én-e? - szólt sértődve a legény. - Hát nem azt mondta-e a hadnagy úr, hogy a török minden jót beszél? Dobó uram meg semmi jót se, még csak ostrompénzt sem akar adni.

- Hazudik - ismételte Hegedüs.

Bevezették a másik legényt.

- Miért voltatok a kútnál?

- Törököt vártunk - felelte búsan. - Azt mondta a hadnagy úr, hogy a vár előbb-utóbb a török kezére kerül, hát jobb pénzen, hogysem vér árán. Bizonyos, hogy meghalunk, ha nem adjuk meg a várat.

Dobó behozatta a harmadik legényt is.

- Én nem tudok semmit - hebegett az. - Csak oda voltam rendelve a kúthoz, de hogy miért, azt nem tudom.

- Nem mondta-e Hegedüs hadnagy úr, hogy jó lesz megegyezni a törökkel?

- De azt mondta.

- Mikor mondta először?

- A nagy ostrom után való estén.

- És hogyan mondta?

- Hát úgy mondta, hogy izé... hogy aszongya: mink kevesen vagyunk, azok meg sokan vannak, s hogy lám, a többi várat se lehetett megtartani, pedig akkor kétfelé járt a török.

- Ostrompénzről szólt-e valamit Hegedüs hadnagy úr?

- Szólt. Azt mondta, hogy dupla zsoldot kellene kapnunk.

- Hát a vármegadásról mit mondott?

- Azt, hogy izé... hogy aszongya: a török így is, úgy is megkapja, hát jobb, ha még fizet is, mintsem hogy a nyakunk is odaszakadjon.

- És a legénység mit mondott rá?

- Semmit. Csak úgy tűz mellett beszélgettünk, mikor már a török bekiabált.

- Tik nem kiáltottatok-e vissza?

- Nem. Csak a hadnagy úr beszélt velük éjjel.

- Hogyan beszélt velük?

- Egy hasadékon át az Ókapunál. Odament, és beszélt három izromban is.

- Törökkel?

- Törökkel.

- És mit mondott, mikor visszatért?

- Azt, hogy a török mindenkit bántatlanul elbocsát, senkit se vág le. A kassaiaknak ezenkívül tíz-tíz aranyat ad, és hogy a két basa pecsétes levelet küld, hogy szavának áll.

- Hányan hallották ezt a legények közül?

- Valami tízen.

- Hát miért nem jelentettétek nekem? Nem megesküdtetek-e, hogy a vármegadásról nem beszéltek?!

A legény hallgatott.

Dobó folytatta:

- Nem az lett volna-e a kötelességtek, hogy azonnal jelentsétek a hadnagy úr beszédét?!

- Nem mertük.

- Szóval: elszántátok, hogy a várat török kézre játsszátok. Kik egyeztek bele ebbe?

A legény még hét nevet mondott. Aztán mentegetődzött:

- Mink, nagyságos kapitány uram, nem egyezkedtünk, mink csak engedelmeskedtünk. Csak a hadnagy úr beszélt, meg ő parancsolt.

A fal egy ágyúgolyó ütődésétől dobbant meg. A rudakra függesztett páncélok megzördültek. A falról egy csomó vakolat omlott a padlóra.

Dobó a bírákra nézett:

- Van-e valakinek valami kérdeznivalója?

A bírák szinte dermedten ültek az asztalnál. Végre a közlegény bíró szólalt meg:

- A tíz legény beleegyezett-e abba, hogy a vár a töröké legyen?

A legény sápadtan vonogatta a vállát.

- A közlegény nem akarhat mást, csak azt, amit a tisztje.

Több kérdés nem volt.

- Még a török van hátra - mondotta Dobó. - Vezessétek be.

A török háromszor hajolt meg, míg az asztal elé ért. Ott meghajoltan maradt. Keze a mellén keresztben.

- Mi a neved? - kérdezte Dobó.

- Juszuf.

- Juszuf, vagyis magyarul József. Állj egyenesen!

A török fölegyenesedett. Körülbelül harmincéves akindzsi volt. Zömök, izmos ember. Belapított orra s a fején vöröslő sebforradás tanúskodott arról, hogy forgott már csatákban.

A kérdésekre elmondta, hogy tíz éve él Magyarországon, s hogy ott volt a falnál, mikor Hegedüs kiszólt a résen: - Hé, törökök! Melyitek ért magyarul?

- Hazudik - morgott Hegedüs. - Zoltay is beszélt mindig a törökkel.

- Én?! - hörkent fel Zoltay.

- Igenis beszéltél. Valahányszor ostrom van, mindig kiabálsz nekik.

Zoltay dühében elhalványodva ugrott fel a székéről.

- Vizsgálatot kérek magam ellen - mondotta. - Nem ülhetek tovább a bírói székben. Hogy én mindig kiáltok egyet, amikor ütök, az meglehet. De az csak káromkodás. Az nem vétek! Micsoda beszéd ez?!

Dobó csitította:

- Mindnyájan tudjuk ezt a szokásodat, és senki ezért téged meg nem szól. De mert harag ébredt benned a vádlott iránt, fölmentünk a bíráskodás alól.

Zoltay meghajolt, és kiment.

Dobó újra a törökre nézett.

Az aztán tört magyarsággal elmondta, hogy Hegedüs az Ókapunál beszélt egy agával, azután Arszlán béggel. A bégtől becsületszót kért biztosítékul és száz aranyat. Azt mondta, hogy bebocsátja éjjel az egész sereget a várba, csak ott ásasson a kapu mellett, ahol a nagy rézdobot szokták verni. Ő (Hegedüsre mutatott) azt mondja, járt egy éjjel a víztartóban, s alagútra akadt, amely azonban a kapunál be van omolva. Az omlásnál, a feje fölött hallotta a rézdobot szólani, s a katonák lépését is hallotta, hát sokat ásatni nem kell. Ő éjjel tizenkét órakor várni fogja őket. De arról is kezeskedniük kell, hogy az Ókapunál álló kassai katonákat nem bántják. Megegyeztek. Éjfélkor Hegedüs lámpással vezette őket. A janicsárok, aszabok és piadok keverten jöttek. Háromezren indultak a föld alatti útra. A had többi része, isten tudja, hány ezer, a két kapu kinyitását várta. Hanem az történt, hogy Hegedüsnek a lámpása a víztartó sarkánál a falba ütődött, és elaludt. Sötétségben vezette az előcsapatot tovább. Ő tudta a járást, de a nagy vízmedence széle keskeny. Ott ő a sötétben is boldogult, de az előcsapat, hogy egymás után tolongott, a vízbe csuszamodott.

- Nem tudsz-e arról - kérdezte Dobó -, hogy Dervis bég elrabolta az egyik hadnagyunk fiát?

- De tudok - felelte a török. - Két hét óta minden sátorban keresik a gyermeket. A bég keresteti. Ellopták tőle, vagy elszökött az ideérkezés után harmadnapra.

Dobó Hegedüsre nézett.

- Nyomorult! - mondotta.

Hegedüs térdre borult:

- Irgalmazzanak, könyörüljenek rajtam! - kiáltotta. - Megtévedtem, elvesztettem az eszemet.

- Megvallod-e magad is, hogy a várat az ellenség kezére akartad juttatni?

- Megvallom.

A tárgyalás nem tartott tovább egy óránál.

A következő órában már ott függött Hegedüs hadnagy a vár piacán egy gerendából hevenyészett akasztófán. S Fügedy kikiáltotta a vár népének:

- Így hal meg minden esküszegő, akár közember, akár tiszt, aki a várat a török kezére akarja juttatni!

A három közlegénynek a fülét csapták el az akasztófa alatt. A többi hetet megláncolt lábbal belső munkára rendelték.

A törököt úgy kidobták a várból a magas nyugati falon, hogy nyakaszegetten hullt a társai közé.

A vár népe láthatta, hogy Dobó nem tréfál.

8

Te minden erőnél erősebb erő: anyai szeretet! Te emberi testbe öltözött napfény! Te Isten szívéből leszállott szent láng, haláltól nem félő, erős gyöngeség!

Te, aki otthagyod biztos hajlékodat, puha párnádat, minden kincsedet, hogy a halál erdején át alakoskodjál át veszendő szeretteidhez! Te, aki lebujdosol a föld mélységébe, te, aki gyönge karoddal akarsz áttörni a falon, amelyre fegyveres fenevadak százezre üvölt tehetetlenül! Te, aki nem ismered a lehetetlent, ha arról van szó, akit szeretsz, ha együtt kell szenvedned, meghalnod is vele - csodállak téged, asszonyi szív!

Két éjen és két napon át ásták magukat által meg által az alagút omladékain, a nyirkos hidegben, a laza boltozatok alatt. Néhol csak egypár lépés volt az omladék; egyórai munkával átvergődtek rajta. De néhol kövekkel is kellett bajlódniuk, és sem az erőtlen asszonyi kar, sem a tizenöt éves, különben is fejletlen ifjú karja nem volt hozzászokva az ilyen munkához.

Október harmadika estéjén, alighogy álomra csendesült a tábor, magukhoz szedték minden élelmiszerüket.

A vártól már számításuk szerint csak száz lépés választotta el őket. Azt remélték, hogy nem kell többé visszatérniük.

És egész éjjel dolgoztak.

A föld alatt nem tudták, mikor virrad, mikor kél fel a nap. A földet és rőzsét hordó paripák dübörgését hallották egész éjen át, s hallották a várbeli ágyúk és mozsarak dörgését is. Azt gondolták odalenn, éjjeli ostrom van, s még buzgóbban dolgoztak, hogy bejuthassanak.

Kint azonban virradt, hajnalodott, reggeledett, s a nap fölszállt a borsodi hegyek mögül. A török lócsiszár szolgái, látva a sátor elhagyatottságát, benéztek. A félremozdított kő, a széles lyuk megdöbbentette őket. Hogy a lovasok ismét rőzsét szedtek mindenfelé, a kalmár maga rohant egy deli agához, és az örömtől szinte reszketve jelentette:

- Uram! A várat én juttatom a had kezébe. Alagutat fedeztem föl az éjszaka!

A sok deli, akindzsi, besli és gureba egyszerre ott hagyja a rőzsét, lovat a szabadban. Sípok és trombiták rikoltnak gyülekezőt. Mindenféle katona összekeveredve, zörögve, zsibongva tolong a bejárat torkán a mélységbe.

Vezeti őket fáklyával a kalmár.

A két szegény lélek ezalatt bujkálva, ázva, köveket hányva törekedett előre. Az út egy helyen ismét lejtőssé vált. A kövek ott szárazak voltak, s az út megszélesedett.

Egy háromszögletű, nagy, föld alatti, nyirkos terembe jutottak.

- A vár árka alatt kell lennünk - mondotta Miklós.

Azonban a terem két sarkán két omladék van. Melyik az út a kettő közül? Az egyik omladék nyerges. A tetején kis, omlott lyuk, amelybe egy emberököl ha belefér.

A másik omladékon oldalt feketéllt valami keskeny nyílás.

- Itt az út kétfelé válik - mondotta Miklós. - Most az a kérdés, melyiket bontsuk.

Föllépett a kövekre, s a lyukhoz tartotta a gyertyáját.

A láng lobogott.

A bal oldali nyílást is megpróbálta.

A láng ott csak állott.

A süvege szélébe tűzte a gyertyát, s belekapaszkodott a legfelső kőbe. Éva segített. A kő robogva gurult át a többin.

- Még egyet! - mondotta Miklós.

Ismét nekifeszültek mind a ketten. Az a kő nem engedett.

- Az aprókat kell körüle kiszednünk.

Fogta az ásót, és körülszurkálta vele a követ. Aztán újra belekapaszkodtak. A kő ingadozott.

Miklós nagyot lélegzett, s megtörülte az arcát.

- Fáradt vagyok - mondotta bágyadtan.

- Pihenjünk - felelte Éva.

S leültek egy kőre.

Miklós elhanyatlott, s abban a percben elaludt.

Éva maga is kábult volt és halálra fáradt. A ruhája térdig vizes, sáros; a kezei véresek. Haja a sok hajladozásban kibomlott, s félig a dolmányba kötötten, félig azon kívül hullámzott a nyaka körül.

Fogta a gyertyát, és benézett mind a két üregbe. Mind a kettő szabad utat mutatott.

- Kicsit megpihenünk - mondotta a gyertyát a kőre ragasztva -, de nem alszom el, nem, csak pihenek.

S amint hátradőlt, halk dübörgést hallott maga előtt.

A szemöldökét összevonva nézett maga elé a sötétségbe: fönt dübörögnek-e vagy idelent?

Az alagút mélyéből vörös fényszál röppent elő.

- Miklós! - sikoltotta Éva.

S a fiút megrázta.

- Jönnek!

A fiú bágyadtan emelte föl a szeme pilláit.

- Jönnek! - ismételte Éva kétségbeesetten.

S a kardjához kapott.

A kardnak csak a hüvelye volt meg. Ott maradt valamelyik omladéknál, ahol követ feszítettek. Az övében volt jatagánokat is mind eltörték már a munkában, a zsebkést is. Nem volt náluk semmi.

A fény erősödve közeledett.

Éva minden erejét összeszedve kapott a kőhöz. Miklós is. A gyertyájuk elaludt. A kő mozdult, de nem engedett.

A rémület dermedtségével nézték, hogyan válik ki a sötétségből a fáklyát tartó kalmár s mellette a lógó bajuszú, termetes aga, akinek övében csillogtak a handzsárok.

A következő percekben kezek emelkedtek rájuk, s ők fogva voltak.

Az aga egy pillantást vetett a megkezdett munkára, s gyorsan határozott.

- Fogd a fáklyát, kölyök! - mondotta Miklósnak. - Te már ismered itt az utat.
Miklós nem értette a szavakat, csak azt látta, hogy a fáklyát a kezébe
nyomják.
A katonák egy perc alatt szétszedték a nehéz köveket.
Az út két ember szélességben szabad volt.
Az üreg már akkor megtelt fegyveresekkel.
- Te fogsz vezetni - mondotta az aga Miklósnak. - Az a másik pedig -
folytatta Évára tekintve - itt marad. Ha rosszul vezetsz bennünket, azt a nőt
a közlegények közé vetem.
Egy janicsár tolmácsolta a szavait.
Éva behunyta a szemét.
Az aga visszapillantott:
- Egy deli őrizze!
S meglökte Miklóst, hogy induljon előre.
A deli Éva mellé állott. A többi megindult. Hogy azonban az aga nem
mondta, hogy ki őrizze a foglyot, a deli csakhamar átadta egy másik
delinek.
- Őrizd te!
Az is állt valameddig, de talán eszébe jutott, hogy akik elsőkül jutnak a
várba, holtig nagyságos urak lesznek, átkínálta a foglyot egy müszellemnek.
- Nem őrzöm én - felelt a müszellem.
S odább lépett.
A delit ette a méreg.
- Majd én megőrzöm, csak eredj - szólt ekkor egy szőrös süvegű kis aszab.
S kivonta a handzsárját. Az asszony mellé állott.
Éva holtra váltan támaszkodott a falhoz. Mellette sűrűn lépkedtek el a
különféle öltözetű, puskaporszagú és hagymaszagú, mocskos katonák.
Valamennyi meztelen kardot tartott már a kezében, s valamennyinek a
szeme lángolt a diadal reményétől.
Olykor egy fáklyás jött, s világított egy-egy csoport előtt. Olykor csak a
sötétben topogva jöttek. Zörgött-csörgött rajtuk a fegyver. Egyik egy széles
vörös zászlót hozott a vállán.
Egyszer csak tompa, mély dörgés hallatszik, mintha a föld belsejében
dörögne az ég. A terem bejáratától visszafelé az alagút hosszan beomlik. A
dübörgés percekig tart. Kövek omlanak s tompán zuhannak alá. Az elöl
menők után nem jöhet többé senki.
Az omlás irányából tompa jaj és hörgés. A másik irányban az elhaladó
fegyverek halk zörgése.
Az asszony őre megszólal magyarul:
- Ne féljen!
És megfogta az asszonynak a kezét:
- Kicsoda maga?
Az asszony nem bírt megszólalni.
- Magyar?

Az asszony bólintott.

- Jöjjön - mondotta az aszab. - Az út itt kétfelé válik. Ha ki tudom bontani a másik nyílást, megszabadultunk. De ha itt is beomlik...

Éva az élet áramlatát érezte újra az ereiben.

- Kicsoda kegyelmed? - kérdezte felocsúdva.

- Varsányi a nevem. Javát akarom.

Acélt és kovát vett elő az övéből, és kicsiholt.

A tapló csakhamar égett. Illatos füst vegyült az alagút fojtott levegőjébe. Viaszgyertyához tartotta, és fújta.

A gyertya lángra lobbant. A termet újra világosság árasztotta el.

- Fogja, húgom, ezt a gyertyát.

A bal oldali omladékhoz lépett, s egy-két rántással meglazította a köveket.

Kis ember volt, de erős. A nagy kockakövek egymás után gurultak, hol kifelé, hol befelé. Csakhamar akkora nyílás támadt, hogy egy ember átbújhatott.

Elvette a gyertyát az asszonytól, és előrement. A tenyerét a gyertya elé tartotta. Annyira sietett, hogy Éva alig bírta követni.

Az út ott már tisztább volt, de még mindig lefelé kellett menniük.

Varsányi egyszer visszafordult.

- Kicsoda kegyelmed? Talán a királytól jön?

- Attól - felelte Éva, mintha álomban beszélne.

- Kapunk hadat?

- Nem tudom.

- No, mindegy. Csak azt tudnám, hol vagyunk. Sietnünk kell, hogy a törököt megelőzzük.

Az út már fölfelé vonult. Oldalt egy-egy fülkét lehetett látni. A kövek azonban barnák voltak, és a nyirok harmatként csillogott a köveken.

- Már a várban vagyunk - mondotta Varsányi. - Alighanem a víztartónál fogunk kilyukadni.

Fehér vakolathalom zárta el az utat. Azon át erős mészszag szállt hozzájuk. Varsányi káromkodott.

- Tyűh, azt a purgatóriumát ennek a keserves világnak!

- Mi az?

- Semmi, no. Majd én előremászok. Fogja ezt a gyertyát.

Ráhasalt a halomra. Átmászott. Éva benyújtotta a gyertyát.

Varsányi állt már odabent. Fogta a gyertyát, és hümmögött. Majd Évának segített, hogy a halmon átcsússzhasson, s megálljon.

Egy tág és fehérlő üregben voltak. Felülről gyászének hangzott: az *In Paradisum deducant te angeli,* s a magasból nappali világosság szűrődött alá.

Az üreg telve volt egymáson keresztül-kasul álló fehér koporsóval s köröskörül híg mésszel. A koporsók szélén rojtokba száradt a mész. Oldalt, a koporsók mellett egy félig eldőlt, inges, bajuszos, sovány képű halott meredt ki a mésztóból. A felülről ömlő világosság megvilágította az arcát. A nyakán kötél lógott.

Varsányi bámulva nézett arra a halottra. Aztán visszatekintett.

Éva ott hevert mögötte a földön, ájultan.

Ezalatt a fiú is vezette a török hadat.

Eleinte dermedt volt az ijedelemtől, de aztán arra gondolt, hogy ha kibukkannak a várba, kiáltani fog.

Ez a gondolat megerősítette. Ingadozás nélkül vitte a fáklyát hol az aga előtt, hol mellette.

Csakhamar ők is fölfelé kanyarodtak. Akadály nélkül jutottak el egy falig, amely az Egerben mindenütt azonos homokkőből épült, s amelynek vakolata arra vallott, hogy nem régen rakták.

- Bontsatok! - parancsolta az aga.

A vakolat csakhamar hullott a jatagánok és dárdák vasa alatt. Csak az első két-három követ volt nehéz kibontaniuk, a többi már könnyebben mozdult az acélizmú kezek erejétől.

De mégis tovább dolgoztak egy óránál.

Mikor már embernyi nagy lett a nyílás, az aga átléptette Miklóst.

Tágas pinceféle helyre jutottak. Mindenfelé hordók és hordók. Csak az volt különös, hogy az a hely inkább teremhez hasonlított, mint pincéhez. A falon is egy rongyos, nagy kép s alatta kerek kád. A képen két fejet lehetett látni. Az egyik szakállas, szomorú arc. A másik egy szintén szomorú ifjú, amint a szakállasnak a mellére hajol. A fejük fölött fénykör. Az ifjú feje alatt kifehérlik a fal a vászon rongyai közül.

- Fegyvert a kézbe! - szólt hátra halkan az aga. - Csendesen gyülekezzetek. Csend! Csend!... Amint az ajtót felszakítjuk, nem szabad ordítani! Ha senkit se látunk, összevárjuk a hátul jövőket! A zászlósok azonnal a falra szökelljenek.

És hogy erre igent jeleztek a körülötte állók, folytatta:

- A kapu felé fogunk rohanni. Nincs kegyelem! Az ott álló őrség lefegyverzése az első; és a kapu kinyitása. Értettétek?

- Értettük - hangzott a katonák halk morgása feleletül.

Az aga előbbre lépett, s megpillantotta a vasajtó előtt a nagy puskaporos kádat. Meghökkent.

A puskaporos kamrában voltak. A hordókban nem bor volt, hanem puskapor.

De Miklós is tudta már, hogy hova jutottak.

Amint ott állott a nagy kádnál, visszafordult. Végigpillantott az egymásra tolongó fegyveres sokaságon. Arca sápadt volt és átmagasztosult.

Fölemelte az égő fáklyát, és belecsapta a puskaporba.

9

Mikor a koporsót leeresztették, Varsányi felkiáltott az embereknek:

- Hé, emberek!

A kiáltásra elképedt arcok jelentek meg fenn a temetőüreg ajtajában. Az egyik hajadonfővel, a másik rozsdás, dísztelen sisakban, amely szíjjal volt az állához erősítve.

Varsányi újra felkiáltott:

- Én vagyok itt, Varsányi! Húzzatok fel!

A karjába emelte Évát, és koporsóról koporsóra lépkedett vele a kötelekig. A két kötelet összefogta, és beleült.

Az emberek felhúzták.

A sírüregnél nem volt más, csak a két pap meg a két kötéleresztő paraszt. Azok bámulva néztek Évára, aki halottként feküdt a gyepen, ahova Varsányi lebocsátotta.

- Hozzatok vizet - mondotta Varsányi a parasztoknak.

Ebben a pillanatban vörös lángtorony lövődött fel a templombástyából. Fellövődött az égig, s fekete deszkák, gerendák, kövek, fadarabok, emberek repültek benne.

A várat olyan dördülés rázta meg, hogy mindenki megsüketült s a földre bukott.

A levegőből kőzápor, vér, fegyver, fa és donga hullott alá.

Minutákig tartó halotti csend követte ezt a robbanást.

Halotti csend a várban és a váron kívül, a török táborban is.

Mindenki kábultan nézett maga elé.

Az ég szakadt-e le? Vagy a föld nyílott meg, hogy tűzokádó pokollá válva, ítéletnapi borzalmas lángözönbe borítsa a világot? - nem értette senki.

Török csel! - Ez volt az egyetlenegy gondolat a várban, mindenkiben.

A vár elveszett! - Ez volt az egyetlen érzés, amely a dobbanásban megállt szíveket kővé dermesztette.

Gergely a Sándor-bástya alján pokolszerrel telt bögréket kötözött. A robbanás szele nekitaszította őt a pajzsoknak, amelyek szögeken függve borították a falat.

Ahogy fölemelte a tekintetét, a lángoszlop fölül kitölcséresedve vöröslött az égen, s benne egy fekete malomkerék, a kerék körül hanyatt fekve lefelé szálló, kerengő ember és külön egy combtól egész emberláb.

Volt annyi lélekjelenléte, hogy a bástya boltozata alá ugrott, de ő is gondolataszakadt, süket arccal nézett az első percben maga elé.

A következő pillanatban azonban megmozdult a vár népe. Ide-oda futkosó emberek, fegyvereiket elhányó katonák, jajgató asszonyok, fékeiket elszakított, megvadult paripák látszottak mindenfelé.

Lent a török táborban diadalmas üvöltés, ostromlétrák emelkedése s a vár felé hullámzó fegyveres ezerek.

- Végünk! - hangzott a várban mindenfelé.

Asszonyok a gyermekeiket kézen ragadva és ölbe kapva futkostak a kormos köveken és a kormos gerendákon, tüzes üszkökön át összevissza. Mindenki menekült, és senki se tudta, hova.

A levegőből sűrű, fekete hó hullongott. Oly sűrű, hogy tízlépésnyire nem lehetett benne látni. A pörnye volt az. Beszállingózta az egész várat, mintha gyászba akarná takarni.

S eléktelenedett holttestek és vérző emberi tagok hevertek itt-ott a szétszórt köveken és gerendákon.

Dobó hajadonfővel, a paripáját rángatva száguldott a robbanás helyére, s a katonákat a falra parancsolta.

- Nem történt semmi! - kiáltozta jobbra-balra. - Csak huszonnégy tonna puskapor volt a sekrestyében!

A tisztek is mind lóra kaptak, és a Dobó szavával csillapították a népet mindenfelé:

- Vissza mindenki a helyére! Csak huszonnégy tonna puskapor...

Mekcsey dühében egy eltört lándzsanyéllel botozta a kábult és engedetlen katonákat:

- Fegyvert fogj, a kutya Heródesedet! Falra!

S maga is leugrott a lóról. Öles kopját kapott a kezébe, s a fal tetejére rohant. - Utánam, fiúk! Utánam, aki ember!

A falra mászó törököket hosszú sortüzelés fogadta. A katonák a belső térről, vezérlet nélkül is a falra futottak, s dolgozott a buzogány, a kopja, a kard, a csákány.

A török szintén rendezetlenül egymást nyomta előre-hátra, s kint a falak körül éppakkora volt a zavarodás, mint bent a várban.

Legtöbben a robbanás helyére tolultak.

Gergely látta a maga bástyájáról, hogyan ömlik a fekete pernyehullásban a tarka török had a templombástya felé.

- Itt maradj! - kiáltotta Zoltaynak, s ő maga a kardját kivonva rohant a templombástyára.

Útközben az üstök mellett rohant el. Azoknak a levese főtt ott, akik délben vártán voltak, s most kerültek volna ebédhez.

Gergely egy pillantást vetett a nyolc nagy üstre, amelyben az apróra vágott hús forró leve gőzölt és rotyogott.

Áttaszította az egyik üst fülén a rudat, s odakiáltott a tálas parasztnak:

- Fogja kend! A többit is hozzátok a bástyára!

S mikor fölértek, lezúdította a forró levest a létrákon sokadozó törökökre.

Varsányi, mikor felocsúdott, az asszonyt látta maga előtt a földön. A két pap azon ingesen-stólásan a falakra rohant, a két paraszt meg kétfelé, vélhetőleg az ágyúkhoz.

Varsányi fölemelte Évát a vállára, mint valami zsákot, és a palotába vitte. Gondolta: ha királyi követ, oda való.

S átadta Baloghnénak, hogy locsolja fel.

Csak az ostrom visszaverése után szemlélték meg, hogy a robbanás micsoda kárt okozott.

A templombástya jobb oldala a sekrestyével együtt fekete, tátongó üredék volt. A várfal az éjjeli építéssel együtt ledőlt azon a helyen, s a két szárazmalomnak, amelyik ott dolgozott, csak a düledéke volt meg. A sekrestye oldalában harminc vágni való marha állt. Azok vérükben döglötten hevertek.

A vártán volt nyolc legényt darabokra tépetten találták meg. Odaveszett egy hadnagy is, Nagy Pál, akit Báthory György küldött harminc drabanttal Erdőd várából.

S a közelben álló katonák közül is sokan megsebesültek. Egy Horváth Gergely nevű vitéznek vállban szakította le a karját a robbanás valami köve. Még aznap meghalt, s még aznap lebocsátották a temetőbe.

A várbeliek csak akkor tértek tulajdonképpen észhez, mikor látták, hogy a török nem bírt a várba felhatolni.

- Az Isten velünk van! - kiáltotta Dobó a haját hátrasimítva és az égre pillantva. - Bízzatok, vitézek, az Istenben!

Az ostromot voltaképpen a leves verte vissza. A török hozzá volt szokva tűzhöz, kardhoz, kopjához, de a forró leveshez nem.

Amint az első létrán végigömlött a forró, paprikás lé, az embereket mintha lesöpörték volna. A létrák alján tolongó had is szerteugrott. Ki a kezéhez kapott, ki a nyakához, ki az arcához. A fejüket pajzzsal takarva kotródtak el a falak alól.

A várbeliek könnyebben lélegzettek.

Dobó a molnárokat és ácsokat hívatta.

- Szedjétek össze hamar a malom részeit. A kettőből csináljatok egy portörő külyüs malmot. Ami hiányzik, azt az ácsok azonnal faragják!

S körülpillantott.

- Hol a számtartó?

Egy kormos, fekete alak lépett elő a monostor falaiból. A bajuszára szállt kormot fújva, szakállát ütögetve állt Dobó elé.

Az öreg Sukán volt.

- Sukán bácsi - mondotta Dobó -, adjon ki a pincéből salétromot, ként és szenet. Mihelyt a malom elkészül, a molnárok puskaport fognak törni.

Csak akkor gondolt arra, hogy maga is mosakodni menjen. Olyan volt ő is, mint a kéményseprő.

A palota ajtajában egy kormos ember ült. Félig törökösen volt öltözve. A kezében egy nagy darab sült tök. Azt ette kanállal.

Amint Dobót meglátta, fölkelt.

- Te vagy, Varsányi?

- Én vagyok, uram.

- Mi hírt hoztál?

- Királyi követet hoztam, uram, a várba. Asszonyféle.

Dobó szinte rohanva ment le Baloghnéhoz.

- Hol a követ? - kérdezte.

Az asszony a Pető ágya mellett ült. Sisakot bélelt piros selyemmel - a fia sisakját.

- Követ? - kérdezte bámulva. - Csak egy asszony jött.

- Hát az az asszony?

Baloghné benyitott a szomszéd szobába, s megint bevonta az ajtót.

- Alszik - mondotta -, ne háborgassuk. Igen el van csigázódva, szegény.

Dobó benyitott.

Éva az ágyban feküdt, fehér, tiszta ágyban. Csak a feje látszott, amint halványan, szétomló hajával környezetten félig be volt süppedve a párnába.

Dobó elámulva nézte azt az aluva is szenvedő, halottszín női arcot. Nem ismerte.

Visszavonult.

- Valamit levelet nem hozott?

- Nem.

- Kérem a nőnek a ruháit. Ki ez a nő?

Baloghné vállat vont, majd kérlelőn nézett Dobóra.

- Azt mondta, hogy a nevét ne kérdezzük. Attól tart, hogy kegyelmed nem szívesen látja.

- Kérem a nőnek a ruháit!

Baloghné egy sáros, meszes, török katonai ruhát emelt be a folyosóról. A kis szattyáncsizmák kénszínsárgák, rajtuk sarkantyú. Az övben ötven és egynéhány magyar arany, egy kardnak a hüvelye és két törött jatagán.

- Tapogassa össze a zsebeket.

Az egyik zsebben papiros zörgött.

- Ez az - mondotta Dobó.

S azon kormos kézzel fölbontotta az összehajtott pergamenpapirost.

A vár rajza volt az.

Semmi más nem volt a zsebekben, csak egy zsebkendő meg egy pár összegyűrt kesztyű. A ruha varratait is összetapogatták, fölfejtették. A csizmát is szétbontották.

Semmi.

- Nincs-e nála az ágyban?

- Nincs - felelte Baloghné. - Én adtam szegénykének inget is. Ó, hogy össze volt törve... Régen nem alhatott. A föld alatt jött be, a Halottak útján át.

Dobó behívta Varsányit.

- Azt mondtad: követ.

- Úgy értettem.

- Hát nem mondta tisztán?

- Nem beszéltünk mink, uram. Az alagúton jöttünk be csaknem futvást.

- Micsoda alagúton?

- A temetőn át.

- Hát ott is van alagút?

- Már nincs, uram.

- A töröknek van-e élelme?

- Jön néha tíz-húsz szekér liszt meg egy-egy nyáj birka. Isten tudja, hol szerzik! A rizsük régen elfogyott.

- Eszerint nem éheznek még?

- Eddig nemigen.

- Mit tudsz még a táborból?

- Csak azt, hogy Királyszéke felől árkot ásnak.

- A várba?

- Bizonyosan, mert a lagundzsik dolgoznak.

- Mért nem jöttél be? A rőzsehordásról hírt kellett volna hoznod.

- Nem lehetett. A kapuk elé a legerősebb janicsárokat tették, s nem volt janicsárruhám. Gyanút keltett volna, ha át akarok rajtuk jönni.

- Hát most már maradj a várban. Jelentkezzél Bornemissza Gergely úrnál, és jelentsd meg neki, hogy az aknát merről ássák. Azután visszatérsz, és a palota körül fogsz tartózkodni.

Az írás még a kezében volt.

Hívatta Mekcseyt.

- Fogd ezt a rajzot - mondotta neki. - A föld alatti utak vannak rajta. Nem is tudtam, hogy ilyen rajz is van a világon. Szólítsd azonnal a kőmíveseket, és rakasd be, ha van még berakatlan. Legelőször is a temetőgödörnél kell befalazni azt az alsó utat.

Még a két apródnak osztott egynéhány megbízást, azután fürdeni ment. S ahogy fürdés után újra öltözködött s a lábszárvasat kapcsolta, végigdőlt utána a medvebőrös lócán.

Így aludt mindig, ahol elnyomta az álom a napnak és éjnek egy-egy órájában. A várbeli katonák azt tartották róla, hogy sohasem alszik.

10

Dobó csak este beszélhetett Évával.

Bornemisszáné már akkor fölkelt. Könnyű otthonkába volt öltözködve. Bizonyosan azokból a női ruhákból szedett valamit magára, amelyek az első kicsapáskor jutottak az ura kezébe zsákmányképpen.

Azokat a női ruhákat nem tudták a kótyavetyén eladni, hát beakasztották a palota egy üres szobájába. Jó lesz a szegényeknek az ostrom után.

Dobó a vacsoránál beszélt vele.

- Kicsoda kegyed? - ez volt az első szava hozzá.

Mert azt mindjárt látta, hogy úrinő.

Balázs apród Dobó mögött állt. Baloghné is bent forgolódott a szobában. A birkapecsenye mellé akkor tett vörösbort. A két viaszgyertya mellé még egyet gyújtott.

- Nem tudom, megmondhatom-e másképpen, mint négyszemközött - felelte Éva. - Nem Baloghné miatt, hanem mert nem tudom, hogy főkapitány úr megengedi-e, hogy a nevem tudva legyen.

Az apród Dobó intésére távozott.

Baloghné is kiment.

Éva megszólalt:

- Bornemissza Gergelynek a felesége vagyok.

Dobónak kiesett a kés a kezéből.

Éva aggódó szemmel folytatta:

- Tudom, hogy az ilyen helyen, az ilyen munkában nem jó, ha asszony van jelen. De higgye meg kegyelmed, én az uramat a harctól eljajgatni nem fogom.

- Tessék leülni - felelte Dobó. - Engedelmet kérek, hogy evés közben fogadom. Tessék velem tartani.

De ezek csak hideg szavak voltak.

- Köszönöm - felelte Éva.

S bágyadtan leült.

Hallgattak néhány percet. Aztán Dobó szólalt meg:

- Gergely tudja, hogy itt van?

- Nem. S bizonyára jó is, hogy nem tudja.

- Hát, húgomasszony - szólt Dobó erre már nyájas tekintettel -, jól tette kegyelmed, hogy elhallgatta a nevét. Gergelynek nem szabad tudnia, hogy kegyelmed itt van. Ebben kérlelhetetlen vagyok. Az ostrom már nem tarthat soká: a fölmentő seregnek meg kell érkeznie. Miért jött kegyelmed ide?

Éva szeme könnybe lábadt.

- A gyermekemet...

- Hát csakugyan elrabolták?

- El.

- És a gyűrű?

- Itt van - felelte Éva a nyakán függő zsinórt elővonva.

Dobó pillantást vetett a gyűrűre. Ivott egy korty bort, s fölkelt.

- Mivel biztosít kegyelmed arról, hogy Gergellyel nem beszél?

- Minden parancsának engedelmeskedem, főkapitány uram. Tudom, hogy...

- Megérti azt kegyelmed, hogy miért nem szabad Gergellyel beszélnie?

- Gondolom.

- Gergely a várnak az esze. Az ő elméjét nem szabad elvonni a vár védelmétől egy percre se. Kit ismer még itt kegyed?

- Mekcseyt, Fügedyt, Zoltayt. Apám is itt van, Bálint bácsi is, a papunk.

- Nem szabad mutatkoznia kegyednek a Baloghné szobáin kívül. Ígérje meg ezt becsületszavára!

- Ígérem.

- Esküdjön meg!

- Esküszöm!

- Én viszont ígérem, hogy a gyermeke előkerítésére mindent megteszek. Adja ide a talizmánt.

Éva odanyújtotta.

Dobó felcsatolta a sisakját, s mielőtt kesztyűt húzott volna, odanyújtotta a kezét az asszonynak.

- Bocsásson meg, hogy ilyen nyers vagyok. Nem lehet másképpen. Tekintse a feleségem szobáit, itt hagyott holmiját a magáénak.

- Még egy szót - mondotta Éva. - Baloghné asszonynak mit mondjak: ki vagyok?

- Mondjon, amit akar, csak Gergely meg ne tudja.

- Nem fogja megtudni.

Dobó köszönt, kilépett az ajtón, és a lováért kiáltott.

Estefelé erős szél kerekedett. Kifújta a kormot, pörnyét a várból.

Dobó a robbanás omladékaira szólította a kőmíveseket és parasztokat.

- Szedjétek össze a szanaszét heverő köveket! Úgy rakjátok a falat, hogy a lövésektől mindig takartak legyetek.

Fölment a Baba ágyúhoz, leült az ágyúra, s ónnal egy szelet papirosra írt:

Hallod-e, Dervis bég! A Bornemissza gyerekét mihelyt megtalálod, tudasd kék-vörös zászlóval azon a jegenyefán, amelyik a patak mellett, a vártól északra áll. Gyűrűd lenyomata a levélen van. A gyermeket fehér zászlós küldött hozhatja. Nemcsak a gyűrűt adom ki érte, hanem egy nálunk rab török gyermeket is.

Mekcseyt szólította.

Eltakarta az írást a kezével, s azt mondta neki:

- Írd alá, kérlek, a nevedet.

Mekcsey szó nélkül aláírta.

Balázs már ott állt a pecséttel és a gyertyával.

Dobó elhajolt az ágyútól, s úgy csöppentette a viaszt a levél belsejébe, a Mekcsey neve mellé.

Mekcsey ránvomta a gyűrűjét a pecsétre, aztán anélkül, hogy kérdezte volna kinek?, minek? - dolgára sietett.

Dobó összehajtogatta a levelet, s kívül a török gyűrűvel pecsételte le.

A félhold és a csillagok tisztán látszottak a pecséten.

S hívatta Varsányit.

- Varsányi barátom - mondotta nyájasan. - Most tudom már én, hogy miért nem jössz te a várba. Minek is jönnél, mikor úgyis mindig kiküldünk. Ismered-e Dervis béget?

- Mint a csizmám szárát - felelte vígan Varsányi.

- Hát ihol ez a levél. Ezt belopod vagy a sátorába vagy a ruhájába vagy az ivópoharába, szóval ahogyan lehet, úgy juttatod hozzá.

- Meglesz, uram.

- Azután elmégy Szarvaskőbe, s megvárod Vas Miklóst. Most már jönnie kell.

- S hogy jutunk be a várba?

- A kapu mellett jobbra minden éjjel zsineg fog lógni. Tapogasd ki. Azt rántsátok meg. A csengetésre lepillantanak, bebocsátanak.

Varsányi kendőbe takarta a levelet, s a keblébe rejtette.

A Sándor-bástyán szaporán duhogott a golyó. Dobó látta, hogy zavarodás van ott. A katonák rendetlenül ugrálnak el onnan.

A török valahogy tudomást szerzett arról, hogy a külső várfalat egy kis kapu köti össze a belsővel. (Olyan volt az átjáró a két fal között, mint csaton a pecek.) Két magas létra a hegyen: fordított V betű. Egy török felfut reá. Látja, hogy a kiskapun ki- és bejárnak a vitézek. Nosza ágyút vontatnak a hegyre, s erősen golyózzák a kaput.

Alig egy óra alatt rakásra sebesült a magyar a kapu táján, s vagy öten el is dőlnek.

- Deszkát fel! - kiáltott Dobó. - A palánkot emeljétek magasabbra!

De hiába emelték a takarót oda. A török ágyúk már úgy feküdtek, hogy rászórták a golyót a deszkán, palánkon át is a kapura.

- Ez egy mázsa puskaporomba kerül! - morgott Dobó. - És éppen most!

Gergely futva jött a szeglettoronyból.

- Kapitány uram - mondotta -, így nem maradhat a kapu! A legjobb katonáimat ellövik!

- Teszünk róla - felelte Dobó.

S halkan folytatta:

- Várni kell, míg a porcsinálást megkezdik.

A golyó hull a kapura, mint a záporeső.

- Engedje meg, hogy a falat kitörjük vagy alul megássuk.

- Neked nem kell külön engedelmet kérned, Gergely. Cselekedd!

Gergely a kapu mellett lyukat vágatott a falon, s azon át járatta a katonáit. A török pedig szórta tovább is a golyót az üres kapura, úgy, hogy söpörni lehetett a golyót a kapu alján.

Éjjel ismét hordta a török a földet, a rőzsét.

A hold valamennyire világított nekik. A várból ki-kilőttek rájuk.

- Ne lőjetek! - mondotta Dobó.

Hogy a várbeliek elcsöndesedtek, a török zsibajgás, dobogás, ropogás hangja egyre erősödött.

Szaporodtak.

Dobó a négy romláshoz rendelte valamennyi puskás katonáját. Egy sor fekvő fölött egy sor térdelő. A térdelők fölött egy sor előrehajló.

A lámpások elsötétedtek.

A török mindegyre több és födetlenebb. Apró kézilámpások világítanak neki a munkában.

Mikor a csoport följebb-följebb hágva ott turbánzik már a romlás előtt, Dobó tüzet kiált.

Ordítás és megzavarodás követte a lövést. A futó és elnyargaló csoportok bizonyították, hogy a lövés nem esett hiába. Egynéhány tüfenkcsi visszapuskázott, de senkit se talált. A munkát csak a fal tövében folytatták, s óvatosan, mindig takarva magukat.

11

A malom éjjel-nappal duhogott. A friss puskapor feketén pergett a teknőbe. A várbeliek bizalma visszatért.

A török új sáncot vetett, s alighogy megvirradt, a nagyprépost házánál három zarbuzán dördült meg. Az északnyugati torony volt az új cél. Onnan ugyan bajos ostromot kezdeni, de talán el akarták vonni az erőt a többi vároldaltól.

A nagy, fekete ágyúgolyók sasokként szállottak a toronyra.

A lövés irányában állt a katonák lakóháza. Egy sor alacsony ház. Háttal a várfalnak támaszkodik valamennyi. Azokra hullt a faltörő golyók közül, amelyik nem kapott elég puskaport.

A várnagyi palota nyugati oldala kezdett szakadozni. Baloghné rémülten esett be abba a szobába, ahol Dobónak ágyat vetett.

A kapitány az ágy mellett ült. Vasban, ahogy künn szokott járni. Csak éppen hogy a sisak nem volt a fején. A két kezét a szék két karján pihentetve aludt édesen. Előtte égő gyertya. A feje fölött elbarnult olajfestmény: Szent István király képe, amint a koronát Máriának nyújtja. A bástyává átalakított templomból tették be oda, s már oly fakó volt, hogy az alakok szeme csak barna foltnak látszott.

Dobó ott szokott aludni.

Csak virradat felé tért azon a napon haza. A hajnali órára hirtelen való ostromot várt talán, hogy nem vetkezett le.

Azt az oldalt lőtték, amelyikben aludt. A golyók úgy rázták a házat, hogy a gerendák recsegtek. A szoba egyik falán négyujjnyi széles repedés. Ki lehetett rajta látni a palánkra.

- Kapitány úr! - rikoltotta Baloghné.

A vakolat egy újabb lövéstől a fejére hullt.

Odaugrott a kapitányhoz, és megrázta.

- No, mi az? - rezzent fel Dobó.

- A palotát lövik! Keljen fel, az Isten szerelmére!

Dobó körülnézett. Látta a szakadást. Fölkelt.

- Az ágyamat tessék levitetni - szólott - valamelyik alsó szobába, amelyik közel van az ajtóhoz. Mindjárt visszajövök.

Ez a *mindjárt visszajövök* olyan soha nem teljesített mondása volt Dobónak, hogy Baloghné még abban a veszedelemben is elmosolyodott.

- Legalább azt várja meg, míg egy kis borlevest főzök.

- Az jó lesz. Köszönöm - felelte Dobó, a vakolatport verve a hajáról. - A gyomrom alélt. Néhány szem szegfűszeget is kérek bele.

- Hova küldjem?

- Majd beugrok érte.

- Dehogy ugrik, kapitány úr. Kiküldöm a fiamtól.

Egy felkantározott ló mindig ott állt az ajtó előtt, s a ló mellett hol az egyik, hol a másik apród a maga kis lovával. Dobó ráfordult, és megindult, hogy a várat bejárja.

A katonák egy része öltözetlenül tolongott ki a városi oldalon álló apró kaszárnyaházakból. A fegyver a felsőruhával a vállukon vagy a hónuk alatt. Némelyiknek a nadrág is a nyaka között. Káromkodnak, mint a jégeső.

- Menjetek a monostorba - mondotta Dobó. - Azt nem lövik.

Egy másik csoporttal Mekcsey siet át a piacon. Ásó, kapa és csákány van a katonáknál. Mekcsey egy nagy kovás puskát tart a kezében.

Hogy Dobót meglátja, fölemeli a puskáját, s feléje int. Dobó odaszökteti a paripáját.

- A Királyszék felől árkot ásnak - jelentette Mekcsey. - Azok ellen megyünk.

- Jó - felelte Dobó. - Hát csak vezesd munkára őket. Ássanak. Azután azonnal keress meg.

A Bolyky-bástyára ment. Annak az alján, az istállók mellett öt ember ült. A fejükön sisak. Az arcuk piros a tűzfénytől. Apró szalmakoszorúkat kötöttek. Mellettük üstökben főtt a szurok.

A bástyán Gergelyt látja, amint a dob fölé hajol. Nézi a borsót. Hogy Dobót meglátja, fölkel:

- A törökök aknába fogtak. Ma már megneszeltünk egyet. Mekcsey maga ment rájuk.

- Tudom - felelte Dobó.

- A dobok mind meglágyultak, használhatatlanok, de a víz rezgése elárulja őket.

Dobó a palánkhoz állt, és annak a nyílásán kinézett.

A töréseknél körülbelül egy ölet emelkedett a vesszőhányás. Egy holt akindzsit akkor vittek el a dervisek két kopján a rőzse közül.

Az még az éjjeli lövésben esett el.

Szemben a falakkal már mindenfelé látszott a sok árok és deszkasövény. A török is takarta magát.

- Valami készül megint - mondotta Dobó. - A jaszaulok és janicsárok nem mutatkoznak semerre se.

Mekcsey akkor ért föl a bástyára.

- Ásnak - jelentette röviden.

Az arcán látszott, hogy azon az éjjel semmit sem aludt. Vörös szemű volt, színtelen és kócos. A dolmánya vállon meszes és sáros. Bizonyosan a kőmíveseknél segített a gerendák emelgetésében.

- Kapitánytársam - mondotta rideg, szemrehányó hangon Dobó -, már megint magad akartál az aknába szállni! Azonnal aludni menj!

A lépcsőn akkor hágott fel Balázs apród. A kezében ezüsttálca, s azon ezüstpohár. Fehéren párolgott a pohár a hajnali hideg levegőben.

Mekcsey köszönt és leindult.

Dobó szelídre változott hangon szólt utána:

- Pista!

Mekcsey megfordult.

—   Vedd el Balázstól a poharat, és idd meg, kedves öcsém.

—

12

A következő éjjelen megtudták, hogy mit műveltek aznap a janicsárok.
Hát biz ők olyanforma alkotmányokat szerzettek, mint amilyenek alatt a papok viszik a szentséget a körmeneteken. Csakhogy a mennyezet teteje erős deszka, a négy rúdja meg négy kopja.
Ilyen mozgó tetők alatt hordták aznaptól éjjelenként a földet meg a rőzsét.
Magyarul ezt az alkotmányt *tárgy*-nak nevezték akkoriban.
A főtisztek délután kialudták a fáradtságukat. Többnyire délután aludtak, mert az ostromtól csak reggel lehetett tartani, s délelőtt a török aznapi szándéka már kitudódott. Éjjel megint talpon voltak, s olyankor a legénység fele tért nyugodni. Dobó úgy egyezett meg Mekcseyvel, hogy nem osztanak rendes időt az alvásra, hanem amint az egyik kipihente magát, a másik azonnal pihenni tér.
Bizony nem aludt az egyik se, csak itt-ott a bástyazugban, földhányáson ha aludtak ültön egy-egy órát, néha délután kettőt is.
Hej, ette a méreg a puskásokat, hogy a törököt a tárgyak sokasága takarja. Ami ép deszka maradt a városi házakban, udvarokon, azt a török mind összeszedte. Látta, hogy másképpen nem boldogul, csak ha maga is falat emel.
A Sándor-bástyán már annyira felmagasították a töltést, hogy a romlásig ért, vagyis a várbeli falnak ágyúgolyóktól lerombolt szakadékának az aljáig.
A tárgyak fedték a törököt, a rőzsék fedték a feltoló fejét. A romlás körül mindig húsz puskásunk őrködött meg egy-egy töltött mozsár. A falon is odavigyázó fegyverek. De hát hiába: a homály is takarójuk volt az éjjeli munkában a törököknek.
Gergely maga is ott őrködött legjobban, a romlás mellett.
Egyszer csak valami húsz török törekedik elő. Mindenik fején venyigecsomó.
Gergely leszól a falról:
- Gasparics!
- Tessék - hangzik egy férfihang.
- Nem viszket a markotok?
- Dehogynem, az áldóját! Hadd üssünk ki rájuk, hadnagy uram!
- Üssetek ki, a pogány teremtésit! Csak arra vigyázzatok, hogy amint szúrtatok, azonnal ugorjatok vissza.
- Értem, hadnagy uram.
A romláson dolgoztak a kőmívesek, de még akkora volt ott a rés, hogy akár egy szekér is bemehetett volna rajta.
Gergely szavára kiugrik Gasparics, mellbe szúr egy jatagánokkal körülfegyveres törököt. S visszaugrik.
A török összeesik. A többi hord tovább.
Gasparics hőstettét látva, három ember ugrik ki a résen. Lándzsával leterítenek ugyanannyi törököt. Megint ugranak vissza.
A török káromkodik, pillanatra megzavarodik. De alulról tolong fel a többi.
A résen most már tíz ember surran ki. Ki karddal, ki lándzsával. Szúrják,

vágják a rőzsehordókat. Aztán visszafordulnak, és beugrálnak a résen egymás után.

A török elhányja a rőzsét, harmincan is neki a három hátul maradtnak.

Gergely lövet a falról. A török egyik a másikra bukfencezik, hanem egy Kálmán nevű tizedes nagy lándzsaszúrást hoz vissza a mellében.

- Lőjetek tik is! - kiált le Gergely.

A többi törökre már az alsó nyílásból villámlik a halál.

Ennél a villanásnál látszik, hogy körülbelül negyven török hever véresen a rés előtt. A többi török új csoportba pattan, és lándzsával, karddal rohan a résnek.

- Lőj! - kiáltja Gergely a falon fent állóknak.

Akkor érkezik oda Dobó.

A rés előtt ott fekszik hanyatt a vérében Kálmán. A résen beszúr egy janicsár, s hogy senkit sem talál, egy kurjantással beugrik.

Dobó épp a rés mellett áll. Úgy üti orrba meztelen ököllel, hogy a vér szétpreckel belőle. Ugyanabban a pillanatban Gasparics lándzsát vet beléje.

A többi török nem meri követni. Hátat fordítanak, és széjjelugrálnak a rőzsehányásban.

- Dobjátok ki a kutyát! - mondja Dobó a kőmíveseknek.

S fölmegy a falra.

- Az aknázást abbahagyta a török - mondja Gergelynek.

- Gondoltam - feleli Gergely.

- Van valami mondanivalód?

- Tessék megnézni a bögréinket.

A bástyaoldalon függő olajlámpásnál öt legény dolgozott s köztük a cigány is.

Egynéhány száz cserépbögre hevert ott. Azokat töltögették.

Az egyik puskaport tett bele egy marokkal. A másik rongyot és követ gyömöszölt rá. A harmadik ismét egy marok puskaport tett a bögrébe. A negyedik egy halom arasznyira vagdalt, rozsdás puskacsődarab mellett ült, s azokat töltötte puskaporral. Kétfelől fával verte be. Az ötödik dróttal szorította a két dugót a csőhöz. A cigány besározta.

- Már háromszáz bögrénk van készen - jelentette Gergely.

- Tegyetek közéje ként is - mondotta Dobó. - Jó nagy darabokat.

- Az bizony jó lesz - felelte Gergely.

Balázs apród futott a kénért.

Dobó kis ideig elégedett arccal nézte ezt a mesterkedést, aztán körülpillantott.

- Itt van Gasparics?

- Itt vagyok - felelte a legény alulról.

- Gyere fel.

A legény felugrott, és összecsapta Dobó előtt a bokáját.

- Te voltál az első, aki a résen kiugrottál?

- Én, kapitány uram.

- Mától fogva tizedes vagy!

Hogy a tárgyak jó védelmet nyújtottak az első éjjelen, látják ám másnap a várbeliek, hogy a Hécey prépost házától kezdve nagy földhányás túródzik a vár délnyugati faláig, vagyis a mostani kapujáig.

A falnál csakhamar hordók tolódnak fel az árokból, s ezer meg ezer kéz hordja és rakja az üres hordót.

A török feltörte a városbeli pincéket. Kieresztette a bort a hordókból, s hordta a hordót és taposókádakat a vár alá.

Hát bizony azon az oldalon nagy hordófal épül. Kézből kézbe száll a hordó, s fordul fenékkel talpra valamennyi.

Még aznap fölépül a hordóhegy. Támasztéka a várfal. Túlfelől lépcsőzetes.

A várból napestig puskáznak rájuk, de a hordó is védi őket. Dolgoznak serényen.

S még éjjel is döng és duhog a sok hordó és szüreti kád.

A puskások java része odakerül most arra az oldalra. A mozsarak is ott guggolnak a falon. Egypár szakállas ágyú oldalt a hordóhalomra céloz.

- Bolond török - mondja Fügedy.

De nem bolond az. Lám, kora hajnalban előmozdul a hordók alján egypár nagy, széles tárgy. Nyolc kopja tartja. Húsz-harminc török is elfér egy-egy tárgy alatt.

- Tüzet és vizet! - rendelkezik Dobó. - Hozzatok szalmát, vasmacskát, horgot és csáklyát, sokat!

Mert nemcsak a tárgyak mozgását látta, hanem azt is, hogy lent az árokban fáklyákat gyújtanak a törökök.

A Babek-bástyát is lőtték tegnap, és ott zsákokba kötött föld volt a lépcsőjük.

Dobó ott is megfordult. Gergelyt készen találta mindenféle láncra kötött vasmacskával és csáklyákkal. A bástyán tűz égett. A tűz mellett üstökben faggyú olvadt. A szurkos szalmakoszorúk rakásokba rendezve feketéllettek a tűz körül. A török ott is nagy tárgyak alá húzódva indult a vár ellen.

Mekcsey az Ókapunál tömetett.

Onnan is vártak ostromot.

A veszedelem fenyegetőbb volt a délnyugati sarkon, ahol Fügedy állott. Dobó fölnyomta az acélsisakját, s Balázs apród kíséretében odanyargalt.

Hát már akkor égett a palánk.

A török ezúttal nem ordítozott. Óvatosan a tárgyak alá húzódva puskázott a várbeliekre.

Felülről nem lehetett lőni őket. Az égő palánk aljából lőttek vissza, s lyukakat vágtak csákánnyal a kő között, hogy azokon a réseken is lőhessenek a tárgyak alá.

- Szalmát rájuk! - harsogta Dobó.

Egyfelől a víz locsogott a fent égő palánkra, másfelől olajba és faggyúba mártott, tüzes szalmakoszorúk repültek a tárgyak fölé.

Amelyik tárgy a falig jutott, azt csáklyákkal fölfordították vagy ellökték. Amelyiknek a teteje tüzet fogott, azt csak engedték a sorsára. A török csakhamar eldobta, és ordítva menekült a tűzesőből.

A hordók inogtak alattuk, s némelyik a hátán vitte a lángoló tüzet.

- Szalmát, csak szalmát! - kiáltotta Dobó.

Az olajba mártott szalma lángoló rongyokban repült újra alá a tárgyak födelére. A kopjatartók eldobták a szerszámukat, s hanyatt-homlok rohantak le a golyózáporból.

De ez csak szünet volt. Amint az első támadókat visszaverték, a török ágyúk a palánk szaggatásába fogtak.

Dobó hasra fektette a népét, hogy a golyók ne találják. A palánkcölöpök közül kettőt sikerült a török ágyúknak ellőniük. A palánk megingott, és negyven öl hosszan ropogva-recsegve hajolt kifelé.

Még egy cölöprántás, és leszakad az egész.

- Csáklyát elő! - kiáltotta Fügedy. - És láncokat!

Ötven csáklya kapott a kifelé hajló palánkba.

Vasláncok és kötelek, új cölöpök és karók kerültek elő. A palánk csakhamar ismét az előbbi állásába helyezkedett.

Dobó már akkor a Bolyky-toronynál járt, ahol a szurok, puskapor és égett faggyú egybekeveredett büdösségében Gergely fogadta az ostromot.

Az a derékban romlott szeglettorony nagy bizalma lett a töröknek. Hogy Temesvár is egy torony miatt esett el, azt tartották a szerencse sarkának, habár az első ostromban nem is sikerült az erejüket megvetniük benne.

Ott, hogy csupa földet hordtak a torony fala mellé, felülről nem lehetett ártani rajtuk.

A törökök egymást nyomva tolakodtak a széles tárgyak alatt fel. Hullt rájuk az égő szurkos és faggyús koszorú, mégiscsak sikerült végre feltolakodniuk a toronyba.

- Allahu akbár! Üsd, vágd!

S a Királyszéke oldalán ezernyi ezer fegyveres török rohant a vár felé.

A torony alján a falon csáklyák és kopják nyulakodtak alá. Taszigálták, kaparták, vágták, horgolták a tárgyakat.

De a török is dolgozott. A tárgyak alól a tüfenkcsik puskáztak. Lándzsák és gránátok és nyilak röpültek alulról a védőkre.

Egy páncélos szpáhi halálmegvetéssel ugrott a falra, s a két vasas kezével malmozva verte szét a csáklyákat és kopjákat. A másik, harmadik a nyomában.

Míg azt a hármat leagyalták buzogánnyal, a többi a hátukon előnyomakodott.

Egy perc nem telt belé, már feltoltak egy tehénbőrrel bevont tárgyat a torony tetejére, s az alatt harminc-negyven janicsár térdelve és hasalva lőtte a bástyán küzdő katonákat.

- Allah! Allah! - üvöltötte alant ezer torok.

- A diadal közel van! - ordították a jaszaulok.

Dobó fejéről leesett a sisak. Hajadonfővel rohant az ágyúkhoz.

A torony belsejében álló magyar katonák még csak nem is árthattak a föléjük tolakodott janicsárságnak, mert a torony teteje be volt már deszkázva, s a deszkákat nem lehetett lelökni a rajtuk álló janicsárok miatt.

- Gyertek ki! - rikoltott Gergely, amint meglátta, hogy Dobó az ágyúkat forgatja.

S a janicsárok puskáival mit se törődve, maga is csáklyát ragadott. Beleakasztotta az egyik tárgytartó kopjába, s elrántotta azt.

A bástyán álló katonák is megdöbbenve látták a torony elfoglalását. Mind a tüzes szerszámhoz kaptak, s a falon felnyomakodó janicsárokat elborították tűzzel.

Dobó látta, hogy a janicsárok összeköttetése megszakadt. Hirtelen lefelé fordíttatta a két ágyút, és a töltésen sokadozó janicsárok közé lövetett.

A janicsárféle katona nemigen tart az ágyútól. Két ágyúnak a két magva nem sokat árt. A dörgést meg megszokták. Csakhogy a Dobó ágyúi apró maggal vannak töltve. Közelről tízével-húszával dől tőle a török.

A janicsárok irtózva hátráltak.

- Tüzet rájuk! Tüzet! - hangzott fent is a Gergely szava.

S a toronytetőn rekedt janicsárokra repült a szurokkoszorú. A török ide-oda kapkodott, de hogy a puskáját már kilőtte, nem volt ideje újratölteni. A tűz és láng egyre több. Ordítva vetik alá magukat a toronyból. S még jól járt az, aki kívül esett. Az egy roppanással kitörte a nyakát. Aki a várba ugrott, az se táncolt soká, mert úgy agyonverték, hogy csontja se maradt épen.

A török azon az estén és éjjelen a földbástyánál folytatta a harcot.

A földbástya a város északnyugati szegletén folytatása a kőbástyának. A földet összevissza turkálták, hogy a bástya alá lyukat szerezzenek, de a vár fala nem földre épült a hegyen. Fal falon áll le húszölnyi mélységig, mintha az ismeretlen időkben a völgyből építették volna a várat, s a következő kor népe meghordta volna a régi várat földdel, s föléje építette volna a maga várát, míg végre jött a Szent István király népe, s a váron vár fölé fölfalazta a mai várat.

Dobó csakhamar ráeszűdött, hogy a törökök éjjeli ostromlármája csak arra való, hogy elvonja a figyelmet a fatöltéstől.

Odarendelt a földbástyára egy hadnagyot kétszáz emberrel, s a többi népet meghagyta a rendes számban a vártákon.

A török lovasság sem a hordóhegyen, sem a torony ostrománál nem mutatkozott. Előre látható volt, hogy éjjel folytatja a fahordást.

Most azt találták ki, hogy rőzse helyett vastag fát hordanak. Amennyi teve, ló, ökör, bivaly és öszvér van a tárborban, az alkonyatra mind hasábfával és dorongfával megrakodottan tér vissza a falak alá.

A falakkal szemben ásott földsáncokból először csak találomra dobálták ki a fát, azután mikor a fahalom eléggé takarta már őket, rendezésbe fogtak.

Ezer meg ezer kéz mozgatta, hányta a hasábfát és dorongfát egymásra. Az előbbi éjszakák csendes munkája helyett csupa zuhogást és kopácsolást lehetett hallani mindenfelől.

A fát vaskapcsokkal és láncokkal erősítették össze.

A Gergely bástyája előtt készült pedig az a nagy fabástya, s alig három öl távolságra a teteje.

A török ügyesen dolgozott: a fát úgy rakta, hogy mindig takarva legyen, s az egy öl magas takaró mögül átdobálták a vastag dorongfákat az árokba is. Az árok szemlátomást temetődött be, és nőtt a fahegy a kőfal mellett.

És egyre közelebb a várfalhoz!

Gergely hol az egyik lövőrésen, hol a másikon nézett ki, hogy vizsgálja az ellenséges munkát. Utoljára fölment a palánkhoz.

Ott találta Dobót.

A kapitány a szokott, térdig érő mentében állott. A fején könnyű, fekete acélsisak.

- Uram - mondotta Gergely -, kérem azokat a zsindelyrakásokat, amiket a tetőkről leverettünk.

- Hordathatod.

- Aztán kérek faggyút, szurkot és olajat.

- Amennyi kell, rendeld. Sok faggyú nincs.

- Hát ami van. Ha faggyú nincs, szalonnát kérek, sokat.

- Szalonnát?

- Húsz-harminc oldalt. Amennyit csak lehet.

Dobó hátraszólt Kristófnak:

- Eredj, költesd fel Sukánt. Adjon az éléstárból faggyút és negyven oldal szalonnát. Hozzák azonnal ide!

És csak azután kérdezte, hogy: minek?

Hát bizony Gergely azt eszelte ki, hogy amint a török ott hányta rakásra a fát, ő meg szalonnát, faggyút meg zsindelyt hányatott a hasábfa és a rőzse közé.

A török nem ügyelt rá. A várból mindig dobáltak rájuk. Kő, csont, repedt fazék, döglött macska s miefféle repült közéjük minden percben. Az arasznyi széles szalonnadarabok a sok minden között fel se ötlöttek. Ha éppen meg is nézte valamelyik, vagy nem ismerte, mire való, vagy ha ismerte, utálattal nézte.

Gergely arasznyi széles szeletekre vágatta a szalonnát, és időnkint odadobatta a fa közé. S hullt közben az olajfestékes zsindely, a faggyú, a szalma. Időnkint meg ledobatott egy-egy szalmába pólyált cserépbögrét.

A bögrék sárral voltak betapasztva, dróttal meg körülfonva. A belsejükben puskapor volt meg töltött csődarabok s ujjnyi darabokban kén.

Dobó levizsgálódott.

- Mikorra elkészülnek - mondotta -, reggel lesz. Kristóf, nézd meg Mekcseyt, ébren van-e. Ha ébren van, mondd neki, hogy én lefekszek. Ha nincs ébren, hagyjátok aludni. Azután az őrségeket járod be. Megmondod, hogy mihelyt ostromra való mozgolódást látnak, a szeglettoronyhoz jöjjenek jelenteni. Te nem fekszel le, Gergely?

- Ma nem - felelte Gergely. - Megvárom a reggelt.
- És Zoltay?
- Aludni küldtem, hogy reggel erő is legyen a bástyán.
- Amint a fabástya fölépült, költess fel!

Fölment a szeglettoronyba, s egy katonai nyoszolyára dőlt. Kristóf apród ott állt kivont karddal a torony ajtaja előtt.

Apródi kötelesség volt ez. Őrizte az alvó oroszlánt.

13

Hajnalra már csaknem olyan magas volt a török fabástyája, mint a vár fala. Másfél öl hiányzott csak, hogy olyan magas legyen.

Gergely még két meszes ágyúcsődarabot tömetett meg. Beverette fával keményen.

- No, ez az ágyú se hitte, hogy még egyszer lőni fog! - mondotta a cigány.
- Régi ágyúból új - felelte az egyik katona.
- Hát ha új, adjunk neki nevet is - mondta a cigány. - Legyen az egyik *Rajkó*, a másik *Galamb*.

Mert minden ágyúnak megvolt a maga neve.

Gergely ólomgolyót vett ki a zsebéből, és ráírta a kisebbik ágyúra: *János*. A nagyobbikra: *Éva*.

Hóna alá vette a két ágyúdarabot, és fölhágott a bástyára.

A hajnal gyorsan öntötte szét az égen a világosságot. Lenn mozgolódott a tábor: csapatok zörgése közeledett mindenünnen.

Gergely fölkeltette Dobót.

Az emberek már kopjákkal és csáklyákkal álltak a falon. A puskások a dértől fehér köveken frissen porozott csöveket tartottak. A bástya három ágyúja lefelé volt irányozva, a Sötét kapu két ágyúja meg fölfelé a falakra.

- Gyújtsátok meg a szurokkoszorúkat meg a furkókat - parancsolta Gergely -, és dobjátok ki!

Az emberek egyszerre munkában voltak.

Mikorra Dobó odaért, már úgy özönlött a dombokra a török, mint a hangya. A fát még mindig rakták és kopácsolták. Már olyan magas volt, mint a belső bástya. Időnkint át is löktek a hasábfából, hogy a két fal között való hézagot mindenütt kitöltse. Rengeteg sok fa volt ott. Egy egész erdő. S a favár erős. A tetején nyers tehénbőrrel gondosan beborított tárgyak inogtak.

Az égő koszorúk nem ártanak a tehénbőrnek, ami meg máshova hull, lábbal löki a török odább.

Egy éles síphangra ezernyi ezrek Biszmallah ordítása rázta meg a levegőt. A török muzsika harsogva szólalt meg. S az óriás faépület dörgött a felrohanó lábak robogásától.

- Allah! Allah!
- Jézus! Mária!

A tárgyak alól gyorsan tolódnak elő a rövid ostromlétrák, hogy áthidalják a fabástyát a kőbástyával.

De a várbeliek is fenn állnak már. Egyszerre százával repül a törökre a tüzes koszorú. Égő szalmakéve és kén borítja el a létrákat, s a szalmára hull a szurkos zsindely.

Az első török csoport, amelyik az égő tűzön át akar berohanni, a csáklyák és kopják hegyével találkozik. A többit már kard, csákány, tüzes furkó és láncos buzogány fogadja.

Egy telt képű török hatalmas boncsokot emelve bukkan fel a farakáson háromölnyire Gergelytől. Amint az Allah ordításában az egész feje egy szájjá változott, Gergely kapta a kisebbik ágyúdarabot, és belevágta annak a töröknek a pofájába. A nagyobbik ágyúdarabot a lent égő tűzbe vetette.

A nagy faalkotmányt ellepte a török, s bizonnyal átrohantak volna az égő tűzön is, ha egyszer csak az a feneség nem történik, hogy alulról fölfelé is megszólal a puska meg az ágyú.

A cserépbögrék pukkadozni kezdtek, és szerteszét dobálták az égő ként. Mintha tűzokádó hegy nyílott volna meg alattuk.

- *Ja kerim! Ja rahim! Meded! Ej vá! Jetisin!* - ordítozták megzavarodva.

Hanem a jaszaulok nem bocsátották le őket.

- Győzünk! A diadal órája ez! - kiáltozták feleletül.

S az alant maradtakat küldték vízért.

S vízzel, fegyverrel, ruhával próbálták megmenteni a napok és éjek során készült rengeteg faalkotmányt.

De akkor már a faggyú és szalonna is olvadásnak indult a fahasábok között, s a bögrék mindegyre szaporábban lövöldözték széjjel a ként, s gyújtották az ölfahasábokat.

- *Ja kerim! Ja rahim!* Be a várba a tűzön át!

Nem akarták hinni, hogy azok a nagy fadarabok meggyulladnak.

Már szaporán hozták a vizet bőrvedrekben és csöbrökben és mindenféle edényekben. Rohantak vele mindenüvé, ahol a tűz egy-egy fölfelé csapó lófark alakjában lángolt ki a farakásból. Bőszülten és rémülten ugrándozva oltottak.

De az emelvény óriási máglyává változott. A puskacsövek csak akkor kezdtek széjjeldurrogni, s a zsír kék lánggal sercegve fecskendezett az oltók szeme közé. A két ágyúdarab hatalmas dördüléssel sült el egymás után, és ott, ahol elsült, szétvetette a fát s a törököt.

Pokoli rémület, harag és ordítás! Az ostromlétrák hídján újabb meg újabb erőfeszítéssel nyomakodnak át a füstből és lángból azok a janicsárok, akik a mögöttük durrogó tűzön nem bírnak visszavonulni. Egyik-másik kétségbeesett ugrással rugaszkodik a kőfalra, s ugyanabban a pillanatban véres fejjel hull alá. A többi a máglyarakás tetején táncol dühében, s fegyverrel csapkodja a gyulladozó favégeket.

De micsoda hiábavaló munka! Lángtenger az, amely a fal mellett keletkezett, s vihar dörgése benne a sok robbanás. A lángokban szanaszéjjel ugráló, szökellő ördögi árnyékok a törökök. A ruhájuk is lángol, a szakálluk is lángol, a turbánjuk is ég. Ezek a pokol irtózatain át jutnak Mohamednek a paradicsomába.

A forróság oly nagy a várfalon is, hogy az ágyúkat el kell vontatniuk, s a vitézeknek az ostromállásokat kell locsolniuk, hogy a fa ott is meg ne gyulladjon.

S a pokoli tűzben ott üvöltenek a menthetetlen török sebesültek, túlnan a lángon meg hangzik a jaszaulok bősz ordítása, s látszik a fel-felpuskázó gőz, amint az utolsó oltási kísérleteken vesződnek.

A két hadat láng és füst választja el egymástól.

14

Ha fával nem boldogulunk, boldogulunk földdel! - gondolta a török.

Ágyúzásba fogta a hordásra veszedelmes külső várat, és nappal duhogtatta, lövöldöztette, éjjel pedig hordatta a rőzsét meg a földet.

Meg is öntöztette.

Gergely aggodalommal látta, mint növekedik napról napra a meggyújthatatlan újabb út a bástya felé. Azon fognak feljönni százával, ezrével, mind az egész tábor.

Gondolkodva járt-kelt a várban.

Megnézett minden romhalmot, kőrakást, istállókat, vermeket, a halmokba rakott ágyúgolyót. S vakarta, rázogatta a fejét.

A sekrestye romjai között is megfordult. Végre a lakatosok zugánál állt meg. Ott a halomra hányt tömérdek magyar és török fegyver előtt egy nagy kerék feketéllett. Gergely megismerte, hogy az egyik szétvetett malomnak a kereke az.

A cigány a keréken ült, s egy nagy cseréptálból főtt húst evett. Rettenetesen fel volt fegyverkezve. A lábán piros karmazsin janicsárcsizma. Az övében fényes jatagánok. A fején lyukas rézsisak, amely szintén töröké lehetett.

A cigány, hogy katonának érezte magát, fölkelt. A tálat a bal karja alá fogta. A jobbjával szalutált.

Aztán újra nekiült a húsevésnek.

- Kelj fel csak, koma - mondotta Gergely. - Hadd lássam azt a kereket.

A cigány felállt.

A kerék meglehetősen ép volt. Két küllője volt csupán megtörve. Gergely ráállt, és egyenként megnyomogatta a küllőket. Csak egy mozgott.

- Hm - mondotta Gergely, az ujját az állára téve.

A cigány megszólalt:

- Tán tereket őrletünk, nagyságos hadnagy uram?

- Azt - felelte Gergely. - Szegezzétek meg szaporán, ahol laza.

A lakatosok letették a tálat, s kalapácsot fogtak.

Gergely Dobót tudakolta: merre látták?

- Járt ma erre tízszer is - felelte az egyik lakatos -, de már van félórája, hogy nem láttuk.

Gergely elindult, hogy megkeresse.

Elment a templombástyáig. Ott nincsen. Talán a földbástyán van. Amint ott járkál tétován, a palota egyik nyitott ablakában női szempárt pillant meg. A szoba homályából néz reá az a szempár.

Megdöbben. Megáll. Pislog, mint aki erősebben akar látni.

De a női szempár eltűnt.

Gergely megkövülten mered az ablaknyílásra. Valami különös, meleg érzés futott rajta végig, mikor azt a két szemet megpillantotta, úgy, hogy egy percig meg nem bírt mozdulni.

- Eh, bolondság! - mormolta aztán a fejét megrázva. - Hogy gondolhatok ilyet!

De megint fölnézett mégis. Akkor már a kis török fiú arcát látta az ablakban.

A földbástya felől Dobó jött.

Gergely eléje sietett.

- Azt a malomkereket kérem, kapitány úr.

S a kezét a sisakjához emelte.

- Vidd - felelte röviden Dobó.

S befordult a palotába.

Gergely a konyhák elé ment, ahol a katonák hosszú sorban ültek a földön, s ecetillatos lencsefőzeléket ebédeltek.

Elszólított közülük tízet. A kereket a maga bástyája elé guríttatta.

Rozsdás és tört puskacső volt a várban bőven. Azokat tömette újra. Belekötöztette dróttal a kerékbe, úgy, hogy véggel kifelé álljanak. A csövek közeit megtömette forgáccsal, kénnel, faggyúval, szurokkal. Kétoldalt beszögeztette deszkával. Végül széles deszkatalpat csináltatott a keréknek körös-körül, hogy el ne dőljön.

Csodájára járt annak a pokolgépnek az egész vár népe.

Maga Dobó is megnézte egynéhányszor. A közepébe egy mozsarat adott.

- Ezt úgy igazítsd belé, Gergely, hogy legislegutoljára süljön el.

- Úgy lesz, kapitány uram.

- Kell-e még valami, Gergely fiam?

- Hát ha lehet, az üres hordókat kérem.

- A pincéből?

- Onnan.

- Van elég, csak hozasd.

Lent egyre növekedett a halom. Bent egyre csinálódott a hordó.

A hordókat is olyan mesterséggel töltötték meg, mint a kereket. Követ is tettek beléjük, alul, fölül, oldalt. Befenekelték erősen, csak a lyukon hagyták ki a gyújtózsinórt.

Dobónak volt szakállas ágyúja sok - háromszáz. A szakállas ágyú tulajdonképpen falba fektetett nagy puska volt, s diónál nagyobb golyó nem fért bele. Szakállasnak a külső végén lehorgadó vasnyúlványról nevezték. Azért kellett az a vasszakáll, hogy legyen, ami megtartsa az ágyút, mikor elsütéskor visszarugódik.

Hát a nagy hordókba a régi rozsdás szakállasokból is adott Dobó.

Valamit ötven olyan hordót készítettek el a törökök fogadására. Jól megabroncsolták, körüldrótozták, szögezték.

A török pedig buzgón építette, rakta éjszakánkint a szép meneteles utat a bástyára.

15

Gergely egy délelőtti órában az emberei közt aludt, mikor egyszer csak jelentik Zoltaynak, hogy az istálló sarkában a víz remeg, a borsó pedig rezeg.

Hát lám, a gonosz török nemcsak tölti a lyukat, hanem ássa is!

Zoltay nem engedte Gergelyt felkölteni. Mekcseyért küldött.

Mekcsey csakhamar ott terem.

Ide-oda teteti a tálat meg a dobot, míg végre a kocsiszínben megtalálja a helyet, ahol ásatni kell.

Tíz legény nekiáll az ásásnak. Időnkint szünetelnek, s letevegetik a tálat: szemlélik.

Déltájban fölébredt Gergely is, s legott az ásáshoz futott.

A legények már három öl mélységben dolgoztak. A lagumdzsik tompa dobbanásai éreztették, hogy közel vannak.

- Hohó, kapitány uram! - mondta Mekcseynek. - Ez az én bástyám! Itt te nem parancsolsz.

- Hát tán nem jól rendelkeztem?

- Az ásást abbahagyjuk.

- Hogy felvessék a falat!

- Hogy meg ne neszeljék a mi munkánkat.

- Tedd, amit akarsz - felelte Mekcsey vállat vonva.

S elment onnan.

Gergely egy nagy mordálypuskát hozatott. Maga illesztette belé a kovát, maga porozta fel. Tíz puskást szólított maga elé. A lámpásokat elfújatta. Sötétben maradtak.

A duhogás egyre erősebb. Már a vezető tiszt szavát is lehet hallani.

Gergely a tenyerét időnkint a falra tapasztja. Érzi: hol reng a föld legjobban.

- Pszt - mondja halkan a legényeknek. - Mindjárt beütnek.

Abban a pillanatban beüt az egyik csákány, s a föld peregve omlik le a Gergely lábához.

Emberderéknyi lyuk támad.

A lagumdzsi megáll és benéz.

Sötét van. Nem lát semmit. Ahogy megfordul, látni lehet a lámpásaikat, s a lámpások közt egy fehér turbános, aranypaszomántos, nagy hasú agát.

A lagumdzsi kiált, hogy lyukat ért.

Az aga arra fordul.

Gergely céloz. A mordálya ellobban, eldördül.

Az aga a hasához kap. Összerogyik.

Gergely visszaugrik.

- Tüzelj!

A tíz legény a lyukba teszi a puskát. Dirr-durr! - lövik az egymás hátán menekülő lagumdzsikat.

A legények harminc csákánnyal és az aga holttestével térnek vissza. Csak egy marad ottan felvont fegyverrel meg egy lámpással, amely az út torkát bevilágítja.

Az agát leterítették a vár piacára. Nem valami szépen terítették le, mert a feje a kövezethez koppant, s a turbánja legurult, mikor letették.

De jó annak már így is.

Köpcös, szürke szakállú ember. Kopasz fején három hosszú sebforradás bizonyítja, hogy rászolgált az agaságra. Gergely lövése a töltéssel együtt belement a hasába. Egy kisebb golyó a mellén érte, bizonyára mikor a legények lőttek.

Sukán számtartó összevizsgálta a turbánját, övét, zsebét, s följegyezte, mennyi pénz, gyűrű és fegyver van nála. Ezeket az értékeket azok a közkatonák kapják, akik az ásással foglalkoztak.

Azután átengedte a halottat a kíváncsiak szemléletének.

Először persze az asszonyok állták körül.

- Ilyen piros papucsban járnak ezek?
- Fűzővel kötik a bugyogójuk alját.
- Valami gazdag úr lehetett.
- Hadnagy vagy kapitány.
- Vajon volt-e felesége?
- Tíz is talán.
- Nem is volt csúnya ember - mondja a maklári molnárné. - Kár, hogy török volt.

Zoltay is odament: megnézte.

- Ez az egy aga mégiscsak bejutott a várba!

Egyszer csak a kis török gyerek bebúvik az asszonyok szoknyáján át, és örvendő kiáltással hajlik a halotthoz:

- *Baba! Babadzsizim! Baba! Sekerli babadzsizi!*

(Apa! Apácskám! Apa! Édes apácska!)

És a mellére borul. Öleli, csókolja. Arcát arcához fekteti. Rázza. Nevet rá.

- *Baba, babadzsizim!*

Az asszonyok szeme megtelik könnyel. Baloghné kézen fogja a gyermeket.

- Jer, Szelim! Baba alszik!

16

Mikor hajnalban ismét ostromra indul a rengeteg török had a völgyben, a legénység a jól elkészültség dühös gyönyörűségével nézi a mozgásukat. A bosszú izgalma felhúzott rugóként feszül az izmaikban. Már nem is tudnak várni. Egy kis, köpcös legény kiugrik a résen a földhányásra, az ordítozva ömlő törökséggel szembe, s megfenyegeti őket a kardjával.

A legények kacagnak persze a falon.

- Ki az? - kérdezi Zoltay maga is nevetve.

- A kis Varga - mondják. - Varga János.

A legény visszaugrott, de ahogy a nagy nevetést látja, másodszor is kipattan a résen, és megfenyegeti a rengeteg török hadat.

Már akkor puskáztak rá a tüfenkcsik, s ő a puskalövéstől még gyorsabban ugrott vissza, mint az előbb. Erre még jobban kacagtak.

Ezt már Dobó is látta. Dicsérőn intett neki a fejével.

Varga János, hogy a Dobó tetszését megpillantja, uccu neki: kipattan harmadszor is, és a golyókkal mit sem törődve emberül ráfenyeget a bőszülten fölfelé törekvő törökökre.

Repül rá golyó, bomba és dárda. Nem találja egyik se. Ugrál csúfolódva, s rájuk nyújtja a nyelvét. Sőt meg is fordul hirtelen, és igen illetlen, de akkor mégis alkalomhoz illő veregetést mível magán. Aztán megint beugrik a résen.

És ez ott a török orra előtt! Százezernyi fegyveres török előtt!

- Ember vagy! - kiáltja le Dobó. - Jutalmat kapsz!

S látva, hogy ott rendben van minden, lóra ül. Az Ókapuhoz vágtat. Mert a török a keleti és déli oldalon kanyarítja be a várat. Két helyre irányul az ostromnak minden ereje.

Gergely páncélba öltözötten áll a bástyáján. Körülötte a hordók meg az óriáskerék.

Áll nyugodtan, mint a szikla a háborgó tenger partján.

S jönnek, özönlenek. Ordító pokolfergeteg: *Biszmillah! Biszmillah!* Percekig elnyomja a hadi ordítás a tábori zenekar harsogó, csincsázó muzsikáját. De aztán a zenekar megáll a várral szemben a Királyszékén, és szól szakadatlanul.

- Majd táncoltok is mindjárt! - kiáltja Zoltay.

Mert a zene ideges menetű, ugrasztó zene volt.

Nyüzsög a török had. Lobognak a lófarkas, holdas zászlók. Elöl a janicsárok sárga-piros zászlaja. Hátrább az ulufedzsik fehér csíkos, zöld lobogója. Térdig érő pajzsokkal takartan, vasba öltözötten dübörögnek elő a szpáhik.

- Allah! Allah!

A kezükben lándzsa vagy kopja. A csuklójukon szíjon lógó, meztelen kard. A derekukon másik kard. Futva indulnak az árokból sűrűn a bástyának.

- *Allahu akbár! La illah! Il Allah! Ja fettah!*

Feleletül lezuhan egy fekete hordó, s tüzet pökdösve, ugrálva gurul nekik. Egy szpáhi eléje szúrja a kopjáját a földbe, a másik, harmadik melléje.

- Allah! Allah.

A negyedik megragadja, hogy ledobja az árokba. Abban a pillanatban eldurran a hordó, s lángokádékkal veti szét az előcsapatot.

- Allahu akbár!

Mikor fel tudnának nézni, már köztük a másik hordó is. Pöködi, lövi a tüzet százfelé. Megáll a vasba öltözött emberek között, s veti őket széjjel.

- Allah! Allah!

De azok nem fordulhatnak vissza. Alulról ezernyi ezer feltörekvő nyomja őket. Csak a nagy ugrosás látszik, a falhoz lapulás, a hátrább állók visszahőkölése meg a tíz ölre kilövellő tűz.

Előre, pogányság, előre! Tűzön át is! S özönlik felfelé a szpáhik sűrű csapata.

De íme, megnyílik a bástyán a palánk, s egy óriási, füstös deszkakerék jelenik meg a magasban.

A kerék közepe füstöl; füstöl és sistereg. Lefordul, lezuhan a kőfalról. Megindul a tömött ezerek seregének.

- *Iléri, iléri* (előre)! - hangzik mindenfelől az agák és a jaszaulok kiáltozása.

De a kerék megjelenése mást mond az elöl jövő vakmerőknek.

Még oda se ért jóformán közéjük, kidurran belőle az első villám s egy ötvenöles tűzfecskendés, amelynek minden cseppje kék lánggal ég tovább a kilövellés után, akár élőre, akár holtra esett.

- *Gözünü acs! Szakin!* (Vigyázz! Vigyázz!)

A török had eleje rémülten vágódik arcra, hogy azt az ördögkereket a hátán engedje legurulni. De az már szikrás tűzkerékké változik közöttük. Lángot lő, égő olajat pökdös, violaszínű tűztulipánokat szór a tar fejekre, harci köntösökre. Sisteregve, pattogva, dirregve-durrogva ugrál rajtuk tovább. Küllőiből kígyózó sugarakban szórja, fecskendezi, lövi a vörös, kék és sárga csillagokat.

- *Meded Allah!*

A legvitézebb csapatok is rémülten hátrálnak, egymásra nyomakodva menekülnek e pokoli csoda elől.

S a keréknek mintha esze és akarata volna, nyomon követi a futókat, leüti lábukról, befecskendezi őket eleven tűzzel: égő olajjal, égő kénnel. Elsüti a puskájukat úgy, hogy egymást lövik. Telepöki tűzzel szemüket, szájukat, fülüket, nyakukat, úgy, hogy bukfencet vet tőle még a haldokló is. S gurul a tűzkerék tovább. Hosszú, tüzes mennykövek szállnak belőle, s leütik a jaszaulokat a lovukkal együtt. A hosszú lángok csontig égetnek, a füstje fojt. A durrogás megsüketít. Lángokba öltözteti a csapatokat, amelyek mellett elrohan. S nyomában nem maradnak mások, csak tűzkínban fetrengő, égő halottak, őrültként ugrándozó, égő elevenek.

S immár felhőbe öltözötten gurul a kerék tovább, százával lövellve a villámokat.

- Jetisin! Jetisin! Allah!

Hiábavaló a jaszaulok tombolása, a szeges ostor, a futók arcba verése, nincs többé ember, hogy a külvárat ostromolja.

S a magyarok még rá kirontanak a romláson, s aki a kerék útján fektében vagy a rémület dermedtségében ott maradt, ütik, vágják, kaszabolják irgalmatlanul.

- Vissza! Vissza! - hangzik a kürtszó.

S Gergely alig bírja a legényeit visszaparancsolni.

- Hordót a falra! Hordót!

S gurítják, állítják a hordót. De a török maradéka is nagy zörgéssel, zúgással oszlik el onnan. Csak az ágyúk maradnak, meg az elképedt, ágyús topcsik.

Mekcseynek jó volt otthagynia az aknát, mert három helyen törtek volna be a föld alatt az Ókapunál.

Míg emitt a tüzes kerék dolgozott, az Ókapunál a föld alatt folyt a viaskodás.

Ott a fal már oly romlott volt, hogy a török a kövek között szurkált be, a magyar meg ki, míg Mekcsey a föld alatt reájuk szembe ásva, három helyen futamította meg őket egymás után.

A török utoljára felgyújtotta a kaput, s azon akart betörni, de persze vastag, erős falat talált a kapu mögött. Idejekorán berakatta azt Mekcsey.

Gergely, amint a maga bástyája környékén a legények kirontását és az őrült futást látta, vizes bőrökkel teríttette le az ágyúkat és puskaporos ládákat: tíz embert az őrségen hagyott, a többit az Ókapuhoz vitte, hogy Mekcseynek segítsen.

Nem volt mit segíteni. A török had rémülete a kapu környékére is elhatott. Az odavezetett dandárok közül csak a tüfenkcsik állták meg a helyüket. Azok ott rajzottak a kapu körül, s lőttek és töltöttek, s megint lőttek szakadatlanul.

A falak tetején a palánk alá húzódva az őrök álltak, csupán az állások alatt hajladozott egy csoport katona. Ki-kiszurkáltak a fal hasadékain.

Gergely felfut a falra. Egy pajzs védelme alatt lenéz. Látja, hogy egy csapat török mozgolódik a fal tövében, és se felülről, se oldalt nem lőhetik őket.

A magyarok kiszurkálnak rájuk. De ők vagy a lyukatlan helyekhez lapulnak, vagy guggolnak. Némelyiknél zsák van, némelyiknél kő.

A zsákkal, kővel a puskaréseket iparkodnak begyömöszölni, hogy a magyarok ne lőhessenek.

Hát az efféle töméseket lökdösik ki belülről. Ki-ki szúrnak a törökre is.

A török meg, ahogy a magyar lándzsa kilükken a falból, elkapják. Belekapaszkodnak ketten-hárman is. Darabig fűrészelnek vele, aztán kirántják a lándzsát.

A magyar káromkodik.

- Ejnye! - kiált le Gergely a legényeknek. - Ott a tűz! Tartsátok bele a lándzsát!

A tűz ott ég a fal mellett. Húsz katona is odaugrik, s tartja a lándzsa végét a parázs köré. Pirosra tüzesítik.

A török kapásra készen, vigyorogva lesi az új lándzsákat.

Hát egyszerre húsz lándzsa is kilökődik a falból.

Uccu elkapja a török! De bezzeg odasül a tenyere! S dühös szitkozódásukra bent a magyar katonák kacagása a felelet.

17

Október 12., szerda.

Ezen a napon már olyan a vár, mint a rosta.

Harminckét napja, hogy lövik szünet nélkül, hol elöl, hol hátul, hol az egyik oldalon, hol a másikon.

A török ágyúgolyó annyi már a várban, hogy úton-útfélen botlanak bele. A parasztok nyírfa seprővel verik félre az apraját az útból, nehogy az ostrom alatt bukdossanak rajtuk. A nagyját az ágyúkhoz meg a falakra hordják.

Az Új bástya és a földbástya között V betű alakú nyílás tátong a falon. A tömlöcbástya oldala leomlott a mélybe. A földbástya csupa lyuk, mint a darázsfészek. A Bolyky-toronynak csak két fala áll. A szeglettorony olyan, mint a fölülről földig odvas fa. Palánk csak itt-ott. A belső épületek is kidőlt-bedőlt, tetőtlen falak. A palotában csak épp három szoba lakható még, azokba is beesik az eső. A piac is elmásodott. Öles mély árkok szelik keresztül-kasul. Azokban kell járni, mikor lő a török. Máskor a rájuk tett hidakon, pallókon.

S kívül tutulnak a farkasok.

A faltoldozó munkán már nappal is dolgoznak. Gerendák és deszkák toldozzák a lyukakat. Amennyire lehet.

A kő már csak támaszték mögöttük.

Az Ókapunál Mekcsey maga is hordja a követ. A fáradtakat biztatja, az Istent segítségre emlegeti. Előre látható, hogy ott dühös lesz az ostrom. A falat hol Dobó, hol Gergely, hol Mekcsey vizsgálja. Mind a hárman azt látják, hogy a szeglettorony nem védi többé a kaput; kézi bombákra van szükség. A faállványokat hát bombával hordják meg. A résekre gyakorlott puskásokat állítanak.

Gergely a szurokkoszorúkat, tüzes labdákat, furkókat gyártja és hordatja mindenfelé.

Zoltay a Sándor-bástyán épít.

Fügedy az Új bástya töréseit láncokkal kötteti be.

Dobó lóháton jár, hol itt, hol ott, a lovának hely van hagyva körös-körül a vár fala mellett, az állványok alatt. De bizony mégis gyakorta kell járnia a röpködő golyók között. Ügyel és rendelkezik, hogy a munka haladása egyforma legyen. Az utolsó kis török lovon követi Balázs apród, hogy hordja a kapitány rendeleteit. A többi hét lovat már ellőtték a két apród alól.

Azon a napon Pető is lóra ült. A lába be van pólyázva térdig. Sápadt, de a bajusza ki van húzva. Mekcsey őhelyette dolgozik az Ókapunál, ő most a

356

Mekcsey helyén van a belső haddal.

Érces, mély hangon beszél hol itt, hol ott a népnek:

- Harminckét napja van itt a török! De bár mind itt volna, míg az utolsót is a pokolba röpítjük! A király hada késik, de nem marad el! A mi bátorságunkról beszél az egész világ! Még száz esztendő múlva is azt fogják mondani a *bátor* szó helyett, hogy *egri*.

Hogy nagy a csoportosulás a szónokló vitéz körül, Dobó is megáll egy percre, hogy hallgassa, mi az.

Az utolsó mondatra elmosolyodik; azt mondja elgondolkozva a mellette álló Ceceynek:

- Száz esztendő múlva? Gondol is ránk a világ, hogy milyen volt az orrunk!

Inkább magának mondja ezt, mint Ceceynek. S mintha megrestellné, hogy fennhangon beszélt, vállat von:

- Mindegy. Nem az orr a fő, hanem a lélek, és nem a jutalom, hanem a kötelesség!

S elugrat a Sándor-bástya felé.

A vitézek tovább élednek a sok jóízű szótól. A helyüket megállották volna anélkül is. De a szép szó olyan, mint a jó bor.

Pető félrecsapja a sisakját, és folytatja:

- Eljön ide maga a király is. Sorba állíttatja az egri vitézeket, s mindenikkel kezet fog. - Hogy hínak? - aszongya. - Nagy János a nevem, felséges uram. - Szabó Nagy Mihály a nevem, felséges uram. - Isten éltessen, fiam. - Így beszél a király örömmel, szívesen. De meg is érdemlitek. Azt is hallottam, hogy csupa itt vitézlett közkatonákból szedi ezentúl a tisztjeit! Minden közkatona hadnagy lesz az ostrom után, így hallottam. Lehet aztán kapitány is! Elvégre neki is olyan katona a legjobb, amelyik megállja a sarat.

Oldalt pillant, s meglátja a cigányt, ki kecskeként ugrik a levegőbe egy előtte elcsapó golyótól.

- No, cigány - mondja -, te nem kapsz még csak nemességet se. Te még egy törököt se ütöttél agyon.

- Hát tehetek én róla? - feleli a cigány. - Egy se gyün oda, ahun én állok, verje meg a Devla!

Estefelé egy fehér kendős török jelent meg az egyik résnél. Megismerték, hogy Vas Miklós. Egyszerre berántották. Ragadták Dobóhoz.

Útközben száz meg száz ajak kérdezte tőle:

- Mi a hír?

- Jön a had! - kiáltotta Miklós mindenfelé.

Zúgásként terjed el a várban az örömhír:

- Jön a király hada!

Pedig hát Dobó rendelte, hogy Vas Miklós ezt mondja, mikor megérkezik. Hát jön a had! Mégiscsak igazat beszél Pető főhadnagy úr!

Vas Miklós levette Dobó előtt a turbánját, s kibontotta a patyolatból a levelet. Átnyújtotta.

Dobó megnézte a pecsétet. A püspöktől jött. A pecsét mellett tépte fel s nyugodt kézzel bontotta szét a levelet.

Lóháton ült. Köréje odacsődült a nép. Míg ő a levelet olvasta, a nép az arcán iparkodott olvasni a levél tartalmát.

De olyan volt az az arc, mint a vas. Mikor elkezdte olvasni a levelet, éppen olyan volt az arca, mint mikor elvégezte.

Összehajtotta a levelet, és a zsebébe tette, aztán körülpillantott, mintha bámulna azon, hogy olyan sokan állnak ottan.

A főhadnagyok közül csak Pető állt ott. Odaszólt neki, hogy más is hallhatta:

- A hadnagy urakat este hívatni fogom. Örvendetes hírt akarok közölni velük.

S bement a szobájába.

Bevonta maga után az ajtót.

Leült a székre. Vasnyugalmú vonásai szomorúkká változtak. Keserűn és reménytelenül nézett maga elé.

Azon a napon más levelet is kapott Dobó. Egy parasztember hozta. A kezében fehérlő levélről látszott, hogy török küldi.

Az volt Ali pasának a negyedik követe.

A várbeliek már tudták, hogy Dobó kurtán bánik el a török postásaival, hát hadd fogadja a piacon. Az embert odaállították.

Az esték hűvösek voltak, s a pihenő katonák ott a piacon tüzeltek. Szalonnát pirítottak, s egy-egy pohár vizes bort ittak reá.

- Jobb lesz, ha elégeti kend, mielőtt a kapitány úr meglátná - szólt jószívűen egy vitéz. - Istenuccse ebül jár kend!

- Hogy eegetneem el - felelte az ember -, nem az enyeem.

- De az ellenségtől hozza kend.

- Attaól hozom, aki küedte.

- Felakasztik kendet.

- Engem?

- Kendet ám. Egy hadnagyunkat is felakasztatta a kapitány úr. Az pedig úr volt ám, nemesember, nem afféle zsírós paraszt, mint kend.

Az akasztófa még ott állt a piacon. A katona rámutatott:

- Ahun a: ott az akasztófa is még.

Az ember megszeppent. Egyszerre kiverte az izzadság. Körülvakarta a fejét. Belenyúlt a tarisznyájába.

Akkor robogott oda Dobó.

- Mi az? - kérdezte. - Ki ez az ember? Mit akar?

A paraszt a szűre alá tolta a tarisznyáját.

- Kovács Esvány vagyok, csókolom a kezeejt - felelte a süvegét zavartan forgatva.

- Mi akar kend?

- Een? De semmit.
- Hát akkor minek jött be?
- Hát... Csak éppen bejöttem, hogy mondok, mit csinaalnak ebbe a veszedelembe?
- Kend levelet hozott!
- De nem een. Nem hoztam een egy csepp levelet se.

S hogy erre Dobó szinte átszegezte a tekintetével, a homlokát törülgetve ismételte:
- Istenuccse nem hoztam!
- Motozzátok meg!

Az ember sápadtan engedett. A tarisznyából előkerült a nagy pecsétes pergamenlevél.
- Tűzbe! - kiáltotta Dobó.

A katona tűzbe dobta a levelet.

Az ember reszketett.
- Een nem tudom, hogy került hozzám - mentegetőzött a fejét vakarva. - Valaki beletette...
- Vasba! - mondta Dobó. - Aztán be a többi közé a gazembert!

18

A sok ágyúzás miatt azon a napon is (okt. 12.) esett az eső. Csak este húzódtak szét a fellegek, amikor az erős őszi szél végigrohant a tájékon.

A várbeliek látták, hogy a török a sáncokba gyűlt. Dobó csak háromszáz katonát hagyott pihenni. A többinek a törések körül készen kellett állnia.

Tizenegy óra felé az utolsó felhőt is elfújta a szél az égről. A telt hold szinte nappali fénnyel árasztotta el Egert.
- Fegyverre, emberek! - hangzott egyszerre mindenfelé a várban. - Fegyverre azok is, akik nem katonák!

S pergett a dobokon a riadó.

Tehát éjjeli ostrom lesz. Talpra mindenki, aki eleven!

S a holdvilágos romladékok közül mindenfelől sisakos, lándzsás alakok bújtak elő.

Bálint pap is fegyverbe öltözötten ballagott a piaci tartalékosok közé. A kezében akkora kopja, hogy vendégoldalnak is beillett volna. A két kocsmáros is odasorakozott. A molnárok, az ácsok, a mészárosok, a belső munkás parasztok mind fegyveresen várták a parancsot.

A vár népe érezte, hogy az utolsó próba következik.

Kívül a török rézdobok is peregtek. A sáncok árkaiba úgy ömlött a török had, mint felhőszakadás után a rohanó víz. Az emberáradat fölött lófarkas zászlók lebegtek. A sáncokon túl a csúcsos süvegű török tiszteket lehetett olykor látni, amint a paripáikon ide-oda jártak. A holdfénynél villogott a lószerszámokon az ékkő és ezüstkarika. Soknak a turbánpatyolata ragyogó sisak köré volt csavarva.

A tornyos turbánú jaszaulok ide-oda nyargalászva rendezték a támadó csapatokat.

Éjfélkor meglobbantak a vár körül a török ágyúk, s öt percig tartó dörgés között okádták a várra a golyót. Azután fölhangzott körös-körül a százezernyi torokból a Biszmillah- és az Allah-üvöltés, és a lófarkas zászlók szinte röpültek a falakra.

Az Ókapu előtt s a fal tetején harminc helyen égett a tűz. A bombák, kalácsok és koszorúk sercegve fogtak lángot. Nagy, szikrázó ívekben száz meg száz tüzes szivárvány.

De az ostromlók elszántan törtetnek, kapaszkodnak, erőlködnek, tolakodnak fel a falakra. Az ostromlétrák gyorsan kapcsolódnak.

A létrákon mókusokként szöknek fölfelé a janicsárok, az aszabok és a gyalogsággá vált lovasság.

Csattog fenn a csákány a létrák kapcsán. S hull a tűz és a kő.

- *Allahu akbár! Ja kerim! Ja fettah!*

A lófarkas boncsokok vissza-visszahanyatlanak, de új meg új kezek ragadják fel. A letört létrák helyét jók foglalják el. A lehullt emberek vonagló testén át új csapatok özönlenek a létrákra.

Oly sűrűn rajzanak a falon, hogy eltakarják a testükkel. Ahol a résen kiszúr a magyar lándzsa, ott lehull a létráról a török, de nyomban ott a másik. Ki se kerüli a veszedelmes fokot, csak a szerencsére bízza, hogy a hasába megy-e az új lándzsaszúrás, vagy elsiklik a hóna alatt a levegőbe.

Kapu már nincs a váron. A falnak begerendázott szakadékait létrákon álló török fejszések bontják sűrű zuhogással. A felülről leesők magukkal rántják olykor a fejszéseket is, s tűzben s vérben hempergőzve fetrengenek, míg a következő percben a tolongók teste elfödi őket.

- *Allahu akbár! Ja kerim! Ja rahim!*

- *Jézus!*

S hull a tüzes szerszám, csattog a csákány, durrog a bomba, recseg a létra, zuhog a fejsze, dübörög, tombol a vérzivatar.

A palánkig inakodott föl egyszerre valami ötven ostromló. A palánk recsegve hajol kifelé. Mekcsey elkapja egy legénytől a harci bárdot, s a palánk egy kötelére vág.

A palánk a beléje kapaszkodó török páncélosokkal együtt lefordul, lezuhan, és százával söpri le a falról a többit.

- Falra! Falra! - kiáltja Mekcsey, és egy másfél öles kopjával maga is a falra ugrik.

Nagy négyszögkövek s a zarbuzánokból belőtt, fél mázsás vasgolyók zuhognak le a földön összekeveredten hempergő törökökre.

De alulról is száll a nyíl fölfelé, meg a kő. Mekcsey sisakrostélyán pirosan ömlik a vér.

- Kapitány úr! - kiáltják neki figyelmeztetően.

- Tüzet! Tüzet! - üvölti Mekcsey.

S vascsizmás lábával lesöpri egy tűzrakás parazsát a földön fetrengőkre.

A magyar is hull a falon. Egyik ki, a másik be. De nem nézik mostan, ki a halott. Az elesett helyére új harcos ugrik a falra, és lezuhintja a követ, az ágyúgolyót kézzel, mígnem újra megtelnek az ostromlétrák, s a falig ért törököt csákánnyal és buzogánnyal kell visszaverni.

A földbástyán is éppolyan ádáz a viaskodás. Ott Dobó vezeti a védelmet. Mikor már a bombák és tüzes koszorúk poklán is áttört a török had, gerendákat hozat. Fekteti a falra. Azokkal söpreti a törököt.

A kis szünetet, amely így keletkezik, arra használja fel, hogy lóra kap, és az Ókapuhoz nyargal, hogy lássa, mennyire tudnak ott ellenállni. Majd, ahogy a tömlöcbástya felől visszatér, látja, hogy ott szünetel az ostrom. Odakiáltja a földbástyára a tömlöcbástya népét.

A bástya népének már amúgy is oda volt a figyelme. Valamennyi izgatottan várta már, hogy forgathassa a fegyverét. A palánkra állva, falra hajolva, ágyúra ágaskodva nézték, mint dulakodnak a szomszéd bástyán. Hát a Dobó szavára szinte ugrálva rohantak át a földbástyához.

Történik azonban, hogy a török a tömlöcbástyának is megint nekiveti a létrát. Először csak kettő, három, azután tíz, tizenöt.

Hogy onnan nem hull sem a tűz, se a kő, megindulnak nagy sebten fölfelé.

Mikorra az öreg Sukán a falon álltában visszafordul, már fel is lükkent egy sisakos töröknek a feje.

- Tyű, az apádat! - rikoltja az öreg.

Odahirtelenkedik a kopjával, s annak a bunkós végét égnek kanyarítva csap reá. A török tizedmagával hull le a létráról.

- Ide, ide! Hé, emberek! - rikoltja Sukán, a másik létrának a népét döfölve.

Pribék János az első, aki melléje futamodik, s az ágyúmester csizmadiaszékét egy fellépő zászlós töröknek a szeme közé vágja.

A lent őrködő várbeli katona segítségért fut. Két perc múlva ott terem Pető a pihent nép egy csapatával, s ott is száll a tüzes kalács, furkó, kő és bomba az ostromlókra.

Dobónak is odafordul a figyelme.

Látja, hogy a nemzetiszínű zászlót golyó töri nyélben. Elhozatja az álló sereg zászlaját. Adja Nagy Istvánnak.

Már akkor hajnalodik.

Nagy István a hajnal piros világosságában fut fel a zászlóval. Nincs rajta páncél, se sisak, mégis felhág a bástya kiálló ormára, és keresi a vasfogót, ahová a zászlót betűzni kellene.

- Ne tűzd ki! - kiáltja Dobó. - Elragadhatnák.

Abban a pillanatban Nagy István a szívéhez kap. Egyet fordul, s elvágódik a falon az ágyú mellett.

Dobó elkapja a madárként feléje szálló zászlót, s Bakocsainak adja.

- Tartsd, fiam!

A hajnali világosságnál a Bolyky-bástyánál is megkezdődik az ostrom.

Oda nyolc zászlóval igyekeznek. A bíborban kelő nap fénye égő rubintgombbá változtatja a boncsokok aranydíszét.

Már annyiszor megjárták annál a bástyánál, hogy csak a janicsárság merészkedik újra: a hadak legvénebb és legpróbáltabb tigrisei. A fejükön sisak, az arcukon, nyakukon acéldrót fátyol, a mellükön, karjukon vas, a lábukon könnyű szattyáncsizma.

Gergely és Zoltay ott vitézkedik mind a kettő. Egész éjjel tétlenül kellett virrasztaniuk, s hallgatniuk mozdulatlanul a másik bástya tüzes, lármás nagy ostromát.

No de annál jobb, ha világosodik.

Valami kétszáz aszab vízzel telt tömlőkkel sorakozik a bástya elé. Mindegy: szórni kell a tüzet, mihelyt fejet ér.

A török ott nem az ostromlólétrákkal kezdi. Amint a védők felgyülemlettek a falra, egyszerre ezer kéz mozdul meg alant, s a védőket a kő- és nyílzápor borítja el.

Zoltayt egy kő fejen találta. Szerencse, hogy rajta volt a sisak. Csak az álladzójának a forgószögét törte el.

Zoltay káromkodik.

- No, megálljatok, kutyák! - rikoltja az álladzót letörve. - Ezért ma száz orrot verek be a tietek közül!

S nem is tellett bele egy negyedóra, már fel-felhangzott a kiáltása:

- Nesze, pogány, a sisakomért!

S egy másiknak:

- Nesze, kóstoló Egerből!

Egy nagy tehénbőrös tárgy emelkedett ki a török táborból, hogy csuda volt nézni. Ötven aszab volt csak a hordozója. Alája befért kétszáz janicsár.

Gergely tüzes hordóért kiáltott, s meggyújtotta a vasvesszőre csavart, olajos csepűt.

Az óriás födél teknősbékaként közeledett a falhoz. Ha a bőrt le is szedik róla csáklyával, mikorra felgyújtják, fölér a falra.

S még kérdés, hogy meggyújthatják-e. Nemcsak a bőr csepegett a víztől, hanem a fa is. A török okult.

A nap kibukkant a keleti hegyek mögül, és szembe sütött a Sándor-bástya védőivel. A nap is a töröknek segített.

Amint az ostromfödél a bástya lejtőjére ért, Gergely nagyot kurjant:

- Hasra!

A legények el nem tudják gondolni, miért. A nagy puskaropogás megértette velük.

A török azt eszelte ki, hogy a nagy tárgy tetejét puskacsövekkel rakta körül. Orgonasípokként álltak a csövek a védők felé. Azt pillantotta meg Gergely.

- Talpra! - kiáltotta a sorlövés után. - Hordót!

Legurította a tüzes hordót.

A török nem borult már a földre a hordó elől, hanem vagy félreugrott, vagy átugrotta, s törtetett tovább előre.

- Két hordót! - kiáltotta Gergely.

A harmadikat maga igazította lökésre, s maga emelte a kanócot, hogy meggyújtsa.

A két tüzes hordó megint utcát söpört a lent nyüzsgő sokaságban. A harmadikat egy vastag derekú janicsár elfogta, s az út gödrébe lökte. Behányta földdel.

Mikor rátaposott a földre, a hordó szétdurrant, s az égbe vetette a janicsárt a földdel együtt, s a körülállókból még valami húsz embert elcsapott.

Ez meghőköltette a feltörekvő hadat. De hátul hangzott a jaszaulok *iléri* és *szavul* kiáltása s a vizes tömlők sustorgása, amelyek a széthulló tüzet nagy gőzzel oltották.

- Most csak követ rájuk! - kiáltotta Gergely.

Meg akarta várni, míg sűrűn lepik az utat s a falakat.

S az Allah-üvöltés mint százezer tigrisordítás, trombitaharsogás és dobpergés között elő is tört újra a had. A létrák erdeje közeledett a falhoz.

Egy janicsár horgas végű kötelet dobott a falra, s a jatagánt a foga közé szorítva, majomi ügyességgel mászta meg a kötelet.

A fejére kő hullott, és leütötte róla a sisakot. Kopasz feje olyan volt, mint a sárgadinnye a beforrott kardvágásoktól.

Mászott tovább.

Gergely lándzsát kapott, hogy leszúrja.

Mikor a török már csak egyölnyire van Gergelytől, fölemeli az arcát.

Izzadt volt az az arc, a száj pedig lihegő.

Gergelyt mintha mellbe csapták volna, úgy megdöbbent.

Ez az arc! Ez Gábor pap, az ő néhai mestere! Ugyanazok a szürke szemek; ugyanaz a vékony bajusz; ugyanazok a kiálló szemöldökcsontok!

- Te a Gábor pap öccse vagy! - kiált a törökre.

Az értetlenül mereszti rá a szemét.

- Üssétek agyon! - kiáltja Gergely elfordulva. - Már magyarul se tud!

Alkonyatig tartott a nagy küzdelmű ostrom. Akkor a török minden oldalon fáradtan vonult el a falak alól.

A vár körül ezrével hevert a török holttest és török sebesült. A csontjaikban törött vonaglók *ej vá! jetisin és meded Allah* (jaj, Istenem) kiáltozása, nyöszörgése hallatszott mindenfelől.

De a vár is halottakkal és sebesültekkel volt tele, s a falak és állványok belül is pirosak voltak a vértől.

A vitézek fáradtan, bágyadtan hordták össze a sebesülteket és halottakat.

A tisztek mosakodni mentek. Dobó maga is olyan kormos volt, szakálla, bajusza pörzsölt, hogy ha a kapitányi acélsisakja nincs a fején, ember meg nem ismeri az orcájáról.

S azon kormosan fogadta még a Baba ágyú mellett a jelentéseket.

- Nálam hatvanöt halott van, és hetvennyolc nehéz sebesült. Öt mázsa puskapor fogyott el - jelentette Mekcsey.

- Harminc halott és száztíz sebesült. Puskapor nyolc mázsa - jelentette Bornemissza Gergely. - A törés javításán még az éjjel kell dolgoztatnunk.

- Három mázsa puskapor, huszonöt halott, valami ötven sebesült - jelentette Fügedy.

S arcára tette a kezét.

- Te is megsebesültél? - kérdezte Dobó.

- Nem - felelte Fügedy. - Hanem olyan fogfájás jött rám, mintha tüzes lándzsát forgatnának az arcomban.

A jelentést mondók között Dobó megpillantotta Varsányit is.

A kém dervisruhában volt, s mintha piros kötény volna előtte, véres a mellén le a lába fejéig.

- Varsányi - szólt Dobó a jelentéseket félbeszakítva -, jer ide! Sebesült vagy?

- Nem - felelte Varsányi -, a halottakat kellett hordanom lenn a törökök közt, míg be nem juthattam.

- Hát mi újság?

- Szalkay uram írt mindenfelé a vármegyéknek meg a városoknak másodízben is.

- És nem jött még eddig senki?

- Jött innen-onnan - felelte Varsányi vontatott hangon. - De összevárják egymást, hogy nekivághassanak a töröknek.

Dobó megértette, hogy Szalkay sehonnan se kapott feleletet.

- Mit tudsz a törökről?

- Négy napja lődörgök közöttük, hát tudom, hogy borzasztóan el vannak keseredve.

- Hangosabban! - szólt felragyogó szemmel Dobó.

S a kém olyan hangosan ismételte, hogy a körülállók is hallhatták:

- A török borzasztóan el van keseredve. Az idő hideg nekik. Élelmiszerük nincsen. Magam láttam, a tulajdon élő szememmel, mikor egy nógrádi ember öt szekér lisztet hozott tegnap. Tálakban és süvegekben hordták széjjel. Még csak azt se várták, hogy tészta legyen belőle: ették marokkal, úgy nyersen, ahogy a zsákokból kiszedték. De mi volt az ennyi embernek?

- Kristóf - szólt Dobó az apródnak. - Eredj a mészárosokhoz. A legénységnek a legszebb marhákból vágjanak. Minden ember pecsenyét egyék ma is, holnap is.

És ismét a kémhez fordult.

- A janicsárok már tegnap erősen morogtak - folytatta a kém.

- Hangosan!

- A janicsárok morogtak - folytatta kiáltva Varsányi. - Azt mondták, hogy az Isten a magyarokkal van. Meg azt is, hogy ők hozzá vannak szokva minden hadiszerszámhoz, de pokoltűzhöz nincsenek hozzászokva. Ilyen tüzes csodákat, mint amilyenek ellen ők harcolnak, még nem láttak.

Dobó egy percig szótlanul nézett maga elé.

- Egy óra múlva - mondotta - légy a palota előtt. Vas Miklóst fogod elkísérni újra Szarvaskőig.

Azután Sukánhoz fordult.

Az öregnek be volt pólyázva a feje, orra úgy, hogy csak a szemüvege meg a bajusza látszott ki az arcából. Mindazonáltal kemény, recsegő hangon jelentette:

- A mai napon húsz mázsa porunk fogyott el.

19

A fölkelő nap újra a falon láthatta az egri vitézeket. De a vár körül még annyi volt a holttest, hogy a dervisek nem győzték hordani.

Az ágyúk hallgattak. Maga az égi nap is dideregve kelt a hidegben, s a város a völgyekkel együtt toronyig érő ködben ült.

A köd csak nyolc óra tájban oszlott el. Akkor a nap, mintha még egyszer vissza akarná varázsolni a tavaszt, derült kék égből enyhén sütött alá.

A várbeliek is takarították a halottaikat. A parasztok és az asszonyok saroglyákon és az Ókaputól szekéren hordták őket össze. Bálint pap temetett. Márton pap a haldoklókat látta el utolsó kenettel.

A fölkelő nap világosságánál látni lehetett, hogyan gyülekeznek a vár felé a távoli hegyekről a különféle török dandárok.

Látni lehetett, hogy egybevonják az összes hadinépet. Mihelyt valamennyien együtt lesznek, a teljes haderővel rohanják meg a mindenfelől romlott várat.

A vitézek az éjjel a hosszú harc után mély és hosszú álmot aludtak. Dobó engedte őket, csakhogy a bástyák körül kellett hálniuk. A bástyákon csupán egy-egy őr vigyázott. S a tisztek is halálhoz hasonló, mély alvásban pihentek azon az éjszakán. Bornemissza még nyolc órakor is úgy aludt a Béka ágyú alatt, hogy sem a trombitaszó, sem a jövő-menők zaja nem ébresztette fel. Egy pokrócba volt belecsavarodva, s hosszú, barna haja a dértől fehérlett.

Mekcsey kendőt terített a fejére, s a maga köpönyegét takarta reá.

Dobó az öblös ágyúkat és a mozsarakat apró vasszeggel töltette meg. A romlások elé néhol kővel megrakott kocsikat vonatott, másutt hordóval, gerendával, bőrrel s más efféléveL tömetett. A falak párkányát a kőmívesek egyes helyeken lefaragták, hogy az ostromlétrák könnyen ne kapcsolódjanak. A falak tetejét meghordták kővel. A konyháról minden üstöt és kondért kihordtak, és megtöltötték vízzel. A bástyára az üstök mellé minden szurkot kihordtak, ami csak a várban található volt. A palotán volt óncsatornát darabokra tördelten osztották széjjel az ágyúkhoz. A mészárosoknak délre ökröt kellett sütniük nyárson. A kenyeret kihordták a piacra, ahova a várakozók és pihenők szoktak összegyűlni. Összerakták halmokba. Mihály, a cipós deák nem bánta már, akárki akármennyit falatoz belőle. Szép barna dolmányba, sárga csizmába öltözve jelent meg a piacon a sütőknél, s csak ennyit jegyzett be a papirosába: *Okt. 14. Hétszáz tzipó.*

Ezalatt pedig gyűlton-gyűlt a török. A hegyekről és dombokról tarka népáradat ereszkedett lefelé.

Tíz órakor a várpiac trombitása összehívót fújt. A vár népe egybegyülekezett. Csupa bekötött fejű, bekötött kezű ember. Ha egyéb nem, egy ujj a jobb kézen be van kötve. De hát aki mozogni tud, a falon fog mozogni.

A piac közepén templomi selyemzászlók lobogtak. Egyiken Mária képe, másikon Szent István király, a harmadikon Szent János. Kopott, fakó zászlók. A bástyává átépített várbeli templomból valók. A papok egy asztalból hevenyészett oltárnál álltak. Violaszínű miseruha volt rajtuk. Az asztalon szentségtartó.

A várbeliek tudták már, hogy mise lesz. Kellett volna az előbbi ostromok előtt is. De Dobó nem engedte, hogy a halottak szentségét emlegessék.

- Csak próbálkozások ezek! - szokta mondani. - Mikorra a teljes ostromra kerülne a sor, itt lesz a király hada.

De most már nyilvánvaló, hogy itt a vég.

Mindenki kimosdva, kikefélkedve, a legszebb ruhájában ment az istentiszteletre. A tisztek a virágok minden színében, piros csizmásan, sarkantyúsan; a bajuszuk kipödörve, a sisakjukon toll. Mekcseyn testhez simuló, új acéling ragyogott. Az oldalán két kard: az egyik a kígyós kard, amellyel csak ünnepen szokott járni.

Bornemissza Gergely hegyes acélsisakban jelent meg. A sisak ellenzőjén három fehér darutoll. Ezüst madárláb tartotta azt a három tollat. A mellén is van. A karjain piros bőrdolmány. A kezén selyemkesztyű, amely kívül apró acél láncszemekkel van borítva. A nyakán aranyhímzetű, kihajtott gallér.

Zoltay nem is állta meg megjegyzés nélkül:

- De vőlegényes a gallérod!

- A feleségem munkája - felelte komolyan Gergely. - Nem is a török tiszteletére vettem fel, hanem a halálára.

Zoltayn is harci bőrdolmány volt, s két kard az oldalán. Sisakjának nem volt rostélya, hanem egy acélrudacska nyúlt le belőle az orra hegyéig. Körös-körül drótfátyol hullt a nyakára. Valami szpáhitiszté lehetett az a sisak. A várbeli kótyavetyén vette, mikor az első kiütésük volt.

Fügedy talpig vasban jelent meg. A szeme zavaros volt. Fogfájásról panaszkodott.

- Annál jobban ütöd a törököt! - vigasztalta Zoltay. - Jó, ha a vitéz ilyenkor mérges.

- Mérges vagyok én enélkül is! - morogta Fügedy.

Petőn csak sisak volt és szarvasbőr dolmány. Lóháton ült, mert még mindig nem bírt járni. Az egybegyűltek háta mögé állott, és onnan intett a kardjával üdvözlést a főtiszteknek.

A többi is a legjobb ruháiba öltözött. Nem a misére öltöztek, mert még akkor nem is tudták valamennyien, hogy mise lesz, csak éppen mindenki érezte, hogy ez a nap az utolsó. S a halál, akármilyen csúnyára festik is, nagytiszteletű úr! Akinek nem volt más ruhája, csak a mindennapos, az is kipödörte, kiviaszkozta legalább a bajuszát.

Már csak Dobó hiányzott.

Ragyogó páncélöltözetben lépkedett elő. A fején aranyos sisak. A sisak csúcsán hosszú sastoll. Az oldalán széles, ékköves kard. A kezén félig lemezes, félig ezüst láncszemekből alkotott vaskesztyű. A kezében aranyozott végű, vörös bársonymarkolatú lándzsa.

A két apród mögötte hasonlóképpen talpig vasban. Az oldalukon rövid kard. A hajuk a sisakból kihullámozva omolt a vállukra.

Dobó megállt az oltár előtt, és levetette a sisakját.

Hogy a két pap nem tudott beszélni, Mekcsey szólott a népnek.

- Testvéreim - mondotta a sisakját a karjára véve. - A tegnapi ostrom után látjuk, hogy a török minden hadát összevonja. A mai napon minden ellenséges erő összepróbálkozik a mi erőnkkel. De ahol az Isten van, az ő akarata ellen hiába tör akár a világ minden pogánya is. A szentségben, amit itt látunk, tudjuk, hogy az élő Jézus van jelen. Velünk van! Boruljunk le, és imádkozzunk!

S a vár népe egyszerre letérdelt.

Mekcsey a pap helyett elkezdte az imádságot:

- Mi atyánk, Isten...

Halkan rebegték, mondatonkint.

Mikor az áment is elmondták, hosszú, ünnepi csönd támadt.

Márton pap Mekcseyhez hajolt, s elmondta neki, mit szóljon tovább.

Mekcsey felkelt, és szólt ismét:

- Istennek ez a két hű szolgája most azért emeli fel a szentséget, hogy mindnyájunknak teljes bűnbocsánatot adjon. Az óra szorosabb, hogysem meggyónnunk lehetne. Ilyen órában az egyház megadja a feloldozást gyónás nélkül is. Csak magatokban bánjátok bűneiteket.

S újra letérdelt.

A ministráló fiú csengetett. Bálint pap fölemelte a szentséget. A nép lehajolt arccal hallgatta, amint az agg pap a feloldozás szavait rebegi.

Mikor újra fölemelték az arcukat, a szentség már vissza volt téve az asztalra, s a pap a két kezét áldásra kiterjesztve, könnyes szemmel, mozdulatlanul nézett a tiszta ég magasába.

A szertartás végeztével Dobó föltette újra a sisakját. Fölállott egy kőre, és szólott:

- Isten után nekem van szavam hozzátok! Ezelőtt harmincnégy nappal megesküdtünk, hogy a várat meg nem adjuk. Eskünket megállottuk. Úgy dacolt a vár eddig az ostrommal, mint tenger viharával a tengerben álló kőszikla. Most az utolsó próba következik. Az Istent hívtuk segítségül. Bűntelen lélekkel, halálra készen kell küzdenünk a várnak és hazánknak megmaradásáért! Példátlan az a küzdelem, amellyel eddig megtartottuk a várat, s példátlan az a gyalázat, amely itt a törököt eddig is érte. Bízom a fegyverünkben, bízom a lelkünk erejében, bízom Szűz Máriában, aki Magyarország patrónája, bízom Szent István királyban, akinek a lelke vele van mindig a magyar nemzettel, és legjobban bízom magában az Istenben! Induljunk, testvéreim!

Megperdült a dob, és megharsant a trombita.

A vitézek acélos erővel ragadták föl a lándzsáikat, és csoportokban oszlottak széjjel. Dobó lóhátra ült. Két apródja szintén lovon követte.

Dobó fenn körülnézett mindenfelé. Látta, hogy a török lovak nagy csoportokban, katonák nélkül legelnek az egri dombokon. Körös-körül mozgó lándzsaerdő. A török tengerként özönli körül a várat.

S látni lehetett a Királyszéke-dombon a két pasát is. Ali pasa rengeteg sárgadinnye formájú turbánban, sápadt vénasszonyarc. A másik pasa nagy, ősz szakállú óriás.

Kék selyemkaftán van mind a kettőn, de Alié világosabb. Az övükbe tűzött fegyverek gyémántja fehér szikrákat vet minden mozdulatuknál.

A bégek pompás lovakon ülve vezették a hadakat. Az agák meg a jaszaulok ültek még lovon. A többi mind gyalog. A török hadizászlók között feltűnő volt egy nagy fekete lobogó. Azt még nem látták a várbeliek. Csak a tisztek értették, mit jelent az a fekete lobogó: *Nincs kegyelem! Halál fia minden teremtett lélek a várban!*

Déltájban megdördültek a török ágyúk, s megharsant a két török tábori zenekar.

A levegő megtelt füsttel. A vár megreszketett az *Allahu akbár* kiáltástól. Arra meggyújtották bent is a tüzeket.

A parasztokat, asszonyokat s egyéb bemenekült népet Dobó mind az üstök és falak mellé rendelte. De még a betegek is kivánszorogtak. Aki csak meg bírt a lábán állni, az is elhagyta a fekvőhelyét, hogy ha egyebet nem tud segíteni, rendelkező kiáltást vagy hívást kiáltson tovább. Volt olyan, akinek mind a két karja fel volt kötve, s mégis előballagott. Odaállt egy tűzrakáshoz, hogy a lábával tologassa az üst alá időnkint a fadarabokat.

A belső házakban nem maradt senki, csak a gyermekek, meg a palotában a két asszony.

Baloghné... Szegény Baloghné... A fiát vitézi iskolába adta: nem merte kérni Dobót, hogy ne szolgáltasson vele az ostromban. Gyönge még a gyerek: hogy áll meg a pogány fenevadak fegyvere előtt?! De azért soha egy vonása sem árulta el, hogy félti a gyermeket. Dobó vasakarata még az ő aggodalmát is lekapcsolta. Nem mert lélegzeni, ha Dobó ránézett. Úgy volt, mint a katonák: Dobó szavára gépies engedelmességgel mozdult minden. Az emberek elvesztették az akaratukat. Az ő akarata szállt meg mindenkit. Szava se kellett, csak intése, s az emberek tagjai aszerint mozdultak.

Mi lett volna a várból, ha Dobónak csak egy haja szála is félelemtől rezdül? Óvatosságra intett mindenkit; páncélt, vértet, sisakot öltetett mindenkivel, de mikor a halál megjelent a falon, személyválogatás nélkül vezette ellene a vár népét.

Senki se becsesebb a hazánál!

A szegény asszonynak az ostrom napjai gyötrelmesek voltak. Reszketett minden reggel, mikor a fia Dobó mellé csatlakozott. Aggodalommal leste minden órában, hogy nem éri-e golyó. Micsoda öröm volt neki, valahányszor Kristóf apród felváltotta a szolgálatban, s a fia fáradtan és puskaportól szennyesen lépett a palotába!

Mindig tárt karokkal és csókkal fogadta. Mintha távol útból tért volna haza. Mosdatta, fürösztötte. Selymes, hosszú haját fésülte, kefélte. S eléje adott minden jót, ami csak a konyhán találkozott.

- Ki halt meg? Ki sebesült meg a *tisztek közül?* - ez volt mindig a két asszony első kérdése.

A fiú nem tudta, hogy Éva kicsoda. Azt gondolta, valami egri úriasszony, mint a többi, s hogy az anyja a palotába vette segítségnek. Hát csak elmondta a híreket. A hírek mindig a halottak felsorolásával kezdődtek s Gergely bácsi dicséretével végződtek. Hogy az a Gergely bácsi miket ki nem talál! Tele volt a lelke Gergely bácsinak a csodálatával. Elmondta, hogyan, hány törökkel látta küzdelemben, s micsoda fortélyokkal vert le külön minden törököt.

Éva visszafojtott lélegzettel, sápadtan és büszkén, de mindig könnybe lábadó szemmel hallgatta. Csak akkor mosolyodott el, mikor a fiú odaért az elbeszélésben, hogy a török nem bírt azzal a csodálatos Gergely bácsival.

A két asszony az ostromok vihara alatt sírva, remegve állt az ablaknál. Egy kis nyíláson át nem láthattak egyebet, csak az ide-oda futkosó népet, a füstöt, a fel-felpirosló tüzet, azután amint a borbélyok kihordják a sebkötő gyolcsot, s halomba rakják, s kihordják a vizestálakat, megtöltik tiszta vízzel. Aztán egyszer csak hozzák a sebesülteket egyenkint, egyre sűrűbben és véresebben.

És akkor minden figyelmük a sebesültekre fordult. Jaj, ismét hoznak valakit! Nem Balázs. Nem Gergely. Hála Istennek. Ismét hoznak... De hátha azért nem hozzák egyiket se, mert a temetőgödörhöz vitték...

S még csak azt se mondhatják: *Isten veled!*

És Évának az agg, félnyomorék apja is itt van. Sokszor látja őt végigbaktatni a palota útján. A vállán akkora íj, mint ő maga. A puzdrája hol üres, hol tele van nyíllal. Úgy szeretne kikiáltani:

- Apám! Édesapám! Vigyázzon magára jól kegyelmed.

Mikor az ágyúk ezen a napon megdördültek, a két asszony könnyezve borult egymás nyakába:

-- Imádkozzunk, húgom!

- Imádkozzunk, néném!

S letérdeltek, arccal a földre borultak. Imádkoztak.

S velük együtt imádkozott a távolban szanaszét Felső-Magyarország minden vidékén másfél ezer asszony mindennap, minden éjjel. És kicsiny gyermeki kezek kapcsolódtak össze a távol menedékein: imádkoztak az ártatlanok édesapáért, aki Egerben van.

- Jó Isten, tartsd meg az életét édesapának! Hozd vissza nekünk édesapát!

Pokoli dörgés-dübörgés, ágyúduhhanások, trombitaharsogás, Jézuskiáltozás, Allah-ordítozás. Befelé terjengő, nehéz füstfelhők.

Már hozzák az első sebesülteket. Vértől fekete saroglyán hozzák az elsőt. Fiatal, sápadt katona. A lába térdben van ellőve. A borbélyok nagyjából bekötik. Minek vesződnének vele, csak egy-két órai reménységnek kötik be a lábát, aztán úgyis elvérzik.

S hozzák a másodikat, harmadikat és negyediket. Az egyiknek az egész arca egy véres roncs. A két szeme hiányzik. Fogai kilátszanak az arcából. A másiknak a nyakában nyílvessző áll. Azt kell kimetszeni. A harmadik a jobb oldalára tapasztja a kezét. Csupa vér a keze. Ujjain át vastag zsinórokban bugyog a vére. Leül a földre, és vár hangtalanul, mígnem a szemére ráhomályzik a halál.

Dobó száguldó paripán dobog el a palota előtt. Nyomában messze elmaradva fut Kristóf apród.

- Hol a másik? - kérdi az anya szenvedő tekintete.

Amott fut az is a Sándor-bástya felé: bizonyosan üzenetet visz. *Hála Istennek! És jaj!*

Már annyi a sebesült, hogy mind a tizenhárom borbélynak dolgot ad. Már három török zászlót is hoztak a sebesültekkel. A török kiáltozás egyre üvöltőbb; a puskapor füstje elhomályosítja a keleti és északi bástyák körületét, s rászáll a palotára is. Mint mikor oly sűrű a köd télen, hogy háromlépésnyire nem lehet benne látni.

- Irgalom Istene - fohászkodik Baloghné -, mi lesz velünk, ha a török betör?!

- Akkor én meghalok! - feleli Éva sápadtabban.

S bemegy a fegyverszobába. Kardot hoz ki onnan, Dobónak a hétköznapi kardját. Teszi elgondolkodó arccal az asztalra.

A nyitott ablakon át behallatszik a sebesültek nyöszörgése és jajgatása.

- Jaj, a szemem, a szemem! - sírja az egyik. - Soha nem látom többé Isten szép világát.

- Koldus vagyok! - nyögi a másik. - Mind a két kezem levágták!

A borbélyok körül már annyi a sebesült, hogy nem győzik kötözni. Baloghné egész testében remeg.

- Ki kell mennünk! - mondja gyötrődő arccal! - Segítenünk kell a borbélyoknak.

- Én is kimenjek-e? Én is kimegyek! Érzem, hogy a sebesültek ápolását se becsületszó, se parancs nem tilthatja meg.

A füstöt szél söpri el. Baloghné felnyitja az ajtót, s a távolba néz a tömlöcbástya felé. Dobót látja ott egy füstfelhőben, amint iszonyú kardvágást mér a falra fellépő török fejére, s amint a holtat visszalöki.

Balázs apród ott áll mögötte leeresztett rostélyú acélsisakban. Az urának a lándzsáját, buzogányát s egy másik kardját tartja a hóna alatt.

A nap ki-kisüt a felhőkből és füstből. Az idő borzongató őszi hűvös volna, hej, de kánikula mégis a küzdőknek! Dobó egy rántással kicsatolja sisakját, és odaveti Balázsnak.

Azután zsebkendőt ránt elő az övéből, és megtörli izzadt homlokát.

Küzd tovább hajadonfővel.

Balázs apród nem tudja hova fogni az aranyos sisakot: a maga fejére teszi. Füst borítja el őket. Szállj el, füst, szállj el!

A füstgomolyag mintha hallaná az anya szívének kiáltását, elritkul. Balázs áll, áll a falon. Az anya kiáltani akar neki, hogy álljon hátrább, lejjebb, de úgyse hallaná meg a fiú abban a pokoli tombolásban.

S amint fölemeli a kezét, hogy a fiának intsen, a fiú elejti Dobó fegyvereit, s bágyadt mozdulattal a nyakához nyúl. Ugyanakkor megtántorodik, egyet fordul. Fejéről az aranyos sisak lehull és elgurul. A fiú elhanyatlik anélkül, hogy a kezét tartózásra mozdítaná a föld felé.

Az anya velőtrázó sikoltással üti el az ajtót. Rohan oda. Felöleli a fiát. Jajgatja. Ráborul. Ölelgeti. Nevét kiáltozza.

Dobó rájuk pillant, s fölveszi az elgurult sisakot. Két katonának int, s a fiúra mutat.

A két katona felfogja a fiút: egyik vállon, a másik térdben, és beviszik a palotába, az anyja szobájába.

A fiú fekszik véres nyakkal, mint a meglőtt galamb, élettelenül.

- Ó, nincs már nekem fiam! - sikongja az ősz özvegyasszony.

- Talán csak elájult - véli az egyik katona.

És lecsatolja az apród fejéről a rostélyos sisakot, mellvértet és egyéb vasakat.

A fiú nyakán azonban nagy lőtt seb tátong. Nem is a nyakán, hanem a derekán ment be a golyó. A nyakán csak kijött.

Az özvegy arca eltorzul a fájdalomtól. Szeme vérbe borul. Felkapja az asztalon heverő kardot, amelyet az imént Éva hozott ki a szobából, s kirohan vele az emberzivatarba, fel a tömlöcbástyára.

Forgolódik ott már több asszony is.

Lent főzik a vizet, a szurkot, az ólmot. Hordják szaporán, amelyik forr: adják a katonáknak.

- Hideg vizet is hozzatok, innivalót! - kiáltják a katonák, mikor egy-egy kis szünet támad az ostromban.

- A pincéhez, asszonyok! - kiált le Dobó. - Csapra minden hordót! Hordjátok kupákban a katonáknak!

Az asszonyok egy része, amelyik a kiáltást meghallotta, lobogó szoknyával fut a borért.

Imre deák ott jár fegyveresen fel és alá a pince előtt.

Hogy a sok asszony odarohan, beletaszítja a kulcsot a pinceajtóba.

- A tiszteknek, ugye? - kérdezi Kocsisnét.

- Mindenkinek, deák uram, mindenkinek! A kapitány úr mondta.

Imre deák belöki a pinceajtót.

- Hátul a java! - kiáltja.

S leereszti a sisakrostélyt, és a kardját kirántja. Rohan ő is a tömlöcbástyára.

A török egyre nagyobb és nagyobb sokaságban tör fel a bástyán. Már fel is ugrálnak. Gyilkos birokra kelnek a vitézekkel. Maga Dobó is torkon markol egyet, egy óriást, akinek csak a csontja van egy mázsa. Próbálja visszalökni. A török megveti a lábát. Egy percig mind a kettő meredt szemmel liheg. Akkor Dobó összeszedi az erejét, és egy csavarintással berántja. Leveti az állvány magasából az udvarra.

A töröknek leesett a sisakja, s ő maga a kövek közé huppan. De megint feltápászkodik, s visszafordítja a fejét, hogy jönnek-e a társai.

Akkor ér oda Baloghné. Vércsesikoltással suhintja meg a kardját a levegőben, s a török feje elválik a nyakától iszonyú csapása alatt.

A többi asszony is fenn forog már a bástyán. A katonák a viaskodásban nem veszik már át az égő szurkot, a követ, az ólmot, hát felhordják ők maguk, s a füstben, a porban, a lángban le-lezúdítják a felkapaszkodó törökre.

Hull a halott, és szaporodik az élő. Egy-egy kőhengerítés, szurok- és ólomöntés ösvényt tisztít az ellepett falon, de a holtak halma csak a pihent dandárok feljutását könnyíti meg. Az élők elkapják a visszahulló halottól a boncsokokat, s a lófarkas zászló újra ott táncol a létrán.

- Allah! Allah! Győzünk! Már győzünk!

Dobó csodálkozón pillant a mellette viaskodó Baloghnéra, de nincs ideje szólni. Ő maga is küzd. Ragyogó páncéljáról vállától sarkáig csurog a vér.

Az asszony csapást csapás után oszt a felnyomakodó törökre, míg végre lándzsaszúrás találja, s elhanyatlik le a bástyáról az állványra.

Nincs már, aki elrántsa. A küzdelem a fal tetejére csap. A holtakra rágázoltak az élők. Dobó egy kiálló oromra ugrik, és lenéz.

Már az agák is a fal tövében vannak. Veli bég egy nagy, vörös bársonylobogót hoz lóháton. A török harcosok a lobogó láttára új üvöltésben törnek ki.

- Allah segít! A diadal perce itt van!

A lobogó az Ali pasa győzelmi lobogója. Harminc vár és várkastély ormán hirdette már azon a nyáron az a lobogó a török erő diadalát. Soha nem érte más, csak a dicsőség sugara!

Veli bég a földbástyához hatol a lobogóval. Ott legfáradtabbnak látszik a védelem, mert már asszonyok is harcolnak.

Dobó megpillantja az aranytól ragyogó betűs, széles ünnepi zászlót. Petőhöz üzen, s ő maga a földbástyára fut.

Ember ember ellen küzd ott. Meg-megjelenik egy-egy zászlós alak, meg visszatűnik a mélybe. A harcosok a felszálló por és füst fátyolába burkoltan viaskodnak. A szurokkoszorúk és tüzes kalácsok üstökös csillagokként röpködnek a füstfelhők között.

- Jézus, segíts! - sikoltja egy asszony.

Dobó abban a pillanatban ér oda, amint egy felhágó török Szőr Mátyásba, a maklári molnárba meríti markolatig a jatagánját.

- Rajta! Rajta! - dördül meg Dobó hangja a bástyán.

A katonákat e hangra új erő szállja meg. A falra tolakodókat bűnnek soha fel nem róható, magyaros káromkodások között öldöklik vissza.

Dobó a molnár gyilkosának fordul. Látja, hogy a török talpig derbendi acélba van öltözve. Az olyanról lesiklik a kard. Gyors elhatározással veti magát reá, és nyomja le a megölt molnárra.

De a török vállas, izmos ember. Levetni igyekszik Dobót. Tehetetlen dühében a vasat harapja le Dobó karjáról, aztán hirtelen a földre csap, és arccal fordul fölfelé. De ez a halála. Dobó megtalálja a meztelen nyakat, s beleszorítja a lelket irgalmatlanul.

Még föl sem emelkedett, egy magasból lehulló török lándzsa csattan a lábába, s végighasítja a bőrszíjat, megáll a lábikrájában.

Dobó fájdalmában felordít, mint az oroszlán. A térdére rogyva kap a lábához, és szemét a kín könnyei vizesítik meg.

- Uram! - mondja rémülten Kristóf apród. - Megsebesült?

Dobó nem felel, kirántja a lándzsát a lábából, és elveti. Egy percig összeszorított ököllel áll, és szívja a fogát, míg a kín első mérge szétmúlik. Azután egyet rúg - próbálja, hogy eltörött-e a lába. Nem törött el, csak vérzik. Ahogy a fájás kiszállott belőle, ismét felragadja a kardját, s reáveti magát tigrisként a résen benyomakodó törökre. Jaj annak, aki most eléje kerül!

Míg ott már csaknem foggal is marják egymást, alig tízölnyire onnan a másik résnél is megsereglik az ellenséges had.

A rés gerendái beszakadnak a százak nyomásától, s a török győzelmi ordítással ront be anélkül, hogy falat másznia kellene.

Egyik a másikat tolja, taszítja. Fegyver a jobb kézben, a balban boncsok. Az elöl jöttek a bástyára ugranak a boncsokkal. A később jövők az állványok alatt várakozó sebesülteket s asszonyokat rohanják meg.

Közben az egyik vasazott lábával odarúgja a tüzet és a tűzben égő fahasábokat az állvány oszlopához. A tűz magas lángnyelvekkel kezdi nyaldosni az oszlopot.

A sebesültekkel csak könnyen boldogulnak, de az asszonynép dühös rikoltással ragadja fel az üstöket és a kondérokat.

A vastag derekú Kocsis Gáspárné úgy loccsantja forró vízzel szembe az egyik nagy szakállú agát, hogy amint az aga a szakállához kap, ott marad a díszes szakáll a markában.

Egy másik asszony a másik tűzrakásnál lángoló hasábfát ragad fel, s azzal üti arcba a törököt, úgy, hogy a fa szikrái csillagokként csapnak széjjel. A többi asszony már fegyverrel száll szembe a pogányokkal.

- Üssétek! Üssétek! - bömböl a felnémeti kovács.

Odarohan a pörölyével az asszonyok közé. Három pogány hadakozik ott egymásnak vetett háttal.

Az egyiket úgy sújtja fejbe, hogy a töröknek orrán, fülén freccsen ki az agya veleje.

A másik török kezében megvillan a jatagán, s markolatig merül a kovács hasába.

- Velem jössz a másvilágra, kutya! - ordítja a kovács.

S még egyszer meglódítja a feje fölött félmázsás pörölyét, s csak azután ül le a földre, s teszi a tenyerét a hasára, mikor már látja, hogy az ellenfele az iszonyú csapástól pogácsává lapított sisakkal arcra dől le a holtak közé.

Az asszonyok már akkor mind felragadták a heverő fegyvereket, s ádáz-dühösen, vércsevisongással viaskodnak a törökkel. A kendőjük leesett. A hajuk kibomlott. Szoknyájuk ide-oda csavarodik a küzdelemben. De ők nem gondolnak immár asszonyi voltukra: rikoltozva esnek a töröknek. Kardjuk nem fog fel semmi csapást. Ami rájuk hull, az az övék. De amit ők adnak, az meg a töröké.

- Éljenek az asszonyok! - hangzik mögöttük Pető kiáltása.

S hogy megpillantja az állványt nyaldosó tüzet, vödörhöz kap, s végigönti az oszlopon.

A főhadnagy pihent csapatot hozott. Maga is kardot villogtatva ugrik egy macskaként felszökkenő akindzsinak. Leteríti a gerendák közé.

A katonái ezalatt polyvaként szórják szét a betolakodott törököt. Sőt még a lyukon is kirontanak.

Dobó a falra térdelve, ziháló mellel és meredt szemmel néz alá, míg kardjáról és szakálláról csöpög a vér.

A nekibőszült egriek egyre többen rontanak ki a résen a várból, s ott verik már a törököt a holtak között, a bástya alatt.

- Vissza! - kiáltja Dobó a torka minden erejéből.

De a harci zivatarban nem hallják azok a maguk szavát se.

Egy Tóth László nevű közvitéz megpillantja a piros bársonylobogós béget. Nekiugrik. A kezében mordály van. A bég mellére süti. Egy kapás a lobogóhoz. A másik mozdulata, hogy az üres mordályt egy török szeme közé vágja. Aztán visszaugrik a zsákmánnyal, míg vele kijutott öt társát összevagdalják a janicsárok.

Dobó csak azt látja, hogy Veli bég lefordul a lóról, s hogy a basa győzelmi zászlóját magyar ragadta el. Helyet mutat a pihent csapatnak. Bal karjának véres rongyain egyet csavar, s le a réshez rohan. Pető ott áll már gyalog, s a rés előtt álló mozsárágyúhoz emel egy lángoló fahasábot.

A lobogó után tóduló janicsárokat ez a lövés rúgja vissza.

- Tölts! - kiáltja Dobó az egyik katonának. - Négyen itt maradjatok. Követ, gerendát ide, ha van idő!

S a tüzes fergeteg újult erővel tombol tovább a bástyán.

20

Éva magára maradt a halottal.

Egy percig megkövülten meredt reá, azután megmozdult. A fejére föltette a sisakot, a derekára a páncélt, a karjára a karvértet. A fiú akkora volt, mint ő. Beleöltözött a ruhájába.

A fiú kardját rövidellte. Bement a Dobó szobájába, és leemelt a falról egy egyenes, hosszú, olasz tőrt. Ráöltötte a markolat szíját a csuklójára.

A hüvelyt otthagyta.

Kitódult az ajtón a meztelen tőrrel. Futásnak. Maga se tudta, hova. Csak annyit tudott, hogy az ura Zoltayval együtt a külső várat védelmezi. De hogy a palotából merre kell a külső várba menni, azt nem tudta.

A nap már leszállóban volt akkor, de a körös-körül gomolygó füstön át az is csak olyan volt, mint egy tüzes ágyúgolyó, amely függve maradt a levegőben.

A vár térképéről emlékezett, hogy a külső vár keletről sarló alakjában vonul a teknősbéka mellett.

A nap jobbkézt nyugszik, annak hát balra kell lennie.

Tíz szurtos, füstös várbeli katona csörömpölt vele szemben. Futva jöttek. Elöl egy tizedes. A katonák jobb karja és jobb oldala fekete a vértől. A vállukon lándzsát tartottak. A tömlöcbástya felé rohantak. Aztán egy tántorgó katona... Az arcából csurgott a vér. Bizonyosan a borbélyokhoz akart menni. Még egypár bizonytalan lépés, aztán elterült a földön.

Éva pillanatig tétovázott, hogy ne emelje-e föl. De egy második és harmadik halott vagy ájult is hevert ottan. Az a harmadik az egri bíró nagyobbik fia volt. Az ablakból ismerte. A mellében nyílvessző állott.

Asszonyok futnak lihegve a pince felől. A fejükön fakupák, a kezükben sajtár vagy füles fazék.

Azok is kelet felé tartottak. Éva hozzájuk csatlakozott. Ahogy az istállók mellett elfutnak, egy kis lefelé lejtős alagútban tűnnek el. Az alagútban két lámpás ég.

Az a Sötét-kapu. Az köti össze a külső várkaréjt a felső fallal.

Mikor azon átértek, a porban és füstben dübörgő pokolba jutottak.

A holtak szanaszét hevertek lent a földön, fenn a lépcsőn, az állványokon. Az egyikben Éva megismeri Bálint papot. Hanyatt fekszik a pap. A sisak nincs a fején. Nagy fehér szakálla piros a vértől. A kezében most is ott a kardja.

Éva egy buzogányt kap fel a földről, és felrohan a lépcsőn. A viadal szinte birokkal dübörög már. A katonák a falon állva taszigálják vissza a törököt. Egy asszony égő gerendavéget sújt le a magasból. Egy másik tüzes furkót lóbál meg, és csapja a török nyaka közé. Káromkodás, Jézus-kiáltás, Allah-üvöltés, lábak dobogása, zuhogás, csattogás mindenfelé.

A bástyán két ágyú dördül el egymás után.

Éva a lövésre odapillant. Az urát látja, amint a füstölgő kanócot tartja, s lefelé mereszti a szemét, hogy a lövésének a hordását nézze.

Öt vagy hat párkányon maradt törököt levernek, aztán egypercnyi szünet következik. A katonák valamennyien hátrafordulnak, és torkukszakadtából kiáltozzák:

- Vizet! Vizet!

Egy sisakos, vén katona éppen Éva mellett kiált a falomladék egy kiálló kövéről. Az arcán harmatként gyöngyözik a véres verejték. A szeme alig látszik ki a vérből.

Éva megismeri az apját.

Elkapja a kupát az egyik asszonytól, és odanyújtja neki. Tartja, segít neki. Az öreg issza mohón. Piros egri óbor van abban, nem víz.

Az öreg nagyot húz belőle. A bajuszáról csurog a bor, mikor elveszi a szájától, s utána szakad egyet a lélegzete.

Éva látja, hogy a jobb keze lángol az öregnek. Nem csoda: fából van csuklóig; bizonyosan a szurkos szalma kapott belé. Az öreg nem is látta.

Éva ledobja a kupát és buzogányt, és az öreg karjához kap. Tudja, hogy hol van felcsatolva a fakéz. Gyors ujjal oldja fel a csatot, s a fakéz repül a török közé.

Az öreg pedig fogja a kardját, és a bástyán kihajolva sújt újra bal kézzel egy rézholdakkal kivert nádpajzsra.

Éva továbbrohan az ura felé. Itt-ott egy halottat kell átugrania. Itt-ott egy égő csóva repül el a szeme előtt. Itt-ott egy golyó csattan előtte, mögötte a falba. A vitézek azonban mind isznak. Csak vizet kérnek, s az is nektár lett volna nekik. A bor? Mintha isteni erőt innának magukba!

A lent kavarogva kiáltozó törökök zajába belerecseg a Zoltay kiáltása:

- Most gyertek, kutyák! Hadd üzenek Mohamednek a paradicsomba!

S rá egy perc múlva csak ennyi:

- Jó éjszakát!

A török, akinek ez szólt, bizonyosan elfelejtett neki visszaköszönni.

- *Iléri! Iléri!* - hangzik a jaszaulok üvöltése szakadatlanul! - Győztünk! Győztünk!

S új sokaság, új létrák, új pajzsok nyüzsögnek a holtak dombján.

- Allah! Allah!

Éva megtalálja végre Gergelyt, amint egy puskaporral töltött hordócskát gyújt meg s vettet le a magasból.

Aztán a sisakját a földre csapja. Ugrik egy asszony elé. A kupát elragadja tőle, s iszik oly mohón, hogy kétoldalt kétfelé locsog a száján a piros bor.

Éva a maga borát egy másik katonának nyújtja. Ott is hagyja a kezében.

A sisakért fordul, de amint lehajlik érte, szurokfüst csap a szemébe. Mikorra kikönnyezi, Gergelyt nem látja sehol.

Ahogy jobbra-balra néz, körülötte a katonák hirtelen leguggolnak.

Lent a tüfenkcsik sortüze dördült el, alig tízölnyire a faltól. Éva sisakját megcsapta egy golyó, meg is repesztette.

Éva megtántorodott, s percekig tartott, míg újra erőhöz tért.

Lent pokoli zeneharsogás s dobok duhogása, berregése, trombiták riogása. Egy hosszú nyakú jaszaul éles torokkal üvölti a fal alatt:

- *Já ájjuhá!* (Ide!)

A had kevert már odalenn. A janicsárok helyére a bőrsapkás aszabokat és piros sapkás akindzsiket hajtották.

Egy fehér ruhás dervis, aki azonban sisakot visel a teveszőr süveg helyett, lobogót ragad a kezébe, és *iléri, iléri* üvöltéssel indul közöttük, tíz öreg janicsártól környezve, a falak ellen.

A derviseket nem szokták lőni a mieink, de hogy annak sisak volt a fején s kard a kezében, lőttek reá. Magára vonta Éva figyelmét is.

Szél támadt. Elfújta a füstöt, s lobogtatta a háromgombos boncsokot a dervis kezében. Amint a vár felé fordult, Éva látta, hogy a dervis fél szeme be van kötve.

- Jumurdzsák! - sikoltotta tigrisharaggal.

S a buzogányát sárga villámként röpítette le a magasból.

A buzogány túlrepült a dervis fején, és mellen talált egy janicsárt. A dervis meghallotta a sikoltást, és fölpillantott. Ugyanekkor a bástyáról újra beledördült az ágyú a katonaságba, s a dervist a csoportjával lángsugár és füst borította el.

Mikorra a füst eloszlott az árokból, a dervisnek nyoma se volt ott. De azért a falak megteltek a fölfelé rugaszkodók csapataival.

Már nemcsak létrán jönnek. Egy fehér sapkás janicsár megindul csak úgy létra nélkül a várfal kiálló kövein fölfelé. Kőről kőre! A keze mindenütt talál kapaszkodót, a lába mindenütt rést, ahova bedughatja. A gerendák közt meg éppen könnyű fölfelé jutnia. Követi a másik, harmadik, tíz, húsz, száz vállalkozó. Mint a bodobácsbogarak tavasszal, mikor ellepik a falak napos oldalát. S végig-hosszat a vár külső falán kapaszkodnak, másznak fölfelé. Egyik-másik kötéllétrát is visz. Bekapcsolja egy-egy alkalmas kőbe, s az alant állók azonnal megindulnak rajta.

Gergely a bástyáról a romlásra fut.

Hajadonfővel van. A kezében lándzsa. Az arca puskaportól fekete.

- Sukán - ordítja egy vértől lepett kopjával küzdőnek -, van-e még szurok a pincében?

A hangja rekedtes. Az öregnek csaknem a füléhez hajol a kérdéssel.

- Nincs! - feleli Sukán. - Egy hordó gyanta van ott még.

- Hozassa tüstént a Perényi ágyúhoz!

Az öreg mellett ott küzd Imre deák. Leteszi a kopját, és elrohan.

- Vitézek! - kiáltja Gergely. - Szedjük össze az erőnket!

Túlnan visszhangként csap át a Zoltay szava:

- Ha most visszaverjük őket, nem mernek többet jönni!

- Tüzet! Tüzet! - kiáltják másfelől.

Az asszonyok rúdra öltött üstökben cipelik a forró ólmot és forró olajat.

Vas Ferencné egy nagy vaslapát parázzsal fut fel a falra, s aláfordítja a törökre. De ugyanekkor a lapát is kiesik a kezéből: golyótól elcsapott kődarab ütötte halántékon. Nekiesik háttal egy oszlopnak, és elrogyik.

Egy csupa füst, testes asszony lehajol érte. Egy szempillantással látja, hogy vége van. A másik pillantása a Vas Ferencné mellett heverő bástyakőre esik. Felkapja a követ, és a falhoz siet vele. Egy golyó mellbe találja. Elbukik.

- Anyám! - sikoltja egy piros szoknyás leány.

De nem borul az anyjára, hanem előbb fölkapja a követ, amit az elejtett, és lezúdítja ugyanott, ahol az anyja akarta.

A kő két törököt sújtott agyon. Csak mikor ezt látja, fordul vissza az anyjához, és felöleli, lecipeli az állás lépcsőin.

A füsttengerben lent egy csapat teknősbékapajzs közeledik. A pajzsok alatt nem lehet látni az akindzsikat, olyan szorosan jönnek egymás mellett.

- Vigyázzunk, vitézek! - hangzik a Gergely szava.

- Vizet! Tüzet! - kiáltja Zoltay. - Amott, amott! A falon is másznak létra nélkül!

Egy bádoggal bevont tárgy emelkedik ki a sáncból. Négy piad szalad vele a falhoz. A létrán állók elkapják, s a fejük fölé vonják. Aztán jön a többi tárgy. Valamennyi bádoggal van bevonva, hogy a védők csáklyával le ne szaggathassák a tetejét.

- Forró vizet! - kiáltja hátra Gergely. - Sokat!

Éva hozzáugrik, és a fejére nyomja a sisakot.

- Köszönöm, Balázs! - szól Gergely. - Dobó küldött?

Éva nem felel. Lerohan a bástyáról forró vízért.

- Vizet! Forró vizet, asszonyok! - kiáltja torka erejéből.

Ezalatt fenn a bádoggal bevont tárgyak egymáshoz csatlakoztak. Alája beugráltak a könnyű ruhájú falmászók. Némelyik félig meztelen, de így is csurog róla az izzadság. A fejüket nem nehezíti sisak. Az övükből kidobáltak minden nehéz fegyvert. Csak a karjukon lóg szíjon a görbe, éles kard.

Széles vastetőzetté vált a sok összecsatlakozott tárgy. Az agák közül is ugráltak alája. Dervis bég is átszökken az árkon, s hozza a félholdas boncsokot.

Mikorra Éva visszatért, hogy Gergely mellett legyen, a nagy füstben embert se lát, csak röpködő, piros, nagy lángokat s lángban és füstben a kardok fehér meg-megvillanását.

- *Allah! Allah!*

- *Bum! Bum! Bum!* - az ágyúk.

A füst még sűrűbb, de hirtelen felszáll a védők feje fölé, mint a gömbölyded hullámokba szedett, fehér ágymennyezett. S tisztán látni, hogyan villognak fölfelé a török fegyverek, lefelé a magyar fegyverek.

- Vizet, vizet! - kiáltja Gergely.

Látni, hogy lent az ércfödél emelkedik. Mázsás kövek zuhognak le a falról. Az ércfödél elnyílik, és elnyeli a követ. Aztán ismét összeáll.

- Forró vizet! - kiáltja Zoltay is odarohanva.

Gergely, ahogy meglátta Zoltayt, le az ágyúhoz ugrál.

A gyanta már ott várja egy félfenekű hordóban.

Gergely feldönti a hordót, és szól a pattantyúsoknak:

- Tömjétek az ágyúkba, puskapor fölé! Amennyi beléjük fér! Verjétek be, hogy porrá zúzódjék! Kevés fojtást rá!

A falról akkor zúdították le a forró vizet.

Ahova a kő nem tudott eljutni, a forró víz eljutott. A tárgyak egyszerre meginogtak és szétlazultak. Alóluk *ej vá* és *meded* vonítással ugráltak ki a törökök.

A bodobácsok a falon maradtak. Azokra Gergely rálő egy mozsárágyúval. De még mindig maradnak a falon. Gergely feléjük rohan az ágyúdöröklővel.

- Gergely! - hangzik a Pető szava.

- Itt vagyok - feleli Gergely rekedten.

- Ötven embert hoztam. Elég?

- Hozz még, amennyit lehet! Rakasd lent a tüzet, és tíz ember hordjon mindent.

A tüfenkcsik újabb lövése a mozsárágyú füstjével egybekavarodik, s elfátyolozza a falat egy percre. Ezt a percet a könnyű öltözetű falmászók arra használják fel, hogy újra elborítják a létrákat.

Gergely visszarohan az ágyúhoz.

- Meg van már töltve? - kérdezi.

- Meg - feleli az öreg Kocsis Gáspár.

- Tűz!

Az ágyú lobbot vet, eldurran.

A gyanta húszöles lángoszlopként lövellik lefelé belőle. Még azok a törökök is elugráltak a falról, akiket az ágyúnak csak a szele ért.

A fal letisztulását a jaszaulok és tisztek dühös ordítása követte.

A bástyáról látni lehetett, hogy fut el a faltól minden katona. Aszab, piad, müszellem, deli, szpáhi, gureba, akindzsi - mind összekeveredve, rémülettel fut a sáncok felé. És látni lehet, mint tartóztatja fel őket a sok jaszaul, a sok aga. Már nem is korbáccsal, hanem karddal verik vissza a futásnak indult sokaságot. Azok véres fejjel, dühtől tajtékozva kapják fel újból az ostromlétrákat, s most már egyenesen a magyar ágyúk falára rohannak.

A dervis vezeti őket. Ő lobog elöl. Fehér csuhája vörös már a vértől. A drága boncsokot a foga közé szorítva, pajzs nélkül rohan fölfelé.

A szomszéd létrán is egy aga mászik elöl, egy nagy testű óriás. Turbánja akkora, mint a gólyafészek. Kardja akkora, mint a hóhérbárd.

Gergely körülpillant, s újra ott látja maga mellett a követ emelő apródot. Emeli a nagy épületkövet az apród, s lezúdítja!

- Balázs - mondja neki Gergely -, eredj innen!

S rekedt hangja a két utolsó szóban csengővé válik.

Balázs nem felel. Az az olasz kard van a kezében, amelyet a szobából kihozott. Odahirtelenkedik vele a létrához, amelyen a dervis jön fölfelé.

Gergely lepillant.

- Hajván! - kiabálja a felbukkanó óriásra. - Ó, te barom, te bivaly! - folytatja törökül. - Hát te azt hiszed, hogy nem fog a fegyver!

A török megdöbben. Széles, nagy ábrázata megkövülten mered Gergelyre.

Ezt a pillanatot használja fel Gergely. A kezében levő lándzsát a töröknek a szügyébe veti.

A török egyik kézzel a lándzsába markol, másikkal iszonyú csapást mér Gergelyre. De a csapás a levegőt éri, s a nagy test hanyatt zuhanással esik egy bádogtárgyra.

A dervis ezalatt följutott.

Lándzsaszúrását fejének félrekapásával kerüli el Éva. A következő pillanatban végigvág a dervisen, s a kapaszkodó bal kart találja el. A dervis karján kétfelé esik a gyapjúköntös, de kivillanik alóla a ragyogó dróting.

Egy szökemléssel a falon terem. A szíjon lógó kardot a markába kapva rohan Évára.

Éva hátrább ugrik két lépést. A kardot mereven maga elé tartja. Kikerekedett szemmel várja a rohanást.

De a török régen járja a halál iskoláját: látja, hogy tőrrel s nem karddal áll szemben. Tudja, hogy a kinyújtott, hosszú tőrbe nem jó belerohanni. Egy toppanással megállítja magát, s a tőrre sújt, hogy félrecsapja, s hogy egy másik vágással az apródféle legénykét küldje a lelkek világába.

De Éva is ismeri ezt a vágást. Gyors kört villant alulról fölfelé a tőre, s elkerüli vele a török kardot. Mikorra a török másodikat akar sújtani, már becsúszott Éva tőre a hóna alá.

A dróting mentette meg a törököt. Az acélszemek ropogtak, de a dervis ugyanekkor vágott, s a kardja fején találta Évát.

Éva úgy érzi, mintha szétroppant volna a feje. Szeme előtt megsötétül a világ. Lába alól mintha elhúznák a földet. Karját a szeme elé emeli, és zsákként dől el az ágyú mellett.

21

Mikor Éva felocsúdott a kábulatából, csend volt körülötte. Hol van? - nem tudta. Néz. Eszmélkedik. Düledezett gerendaépület... A gerendák között tiszta, holdas ég s fehéren ragyogó csillagok... A derekát fájón nyomja valami kemény. A feje is valami hideg nedvességben...

Fásult kézzel nyúl a dereka alá. Kőporra tapint, s egy almányi, hideg vasgolyóra.

Akkor egyszerre megtisztázódott előtte minden.

Csend van. Tehát vége a harcnak. Vajon ki az úr a várban? A török-e vagy a magyar? Az emelvényen egy őrnek egyforma dobbanású, lassú járása hallatszik: egy, kettő, három, négy...

Éva föl akar kelni, de mintha ólomból volna a feje. Annyit mégis lát e mozdulattal, hogy a bástya közelében van, s hogy mellette egy asszony fekszik hason, s egy katona, akinek nincs feje.

Irgalom Istene, ha a török az úr...

A gerendákon át lámpafény vöröslik. Emberi lépések közelednek. Rekedt férfihang hallatszik:

- Az apródot vigyük-e előbb vagy az asszonyt?

Ó, hála Istennek: magyar a beszéd!

- Mind a kettőt - feleli a másik.

- Mégis, az apród...

- Vigyük hát az apródot. A kapitány úr még fenn van.

S megálltak Évánál.

- A palotához vigyük vagy a többi közé?

- A többi közé. Halottnak ez is csakolyan halott, mint a többi.

Megfogta egyik lábtól, másik a hóna alatt, és ráemelték a saroglyára.

Éva megszólalt:

- Emberek.

- Nini, hát él az ifiúr? Hál' istennek, Balázs úrfi! Akkor a palotába vigyük.

- Emberek - rebegte Éva -, él-e az uram?

- Él-e? Hát hogyne élne! Most kötik a borbélyok a lábát a kapitány úrnak.

- Gergely hadnagyot kérdem én.

- Gergely deák urat?

És meglökte a társát:

- Félrebeszél.

Az ember a markába köpött. Megfogták a saroglya két végét, és fölemelték.

- Emberek - szólt Éva szinte kiáltva -, feleljetek nekem: él-e Bornemissza Gergely főhadnagy úr?!

Hogy ilyen parancsoló hangon szólott, a két ember csaknem egyszerre felelt:

- Él hát.

- Sebesült-e?

- Keze, lába.

- Vigyetek hozzá.

A két paraszt megállt.

- Hozzá?

Az egyik fölkiáltott az őrnek:

- Hé, vitéz! Gergely hadnagy úr merre van?

- Mit akartok? - hangzott alá a Gergely hangja.

- Balázs ifiúr van itt, tekintetes uram. Valamit akar mondani.

A lépcsőn közeledő, lassú lépések hangja. Gergely jön sántikálva. Lámpás van a kezében. A lámpásban gyertya ég.

A lépcsők alján megáll, és szól valakinek:

- Lehetetlen, hogy holnap harc legyen. Annyi a halott, hogy két nap se bírják eltakarítani.

A lámpás közeledik.

- Vegyétek le a sisakomat - mondja Éva.

A paraszt a csathoz nyúl az asszony álla alatt.

Gergely akkor ér oda.

- Szegény Balázskám - mondja. - No de csakhogy élsz.

A paraszt lecsatolja, levonja a sisakot. Éva fejébe égető fájdalom nyilallik belé.

- Jaj! - kiáltja csaknem sikoltva.

Mert beleragadt a sisak bélése a vérbe és hajba, s a paraszt bizonyára nem tudta, hogy a fején a seb a fekvőnek.

Gergely letette a lámpást, és az asszony fölé hajolt.

Az asszony látta, hogy még most is olyan kormos a Gergely arca, mint volt. A bajusza, szakálla, szemöldöke lepörkölődött. A jobb keze vastag kötésben.

De az ő arca is felismerhetetlen volt. Annyi vér és annyi korom volt rajta. Csak a szeme fehére látszott ki a véres, füstös arcból.

Gergely idegein ugyanaz a meleg áramlás futott végig, amit akkor érzett, mikor a kerék dolgában járt, s a palota ablakában ugyanezeket a szemeket látta.

S a két szempár egy pillanatig egymásra irányult.

- Gergely! - szólalt meg ekkor az asszony.

- Éva! Éva! Hogy kerülsz te ide!

S mivelhogy abban a percben összecikázott az agyában mindaz, amit a gyermekéről hallott, s mindaz, amit az apródnak vélt alak viselkedésében látott, megértette a legkeserűbbet a kérdés pillanatában. A könny kicsordult mind a két szeméből, és végigfutott puskaporfüstös orcáján.

22

Arra a borzalmas ostromra háromnapi halotthordás következett. A dervisek és fegyvertelen aszabok hordták a halottakat.

Ember emberen hevert a falak alján. Az árkokban a vértől akkora volt a sár, hogy néhol gerendapallót tettek át rajta, hogy járhassanak. S a holtak körül szétszórt és darabokra tört pajzsok, boncsokok, kardok, dárdák, puskák mindenfelé.

Éjjel-nappal hordta a török a halottait. Csupán a külső vár falai alól nyolcezer halottat kellett elvinniük. Csak harmadnapra tisztult el az utolsó halott is, amikor már a hollók le-leszálló csoportjait puskával kellett elriasztgatni.

De bent is nagy volt a veszteség. Márton pap az ostrom után való délelőttön egyszerre háromszáz halott fölött énekelte el az *Absolve Dominé*-t.[1]

A háromszáz halott ott feküdt hosszú sorokban a közös sírgödör körül. Középen Bálint pap egyházi ingben, feszülettel, stólában. Mellette Cecey fejetlenül. Nyolc hadnagy. Balázs apród az anyjával, Szőr Máté, a maklári molnár, Gergely, a felnémeti kovács, Gasparics, Vas Ferencné, Baloghné, asszonyok, leányok, megismerhetetlen arcú, csonka és véres halottaknak nagy és csendes sokasága. Néhol csak egy fej. Néhol csak egy kar. Néhol csak egy véres ruha s benne egy sarkantyús csizmás láb.

A temetésen ott voltak a megmaradt tisztek. Maga Dobó is hajadonfővel, kezében tartva a vár zászlaját.

Mikor a pap beszentelte a halottakat, Dobó megszólalt, s beszélt el-elcsukló hangján a visszafojtott sírásnak:

- Levett sisakkal állok előttetek, vérben és tűzben, szent halállal meghalt

---

1 Oldozz fel,Uram! (latin)

vitéztársaim. Lelketek már ott van a csillagokon túl, az örök hazában; porotokat áldja a jelen és a maradék. Meghajtom a vár zászlaját előttetek, ti megdicsőült hősök. A hazáért haltatok meg. Istentől várjátok jutalmatokat. Isten veletek! Az örökkévalóság világosságában, Szent István királyunk orcája előtt találkozunk!

Csak egy csúsztatódeszkán, koporsó nélkül bocsátották alá a halottakat a közös sírverembe.

Az égből fehér pelyhekben szállingózott első jelentkezése a korai télnek.

Vasárnap, október 16-án, Dobó délután aludt egy órát, s amint kidörzsölte az álmot a szeméből, lóra ült, és a Sándor-bástyára lovagolt.

A várbeliek már akkor nem is építettek, csak a réseket állták.

Hideg őszi, borult idő.

A török ágyúk szakadatlanul dörögnek.

- Eredj, Kristóf fiam - mondotta Dobó az apródjának -, nézd meg a Bolyky-bástyát: mit csinálnak ott? Én innen az Ókapuhoz megyek.

Kristóf - a fél szemén neki is fehér kendős kötés - lóra ült. A Sötét kapunál oszlophoz kötötte a lovát, s gyalog futott be. Aztán végig a falon Bornemisszához.

Az egyik szakadékon át ágyúgolyó csapta meg. Csak lefordult a falról a kőtörmelékes deszkákra.

Az őr kiáltott Zoltaynak:

- Főhadnagy úr! A kis apród elesett.

Zoltay megdöbbenve hágott fel a falra. Látta a fiú mellkasán a nagy, véres horpadást. A katona mellette térdelt, s hogy a fiú feje a mellére hanyatlott, lecsatolta a fejéről a sisakot.

- Eredj tüstént a főkapitány úrhoz - mondotta Zoltay, a fiút magához ölelve. - Jelentsd neki.

A fiú még élt. Arca fehér volt, mint a viasz. Szomorúan nézett Zoltayra, s rebegett:

- Jelentse, hogy meghaltam.

Sóhajtott, és csakugyan meghalt.

A következő napon nem ágyúszóra virradtak. A sátorok ott fehérlettek a halmokon és hegyoldalakban, de törököt nem lehetett látni.

- Vigyázzunk - mondotta Dobó -, nehogy valami csel érjen bennünket!

S a föld színe alatt az üregekhez, fenn meg a szakadékokhoz állította az őrségeket.

Mert nemigen lehetett már a fal tetején állni sehol. A vár olyan volt, mint az egérrágta mandulatorta. Magától is omlott már néhol a fal, ha fölül ráléptek.

Ahogy nézegetik a török sátorok különös csendességét és néptelenségét, egyszer csak azt mondja valaki, úgy vélekedésképpen:

- Elmentek...

Mint a sebesen harapódzó tűz a száraz avaron, ismétlődik a szó szanaszét a várban:

- Elmentek! Elmentek!

S egyre hangosabb örömmel:

- Elmentek! Elmentek!

Azonban a tisztek senkit sem eresztettek ki a falak közül.

Napfölkelte után negyedórával egy asszonyt jelentettek az őrök. A fejére borított fekete selyemferedzséről látszott, hogy török asszony.

Maklár felől jött. Öszvéren ült. A magas kápájú nyeregben előtte egy kis magyar gyerek. Az öszvért a kantárnál fogva egy tizenöt éves szerecsen fiú vezette.

Kaput nem nyitottak az asszony előtt. De hogy is nyitottak volna, ha kapu nem volt?

Az asszony belovagolt a kapu mellett a szakadékon. Magyarul nem tudott, hát csak ezt a szót kiáltozta:

- Dobó! Dobó!

Dobó a kapuomladék tetején állva bámult a város felé. A török nőt látta jönni. S azt is mindjárt gondolta, hogy az asszony a kis Szelimnek az anyja. Mégis, hogy a nő az ő nevét kiáltotta, lesántikált az omladékról.

Az asszony leborult a lábához. Azután újra fölemelte a fejét, s térden maradva nyújtotta feléje a magyar gyermeket.

- Szelim! Szelim! - mondotta a két kezét könyörgőn összetéve.

A magyar gyermek hatévesforma volt. Barna arcú, kis, okos szemű fiú. A kezében fából faragott lovacskát tartott.

Dobó rátette a kezét a fiú fejére.

- Hogy hínak, fiam?

- Jancsinak.

- Hát a másik neved?

- Bojnemissza.

Dobó az örömtől megrezzenve fordult a Sándor-bástya felé.

- Gergely! Gergely! - kiáltotta. - Fussatok hamar Gergely hadnagy úrhoz.

De már akkor Gergely rohanvást rohant a bástyáról.

- Jancsikám! Jancsikám! - kiáltotta könnyes szemmel.

S majd megette a gyermeket.

- Jer, anyádhoz!

A török asszony tíz körömmel ragadta meg a fiúcskát. Megragadta, mint a sas a bárányt.

- Szelim! - kiáltotta kikarikásodott szemmel. - Szelim!

Látszott rajta, hogy kész széttépni a gyermeket, ha a magáét meg nem kapja.

Egy perc múlva lobogó alsószoknyában sietett Éva a palotából. A feje a homlokán át be volt kötve fehér kendővel, de az arca örömtől piroslott. Kézen futtatta maga mellett a kis török gyermeket. A kis Szelim a szokott török ruhájában volt, s nagy karaj kaláccsal futott Éva mellett.

Mind a két anya kitárt karokkal röppent a maga gyermekéhez.

Az egyik azt kiáltotta:

- Szelim!

A másik azt kiáltotta:

- Jancsikám!

S letérdeltek a gyermekükhöz. Ölelték, csókolták.

S amint a két asszony ott térdelt egymással szemben, egyszer csak összepillantottak, s kezet nyújtottak egymásnak.

23

A török csakugyan megszökött.

Varsányi, aki az asszony után egy órára jelent meg a várban, elmondta, hogy a basák még egy ostromot akartak, de a janicsárok, mikor ezt tudatták velük, a basák sátora elé csapkodták le a fegyvereiket. S dühösen kiáltozták:

- Nem harcolunk tovább! Ha mindnyájunkat felakasztattok is, nem harcolunk! Allah nincs velünk! Allah a magyarokkal van! Isten ellen nem harcolunk!

Ahmed pasa ott a sereg színe előtt sírva és a szakállát tépve szidta Ali pasát.

- Alávaló nyomorult! - üvöltötte a szeme közé. - Rossz akolnak mondtad Eger várát, juhoknak a bennük levő népet! Most vidd a császár elé ezt a gyalázatot magad!

És csak a bégek közbevetődésén múlt, hogy a két pasa össze nem verekedett a hadsereg színe előtt.

A tisztek között is nagy volt a hiány. Veli béget ágyon vitték el a harctérről. Dervis béget is félig agyonverten találták meg éjjel a falak alatt.

Olyan elkeseredés vett erőt a török hadon, annyi volt a tűztől s fegyvertől sebesült, hogy mikor a pasák kiadták a topcsiknak a visszavonulásra való parancsot, a többi még a reggelt se várta be. Otthagyták a sátorukat, poggyászukat, s útnak eredtek még éjjel.

Varsányi szavára mennyországi öröm szállotta meg a várbelieket. Az emberek táncoltak. A süvegüket a földhöz csapkodták. A török lobogókat kitűzték. Az ágyúkat kilőtték.

Márton pap a mindig nála levő kézi keresztet az égnek emelte, s az öröm őrjöngő hangján üvöltötte:

- *Te Deum laudamus!*[1]

S térdre csuklott, földre borult, csókolta a keresztet. Sírt.

A harangot kiemelték a földből. A gerendát, amelyen függött, két oszlopra tették. A harangot megkondították.

Bim-bam-bim-bam!... szólt vígan a harang, s ahogy Márton pap a piac közepén a keresztet tartva énekelt, köréje térdelt a nép, maga Dobó is.

Még a sebesültek is elővánszorogtak a zugokból és föld alatti termekből, s

---

1 Téged, Isten, dicsérünk! (latin himnusz kezdő szavai)

odatérdeltek a többi mögé.

Azonban Nagy Lukács egyszer csak nagyot ordít:

- Utánuk! Azt a kutya irgalmát Mahomednek!

A fegyveres népnek Dobóra villan a szeme. Dobó beleegyezőn bólint. Nosza, ahány ló van a várban, arra mind katona ugrik. Ki a várból. Elrúgtatnak Maklár felé a török után.

A gyalogosok is ki a várból a gazdátlanul maradt sátorokba. S hordják be szekereken.

Estére valamennyi lovas zsákmánnyal rakodottan tért vissza a várba.

A vár népéből háromszáz halott pihent már lenn a közös sírban, s nyolcszáz sebesült feküdt még szanaszét a szénán, szalmán a vár belsejében.

A főtisztek is mind sebesültek. Dobó, Bornemissza kezén-lábán, Zoltay fekszik, Mekcsey tetőtől talpig a sebek és ütések gyűjteménye, Fügedy három fogával áldozott Mohamednek. Buzogánnyal ütötte ki valamelyik török. De vígan szenvedte, mert a fájósat is kiütötték.

És seb nélkül nincs a vár népe között se férfi, se asszony. Azazhogy mégis van: a cigány.

Sukánnak az utolsó jelentése így hangzott:

- Nagyságos főkapitány uram, jelentem, hogy a várba lőtt nagyobbfajta ágyúgolyókat mind összeszedtük és megolvastuk.

- Mennyi?

- Hát ha azt nem számítjuk, ami még itt-ott a falakban van, öt híján tizenkétezer.

BEFEJEZÉS

Mikor az ostrom előtt Dobó segítséget kért a szikszai gyűléstől, ezt felelték neki, illetőleg Mekcseynek, aki Dobót képviselte:

- Ha elegen nem voltatok, minek maradtatok a tisztségben! Ha megettétek a koncát, igyátok meg a levét is!

A két kapitánynak az volt erre a válasza, hogy az ostrom után mind a kettő letette a tisztséget.

Egész Európa tapsolt és ujjongott a győzelem hallatára. Rómában a pápa Te Deum-ot misézett. A királyt mindenfelől üdvözlő levelek magasztalták. A töröktől elfogalt és Bécsbe küldött zászlóknak csodájára jártak a bécsiek. (Az Ali pasa bársonylobogója bizonyára ma is ott van a Habsburgok egyéb győzelmi jelvényei között.)

A király leküldötte Egerbe Sforzia Mátyás főkapitányt, hogy Dobót és Mekcseyt maradásra bírja. De biz ők hajthatatlanok maradtak.

- Kötelességünket teljesítettük - felelte Dobó. - Bár mindenki teljesítette volna! Adja át őfelségének tiszteletünk és hódolatunk kifejezését.

A király azután Bornemissza Gergelyt nevezte ki Dobó helyére Eger vár főkapitányának.

Akindzsi - az oszmán sereg "száguldó és égető" alakulata; feladata a meghódítandó területnek még a fősereg benyomulása előtti tűzzel-vassal pusztítása.

Allaha emanet olun! - Allah viselje gondodat! Allah vigyázzon rád!

Allahu akbar! La iláha il Allah! Ja kerim! Ja rahim! Ja fettah! - Allah a legmagasztosabb! Nincs Isten Allahon kívül! Ő a kegyes, a könyörületes, ő minden út megnyitója!

Anam - anyám.

Aszab (azab) - gyalogos katona.

Basli (besli) - várvédő katona.

Beglerbég - a bégek bégje: a vilajet vagy beglerbégség élén álló tartományi kormányzó (főméltóság az oszmán birodalomban).

Biszmallah (Biszmillah) - Allah nevében.

Boncsok - zászlófej; almaforma dísz, amelybe a törökök a zászlóul szolgáló lófarkat erősítették.

Bosztandzsi - nevük eredetileg kertészt jelent; ők a palotakertek, parti sétálóhelyek gondozói, a szultáni gályák evezősei, a szultáni tulajdon őrei s különféle rendőri feladatok elvégzői.

Börek - vagdalt hússal vagy sajttal töltött, olajban kisütött tészta.

Cirkászi - cserkesz (északnyugat-kaukázusi népcsoport tagja).

Csausz - hírnök, futár, követ, főtiszt.

Csaznegir - udvari étekfogó, főtálaló.

Csokjasázták (csok jasu) - éljenezték.

Defterdár - az államkassza legfőbb őre, a pénzügyminiszter.

Deli - irreguláris katonai egység.

Dzsebedzsi - fegyverkovács.

Dzsinn - ártó szellem, gonosz démon.

Ezan éneklés - imára szólítás.

Feredzse - a mohamedán nők hosszú, felsőruhaként viselt fátyla.

Főmufti - a birodalom vezető jogtudósa.

Gönüllü - önkéntes várvédő katona.

Gureba - az udvari zsoldos lovasság egyik csoportjába tartozó katona.

Halvé vagy *halva* - mézből, lisztből, dióból készült édesség.

Ilallah! (il Allah) - Nincs Isten Allahon kívül! (A "La iláha il Allah" magasztalás rövidebb változata).

Iléri! (ileri) - előre!

Jaja pasi (jájá basi) - janicsáralegység parancsnoka.

Janicsár - rab gyermekekből kiképzett, válogatott gyalogos katonák.

Járámáz gyaur - semmirekellő hitetlen.

Jaszaul - hadrendező, őr,

Jatagán - hajlított pengéjű rövid kard, markolatán két kis füllel.

Jetisin! - Segítség!

Kaikos (kajik) - csónakos.

Kánun - lant, citera.

Kapi aga (kapi agaszi) - a szultáni hárem fehér eunuchjainak a vezetője.

Kaplaman - Gárdonyi által rosszul használt szó, jelen összefüggésben nincs értelme.

Kapudzsi - a szultáni palota kapuinak őre.

Karavánszeráj - vendégfogadó, a karavánok pihenőhelye, szállása.

Káziaszker - főhadbíró.

Korán - a mohamedánok szent könyve, "Bibliá"-ja.

Kumbaradzsi - bombavető, mozsaras katona.

Lagundzsi (lagumdzsi) - aknász.

Láláka - a török "lálá" szó idős férfiak megszólítása, Gárdonyi itt magyaros nőképzővel látja el, s "anyóka" értelemben használja.

Malebi (mahaleb, mahleb) - európai cseresznye; méz.

Maruja (marul) - salátaféle.

Meded! Ej vá! - magyarul: Segítség! Jaj!

Mejhanedzsi - vendéglős.

Minaret (minare) - a dzsámik és mecsetek karcsú tornyai; a hazánkban építettek közül az egri és a pécsi maradt meg.

Mubarek olszun! - Az Isten áldja meg! Legyen szerencsés!

Müezzin - az igazhívőket a minaret erkélyéről imára szólító személy.

Müszellem - adókönnyítés fejében katonai szolgálatra kötelezett lovas katona.

Nizandzsi bég - főkancellár, ő rajzolta a szultáni monogramot (tayrát) az uralkodói rendeletekre.

Padisah - a sahok sahja: szultán, a birodalom uralkodója.

Perzevenk dinini szikeim! - Te strici, teszek a vallásodra!

Perzevenk batakdzsi! - Te strici gazember!

Perzevenk kenef oglu! Hersziz aga! Batakdzsi aga! - Te mocskos kis strici! Te tolvajkirály! Te főgazember!

Piad (pijáde) - gyalogos.

Piláf - igen gyakran ürühússal együtt tálalt rizs.

Pizáng - banánfa (jövevényszó a törökben is).

Szandzsák - török közigazgatási egység, az egész tartományt, helytartóságot jelentő vilajet része.

Szavul! - Félre az útból!

Szeráj - a szultáni palota.

Szilidár - az udvari lovasság egyik csoportjához tartozó lovas katona.

Szolak - a szerájon kívül a szultán kíséretét-védelmét ellátó, a janicsárokhoz tartozó hatvan-hetven fős testőrcsapat tagja.

Szörbet (serbet) - kiforrni nem hagyott édes must.

Szpáhi - 1. az udvari zsoldos lovasság egyik csoportjához tartozó lovas katona; 2. javadalombirtok fejében katonáskodással tartozó tartományi vértes lovas katona.

Temesszük - igazolás, bizonylat.

Topcsi - tüzér.

Topcsi basi - a tüzérség parancsnoka.

Tüfendzsi - puskás, puskaműves.

Ulufedzsi - az udvari zsoldos lovasság egyik csoportjához tartozó lovas katona.

Zarbuzán - ágyúfajta.

A VÁRVÉDŐ EGRI HŐSÖK NÉVSORA

(Dr. Gárdonyi József közölte először, az 1923-as kiadás végén, az író végakaratára hivatkozva, a hagyatékban talált kézirat szerint, vagyis nem szoros alfabetikus sorrendben.)

Abádi Varga Imre, faljavítás közben ágyúgolyó ütötte el.

Alfra Jakab, puskaportól súlyos égést szenvedett

András diák, egri bíró; meghalt ágyúgolyótól szeptember 30-án; két árvája maradt

Arany Mihály egri puskás katona; sok sebet kapott, s a fején oly súlyosat, hogy az elméjében megzavarodott

Aradi Nagy Antal hadnagy (Tinódi róla kiemelően szól)

Bakocsai István tizedes; szeptember 17-én a feltűzött török zászlót az ostrom viharában letépte, miért is Dobótól külön jutalmat kapott

Baksa Benedek, kő ütötte agyon

Baksay Tamás hatlovas tiszt; lábán bombától ütött fadarab sebezte meg

Balázs diák, egri írnok; mindig fegyverben állt, éjjelenkint a faljavításokban buzgólkodott

Bálint pap, elesett az október 13-i harcban

Balogh András Szirmai Pállal vitézkedett (nézd Szirmai!); fél szemét vesztette

Balogh Antal egri puskás; ágyúgolyótól nyomorodott meg

Balogh Bálint

Balogh Dénes tizedes a Bornemissza csapatában; mindkét lábán megsebesült

Balogh György, kőomlásban a lábán sebesült

Balogh György (másik), egri; az oldalán ágyúgolyótól, karján és arcán kövektől sérült meg

Balogh Mihály (egri), a karján nyíl és lándzsa ment át

Baranyai György ötlovas tiszt; a karját bomba törte el

Baranyai György altiszt

Baranyai István, a karját puskagolyó törte össze; testében golyók maradtak

Barát Miklós

Bartha Pál várbeli tizedes; csípejébe golyót kapott

Bay András altiszt

Bay Ferenc ötlovas tiszt; vitézül harcolt, mikor a várból szeptember 14-én ebéd után kirohantak a városban sokadozó törökre; a lábát később kőomlás törte össze

Benedek egri várbeli kovács

Benedek Istók (felnémeti); míg ő a várban küzdött, a török a házát feldúlta, s a feleségét elrabolta

Bereczky György, Vajda János szolgája, agyonlőtték

... *Bertalan* várbeli puskás, agyonlőtték

Blaskó Antal eperjesi hadnagy

Bodó Demeter (felnémeti), a bombától a fején sebesült

Bádogfalvi Péter (egri) várbeli puskás; a mellébe és a karjába két nyíl hatolt be

Bódy János maklári molnár

Bolyky Tamás, a borsodi ötven puskás hadnagya; a janicsárok agyonlőtték szeptember 28-án este

Borbély János hadnagy

Borbély Péter, Borbély János szolgája; fél szemére megvakult

Bordács Bálint (ceglédi), golyótól arcban sebesült, s két fogát kilőtték

Bornemissza Gergely deák, királyi hadnagy, 250 gyalogossal küldte a király

Bor Mihály, a sárosiak hetvenhat gyalogosának hadnagya

Bozy Tamás (felsőtárkányi), jobb kezét vesztette

Brum János mester, bécsi pattantyús

Budaházi István hatlovas tiszt; a szeptember 12-i kirohanásban a török vállon lőtte; a sebész öt darabban vette ki a vállcsontját

Csapy Mihály várbeli tizedes; súlyosan sebesült ("pixide sanciatus ambos testiculos amisit et est perpetuus castratus");[1] Dobó egy levelével átlopózott a Szolnok körül levő nagy török táboron, s vissza is tért, elképzelhető, mennyi veszedelem között!

Czeredy Lénárd egri puskás; golyóktól sebesült, egy a térdében maradt

Cserney Benedek pattantyús; az ágyú mellett állt, s török golyótól szétlőtt fadarabok sebesítették meg a torkán és a karján

Cses Péter várbeli puskás; vitézsége külön ki van emelve, janicsárok lőtték agyon; három árvája maradt

Cseh János pattantyús (kisbesztercei)

Czirják Mihály (egri), karját ágyúgolyó szakította el

Dobó István, a vár főkapitánya

Deli Balázs főlegény

Dormán György főlegény

Döngelegi Gáspár

---

1 Rossz középkori latinság, az első két szó helyesen: Pixida sauciatus; a szöveg jelentése így: Puskától megsebesíttetvén mindkét heréjét elveszítette, s örökre nemzőképtelen.

Debrői György várbeli kocsmáros
Dersy Ferenc püspöki ügyész
... *Dömötör* egri mészárosmester
Deli Pál várbeli puskás; agyonlőtték

Eperjesi Janicskó
Enderfer Lajos pattantyús (Innsbruckból)
Erdélyi Jakab egri puskás; arcban és nyakban golyó érte, a nyakában benn
is maradt
Erdélyi Mihály, mellén golyó ment át
Egres Mátyás (felnémeti), mind a két térdén bombától sebesült

Fügedy János lovas hadnagy
Fülöp Dömötör főlegény
Farkas János főlegény
Fekete István hatlovas tiszt; részt vett az első kicsapásban, midőn Pető,
Zoltay, Bornemissza kiment éjjel a török elé Abonyig, s mikor a törökök
október 17-én eltakarodtak, egy kis csapattal utánuk rohant, és a törökök
utóhadát megvagdalta; bombáktól és kardoktól sebesült meg
Fayrich mester, pattantyús (laibachi)
Fejérvári Pál tizedes; lábára sebesült meg
Fürjes Dömötör várbeli katona; térdén lőtték, s lábát le kellett vágni
... *Ferenc* egri mészároslegény
... *Ferenc* egri molnár

Garay Farkas főlegény
Gusztovics György főlegény
Gyulai György hatlovas tiszt; a Szent Mihály-napi ostromnak egyik súlyos
sebesültje; jobb kezét és lábát lőtték meg, teste más részében golyó maradt
Gyulai György (másik), ágyúgolyótól halt meg a Bolyky-bástyán, a
szeptember 29-i ostromban
Gasparics Mihály főlegény, elesett
Gersei Benedek főlegény
Gálházi Miklós ötlovas tiszt; nyíllal átlőtték az arcát
Gallus (Galyas? vagy Kallós) tihaméri molnár
Gyurkovics (Mekcsey szolgája), elesett; özvegye, árvája maradt
... *György* kovács; Felnémetről önként bement a várba, és vitézül harcolt
... *György* molnár és ácsmester; éjjel-nappal dolgozott, ő ácsolta össze a
robbanás után a puskaporos malmot
... *György* kovács (egri)
... *György* kovács (nagytállyai)
György mester, pattantyús, trencséni ember
Guthay Péter ellenőr
... *Gáspár* borbélymester

... *Gáspár* borbélylegény
Görgey Péter egri munkás-katona; kőomlásban vesztette épségét, úgyhogy
holtáig ágyban kellett feküdnie
Gyöngyösi Mátyás deák, a tüzes szerszámok őre és rendezője; vitéz küzdő,
ki sok sebet kapott
... *Gáspár* egri mészároslegény

Haranghy Miklós egri puskás katona; ágyúgolyó érte térden, és falomlásban
is sebesült
Harsányi Ferenc (egri), agyonlőtték
Halmai Miklós
Hős Péter
Horváth Gergely, az október 4-i robbanás egyik áldozata; a karja szakadt
el, s abban halt meg
Horváth György várbeli lovas vitéz; elesett
Horváth Mihály altiszt; részt vett a szeptember 21-i kirohanásban, amikor
is a lovát átlőtték

Iváni György
Istenmezei Sándor
... *Imre* kulcsár; négy szolgájával együtt éjjel-nappal híven őrködött
... *Imre* (Budaházy István szolgája), követtől sérült meg
... *István* egri mészároslegény
... *János* kovács
... *József* mester, pattantyús Prágából
János mester, pattantyús a Szepességből
... *János* borbélymester
... *János*, a Kamonyay Imre szolgája; a golyó az állát szakította el
... *Jakab* borbélylegény
... *Jakab* egri puskamíves
... *Jakab* felnémeti kovácsmester; vitézsége külön dicsérettel van említve a
király elé ment jelentésben: "Valahányszor ostrom volt, a falakra futott, és
a törökökből sokat agyonlőtt."
... *Jakab* egri kovács
... *Jakab* egri mészároslegény
Janicskó hadnagy
Jászai Márton, a jászói prépost negyvenegy gyalogosának hadnagya
... *János* ispán
Józsa János
... *Józsa* borbélylegény

Kassika Tamás (felnémeti), elesett, özvegye maradt
Koron vagy *Choron Farkas*, az abaúji ötven gyalogos hadnagya
Kendi Bálint, az ötven drabant hadnagya (Serédy György küldöttei)

Kispéter Antal, a gömöriek ötven puskásának hadnagya
Kusztovics Horváth György altiszt
Kis Dénes főlegény
Kis Jakab kassai puskás; jobb-kezére kőütéstől megnyomorodott
Kovács Antal, elesett
Kovács Ferenc (egri), a puskapor valószínűleg a robbanáskor arcát és karját összeégette, fél szemét kisütötte
Komlósi Antal, a szeptember 29-i rohamnál egy török zászlóvivőt akkor vágott le, amikor a zászlót kitűzte; a töröknek a zászlaja a török jobb karjával együtt lehullott a vár sáncába; Dobó 2 Ft jutalmat adott neki
Kassay György, meghalt kőomlásban
Kassay Lukács egri tizedes, megcsonkult
Korcsolás Máté egri tizedes, a fején sebesült; más sebeket is kapott, és meg is siketült
Kocsis Gáspár, golyók és kövek sebesültje
Kusztos Balázs főlegény
Kóródi Máté főlegény
Kamuthy Balázs háromlovas tiszt; kövektől sebesült
Kamonyay Imre (úriember, ki szolgájával jött)
Körmendi Máté
Kamorai Gábor
Kádas Péter, a karthausi barátok négy katonájának vezetője, a fején érte súlyos sebesülés
Kulcsár Imre
Kálmán porkoláb; Tinódi így említi: "Szegény Kálmán porkoláb"; megsebesült a Sötét kapu mellett ásott kijárónál, s meg is halt
Kőszegi Albert

Lőkös Mihály, a szabad városok száz gyalogosának hadnagya
Liszkai (Horváth) György altiszt
... *Lőrinc* kovács
... *Lőrinc* borbélylegény
... *Lőrinc* másik borbélylegény
Landó Benedek (felnémeti), kövektől súlyosan sebesült
Liptói János egri puskás; lövés érte a lábát
... *László* egri mészároslegény
Lengyel Miklós (tihaméri), agyonlőtték
Lengyel István egri puskás, fél karját vesztette el

Miskolczy László egri puskás; átlőtték mellben, de életben maradt
Máday György egri várbeli; a karján kapott súlyos sebet, s az oldalát átlőtték
Margit asszony, Kocsis Gáspárné, golyóktól és kövektől sebesült; a neve a súlyosan sebesült katonák közt van felsorolva az ostrom utáni

januáriusban készült jelentésben
 Major Ferenc egri puskás; arcát és kezét puskapor égette össze
 ... *Máté* egri mészároslegény
 ... *Márton* pap
 ... *Mátyás* egri lakatos és puskamíves
 ... *Mátyás* felnémeti molnár
 ... *Márton* borbélylegény
 ... *Márton* egri mészároslegény
 Molnár János egri; ágyú ölte meg, árvái maradtak
 Molnár Ambrus ács; elesett, három árvája maradt
 Mekcsey István alkapitány

 Nágoli Urbán főlegény
 Nagy András puskás a Bornemissza csapatában; karjára megbénult
 Nagy Antal hadnagy; térdét és bordáit golyó törte össze, egy golyó benn is
 maradt
 Nagy Antal főlegény; az első halottak közé jutott
 Nagy Bereck egri tizedes; jobb vállát átlőtték
 Nagy Barnabás egri tizedes; szakállas ágyú a kezét szakította el
 Nagy Barnabás, a Bornemissza hadából; ágyúgolyó a váll-lapockáját
 roncsolta szét
 Nagy Barnabás, Perényi huszonöt katonájának vezetője
 Nagy Pál, Báthory György harminc gyalogosának hadnagya; meghalt
 október 4-én, a puskaporraktár robbanásakor
 Nagy Pál (felnémeti), míg ő a városban harcolt, a török feldúlta a házát, s
 elvitte a feleségét
 Nagy Pál egri puskás; kövektől sebesült
 Nagy Imre, az Ung megyei tizennyolc gyalogosnak egyik vezetője
 Nagy Imre (másik), Homonnay Gáborné gyalogosainak egyik vezetője;
 meghalt a Szent Mihály-napi ostromban
 Nagy Tamás főlegény; jobb kezét bomba törte össze
 Nagy Bálint főlegény
 Nagy János főlegény
 Nagy Mihály főlegény
 Nagy Balázs gyalog hadnagy; ágyúgolyó találta szeptember 16-án, hogy a
 paloták hátulsó falát földdel töltött kasok és hordók felállogatásával
 iparkodtak megvédeni az ágyúlövésektől
 Nagy Bertalan viceporkoláb
 Nagy Gábor
 Nagy László várbeli másik kocsmáros
 Nagy Lukács egri gyalog tizedes; huszonegyedmagával Vác felé portyázva
 kirekedt a várból; már körülvette a török a várat, s ő Szarvaskőn búsult
 ("Tisztességében fél, megfogyatkozik. Vagy meghal, vagy bemegyen, ő
 esküszik"), s keresztül is ment a regeteg török táboron, be a körülzárt

várba; a fején súlyos sebet kapott
 Nagy Lukács várbeli közember; agyonlőtték
 Nagy István, Dobónak zászlótartója; elesett az október 12-i ostromban
 Nagy Péter tizedes (egri); homlokán és két lábán az első ostromban
sebesült; egyik lábát elvesztette, másikban a golyó bennmaradt
 Nagy Miklós egri tizedes; kőomlásban a fején és hátán sebesült
 Naszádos János, Gergely diák tizedese; szakállas ágyútól vállban sebesült

 Orbonáz (Orgonás) *György* főlegény
 Onori Gábor egri lovas vitéz; elesett
 Oroszi Gábor, a szeptember 12-i kicsapásban halt meg, hogy Budaházyt
védte, mikor már Budaházy megsebesült
 Ormándy János, részt vett a szeptember 14-i nappali kirohanásban is, és
vitézül harcolt; később a kezét bomba szakította el
 Országh Imre, elesett

 Paksy Jób tiszt, a komáromi kapitány öccse
 Pestyéni János hadnagy
 Pozsgai János főlegény, meghalt a Szent Mihály-napi ostromban
 Pozsgai Miklós
 Pribék Imre, Serédy György negyven katonájának vezetője; az áruló
Hegedüs hadnagy felakasztása után őrá bízta Dobó a kassai csapat
vezetését; Tinódi dicsérettel említi
 Pribék Józsa
 Pribék János (nézd Sukánnál)
 Paksi Borbás viceudvarbíró; ágyú és puska három helyen sebezte meg
 Papa vagy Pápay Valentin, harcolás közben halt meg, összerogyott
 Platkó Antal, a kassai kétszáztíz önkéntes egyik vezetője
 ... *Péter* borbélymester
 ... *Péter* borbélylegény
 Puska Pál (egri) puskás; jobb kezét átlőtték; megbénult
 Putnoky Tamás (egri), a fején kőtől sebesült
 Pap Máté (felnémeti), kövektől súlyosan sebesült
 Porkoláb Kálmán ötlovas tiszt; csípőcsontját törte össze
 ... *Pál* egri mészárosmester
 ... *Pál* várbeli kovács
 Prini Ferenc
 Prini Mihály
 Pető Gáspár főhadnagy a királyi seregben; negyven lovas vitézzel küldték
Eger védelmére; részes a szeptember 9-i első kicsapásban; a Szent Mihály-
napi ostromban egyik lábára megsebesült, összeesett fájdalmában

 Rhédey Ferenc főlegény (az angol királyi családdal rokonságba került
Rhédey grófi család elődje)

Rácz Farkas
Ráskai Péter
Rahóy Miklós, a kezén golyó ment át; megbénult
Rigó János (felsőnémeti ember), kőomlásban vállon sebesült

Somogyi András, Pető hadnagya
Sukán János számtartó; külön is kitüntette magát, mikor egy törésen
Pribék Jánossal visszaverte a törököt
Sáfár István
Sánta Márton molnár
Sáray András
Sárközi Balázs puskás; mindkét lábát ellőtték
Sipos Dénes (egri) várbeli puskás; kőpattanástól fél szemét vesztette
Somogyi Ferenc, Homonnay Gáborné huszonnégy drabantjának vezetője
Soklyosi Nagy Albert hadnagy, kit Tinódi *vitéz* jelzővel említ
Soncy Szaniszló, a földbástyán való vitézkedésért Dobó külön jutalommal
tüntette ki

Szabó Tamás (felnémeti ember), kövek sebesítették meg
Szabó Ádám, elesett
Szabó Imre, Dobónak harmadik követe, aki a várból kilopódzott, s
visszatért
Szabó Márton
Szirmai Pál, Tinódi *vitéz* jelzővel említi; nyílt ütközetben rohant ki egy
kisajtón a várból október első napjaiban kevesedmagával, s "kőfal mellett
sok török levágaték"
Szatai Imre
Szakács Balázs
Szalay Mihály pelsőci pattantyús; arcán, fején, kezén és hátán sebesült meg
Szalay Tamás egri; a lábán golyótól pattant kő sebezte meg súlyosan, hogy
megbénult
Szaniszló (de Craccovia) kassai puskás katona; a lábát ágyúgolyó
szakította el
Szilágyi Pál egri puskás katona; a fején kőtől sebesült meg
Szalánky György, az Ung megyei tizennyolc káptalan kilenc drabantjának
vezetője
Szücs János (vagy Szőcs) egri; a karján sebesült meg
Székely Tamás egri puskás katona; mind a két lapockáját átlőtték
Szőr Mátyás maklári molnár; kő ütötte agyon; három árvája s özvegye
maradt
Szőrné Katalin asszony; a molnár felesége
Szenczi Márton, a szepesi negyven drabant hadnagya
Szalacskai György, Homonnay Györgyné tizennyolc gyalogosának egyik
vezetője

Szólláti György főlegény
Szabolcska Mihály főlegény
Szőke András főlegény
Székely Mihály főlegény
Székely György
Szikszay Deák János egri provizor; a vár védelmében való kitűnéséért
nemességet kapott; címere a saját képe, amint törököt fog a nyakánál, és
oldalba szúrja

Tamás egri puskamíves
Trencsényi Péter
Tarjáni Kristóf, Dobó apródja; a törökök ellőtték október 16-án, mikor
Dobó a Bolyky-bástyára küldte, hogy onnan hírt hozzon
Tegnyei Péter főlegény
Tardi Péter főlegény
Tetétleni Pál főlegény
Török János (egri), elesett
Török János (Bács megyei) főlegény; a hátán ágyúgolyó érte
Török Dömötör, Tinódi *vitéz* jelzővel említi
Török László, azzal is kitüntette magát, hogy a külső kapu tornyán lengett,
de az ágyúzástól fallal együtt leomló magyar zászlóért kiugrott a várból, s
visszahozta; Dobó megdicsérte, és egy öltözetnek való purgomálposztóval
jutalmazta meg
Török Imre egri puskás; a kezét puskapor égette össze
Tátorján György egri puskás; követől sebesült, és másféle sok sebet is
kapott
Temesváry Gáspár, a kardját bomba törte el, s így sebesült meg súlyosan a
lábán, a saját kardjától
Tóth Máté, Pető Gáspár szolgája; csípejében golyó érte, s benn maradt
Tóth Endre, Vas Miklós (nézd ott!) útitársa; Dobó egy forinttal jutalmazta
meg
Tóth László, ez a vitéz ragadta el Ali pasa bársonyzászlóját az utolsó
ostrom alatt
Tamási Lőrinc (egri), fél lábán megnyomorodott

Urbán György egri puskás; vállát átlőtték

Vince borbélylegény
Vámos Mihály deák, cipóosztó; ostromkor vitézül harcolt a többivel
Varga János, Bolyky Tamás csapatából való; háromszor kiugrott az
ágyúgolyótól megrongált falnak egy résén csupa vitézi tréfából, és az
ostromlásra gyűlő török hadat a kardjával fenyegette; Dobó egy forintot
adott neki jutalmul
Vitéz György, vitézségéért megjutalmazták (de hogy ki, mikor, mennyivel,

nincs rá adat)

Vitéz István főlegény

Vitéz János főlegény; szeptember 30-án Pető Gáspár csapatában harcolt

... *Vince* ispán

Vajda János várbeli lovas hadnagy; Tinódi *vitéz* jelzővel említi; az ostrom után ő vitte el Bécsbe Dobó jelentését és Ali pasa bársonylobogóját, Iványi György, Somogyi András és Kőszegi Albert vitéztársával együtt

Vitéz Ferenc viceporkoláb

Varsányi Imre, Dobó kéme és levélhordója

Vas Miklós, Dobónak egyik megbízottja, ki a török táboron át hordott ki levelet a püspökhöz, és tért vissza mindig élete veszélyeztetésével; egyszer meg is támadták, s a társát megölték a törökök, de ő elmenekült; háromszor ment ki és be; megsebesült arcban

Vas Ferenc anyósa, elesett

Zádornik Ambrus gyalog hadnagy, a kassai önkéntesek egyik vezetője

Zirkó Jakab, ágyúgolyó ölte meg

Zoltay István főhadnagy; negyven lovasával a király hadából; a szeptember 9-i ütközet egyik vitéze

Zsigmond Benedek ács; reá bízta Dobó a robbanás után a törések beépítésének vezetését

Kétszáznyolcvankilenc név. A többi feledésbe ment.

EGYES NÉVTELENEK

Egy várbeli katona, a február 20-án kelt előterjesztés azt mondja róla, hogy Nagy Lukáccsal ment ki és tért vissza a várba; a sebesült nemesek között ajánlják a király kegyeibe. Nevéről az előterjesztés csak azt mondja: *cuius nomen non succurrit...* - nem jut az eszébe. *(A kézirat itt megszakad.)*

Also Available from JiaHu Books

A kőszívű ember fiai
Az arany ember
Szigeti veszedelem
Színek és évek
Potop. Tomy 1-3
Przedwiośnie
Chłopy
Ziemia obiecana
Rok 1794. Tomy 1-3
Faraon
Bunt
Ludzie bezdomni
Wampir
Quo vadis?
Pan Taduesz
Na wzgórzu róż
Kariera Nikodema Dyzmy
Utwory wybrane – Maria Konopnicka
Zemsta
Osudy dobrého vojáka Švejka za světové války
Válka s molky
R.U.R.
Hordubal
Krakatit
Továrna na absolutno
Povětroň
Obyčejný život
Babička
Hiša Marije Pomočnice
Judita
Dundo Maroje
Suze sina razmetnoga

www.ingramcontent.com/pod-product-compliance
Lightning Source LLC
Chambersburg PA
CBHW051519250626
47156CB00001B/148